STEVE BERRY

Steve Berry est avocat. Il vit aux États-Unis, dans l'État de Géorgie. Il a publié plusieurs romans au Cherche Midi éditeur : *Le troisième secret* (2006), *L'héritage des Templiers* (2007), *L'énigme Alexandrie* (2008), *La conspiration du temple* (2009), *La prophétie Charlemagne, Le musée perdu* (2010) et *Le mystère Napoléon*. Traduits dans plus de quarante langues, ces thrillers ont figuré sur la liste des best-sellers dès leur parution aux États-Unis. Après *Le complot Romanov, Le monastère oublié* paraît également au Cherche Midi éditeur, en 2012.

Retrouvez l'actualité de Steve Berry sur
www.steveberry.org

LE MUSÉE PERDU

STEVE BERRY

LE MUSÉE PERDU

Traduit de l'anglais (États-Unis)
par Gilles Morris-Dumoulin

LE CHERCHE MIDI

Titre original :
THE AMBER ROOM

Éditeur original : Ballantine Books

Le papier de cet ouvrage est composé de fibres naturelles, renouvelables, recyclables et
fabriquées à partir de bois provenant de forêts plantées et cultivées durablement pour la
fabrication du papier.

© Steve Berry, 2003.
© le cherche midi, 2010, pour la traduction française.
ISBN : 978-2-266-17087-1

*Pour mon père
qui a allumé le feu il y a longtemps*

*et pour ma mère
qui m'a appris à entretenir la flamme*

Quels que puissent être les motifs qui poussent à saccager un pays, nous devrions toujours épargner les édifices qui font honneur à la société humaine, tels que temples, mausolées, bâtiments publics et autres monuments d'une beauté remarquable… C'est se déclarer ennemi de l'humanité que vouloir priver les hommes de ces merveilles de l'art.

Emmerich DE VATTEL
Le Droit des gens, 1758

J'ai étudié de très près l'état des monuments de Peterhof, Tsarskoïe Selo et Pavlosvk, et dans ces trois villes, j'ai été le témoin des outrages monstrueux perpétrés contre ces monuments. Qui plus est, les dégâts – dont l'inventaire complet serait difficile à dresser, tant il est considérable – portent la marque évidente de la préméditation.

Témoignage de Josif ORBELI,
directeur de l'Ermitage,
devant le tribunal de Nuremberg,
le 22 février 1946

PRÉFACE

Je me souviens qu'en 1995, j'écoutais d'une oreille distraite un programme de télé, sur la chaîne Découverte. Le narrateur parlait de quelque chose qu'il appelait la Chambre d'ambre. Je n'en avais jamais entendu parler. Malheureusement, tout ce que j'attrapai, au vol, fut « dérobé par les nazis au palais de Catherine, à Tsarskoïe Selo, et jamais revu depuis 1945 ». Mais j'étais intrigué, et je me mis à feuilleter des guides touristiques de Russie jusqu'à découvrir, dans leurs pages, la description détaillée de la merveille.

J'étais coincé.

De nos jours, si vous tapez « Chambre d'ambre » sur Internet, vous tombez sur plusieurs milliers de pages vous renvoyant à autant de sites. Mais en 1995, ce n'était pas le cas, et il en existait fort peu en langue anglaise. J'écrivis mon histoire avec les quelques détails en ma possession, et me rendis ensuite à Saint-Pétersbourg. Depuis une bonne décennie, les Russes travaillaient à recréer la chambre en question, d'après des photos en noir et blanc de 1930. Je me débrouillai pour passer quelques heures avec le restaurateur en chef, et rentrai plutôt démoralisé d'avoir aussi clairement établi que tout ce que j'avais écrit était erroné.

Je m'enfermai donc chez moi et récrivis mon roman.

Soumis aux éditeurs en 1996, il n'eut pas l'heur de plaire à plusieurs d'entre eux, et regagna mon tiroir jusqu'à son acceptation par Ballantine Books. Je n'ai pas oublié mon émotion, ma satisfaction d'alors. Je l'ignorais, mais ce premier ouvrage devait déterminer le ton de tous ceux qui allaient suivre.

Mes héros sont toujours des avocats, des hommes de loi embringués dans des situations en marge de la loi. En fait, la première scène du *Musée perdu* est la seule où l'un de ces héros, une héroïne, siège dans une cour de justice. D'ordinaire, mes avocats sont des globe-trotters lancés, à travers le monde, dans des quêtes mouvementées où les attendent toujours de fichues embrouilles. Une note incluse à la fin du volume indique aux lecteurs l'emplacement approximatif de la ligne de partage entre fiction et réalité. C'est important, et nombre de lecteurs m'ont remercié de cette précision.

On me demande aussi, parfois, si les deux héros du *Musée perdu*, Rachel et Paul Cutler, reviendront dans une autre histoire. J'en doute. Wayland McKoy, en revanche, l'astucieux chercheur de trésors ? Possible, sinon probable.

Juste avant la publication de cet ouvrage, les Russes ont inauguré la réplique intégrale de la Chambre d'ambre. Quelqu'un a déclaré à son sujet : « On a l'impression de se trouver dans un coffre à bijoux. » On ne pourrait en faire une meilleure description à mon sens. Malheureusement, la merveille originale demeure bel et bien perdue. Aucune des cent mille pièces n'a jamais été récupérée. Peut-être ressurgiront-elles un jour, mais je n'y crois guère. C'est probablement une perte irréparable.

Par bonheur pour moi, mon roman n'en est pas une,

puisqu'il s'est converti en best-seller national et qu'il est en cours de traduction, dans une bonne quinzaine de pays.

Mon tout premier roman !

Que vous aimerez, j'espère.

Steve Berry
Août 2006

PROLOGUE

*Camp de concentration
de Mauthausen, Autriche
10 avril 1945*

Tous les prisonniers l'appelaient *Ourho*, « l'Oreille », parce qu'il était le seul Russe du baraquement 8 à parler l'allemand. Jamais personne ne lui donnait son véritable nom, Karol Borya. Le sobriquet d'Ourho lui avait été attribué dès son arrivée au camp, l'année précédente. Une distinction dont il était très fier. Symbole d'une responsabilité qu'il prenait très à cœur.

« Tu entends quelque chose ? » chuchota l'un des prisonniers, dans le noir.

Blotti contre la fenêtre, il respirait à petits coups. Les bouffées de vapeur sortant de ses poumons brouillaient peu à peu la vitre glacée.

« Ils ont encore envie de s'amuser ? » ajouta un autre prisonnier.

Deux nuits auparavant, les gardes étaient venus chercher un Russe du baraquement 8. Un fantassin de Rostov, sur la mer Noire, entré récemment à Mauthausen. Le staccato d'une rafale de mitraillette avait fait taire, à

15

l'approche du matin, les cris que lui arrachait la torture. Comme de coutume, la vue du corps ensanglanté, pendu près du grand portail, avait étouffé dans l'œuf toute improbable velléité de révolte.

Ourho se détourna brièvement de son poste de guet.

« Ta gueule ! Avec ce vent, je comprends pas ce qu'ils disent. »

Superposées par trois, infestées de poux, les couchettes offraient à chaque prisonnier moins d'un mètre carré d'espace. Et cent regards fiévreux ne quittaient pas la nuque de l'observateur.

Tous attendaient la traduction des paroles gutturales qui se succédaient, là-dehors. Aucun ne bougeait. Les atrocités de Mauthausen avaient tout détruit en eux. Même la peur.

Brusquement, Ourho s'écarta de la fenêtre.

« Les voilà ! »

Un instant plus tard, la porte s'ouvrit violemment. L'air glacial de la nuit s'engouffra à la suite du sergent Humer, chef du baraquement 8.

« *Achtung !* »

Claus Humer était *Schutzstaffel*, SS. Deux autres SS se tenaient derrière lui. Tous les gardes de Mauthausen étaient des SS. Humer ne portait aucune arme. Jamais. Sa stature colossale, ses bras énormes, lui assuraient toute la protection nécessaire.

« On demande des volontaires ! Toi, toi, toi et toi ! »

Y compris Borya. Que se passait-il ? En principe, on mourait peu la nuit. La cellule de mort restait inemployée. Il fallait bien évacuer le gaz des précédentes exécutions et laver le carrelage à grande eau, en vue des prochaines. La nuit, les gardes restaient dans leur casernement, groupés autour des poêles garnis du bois de chauffage que les prisonniers abattaient dans la journée. Quant aux toubibs et à leurs assistants, ils puisaient dans le sommeil l'énergie nécessaire à leurs expériences journalières. Sur animaux et cobayes humains.

Humer regardait fixement Borya.

« Tu comprends tout ce que je dis, pas vrai ? »

L'interpellé s'abstint de répondre. Une année de terreur lui avait enseigné la valeur du silence.

« Rien à dire ? Bravo ! Contente-toi de piger. Et de fermer ta gueule. »

Un autre garde contourna le sergent, les bras chargés de quatre vieux manteaux de laine.

« Des manteaux ? » s'étonna l'un des Russes.

Aucun prisonnier ne disposait d'un manteau. Chacun d'eux touchait, à son arrivée, une chemise de treillis et un pantalon en lambeaux, aussi sales l'une que l'autre. Vêtements récupérés sur des morts et redistribués aux nouveaux arrivants. Tels quels. Puants et de plus en plus crasseux.

Le garde jeta les manteaux par terre. Humer ordonna, en allemand :

« *Mäntel anziehen !* »

Borya s'empara d'une des capotes verdâtres.

« Le sergent nous dit de les enfiler. »

Les trois autres volontaires désignés suivirent son exemple.

La laine rugueuse lui irritait la peau, mais c'était bon quand même. Il y avait une éternité qu'il n'avait pas eu aussi chaud.

« Dehors ! » aboya Humer.

Les trois Russes regardèrent Borya, qui leur indiqua la porte. Tous sortirent dans la nuit.

Humer les conduisit, à travers neige et glace, jusqu'au terrain d'exercice. Le vent qui hurlait entre les baraquements charriait des lames de rasoir. Quatre-vingt mille détenus s'entassaient dans ces sommaires constructions de bois. Plus de monde qu'il n'y en avait eu dans toute la province natale de Borya, en Biélorussie. Un coin de

pays qu'il doutait de jamais revoir. Le temps ne signifiait pratiquement plus rien, mais pour sa santé mentale,
il essayait tout de même d'en conserver le sens. On
était fin mars. Non, début d'avril. Et il gelait toujours.
Pourquoi ne pas se laisser mourir tout bonnement ? Ou
se faire tuer, comme des centaines d'autres chaque jour ?
Son destin était-il de survivre à cet enfer ?

Et pour quelle raison ?

Sur le terrain, Humer tourna à gauche, marchant à
grands pas vers un vaste espace découvert bordé de
baraquements sur l'un de ses côtés. De l'autre côté, s'alignaient la cuisine, la prison et l'infirmerie du camp. Au
bout, trônait le rouleau compresseur, une tonne d'acier
chargée de tasser la terre meuble, jour après jour. Borya
ne put s'empêcher de souhaiter que leur tâche nocturne
n'eût rien à voir avec cette corvée.

Humer s'arrêta devant quatre gros poteaux plantés
côte à côte.

Deux jours plus tôt, une équipe de dix prisonniers,
dont Borya, avait été conduite dans la forêt environnante. Ils avaient abattu quatre peupliers. En tombant, l'un d'eux avait blessé un prisonnier qu'un des
gardes avait achevé sur-le-champ d'une balle dans la
tête. Ébranchés et équarris, transformés en poteaux,
les troncs avaient été transportés au camp et solide-
ment enfoncés dans la terre. Placés sous la garde de
deux hommes armés, dans la lumière intense de plusieurs projecteurs, ils étaient restés inutilisés depuis
l'avant-veille.

« Attendez ici », commanda Humer.

Le sergent monta lourdement quelques marches et
disparut à l'intérieur de la prison. Par la porte ouverte,
s'étira un long rectangle de lumière jaune. Un instant
plus tard, quatre hommes nus furent poussés au bas
des marches de bois. Leur tête blonde n'était pas rasée
comme celle des Russes, des Polonais et des juifs qui

constituaient la majorité des hôtes de Mauthausen. Aucun signe de carence musculaire ni d'épuisement, non plus. Pas de regards apathiques ni d'yeux profondément enfoncés dans leurs orbites. Pas d'œdèmes enflant des corps émaciés. Ces hommes étaient robustes. Des soldats allemands. Borya en avait déjà croisé de cette sorte. Visages de granit, sans émotion perceptible. Glacés comme la nuit.

Ils marchaient droit, le regard défiant, les bras le long du corps. Comme s'ils ne ressentaient aucunement la morsure de ce froid effroyable dont leur peau très blanche subissait l'impact. Humer, qui les suivait, leur désigna les quatre poteaux.

« Là ! Pas ailleurs ! »

Les quatre Allemands obéirent. Le sergent jeta sur le sol quatre cordes soigneusement lovées.

« Attachez-les aux poteaux. »

Les trois compagnons de Borya le consultèrent du regard. Il ramassa les quatre cordes qu'il répartit entre eux, avec les explications nécessaires. Ils entreprirent d'attacher les quatre Allemands qui se tenaient au garde-à-vous, adossés aux troncs de peuplier grossièrement aplanis. Quel crime avait pu leur valoir cette sanction démentielle ? La tâche répugnait si visiblement à Borya que le sergent rugit, à pleine gorge :

« Serrez bien, nom de Dieu ! Ou gare ! »

Tous tirèrent plus fort sur le chanvre râpeux qui écorchait les poitrines dénudées. Borya observait sa victime dont le visage ne trahissait aucune crainte. Tandis que Humer s'occupait des trois autres, Borya en profita pour chuchoter, en allemand :

« Qu'est-ce que vous avez fait, tous les quatre ? »

Pas de réponse.

En doublant le dernier nœud, Borya murmura :

« Même nous, ils ne nous traitent pas comme ça.

— C'est un honneur de tenir tête à son tortionnaire »,
riposta l'Allemand, à mi-voix.

Bien vrai ! songea Borya.

Humer ordonna aux quatre Russes de s'écarter du
milieu. Ils s'éloignèrent de quelques pas, dans la neige
fraîche. Afin de lutter contre le froid, Borya fourra ses
deux mains sous ses aisselles, en se balançant d'un pied
sur l'autre. Le manteau était merveilleux. La première
sensation de chaleur qu'il eût connue depuis son arrivée
au camp. Le jour où son identité lui avait été confisquée,
remplacée par le nombre 10901 tatoué sur son bras
droit. Plus un triangle cousu sur sa chemise, à gauche,
correspondant à sa nationalité russe. La couleur était
importante. Rouge pour les prisonniers politiques. Verte
pour les criminels. Jaune pour l'étoile de David réservée
aux juifs. Noir et marron pour les prisonniers de guerre.

Humer semblait attendre quelque chose.

Puis d'autres lampes à arc illuminèrent le terrain
jusqu'au portail principal. La route menant à la carrière,
de l'autre côté de l'enceinte barbelée, s'estompa dans
l'obscurité. Aucune lumière dans le bâtiment du quartier général. Borya regarda s'ouvrir le portail devant le
visiteur attendu. L'homme portait un manteau doublé
d'une fourrure qui lui descendait jusqu'aux genoux. Où
commençait un pantalon clair que complétait une paire
de bottes cavalières de teinte fauve. Un képi d'officier
complétait sa tenue.

Il marchait d'un pas résolu, grosses cuisses et jambes
arquées supportant une brioche proéminente. La
lumière révélait un nez pointu et des yeux clairs. Un
visage plutôt agréable.

Et tellement connu.

Ancien commandant de l'escadron Richthofen, commandant des Forces aériennes allemandes, numéro un
du Parlement allemand, Premier ministre de Prusse,
président du Conseil d'État prussien, grand maître des

Forêts et du Gibier, président du Conseil de défense et maréchal du Grand Reich. Le successeur élu du Führer.

Hermann Goering.

Borya l'avait aperçu, déjà, dans d'autres circonstances. En 1939, à Rome. Il avait arboré, ce jour-là, un costume gris tape-à-l'œil, avec une cravate pourpre nouée autour de son cou épais. Des rubis ornaient ses gros doigts, et l'aigle nazi, constellé de diamants, s'étalait sur son revers gauche. Il avait prononcé un discours plutôt modéré évoquant la place de l'Allemagne au soleil et demandant avec bonhomie : « Préféreriez-vous avoir des canons ou du beurre ? Importer du lard ou du minerai ? Être toujours prêt, c'est le secret de la puissance. Le beurre fait seulement grossir. »

Goering avait terminé son discours en apothéose, prédisant que, dans la lutte à venir, l'Allemagne et l'Italie marcheraient côte à côte. Borya se souvenait de l'avoir bien écouté, sans être vraiment impressionné.

« Messieurs, j'espère que vous vous sentez bien dans votre peau », lança calmement Goering aux quatre hommes attachés.

Aucun des quatre ne répondit. Un des Russes voulut savoir :

« Qu'est-ce qu'il leur a dit, Ourho ?

— Il les charrie à mort ! »

Ce qui leur valut un nouveau coup de gueule du sergent Humer :

« Bouclez-la, si vous ne voulez pas les remplacer. »

Goering se campa directement en face des quatre hommes nus.

« Je vous le demande à tous. Vous n'avez rien à me dire ? »

Une fois de plus, seul le vent lui répondit.

Goering s'approcha d'un des Allemands frigorifiés. Celui que Borya avait attaché à son poteau.

« Mathias, tu ne veux sûrement pas mourir de cette

façon ? Tu es un soldat, un loyal serviteur de notre Führer bien-aimé. »

Des pieds à la tête, l'homme était agité de tressautements convulsifs. Pourtant, il parvint à bégayer : « Le… Führer… n'a rien à voir… là-dedans.

— Mais nous œuvrons tous pour sa gloire.

— C'est… pourquoi… je préfère mourir. »

Goering haussa les épaules. Le geste anodin de quelqu'un qui se demande s'il va reprendre une part de gâteau. Il fit signe à Humer et, sur un geste du sergent, deux des gardes roulèrent un tonneau à proximité des quatre hommes. Un autre garde jeta quatre louches dans la neige. Humer foudroya les Russes du regard.

« Emplissez-les bien à ras, et rapprochez-vous de ces imbéciles. »

Borya traduisit, à l'usage des trois autres. Ils puisèrent dans le tonneau et, portant les louches pleines, firent ce qui leur était commandé.

« Ne renversez rien ! » gronda Humer.

Le vent arracha quelques gouttes à la louche de Borya. Sans susciter la colère du sergent. Il s'arrêta près de Mathias alors que Goering ôtait méthodiquement ses gants de cuir noir.

« Vous voyez. J'enlève mes gants pour sentir le froid comme vous le sentez vous-mêmes. »

Borya était assez proche du gros homme pour distinguer la lourde bague d'argent qui décorait le majeur de sa main droite. Le chaton représentait un poing fermé. De la poche de son pantalon, Goering sortit une pierre. Elle était d'un beau jaune d'or, comme du miel. Borya l'identifia immédiatement. C'était de l'ambre. Sans cesser de manipuler la pierre, Goering déclara :

« On va vous arroser d'eau glacée, toutes les cinq minutes, jusqu'à ce que vous me disiez ce que je veux savoir… ou que vous mouriez, bien sûr. Les deux solutions me plaisent autant l'une que l'autre. Mais ne perdez

pas de vue que parler, c'est survivre. Ceux qui s'y déci-
deront seront remplacés par ces misérables Russes. On
leur prendra leurs manteaux et vous pourrez arroser vos
remplaçants jusqu'à ce qu'ils en crèvent. Imaginez un
peu la rigolade ! Simplement en échange de ce que je
veux savoir. Alors ? »

Silence.

Goering adressa un nouveau signe au sergent.

« Arrosez ! » grogna Humer.

Borya s'exécuta, et les trois autres firent de même.
L'eau inonda la chevelure blonde de Mathias avant de
ruisseler sur son visage et sa poitrine. Il ne s'agissait
plus de tremblements, mais de soubresauts incontrô-
lables exprimant une souffrance aiguë.

Seuls, leurs claquements de dents rompaient le silence.

« Quelque chose à dire ? » insista Goering.

Rien.

La même opération fut répétée cinq minutes plus
tard. Et cinq minutes après. Quatre fois de suite. L'hypo-
thermie était proche. Goering attendait paisiblement, en
caressant son petit morceau d'ambre. Juste avant une nouvelle aspersion, il s'adressa, une fois de plus, à Mathias.

« C'est ridicule. Dis-moi où est cachée la *Bernsteinzimmer* et c'en sera fini de tes souffrances. Cette cause
ne vaut pas qu'on meure pour elle ! »

Et toujours pas d'autre réponse que ce regard indompt-
able. Borya s'en voulait d'assister Hermann Goering
dans son œuvre de mort.

« *Sie sind ein lügnerisch diebisch Schwein*[1] », parvint
à éructer Mathias. Puis il cracha.

Goering se rejeta en arrière et déboutonna son manteau pour essuyer la salive qui le souillait. Il en écarta
les revers, révélant un uniforme gris perle surchargé de
décorations.

1. « Vous êtes un cochon de menteur doublé d'un voleur. » *(N.d.T.)*

« Je suis ton *Reichsmarschall*. Immédiatement derrière le Führer. Nul ne porte cet uniforme, sauf moi. Comment oses-tu t'imaginer que tu puisses le salir aussi facilement ? Tu vas me dire ce que je veux savoir, Mathias, ou tu vas mourir de froid. Lentement. Très lentement. Et ça n'aura rien de drôle. »

L'Allemand cracha de nouveau. Cette fois sur l'uniforme. Goering resta étonnamment calme.

« Admirable, Mathias. Je note ta fidélité. Mais combien de temps crois-tu pouvoir tenir ? Regarde-toi. Tu n'aimerais pas avoir chaud ? Sentir sur ton corps la proximité bénie d'un bon feu ? T'envelopper dans une bonne couverture de laine ? »

Goering attrapa tout à coup Borya pour le jeter contre l'Allemand supplicié. L'eau de la louche qu'il tenait toujours se répandit dans la neige.

« Rien que ce manteau minable serait une bénédiction, tu ne crois pas, Mathias ? Vas-tu permettre à ce misérable cosaque d'avoir chaud pendant que tu gèles ? »

L'Allemand ne dit rien. Sans doute, à ce stade, était-il incapable de parler.

Goering repoussa Borya.

« Et si je te donnais un petit peu de ma chaleur ? »

Le *Reichsmarschall* défit sa braguette. Un jet d'urine frappa Mathias, s'évaporant à son contact et laissant des traces jaunes sur la peau nue. Goering secoua son organe et le remit en place.

« Tu te sens mieux, Mathias ?

— *Verrottet in der Schweinhölle !* »

Borya approuva mentalement. *Pourris dans l'enfer des cochons !*

Goering se rua sur le soldat et le frappa violemment du revers de la main, en plein visage. Sa bague d'argent lui ouvrit la joue. Le sang se mit à couler.

« Arrosez-le ! » vociféra Goering. Borya retourna au

tonneau et remplit sa louche alors que l'Allemand pré-nommé Mathias se mettait à chanter :

« *Mein Führer. Mein Führer. Mein Führer.* »

Avec une énergie, une conviction croissantes. Bientôt rejoint par ses trois camarades. L'eau jaillit. Goering ne disait plus rien. Il se bornait à contempler le spec-tacle sans cesser de rouler sa pierre d'ambre entre ses doigts. Deux heures plus tard, Mathias mourut, enrobé de glace. Au cours de l'heure qui suivit, les trois autres Allemands succombèrent à leur tour. Seul Goering avait parlé de la *Bernsteinzimmer*. La Chambre d'ambre.

PREMIÈRE PARTIE

1

Atlanta, Géorgie
Mardi 6 mai, de nos jours
10 h 35

La juge Rachel Cutler regarda par-dessus la monture de ses lunettes. L'avocat s'était trompé de nouveau, et cette fois il n'allait pas s'en tirer aussi facilement.

« Pardonnez-moi, maître.

— J'ai dit que le défendeur invoquait une erreur judiciaire.

— Non. Avant cela, qu'avez-vous dit ?

— J'ai dit "Oui, monsieur le juge".

— Au cas où vous ne l'auriez pas remarqué, je ne suis pas un monsieur.

— Exact, Votre Honneur. Je vous présente mes excuses.

— Vous l'avez dit quatre fois ce matin. J'en ai pris note. »

L'avocat haussa les épaules. « Il s'agit d'un détail sans importance. Pourquoi Votre Honneur a-t-elle pris le temps de noter une simple inadvertance de ma part ? »

L'insolent salopard allait jusqu'à sourire. Rachel se redressa sur son siège et le toisa du regard. Puis elle se rendit compte de ce que T. Marcus Nettles était en train de faire et se tut.

« Mon client passe en jugement pour agression caractérisée, avec coups et blessures, Votre Honneur. Pourtant, la cour semble plus intéressée par ma façon de m'adresser au juge que par l'affaire jugée. »

Elle jeta un coup d'œil au jury. Puis à l'autre avocat. L'assistant du procureur du comté de Fulton attendait, paisible, la suite des événements, apparemment heureux que l'adversaire de Rachel fût en passe de creuser sa propre tombe. Visiblement, le jeune avocat n'entrevoyait pas ce que Nettles essayait de faire. Elle, si. Elle réagit en conséquence :

« Vous avez raison, mon cher maître. C'est un détail sans importance. Poursuivez, je vous prie. »

Elle nota, satisfaite, la nuance de contrariété dans l'expression de Nettles. Celle d'un chasseur qui vient de rater une belle pièce.

« Que fait-on de ma demande d'ajournement pour erreur judiciaire ?

— Demande rejetée. Poursuivez, je vous prie. »

Rachel Cutler observa le premier juré lorsqu'il se leva pour exprimer un verdict de culpabilité. Les délibérations n'avaient pris qu'une vingtaine de minutes.

« Votre Honneur, intervint Nettles, je demande une enquête préliminaire à la condamnation.

— Demande rejetée.

— Je demande que la condamnation soit différée.

— Demande rejetée. »

Nettles parut enfin se rendre compte de l'erreur qu'il avait commise.

« Je demande la récusation de cette cour.

— Pour quel motif ?

— Manque d'objectivité.

— Envers qui et pourquoi ?

— Envers moi-même et envers mon client.

— Expliquez-vous.

— La cour a fait preuve de préjugé.

— Comment cela ?

— En relevant, ce matin, mon emploi erroné de la formule "Monsieur le juge".

— Si je me rappelle bien, maître, j'ai admis qu'il s'agissait là d'une erreur sans importance.

— Exact. Mais cet échange s'est produit en présence du jury, et le mal était fait.

— Je n'ai en mémoire aucune motion déposée pour vice de forme concernant cet échange. » Nettles n'insista pas. Rachel se tourna vers la table du procureur. « Quelle est la position de l'État ?

— L'État s'oppose à la motion suggérée. La cour a statué en toute impartialité. »

Rachel faillit sourire. Au moins, le jeune substitut connaissait les bonnes réponses.

« Demande de récusation rejetée. »

Rachel se retourna vers l'accusé, un jeune homme de race blanche aux cheveux hirsutes, au visage marqué de petite vérole.

« Que l'accusé se lève. »

L'accusé se leva.

« Barry Kingston, vous avez été reconnu coupable du crime d'agression caractérisée, avec coups et blessures. Cette cour vous condamne à la prison, pour une période de vingt années. »

Elle se leva, marcha vers la porte de bois qui s'ouvrait sur son bureau personnel.

« Maître Kettles, puis-je vous voir un instant ? »

Le substitut se dirigea vers elle.

« Seule », précisa-t-elle.

Abandonnant son client dûment menotté par les agents de service, Nettles ne tarda pas à la rejoindre. « Fermez la porte, s'il vous plaît. » Elle entrouvrit sa robe et contourna son bureau. « Bien essayé, mon cher maître.

— De quoi parlez-vous ?

— Vous avez tenté de m'exaspérer en m'appelant monsieur. Votre système de défense était si faiblard que vous espériez obtenir ainsi l'annulation de jugement que vous souhaitiez. »

Il haussa les épaules. « On fait ce qu'on peut avec ce qu'on a.

— Mais sans jamais cesser de respecter la cour, et en évitant de donner du monsieur à un juge de sexe féminin. Ça ne vous a pas empêché de continuer. Délibérément.

— Vous avez condamné mon client à vingt ans sans lui accorder le bénéfice d'une audience préliminaire. »

Elle s'assit derrière son bureau, sans offrir de siège à Nettles.

« C'était inutile. L'homme est un récidiviste. Je l'ai déjà condamné, il y a deux ans, pour le même crime. Six mois ferme, six mois avec sursis. Mais cette fois, il était armé d'une batte de base-ball, et il a fracturé le crâne de sa victime. Il a épuisé toute ma réserve de patience.

— Vous auriez dû vous récuser. Ces faits antérieurs vous privaient de toute impartialité.

— Vraiment ? Cette audience préliminaire que vous réclamiez aurait tout bonnement remis ces faits en évidence. Je vous ai épargné une inutile perte de temps.

— Vous êtes une foutue garce.

— Voilà qui va vous coûter cent dollars. Payables sur-le-champ. Et cent autres pour votre numéro raté devant la cour.

— Il faudra m'y faire condamner avant que je m'exécute.

— Exact. Mais vous n'irez pas jusque-là. Ça n'arrangerait pas cette image sexiste que vous vous acharnez à donner de vous-même ! »

Il ne dit rien, mais elle pouvait presque entendre la rage qui bouillait dans ses veines. Nettles était un type trapu, mafflu, réputé tenace. Qui supportait mal d'être dominé par une faible femme.

« Et chaque fois que vous montrerez votre gros cul devant mon tribunal, ça vous coûtera cent dollars de plus ! » Il s'approcha du bureau en sortant de sa poche un rouleau de billets de cent dollars flambant neufs, à l'effigie de Benjamin Franklin. Il en plaqua deux sur le bureau, puis en déplia trois autres.

« Allez vous faire foutre ! »

Un billet de plus.

« Allez vous faire foutre ! »

Un quatrième.

« Allez vous faire foutre ! »

Le cinquième Benjamin Franklin rejoignit ses petits camarades.

2

Rachel remonta la fermeture de sa robe, rejoignit la salle d'audience et grimpa les trois marches qui la ramenaient à la cathèdre de chêne massif qu'elle occupait depuis quatre ans. L'horloge murale disait une heure quarante-cinq. Elle se demanda combien de temps encore elle allait pouvoir jouir ainsi du privilège de sa fonction de juge. C'était une année d'élection, les primaires étaient terminées depuis quinze jours et elle avait contre elle deux adversaires notoires, bien décidés à en découdre. Il avait été question d'autres postulants, mais personne ne s'était présenté le vendredi précédent, avant cinq heures moins dix, muni des quatre mille dollars nécessaires pour appuyer toute candidature.

Quant aux deux déjà inscrits, ils allaient faire le maximum pour décrocher le gros lot, ce qui présageait un été fertile en discours politiques et en chasse aux subsides. Une perspective qui n'avait rien d'engageant. Les classeurs de Rachel regorgeaient de dossiers en attente, et d'autres s'y ajoutaient, pratiquement d'heure en heure. Par bonheur, l'affaire officiellement étiquetée *État de Géorgie contre Barry Kingston* ne demanda pas plus d'une demi-heure de délibération complémentaire.

Personne, dans le jury, n'avait été dupe des entrechats de T. Marcus Nettles.

Avec tout un après-midi devant elle, Rachel s'attela à l'étude des dossiers civils qui s'étaient accumulés au cours des deux dernières semaines, à la faveur des jugements passibles de conséquences pénales : quatre condamnations, six verdicts de culpabilité, un acquittement. Onze dossiers criminels bouclés, préludant à l'ouverture de ceux que le greffe avait enregistrés dans l'intervalle. Et que sa secrétaire déposerait sur son bureau, dès le lendemain matin.

Le *Courrier quotidien du Comté de Fulton* publiait chaque année une évaluation des mérites professionnels de tous les juges des hautes cours de la région. Depuis trois ans, Rachel figurait parmi les têtes de liste, pour sa manière expéditive de traiter ses dossiers et le faible pourcentage de ses verdicts désavoués en appel. Tout juste deux pour cent. Pas mal d'avoir eu raison dans quatre-vingt-dix-huit pour cent des décisions à prendre.

Elle s'installa confortablement pour affronter le défilé de l'après-midi. Des avocats entraient et ressortaient, parfois avec un client en remorque avide d'entendre confirmer un divorce ou d'obtenir la signature d'un juge. Une quarantaine d'interventions concernant autant d'affaires en instance de jugement. À quatre heures et quart, elle n'avait plus devant elle que deux dossiers plutôt minces. Une adoption, dont le sujet d'environ sept ans lui rappelait son propre fils, Brent, du même âge. Un cas qu'elle aurait plaisir à traiter. Et enfin et surtout, une simple demande de changement de nom, qu'elle avait souhaité pouvoir régler dans une salle d'audience libre de tout public.

L'employé du greffe ouvrit le dossier devant elle.

Le demandeur était un vieil homme en veste de tweed beige et pantalon de velours fauve. Elle lui fit confirmer son identité sur un ton très officiel :

« Votre nom, je vous prie.

— Karl Bates. »

Sa voix fatiguée s'agrémentait d'un accent européen. Europe de l'Est.

« Depuis combien de temps vivez-vous dans ce pays ?

— Quarante-six ans.

— Vous avez la nationalité américaine ? »

Il fit oui d'un signe de tête.

« Je suis très âgé. Quatre-vingt-trois ans. J'ai vécu plus de la moitié de ma vie dans ce pays. »

Ni la question ni la réponse n'étaient indispensables au traitement du dossier, mais ni le greffier ni le secrétaire ne réagirent.

« Mes parents, mes frères, mes sœurs… tous massacrés par les nazis. Beaucoup sont morts en Biélorussie. Nous étions russes blancs. Quand les Soviets nous ont annexés, peu parmi nous avaient été épargnés. Staline était encore pire qu'Adolf Hitler. Un fou. Un boucher. Plus rien ne restait après son passage. Alors, je suis parti. L'Amérique est la terre des promesses, n'est-ce pas ?

— Vous aviez la nationalité russe ?

— Plus exactement la nationalité soviétique. »

Il secoua la tête.

« Mais je ne me suis jamais considéré comme un citoyen soviétique.

— Vous avez servi pendant la guerre ?

— Par force. La Grande Guerre patriotique, d'après Staline. Fait prisonnier. Envoyé à Mauthausen. Seize mois dans un camp de concentration.

— Quel métier avez-vous exercé, après votre immigration ?

— Orfèvre.

— Vous demandez à cette cour l'autorisation de changer de nom. Pour quelle raison désirez-vous prendre celui de Karol Borya ?

36

— Parce que c'est mon nom. Mon père m'avait appelé Karol. Il signifie "moralement fort". J'étais le cadet de six enfants et j'avais failli mourir à la naissance. Quand j'ai émigré dans ce pays, j'ai pensé qu'il valait mieux que je change d'identité. J'avais travaillé dans une commission gouvernementale en Union soviétique. Je hais les communistes. Ils ont ruiné mon pays et je le proclame. Staline a envoyé beaucoup de mes compatriotes dans des camps sibériens. J'ai pensé qu'il pourrait détruire ma famille. Peu pouvaient partir alors. Mais avant de mourir, je veux retrouver mon passé.

— Vous êtes malade ?

— Non. Mais j'ignore combien de temps ce corps fatigué va pouvoir encore tenir. »

Rachel regardait fixement le vieillard debout devant elle, les épaules affaissées par l'âge, mais toujours là, le regard indompté au creux des orbites, le cheveu blanc, la voix éraillée, mais toujours ferme.

« Vous êtes formidable, pour un homme de votre âge. »

Il sourit.

« Désirez-vous changer de nom pour frauder le fisc, échapper à des poursuites ou bien à des créanciers insatiables ?

— Jamais de la vie.

— Alors, je vous accorde votre demande. Vous allez redevenir Karol Borya. »

Elle signa le formulaire attaché à la demande et remit le dossier à l'employé du greffe. Puis elle quitta sa place et s'approcha du vieillard. Des larmes coulaient sur ses joues mal rasées. Et les yeux de Rachel étaient rouges, eux aussi. En le prenant doucement par les épaules, elle chuchota :

« Je t'aime, papa. »

3

16 h 50

Quittant le lourd fauteuil de chêne, Paul Cutler, à bout de patience, s'adressa directement à la cour :

« Votre Honneur, le ministère public ne conteste pas les services du plaignant. Ce que nous contestons, c'est l'importance de la somme qu'il réclame. Douze mille trois cents dollars, c'est une somme importante, juste pour repeindre une maison.

— Il s'agit d'une grande maison, riposta l'avocat du plaignant.

— C'est ce que j'ai cru comprendre », commenta le juge des référés.

Paul rétorqua :

« Elle fait six cents mètres carrés. Rien d'exceptionnel. Un travail de routine. Incompatible avec le montant réclamé.

— Monsieur le juge, le contrat signé par le défunt concernait la peinture intégrale des locaux… ce que mon client a effectivement réalisé.

— Ce que le plaignant a réalisé, monsieur le juge, c'est un abus de confiance aux dépens d'un homme de soixante-treize ans, en mauvaise santé. Il est fort loin d'avoir fourni pour douze mille trois cents dollars de travail effectif.

— Le défunt avait promis à mon client un bonus s'il faisait le travail dans la semaine. Ce qu'il a fait. » Paul n'en revenait pas de voir l'autre avocat présenter ses arguments sans pouffer de rire.

« Très commode, si l'on considère que la personne susceptible de contredire cette affirmation est morte dans l'intervalle. En notre qualité de représentant des héritiers légaux, nous ne pouvons, en toute bonne foi, payer cette facture.

— Vous vous en remettez à l'arbitrage de la cour ? » s'impatienta le juge.

L'avocat du créancier se pencha vers son client, un homme nettement plus jeune, mal à l'aise dans un complet de tergal et une cravate trop serrée.

« Non, fut la réponse. Plutôt un arrangement à l'amiable. À concurrence de sept mille cinq cents dollars. »

Paul ne sourcilla pas.

« Mille deux cent cinquante dollars, pas un cent de plus. Nous avons fait établir un devis par un autre peintre. D'après lui, tout le travail a été saboté. Peinture allongée à l'eau et le reste à l'avenant. En ce qui me concerne, je fais entièrement confiance au jury. »

Et, les yeux dans les yeux de l'avocat adverse, il ajouta :

« Cette discussion me rapporte deux cent vingt dollars de l'heure. Prenez donc tout votre temps, cher collègue ! »

Le cher collègue n'hésita pas. Il s'abstint même de consulter son client.

« Nous n'avons pas les moyens de poursuivre cette controverse. Et pas d'autre choix que d'accepter l'offre du ministère public.

— Je l'aurais parié. Bon Dieu de saloperie d'escroc ! » souffla Paul juste assez fort pour être entendu.

Il rassembla posément les pièces du dossier.

« Notifiez votre conclusion, maître Cutler », décréta le juge.

Paul s'exécuta rapidement, puis quitta la salle d'audience et descendit l'escalier menant aux tribunaux de première instance qui occupaient les étages inférieurs. Si proches et pourtant aux antipodes. Pas de meurtres à sensation, pas de litiges portant sur des millions de dollars, pas de divorces à grand spectacle de personnalités médiatiques. Testaments, ruptures de contrat, querelles de tutelle composaient l'essentiel de leur juridiction limitée. Affaires le plus souvent prosaïques, ennuyeuses, réduites à l'évocation de souvenirs oubliés, d'accords déformés par le temps, réels ou imaginaires. Parfois, quelque contestataire obstiné optait pour un vrai jugement, mais dans l'ensemble, ces sortes d'affaires n'impliquaient que de vieux juges blanchis sous le harnois et des avocats de seconde zone.

Même après que l'université de Géorgie l'eut expédié dans la nature avec son doctorat en droit, ce genre de travail avait constitué la spécialité de Paul, qui n'était pas allé directement à la fac de droit, rejeté par les vingt-deux établissements où il avait rêvé de poursuivre ses études. Un événement récurrent qui avait porté un coup terrible à son père. Employé pendant trois ans aux services juridiques de la Banque populaire de Géorgie, il en était ressorti avec suffisamment d'expérience pour passer l'examen d'entrée à l'une de ces facultés. Et le réussir. Trois ans de formation accélérée lui avaient valu un engagement chez Pridgen et Woodworth, après obtention de sa licence. Aujourd'hui, quelque treize ans après, il était actionnaire de la grande organisation juridique et membre du conseil de gestion. Un parcours chaotique, mais néanmoins victorieux.

À long terme.

Au détour d'un couloir, il piqua droit sur la double porte qui se dressait à son autre extrémité.

La journée avait été mouvementée. L'histoire du peintre était prévue depuis une bonne semaine, mais juste après le déjeuner, son bureau l'avait appelé pour le brancher sur un autre coup programmé à quatre heures et demie. Toutefois, l'adversaire ne s'étant pas présenté, il avait trouvé le temps de régler cette histoire de peinture, et c'est sans idée préconçue qu'il poussa la porte de la salle à présent désertée où Rachel exerçait ses fonctions de juge.

« Des nouvelles de Nettles ? demanda-t-il à la seule employée visible.

— Je pense bien ! » La femme souriait d'une oreille à l'autre. « Où est-il ?

— Invité chez le shérif. Pour un court séjour en cellule de garde. »

Paul posa sa serviette sur la table de chêne.

« Vous rigolez ?

— Non. C'est votre ex qui l'y a collé, ce matin.

— Rachel ?

— Sûr. Il se serait montré grossier avec elle, dans son bureau. Trois fois, il lui aurait dit d'aller se faire foutre. Cent dollars à chaque insulte ! »

La porte s'ouvrit, livrant passage à T. Marcus Nettles en personne, dont le complet beige signé Neiman avait besoin d'un coup de fer. La cravate signée Gucci était bonne à jeter, et les mocassins italiens auraient aussi bien pu sortir du marché aux puces.

« Marcus ! Qu'est-ce qui t'est arrivé ?

— Cette garce qui a été ta femme m'a fait jeter en taule et m'y a laissé croupir depuis ce matin. »

Même la belle voix de baryton avait changé de tessiture.

« Dis-moi, Paul, c'est vraiment une femme ou une sorte d'hybride avec des couilles entre ses longues jambes ? »

Paul ouvrit la bouche, puis jugea préférable de se taire.

« Elle m'a pris à partie, en présence d'un jury, parce que je l'avais appelée monsieur.

— Quatre fois. J'y étais ! certifia l'employée, hilare.

— Ouais. Après que j'ai demandé un ajournement qu'elle aurait dû m'accorder, elle a réclamé vingt ans pour mon client, sans bénéfice d'audience préliminaire. Et puis, elle a voulu me donner une leçon d'éthique. Je ne supporte pas cette merde. Surtout de la part d'une garce prétentieuse. Tu veux savoir un truc ? Ça risque de me coûter chaud, mais on en reparlera le deuxième mardi de juillet.

— Tu comptes faire appel ? »

Nettles posa sa serviette auprès de celle de Paul.

« Pourquoi pas ? J'ai cru que j'allais passer la nuit en cellule. On dirait que cette salope a un cœur, après tout.

— Modère ton langage, Marcus, ou… »

Plus vite et plus sec qu'il n'en avait eu l'intention.

Les yeux de Nettles s'arrondirent, comme s'il venait de découvrir quelque chose.

« Hé, ça remonte à combien, votre divorce ? Trois ans ? Elle doit te pomper chaque mois un bon bout de tes revenus, pour faire bouffer les gosses ! »

Paul Cutler n'émit aucun commentaire. « Pas possible, commenta Nettles. Tu en pinces encore pour elle !

— On peut parler d'autre chose ?

— C'est ça, hein, mon salaud ? »

Il alla récupérer sa serviette. L'employée quitta la salle, enchantée. L'après-midi n'était pas encore terminé. Paul fut heureux de se retrouver seul avec un Nettles en veine de bavardage, carré dans un des grands fauteuils de chêne. Les cancans de salle d'audience avaient la propriété de se propager plus vite que des feux de brousse.

« Paul, mon pote, relança Nettles, sentencieux, retiens bien le conseil d'un expert en matière de sexe. Quand tu t'es débarrassé d'une, fais pas la connerie d'en rester raide dingue. »

4

Karol Borya remonta son allée tapissée de gravier, et rentra son Oldsmobile au garage. Il se réjouissait, à quatre-vingt-trois ans, de pouvoir conduire encore. Sa vue était excellente, et ses réflexes, même un peu plus lents, ne posaient pas de problèmes aux examinateurs de l'État, lors du renouvellement périodique de son permis. Il conduisait assez peu, d'ailleurs, et jamais sur de longues distances. Jusqu'au supermarché, parfois jusqu'au centre commercial, et surtout jusqu'à la maison de Rachel, au moins deux fois par semaine. Aujourd'hui même, il n'avait fait qu'une dizaine de kilomètres jusqu'à la gare où il avait pris le train pour aller régler cette histoire de changement de nom.

Il vivait au nord-est du comté de Fulton depuis près de quarante ans, bien avant l'explosion d'Atlanta vers le nord. Les anciennes collines d'argile rouge boisées, qui s'étaient étendues jadis jusqu'aux rives de la Chattahoochee, se couvraient à présent d'immeubles de bureaux, de quartiers résidentiels très huppés et de larges voies de communication. Des millions de gens vivaient et travaillaient autour de lui, dans ce nouvel Atlanta qu'il n'était pas sûr d'aimer autant que l'autre. Mais qui méritait, à présent, le nom de métropole.

Il marcha jusqu'à sa boîte aux lettres plantée au bord du trottoir. La température était exceptionnellement élevée, en ce mois de mai, une bonne chose pour ses articulations arthritiques toujours promptes à ressentir l'approche de la mauvaise saison. En rentrant chez lui, il remarqua que les portes des caves avaient besoin d'être repeintes.

La vente de son premier terrain, vingt-quatre ans plus tôt, lui avait permis d'acheter cette maison. Neuve. Et de la payer cash. Depuis lors, le lotissement n'avait cessé de s'améliorer, avec la pose du tout-à-l'égout, pour devenir ce qu'il était aujourd'hui, un petit coin privilégié à l'atmosphère surannée comme on n'en faisait plus guère.

Maya, sa femme chérie, était morte, hélas, deux ans après les derniers aménagements de la maison. Emportée par un cancer. Vite. Trop vite. À peine le temps de lui dire au revoir. Rachel avait alors quatorze ans, lui cinquante-sept, et une peur horrible de vieillir seul. Mais Rachel ne s'était jamais beaucoup éloignée. Une fille unique. Dans tous les sens du terme.

Il entra dans la maison et quelques minutes plus tard, ses deux petits-enfants pénétrèrent dans la cuisine à grand fracas. Ils ne frappaient jamais. À quoi bon, puisque la porte n'était jamais fermée à clef ? Brent, sept ans. Maria, six. Tous deux se précipitèrent dans les bras de leur grand-père. Rachel les suivait.

« Grand-père, grand-père, ousqu'elle est, Lucy ?

— Elle dort dans le salon, comme toujours. »

Lucy était entrée, quatre ans auparavant, et n'était jamais ressortie. Les deux enfants disparurent, en criant, à l'intérieur de la maison. Rachel ouvrit le frigo, en tira un pichet de thé glacé.

« Tu as un peu cédé à tes émotions, au tribunal.

— Je sais que j'en dis trop. Mais je pensais à papa.

J'aurais voulu que tu le connaisses. Aux champs toute la journée. Tzariste. Loyal jusqu'au bout, contre la pourriture communiste. Je n'ai même pas une photo de lui.

— Mais tu as recouvré son nom.

— Et je t'en remercie très fort, ma chérie. Où était Paul ?

— Mon secrétaire s'est renseigné. Il était coincé par ailleurs. Sinon, il serait venu.

— Comment va-t-il ? »

Elle but une gorgée de thé.

« Bien, je pense. »

Karol contemplait sa fille. Elle ressemblait tant à sa mère.

Un teint de perle, une chevelure auburn ondulée, les yeux marron, le regard d'une femme énergique et consciente de ses responsabilités. Intelligente, aussi. Peut-être un peu trop pour son propre bien.

« Et toi, comment vas-tu ?

— Je m'en sors. Je m'en sors toujours.

— Tu es sûre ? »

Elle changeait un peu, depuis quelque temps. Rien d'important, un peu plus de fragilité dans le quotidien, une hésitation, envers les choses de la vie, qui l'inquiétait vaguement.

« Ne te fais aucun souci pour moi, p'pa. Tout va bien.

— Toujours pas de prétendant ? »

Il ne l'avait jamais vue sortir avec qui que ce fût, depuis son divorce. Aucune fréquentation masculine.

« Comme si j'avais le temps ! Juste celui de bosser et de m'occuper de ces deux loustics, là-dedans. Sans parler de toi. »

Plus fort que lui, il fallait qu'il le dise :

« Je me tracasse à ton sujet.

— Aucune raison de t'en faire. »

Mais elle regardait ailleurs. Peut-être pas tellement sûre de dire la vérité. Il ajouta :

« Ce n'est pas bon de vieillir seul.

— Ce n'est pas ton cas.

— Je ne parlais pas de moi, et tu le sais très bien. »

Elle alla rincer son verre dans l'évier. Il décida de laisser tomber pour le moment et pressa le bouton d'allumage du petit poste télé de la cuisine. Branché, depuis le matin, sur les infos de CNN. Il réduisit le son et, pour la deuxième fois, ce fut plus fort que lui :

« Le divorce est un sale truc. »

Elle lui jeta un coup d'œil peu amène.

« Tu vas y aller de ta conférence ?

— Oublie ton orgueil. Faites un autre essai.

— Paul ne le désire pas. »

Il lui retourna son regard.

« Vous êtes deux orgueilleux. Pensez à mes petits-enfants.

— J'y ai pensé, lors du divorce. Nous passions notre temps à nous bagarrer. Tu le sais.

— Tu es aussi têtue que ta mère. »

Ou que lui-même ?

« Paul va venir chercher les enfants, vers sept heures. Il les ramènera à la maison.

— Et toi ?

— Collecte de fonds pour la campagne à venir. Ce n'est pas que ça m'amuse… »

Il baissa les yeux vers le petit écran. Vit un paysage de montagnes, pentes abruptes et rocs découpés à contre-ciel. Un tableau curieusement familier. Stod, Allemagne, disaient les petites lettres, en bas de la télé. Il augmenta le volume du son.

« … *l'entrepreneur millionnaire Wayland McKoy pense que les montagnes du centre de l'Allemagne peuvent encore receler des trésors nazis. Son expédition va, la semaine prochaine, entamer des fouilles dans les montagnes du Harz, une région située jadis en Allemagne de l'Est. Ces versants ne sont redevenus accessibles que bien après la chute du Mur de Berlin et la réunification des deux Allemagnes. »*

L'image montrait à présent des entrées de grottes, à flanc de pente.

« Il existe des raisons de croire qu'à la fin de la Seconde Guerre mondiale, le butin des nazis fut dissimulé, à la hâte, dans les centaines de galeries souterraines qui parcourent ces vieilles montagnes. Certaines furent également utilisées comme dépôts de munitions, ce qui complique la recherche et la rend particulièrement dangereuse. En fait, plus de deux douzaines de personnes ont déjà perdu la vie dans cette région, depuis la Seconde Guerre, en explorant ces cachettes potentielles… »

Rachel embrassa son père sur les deux joues.

« Il faut que j'y aille. »

Karol Borya leva les yeux.

« Tu es sûre que Paul sera là pour sept heures ? »

Elle acquiesça d'un signe de tête et gagna la sortie.

Il ramena immédiatement toute son attention sur l'écran de la télé.

5

Karol Borya patienta une longue demi-heure dans l'espoir que les infos de CNN redonneraient *in extenso* les nouvelles concernant Wayland McKoy. Son attente ne fut pas déçue. Le reportage sur les recherches des trésors nazis entreprises dans les montagnes du Harz fut rediffusé à la fin de la séquence de six heures trente.

Il y pensait toujours lorsque Paul arriva, vingt minutes plus tard. Entre-temps, il s'était installé dans le salon, avec une carte d'Allemagne dépliée en travers de la table. Il l'avait achetée au centre commercial, quelques années plus tôt, en remplacement de la vieille carte périmée du magazine *National Geographic* dont il se servait depuis plusieurs décennies.

« Où sont les enfants ? demanda Paul.

— Ils arrosent le jardin.

— Tu es sûr que ton jardin ne court aucun danger ? »

Son ex-beau-père lui sourit.

« Sec comme il était, ils ne peuvent que lui faire du bien. »

Paul se laissa choir dans un fauteuil, la cravate dénouée, le col déboutonné.

« Ta fille t'a raconté comment elle a fait foutre un avocat en taule, ce matin ? »

Sans quitter sa carte des yeux, Borya s'esclaffa :

« Il l'avait mérité, sûrement.

— Sans doute. Mais c'est une année d'élection, et ce n'est pas le genre de type qu'il faut prendre à rebrousse-poil. Son fichu caractère va lui retomber dessus, un de ces jours.

— Juste comme ma pauvre Maya. Toujours prête à prendre la mouche.

— Et elle n'écoute personne.

— Toujours l'héritage de sa mère. »

Paul lui frappa gentiment sur l'épaule.

« J'avais saisi. Qu'est-ce que tu fabriques avec cette carte ?

— Je vérifiais quelque chose. CNN vient de dire qu'un chercheur de trésors nommé je ne sais plus comment prétend que les nazis auraient planqué des trésors artistiques dans les montagnes du Harz.

— Pas plus tard que ce matin, il y avait un article dans *USA Today*. Un type nommé Wayland McKoy, de Caroline du Nord.

— C'est lui !

— On pourrait penser que les gens en auraient marre de rechercher les trésors nazis, non ? Soixante ans, ça fait un bail pour laisser pourrir sous la terre des toiles vieilles de trois siècles ! Ce serait un miracle qu'elles n'aient pas été bouffées par la moisissure. »

Borya hochait doucement la tête.

« Tout ce qu'il y avait de bon est déjà reparti dans les musées, déclara-t-il après une courte pause. À moins que ce ne soit perdu pour toujours.

— Tu devrais savoir ça mieux que moi.

— Je m'y suis pas mal intéressé, c'est vrai. »

Intéressé ? Passionné était le mot juste ! Haussant les épaules avec une feinte indifférence, Karol Borya enchaîna :

« Tu peux m'acheter un exemplaire de ce journal ?

— Il est déjà acheté. Je l'ai dans ma voiture. »

Paul quitta le salon alors que les deux enfants entraient par la cuisine.

« Votre père est là, les informa leur grand-père.

— Vous avez noyé les tomates ? questionna Paul à son retour, en jetant le journal sur la carte déployée.

— Non, p'pa. »

Maria s'accrocha au bras de son père.

« Viens voir les légumes de pépé.

— J'arrive. L'article est en page quatre ou cinq. »

Karol Borya attendit que tous trois fussent en train de rire dans le jardin pour déplier le journal et lire l'article en question jusqu'au dernier mot.

LES TRÉSORS ALLEMANDS NOUS ATTENDENT
par Fran Downing, éditorialiste

Près de soixante ans se sont écoulés depuis que les convois nazis ont traversé les montagnes du Harz pour entasser, dans des galeries creusées au cœur de la planète, les trésors artistiques glanés dans les musées européens et d'autres objets de valeur du Grand Reich.

À l'origine, ces cavernes étaient réservées à la fabrication d'armes lourdes et au stockage des munitions. Mais vers la fin de la Seconde Guerre mondiale, elles furent converties en dépôts destinés à accueillir des richesses détournées et autres trésors nationaux.

Il y a deux ans, Wayland McKoy a mené une expédition dans les cavernes de Heimkehl, près d'Uftrugen, en Allemagne, à la recherche de deux wagons de chemin de fer enfouis sous des tonnes de pierre. McKoy découvrit effectivement les deux wagons, qui recelaient des toiles de maîtres que les gouvernements français et néerlandais furent heureux de récupérer, contre récompense substantielle.

Aujourd'hui, McKoy, entrepreneur de Caroline du Nord, créateur de lotissements immobiliers et chasseur amateur de trésors, espère bien davantage. Déjà organisateur de quatre expéditions, il espère que la dernière, qui démarrera la semaine prochaine, sera la plus fructueuse.

« Réfléchissez un instant. Nous sommes en 1945. Les Russes arrivent d'un côté, les Américains de l'autre. Vous êtes le conservateur du musée de Berlin bourré d'œuvres d'art volées dans tous les pays occupés. Vous avez quelques heures pour agir. Que chargez-vous dans le train qui va quitter la ville ? Évidemment, les pièces clés les plus précieuses des collections pillées. »

McKoy parle d'un train qui aurait fui la ville dans les tout derniers jours précédant la prise de Berlin. Cap au sud vers l'Allemagne centrale et les montagnes du Harz. Aucune précision disponible sur sa destination, mais McKoy estime que la précieuse cargaison doit se trouver dans certaines cavernes repérées au cours de l'automne dernier. Les interviews de soldats allemands ayant participé au chargement de ce train l'ont convaincu et de son existence et de la valeur inestimable de son fret. Au cours de l'année dernière, McKoy a utilisé un radar d'exploration souterraine pour opérer un premier sondage des cavernes en question.

« Il y a quelque chose là-bas dessous, affirme-t-il. Trois masses métalliques assez volumineuses pour correspondre à des wagons de chemin de fer ou à des containers de stockage. »

McKoy a déjà obtenu du gouvernement allemand son permis de procéder aux travaux de terrassement nécessaires. L'idée de creuser à l'emplacement du nouveau site repéré l'excite particulièrement, car on n'a encore jamais fouillé dans cette zone. Jadis incluse dans l'Allemagne de l'Est, cette région est restée inaccessible durant des décennies. La loi allemande stipule que, le cas échéant, McKoy ne pourra conserver qu'une petite part de tout ce qui n'aura pas été réclamé par les propriétaires légitimes. Mais il en faudrait davantage pour décourager le bonhomme ! « C'est tellement passionnant ! Qui sait ? La Chambre d'ambre gît peut-être elle aussi sous cette masse rocheuse. »

La perforer sera long et difficile. Excavatrices et bulldozers risqueraient d'endommager, voire de détruire le précieux chargement. McKoy envisage donc d'y forer des

51

ouvertures diversement orientées, puis d'entailler la roche par des procédés chimiques.

« Une entreprise lente et dangereuse, admet-il volontiers, mais le jeu en vaut la chandelle ! Les nazis avaient fait percer des centaines de galeries par des prisonniers qui mouraient à la tâche. Ils y amassaient leurs réserves de munitions, à l'abri des bombardements alliés. Même les cavernes réservées aux trésors artistiques étaient généralement minées. Tout le problème consiste à sélectionner les bons endroits et à s'y introduire sans risques majeurs. »

L'équipement lourd de McKoy ainsi qu'une équipe de télévision attendent déjà sur place. Son intention est de les rejoindre lors du prochain week-end. Le coût prévu d'un million de dollars sera supporté par des investisseurs privés qui comptent récupérer leurs fonds et tirer de l'opération un bon bénéfice.

McKoy souligne : « Il y a des trésors enfouis sous la terre. J'en ai la certitude. Tôt ou tard, quelqu'un va les mettre au jour. Alors, pourquoi pas moi ? »

Karol Borya reposa le journal. Dieu du ciel, l'heure avait-elle sonné ? Si tel était le cas, que pouvait-il y faire ? Trop tard. Trop vieux, Karol ! Trop éloigné de tout. Il fallait être réaliste.

« Tu t'intéresses toujours à ces contes de fées ? »

Paul revenait du jardin. Sans les enfants.

« Une vieille habitude.

— Je reconnais que ce serait vachement excitant de jouer à la chasse aux trésors dans ces trous de mines que les Allemands utilisaient comme des chambres fortes. Pas impossible qu'il y ait encore de quoi s'enrichir là-bas !

— Ce McKoy cite la Chambre d'ambre. Encore un qui rêve des fameux panneaux ! »

Paul ne put s'empêcher de sourire.

« L'appât des biens mal acquis, planqués depuis

toujours. J'en connais qui vont se régaler. Je parle des gars de la télévision…

— Je les ai vus, dans le temps, les panneaux de la Chambre d'ambre. À Minsk, j'avais pris le train pour Leningrad. Les conservateurs avaient transformé le palais de Catherine en musée. J'y ai vu la Chambre d'ambre, dans toute sa splendeur. » Il mima les dimensions, de ses mains écartées. « Dix mètres carrés. Les murs d'ambre. Comme un puzzle géant. Sur fond de bois sculpté, dorés à l'or. Un feu d'artifice !

— J'ai lu des trucs là-dessus. Beaucoup la considéraient comme la huitième merveille du monde.

— Comme si tu entrais de plain-pied dans le royaume des fées. L'ambre était dur et brillant, comme de la pierre ; mais pas aussi froid que le marbre. Vivant comme du bois. Couleur citron, whisky, cerise. Des couleurs chaudes. Comme illuminées par le soleil. Stupéfiant, le travail des anciens artisans. Des figurines ciselées, des fleurs, des coquillages. Des tonnes d'ambre, entièrement façonnées à la main. Plus personne ne ferait ça, de nos jours.

— Les nazis ont volé les panneaux en 1941.

— Des ordures ! Des criminels ! Ils ont entièrement démonté les panneaux. Plus rien jusqu'en 1945. »

Il savait qu'il n'avait déjà que trop parlé et s'efforça de changer de sujet :

« Tu m'as dit que ma Rachel avait foutu un avocat en taule. »

Paul se renversa dans son fauteuil et posa ses pieds sur un pouf.

« La Reine des glaces a encore frappé. C'est comme ça qu'ils l'appellent, dans les coulisses du tribunal. Tout le monde s'imagine que je m'en balance sous prétexte que je suis divorcé.

— Ce n'est pas le cas ?

— J'ai bien peur que non.

— Tu aimes toujours ma Rachel ?

— Et mes gosses. Ils me manquent tous les trois, Karl. Ou plutôt Karol. Je ne m'y habituerai jamais.

— Moi non plus.

— Désolé d'être venu si tard. J'étais avec l'avocat que Rachel a fait boucler chez le shérif.

— Tu sais, amorça le vieux, l'œil brillant, elle n'est jamais sortie avec personne, depuis votre divorce. C'est peut-être pour ça qu'elle est de si mauvais poil. »

Paul avait visiblement réagi. Karol Borya se hâta de poursuivre :

« Trop occupée, d'après elle. Mais je me demande… »

Son ex-beau-fils ne mordit pas à l'hameçon. Il cueillit la télécommande et choisit une émission de jeu. Karol s'abstint de creuser ce sujet qui lui tenait tellement à cœur et ramena son regard sur la carte d'Allemagne. La chaîne du Harz y était clairement indiquée. Du nord au sud et puis bifurquant vers l'est et l'ancienne frontière entre les deux Allemagnes. Villes indiquées par des points noirs. Göttingen. Münden. Osterdode. Warthberg. Stod. Aucune indication concernant les cavernes et les galeries, mais il savait qu'elles étaient là. Par centaines.

Laquelle était la bonne ? Difficile à dire. Ce Wayland McKoy était-il sur la bonne piste ?

6

Paul prit Maria dans ses bras et rentra dans la maison. Brent les suivait, bâillant dans son poing. Jamais Paul ne revenait dans cette maison sans un choc au cœur. Rachel et lui l'avaient achetée au lendemain de leur mariage, il y avait de ça un peu plus de dix ans. Lors du divorce, au bout de sept ans, il avait laissé la place. Elle restait leur propriété indivise et, détail notable, Rachel avait insisté pour qu'il en conservât les clefs. Mais il s'en servait rarement, et jamais sans la prévenir. Leur protocole de divorce en attribuait à Rachel la disposition exclusive, et il avait à cœur de respecter sa vie privée, si douloureuse qu'en fût la perspective.

Il grimpa au premier étage et coucha Maria dans son petit lit. Les deux enfants avaient pris leur bain chez le grand-père avant de réintégrer le domicile maternel. Le temps de leur enfiler leur pyjama, il se dit qu'il devrait les emmener voir le dernier Disney. Il les borda soigneusement, les embrassa et leur caressa la tête alors qu'ils dormaient déjà, avant de rejoindre le rez-de-chaussée.

La cuisine était en désordre. Rien de particulier à cela. Une femme de ménage venait deux fois par semaine, et

Rachel n'avait jamais été du genre ménagère méticuleuse. C'était une de leurs sources de discorde. Il aimait que chaque chose soit à sa place. Pas maniaque, non. Organisé. Il ne tolérait pas le moindre désordre. Tout le contraire de Rachel. Les fringues éparpillées sur le plancher ne la dérangeaient pas plus qu'un évier rempli de vaisselle sale. Elle était comme ça, point final.

Dès le début, Rachel Bates avait été une énigme. Une mixture d'intelligence et de franc-parler, mais follement séduisante. Qu'il ait pu lui plaire, de même, constituait la surprise du chef. Ils étaient sortis ensemble, au collège, et Rachel l'avait tout de suite captivé. La loi des contraires, les extrêmes qui se touchent et tout le bazar ? Même si un autre proverbe affirmait que « qui se ressemble s'assemble » ?

Peu importait la raison, sa verve acérée, ses manières incisives lui en avaient collé plein la vue. Certes, elle ne pensait pas quatre-vingt-dix pour cent de ce qu'elle débitait à l'emporte-pièce, et Paul ne lui tenait nullement rigueur de son apparente insensibilité. Lui-même était facile à vivre. Trop peut-être. Mais c'était tellement plus simple d'abonder dans son sens que d'en prendre le contre-pied.

Lui en voulait-elle de ne jamais la contredire ? De se ranger toujours à son opinion ?

Pas impossible.

Il erra dans la maison en s'efforçant de mettre de l'ordre dans sa tête, mais dans chaque pièce, quelque souvenir assaillait sa mémoire. La console d'acajou au dessus de pierre fossile qu'ils avaient achetée à Chattanooga, un dimanche. Le sofa couleur sable qui avait accueilli tant de leurs soirées télé. La vitrine pleine de maisons lilliputiennes dont ils avaient entamé la collection et qui représentaient les cadeaux qu'ils se faisaient au moment de Noël. Même l'odeur évoquait la tendresse. L'odeur particulière des foyers réussis. L'odeur de la vie, de leurs vies mêlées. Jusqu'au jour où…

Il revint dans le salon où sa photo avec les enfants trônait toujours sur la console. Est-ce que toutes les divorcées conservaient ainsi une photo vingt-cinq sur trente de leur ex en pleine vue ? Et combien tenaient à ce que leur ancien mari conservât les clefs de chez elles ? Ils disposaient même toujours de placements bancaires communs qu'il gérait pour eux deux.

Une clef grinçait, justement, dans la serrure de l'entrée.

« Tout s'est bien passé avec les enfants ? »

Il s'emplit les yeux de la veste noire ajustée qui ceignait sa taille mince, et de la jupe arrêtée au genou. Ses jambes galbées aboutissaient à de jolis pieds chaussés de souliers sans talons. Ses cheveux auburn descendaient sur ses épaules et l'éclat de ses yeux vert tigre s'assortissait à ses boucles d'oreilles de vieil argent. Un éclat quelque peu terni par la fatigue de la journée.

« Désolé d'avoir loupé le changement de nom de Karol. Mais ta bagarre avec Marcus avait légèrement corsé le programme.

— C'est un salaud de sexiste.

— Tu es juge, Rachel. Pas réformatrice. Et surtout pas diplomate ! » Elle jeta son sac et ses clefs sur la table, les yeux durcis comme deux billes de marbre. Paul lui avait déjà vu ce regard. « Qu'est-ce que tu voulais que je fasse ? Ce gros porc m'a dit trois fois d'aller me faire foutre, à cent dollars pièce. Il avait amplement mérité de passer quelques heures en cellule.

— Tu n'as pas besoin de faire constamment tes preuves, Rachel.

— Tu n'es pas mon directeur de conscience.

— Mais tu en aurais bien besoin. À la veille d'une élection. Avec deux rivaux sérieux sur la liste, à la fin de ta première prestation. Nettles a l'intention d'épauler l'un des deux financièrement, et il peut se le permettre. Pas besoin de te le mettre à dos.

— Qu'il aille se faire foutre ! »

La première fois, il avait personnellement contribué à sa campagne, collecté des fonds, distribué des tracts, flatté dans le sens du poil les gens susceptibles de rallier la presse et de voter pour elle. Qui allait pouvoir l'assister, cette fois-ci ? L'organisation n'avait jamais été le fort de Rachel. Jusque-là, elle n'avait pas réclamé son aide, et il doutait qu'elle le fît un jour.

« Tu sais que tu peux perdre.

— Je n'ai nul besoin d'un cours de politique.

— De quoi as-tu besoin, Rachel ?

— C'est pas tes oignons. On est divorcés, tu te rappelles ? »

Il se remémora les paroles de son père.

« Depuis trois ans que nous sommes séparés, es-tu jamais sortie avec quelqu'un d'autre ?

— En quoi ça te regarde ?

— En rien, peut-être. Mais apparemment, je suis le seul à m'en préoccuper. »

Elle fit un pas vers lui.

« Ce qui veut dire ?

— La Reine des glaces. C'est comme ça qu'on t'appelle, dans notre milieu.

— Je fais mon boulot. Mieux notée que tous les juges du comté de Fulton, sur la liste annuelle du *Daily Report.*

— C'est tout ce qui t'importe ? À quelle vitesse tu vides ton classeur ?

— Les juges ne peuvent pas se permettre d'avoir des amis. Ou l'on t'accuse de préjugés favorables, ou on te reproche de ne pas en avoir. Je préfère mon côté Reine des glaces. »

Il se faisait tard, et Paul n'avait guère envie de discuter. Il la frôla en se dirigeant vers la porte.

« Un jour, tu regretteras peut-être de n'avoir pas

d'amis. Si j'étais toi, je ne couperais pas tous les ponts dans mon sillage.

— Mais tu n'es pas moi.

— Dieu merci. »

Il s'en alla comme on prend la fuite. Il avait tellement envie de rester.

7

Italie du Nord
Mercredi 7 mai 1 h 34

Son survêtement noir, ses gants de cuir noir et ses mocassins de même couleur se fondaient dans la nuit. Même ses cheveux et ses sourcils noirs ne tranchaient pas sur l'ensemble. Et après deux semaines passées en Afrique du Nord, sa peau de blond avait bronzé, de sorte que rien en lui ne pouvait signaler sa présence.

Autour de lui, s'élevaient des pics déchiquetés environnant un amphithéâtre à peine visible d'en haut. La pleine lune se cachait à l'est, derrière les nuages. Une brise printanière contredisait la météo du jour. Un orage grondait sourdement au loin, par-dessus les montagnes.

Paille et feuilles mortes amortissaient le bruit de ses pas, dans la broussaille que couvrait une mince futaie. La lune perçait, de loin en loin, la canopée touffue des feuillages enlacés, baignant le sentier d'une lumière irisée. Il avançait posément, l'œil aux aguets, en s'abstenant d'utiliser sa torche électrique.

Le village de Pont-Saint-Martin était à dix bons kilomètres au sud. Vers le nord, commençait une route à deux voies qui menait à la frontière autrichienne, près d'Innsbruck. La BMW qu'il avait louée la veille, à l'aéroport de Venise, l'attendait là-bas, sous le couvert d'un bosquet. Après avoir réglé son affaire, il comptait rouler de nuit jusqu'à Innsbruck où un avion des *Austrian Airlines* l'emporterait, dès huit heures quarante-cinq, vers Saint-Pétersbourg, en vue d'une autre affaire.

Silence alentour. Ni carillon d'église ni voitures filant sur une autoroute. Juste des bouquets d'ifs, de chênes et de peupliers épars sur les pentes. Fougères, mousses et fleurs sauvages dans les creux. Facile de comprendre pourquoi Vinci avait inclus les Dolomites dans la toile de fond de sa *Mona Lisa*.

Au sortir de la forêt, s'étendait une prairie d'herbe drue constellée de fleurs orange. Le château s'élevait à son autre extrémité, au bout d'un chemin carrossable grossièrement pavé, en forme de fer à cheval, menant à un bâtiment de deux étages aux murs de brique rouge ornés de losanges gris. Conforme à une architecture léguée de père en fils aux maçons-constructeurs. Il s'en souvenait depuis sa dernière visite, deux mois auparavant.

Aucune lumière derrière les fenêtres à meneaux. Pas de chiens non plus. Pas de système d'alarme. Rien qu'une propriété isolée dans les Alpes italiennes, refuge du riche industriel qui y vivait reclus, depuis près de dix ans.

Il savait que Pietro Caproni, le châtelain, dormait au second étage dans un luxueux appartement, confortable comme une suite de grand hôtel. Caproni vivait seul, à l'exception de trois domestiques qui venaient chaque matin de Pont-Saint-Martin, et repartaient chaque soir. Cette nuit, toutefois, Caproni avait une invitée. La Mercedes crème parquée dans la cour était encore chaude du voyage aller, depuis Venise. Et la voiture rapatrierait de même, tôt dans la nuit, la prostituée de luxe qui lui tenait compagnie. Une parmi d'autres, très belles et très chères, qui restaient parfois jusqu'au matin.

Plus rarement pour la durée d'un week-end. Grassement payées par un homme qui avait les moyens d'acheter ses plaisirs. L'excursion de ce soir avait été soigneusement planifiée pour coïncider avec une visite qui empêcherait probablement Caproni de penser trop tôt à autre chose.

Des graviers grincèrent sous ses semelles lorsqu'il traversa la route carrossable et contourna le château par le nord-est. Un jardin bien entretenu conduisait à une véranda de pierre qu'une grille de fer forgé, à l'italienne, séparait de la végétation extérieure. Les grandes portes d'accès au château étaient bouclées, mais une petite secousse maintes fois pratiquée fit jaillir du fourreau le stylet sanglé contre son bras droit. Le manche de jade se cala de lui-même dans sa main gantée. L'étui de cuir était une de ses inventions personnelles qui lui permettait d'avoir toujours disponible, à portée de main, son arme de prédilection.

Le pêne céda à la première torsion de la fine lame d'acier. Le temps de replacer le stylet sous sa manche, et il s'introduisit dans un salon voûté dont il appréciait grandement le décor néo-classique. Deux bronzes étrusques décoraient le mur du fond, sous une *Vue de Pompéi* qui était l'œuvre d'un maître et valait une fortune. Deux bibliothèques du XVIIe siècle se dressaient, bourrées de livres anciens, entre deux colonnes corinthiennes. Il se souvenait en particulier de la *Storia d'Italia* de Guicciardini et des trente volumes du *Teatro Francese*. Deux raretés inestimables.

Contournant meubles et colonnades, il passa dans le hall d'entrée, l'oreille tendue. Pas un bruit. Il traversa une étendue de sol artistement carrelée, en prenant bien garde d'éviter tout crissement de ses semelles de caoutchouc. D'autres tableaux, de facture italienne, ornaient les panneaux de faux marbre. Une charpente de châtaignier soutenait le plafond obscur, à hauteur de deux étages.

Il passa dans le grand salon.

L'objectif de son intrusion reposait innocemment sur une table d'ivoire. Un coffret signé Fabergé. Or et argent, avec une fraise d'émail translucide sur fond guilloché. La poignée d'or était garnie de motifs en forme de feuilles, et le bouton d'ouverture consistait en un gros cabochon de rubis. Il était marqué de deux caractères cyrilliques et d'un millésime, N.P. 1901. Les initiales de Nicolas Romanov, dernier tzar de Russie.

Tirant de sa poche un sac de feutre, il s'apprêtait à y glisser le coffret lorsque le local s'illumina violemment, inondé d'un seul coup par la lumière intense du lustre monumental suspendu au centre du plafond.

Brièvement aveuglé, il pivota sur lui-même. Pietro Caproni se tenait sous l'arche menant au hall d'entrée, un revolver dans la main droite.

« *Buona sera*, signor Knoll. Je me demandais quand vous reviendriez. »

L'homme cligna des yeux afin de les accommoder au brusque changement d'éclairage, et répondit en italien :

« J'ignorais que vous espériez ma visite. »

Caproni pénétra dans le salon. L'Italien était un homme de cinquante et quelques années, plutôt empâté, drapé dans un peignoir de tissu éponge bleu marine, serré sur le ventre par une ceinture de même couleur. Pieds et jambes nus, probablement interrompu dans une autre occupation.

« Le prétexte de votre dernière visite ne tenait pas debout, monsieur Knoll ! Historien d'art et membre d'une académie. Sincèrement, mon cher ! Trop facile à vérifier. »

Knoll posa la main sur le coffret. Le revolver de Caproni l'ajusta. Puis l'Italien leva les bras, dans un simulacre ironique de reddition. Le visiteur murmura :

« Je veux seulement toucher cette merveille.

— Allez-y. Pas de mouvement brusque. Je ne suis pas mauvais tireur. »

Knoll s'empara du trésor.

« Le gouvernement russe recherche cet objet depuis la dernière guerre. Il appartenait à Nicolas en personne. Volé à Peterhof, près de Leningrad, en 1944. Un souvenir empoché par quelque soldat, au passage. Et quel souvenir ! D'une valeur, aujourd'hui, d'environ 40 000 dollars américains. En supposant que quelqu'un soit assez stupide pour le vendre. Un butin prestigieux, comme disent les Russes quand ils parlent de ces choses.

— Je suis sûr que vous vous seriez empressé de le leur rendre. »

Le sarcasme eut le don de provoquer un sourire.

« Les Russes ne valent pas mieux que les voleurs. Ils veulent récupérer leurs trésors artistiques pour les vendre. Pauvres en devises, me suis-je laissé dire. La rançon du communisme.

— Je suis curieux. Qu'est-ce qui vous a attiré ici ?

— Une photo de cette pièce, avec le coffret en évidence. C'est pourquoi je m'étais présenté comme professeur d'histoire.

— Vous aviez déterminé l'authenticité de cette pièce, lors de votre courte visite d'il y a deux mois ?

— Je ne suis pas professeur, mais une sorte d'expert. Surtout lorsqu'il s'agit de Fabergé. »

Il reposa le coffret sur la table d'ivoire.

« Vous auriez dû accepter mon offre d'achat.

— Beaucoup trop modeste, pour un "butin prestigieux". Qui plus est, cet objet possède une valeur sentimentale. Le soldat qui a empoché ce souvenir, comme vous l'avez si bien rappelé, n'était autre que mon propre père.

— Et vous l'exposez aussi imprudemment ?

— Après soixante ans, j'ai pensé que personne ne s'en soucierait.

— Vous devriez vous méfier davantage des photos et des visiteurs. »

Caproni haussa les épaules.

« Je reçois peu de visites.

— Et la demoiselle, une parmi d'autres, qui vous attend là-haut ?

— Aucune ne s'intéresse à ces choses.

— Seulement aux euros ?

— Et au plaisir. »

Souriant, Christian Knoll caressa le coffret du bout des doigts.

« Vous êtes un homme immensément riche, signor Caproni. Ce château est un véritable musée. Cette tapisserie d'Aubusson qui couvre le mur est inestimable. Ces deux statuettes romaines sont des pièces de collection. Hof, je pense. XIXe siècle.

— Bien, signor Knoll. Vous m'impressionnez.

— Si nous reparlions du coffret de Fabergé ?

— Je n'aime pas les voleurs, signor Knoll. Et comme je vous l'ai dit lors de votre première visite, cet objet n'est pas à vendre. »

Il braqua fermement son arme.

« Maintenant, je vous prie de vous retirer. »

Knoll ne broncha pas.

« Quel dilemme ! Vous n'appellerez certainement pas la police. Après tout, vous êtes en possession d'un trésor, volé jadis par votre père, que le gouvernement russe voudrait reprendre à tout prix. Combien d'autres objets entrent dans cette catégorie, chez vous ? Il y aurait des tas de questions, des enquêtes, de la publicité. Vos amis de Rome ne vous aideraient pas, dans la mesure où vous seriez considéré comme un voleur doublé d'un receleur.

— Il est heureux pour vous que je ne puisse avoir recours aux autorités, signor Knoll. »

Knoll se redressa, imprimant à son bras droit une secousse qui passa inaperçue. Trop légère pour être remarquée, et partiellement cachée derrière sa cuisse. Mais sorti de son fourreau, le stylet acheva de se caler, en bonne position, au creux de sa paume.

« Aucun moyen de vous faire changer d'avis, signor Caproni ?

— Absolument aucun. »

Caproni se dirigea vers la porte du salon en reculant, sans cesser de braquer son revolver.

« Par ici la sortie, signor Knoll. »

Un rapide coup de poignet, et la lame alla percer la poitrine nue de Caproni, dans le *V* formé par l'ouverture de son peignoir. Le châtelain sursauta, baissa les yeux vers le manche de jade qui saillait de sa poitrine. Il tomba en avant, lâchant son revolver qui rebondit bruyamment sur le carrelage.

Knoll inséra le coffret dans son sac de feutre. Alla vérifier le pouls de sa victime. Calme plat. Caproni était bien mort. Si vite ! Surprenant. Quoique le stylet, son arme de jet favorite, manquât bien rarement sa cible. Il en essuya la lame sur le peignoir éponge et rendit l'arme à son fourreau. Puis il monta posément jusqu'au second étage. Faux marbre et panneaux décorés de toiles. Il poussa la seule porte soulignée d'un trait de lumière, et marcha jusqu'à l'alcôve où trônait un immense lit à baldaquin. Une unique lampe brûlait sur la table de nuit, éclairant indirectement une symphonie de cuir et de bois précieux. La chambre d'un homme infiniment riche.

La femme assise sur le bord du lit était nue. Longs cheveux roux voilant à demi des seins somptueux, au-dessous d'une paire d'yeux en amande. Elle fumait à l'aide d'un long fume-cigarette noir et or. Elle ne lui jeta qu'un regard médiocrement intéressé avant de s'informer en italien :

« Qui êtes-vous ?

— Un ami du signor Caproni. »

Il alla refermer la porte.

Elle posa sa cigarette. Se leva. Vint jusqu'à lui à grands pas onduleux.

« Vous êtes drôlement fringué pour un ami. Vous avez plutôt l'air d'un cambrioleur.

— Et ça vous ennuie ? »

Elle haussa les épaules.

« Les hommes bizarres sont ma spécialité. Leurs besoins ne sont pas différents de ceux des autres. »

Elle le toisa des pieds à la tête.

« Vous avez un regard qui transperce. Allemand ? »

Il ne répondit pas. Elle lui pétrit les mains, à travers ses gants de cuir.

« Costaud. »

Lui tâta la poitrine et les épaules.

« Musclé. »

Elle se tenait tout près de lui. Les pointes érigées de ses seins le touchaient presque.

« Où est le signor Caproni ? »

— Retenu en bas. Il a suggéré que je pourrais apprécier votre compagnie. »

Elle leva vers lui un regard gourmand.

« Vous avez les mêmes moyens que lui ?

— Monétaires ou physiques ?

— Les deux. »

Il prit la putain dans ses bras.

« Alors, qu'est-ce qu'on attend ? »

8

Saint-Pétersbourg, Russie
10 h 50

Le taxi stoppa net, en bousculant son client, comme la plupart des taxis russes.

Christian Knoll prit pied sur la perspective Nevsky embouteillée. Il régla le chauffeur en dollars. Qu'était-il arrivé au rouble, pour valoir à peine plus, en cette drôle d'époque, que les billets du Monopoly ? Des années auparavant, le gouvernement russe avait proscrit l'emploi du dollar, sous peine de prison, mais le chauffeur de taxi s'en fichait complètement. Il avait même réclamé ce mode de paiement prohibé et se hâta d'empocher les billets verts avant de redémarrer sans demander son reste.

Parti d'Innsbruck, le vol avait atterri, une heure auparavant, sur l'aéroport de Pulkovo. Avant le décollage, il avait expédié le coffret Fabergé en Allemagne, avec une note explicative exposant le succès de sa mission. Lui-même avait autre chose à faire en Russie.

Les piétons se pressaient autant sur les trottoirs que les voitures sur la chaussée de l'interminable boulevard. Knoll leva les yeux vers le dôme vert de la cathédrale de Kazan, puis se retourna pour chercher, au-delà du brouillard matinal, le clocher doré de l'Amirauté. Quelle gueule avait-elle pu avoir, cette perspective Nevsky, au temps de la circulation hippomobile ? Lorsque les prostituées ramassées la nuit s'entendaient condamner à balayer, le jour, ses pavés inégaux ? Que penserait Pierre le Grand, aujourd'hui, de sa « fenêtre ouverte sur l'Europe » ?

Grands magasins, cinémas, restaurants, musées, boutiques de toutes sortes, cafés et ateliers d'art s'y succédaient, sur près de cinq kilomètres. Enseignes au néon et kiosques à journaux violemment éclairés témoignaient des progrès rapides du capitalisme. Comment Somerset Maugham avait-il décrit cette immense artère ? *Misérable, sordide et vétuste.* Plus maintenant, conclut Knoll. Tout avait changé, et c'était précisément la raison de son nouveau voyage à Saint-Pétersbourg.

À présent, même les étrangers pouvaient consulter les vieilles archives soviétiques. Sa troisième visite en six mois à celles de Saint-Pétersbourg, qui occupaient un immeuble de pierre de taille noirci par le défilé d'innombrables pots d'échappement.

Une agence de la Saint-Petersburg Commercial Bank en occupait partiellement le rez-de-chaussée, et Aeroflot, la compagnie aérienne nationale, monopolisait le reste. Les premier, troisième et cinquième étages abritaient d'austères administrations gouvernementales : le service des visas et des citoyens étrangers, le contrôle des importations et le bureau local du ministère de l'Agriculture. Au quatrième, s'entassaient les archives, un endroit parmi d'autres où les séquelles de soixante-quinze ans de communisme pouvaient encore être étudiées.

Ces masses de documents, Eltsine les avait ouvertes au monde, par l'intermédiaire du Comité des archives russes, une façon comme une autre de proclamer ses sentiments anticommunistes. Habile, d'ailleurs. Pas besoin de purges ni de goulags pour récrire l'histoire, comme Khrouchtchev et Brejnev l'avaient fait. Il suffisait de livrer aux historiens toutes les atrocités, escroqueries et autres dénis de vie privée cachés depuis des décennies sous des tonnes de papier moisi et d'encre évanescente. Les travaux des chercheurs fourniraient toujours une propagande qui servirait à merveille les nouveaux besoins de l'État.

Knoll monta l'escalier métallique menant au quatrième. Des marches dont l'étroitesse héritée des Soviets rappelait aux connaisseurs – dont il faisait partie – qu'il s'agissait là d'un bâtiment construit après la révolution. Un coup de fil, depuis l'Italie, lui avait appris que le service restait ouvert jusqu'à dix-sept heures. D'autant plus commode qu'il mettait même une photocopieuse à la disposition des visiteurs intéressés.

Une porte légèrement déglinguée donnait accès à un espace confiné dont la peinture vert pâle s'écaillait par manque d'aération. Pas de plafond, un assemblage de conduites et de tuyaux enveloppés d'amiante courait à nu sous le béton brut du cinquième étage. L'air était frais et humide. Un drôle d'endroit où stocker des documents réputés précieux !

Derrière un vieux bureau, se morfondait le même employé aux cheveux filasse, au visage chevalin, à qui Christian Knoll avait eu affaire, lors de ses visites précédentes. Un spécimen de ces nouveaux bureaucrates russes désenchantés jusqu'au fond de l'âme, parce que mal convaincus de leur propre importance. Typique. Et guère différent de la vieille version soviétique.

Christian Knoll se fendit de son sourire le plus engageant.

« *Dobriy den.*

— Bonjour », répondit l'employé.

Toujours en russe, Knoll déclara :

« Je voudrais consulter les dossiers.

— Lesquels ? »

Le ton du fonctionnaire avait quelque chose d'irritant. Exactement comme les autres fois.

« Je suis sûr que vous vous souvenez de moi.

— Votre visage ne m'est pas inconnu. Les rapports de la commission, c'est ça ? »

Sans aucune chaleur évidente.

« Oui. Les rapports de la commission.

— Vous voulez que je vous les ressorte ?

— Non. Je sais où ils sont, mais je vous remercie. »

Il se faufila entre les étagères métalliques surchargées de cartons plus ou moins endommagés par des manipulations passées. L'air empestait la poussière et la moisissure. Ses visites antérieures l'avaient familiarisé avec le classement erratique de ces archives dont la plupart avaient été transférées ici à la suite d'un début d'incendie dans les locaux de l'Académie des sciences, il y avait de ça quelques années. Knoll se souvenait parfaitement des articles parus dans la presse soviétique qui qualifiaient le sinistre de « Tchernobyl culturel ». Mais il doutait que la catastrophe évitée de justesse eût été réellement fortuite. On ne s'était jamais gêné, au temps des Soviets, pour provoquer ce genre de déménagement, et la Russie Nouvelle ne valait pas plus cher.

Il se pencha sur les cartons en essayant de se remémorer où il avait arrêté ses recherches lors de son dernier passage. Des années ne suffiraient pas pour inventorier tous ces documents, mais il retrouva les deux cartons prometteurs dont il avait dû interrompre l'exploration, car les archives fermaient de bonne heure, ce jour-là, pour la Journée internationale de la femme, et n'avaient pas rouvert de la semaine.

Il retrouva les deux cartons dans l'état exact où il les avait laissés deux mois plus tôt, les plaça côte à côte sur une des tables de bois blanc disponibles. Chacun d'eux devait faire dans les vingt-cinq ou trente kilos.

L'employé n'avait pas bougé de sa place, mais viendrait bientôt prendre note du sujet de ses recherches.

La large étiquette en caractères cyrilliques collée sur le dessus de chaque boîte disait à peu près :

DOSSIERS DE LA COMMISSION EXTRAORDINAIRE D'ÉTAT,
APRÈS ENQUÊTE SUR LES CRIMES DE L'OCCUPANT
GERMANO-FASCISTE ET SES COMPLICES,
AINSI QUE SUR LES TORTS CAUSÉS AUX CITOYENS,
AUX FERMES COLLECTIVES, AUX INSTITUTIONS PUBLIQUES,
AUX ENTREPRISES D'ÉTAT ET AUX INSTITUTIONS DE L'UNION
DES RÉPUBLIQUES SOCIALISTES SOVIÉTIQUES.

Il connaissait bien cette commission créée en 1942 pour résoudre les problèmes posés par l'occupation nazie, ses activités allant de l'examen des camps de concentration libérés par l'Armée rouge à l'évaluation des trésors raflés dans les musées nationaux. Dès 1945, la commission avait voué à ses propres goulags des milliers de « collabos » présumés coupables. L'une des instructions impératives de Staline pour garder le contrôle des opérations, grâce à des kyrielles d'enquêteurs recherchant en Europe de l'Ouest, en Afrique du Nord et en Amérique du Sud les preuves et les produits des rapines allemandes.

Assis sur une chaise pliante, il entama la lecture des documents du premier carton. Un processus lent et laborieux, compte tenu de l'alphabet cyrillique et de la lourde tendance russe à écrire pour ne rien dire. L'ensemble, truffé de nombreux comptes rendus d'interrogatoires et de rapports de commissions vides de tout intérêt, se révéla décevant.

Il attaqua le second carton et tomba, à mi-chemin, sur les rapports d'autres enquêteurs expédiés sur le terrain, à l'époque. Des acquéreurs comme lui. Mais payés par Staline, au service exclusif du gouvernement soviétique.

Fausses pistes suivies jusqu'au fond de l'impasse,

sur des tuyaux fallacieusement précis. Quelques succès exposés dans un langage fleuri appelant la gloire et les récompenses. La *Place de la Concorde*, de Degas. *Deux sœurs*, de Gauguin. *La Maison blanche la nuit*, de Van Gogh. Il reconnut même les noms de plusieurs enquêteurs. Serguei Teleguine, Boris Sernov, Piotr Sabsal, Maxim Volochine. Ce n'était pas la première fois qu'il était tombé sur leurs rapports triomphants, dans d'autres centres d'archives. Une centaine et plus, oubliés à présent, sans utilité pour personne.

Une autre heure s'écoula, marquée par trois intrusions de l'employé, sous prétexte de lui prêter une assistance qu'il refusa poliment, soucieux de ne pas indisposer ce ringard. À l'approche de la fermeture, il dénicha un message destiné à Nicolai Shvernik, le loyal stalinien fanatique qui avait dirigé la Commission extraordinaire. Pas de papier à en-tête de la commission. Un message personnel, rédigé à la main, sur une feuille blanche, en date du 26 novembre 1946. L'encre noire utilisée avait pâli et bavé, mais restait lisible.

> *Camarade Shvernik,*
> *Je souhaite que ma lettre te trouve en bonne santé. J'ai visité Donnersberg, mais n'y ai trouvé aucun des manuscrits de Goethe qu'on nous avait signalés. Une enquête discrète m'a révélé qu'ils auraient été probablement récupérés, vers novembre 1945, par d'autres chercheurs soviétiques. Je suggérerais un nouvel inventaire des archives de Zagorsk. Hier, j'ai rencontré Ourho. Il signale, dans l'entourage de Loring, des activités qui confirment mes soupçons. Les mines du Harz font l'objet de nouvelles fouilles, sans jamais employer de main-d'œuvre locale. Rien que du personnel transporté et payé par Loring. Il n'est pas impossible que la* yantarnaya komnata *ait été découverte et secrètement évacuée. Ourho suit une autre piste qui pointe vers la Bohême. Il t'enverra directement son rapport dans la semaine.*
> *Danya Chapaev*

73

Deux photocopies récentes étaient agrafées au message. Deux mémos du KGB, datés du mois de mars, sept ans auparavant. Bizarre de les trouver parmi des documents remontant à plus d'un demi-siècle, mais typiquement russe. La première photocopie disait :

> <u>Ourho</u> est bien Karol Borya, employé par la commission de 1946 à 1958. Émigré aux États-Unis, avec l'autorisation du gouvernement d'alors. Nouvelle identité : Karl Bates. Adresse : 959, Stokeswood avenue, Atlanta, Géorgie (Comté de Fulton). Pris contact. Nie toute connaissance du sort de la <u>yantarnaya komnata</u> au-delà de 1958. N'a pu joindre Danya Chapaev et nie connaître son adresse. Attends nouvelles instructions le concernant.

Le nom de Danya Chapaev éveillait un écho dans la mémoire de Christian Knoll. Cinq ans plus tôt, il avait recherché le vieux Russe, seul des anciens enquêteurs dont il n'eût pu retrouver la trace. Maintenant, il y en avait un autre. Karl Bates. Alias Karol Borya. Sans oublier cet étrange sobriquet. Les Russes adoraient ces noms de code. Par affection ou par sécurité ? Des patronymes tels que Loup, Ours Noir, Aigle, Œil-de-Lynx, abondaient dans leur langage. Mais Ourho, « l'oreille » ? C'était unique.

La seconde photocopie apportait quelques détails complémentaires sur Karol Borya. Âgé aujourd'hui de quatre-vingt-trois ans. Ancien orfèvre. Retraité. Veuf depuis un quart de siècle. Une fille mariée qui vivait dans la même ville. Un petit-fils de quelques mois. Des infos vieilles de sept ans, mais plus qu'il n'en avait eu, jusque-là, sur Karol Borya.

Il se reporta à la lettre de 1946. Particulièrement aux deux allusions à Loring. La deuxième fois qu'il retrouvait ce nom, dans des rapports. Ernst Loring ? Trop jeune. Plus vraisemblablement son père, Josef

Loring. La confirmation que les Loring étaient toujours en chasse, tout comme lui. Ce dernier voyage à Saint-Pétersbourg n'aurait pas été inutile. Deux références directes à la *yantarnaya komnata*, rares sur des documents soviétiques, et quelques renseignements complémentaires.

Une nouvelle piste.

Ourho.

« Vous avez bientôt terminé ? »

Knoll releva les yeux. Depuis combien de temps cet abruti l'observait-il d'aussi près ?

« Monsieur… Il est un peu plus de cinq heures.

— Excusez-moi, j'ai presque fini. »

Le regard de l'employé cherchait à deviner, par transparence, à quoi se rapportaient les documents que le visiteur tenait en main. Nonchalamment, Knoll les rejeta sur la table.

Curieux que le KGB se soit intéressé, jusqu'à une date relativement récente, à d'anciens employés de la Commission extraordinaire. Il avait toujours admis que la quête de la *yantarnaya komnata* s'était arrêtée dans les années soixante-dix. C'est, du moins, ce qu'avait affirmé le rapport officiel. Quelques rappels isolés, dans les années quatre-vingt. Et plus rien jusqu'à ce jour.

Les Russes n'abandonnaient jamais, c'était une justice à leur rendre.

Rien d'étonnant, eu égard au prix de la chose. Il n'abandonnerait jamais, lui non plus. Que de pistes suivies, depuis une huitaine d'années. Que d'interviews d'hommes âgés à la mémoire défaillante ou à la bouche cousue. Boris Sernov, Piotr Sabsal, Maxim Volochine. Chercheurs comme lui-même, en quête des mêmes choses. Ces hommes ne savaient rien. Peut-être Karol Borya serait-il différent ? Peut-être saurait-il où était Danya Chapaev ? S'ils étaient encore de ce monde, l'un et l'autre. S'en assurer vaudrait bien un voyage aux

États-Unis. Il avait déjà séjourné à Atlanta. Pour les jeux Olympiques. Atmosphère humide et chaude. Mais ville impressionnante.

Il loucha vers l'employé qui, debout à l'autre extrémité des étagères métalliques, faisait semblant de ranger des dossiers. D'un geste vif, il empocha les trois feuilles de papier pliées en deux. Pas question de les laisser traîner, à la disposition de quelque autre enquêteur. Il remit les deux cartons à leur place et se dirigea vers la sortie. L'employé l'attendait près de la porte ouverte.

« *Dobry vetcher.*

— Bonne soirée à vous. »

La porte se referma derrière lui, avec un déclic péremptoire. Ce crétin ne manquerait pas de signaler sa visite. Histoire de rappeler à sa hiérarchie combien il prêtait attention à son job.

Aucune importance. Christian Knoll était satisfait. Transporté de joie. Il tenait une nouvelle filière. Peut-être intéressante. Peut-être décisive. Prélude au plus grand succès, à la plus belle découverte de sa carrière.

À *la* découverte.

Il descendit les marches en sifflotant, les mots magiques tintant toujours à ses oreilles.

Yantarnaya komnata.

La Chambre d'ambre.

9

Knoll se pencha à la fenêtre. Sa chambre occupait l'étage le plus élevé de la tour ouest du château qui appartenait à son employeur, Franz Fellner. Un édifice reconstruit au XIXᵉ siècle, d'après l'original incendié et pillé jusqu'aux fondations par les troupes françaises, en 1689.

Burg Herz, « Château cœur », était le nom qui convenait à cette forteresse sise tout près du centre d'une Allemagne unifiée. Le père de Franz, Martin, l'avait acquise, avec les forêts environnantes, à la fin de la Première Guerre mondiale, après que le précédent propriétaire eut commis l'erreur de rester fidèle au Kaiser. Knoll aimait cette chambre qui était la sienne depuis une petite douzaine d'années. Elle était spacieuse, confortable, isolée, avec une salle de bains adjacente. La vue s'étendait sur des kilomètres de prairies herbues, les hauteurs boisées de la Rothaus et l'Eder dont le cours boueux coulait à l'est en direction de Kassel. Un même majordome servait fidèlement Martin Fellner, depuis deux décennies. Knoll avait entendu dire qu'ils étaient bien autre chose que patron et domestique, mais ce genre de rumeur ne l'avait jamais intéressé.

Il était fatigué. Les derniers mois avaient épuisé sa résistance. Un voyage en Afrique, un périple en Italie, et pour finir, la Russie. Il avait beaucoup progressé depuis son adolescence passée dans un logement social de trois pièces, à trente kilomètres au nord de Munich. Il y était resté jusqu'à l'âge de dix-neuf ans. Son père avait été ouvrier d'usine, sa mère professeur de musique. Il se souvenait d'elle avec tendresse. Une Grecque que son père avait rencontrée pendant la guerre. Il l'avait toujours appelée par son prénom, Amara, qui signifiait « intouchée », et lui allait comme un gant. Il tenait d'elle son front lisse, ses narines aristocratiques et sa curiosité insatiable. Elle lui avait également légué sa passion d'apprendre et, chrétienne fervente, donné le prénom de Christian.

Son père, lui, n'ambitionnait rien de plus que de faire de lui un homme. Mais Jakob Knoll était avant tout un revanchard pur et dur que la « honte » du 11 novembre 1918 empêchait de dormir, et pour qui le concept de virilité s'incarnait dans le personnage du Führer et, par extension, dans la cause nazie. Jusqu'au bout, il s'était battu comme un lion dans les rangs de la Wehrmacht. Un homme difficile à aimer, sans doute, mais dont il était tout aussi difficile d'ignorer l'existence.

S'écartant de la fenêtre, son fils baissa les yeux vers la table de nuit voisine du lit à baldaquin. Sur une petite pile de livres, reposait, tout en haut, *Les Bourreaux volontaires d'Adolf Hitler*[1]. Le titre lui avait tapé dans l'œil, quelques semaines auparavant. Un ouvrage parmi beaucoup d'autres, de publication récente, qui analysait la mentalité des Allemands pendant la guerre. Comment

---

1. *Les Bourreaux volontaires d'Hitler*, Daniel J. Goldhagen, Éditions du Seuil, 1997.

une poignée de barbares avait-elle pu en subjuguer un aussi grand nombre ? Leur participation avait-elle été volontaire, comme le suggérait l'auteur ?

Difficile à dire du citoyen lambda, mais pas de Jakob Knoll. La haine l'emplissait tout entier. Quelle était sa citation favorite du Führer ? *Je suis la voie que me trace la Providence avec l'assurance d'un somnambule.*

Exactement ce que Hitler avait fait. En ligne droite jusqu'à sa chute. Et Jakob était mort dans le même état, douze ans après avoir perdu Amara, tuée par le diabète.

Christian avait dix-huit ans, orphelin de père et de mère, quand son Q.I. phénoménal lui avait valu d'entrer à l'université de Munich, par la grande porte. Il avait toujours rêvé de faire ses humanités. Et durant sa dernière année de fac, son cerveau génial lui avait valu une inscription automatique à Cambridge, en histoire de l'art. Il se remémorait parfois, en souriant, l'été où il avait écouté la voix des sympathisants nazis. Une période où, mis hors la loi par le gouvernement allemand, ils n'ouvraient pas encore leurs grandes gueules. Mais leur vision unilatérale du monde ne l'avait pas intéressé. Pas plus que la haine. L'une et l'autre étaient aussi stériles qu'improductives.

Et puis, comment rester « aryen » en aimant à ce point les femmes de couleur ?

Après un an à Cambridge, il était entré au service de la Nordstern Fine Art Insurance qui avait son siège à Londres. Très vite, il s'y était acquis une réputation en récupérant la toile d'un grand maître hollandais qu'on croyait définitivement perdue. Les voleurs réclamaient une rançon de vingt millions de livres, faute de quoi le tableau finirait dans les flammes. Il revoyait le choc sur le visage de ses supérieurs lorsqu'il avait répondu aux voleurs de le brûler. Ce qu'ils n'avaient pas fait. Il avait su qu'ils ne le feraient pas. Un mois plus tard, ils s'étaient fait prendre en tentant de le revendre à son légitime propriétaire.

Il y avait eu bien d'autres victoires.

Trois cents millions de dollars de toiles de vieux maîtres dérobées à un musée de Boston. La restitution d'un Jean-Baptiste Oudry de douze millions de dollars volé dans le nord de l'Angleterre. Deux magnifiques Turner de la Tate Gallery, à Londres, retrouvés à Paris, dans un appartement modeste.

Il avait fait, onze ans plus tôt, la connaissance de Franz Fellner lorsque la Nordstern l'avait chargé de procéder à l'inventaire de ses collections. Comme tout collectionneur avisé, Fellner assurait ses pièces les plus connues apparues dans les magazines spécialisés d'Europe et des États-Unis. Bonne façon de se faire, à travers la pub, un renom à l'échelle mondiale.

Un salaire princier, et cette chambre au Burg Herz, avaient persuadé Christian de quitter la Nordstern au profit de cet employeur privé. Avec l'excitation inhérente à la recherche et à l'acquisition des trésors égarés de l'humanité. Face au défi que représentaient la recherche et l'acquisition de merveilles que d'autres se donnaient tant de peine à cacher, il possédait un talent d'enquêteur confinant à la divination. Sans parler de l'intérêt qu'il portait aux femmes. Mais tuer l'excitait par-dessus tout. Un legs de son père ? Peut-être. Était-il malade ? Dépravé ? Éprouvait-il des scrupules ? Certainement pas ! La vie était belle.

Diablement belle.

Il passa dans la salle de bains où se dissipait l'humidité de sa dernière douche. Il s'étudia longuement dans le miroir. Rincée, la teinture brune de ces deux dernières semaines lui rendait sa chevelure blonde. Les déguisements n'étaient pas son fort, mais se révélaient parfois bien utiles. Son visage bronzé et rasé de près dégageait l'image d'un homme sûr de lui. Sûr de ses goûts et de ses convictions. Il se pulvérisa un peu d'eau de Cologne dans le cou, se sécha à l'aide d'une serviette avant d'enfiler sa veste de smoking.

Comme à point nommé, le téléphone sonna dans la chambre. Il la traversa en quelques enjambées et décrocha l'appareil avant la troisième sonnerie.

« J'attends, déclara une voix féminine.

— Et la patience n'est pas ta vertu cardinale ?

— Comme si tu ne le savais pas.

— J'arrive. »

Knoll descendit l'escalier en colimaçon qui tournait dans le sens des aiguilles d'une montre. Un souvenir du temps où l'étroitesse et la disposition des lieux obligeaient les escrimeurs droitiers à conquérir la tour tout en ferraillant contre les défenseurs de la place. Burg Herz possédait un total de huit tours, en plus d'une bonne centaine de pièces. D'innombrables fenêtres à meneaux permettaient de découvrir, sous tous les angles, aussi bien la forêt environnante que les riches vallées boisées qui s'étendaient au-delà. Les tours formaient un octogone autour de la vaste cour centrale. Les toits pentus recouverts d'ardoise témoignaient de la rigueur des durs hivers allemands.

Il arpenta posément les corridors au sol ardoisé, lui aussi, qui conduisaient à la chapelle. De hauts plafonds voûtés se succédaient au-dessus de sa tête. Haches de guerre, lances, piques, heaumes, cottes de mailles s'alignaient le long des murs. Rien que des pièces de collection. Il avait acheté à une Luxembourgeoise, pour son compte personnel, la plus belle armure, un monument de près de deux mètres quarante, avec armes et accessoires. Des tapisseries flamandes recouvraient les murs, toutes garanties d'origine. Éclairage indirect judicieusement calculé. Pièces bien chauffées, sans excès. Et sans une trace d'humidité nulle part.

Il ouvrit la porte percée en ogive qui donnait sur le cloître. Trois figures sculptées, sur la façade du château, suivaient ses moindres mouvements. Des personnages du XVIIIe siècle dont on ignorait l'identité, bien qu'une légende prétendît qu'il s'agissait là de créatures réelles tuées et pétrifiées à l'endroit de leur mort.

Il se dirigea vers la chapelle Saint-Thomas. Une appellation intéressante, puisque ce n'était pas seulement le nom du moine augustinien qui, dans la nuit des temps, avait fondé un proche monastère, mais également celui du majordome de Martin Fellner.

Il poussa la lourde porte de chêne.

Elle l'attendait dans l'allée centrale, juste au-delà d'une grille qui séparait la nef des six bancs d'église. Plusieurs appliques murales éclairaient un autel noir et or dont les reflets la plongeaient dans une sorte de pénombre. À l'extérieur, descendait le crépuscule, voilant les vitraux blasonnés qui ne retrouveraient qu'au soleil du matin leur splendeur coutumière. Peu d'offices se célébraient dans cette chapelle qui abritait la collection de reliquaires du châtelain, l'une des plus belles et des plus importantes qui fût. Capable de ridiculiser, par simple comparaison, la plupart des cathédrales européennes.

Il sourit à la femme qui l'attendait.

Monika Fellner, la fille aînée de son employeur, avait trente-quatre ans. Sa peau rappelait celle de sa mère, une Libanaise que son père avait passionnément aimée, quarante ans plus tôt. Mais le grand-père Martin n'avait guère apprécié le choix de son fils et l'avait renvoyée au Liban, après leur divorce, laissant derrière elle deux enfants, dont Monika.

Knoll se demandait parfois si l'attitude lointaine, indifférente et presque intouchable de Monika n'était pas la conséquence directe du rejet de sa mère. Mais c'était une chose qu'elle ne dirait jamais, et qu'il s'abstiendrait toujours de lui demander. Elle le regardait venir, altière et distante, ses boucles brunes tombant sur ses épaules dans un désordre apparent, probablement affecté. Un léger sourire errait sur ses lèvres. Elle portait une veste de brocart ajustée, sur une jupe fendue dont l'ouverture s'étendait jusqu'à ses cuisses souples et musclées. La mort prématurée de son frère aîné avait fait d'elle l'unique future héritière des biens de papa. Son nom signifiait « dévouée à Dieu ». Un nom particulièrement inapproprié.

« Boucle la porte », ordonna-t-elle.

Il en bloqua la poignée.

Elle vint à lui, ses talons rythmant sa marche sur le sol de vieux marbre. Il la rejoignit à l'entrée de la grille. Au-dessous d'eux, se trouvait la tombe du grand-père, dont le dernier vœu avait été de reposer en paix à l'intérieur de son château bien-aimé. Martin Fellner 1864-1941, disait l'inscription gravée dans le marbre gris et lisse. Pas d'épouse à ses côtés. Rien que le majordome qui l'avait fidèlement servi durant tant d'années et dont le nom figurait sur une dalle voisine.

Monika intercepta le regard de Christian Knoll et chuchota :

« Pauvre grand-papa. Si fort en affaires et si faible en esprit. Ça devait être infernal de virer homo, à l'époque.

— Tu crois que c'est génétique ?

— J'en doute. Ni pépé ni papa ne crachaient sur une diversion féminine, de temps à autre.

— Ton père n'aimerait pas entendre ça.

— Je ne pense pas qu'il s'en soucierait, à présent. C'est plutôt toi qui le perturbes. Il a reçu un journal de Rome, avec l'annonce de la mort de Caproni à la une.

— Mais il a le coffret de Fabergé.

— Tu crois que le succès excuse tout ?

— J'ai constaté qu'il arrangeait bien des choses.

— Tu n'avais pas dit que tu l'avais tué ?

— Un détail sans importance.

— Il n'y a que toi pour estimer qu'un couteau dans le cœur est un détail sans importance. Papa veut te parler. Il t'attend.

— Je m'en doutais un peu.

— Tu es un sacré salopard, Christian. »

Elle n'avait peut-être pas la sophistication de son père, mais ils possédaient deux points communs, elle et lui. À la fois passionnés et froids comme la glace. Les journaux prêtaient à Monika de nombreuses liaisons, réelles ou imaginaires. Ne fût-ce que pour spéculer sur l'identité de celui qui, tôt ou tard, accéderait à son cœur. Et à l'immense fortune de la famille. Mais il savait que ça n'arriverait pas. Fellner la dressait depuis des années. La préparait pour le jour fatal, et plus tellement éloigné, sans doute, où elle devrait prendre les rênes en main. Elle avait été élevée en Allemagne, en Angleterre, aux États-Unis, chaque nouvelle langue, chaque nouvelle ambiance renforçant son être intime. Sans que le fait d'être riche et gâtée eût jamais pu détruire sa personnalité propre.

Elle allongea la main jusqu'à sa manche droite. « Pas de stylet, ce soir ?

— Tu crois que j'en ai besoin ?

— Je peux être très dangereuse. »

Elle le prit dans ses bras. Leurs bouches se joignirent, leurs langues se mêlèrent. Il aimait cette passion qu'elle lui offrait sans réserve. Quand ils se séparèrent, elle lui mordit la lèvre au passage. Il perçut le goût du sang.

« C'est vrai, tu peux être très, très dangereuse. »

Il sortit son mouchoir pour s'essuyer la bouche alors qu'elle abaissait la fermeture Éclair de son pantalon.

« Tu ne m'as pas dit que Herr Fellner m'attendait ?

— Il y a un temps pour tout. »

Elle l'attira sur le sol, juste au-dessus de la tombe de son grand-père.

« Et je ne porte aucun sous-vêtement. »

10

Knoll suivit Monika jusqu'au musée du château où Fellner exposait les pièces qu'il avait légalement et officiellement acquises. Mais il y avait, au-delà, une pièce secrète où seuls Fellner, Monika et lui-même pénétraient parfois.

Ils entrèrent dans le musée « public » dont Monika referma la porte derrière eux. Des vitrines s'alignaient comme autant de soldats au garde-à-vous, remplies d'objets de valeurs diverses. Tableaux et tapisseries couvraient les murs. Au plafond, s'étendait une fresque qui représentait Moïse livrant au peuple les tables de la Loi, avec la tour de Babel à l'arrière-plan.

Le cabinet privé de Fellner s'ouvrait de l'autre côté du mur nord. Ils s'arrêtèrent devant une rangée de bibliothèques en chêne massif, de style baroque, incrustées d'or. Tous les volumes qu'elles contenaient étaient des pièces de collection. Fellner adorait également les livres. Son *Beda Venerabilis* du IXe siècle en était le joyau incontesté. Knoll avait eu la chance de le découvrir dans une paroisse française. Cédé par un prêtre nécessiteux moyennant une subvention dérisoire, en comparaison de la valeur de l'incunable.

Sortant une télécommande de sa poche, Monika pressa l'une des touches. La bibliothèque centrale pivota sur ses rails et la lumière allumée dans la pièce voisine envahit le musée officiel. Fellner s'y tenait dans un espace sans fenêtres, aux murs insonorisés, alimenté en air conditionné par une machinerie remarquablement silencieuse.

D'autres vitrines voisinaient dans cet espace avec d'autres trésors stratégiquement placés sous éclairage halogène. Knoll repéra, au passage, quelques-unes de ses propres acquisitions. Une sculpture de jade qu'il avait volée dans un musée de Mexico. Pas un gros problème puisque, dans un premier stade, l'objet avait été vraisemblablement dérobé dans un musée du Japon. D'autres figurines japonaises, africaines, esquimaudes, provenaient du cambriolage d'un appartement en Belgique, et n'étaient même plus recherchées. Il était tout spécialement fier de la sculpture de Gauguin, une pièce exquise qu'il avait rachetée à un voleur parisien.

Des tableaux tapissaient les murs, comme partout ailleurs dans le château. Un autoportrait de Picasso. Une *Sainte Famille* du Corrège. Le *Portrait d'une dame* de Botticelli. Le *Portrait de Maximilien Ier* d'Albrecht Dürer. Tous des originaux, réputés à jamais perdus. Enfin, deux énormes tapisseries des Gobelins, annexées par Hermann Goering pendant la guerre, rachetées à un autre voleur, vingt ans auparavant, et toujours réclamées à cor et à cri par le gouvernement autrichien.

Fellner se tenait devant une large vitrine contenant un portrait en mosaïque du XIIIe siècle à l'effigie du pape Alexandre IV. Knoll savait que ce tableau était l'un des favoris de Martin Fellner qui avait rangé le fameux coffret de Fabergé devant le portrait. Un mince projecteur halogène faisait ressortir la fraise d'émail. Visiblement, Fellner avait briqué l'œuvre d'art. Knoll savait que son employeur aimait s'acquitter lui-même de ces agréables corvées, que des mains profanes risquaient de saboter. Une bonne façon, aussi, d'éviter tout regard potentiellement dangereux.

Franz Fellner était un petit homme frêle, avec un profil d'oiseau de proie, le teint aussi gris que le béton et une faculté de s'émouvoir à peine plus tendre. Des verres sans monture encadraient ses yeux scrutateurs. Peut-être son regard avait-il été, il y avait de ça bien longtemps, celui d'un idéaliste ? À présent, il exprimait à la fois la fatigue de l'âge et l'avidité du collectionneur incurable. Ce presque octogénaire qui avait bâti un empire à base de magazines, de stations de radio et de chaînes de télévision avait cessé, au-delà de son énième milliard, de s'intéresser à l'argent. Seules comptaient désormais les surprises miraculeuses que pouvait encore lui apporter la vie.

Cueillant l'*International Daily News* sur une des vitrines d'exposition, il le tendit à Christian Knoll en maugréant :

« Vous allez me faire croire que c'était vraiment nécessaire ? »

Knoll savait que Fellner avait des actions dans ce journal, et que les nouvelles qu'il publiait s'enregistraient journellement dans un des ordinateurs alignés au fond de la pièce. La mort d'un industriel italien n'avait aucune chance d'échapper au vieil homme.

Pietro Caproni, 56 ans, fondateur des usines Due Mori, a été retrouvé hier dans sa propriété, une blessure mortelle, au couteau, en plein cœur. Tuée de la même façon, dans une autre pièce, gisait une certaine Carmela Terza, vingt-sept ans, domiciliée à Venise. La police a relevé des traces d'effraction, sur une porte du rez-de-chaussée, mais rien ne semble avoir été dérobé. Caproni était à la retraite. La firme qu'il avait créée comptait parmi les premiers producteurs de bois plastifié et de céramique.

Il participait toujours à la marche de l'entreprise, en sa qualité de principal actionnaire et de consultant, et sa disparition est un coup sévère pour l'industrie et le commerce italiens.

Fellner l'interrompit au beau milieu de sa lecture.

« Nous avons déjà eu cette discussion plus d'une fois. Je vous demande de remettre votre passe-temps favori à des occasions strictement privées.

— Là, c'était indispensable, Herr Fellner.

— Tuer n'est jamais indispensable, si vous faites correctement votre travail. » Knoll regarda Monika, qui observait la scène avec un visible amusement.

« Le signor Caproni m'a pris la main dans le sac. Il m'attendait. Ma visite précédente avait éveillé ses soupçons. Une visite que vous m'aviez demandé de faire. »

Fellner parut comprendre au quart de tour, et son visage se radoucit. Knoll connaissait bien son employeur.

« Caproni ne voulait pas renoncer au coffret de Fabergé. Et je savais combien vous y teniez vous-même. La seule alternative était de repartir les mains vides, en m'exposant à une dénonciation.

— Il n'a pas offert de vous laisser repartir ? Après tout, il ne pouvait guère se permettre de s'adresser à la police. »

Knoll décida de travestir légèrement la vérité.

« Il était armé, Herr Fellner. Et il brûlait d'envie de me descendre.

— Le journal ne signale nullement la présence d'une arme.

— Une preuve de plus qu'on ne peut jamais faire confiance à la presse.

— Et la pute ? intervint Monika. Armée, elle aussi ? »

Il lui fit face.

« J'ignorais que tu éprouvais une telle sympathie envers les prostituées. Elle avait pris ses responsabilités en fréquentant un homme tel que Caproni. »

Monika fit deux pas à sa rencontre.

« Tu l'as baisée ?

— Naturellement. »

Les yeux de la jeune femme jetaient des flammes,

mais elle n'ajouta pas un mot. Sa jalousie était aussi amusante que surprenante. Fellner reprit, dans un esprit de conciliation, comme toujours :

« Christian, vous avez ramené le coffret de Fabergé, et je vous en remercie. Mais les meurtres attirent l'attention… ce que nous devons éviter à tout prix. Et si la police retraçait votre ADN, à partir de votre semence ?

— Pas d'autre semence disponible que celle de Caproni, monsieur. La mienne n'est passée que par l'estomac de la fille.

— Vos empreintes digitales ?

— Je portais des gants. Comme toujours.

— J'admire votre prudence et vous en suis très reconnaissant. Mais je ne suis qu'un vieil homme qui désire transmettre à son unique héritière tout ce qu'il a accumulé au cours de sa vie. Aucun de nous ne doit jamais connaître la prison. Me suis-je bien fait comprendre ? »

En dépit de son ton paisible, Fellner paraissait au comble de l'exaspération. Cette discussion n'était pas la première, et Knoll regrettait de l'avoir contrarié. Son employeur avait toujours su se montrer généreux à son égard et partageait équitablement le produit des richesses qu'ils détournaient ensemble. D'une certaine façon, il le traitait mieux que Jakob Knoll, son propre père, ne l'avait jamais fait. Et Monika, bien sûr, ne se conduisait pas exactement comme une sœur.

Il lut ce qu'elle pensait dans ses yeux. Cette conversation sur le sexe et la mort avait de quoi l'exciter. Il pouvait s'attendre à la recevoir cette nuit dans sa chambre.

Il leur rapporta les allusions à la *yantarnaya komnata* et leur montra les feuillets qu'il avait soustraits aux archives.

« Les Russes n'ont donc pas totalement renoncé à retrouver la Chambre d'ambre. Et ce Karol Borya constitue un nouveau maillon de la chaîne.

— Ourho ? Drôle de surnom. » Knoll approuva d'un signe de tête.

« Je crois qu'un voyage à Atlanta s'impose. Peut-être Ourho est-il encore vivant ? Et pourra me dire où est Chapaev. C'est le seul dont je n'avais pu retrouver la trace, voilà cinq ans.

— La référence à Loring est également instructive. Cela fait deux fois que vous relevez son nom. Les Soviets s'intéressaient apparemment beaucoup à ses activités. »

Knoll connaissait l'histoire. La famille Loring dominait, à l'Est, le marché européen de l'acier et des armes. De nationalité tchèque, fils de Josef Loring, Ernst Loring était l'adversaire principal de Fellner dans la course aux trésors. Il affichait en toutes circonstances un air de supériorité à la limite du supportable. Habitué, comme l'avait été Caproni, à obtenir tout ce qu'il désirait.

« Josef, relança Fellner, était un homme déterminé. Ernst ne semble pas avoir hérité de son caractère. Je m'interroge à son sujet. Quelque chose m'a toujours gêné chez lui. Cette cordialité simulée, exaspérante, dont il fait preuve autour de lui. »

Il se tourna vers sa fille :

« Qu'est-ce que tu en penses, *Liebling* ? Notre Christian doit-il partir pour l'Amérique ? »

Le visage de Monika se crispa. Dans ces moments-là, elle ressemblait à son père. Méfiante. Furtive. Impénétrable. Encore quelques années et Fellner aurait toutes les raisons d'être très fier d'elle.

« Tout ce que je sais, c'est que je veux la Chambre d'ambre.

— Et moi, je la veux pour toi. Depuis quarante ans que je la cherche. Et rien. Absolument rien. Je n'ai jamais compris comment une telle quantité d'ambre a pu se volatiliser ainsi. Partez pour Atlanta, Christian. Trouvez Karol Borya, alias Ourho. Voyez ce qu'il peut savoir.

— S'il est mort, encore une piste qui n'ira pas loin. J'ai prospecté d'autres archives. Seules, celles de Saint-Pétersbourg recelaient quelques bribes d'informations utilisables. Cet abruti d'employé est sûrement à la solde de quelqu'un d'autre. Voilà pourquoi j'ai gardé cette lettre et ces photocopies.

— Excellente initiative. Je suis sûr que Loring et moi sommes les seuls à nous occuper encore de la *yantarnaya komnata*. Quelle trouvaille ce serait, Christian ! On serait tenté d'en faire part au monde entier.

— Les Russes la revendiqueraient, et les Allemands feraient valoir leurs droits. Mais ce serait une merveilleuse monnaie d'échange contre tous les trésors indûment saisis par ailleurs.

— C'est pourquoi nous *devons* la trouver.

— Sans oublier, rappela Knoll, le bonus promis.

— Tout à fait d'accord, Christian. Je n'oublie rien.

— Quel bonus ? intervint Monika.

— Dix millions d'euros. Chris a ma parole. »

Elle appuya :

« Et moi, je la tiendrai, si ce rôle doit m'échoir. »

Bien sûr qu'elle la tiendra, se dit Knoll.

Fellner s'écarta de ses vitrines d'exposition.

« Ernst Loring cherche toujours la Chambre d'ambre. C'est un fait avéré. C'est lui qui doit graisser la patte de ce crétin de Saint-Pétersbourg. Ne perdez pas de temps, Christian. Nous devons rester en tête de la course.

— Telle est bien mon intention.

— Vous aurez Suzanne contre vous. Elle pourra se montrer fort agressive ! »

Monika se hérissa à la simple évocation du prénom. Suzanne Danzer travaillait pour Loring. Très cultivée, totalement dépourvue de scrupules, elle aussi savait tuer si nécessaire. Récemment, elle et Christian Knoll s'étaient livrés, à travers l'Europe, à une course contre la montre pour s'emparer de deux couronnes de mariage russes du XIXᵉ siècle ornées de vraies pierres précieuses. Encore un « butin prestigieux » caché depuis des décennies par d'habiles malfaiteurs. Danzer avait gagné la course, en récupérant les couronnes chez une vieille qui habitait dans les Pyrénées, près de la frontière espagnole. Le mari de la dame les avait arrachées à un collabo nazi, juste après la guerre. Knoll n'avait pas encore pleinement digéré sa défaite. Mais la Danzer était un crack, elle aussi, dans ses nombreuses spécialités. Une rivale à ne jamais traiter par-dessous la jambe.

« Oui, oui, je connais le personnage ! »

Fellner tendit sa main large ouverte.

« Bonne chasse, Christian. »

Knoll accepta le geste de conciliation, puis ressortit par la bibliothèque tournante qui se rabattit doucement derrière lui.

« Et tiens-moi au courant ! » lui cria Monika alors que la porte secrète achevait de se refermer.

11

Suzanne Danzer s'assit dans le lit en désordre auprès du jouvenceau de vingt ans profondément endormi à son côté. Elle s'attendrit, un instant, sur sa nudité juvénile. Même au plus fort de son sommeil, le jeune étalon projetait autour de lui l'assurance d'un bon cheval de parade. Quel plaisir elle avait pris à épuiser ce beau spécimen de jeunesse et de fougue !

Encore toute troublée dans sa chair, sinon dans son esprit, elle se glissa hors du lit. La chambre était au troisième étage d'un manoir du XVIe siècle appartenant à Audrey Whiddon. Outre le titre de *lady*, la vieille dame avait acquis cette propriété, depuis son siège trois fois renouvelé à la Chambre des Communes, en réglant une hypothèque que le précédent propriétaire n'avait plus les moyens d'honorer. Le vieux Whiddon venait encore l'y visiter, de temps à autre, mais Jeremy, son petit-fils adoré, en était désormais le principal locataire.

Il n'avait pas été bien difficile, songeait Suzanne en se

levant, de séduire le beau Jeremy. L'adonis était costaud et remarquablement bien membré, plus intéressé par le sexe et la bière que par les arguties de la haute finance. Deux ans à Oxford et recalé pour résultats médiocres. Audrey Whiddon, qui aimait profondément son petit-fils, avait usé de son influence pour le ramener au bercail, espérant, contre tout espoir, lui mettre un peu de plomb dans la tête.

Mais Jeremy n'était réellement pas facile à gérer.

Il y avait près de deux ans, d'autre part, que Suzanne cherchait la dernière tabatière. La collection complète en comprenait quatre. Une toute ronde avec des motifs émaillés sur le couvercle. Une autre, ovale, d'un vert translucide, ornée de rubis. Une troisième, taillée dans la pierre, enrobée d'or massif. La quatrième était une boîte turque émaillée, ornée d'un paysage de la Corne d'Or. Toutes créées et signées au XIXe siècle par le même artisan, et volées dans une collection privée, en Belgique, pendant la Seconde Guerre mondiale.

On les avait crues perdues, refondues pour leur or, dépouillées de leurs pierres précieuses, un destin commun aux objets de cette sorte. Mais l'une avait ressurgi à Londres, lors d'une vente aux enchères, et Suzanne l'avait achetée. Loring, son employeur, était fasciné par ces petits chefs-d'œuvre d'artisanat qui avaient nom « tabatières », et dont il possédait déjà une belle collection. Légalement acquise, en partie, au marché ouvert, ou gentiment extorquée, par la ruse, à des femmes telles que Lady Whiddon.

Ayant obtenu la première, un peu par hasard, Suzanne avait déniché la deuxième en Hollande, la troisième en Finlande… et la quatrième lorsque Jeremy, à l'insu de sa grand-mère, avait tenté de la fourguer lors d'une autre vente aux enchères. Alertée par un commissaire-priseur à sa solde qui n'avait pu que refuser l'offre d'un Jeremy incapable, et pour cause, de fournir le moindre titre de propriété, Suzanne avait immédiatement entrepris de séduire le petit-fils indigne. Mission qu'elle remplirait sans peine grâce à sa silhouette de top-modèle, ses yeux bleus au regard innocent et sa longue expérience d'hommes plus âgés, plus retors que ce beau garçon naïf, fier comme un jeune coq de ses performances sexuelles.

Sans omettre le fait que coucher avec lui n'avait été pour Suzanne Danzer, grande prêtresse du sexe, quoique toujours maîtresse de ses propres emportements, ni un sacrifice consenti ni une insupportable corvée !

Elle souriait en se rhabillant et se brossant les cheveux devant le grand miroir de la salle de bains. Puis elle quitta la chambre et descendit le vieil escalier de bois, en prenant bien garde de ne pas faire grincer les marches. Des esquisses élisabéthaines décoraient les hauts murs.

Elle avait imaginé, jadis, ce que pourrait être sa vie dans une maison semblable, avec un mari et des enfants. Son propre père lui avait alors enseigné la valeur de la liberté et le prix du dévouement à quelque cause élue. Lui aussi avait travaillé pour Loring, avec l'ambition d'acheter une propriété à la campagne. Ambition qu'il n'avait pu réaliser avant de périr, onze ans plus tôt, dans un crash aérien. Suzanne n'avait que vingt-cinq ans, à la mort de son père, mais Loring n'avait pas hésité une seconde à lui proposer de prendre le relais.

Son job, elle l'avait appris sur le tas, et rapidement découvert qu'à l'instar du défunt, elle possédait un instinct inné de la recherche et la volonté de s'y consacrer en priorité, de toute son âme.

Au rez-de-chaussée, elle traversa la salle à manger, entra dans une salle de musique lambrissée de chêne dont un piano à queue occupait le centre.

Et c'est en passant dans la pièce suivante qu'elle l'aperçut enfin.

La quatrième.

Elle la prit en main. Or dix-huit carats, couvercle à charnière décoré, *en plein*, d'une scène mythologique évoquant Danaé recevant Jupiter, devant une cascade figurée par de minces fils d'or habilement enchâssés dans un fond d'émail.

Suzanne contempla un instant l'image grassouillette de Danaé. Comment des hommes normalement constitués avaient-ils jamais pu trouver cette obésité attrayante ? Mais apparemment, c'était le cas, puisque Jupiter en personne avait pris la peine de sauter cette boule de suif.

Elle traça, de l'ongle, les initiales frappées sur l'envers de la tabatière.

B. N.

Celles de l'artiste. Sortant un carré de tissu de la poche de son jean, elle en enveloppa l'objet large d'un peu moins de dix centimètres et remit le tout dans sa poche.

Grandir dans la propriété de Loring avait eu ses avantages. Une belle maison, les meilleurs précepteurs, l'accès quotidien à l'art et à la culture. Loring s'était assuré que la famille Danzer ne manquerait de rien. Mais l'isolement du château de Loukov avait privé l'enfance de Suzanne de toute camaraderie du même âge. Elle avait perdu sa mère à trois ans, et son père était constamment en voyage. Seul, Josef Loring lui consacrait une partie de son temps, en lui inculquant l'amour des livres.

Elle avait lu, quelque part, que les Chinois assimilaient les livres à des boucliers protecteurs contre les esprits maléfiques. Et c'était ce qu'ils avaient fait pour elle. Particulièrement la littérature britannique. Les tragédies de Marlowe racontant les malheurs des rois et des grands de ce monde, la poésie de Dryden, les essais de Locke, les contes de Chaucer, *La Mort d'Arthur* de Thomas Malory.

Plus tôt dans la journée, lorsque Jeremy lui avait fait

visiter l'ensemble de la propriété, elle avait remarqué un certain livre dans la bibliothèque. Sur la page de garde, s'étalait ce qu'elle s'attendait à y trouver. Le swastika. L'inscription *ex-libris* Adolf Hitler. Deux mille des livres personnels du Führer avaient été découverts à Berchtesgaden, vers la fin de la guerre, puis sommairement empilés dans une mine de sel. Des soldats américains les y avaient découverts. Une liste complète figurait au catalogue de la bibliothèque du Congrès. Certains avaient été volés, qui ressurgissaient de temps à autre. Loring n'en possédait aucun, mais connaissait des collectionneurs qui commémoraient ainsi, à leur manière, les horreurs du nazisme.

Elle cueillit l'ouvrage sur son étagère. Ce bonus ne manquerait pas d'enchanter Loring. Puis elle pivota vers la sortie.

Jeremy se tenait, toujours nu, dans l'embrasure de la porte.

« C'est celui que tu avais déjà regardé ? Grand-mère a beaucoup de bouquins. Un de plus ou un de moins… »

Elle s'approcha de lui, bien décidée à se servir de ses meilleures armes.

« J'ai passé une nuit fantastique.

— Moi aussi. Mais tu ne m'as pas répondu. »

Il désignait le livre. Elle soupira :

« Oui, c'est bien le même.

— Tu le veux ?

— Oui.

— Tu reviendras ? »

Étrange question, eu égard à la situation ambiguë. Puis elle comprit ce qui lui importait vraiment. Elle s'approcha et se mit à le caresser. Il ne tarda pas à réagir.

« Oui, je reviendrai.

— Je t'ai vue, dans la salle de musique. Tu n'es pas

97

seulement une femme déçue par un mariage raté, n'est-ce pas ?

— Quelle importance, Jeremy ? Tu as pris du bon temps, avec moi. »

Ses caresses se firent plus précises.

« Et tu en prends encore. »

Il poussa un soupir.

« Et tout ce qui est ici appartient à ta grand-mère ? Alors, quelle importance ?

— Aucune, en effet. »

Elle le lâcha. Il était vraiment équipé grand sport. Et son garde-à-vous sortait de l'ordinaire. Elle l'embrassa gentiment sur la bouche.

« On se reverra, je te le promets. »

La voix de Jeremy la rattrapa alors qu'elle était sur le point de sortir.

« Si je ne t'avais pas cédé, m'aurais-tu fait du mal pour t'emparer du livre et de la tabatière ? »

Elle se retourna, surprise de trouver tant de discernement chez quelqu'un d'aussi monstrueusement immature.

« Qu'est-ce que tu en penses ? »

Il parut réfléchir intensément au problème. Le plus dur, peut-être, qu'il ait eu à résoudre de toute sa vie.

« Je pense, déclara-t-il enfin, que je suis rudement content de t'avoir baisée. »

12

Suzanne braqua violemment, et sa Porsche négocia le virage fermé sans déraper d'un pouce. Quelle suspension. Et quelle conductrice ! Elle avait tout de suite baissé sa capote en fibre de verre, après avoir récupéré le véhicule à l'aéroport de Ruzyne. Cent vingt kilomètres depuis Prague jusqu'au sud-ouest de la Bohême, une broutille pour un as du volant comme elle. La voiture était un cadeau de Loring, un bonus après une année particulièrement fertile en acquisitions importantes. Carrosserie gris métallisé, sièges de cuir noir, tapis de sol en velours, un des cent cinquante modèles produits par le constructeur. Le sien portait, au tableau de bord, un écusson en or fin. *Drahá*. Prononcer le *h* à la manière du *ch* allemand ou de la *jota* espagnole. « Petite chérie ». Le surnom que Loring lui avait attribué, dans son enfance.

Elle avait beaucoup entendu parler de lui, et lu dans la presse tous les articles qui le concernaient. La plupart le dépeignaient comme un homme sans principes moraux, dur et cassant, doté de l'énergie d'un fanatique et de la tyrannie d'un despote. Pas tellement loin de la cible. Mais cette cible possédait une autre face qu'elle connaissait, aimait et respectait.

La propriété de Loring occupait un espace de cent vingt hectares dans le sud de la Tchécoslovaquie, à quelques kilomètres de la frontière allemande. La famille avait fait fortune sous le règne des communistes, en exploitant ses mines et ses usines de Chomutov, Most et Teplice, vitales pour l'autarcie supposée de la vieille Tchécoslovaquie. Suzanne trouvait plutôt amusant que les mines d'uranium familiales, au nord de Jachymov, confiées aux bons soins de prisonniers politiques, avec un pourcentage de morts prématurées voisin de cent pour cent, eussent été déclarées conformes aux normes de sécurité par le gouvernement actuel. Également normal, après des années de pluies acides, que les montagnes du Sad se fussent transformées en d'étranges cimetières forestiers, où pourrissaient les arbres.

Juste pour mémoire, Teplice, jadis station balnéaire florissante, était beaucoup plus renommée, à présent, pour l'espérance de vie réduite de ses autochtones que pour ses eaux thermales agréablement chaudes. Il y avait belle lurette que les livrets touristiques vendus par millions aux touristes, en dehors du château de Prague, ne contenaient plus de photos des régions contaminées. Le nord de la Tchécoslovaquie était un poids lourd. Un mauvais souvenir. Jadis nécessaire, mais qu'il valait mieux oublier. Un endroit d'où Loring tirait sa richesse, et la raison pour laquelle il vivait dans le Sud.

La Révolution de velours, en 1989, avait amené la chute du communisme. Trois ans plus tard, s'était concrétisé le divorce entre Tchèques et Slovaques, avec le partage des dépouilles disponibles. Loring avait bénéficié des deux événements, en s'alliant avec Havel et le nouveau gouvernement de la République tchèque, une étiquette ronflante, mais dépourvue d'impact international. Suzanne avait écouté Loring s'exprimer sur les changements survenus. Exposer comment ses usines et ses fonderies étaient plus nécessaires que jamais. Bien que né dans le communisme, Loring était un capitaliste pur et dur.

Authentique. Comme l'avaient été, avant lui, son grand-père et son père.

Que répétait-il très souvent ? *Tous les mouvements politiques ont besoin de charbon et d'acier.* Il leur fournissait les deux, en échange de la sécurité, de la liberté, et d'un taux d'intérêt modeste sur ses investissements.

Le château de Loukov apparut à l'horizon. Ancien *hrad* d'un chevalier oublié, site d'un formidable observatoire dominant toute une région traversée par l'impétueuse rivière Orlik. Construit dans le style bourguignon cistercien, commencé au XVe siècle, terminé vers le milieu du XVIIe, il gardait sur ses murs imposants la trace du blason original. Des fenêtres en encorbellement s'ouvraient dans les remparts envahis par le lierre et les plantes grimpantes. Un toit revêtu d'argile brillait d'un éclat orangé dans le soleil de midi.

Durant la Seconde Guerre mondiale, un incendie avait en partie ravagé les bâtiments réquisitionnés par les nazis pour en faire leur quartier général que les Alliés avaient fini par bombarder. Mais Josef Loring s'était joint aux Russes qui avaient libéré la région, sur le chemin de la capitale allemande. Après la guerre, il avait reconstitué et développé son empire industriel pour le léguer à Ernst, seul survivant de sa dynastie, un geste que le gouvernement s'était abstenu de contrer.

Les hommes habiles et courageux ont toujours leur place. Un autre aphorisme de Loring que Suzanne avait maintes fois entendu.

Doucement, elle rétrograda jusqu'à la troisième. Le moteur de la Porsche gronda en forçant les pneus à mordre la route sèche. De grands arbres encadraient la chaussée d'asphalte, à destination de l'entrée principale du château de Loukov. Ce chemin, qui jadis avait accueilli les voitures à chevaux et découragé les agresseurs, avait été élargi et réaménagé pour accepter les automobiles.

Loring était dans la cour, en treillis vert et gants de travail. Apparemment occupé à soigner ses fleurs printanières. Il était grand et anguleux, avec un ventre étonnamment plat et un physique de sportif surprenant chez un homme qui approchait des quatre-vingts ans. Au cours de la dernière décennie, ses cheveux d'un blond cendré avaient viré progressivement au gris, puis au blanc, à l'image du bouc qu'il s'était laissé pousser, vraisemblablement pour cacher les rides de sa mâchoire et de son cou. Le jardinage avait toujours fait partie de ses passe-temps obsessionnels. Les serres dressées à l'extérieur de l'enceinte débordaient de plantes exotiques importées de tous les coins du monde.

« *Dobriy den* », ma chérie.

Elle gara la Porsche et mit pied à terre, son sac de voyage au poing.

Loring claqua ses gants l'un contre l'autre pour en faire tomber la terre, et vint à sa rencontre.

« J'espère que tu as fait bonne chasse. »

Elle lui tendit une petite boîte en carton. Ni à Londres ni à Prague, la douane ne lui avait cherché querelle au sujet de la tabatière, après qu'elle eut prétendu l'avoir achetée à l'abbaye de Westminster, lors d'une manifestation caritative, et payée moins de trente livres sterling. Elle disposait même d'un reçu en bonne et due forme, rédigé pour un autre objet sans valeur qu'elle avait jeté dans une des corbeilles de l'aéroport.

Ôtant ses gants, Loring ouvrit le petit carton et examina l'objet dans le jour déclinant.

« Magnifique ! Formidable ! »

Elle tira le livre de son sac et le lui tendit, contente d'elle-même.

« Qu'est-ce que c'est ?

— Une petite surprise. »

Il remit soigneusement la précieuse tabatière dans la boîte en carton. Puis ouvrit le volume à la page de garde.

« *Drahá*, tu me stupéfies. Quelle merveilleuse surprise.

— Je l'ai repéré tout de suite, et j'ai pensé qu'il te ferait plaisir.

— On pourra même le revendre ou l'échanger. Herr Greimel adore ça, et j'aimerais bien avoir une petite toile qu'il possède.

— Je savais que tu serais content.

— Voilà qui ne manquera pas d'agacer Christian, non ? Je la leur montrerai à notre prochaine réunion.

— Christian et Franz Fellner. »

Il secoua la tête.

« Plutôt Monika. Il me semble qu'elle est en train de prendre tout en main. Lentement, mais sûrement.

— Cette garce arrogante.

— Exact. Mais ce n'est pas une imbécile. J'ai eu l'occasion de lui parler longuement, voilà peu. Un peu trop impatiente. Et rapace avec ça ! Elle a hérité du caractère de son père, à défaut de son esprit. Mais qui sait ? Elle est jeune, elle peut encore apprendre. Je suis sûr que Franz s'en occupe.

— Et mon bienfaiteur ? Est-ce qu'il songe également à la retraite ? »

Loring eut un sourire.

« À quoi occuperais-je mon temps ? »

Elle fit un grand geste circulaire.

« Au jardinage.

— Comme violon d'Ingres, pas plus. Ce qu'on fait est tellement plus vivifiant. L'activité de collectionneur réserve tant de joies. Je suis à chaque fois comme un enfant qui ouvre des paquets devant son arbre de Noël. »

Ses deux trésors tenus précieusement contre sa

poitrine, il introduisit Suzanne dans son atelier de travail du bois, situé au rez-de-chaussée d'un bâtiment proche de la cour.

« J'ai reçu un coup de fil de Saint-Pétersbourg. Christian est retourné aux archives. Toujours les rapports de la Commission extraordinaire. Il est évident que Fellner n'a pas renoncé. »

— A-t-il trouvé quelque chose ?

— Difficile à dire. Cet imbécile d'employé aurait dû commencer par vérifier s'il a pris un papier quelconque, mais il ne l'a sûrement pas encore fait. D'ailleurs, il affirme que ça va demander des années. Plus pressé de toucher ce que je lui paie que de se mettre sérieusement au boulot. Il a tout de même repéré que Knoll avait découvert une allusion à Karol Borya. »

Elle approuva sans mot dire. Elle comprenait clairement la signification de l'info.

« Je conçois mal l'idée fixe de Franz, enchaîna-t-il. Tant d'autres choses attendent qu'on les redécouvre. La *Madone à l'Enfant* de Bellini, par exemple. Disparue depuis la guerre. Ça, ce serait une trouvaille. L'*Agneau mystique*, le retable de Van Eyck, les douze toiles de vieux maîtres volées au musée de Trèves en 68. Et les impressionnistes dérobés à Florence. On n'a aucune photo permettant de les identifier. N'importe qui aimerait tomber sur l'un de ces chefs-d'œuvre.

— Mais la Chambre d'ambre est en tête des listes de tous les collectionneurs.

— C'est bien là le problème.

— Tu crois que Christian va essayer de retrouver Karol Borya ?

— Sans aucun doute. Borya et Chapaev sont les deux seuls chercheurs encore de ce monde. Il y a cinq ans, Knoll n'a pas retrouvé Chapaev. Il espère sans doute que Borya lui passera son adresse. Fellner adorerait que ce soit Monika qui déballe la Chambre d'ambre. Je suis sûr que Fellner va envoyer Knoll aux États-Unis pour essayer d'interviewer Borya.

— Mais ça risque d'être une impasse.

— Exactement. Espérons que Borya restera bouche cousue. Si toutefois il n'est pas déjà mort. Il approche des quatre-vingt-dix ans. Va en Géorgie, *drahá*, mais ne te manifeste pas ouvertement. N'interviens qu'en cas d'urgence absolue. »

La perspective enchantait Suzanne. Elle se réjouissait d'affronter de nouveau Christian Knoll. Et de le griller au poteau. Leur dernière rencontre, en France, avait été géniale. Ainsi que la nuit qu'ils avaient passée ensemble. C'était un adversaire digne d'elle. Dangereux, certes. Mais c'était le sel de la vie.

« Doucement avec Christian, ma chérie. Pas de trop près. Laisse-le à Monika. Les deux font la paire ! »

Elle embrassa le vieil homme sur la joue.

« Ne te fais pas de soucis. Ta *drahá* ne pourra jamais te décevoir. »

13

Atlanta, Géorgie
Samedi 10 mai 18 h 50

Karol Borya s'allongea dans sa chaise longue et relut l'article qu'il consultait toujours lorsqu'il ressentait le besoin de se rafraîchir la mémoire. Il s'agissait d'un extrait de l'*International Art Revue* d'octobre 1972, qu'il avait déniché lors d'une de ses visites régulières à la bibliothèque de l'université d'État de Géorgie.

En dehors d'Allemagne et de Russie, peu de journalistes s'étaient intéressés à la Chambre d'ambre. Moins de deux douzaines d'éditos en langue anglaise avaient paru, depuis la guerre, qui évoquaient cette histoire, lointaine dans le temps comme dans l'espace. Borya aimait particulièrement le début de son article favori, souligné à l'encre bleue, de sa propre main, à la première lecture.

Une citation de Robert Browning. *Soudain, comme il arrive aux choses rares, elle avait disparu.*

Cette déclaration semblait avoir été faite pour la Chambre d'ambre. Perdue depuis 1945, après une histoire riche en tumultes politiques, en intrigues complexes et en morts violentes.

L'idée de base était venue de Frédéric Ier, un personnage compliqué qui était devenu roi de Prusse en échange de la promesse d'aider militairement le Saint Empire romain germanique.

En 1701, il avait commandé des panneaux d'ambre destinés à garnir les murs d'un cabinet de travail, dans son château de Charlottenbourg. Il aimait se distraire, depuis toujours, avec des pièces de jeu d'échecs, des chandeliers et des plafonniers d'ambre. Il buvait sa bière dans des hanaps d'ambre et fumait son tabac dans des pipes au tuyau d'ambre. Pourquoi pas un local tapissé, du sol au plafond, de panneaux sculptés dans la même matière ? Il chargea donc l'architecte de la cour, Andreas Schülter, de créer cette merveille.

Le soin de fournir le matériau de base échut à Gottfried Wolffram, puis en 1707, Ernst Schact et Gottfried Turau succédèrent au Danois. Pendant quatre ans, Schact et Turau fouillèrent consciencieusement la côte de la Baltique en quête de l'ambre nécessaire. Depuis des siècles, la région produisait des tonnes de la matière recherchée, et Frédéric Ier assigna des détachements entiers de ses soldats à cette étrange tâche. Chaque spécimen était réduit en feuilles de cinq millimètres d'épaisseur, pas davantage. Polis et chauffés jusqu'à prendre la bonne couleur, les morceaux étaient ensuite ajustés, à la manière de puzzles, sur des feuilles de parchemin, des bustes et des écus blasonnés. Chaque panneau comportait, en relief, les armes de la Prusse, un aigle couronné, vu de profil, sur fond d'argent pour en augmenter la brillance.

Le local fut partiellement aménagé en 1712, date où Pierre le Grand, lors d'une visite, loua grandement le talent des artistes. Un an plus tard, Frédéric Ier mourut et sa succession revint à son fils, Frédéric-Guillaume Ier. Comme il arrive très souvent, le fils détestait tout ce que son père aimait. Il n'avait aucune intention de gaspiller l'argent de la couronne en de tels caprices et fit démonter les panneaux d'ambre qui se retrouvèrent empilés et entreposés à la diable.

En 1716, Frédéric-Guillaume signa un traité russo-prussien d'alliance avec Pierre le Grand contre la Suède. Afin de sceller ce traité, les panneaux d'ambre furent cérémonieusement présentés à Pierre et transportés, en janvier, à Saint-Pétersbourg. Plus préoccupé à l'époque de construire sa marine de guerre, Pierre le Grand les fit simplement emmagasiner quelque part. Mais en échange, il offrit à Frédéric-Guillaume deux cent quarante-huit soldats, un tour de potier et une coupe à vin qu'il avait décorée lui-même. Parmi les soldats, figuraient cinquante-cinq de ses plus grands gardes, cadeau inspiré par la passion du roi de Prusse pour les guerriers de haute taille.

Trente années s'écoulèrent avant que l'impératrice Élisabeth, fille de Pierre le Grand, ne chargeât Rastrelli, l'architecte de la cour, de disposer les panneaux dans un cabinet du Palais d'hiver, à Saint-Pétersbourg. En 1755, ils furent transférés au Palais d'été de Tsarskoïe Selo, à cinquante kilomètres au sud de Saint-Pétersbourg, et mis en place dans ce qui fut connu, plus tard, sous le nom de palais de Catherine.

C'est à cette époque que la Chambre d'ambre fut réellement créée.

Dans les vingt ans qui suivirent, quarante-huit mètres carrés de panneaux supplémentaires, la plupart portant le blason des Romanov, s'ajoutèrent aux trente-six mètres carrés originaux, addition nécessaire dans la mesure où les murs du cabinet de Catherine faisaient neuf mètres de hauteur. Le roi de Prusse contribua en personne à sa création en adjoignant au chantier un panneau enrichi d'un bas-relief de l'aigle à deux têtes des tsars de Russie.

Quatre-vingt-six mètres carrés d'ambre furent finalement

employés, ornés de figurines, de guirlandes florales, de tulipes, de roses, de coquillages, de monogrammes et de rocaille, dans de magnifiques nuances de marron, de rouge, de jaune et d'orange. Rastrelli avait fait encadrer chaque panneau d'un cartouche de boiserie de style Louis XV. Le tout séparé, à intervalles réguliers, par des pilastres porteurs de miroirs ornés d'appliques de bronze doré à l'or fin pour ne pas jurer avec les teintes irisées de l'ambre poli.

Au centre de quatre des panneaux, figurait une exquise mosaïque florentine de jaspe et d'agate, sertie dans le bronze. Plafond ouvragé et parquet composé d'une marqueterie de chêne, d'érable, de santal, de bois de rose et d'acajou complétaient l'ensemble. Aussi soignés, aussi magnifiques que les murs eux-mêmes.

Trois maîtres de Königsberg y travaillèrent jusqu'en 1770, où l'œuvre fut enfin déclarée terminée. L'Impératrice Élisabeth était tellement ravie qu'elle y recevait les ambassadeurs étrangers, afin de les impressionner. La Chambre d'ambre servait aussi de *Kunstkammer*, local d'exposition où les trésors royaux pouvaient être mis en valeur, dans un cadre digne d'eux. Dès 1765, soixante-dix objets d'ambre, armoires, chandeliers, tabatières, soucoupes, couteaux, fourchettes, crucifix et tabernacles, occupaient l'espace disponible. En 1780, fut ajoutée une table d'ambre ouvragée. Le dernier apport eut lieu en 1913 sous la forme d'une couronne d'ambre posée sur un oreiller, contribution personnelle du tzar Nicolas II.

Incroyable mais vrai, l'ensemble survécut cent soixante-dix ans. Il survécut même à la Révolution bolchevique. Il fut procédé à de multiples restaurations en 1760, 1810, 1830, 1870, 1918, 1935 et 1938. Une restauration complète était prévue pour 1940, mais le 22 juin 1941, les troupes allemandes envahirent l'Union soviétique. Le 14 juillet, l'armée d'Adolf Hitler avait conquis la Biélorussie, la majeure partie de la Lettonie, de la Lituanie et de l'Ukraine, atteignant la rivière Liga, à moins de deux cents kilomètres de Leningrad. Le 17 septembre, les troupes allemandes prirent Tsarskoïe Selo ainsi que tous les palais de la région, y compris celui de Catherine, devenu musée national sous le règne des communistes.

Dans les jours qui précédèrent sa prise, le personnel du musée expédia tous les objets détachés de la Chambre d'ambre dans l'est de la Russie. Mais impossible de démonter les panneaux. On tenta de recouvrir les murs d'un épais papier peint qui ne trompa personne. Hitler ordonna à Erich Koch, *Gauleiter* de Prusse-Orientale, de ramener la Chambre d'ambre à Königsberg, son emplacement légitime, dans l'esprit du Führer. Une équipe de six hommes mit trente-six heures à démanteler les panneaux, et vingt tonnes d'ambre méthodiquement emballées prirent le chemin de l'Allemagne, où elles furent installées au château de Königsberg, avec une vaste collection d'art prussien. Un journal allemand de 1942 se félicita du « retour au bercail, sa seule place légitime », de l'ambre du palais de Catherine. Publiées à l'époque, des cartes postales montraient le trésor sous tous les angles. L'exposition devint le spectacle favori des nazis garantis bon teint.

En août 1944, les premières bombes alliées tombèrent sur Königsberg. Quelques pilastres et quelques-uns des plus petits panneaux subirent des dommages. La suite est plus incertaine. Entre janvier et avril 1945, alors que l'armée soviétique approchait de Königsberg, Koch fit transférer les panneaux démontés dans les caves du restaurant Blutgericht. Le dernier document relatif à la Chambre d'ambre, daté du 12 janvier 1945, précise que les panneaux mis en caisses devaient être transportés en Saxe. Alfred Rohde, conservateur de la Chambre, assista au chargement des caisses dans un convoi de camions militaires. Le 6 avril 1945, ledit convoi quitta

Königsberg, et c'est la dernière fois où l'on revit les précieuses caisses.

Borya reposa l'article.

À chaque fois qu'il le relisait, son esprit le ramenait à la première ligne. *Soudain, comme il arrive aux choses rares, elle avait disparu.*

Impossible de mieux dire.

Il réfléchit un instant avant de feuilleter le dossier, posé sur ses genoux, qui contenait des copies d'autres articles rassemblés au fil des ans. Certains détails chatouillaient brièvement sa mémoire. C'est si bon de se souvenir.

Jusqu'à un certain point.

Quittant sa chaise longue, il alla refermer le robinet du jardin. Fraîchement arrosées, les plantes resplendissaient dans le crépuscule. Toute la journée, il avait espéré la pluie, mais le printemps se montrait plutôt sec. Lucy l'observait du patio, ses yeux verts suivant chacun des mouvements du vieil homme. Il savait qu'elle n'aimait pas l'herbe, particulièrement l'herbe humide. Il ramassa ses articles.

« On rentre, minette, on rentre pour la soirée. »

La chatte le suivit dans la cuisine. Il jeta le dossier sur la table, auprès de son dîner, un filet de maquereau mariné enveloppé d'une tranche de bacon. Il allait s'asseoir lorsque retentit la sonnette de la porte d'entrée.

Il passa dans le vestibule, suivi de Lucy. Il regarda par l'œilleton l'homme en complet bleu marine, chemise blanche et cravate à pois, qui venait de sonner. Encore un mormon ou un Témoin de Jéhovah. Ils sonnaient souvent à cette heure, et leurs visites égayaient la soirée.

Il ouvrit la porte.

« Karl Bates ? Connu jadis sous le nom de Karol Borya ? »

La question le prit totalement à l'improviste, et sa

111

réaction de surprise fut l'équivalent d'une réponse affirmative.

« Je m'appelle Christian Knoll », déclara le visiteur.

Son léger accent allemand déplut tout de suite à Borya. Ainsi que la carte commerciale confirmant l'identité annoncée. *Recherche d'antiquités disparues*, précisait-elle à la rubrique profession. Avec une adresse et un numéro de téléphone à Munich. Borya reporta son attention de la carte à l'homme. Quarante-cinq ans, épaules larges, cheveux blonds ondulés, teint bronzé rappelant la couleur de la cannelle, prunelles grises, regard impérieux dans un visage de marbre. Rien de bien sympathique.

Borya leva la main pour s'emparer de la carte. Trop tard. Elle disparaissait déjà dans la poche du veston.

« Pourquoi voulez-vous me voir, monsieur Knoll ?

— Puis-je entrer ?

— C'est selon.

— Je veux vous parler de la Chambre d'ambre. »

Sur le point de protester, Borya changea d'avis. Il y avait des années qu'il attendait ce genre de visite.

Knoll le suivit dans le salon. Ils s'assirent face à face. Lucy se percha sur une troisième chaise.

« Vous travaillez pour les Russes ? »

Le visiteur secoua la tête.

« Je pourrais vous mentir, mais la réponse est non. Mon employeur est un collectionneur privé qui recherche la Chambre d'ambre. J'ai trouvé votre nom et votre adresse dans les archives russes. Il semble que vous partagiez son intérêt.

— Il y a bien longtemps de ça. »

Knoll sortit de sa poche trois feuillets pliés, agrafés ensemble.

« J'ai déniché ces références dans les archives russes. On vous y appelle Ourho. »

Tout y était, même la prononciation gutturale de la deuxième syllabe.

Borya parcourut rapidement les papiers en question. La première fois, depuis des décennies, qu'il avait à lire des caractères cyrilliques.

« C'était mon surnom.

— Vous avez été prisonnier ?

— Près d'un an et demi. »

Il roula sa manche droite, dévoilant le tatouage.

« 10901. J'ai essayé de l'effacer, mais il n'y a rien à faire. Bon travail. À l'allemande. »

Knoll désigna les feuillets.

« Que savez-vous de Danya Chapaev ? »

Borya nota, en passant, que Christian Knoll n'avait pas relevé la remarque sarcastique à l'égard du bon travail allemand.

« Danya était mon compagnon. On a fait équipe jusqu'à mon départ.

— Comment se fait-il que vous ayez travaillé pour la Commission extraordinaire ? »

Fallait-il répondre ou pas ? Depuis le temps que tout cela dormait dans sa mémoire… Maya avait été au courant de tout, mais Maya n'était plus là depuis bien longtemps. Rachel en savait juste assez pour comprendre et ne jamais oublier. Fallait-il en parler ? Fallait-il se taire ? Il se sentait si vieux. Au bout du rouleau. Quelle importance à présent ?

« Après Mauthausen, je suis retourné en Biélorussie, mais… il n'y avait plus rien. Des Allemands partout, comme des rats. Toute ma famille avait disparu. La Commission extraordinaire semblait un bon endroit où amorcer la reconstruction.

— J'ai étudié de près cette fameuse commission. Une organisation très intéressante. Les nazis étaient des pillards émérites, mais les Soviets faisaient encore mieux. Les hommes de troupe se contentaient de babioles telles que montres et bicyclettes. Mais les officiers expédiaient au pays des caisses et des avions entiers d'œuvres d'art, de porcelaine et de tableaux. Et la commission était la plus grande chapardeuse de tout le lot. Des millions d'objets de valeur ont été dérobés par ses soins. »

Le sang d'Ourho commençait à bouillir.

« Pas dérobés. Les Allemands avaient détruit le pays, les maisons, les usines et les villes. Tué des millions de personnes. À l'époque, les Soviets ne demandaient qu'une juste compensation.

— Et maintenant ?

— Maintenant, d'accord. C'est du vol. Du pillage. Les communistes étaient pires que les nazis. Mais il faut du temps pour y voir clair. »

Knoll approuva la concession d'un signe de tête.

« Cette commission n'était qu'un faux-semblant. Un prétexte. Elle aidait Staline à remplir les goulags.

— C'est pourquoi je suis parti.

— Chapaev est-il toujours en vie ? »

Question inattendue, à ce stade. Hors contexte. Visant probablement à obtenir une réponse automatique. Ce Christian Knoll était habile.

« Aucune idée. Pas revu Danya depuis mon départ. Le KGB est venu m'interroger, voilà des années. Un énorme Tchétchène puant de transpiration. Je lui ai fait la même réponse.

— C'était dangereux, monsieur Bates. Il ne faut pas jouer avec un homme du KGB.

— Que pouvait-il faire ? Tuer un vieillard ? Ce temps-là est passé, *Herr* Knoll. »

La substitution de « Herr » à « monsieur » était parfaitement intentionnelle, mais cette fois encore, Knoll s'abstint de mordre à l'hameçon.

« J'ai interviewé beaucoup d'anciens chercheurs. Teleguine, Sernov, Volochine. Sans retrouver trace de Chapaev. Il y a seulement quelques jours que j'ai découvert la vôtre.

— Certains vous ont parlé de moi ?

— S'ils l'avaient fait, je serais venu plus tôt. » Rien de bien surprenant. Tous avaient appris la valeur d'une bouche cousue.

« Je connais le travail de la commission, reprit Knoll. Elle envoyait des enquêteurs à la recherche des œuvres d'art, en Allemagne et en Europe de l'Est. Une course de vitesse entre l'armée et les pillards. Avec succès dans le cas de l'or troyen, de l'Autel de Pergame, de la *Madone Sixtine* de Raphaël, et de toute la collection du musée de Dresde. »

Il hocha la tête : « Et de tellement d'autres choses... Mais d'autres restent encore à découvrir. Certaines dorment dans des châteaux ou dans des chambres fortes depuis des décennies.

— J'ai lu de nombreuses histoires à ce sujet... Vous croyez que je sais où se trouve la Chambre d'ambre ?

— Non. Autrement, vous l'auriez déjà récupérée.

— Il vaut peut-être mieux qu'elle reste introuvable. »

Knoll exprima son désaccord en secouant énergiquement la tête.

« Quelqu'un comme vous... avec vos antécédents... amoureux des beaux-arts... ne peut pas souhaiter qu'un tel chef-d'œuvre demeure voué à l'oubli et à la destruction par l'érosion du temps.

— L'ambre est éternel.

— Mais pas la façon dont il a été traité. Les colles et mastics du XVIIIe siècle ne durent pas aussi longtemps.

— Vous avez raison. Ces panneaux se présenteraient aujourd'hui comme autant de puzzles à reconstituer.

— Mon patron y consacrerait volontiers tout le personnel nécessaire.

— Qui est votre patron ? »

Le visiteur eut un large sourire.

« Je n'ai pas le droit de vous le révéler. Cette personne

préfère conserver son incognito. Comme vous le savez, le monde des collectionneurs est une jungle impitoyable.

— La Chambre d'ambre a disparu depuis près de six décennies.

— Mais imaginez-la, *Herr* Bates, excusez-moi, monsieur Bates…

— Borya.

— Monsieur Borya… imaginez-la reconstituée dans toute sa splendeur originale… Quel spectacle ! Il n'en existe que de rares photographies, presque toutes en noir et blanc, qui ne rendent pas justice à tant de beauté.

— J'ai vu ces photos. J'ai même vu la Chambre avant la guerre. Magnifique. Aucune photo ne saurait en donner la moindre idée. Dommage que tout cela soit perdu à jamais.

— Mon employeur refuse d'y croire.

— La plupart des panneaux ont probablement été détruits lors du bombardement de Königsberg en 1944. D'autres les voient au fond de la Baltique. J'ai enquêté moi-même sur le naufrage du *Wilhelm Gustloff*. Neuf mille cinq cents morts, quand les Soviets l'ont envoyé par le fond, avec la Chambre d'ambre dans ses cales. Transportée par camions de Königsberg à Dantzig, puis chargées à destination de Hambourg. »

Knoll s'agitait sur sa chaise.

« Moi aussi, j'ai étudié le naufrage du *Gustloff*. Les versions sont contradictoires. La plus crédible affirme que les panneaux ont été transférés de Königsberg à une mine des environs de Göttingen avec un chargement de munitions. Quand les Britanniques ont occupé la région, en 1945, ils ont fait sauter la mine. Mais bien des ambiguïtés subsistent…

— Certains disent même que les Américains auraient tout emporté chez eux, de ce côté-ci de l'Atlantique.

— Je l'ai entendue également, celle-là ! Et celle selon laquelle les Soviets auraient découvert et caché les panneaux quelque part, à l'insu du pouvoir en place. Sur le plan du volume, c'est possible. Mais compte tenu de la valeur marchande et du désir de ressusciter la merveille, parfaitement improbable. »

Le visiteur connaissait son sujet sur le bout du doigt. Karol n'ignorait, lui non plus, aucune de ces histoires plus ou moins rocambolesques. Mais le visage de granit, le regard glacé du nommé Knoll ne trahissaient rien de ses propres convictions. Un talent qui sous-entendait une longue pratique.

« Et la malédiction, qu'est-ce que vous en faites ?

— J'en ai entendu parler. Mais elle ne saurait affecter que les gens mal renseignés, et les amateurs de sensationnel.

— Mon Dieu, mais je manque à tous mes devoirs ! Aimeriez-vous boire quelque chose ?

— Ce serait avec plaisir.

— Je reviens tout de suite. »

Et, montrant le chat assoupi sur sa chaise, il ajouta :

« Lucy va vous tenir compagnie. »

Karol passa dans la cuisine, garnit deux verres de cubes de glace et les emplit de thé frais. Il pensa même à remettre son futur dîner dans le réfrigérateur. Il n'avait plus faim du tout. Obsédé par de vieilles pensées ramenées à l'ordre du jour.

Son dossier de coupures de presse gisait toujours sur la table.

« Monsieur Borya ! » appela Christian Knoll du salon.

Ses pas se rapprochaient. Peut-être valait-il mieux lui cacher ces articles ? Il les jeta dans le frigo qu'il referma alors que le visiteur poussait la porte battante.

« Oui, Herr Knoll ?

— Pourrais-je utiliser vos toilettes ?

— Dans le couloir, à droite.

— Je vous remercie. »

Ce type froid et méthodique perturbé par une envie de pisser urgente, Borya n'y croyait pas une seconde. Changer la bande d'un magnéto de poche, peut-être ? Ou profiter de la diversion pour jeter un coup d'œil ? Un truc dont il s'était servi lui-même plus d'une fois au bon vieux temps. Cet Allemand lui portait sur le système. Autant s'amuser un peu à ses dépens. D'une armoire murale, il tira le tube de laxatif que réclamaient ses intestins vieillissants une fois ou deux par semaine. Il ajouta la dose réglementaire à l'une des boissons préparées et aida les granules à se dissoudre au moyen d'une cuiller à soupe. Ils n'avaient aucun goût particulier. Avant peu, cet emmerdeur aurait vraiment besoin des toilettes.

Il rapporta les deux verres sur un plateau. Knoll accepta celui qu'il lui tendait. Il en dégusta quelques gorgées.

« Thé glacé à l'américaine. Parfait.

— Nous en sommes très fiers.

— Nous ? Vous vous considérez comme américain ?

— Depuis tout ce temps, je me sens chez moi.

— La Biélorussie n'a pas repris son indépendance ?

— Les actuels gouvernants ne valent pas mieux que les Soviets. Des dictateurs.

— Sans réaction de la part des Biélorusses ?

— La Biélorussie est une simple province de la Russie actuelle. Sans réelle indépendance. Il faut des siècles pour abolir l'esclavage.

— Vous n'aimez ni les Allemands ni les communistes. »

Cette conversation devenait ennuyeuse.

« Seize mois dans un camp de la mort vous endurcit le cœur. »

Knoll avait bu tout son thé. Les glaçons cliquetèrent lorsqu'il reposa le verre sur la table. Borya poursuivit, sur son élan :

« Les Allemands et les communistes ont violé la

Russie et la Biélorussie. Ils ont converti le palais de Catherine en caserne, avant de l'utiliser comme cible. Je l'ai revisité après la guerre. Il ne restait rien de la beauté royale d'antan. Un essai parmi beaucoup d'autres pour détruire la culture russe ? Pour nous infliger une leçon en bombardant nos palais ?

— Je ne suis pas nazi, monsieur Borya. Je ne saurais donc vous répondre. »

Puis, après un silence :

« Si nous cessions de tourner autour du pot ? Avez-vous retrouvé la Chambre d'ambre.

— Comme je vous l'ai dit… évanouie à jamais.

— Comment se fait-il que je n'arrive pas à vous croire ?

— C'est votre problème. »

Borya haussa les épaules :

« Je suis un vieil homme. Bientôt, je serai mort. Aucune raison de mentir.

— J'en doute fort, monsieur Borya. »

Ils s'entre-observaient avec la même fixité implacable.

« Je vais vous conter une petite histoire qui pourra peut-être vous aider, monsieur Knoll, Des mois avant sa libération, le camp de Mauthausen a reçu la visite du *Reichsmarschall* Hermann Goering. Il nous a forcés, moi et trois autres prisonniers, à torturer quatre Allemands attachés nus à des poteaux par un froid intense. Nous les avons arrosés d'eau glacée jusqu'à ce qu'ils en meurent.

— Que voulait savoir Goering ?

— Il voulait la *Bernsteinzimmer*. Les quatre hommes avaient participé à l'évacuation des panneaux de la Chambre d'ambre, depuis Königsberg, avant l'invasion des Soviétiques. Goering voulait la *yantarnaya komnata*. Mais Hitler était arrivé le premier.

— Ils ont révélé quelque chose ?

— Rien. Juste gueulé *Mein Führer* jusqu'à mourir de froid. Leurs visages gelés reviennent souvent dans mes cauchemars. Étrange, Herr Knoll, mais d'une certaine façon, je dois la vie à un Allemand.

— Comment cela ?

— Si l'un des quatre avait parlé, Goering m'aurait fait exécuter sur place. »

Il était fatigué de se souvenir. Il voulait se débarrasser de l'importun avant que le laxatif ne produise son effet.

« Je hais les Allemands, monsieur Knoll. Je hais les communistes. Je n'ai rien dit au KGB. Je n'ai rien à vous dire. Maintenant, retirez-vous, je vous prie. »

Knoll réalisa l'inutilité de prolonger la séance et se leva.

« Très bien, monsieur Borya. Je m'en voudrais de vous ennuyer davantage. Je vous souhaite une bonne nuit. »

Sur le pas de la porte, Knoll se retourna, la main tendue. Un geste sans signification, dicté par la politesse de tous les jours.

« Au revoir, monsieur Borya. »

L'ancien prisonnier de Mauthausen revoyait le soldat Mathias lié à son poteau, nu dans le froid mortel, et comment il avait répondu à Goering.

Il cracha dans la main tendue.

Knoll resta un instant immobile, comme pétrifié sur place. Puis il tira un mouchoir de sa poche et, calmement, essuya le crachat alors que la porte se refermait avec un claquement sec. Définitif.

14

Borya déplia son article de l'*International Art Review* et trouva rapidement la partie qui l'intéressait.

Alfred Rohde, qui avait présidé au transport de la Chambre d'ambre depuis Königsberg, fut promptement appréhendé après la guerre et remis aux autorités soviétiques. La Commission d'État extraordinaire pour la réparation des dégâts occasionnés par les envahisseurs germano-fascistes recherchait la Chambre d'ambre, et exigeait des réponses à ses questions. Mais Rohde et son épouse furent retrouvés morts, le matin même où ils devaient comparaître devant la commission. La dysenterie fut la cause officiellement invoquée. Plausible dans la mesure où l'épidémie faisait rage à l'époque, en raison de la pollution des eaux potables. Mais beaucoup conclurent à une exécution sommaire, afin de garder secrète la cachette de la Chambre d'ambre.

Ce même jour, on signala la disparition du docteur Paul Erdmann, le médecin qui avait signé le permis d'inhumer du couple Rohde.

Erich Koch, représentant officiel d'Adolf Hitler en Prusse, fut arrêté et jugé par les Polonais pour crimes de guerre. Condamné à mort en 1946, son exécution fut plusieurs fois repoussée à la requête des autorités soviétiques. Une opinion répandue voyait en Erich Koch le seul homme encore vivant susceptible de connaître la destination des caisses expédiées de Königsberg en 1945. Paradoxalement, Koch dut sa survie soit à son ignorance, soit à son refus de révéler l'information souhaitée. Il tombait sous le sens qu'une fois renseignées, les autorités soviétiques cesseraient de s'intéresser au sort d'Erich Koch. En 1965, ses avocats obtinrent finalement des Soviets l'assurance officielle que la vie de leur client serait épargnée s'il se mettait à table. Koch expliqua alors que les caisses avaient été murées dans un bunker proche de Königsberg, mais qu'il était impossible d'en retrouver l'emplacement exact, compte tenu de la reconstruction entreprise aussitôt après la guerre. Il mourut sans avoir révélé toute la vérité sur ce qu'il savait.

Au cours des décennies suivantes, trois journalistes ouest-allemands moururent dans d'étranges circonstances alors qu'ils recherchaient la Chambre d'ambre. L'un tomba dans le puits désaffecté d'une mine de sel en Autriche où, selon la rumeur, les nazis entreposaient leur butin de grande valeur. Les deux autres périrent dans un accident de la circulation suivi de délit de fuite. George Stein, un autre chercheur allemand, spécialiste de la Chambre d'ambre, finit par se suicider... du moins en apparence. Tous ces événements accréditèrent l'idée d'une malédiction attachée à la Chambre d'ambre, rendant cette nouvelle quête du Graal encore plus passionnante aux yeux des amateurs.

Il s'était installé au premier étage, dans l'ancienne chambre de Rachel convertie en un cabinet de travail où il conservait ses livres et ses papiers. Il y avait là un vieux secrétaire, un classeur de chêne et une chaise de bureau pivotante dans laquelle il aimait lire et rêver. Quatre étagères bibliothèques complétaient le mobilier, surchargées de romans, de livres d'histoire et de littérature classique.

Il pensait toujours à ce curieux visiteur qui lui avait hérissé le poil. Il avait trouvé dans un tiroir d'autres articles sans importance. Les principaux étaient restés dans le frigo, mais il avait la flemme de descendre les rechercher, sous peine d'avoir à remonter l'escalier. Dans l'ensemble, les articles concernant la Chambre d'ambre étaient archi-contradictoires. Un tissu de théories et de suppositions dont les dates ne concordaient même pas. Pour les uns, l'ensemble des panneaux avait disparu en janvier, pour les autres en avril 1945. Étaient-ils partis en camion, en train ou par la mer ? Aucun accord non plus sur ce point. Le *Wilhelm Gustloff* avait-il été torpillé par un sous-marin soviétique ou bombardé du haut des airs ? La Chambre d'ambre, par ailleurs, s'était-elle trouvée dans ses cales ?

L'un était certain que soixante-douze caisses avaient quitté Königsberg. Un autre disait vingt-six et un autre dix-huit. Plusieurs rapports affirmaient qu'elles avaient brûlé lors des bombardements. D'autres les voyaient partir en secret pour les États-Unis. Difficile de se forger une opinion et pas un article ne précisait la source de ces informations. Rien que des ragots, et généralement pas de première main. Ou pis encore, de simples suppositions.

Un obscur magazine, *The Military Historian*, rapportait l'histoire d'un tramway qui aurait quitté la Russie occupée, vers le 1er mai 1945, avec les caisses à son bord. Quelques témoins juraient avoir vu décharger de telles caisses dans la petite ville tchèque de Týnec-nad-Sázavou. De là, elles auraient été transportées vers le sud, par la route, jusqu'au quartier général du maréchal von Schörner, commandant une armée allemande d'un million d'hommes qui tenait toujours le secteur. Mais le même article ajoutait que la démolition du bunker par les Soviets, en 1989, n'avait donné aucun résultat.

Proche de la vérité, commenta-t-il, *in petto*. Très proche.

Sept ans plus tôt, à la lecture de cet article, il avait essayé d'en joindre l'auteur et n'y était pas parvenu.

Aujourd'hui, un nommé Wayland McKoy fouillait les montagnes du Harz dans la région de Stod, en Allemagne. Était-il sur la bonne piste ? La seule certitude, c'était que beaucoup de monde avait passé l'arme à gauche en recherchant la Chambre d'ambre. Les affaires Rohde et Koch appartenaient à l'histoire. Au même titre que toutes ces autres morts et disparitions aussi suspectes que mystérieuses. Simples coïncidences ? Peut-être. Mais il en doutait fort. Particulièrement depuis ce qui s'était passé neuf ans plus tôt. Comment pourrait-il l'oublier ? Le souvenir hantait sa mémoire à chaque fois qu'il regardait Paul Cutler, son ex-beau-fils. Et il se demandait souvent s'il ne serait pas logique d'ajouter deux noms à la liste des victimes.

Un grincement de parquet l'alerta.

Pas le genre de bruit que faisait la maison quand elle était vide.

Il releva les yeux, s'attendant à voir Lucy bondir dans la pièce. Il reposa les articles sur son bureau et quitta sa chaise. Il grimpa jusqu'au palier du premier étage et jeta un coup d'œil par-dessus la rampe. Il faisait presque nuit, et la seule lampe restée allumée au rez-de-chaussée éclairait chichement le salon. Sa chambre, au bout du palier, était un gouffre d'ombre.

« Lucy ? Lucy ? »

La chatte ne répondit pas. Il tendit l'oreille et se pencha vers le rez-de-chaussée, cramponné à la rampe.

Brusquement, quelqu'un l'empoigna par-derrière. Jailli des ténèbres de sa chambre, un bras puissant se referma autour de son cou sans qu'il pût se défendre, et le souleva de terre. Deux mains gantées, d'une force terrible.

« *Können wir weiterreden, Ourho ?* »

La voix était celle du visiteur. Et la traduction automatique résonna dans sa tête :

« *On peut reprendre cette conversation, Ourho ?* »

Le bras replié l'étranglait. Il commençait à suffoquer.

« Salaud de Russe ! Oser me cracher dans la main. Pour qui te prends-tu, vieillard ? J'en ai tué d'autres pour moins que ça. »

Karol resta coi. L'expérience de toute une vie lui conseillait de se taire.

« À présent, tu vas me dire ce que je veux savoir, ou tu vas y laisser ta peau. »

Il connaissait le refrain dans toutes ses variantes. Déjà chanté, avec d'autres paroles, par Hermann Goering dont la voix disposait jovialement de son existence. Quelle avait été la réponse de soldat Mathias ?

« *C'est un honneur de tenir tête à ses tortionnaires.* »

Une vérité toujours de mise.

« Tu sais où est Chapaev, pas vrai ? »

Il tenta de secouer la tête. L'étreinte du bras de son agresseur se resserra d'un cran.

« Tu sais où est la *Bernsteinzimmer*, pas vrai ? »

Il était à deux doigts de perdre connaissance. Knoll diminua légèrement la pression. Les poumons du vieil homme aspirèrent goulûment l'air raréfié.

« On ne rigole pas avec moi, pauvre crétin ! Je suis venu de loin, à la recherche d'informations.

— Je n'ai rien à vous dire.

— Tu en es sûr ? Tu as dit plus tôt que ton temps était compté. Il l'est encore plus que tu ne le supposais. Pense à ta fille. À tes petits-enfants. Tu ne voudrais pas les voir vivre encore quelques années ? »

Il le désirait plus que tout au monde, mais il n'allait pas s'en laisser imposer par un Allemand. « Allez vous faire foutre, Knoll ! »

Projeté dans l'escalier, son corps frêle cascada sur les marches de chêne. Il voulut crier, mais le souffle lui manqua. Il ne put freiner sa chute et roula, plongea, membres épars, vers le rez-de-chaussée. Quelque chose craqua. Sa lucidité vacillait. Une douleur atroce lui broyait le dos. Il atterrit finalement sur le carrelage de l'entrée. Il ne sentait plus ses jambes. Le décor tournoyait autour de lui. Il entendit Knoll bondir à sa suite avant de l'empoigner par les cheveux. Jadis il avait eu la vie sauve grâce à un Allemand. Un autre allait la lui prendre.

« Dix millions d'euros, c'est une somme. Mais aucun Russe ne me crachera dessus. »

Borya tenta de réunir assez de salive pour cracher encore, mais sa bouche était sèche, sa mâchoire paralysée.

Le bras de Knoll se referma autour de son cou.

15

Suzanne Danzer assista par la fenêtre au dénouement inéluctable de la scène. Elle entendit craquer les vertèbres du vieillard lorsque Christian Knoll lui appliqua la torsion fatale, et vit le corps s'amollir, la tête prendre une position insolite.

Knoll repoussa Borya de côté et lui décocha une ruade vengeresse en pleine poitrine.

Arrivée à Atlanta le matin même par l'avion de Prague, elle avait repéré son rival alors qu'il reconnaissait le terrain, autour du domicile de Karol Borya. Les allées et venues de Christian avaient été aisément prévisibles, dans la mesure où aucun enquêteur compétent ne se rendra jamais où que ce soit sans explorer d'abord le voisinage, en prévision de quelque piège.

S'il y avait quelque chose à dire au sujet de Christian Knoll, c'est qu'il était parfaitement compétent dans ses diverses spécialités. Il avait passé à son hôtel la majeure partie de la journée, et elle l'avait déjà suivi, de loin, lors de sa première visite. Ensuite, il n'était pas rentré à l'hôtel, mais avait attendu la tombée de la nuit, dans sa voiture de louage, pour renouveler discrètement sa visite, entrant par la porte de derrière qui, selon toutes les apparences, n'était même pas fermée à clef. Non qu'une serrure l'eût arrêté bien longtemps. Aucune n'était à l'abri de son habileté professionnelle.

Il était évident que le vieux n'avait pas dû se montrer coopératif la première fois, et le tempérament soupe au lait de Christian Knoll était légendaire. Il avait balancé Borya dans l'escalier avec autant de désinvolture qu'un chiffon dans une poubelle. Avant de lui casser le cou avec un plaisir évident. Elle le respectait pour ses multiples talents et connaissait son adresse au lancer du stylet qu'il dissimulait sous sa manche. Une arme dont il n'hésitait jamais à faire usage.

Mais elle non plus n'était pas sans talents.

Knoll se redressa et jeta un coup d'œil autour de lui. Dans son survêtement noir et sous la cagoule qui voilait son visage et sa longue chevelure blonde, Suzanne Danzer se savait invisible. Était-il capable de sentir sa présence dans l'obscurité?

Lorsqu'il se tourna vers la fenêtre, elle s'accroupit, d'instinct, au-dessous du niveau de la barre d'appui, parmi les plants de houx qui cernaient la maison. La nuit était chaude. Un peu de sueur perlait à son front alors qu'elle se redressait juste à temps pour le voir remonter l'escalier. Six minutes plus tard, il redescendit, les mains vides, le costume et la cravate impeccables, vivante image de l'élégance. Au passage, il vérifia le pouls de sa victime et se dirigea vers la sortie. Au bout de quelques secondes, elle entendit une porte s'ouvrir et se refermer.

Elle attendit une dizaine de minutes avant de quitter sa planque épineuse. Mains gantées, elle entra comme chez elle, par la même porte. Une vague odeur de vieux corps et d'antiseptique planait dans l'air. Elle traversa la cuisine et passa dans le salon.

À l'entrée de la salle à manger, un chat se fourra dans ses jambes. Elle stoppa net, le cœur battant, et jura entre ses dents.

Le décor n'avait pas changé depuis sa première visite, trois ans auparavant. Le même sofa capitonné en poil de chameau, la même pendule murale à carillon et les mêmes lampes de Cambridge. Les lithographies pendues alentour l'avaient brièvement intriguée. Elle s'était demandé s'il ne s'agissait pas d'originaux, mais un examen rapide lui avait appris le contraire. De simples copies. Une fouille méthodique, en l'absence de Borya, ne lui avait pas rapporté la moindre info nouvelle sur la Chambre d'ambre. Juste des coupures de presse et des photocopies sans valeur. Si Karol Borya savait quelque chose sur la Chambre, il ne l'avait écrit nulle part et ne le gardait pas par-devers lui.

Rien non plus au premier étage. Rien de neuf, en dehors des mêmes articles éparpillés sur le bureau en bois clair dont elle se souvenait. Borya, semblait-il, avait eu le sujet en tête à l'arrivée de Christian Knoll.

Elle redescendit l'escalier.

Le vieux gisait face contre terre. Elle aussi lui tâta le pouls, par acquit de conscience.

Rien. Christian n'aurait pas commis une telle erreur.

Parfait.

En passant le premier, il lui avait évité une corvée déplaisante.

16

Rachel gara sa voiture devant la maison de son père. Ce matin de mai s'annonçait magnifique. La porte du garage était relevée, la vieille Oldsmobile pleurait des larmes de rosée qui scintillaient sous le soleil naissant.

La maison n'avait guère changé depuis son enfance. Brique rouge, encadrements blancs, toit de tuiles noircies. Le magnolia et les cornouillers plantés vingt ans plus tôt, lorsque la famille avait emménagé, faisaient concurrence aux grands houx et aux plantes folles qui poussaient plus près de la maison. Les stores avouaient leur âge et la moisissure envahissait lentement les briques. Le tout avait besoin d'un coup de propre. Rachel se promit d'en parler bientôt à son père.

Jaillis de la voiture, les enfants se précipitèrent vers la porte de derrière, toujours ouverte à leur intention.

Rachel vérifia les portières de l'Oldsmobile. Jamais bouclées. Elle secoua la tête. Son père refusait tout bonnement de fermer à clef quoi que ce fût. Le journal du matin gisait sur le paillasson. Elle alla le ramasser avant d'emprunter l'étroit sentier cimenté à la suite de ses enfants qui, déjà, appelaient Lucy dans le jardin de derrière.

La porte de la cuisine n'était pas bouclée, elle non plus. Une ampoule allumée, au-dessus de l'évier. Bizarre. Aussi négligent qu'il pût être avec ses serrures, son père était hypermaniaque, côté consommation électrique. Une lampe à la fois, pas davantage. Curieux qu'il ait oublié celle-ci, avant de monter se coucher.

Rachel appela :

« Hé, p'pa, combien de fois je t'ai dit de ne pas laisser ta baraque ouverte à tout venant ? »

Les gosses en avaient assez de courir après Lucy, et traversaient la cuisine à toute allure.

« Pépééé ! »

C'était plus fort qu'un simple appel. Maria se précipita dans la cuisine.

« M'man, m'man, pépé s'est endormi par terre.

— Qu'est-ce que tu racontes ?

— Il dort sur le plancher, en bas de l'escalier. »

Rachel ne fit qu'un bond. La position contrefaite de la tête de son père lui fit tout de suite comprendre qu'il ne dormait pas.

« Bienvenue dans notre musée des beaux-arts, répétait le gardien à l'entrée de chaque nouvelle personne. Bienvenue. Bienvenue. »

Paul attendait sagement son tour avec les autres.

« Bonjour, monsieur Cutler, le salua le gardien. Mais vous n'aviez pas besoin de faire la queue.

— Ce ne serait pas juste, monsieur Braun.

— Membre du conseil, ça devrait accorder quelques privilèges, non ?

— On y pensera. Il n'y a pas un journaliste qui m'attend ? Je devais le rencontrer vers dix heures.

— Si. Le type, là-bas, dans la première galerie. Il est là depuis l'ouverture. »

Il s'éloigna, ses talons de cuir claquant sur le dallage. Les quatre étages du musée étaient ouverts au public et le bourdonnement des conversations assourdies flottait dans tout l'édifice. Paul venait de temps à autre, le dimanche matin, passer quelques heures dans ce musée. Il n'avait jamais été très pratiquant. Non qu'il fût athée, mais les œuvres des hommes l'intéressaient davantage que celles d'une hypothétique divinité omnipotente. Rachel était pareille. Il se demandait parfois si leur désinvolture vis-à-vis de la religion influencerait Brent et Maria. Peut-être en avaient-ils besoin ? Mais Rachel n'avait pas été d'accord. *On les laissera décider eux-mêmes quand ils auront l'âge d'y penser.* Elle était farouchement anticléricale, et ce n'était là qu'un de leurs sujets de controverse, parmi beaucoup d'autres.

Il avança tranquillement dans la première galerie, dont les toiles exposées n'étaient qu'un avant-goût de tout ce qui attendait les visiteurs dans le reste du musée. Le reporter, un jeune type maigrichon à la barbe hérissée, caméra pendue à l'épaule droite, contemplait un tableau de grandes dimensions.

« Gale Blazek ?

— Dans le mille !

— Paul Cutler. »

Ils se serrèrent la main. Paul désigna la toile.

« Pas mal, non ?

— La dernière œuvre de Del Sarto, je crois ?

— Bravo ! On a eu la chance de pouvoir l'emprunter à un collectionneur privé. Pour un petit bout de temps. Plus quelques autres toiles mineures qui sont au deuxième étage, avec les Italiens du XIVe et du XVe. »

Paul désigna l'énorme pendule murale. Dix heures un quart.

« Désolé d'être un peu en retard. Si on se baladait en bavardant un brin ? » Souriant, le journaliste sortit un minimagnétophone de son sac en bandoulière. Ils arpentèrent côte à côte la longue galerie. « Entrons tout de suite dans le vif du sujet. Vous faites partie du conseil depuis longtemps ?

— Neuf ans.

— Collectionneur vous-même ? »

Paul émit un bref éclat de rire.

« Pas vraiment. Quelques petites gouaches et quelques aquarelles. Rien de très important.

— J'ai entendu parler de vos talents d'organisateur. L'administration vous apprécie énormément.

— J'aime bien mon rôle de bénévole. Cet endroit est spécial pour moi. »

Un groupe d'ados turbulents descendait de la mezzanine.

« Vous avez fait l'École des beaux-arts ?

— Pas exactement.

— On peut savoir ?

— Une maîtrise en sciences po à la fac d'Emory, et quelques cours en histoire de l'art. Puis j'ai vu ce que la plupart des historiens bricolaient dans ce domaine, et je me suis tourné vers la fac de droit. »

Il ne s'étendit pas sur ses échecs. Non par vanité. Simplement parce que plus de douze ans après ça n'avait aucune importance. Ils passèrent derrière deux femmes qui admiraient un portrait de sainte Marie-Madeleine.

« Vous avez quel âge ?

— Quarante et un.

— Marié ?

— Divorcé.

— Moi aussi. Vous vous en tirez comment ? »

Paul haussa les épaules.

« Hors magnéto… je fais en sorte ! »

En réalité, le divorce signifiait un appartement de célibataire et des dîners pris tout seul ou avec des collègues, à part les deux fois où il avait les enfants pour la nuit. Les mondanités se réduisaient à des rencontres de bar, unique raison pour laquelle il appartenait à tant de comités. De quoi meubler son temps de libre en dehors des week-ends alternés où il sortait les gosses. Rachel lui laissait toute latitude de passer chez elle à sa guise. Mais il ne voulait pas empiéter sur ses prérogatives et concevait la nécessité d'une saine programmation et d'habitudes régulières.

« Et si vous vous décriviez ?

— Je vous demande pardon ?

— C'est une chose que je demande aux gens dont je veux dresser le profil. Ils le font mieux que je ne saurais le faire. Qui peut vous connaître mieux que vous-même ?

— Quand le conservateur m'a demandé de vous accorder cette interview et de vous montrer la boutique, j'ai cru qu'il ne serait question que du musée. Pas de moi.

— C'est bien ça. Pour la prochaine édition dominicale de *Constitution*. Mais mon rédacteur en chef veut des infos sur les personnes clés. Celles qui sont derrière les expositions.

— Pourquoi pas le conservateur ?

— C'est lui qui m'a dit que vous étiez le pivot de toute l'entreprise. Le seul sur qui il puisse toujours compter. »

Paul s'arrêta. Comment pourrait-il se décrire ? Un mètre soixante-quinze, cheveux bruns, yeux noisette, l'allure de quelqu'un qui courait cinq kilomètres par jour ?

Non.

« Disons visage ordinaire, corps et personnalité idem. Fidèle à sa parole. Pas spécialement dégonflé. Le genre de type avec qui on aimerait partager la même casemate en pleine bagarre.

— Le genre de type qui s'assure que ses affaires seront correctement gérées après son départ ? »

Il n'avait rien dit de ses activités légales, mais le journaliste avait bien étudié son dossier.

« Quelque chose comme ça.

« — Vous avez parlé d'une casemate. Vous avez été militaire ?

— je suis né après le Viêtnam.

— Ça fait longtemps que vous pratiquez le droit ?

— Puisque vous connaissez mon occupation principale, vous devez savoir depuis combien de temps je la pratique.

— J'ai oublié de le demander. »

Une réponse honnête.

« Je suis chez Pridgen et Woodworth depuis plus de trois ans.

— Vos collègues ont une très haute opinion de vous. Je leur ai parlé vendredi.

— Personne ne me l'a dit.

— Je leur avais demandé de vous le cacher. Je voulais que vos réponses soient spontanées. »

Un brouhaha s'élevait maintenant de la salle qui se remplissait à vue d'œil.

« Si nous passions dans la galerie Edwards ? Moins de monde. Et quelques belles sculptures à voir. »

Il montra le chemin, à travers la mezzanine. Le soleil pénétrait à flots par les vitres épaisses serties dans un lacis de porcelaine blanche. Un immense dessin à l'encre de Chine couvrait le mur nord. Un arôme de café et d'amande filtrait de la cafétéria.

« Magnifique, commenta le reporter. Qu'est-ce que le *New York Times* en a dit ? Le plus beau musée créé par une ville dans toute une génération.

— Leur enthousiasme nous a comblés de joie. Il nous a aidés à remplir les galeries. Prêteurs et donateurs se sentent bien chez nous. »

Droit devant eux, se dressait un monolithe de granit rouge. Paul marqua un arrêt presque involontaire devant les vingt-neuf noms gravés dans le bloc minéral. À chaque nouvelle station, ses yeux se dirigeaient automatiquement vers le centre.

YANCY CUTLER
4 juin 1936 – 23 octobre 1998
Éminent avocat
Protecteur des arts
Ami du musée

—

MARLÈNE CUTLER
14 mai 1938 – 23 octobre 1998
Épouse dévouée
Protectrice des arts
Amie du musée

« Votre père faisait déjà partie du conseil, n'est-ce pas ?

— Pendant trente ans. Il a aidé à trouver les fonds pour créer ce bâtiment. Ma mère était très active, elle aussi. »

C'était le seul mausolée édifié à la mémoire de ses parents. L'Airbus avait explosé au-dessus de la mer. Vingt-neuf victimes. Tous les membres du conseil, leurs épouses, et plusieurs employés. Aucun corps repêché. Pas d'explication du sinistre, à part une communication des autorités italiennes signalant un complot de terroristes séparatistes. La cible présumée avait été le ministre italien des Beaux-Arts, également à bord. Yancy et Marlène Cutler s'étaient simplement trouvés au mauvais endroit à la mauvaise heure.

« C'étaient des gens bien. Ils nous manquent à tous. »

Paul reprit avec le reporter le chemin de la galerie Edwards. Une assistante du conservateur les y rejoignit en courant.

« Monsieur Cutler, un instant s'il vous plaît ! »

La femme était essoufflée, et son visage exprimait une profonde gravité.

« On vient de vous appeler au téléphone. Je suis sincèrement désolée. Votre ex-beau-père est décédé. »

17

Atlanta, Géorgie
Mardi 13 mai

Karol Borya fut enterré à 11 heures, sous un ciel orageux, avec une fraîcheur dans l'air inhabituelle pour le mois de mai. De nombreuses personnes assistèrent à l'inhumation. Paul s'occupa de tout, présentant à la ronde trois vieux copains de Karol qui prononcèrent d'émouvants éloges. Auxquels Paul lui-même ajouta quelques mots partis du cœur.

Rachel se tenait debout au premier rang avec Maria et Brent à ses côtés. Un prêtre de l'église orthodoxe Saint-Méthode, paroisse de Karol, présidait au déroulement de la cérémonie, avec Tchaïkovski et Rachmaninov en discret fond sonore. Sa dernière demeure attendait le défunt dans le cimetière adjacent à l'église. Une fosse fraîchement creusée dans l'argile rouge et l'herbe drue, à l'ombre des sycomores.

Lors de la descente du cercueil, le prêtre psalmodia les émouvantes paroles bibliques :

« Tu es poussière et tu retourneras à la poussière. »

Bien que Karol eût toujours adhéré à la culture américaine, il était demeuré indissolublement lié à son pays d'origine. Paul n'avait pas de son ex-beau-père un souvenir particulièrement pieux, mais plutôt celui de quelqu'un dont la foi profonde se transposait dans une vie quotidienne exemplaire. Le vieil homme avait souvent déclaré qu'il aimerait reposer en Biélorussie, parmi les bosquets de bouleaux, les marais et les versants herbus semés de chanvre bleu. Ses parents, ses frères et ses sœurs gisaient dans des fosses communes dont les officiers SS et les soldats allemands coupables de leur massacre avaient emporté le lieu exact dans leurs propres tombes.

Entrer en contact avec quelqu'un des Affaires étrangères afin d'envisager de rapatrier le corps, Paul l'eût tenté volontiers, mais Rachel s'y était opposée. Elle préférait de beaucoup réunir dans le sol américain sa mère et son père. Elle avait également souhaité que la réunion traditionnelle se passât chez elle, et quelque soixante-douze personnes s'y retrouvèrent qui durant plus de deux heures entrèrent et sortirent de la maison. Des voisins avaient apporté de quoi manger et boire. Rachel recevait les condoléances et prodiguait ses remerciements. Elle avait l'air de bien tenir le coup. Et puis, vers deux heures, elle monta au premier étage.

Paul, qui la surveillait de près, la rejoignit dans leur ancienne chambre. La première fois depuis leur divorce qu'il entrait dans cette pièce.

« Ça va ? »

Perchée sur le bord du lit, les yeux perdus dans le vague, elle pleurait. Il s'approcha d'elle.

« Je savais, sanglota-t-elle, je savais que ce jour viendrait. Les voilà partis tous les deux. Je me souviens qu'à la mort de maman, j'ai cru que c'était la fin du monde. Je ne pouvais pas comprendre qu'elle m'ait été enlevée. »

Paul s'était souvent interrogé sur l'origine des

propos antireligieux de son ex-épouse. Un ressentiment farouche envers ce Dieu assez injuste et assez cruel pour priver une petite fille de sa mère ? Il aurait voulu la prendre dans ses bras, lui dire qu'il l'aimait, et qu'il en serait toujours ainsi, mais il restait là, paralysé, la gorge atrocement serrée, à refouler ses larmes.

« Elle me faisait souvent la lecture à haute voix. C'est sa voix dont je me souviens le mieux. Si douce. Et ces histoires qu'elle me racontait. Apollon et Daphné. Les batailles de Persée. Jason et Médée. Tous les enfants avaient des contes de fées. Moi, j'avais la mythologie. »

Il était rare qu'elle évoquât aussi clairement son enfance. Elle n'aimait pas s'y attarder, et considérait ouvertement toute question sur ce sujet comme une intrusion.

« C'est pour ça que tu en parles aux enfants ? »

Elle épongea ses larmes en hochant affirmativement la tête.

« Ton père était un homme bien, Rach. Je l'aimais.

— Même si on a raté notre élan… il te considérait toujours comme son fils… et disait que ça ne changerait jamais. »

Elle leva vers lui des yeux rouges et gonflés.

« Son vœu le plus cher était de nous voir faire un deuxième essai. »

Le mien aussi, songea Paul. Mais il ne dit rien.

« Pourquoi finissions-nous toujours par nous bagarrer ?

— Aussi têtus l'un que l'autre…

— On ne faisait pas que ça. » Plus fort que lui, il avait fallu que ça sorte. Elle haussa rageusement les épaules.

« Tu as toujours été optimiste. »

Il remarqua la photo encadrée posée de guingois sur la table de nuit. Prise un an avant leur divorce, elle les représentait tous les quatre, elle, lui, Brent et Maria. La photo de leur mariage était toujours là, elle aussi. La même que dans le salon, au rez-de-chaussée.

« Je regrette, pour mardi dernier... Ce que j'ai dit juste avant que tu partes... Tu sais que je parle toujours trop.

— Mais je n'aurais pas dû m'en mêler. Ton algarade avec Nettles ne me regardait en aucune façon.

— Non, tu avais raison, j'ai réagi trop fort. Mon fichu caractère m'entraîne toujours trop loin. »

Elle essuya d'autres larmes.

« J'ai tant à faire. Cet été va être difficile. L'élection en attente. Et puis ce malheur... »

Il retint le commentaire qui lui montait aux lèvres. Se fût-elle montrée plus diplomate auprès de ses collègues que la menace de l'échec n'eût pas été si précise !

« Écoute, Paul, pourras-tu t'occuper de la succession de papa ? Je m'en sens totalement incapable. »

Il allongea la main pour lui presser tendrement l'épaule.

« Bien sûr. »

Elle ne repoussa pas son geste, au contraire. Sa main vint se poser sur la main de son ex-époux. Leur premier contact physique depuis des mois.

« J'ai confiance en toi. Je sais que ce que tu feras sera bien fait. Il t'a toujours confié ses affaires. Il te respectait. »

Elle lui lâcha la main. Il lui lâcha l'épaule.

Déjà, il réfléchissait en avocat. N'importe quoi pour échapper à ce qu'il éprouvait en cet instant.

« Tu sais où il a rangé son testament ?

— Cherche dans la maison. Sans doute dans son secrétaire. Ou peut-être dans son coffre à la banque. Je n'en sais rien. Mais il m'a donné la clef. »

Elle alla s'asseoir à sa coiffeuse. La Reine des glaces ? Pas pour lui. Il se rappelait leur première rencontre, lors d'un cocktail. Il venait d'entrer au service de Pridgen et Woodworth. C'était déjà une pro, particulièrement agressive dans l'exercice de ses fonctions. Ils étaient sortis ensemble près de deux ans avant que la famille leur suggérât de se marier. Ils avaient été si heureux ensemble, pendant ces années trop brèves. Qu'est-ce qui avait pu mal tourner ? Pourquoi semblait-il tellement impossible de revenir en arrière ? Peut-être avait-elle raison ? Peut-être étaient-ils meilleurs amis que profondément amoureux ?

Paul souhaitait ardemment le contraire.

Il empocha la clef du coffre bancaire qu'elle lui tendait.

« N'y pense plus, Rach. Je vais tout faire au mieux. »

En quittant la maison de Rachel, il alla tout droit chez Karol Borya. Une petite demi-heure de route, à condition de bien connaître. Par des artères commerçantes encombrées et de paisibles rues de traverse.

L'Oldsmobile de Karol était toujours là, fidèle au poste. Rachel lui avait également remis les clefs de la maison, et dès l'abord, son regard se porta sur le dallage de l'entrée, puis sur l'escalier dont les dures marches de chêne avaient brisé le cou du fragile octogénaire. L'autopsie, légale en pareil cas, n'avait rien relevé qui pût infirmer la thèse d'un tragique mais banal accident domestique.

Debout dans le hall silencieux, Paul ressentait un mélange poignant de regret et de tristesse. Que de fois il était venu, dans cette maison, parler d'art et d'un tas d'autres choses. À présent, plus personne ne lui donnerait la réplique. Un autre lien brutalement tranché sans possible retour. Avec Rachel, mais également avec un ami. Borya avait été pour lui plus qu'un père. Ils étaient devenus encore plus proches à la disparition de ses propres parents. Les deux pères s'étaient si bien entendus, eux aussi. Liés par ce même goût forcené des belles choses.

Deux hommes de qualité. À tout jamais disparus.

Il décida de suivre la suggestion de Rachel. D'aller tout de suite voir là-haut s'il trouvait le testament. C'était lui-même qui l'avait rédigé, quelques années auparavant, et jamais Karol Borya n'eût fait appel à quelqu'un d'autre pour en modifier les termes. Il y en avait un double chez Pridgen et Woodworth. Si nécessaire, on pourrait y avoir recours. Mais l'original aurait plus de poids, lors des formalités d'usage.

Il trouva au premier étage les articles dispersés sur la table et le dessus du secrétaire. Tous en rapport avec la Chambre d'ambre, sujet de conversation favori du défunt. En bon Russe blanc, Borya souhaitait la restitution du trésor au palais de Catherine. Mais Paul ne s'était jamais douté à quel point cette histoire lui tenait à cœur.

Au point de collectionner des coupures de presse vieilles de trois décennies. Mais dont quelques-unes ne remontaient pas à plus de deux ans.

Il fouilla les tiroirs et les classeurs. Pas de testament.

Il explora les bibliothèques.

Borya adorait lire. Homère, Hugo, Poe et Tolstoï voisinaient sur ses étagères, en compagnie de recueils de contes russes, des *Histoires* de Churchill et des *Métamorphoses* d'Ovide, reliés plein cuir. Quelques auteurs du Sud, également, de Katherine Anne Porter à Flannery O'Connor.

La bannière plaquée contre le mur attira son attention. Borya l'avait achetée dans un kiosque du Centennial Park, durant les Jeux olympiques. Elle représentait un chevalier d'argent sur sa monture cabrée. L'épée au clair, le bouclier orné d'une triple croix dorée. Le tout sur fond rouge, emblème de valeur et de courage, estimait le vieil homme. Mêlé de blanc pour exprimer pureté et liberté.

La bannière de la Biélorussie, fier symbole d'autodétermination.

Tellement semblable à Borya lui-même.

Le vieux avait adoré les olympiades. Ils avaient assisté ensemble à plusieurs compétitions. Ils étaient là quand la Biélorussie avait décroché la médaille d'or en aviron féminin. Plus quatorze autres médailles : six d'argent, cinq de bronze au lancer du disque, à l'heptathlon, en gymnastique et à la lutte. Toutes accueillies par Karol Borya avec une fierté indicible. Bien que converti, par osmose, à l'*American way of life*, il était resté jusqu'au bout russe blanc dans son cœur.

Paul regagna le rez-de-chaussée et fouilla tiroirs et placards. Toujours pas de testament. La carte d'Allemagne était toujours déployée en travers de la table. L'exemplaire d'*USA Today* qu'il avait apporté lui-même était encore posé sur une chaise voisine.

Il retourna dans la cuisine où il poursuivit ses recherches. Qui pouvait savoir ? Il avait dû un jour traiter un dossier comportant un testament qu'on avait repêché dans le réfrigérateur. La vision d'une chemise bulle près du tiroir à glaçons lui fit battre le cœur. Mais elle ne contenait que d'autres articles sur la Chambre d'ambre datant des années quarante et cinquante. Quelle idée de les avoir fourrés dans le frigo. Une question qui pouvait attendre. D'abord le testament.

Paul décida d'empocher le dossier, et de se rendre tout de suite à la banque.

Le panneau indicateur pointant vers la Georgia Citizens Bank, sur le boulevard Carr, s'agrémentait d'une pendule qui disait trois heures vingt-trois lorsque Paul rangea sa voiture sur le parking. La Georgia Citizens, la « Banque des Citoyens », avait toujours été sa banque. Il avait plus d'une fois travaillé pour elle, même avant la fac de droit.

Le directeur, un petit bonhomme aussi chauve que pointilleux, commença par lui refuser l'accès au coffre de Karol Borya. Sur un rapide coup de téléphone, la secrétaire de Paul faxa une lettre officielle qu'il signa, attestant sa qualité d'exécuteur testamentaire de M. Karol Borya, décédé. Cette lettre apaisa la méfiance du directeur. Du moins aurait-il quelque chose à présenter, si quelque héritier rapace se plaignait d'avoir trouvé le coffre vide.

La loi de l'État de Géorgie permettait à tout exécuteur testamentaire légalement reconnu d'accéder au coffre, afin d'y prélever le testament de l'intéressé. Mais il arrivait qu'un directeur de banque tentât de s'y opposer, pour quelque raison nébuleuse.

Le fait que Paul Cutler possédât la clef du compartiment 45 confirmait son authenticité. Il en ouvrit la porte. En sortit le classique coffret de métal.

La boîte oblongue ne contenait rien de plus qu'une liasse de papiers maintenue par un gros élastique. L'un des feuillets était bleu, et Paul reconnut au premier coup d'œil le testament qu'il avait rédigé. Le reste consistait en une douzaine d'enveloppes qu'il examina rapidement. Toutes adressées à Borya et provenant d'un certain Danya Chapaev. Plus une simple enveloppe blanche, fermée, portant, à l'encre bleue, le nom de Rachel.

« Ces lettres et cette enveloppe étaient attachées au testament. M. Borya les considérait donc comme un tout. Il n'y a rien d'autre dans la boîte. Je vais emporter l'ensemble de son contenu.

— Nos instructions, dans un cas semblable, sont de ne laisser prendre que le testament proprement dit.

— Le tout ne formait qu'une seule liasse et constitue donc une annexe au testament. La loi m'autorise à en prendre possession. »

Le directeur hésita.

« Je dois appeler le siège pour obtenir leur feu vert.

— Où est le problème ? Il n'y a personne pour s'y opposer. J'ai personnellement rédigé ce testament. Je connais ses dispositions. La seule héritière de M. Borya est sa fille. Je la représente.

— Il faut tout de même que j'appelle notre service juridique. »

Paul en avait soupé de ces atermoiements.

« Faites donc ! Dites à Cathy Holden que Paul Cutler est chez vous, en butte aux persécutions de quelqu'un qui visiblement ne connaît pas la loi. Dites-lui que si je dois passer par un jugement de cour afin d'obtenir ce que je demande, la banque devra me payer les deux cent vingt dollars de l'heure que je réclamerai en compensation de tout ce temps perdu. »

Le directeur ouvrait de grands yeux.

« Vous connaissez la directrice de notre conseil judiciaire ?

— Cathy ? J'ai même travaillé pour elle. »

Le directeur cessa de tergiverser.

« Emportez-les. Signez simplement ici. »

18

Danya,

Mon cœur saigne chaque fois que je repense à Yancy Cutler. De si bonnes gens, lui et Marlène. Et toutes ces autres victimes du crash. Des gens pareils ne devraient pas mourir ainsi, de cette affreuse manière.

Mon beau-fils est profondément malheureux, et je tremble à l'idée que je puisse en être partiellement responsable. Yancy m'avait téléphoné, la veille du crash. Il avait retrouvé le vieux bonhomme dont le frère travaillait chez Loring. Tu avais raison. Je n'aurais jamais dû lui demander de se renseigner durant son séjour en Italie. Nous n'avions pas le droit d'impliquer d'autres personnes.

Tout le poids pèse sur nos épaules, à présent. Pourquoi avons-nous survécu ? Ne savent-ils pas où nous sommes ? Et ce que nous savons ? Sommes-nous encore une menace pour eux ? Poser des questions peut toujours les alerter. L'indifférence vaudrait mieux, sans doute, que la curiosité. Tant d'années ont passé. La Chambre d'ambre n'est plus que le souvenir d'une merveille. Qui s'en soucie aujourd'hui ? Porte-toi bien et réponds-moi.

Karol

Danya,

Le KGB s'est manifesté. Un gros Tchétchène qui puait davantage qu'un égout. Il m'a dit qu'ils ont retrouvé mon nom dans les archives de la commission. Je pensais que la piste était effacée depuis longtemps. Mais j'avais tort. Sois prudent. Il m'a demandé si tu étais toujours vivant. Je lui ai fait la réponse convenue. Je crois que nous sommes les deux derniers rescapés. Tous ces amis disparus, quelle tristesse ! Tu as sans doute raison. Plus de lettres, par prudence. Surtout maintenant qu'ils savent où je suis. Ma fille attend un enfant. Mon deuxième petit-enfant. Je sais que cette fois c'est une fille. Un cadeau de la science moderne. Je préférais le bon vieux temps, quand toute naissance était une surprise. Mais une fille, ce sera parfait. Mon petit-fils est un si beau bébé. J'espère que tes petits-enfants t'apportent également beaucoup de joie. Prends bien soin de toi, mon vieil ami.

Karol

Cher Karol,

L'article joint provient du journal de Bonn. Eltsine est arrivé en Allemagne, et prétend savoir où se trouve la Chambre d'ambre. Les journaux et les magazines publient tous ses déclarations. En avez-vous reçu l'écho de l'autre côté de l'Atlantique ? Il proclame que de savants spécialistes ont déniché l'information dans les archives soviétiques.

La Commission criminelle contre la Russie, voilà comment Eltsine nous appelle. Tout ce que ce crétin a pu obtenir, c'est une subvention d'un demi-million de marks accordée par Bonn. Puis il a dû s'excuser de son erreur, car les infos tirées des archives ne concernaient pas la Chambre d'ambre, mais quelque autre trésor détourné à Leningrad !

Soviets, Russes, nazis, tous dans le même sac. La prétendue restauration du patrimoine national n'est qu'une foutaise. Une grossière propagande. Les journaux sont pleins, chaque jour, d'offres concernant des tableaux, des sculptures, des bijoux anciens. La liquidation de notre histoire. Nous devons protéger les panneaux. Au moins pour le moment. Plus de lettres. Merci pour la photo de ta petite-fille. Quelle joie elle doit être pour toi. Préserve ta santé, mon vieil ami.

Danya

Danya,

J'espère que cette lettre te trouvera en bonne santé. Ta dernière remonte à trois ans. Je pense qu'après tout ce temps, nous pouvons dormir sur nos deux oreilles. Je n'ai reçu aucune autre visite, et les articles concernant les panneaux se raréfient. Depuis la dernière fois, ma fille et mon beau-fils ont divorcé. Ils s'adorent, mais ils ne peuvent tout simplement pas vivre ensemble. Mes petits-enfants se portent bien. Comme les tiens, j'espère. Nous sommes vieux, à présent, et quel plaisir ce serait d'aller voir ensemble si les panneaux sont toujours là. Mais ni toi ni moi ne pouvons entreprendre le voyage. Trop dangereux. Il semble que quelqu'un ait dressé l'oreille lorsque Yancy a posé des questions sur Loring. Je sais, au fond de mon cœur, que cette bombe n'était pas destinée au ministre italien. Je porte toujours le deuil des Cutler. Tant de personnes sont mortes à cause de la Chambre d'ambre. Peut-être vaut-il mieux qu'elle ne soit jamais retrouvée. Ni toi ni moi ne pourrons bientôt plus protéger les panneaux, de toute façon.

Bonne santé à toi, vieux frère.

Karol

Rachel,

Ma petite chérie. Ma fille unique. Quand tu liras cette lettre, je reposerai auprès de ta mère. Je sais que tu nous réuniras, car tu ne toléreras pas que des gens qui se sont aimés comme elle et moi soient séparés pour l'éternité. Je veux que tu saches, aujourd'hui, ce que j'aurais dû te révéler, sans doute, de mon vivant.

Tu as toujours su ce que j'ai fait pour le compte des Soviets, avant d'émigrer. J'ai contribué au détournement d'œuvres d'art. C'était du vol, mais encouragé et sanctionné par Staline. Ma haine des nazis rationalisait mes actes, mais j'avais tort. Nous avons tant volé, à tant de gens, sous prétexte de réparation.

Ce que nous recherchions le plus activement, c'était la Chambre d'ambre. Notre héritage dérobé par les envahisseurs. Les lettres et copies de lettres annexées à mon testament te dévoileront quelques aspects de notre quête. Mon vieil ami Danya et moi-même avons cherché de toutes nos forces. Avons-nous trouvé ? Peut-être. Nous ne sommes pas allés voir sur place. Trop de monde sur la piste, y compris des Russes encore pires que les Allemands.

Danya et moi nous nous sommes juré de ne jamais dire ce que nous savions ou croyions savoir. Et combien je regrette d'avoir accepté la proposition de Yancy d'enquêter discrètement, de son côté, afin de vérifier des infos que j'estimais crédibles. C'est ce qu'il faisait lors de ce dernier voyage en Italie. Est-ce ce qui l'a tué, ce qui les a tués tous, ou la bombe visait-elle à éliminer le ministre ? C'est ce que nous ne saurons jamais.

Tout ce que je sais, c'est que la recherche de la Chambre d'ambre est une occupation dangereuse. Mortelle. Le danger vient-il de ce que Danya et moi soupçonnions ? Je l'ignore. Voilà des années que mon vieux camarade ne m'a pas écrit. Au moment où tu liras cette lettre, nous serons peut-être déjà réunis. Ma précieuse Maya. Mon ami Danya. De bons compagnons pour l'éternité.

Rejoins-nous le plus tard possible, ma chérie. Après une longue vie heureuse. Triomphe dans tout ce que tu entreprends. Fais le bonheur de Maria et de Brent. Je les aime tellement. Je suis si fier d'eux. Et de toi. Tâche de donner une seconde chance à Paul. Mais surtout, ne te soucie jamais de la Chambre d'ambre. Pense à Phaéton et aux larmes des Héliades. Garde-toi de son ambition et de leur chagrin. Peut-être les panneaux seront-ils retrouvés un jour. J'espère que non. La gent politique n'est pas digne d'un tel trésor. Laisse-le où il est. Transmets à Paul mes regrets. Je t'aime.

Papa

19

Le cœur de Paul battait à tout rompre lorsque Rachel releva les yeux de la lettre d'adieu du défunt. Des larmes ruisselaient de nouveau sur ses joues. Il ressentait doublement son chagrin. En plus de celui qu'il éprouvait lui-même.

« Il écrivait avec une telle élégance », souffla-t-elle.

Paul acquiesça.

« Il maîtrisait parfaitement la langue anglaise. Il lisait sans arrêt. Il en savait plus sur les participes et les accords grammaticaux que je n'en saurai jamais. Ses petites erreurs découlaient de la syntaxe russe, tellement différente, et c'était une façon comme une autre de se cramponner à son héritage. Pauvre papa. »

Elle avait noué en queue-de-cheval ses cheveux châtain clair. Aucun maquillage. Naturelle et si jolie dans un simple peignoir éponge drapé par-dessus sa chemise de nuit. L'agitation de l'enterrement s'apaisait. Les enfants étaient dans leurs chambres, encore très perturbés par cette journée inhabituelle. Lucy faisait la folle au milieu du salon.

« Tu as lu toutes les lettres ? demanda Rachel.

— Oui. En ressortant de la banque, je suis repassé chez ton père pour y glaner tous ces articles. »

Ils se tenaient dans le salon de Rachel. Leur ancien salon. Les coupures de presse et photocopies en trois langues concernant la Chambre d'ambre, la carte d'Allemagne, l'*USA Today*, le testament, les lettres et l'adieu à Rachel s'étalaient sur la table. Paul avait expliqué où et dans quelles conditions il avait trouvé toutes ces choses. Et spécifiquement rappelé les questions que Karol lui avait posées, au sujet de Wayland McKoy.

« Papa regardait quelque chose sur CNN en rapport avec ce type quand je lui ai laissé les enfants. Je me souviens du nom. »

Son corps s'affaissa un peu plus sur sa chaise.

« Qu'est-ce que ce dossier faisait dans le frigo, Paul ? Ça ne lui ressemble pas du tout. Qu'est-ce qui se passe ?

— Je n'en sais rien. Mais il est évident que Karol s'intéressait toujours à la Chambre d'ambre. Qu'est-ce qu'il voulait dire avec Phaéton et les larmes des Héliades ?

— Encore une histoire que maman me racontait quand j'étais petite. Phaéton, le fils mortel d'Hélios, dieu du Soleil. J'étais fascinée. Papa aimait la mythologie. Il disait que le pouvoir de l'imagination était la seule chose qui l'avait sauvé à Mauthausen. »

Elle farfouilla parmi les documents étalés.

« Il était persuadé d'avoir causé la mort de tes parents et de tous ces pauvres gens, victimes du crash. Je ne comprends pas. »

Paul ne comprenait pas davantage. Et ne cessait d'y réfléchir, depuis des heures. Rachel enchaîna :

« Tes parents étaient bien en Italie pour le compte du musée ?

— Eux et tout le conseil. Il s'agissait d'obtenir des promesses de prêt d'un certain nombre de musées italiens.

— Jusqu'à la fin de sa vie, papa n'a cessé de se

demander s'il avait ou non une part de responsabilité dans ce prétendu attentat terroriste. »

Paul s'en souvenait parfaitement.

« Tu ne voudrais pas en avoir le cœur net ? »

Rachel avait élevé la voix sans le vouloir. Au cours des années passées, il avait détesté qu'elle lui parle sur ce ton et il ne l'appréciait pas davantage à présent.

« Je n'ai jamais dit ça. Six ans ont passé, je ne vois pas comment nous pourrions obtenir une certitude. Bon Dieu, Rachel, aucun des corps n'a été repêché !

— Paul, il se peut que tes parents aient été assassinés et tu ne veux rien faire ? »

Têtue et prête à foncer, comme toujours. Deux qualités, ou deux défauts que d'après Karol elle tenait de sa mère.

« Je ne dis pas ça non plus, Rach. C'est juste que je ne vois pas...

— On peut trouver Danya Chapaev.

— Qu'est-ce que tu veux dire ?

— Il est peut-être encore vivant. »

Elle retourna l'une des enveloppes, du côté de l'adresse de l'expéditeur.

« Sûrement pas bien difficile de trouver Kehlheim.

— C'est en Bavière. Je l'ai déjà repéré sur la carte.

— Oh, tu as regardé ?

— Pas difficile. Karol l'avait entouré de rouge. »

Elle se pencha sur la carte.

« Papa a écrit qu'ils savaient quelque chose au sujet de la Chambre d'ambre, mais qu'ils n'étaient pas allés voir sur place. »

Il n'en croyait pas ses oreilles.

« Tu as bien lu jusqu'au bout ? Il te dit aussi de laisser tomber. Rechercher Chapaev est précisément ce qu'il ne voulait pas que tu fasses.

— Chapaev saurait peut-être quelque chose sur la mort de tes parents.

— Je suis avocat, Rachel. Pas détective international.

— O.K. Parlons-en à la police. Ils ont les moyens de mener l'enquête.

— Je préfère ça. Mais la piste, si piste il y a, est très éloignée dans le temps. »

Le visage de Rachel se durcit.

« J'espère que Brent et Maria ne seront pas aussi velléitaires. J'aimerais qu'ils aient envie de connaître la vérité, si un jour nous mourons tous les deux dans un crash aérien. »

Elle savait exactement de quelle façon le faire réagir. C'était l'une des choses qu'il ne pouvait supporter chez elle.

« Tu as bien lu tous ces articles ? Des tas de gens sont morts en recherchant la Chambre d'ambre. Y compris mes parents… peut-être. Ou peut-être pas. Une seule chose est sûre. Ton père ne voulait pas que tu t'en mêles. Alors, ne va pas nager où tu n'as pas pied. Ce que tu sais, en matière de beaux-arts, tiendrait au dos d'un timbre-poste.

— Et alors ? »

Ils s'affrontaient du regard. C'étaient des controverses aussi stupides que celle-ci qui les avaient acculés au divorce. Alors, il tenta de se montrer compréhensif. Après tout, elle avait enterré son père le matin même.

Un mot, pourtant, revenait en écho dans sa tête.

La garce était si convaincante !

Il respira un bon coup avant de relancer :

« Ta dernière suggestion est aussi la bonne. Pourquoi ne pas nous en remettre aux bons soins, et aux moyens d'investigation de la police ? Je conçois ton bouleversement, Rachel, mais la mort de Karol était un accident.

— L'ennui, Paul, c'est que s'il s'agissait d'autre chose, ça ferait une victime de plus au bas de la liste, après tes parents et bien d'autres. »

Elle le défiait du regard. Une expression qu'il avait eu si souvent l'occasion de voir. Et de craindre. Jusqu'à leur divorce. « Tu as toujours envie d'appeler la police ? »

20

Mercredi 14 mai
10 h 25

Rachel dut se forcer à se lever pour aller habiller les enfants. Elle les déposa à l'école et prit, à contrecœur, le chemin du tribunal. La première fois qu'elle y retournait depuis vendredi dernier. L'enterrement de son père lui avait valu deux jours de liberté.

Toute la matinée, sa secrétaire lui facilita la vie, détournant des coups de fil, reportant des dossiers, évinçant des avocats, voire même d'autres juges. Pas mal de jugements civils avaient été prévus pour cette date, mais rien qui ne pût être différé. Avant de partir de chez elle, Rachel avait téléphoné à la police d'Atlanta, sollicitant la visite d'un officier de la brigade criminelle.

Non qu'elle fût tellement populaire auprès de la police. Avec sa réputation de dure à cuire, elle aurait dû, normalement, afficher des tendances pro-flics. Mais ses verdicts, s'il fallait leur attribuer une tendance quelconque, étaient plutôt pro-défense, en général, ou pro-victimes.

« Libéraux », d'après l'Ordre fraternel de la police et la presse locale. « Traîtres », d'après certains détectives des Stups. Mais elle s'en foutait. Elle était là pour protéger les citoyens, dans l'esprit de la Constitution. La police n'avait qu'à suivre, au lieu de presser le mouvement. Elle n'aimait pas les raccourcis qu'il lui arrivait de prendre. Combien de fois son propre père ne le lui avait-il pas répété ? *Quand le gouvernement passe avant la loi, la tyrannie n'est pas loin.*

Et si quelqu'un devait le savoir, c'était bien Karol Borya.

« Juge Cutler ? » appela sa secrétaire, par l'interphone.

Dans la journée, c'était simplement Rachel et Sami. Sauf quand elle devait annoncer quelqu'un de l'extérieur.

« Le lieutenant Barlow, de la police d'Atlanta, vous demande. Il est ici en réponse à votre coup de téléphone. »

Elle se tamponna les yeux à l'aide d'une serviette à démaquiller. La photo de son père, sur le bureau, lui avait arraché d'autres larmes. Elle se leva pour lisser sa jupe sur ses hanches et reboutonner son décolleté.

Un homme entra, introduit par sa secrétaire. Un grand type mince aux cheveux noirs ondulés qui se présenta en tant que Mike Barlow, de la Criminelle.

« Asseyez-vous, lieutenant. Je vous remercie d'avoir répondu à ma demande.

— Pas de problème. Nous essayons toujours de collaborer avec la justice. » Était-ce bien vrai ? Le ton était cordial. Trop cordial. À la limite du condescendant. « Après votre appel, j'ai ressorti le dossier sur la mort de votre père. Je suis navré. C'est le genre d'accident malheureux qui arrive.

— Mon père était toujours très solide sur ses jambes. Il conduisait sa voiture. Il n'avait pas de souci de santé. Il grimpait ou redescendait cet escalier vingt fois par jour, depuis des années, sans le moindre problème.

— Et qu'en concluez-vous ? »

Elle aimait de moins en moins ce flic.

« Et vous ?

— Madame la juge, je vous comprends à demi-mot. Mais rien, dans cet accident, ne suggère une intervention extérieure.

— Il avait survécu à seize mois d'internement dans un camp de concentration, lieutenant. Je crois qu'il était très capable de monter et descendre cet escalier sans se casser le cou. »

Barlow ne semblait pas impressionné.

« Le rapport ne signale aucun vol. Son portefeuille était sur le buffet, bien visible. Télé, stéréo, magnéto, rien ne manquait. Portes ouvertes, aucun signe d'effraction. Pas de cambriolage.

— Mon père ne fermait jamais ses portes à clef.

— Mauvaise habitude, mais qui, selon les apparences, n'a nullement contribué à sa mort. Rien qui permette de conclure à une agression. Ni même qu'il ait pu y avoir quelqu'un d'autre dans la maison quand il est mort.

— Vos hommes ont examiné les lieux ?

— Visite de routine. Rien d'extraordinaire. Aucune raison d'en faire davantage. Pardonnez-moi, mais pourquoi envisagez-vous la possibilité d'un meurtre ? Car c'est bien ce que vous croyez, n'est-ce pas ? Votre père avait-il des ennemis ? »

Elle ne répondit pas.

« Qu'en a dit le médecin légiste ?

— Fracture du cou. Conséquence de la chute. Rien d'autre, sinon les bleus causés aux quatre membres par la violence de la cascade. Pour la seconde fois, madame la juge, qu'est-ce qui vous autorise à penser que la chute de votre père pourrait ne pas être accidentelle ? »

Devait-elle lui parler de la chemise bulle trouvée dans le réfrigérateur ? De Danya Chapaev ? De la Chambre d'ambre et de la mort des parents de Paul ? À quoi bon ?

Ce crétin arrogant n'avait même pas envie de l'écouter. Elle passerait simplement pour une de ces cinglées toujours en veine de complots et de conspirations. Il avait raison, rien ne suggérait que son père eût été poussé ou balancé dans l'escalier. À part la malédiction de la Chambre d'ambre citée par un des articles.

Karol Borya s'y était intéressé. Et alors ? Il appréciait les beaux-arts. Il en avait même fait une profession, en Russie.

« Rien, lieutenant, concéda-t-elle enfin. Vous avez raison. Juste un accident difficile à accepter. Merci d'être passé me voir. »

Seule dans son bureau, Rachel se remémorait l'époque où lorsqu'elle avait seize ans son père lui racontait comment, à Mauthausen, Russes et Hollandais hissaient, depuis la carrière, les tonnes de roche que d'autres prisonniers débitaient en briques grossièrement équarries.

Les juifs n'avaient pas autant de chance. Chaque jour, histoire de rigoler un peu, les Allemands en balançaient un ou plusieurs de la falaise sur les roches de la carrière. Les gardes pariaient entre eux sur le nombre de rebonds subis par les corps avant de s'immobiliser, en lambeaux, dans la caillasse rougie. Finalement, les SS avaient dû interdire ce genre de distraction, car les hurlements des victimes en cours de trajectoire ralentissaient le travail.

Pas pour mettre fin aux meurtres, soulignait Borya. *Seulement parce qu'ils affectaient le rythme du travail.*

Rachel se souvenait de l'avoir vu pleurer, en égrenant ces souvenirs, et d'avoir pleuré avec lui. Maya, sa mère, lui parlait également de temps à autre des expériences passées de son mari, et Rachel n'oublierait jamais non plus ce chiffre de 10901 tatoué, brûlé dans la chair de l'ancien prisonnier et dont elle n'avait pas compris la nature avant qu'il prît enfin la peine de la lui expliquer.

Ils nous forçaient à courir tout contre des palissades

électrifiées. Certains s'y jetaient volontairement, pour en finir avec les tortures. D'autres étaient pendus, fusillés ou piqués à mort. Plus tard, sont apparues les chambres à gaz...

Elle lui avait demandé combien étaient morts à Mauthausen. Il lui avait répondu, sans la moindre hésitation, que soixante pour cent des deux cent mille internés n'en étaient pas ressortis. Lui-même y était entré en avril 1944. Les juifs hongrois étaient arrivés quelque temps après, tous massacrés comme des moutons. Plus d'une fois, il avait aidé à transporter les corps de la chambre à gaz à la chaudière de crémation. Une corvée quotidienne. Comme de sortir les poubelles, soulignaient les gardes. Rachel se souvenait particulièrement d'un récit qu'il lui avait fait un jour, au sujet d'un Hermann Goering en uniforme gris perle.

Le mal incarné sur deux grosses cuisses difformes.

Goering avait fait torturer et assassiner quatre de ses propres compatriotes pour leur faire dire ce qu'ils savaient sur la Chambre d'ambre. Goering aimait l'ambre. Il en avait manipulé un morceau, durant toute l'opération. De toutes les horreurs du camp de Mauthausen, cette nuit-là avait été la pire. Elle l'avait obsédé jusqu'à la fin.

Et conditionné le reste de son existence.

Après la guerre, on l'avait chargé d'interroger Goering, pendant le procès de Nuremberg.

« *Il t'avait reconnu ?*

— *Mon visage, à Mauthausen, ne signifiait rien pour lui.* »

Mais Goering n'avait pas oublié la torture. L'attitude des soldats concernés lui avait inspiré une intense admiration qu'il exprimait en termes de « classe allemande » et de « supériorité germanique ». Quant à l'admiration de Rachel pour son père, elle avait été décuplée par ses souvenirs de Mauthausen. Ce qu'il avait enduré était inimaginable, et l'énergie qu'il avait dû déployer, simplement pour survivre, tenait du miracle.

Seule dans le silence de sa chambre, la jeune femme pleurait, une fois de plus. Cet homme admirable était mort. Elle n'entendrait plus sa voix et, pour la première fois de sa vie, se sentait réellement seule au monde. Pas d'autre famille, à présent, que ses deux enfants. Mais elle se souvenait de la façon dont s'était terminée, vingt-quatre ans plus tôt, cette conversation sur Mauthausen.

« *Papa, as-tu fini par trouver la Chambre d'ambre ?* »

Il l'avait contemplée longuement, fixement. Elle se souvenait de son expression douloureuse. Elle se demandait, à présent, s'il n'avait pas voulu lui dire quelque chose. Quelque chose qu'elle aurait eu besoin de savoir. Ou qu'il valait mieux lui laisser ignorer ? Difficile à dire. Et sa réponse ne l'avait pas convaincue.

« *Jamais, ma chérie.* »

Du même ton qu'il avait eu pour lui expliquer que le Père Noël existait, ainsi que les bonnes fées et les bons génies. Des mots qui devaient être dits, à un moment donné, et sur lesquels il faudrait revenir. Avec cette correspondance sous les yeux, échangée entre Karol et Danya, elle était sûre que ce jour-là il ne lui avait pas dit toute la vérité. Qu'il avait gardé un secret dont elle ne connaîtrait plus jamais la nature.

Puisque Karol Borya était mort.

Pourtant, il restait encore un espoir.

Danya Chapaev.

Elle savait ce qu'il lui restait à faire.

Rachel surgit de la cabine de l'ascenseur, au vingt-troisième étage, et marcha vers la grande porte étiquetée Pridgen & Woodworth. Les bureaux de la grande firme juridique occupaient entièrement les vingt-troisième et vingt-quatrième étages du gratte-ciel géant. Le service qui l'intéressait se trouvait au vingt-troisième.

Paul y était entré juste après la fac de droit. Elle travaillait alors chez le procureur, dans l'attente de sa nomination à la cour. Ils s'étaient rencontrés onze mois plus tard, et mariés au bout de deux ans. Un trait constant chez Paul. Jamais rien de précipité. Prévoyant. Réfléchi. Marquer le pas plutôt que courir au-devant de l'échec. C'était elle qui, la première, lui avait parlé de mariage, et il avait accepté de toute son âme.

Il était bel homme. Pas extraordinaire à première vue, mais séduisant à sa manière. Et il était honnête. Un peu trop à cheval sur les traditions, simplement. Au point d'en être irritant. Pourquoi ne pas rompre avec les habitudes, de loin en loin ?

Entre autres choses, avec le menu du dimanche. Rôti, pommes de terre, haricots, maïs, petits pains et thé glacé. Non qu'il tînt spécifiquement à ce menu, mais l'absence de changement ne le dérangeait pas. Au début, elle avait plutôt apprécié ce côté prévisible. C'était rassurant. Un état de fait qui stabilisait son propre monde incertain. Vers la fin, c'était devenu totalement irrespirable.

Pourquoi ?

La routine était-elle si condamnable ?

Paul était un homme bien, correct, travailleur, sur qui l'on pouvait compter. Un seul avocat plus âgé devant lui, proche de la retraite, dans son service juridique. Pas mal pour un homme de quarante ans dont les études n'avaient pas marché du premier coup. Il connaissait à fond les lois sur les successions et les complexités post-testamentaires. Il n'étudiait rien d'autre, il se concentrait sur toutes les nuances de la spécialité. Participait même à des comités législatifs. Il y était expert et la firme le payait assez cher pour que ses concurrents n'eussent aucune chance de le débaucher. La firme Pridgen et Woodworth gérait des tas de patrimoines, parmi les plus substantiels de l'État, et devait une grande partie de son succès dans ce domaine à la réputation croissante de Paul Cutler.

Poussant la porte, elle remonta les couloirs jusqu'au bureau de Paul. Elle l'avait prévenu de sa visite et il l'attendait. En refermant derrière elle la porte de son bureau, elle annonça :

« Je pars pour l'Allemagne. »

Paul sursauta.

« Tu… quoi ?

— Je ne crois pas avoir bégayé. Je pars pour l'Allemagne.

— À la recherche de Chapaev ? Il est sans doute mort. Il n'a pas répondu à la dernière lettre de ton père.

— J'ai besoin de faire quelque chose. »

Paul se leva.

« Pourquoi as-tu toujours besoin de "faire quelque chose" ?

— Papa devait savoir ce qu'est devenue la Chambre d'ambre. Je dois à sa mémoire de m'en assurer.

— Tu le lui dois ? »

Il avait élevé la voix, contrairement à ses habitudes.

« Tu lui dois de respecter son dernier vœu, qui était de ne plus t'en soucier du tout. Bon sang, Rachel, tu as quarante ans, comme moi. Quand vas-tu atteindre l'âge de raison ? » Elle détestait ce qu'elle appelait ses « conférences », mais, pour une fois, elle resta parfaitement calme. « Je ne veux pas me bagarrer avec toi, Paul. J'ai besoin de toi pour veiller sur les enfants. Tu veux bien t'en charger ?

— Ah ça, c'est bien de toi. Foncer dans le brouillard. Sans réfléchir. Juste foncer.

— Tu veilleras sur les enfants ?

— Si je te disais non ?

— Je téléphonerais à ton frère. »

Paul retomba lourdement sur sa chaise. Résigné.

« Tu n'auras qu'à t'installer à la maison. Ce sera plus

facile pour les gosses. La mort de papa les a déjà tellement déboussolés.

— Ils le seraient davantage s'ils savaient ce que leur mère s'apprête à faire. Et l'élection, tu y penses ? C'est dans moins de huit semaines, et tu as deux concurrents qui se cassent le cul pour t'évincer, aux frais de Marcus Nettles.

— Au diable l'élection. Que Nettles se démerde avec ! Ceci est plus important.

— Qu'est-ce qui est plus important ? On ne sait même pas à quoi ton "ceci" peut correspondre. Et tes affaires en cours ? Tu t'en laves les mains ? »

Elle lui accorda mentalement deux points. Mais il en faudrait bien d'autres pour la décourager.

« Ma hiérarchie a été très compréhensive. J'ai dit que j'avais besoin d'un peu de temps pour porter mon deuil. Et je n'ai pas pris un seul jour de vacances en deux ans. Permission accordée. »

Paul secouait désespérément la tête.

« Tu vas t'embarquer dans une chasse au fantôme en Bavière, à la recherche d'un vieillard qui est probablement mort depuis longtemps, et d'un truc qui n'existe sans doute même plus. Tu ne seras pas la première à vouloir retrouver la Chambre d'ambre. Certains y ont consacré toute leur vie en pure perte. »

Quand on connaissait sa propension coutumière à prendre la mouche, le sang-froid de Rachel était impressionnant.

« Papa savait quelque chose d'important. Je sens ça dans mes tripes. Ce Chapaev le sait peut-être également.

— Tu rêves.

— Et toi, tu es lamentable. »

Elle regretta le mot tout de suite. À quoi bon blesser Paul ?

« Je vais me dépêcher d'oublier ça, parce que je te sais bouleversée.

— Je pars demain pour Munich. J'ai besoin de photocopies des lettres de papa et des principaux articles.

— Je te les déposerai en rentrant ce soir. »

La voix de Paul exprimait une totale résignation.

« Je t'appellerai de là-bas, et je te dirai à quel hôtel je suis descendue. »

Elle se dirigea vers la porte.

« N'oublie pas d'aller chercher les gosses à la garderie demain.

— Rachel ? »

Elle stoppa net, mais ne se retourna pas.

« Sois prudente. »

Elle ouvrit la porte et disparut dans le couloir.

DEUXIÈME PARTIE

21

Jeudi 15 mai
10 h 15

Knoll quitta son hôtel et se rendit tout droit au tribunal du comté de Fulton. La fiche de renseignement du KGB qu'il avait volée à Saint-Pétersbourg identifiait Rachel Cutler en tant qu'avocate, avec une adresse professionnelle à laquelle il s'était présenté la veille. Pour apprendre que Mme Cutler, entre-temps, avait quitté la firme et revêtu la robe d'un juge de cour supérieure. La réceptionniste s'était montrée éminemment coopérative, allant jusqu'à lui fournir le numéro de téléphone et l'adresse adéquate. Toutefois, il avait décidé qu'une visite inattendue, suivie d'une entrevue face à face, serait de loin la meilleure tactique.

Cinq jours s'étaient écoulés depuis qu'il avait tué Karol Borya. Il avait besoin de déterminer si la fille du vieux Russe blanc savait ou non quelque chose au sujet de la Chambre d'ambre. Peut-être son père lui avait-il confié quelques bribes d'information, au fil des années ? Peut-être connaissait-elle Chapaev ? Un coup de sonde au hasard, mais il manquait sérieusement de matériau et ne devait négliger aucune possibilité, si improbable fût-elle.

Un ascenseur surchargé le déposa au sixième étage. De chaque côté du corridor, des portes s'ouvraient sur des bureaux et des salles d'audience noires de monde. Il portait son costume gris d'homme d'affaires, une chemise rayée et une cravate de soie très sobre qu'il avait achetée sur place, la veille. Tout dans la discrétion, en prévision de sa visite d'aujourd'hui.

Il poussa les portes de plexiglas marquées « Bureaux de l'honorable Rachel Cutler » et se retrouva dans une petite antichambre. Une jeune femme noire d'une trentaine d'années siégeait derrière un bureau portant une plaque au nom de Sami Luftman. Dans son meilleur anglais, il amorça :

« Bonjour, mademoiselle. »

La jeune femme lui rendit la politesse, avec un sourire éclatant de blancheur.

« Je m'appelle Christian Knoll. »

Il lui remit une carte portant simplement la mention collectionneur d'art, sans adresse.

« J'aimerais parler à Son Honneur Rachel Cutler.

— Désolée, monsieur. Mme la juge Cutler n'est pas ici aujourd'hui.

— Il est important que je lui parle.

— Puis-je vous demander si votre visite est en rapport avec un dossier en instance ? »

Knoll souriait de toutes ses dents, lui aussi. Chaleureux et inoffensif.

« Pas du tout. Il s'agit d'une affaire personnelle.

— Son père est mort la semaine dernière…

— Mon Dieu, je suis désolé. Quel malheur.

— Oui, ç'a été très dur. Elle est si bouleversée qu'elle a décidé de prendre quelques jours de vacances.

— Quel dommage. Pour elle comme pour moi. Je ne suis en ville que jusqu'à demain, et j'espérais lui parler avant de repartir. Peut-être pourriez-vous lui transmettre un message en la priant de me rappeler à mon hôtel ? »

La secrétaire parut réfléchir un instant. Knoll en profita pour regarder la photo en couleurs accrochée derrière elle sur le mur tapissé de papier. La femme se tenait debout devant quelqu'un d'autre, le bras levé comme pour prêter serment. Elle avait des cheveux auburn descendant sur ses épaules, un nez retroussé, un regard intense. Pas moyen de juger sa silhouette, sous l'ample robe noire de sa fonction. Joues légèrement maquillées, sourire réservé à la circonstance. Il montra la photo :

« La juge Cutler ?

— Quand elle a prêté serment, il y a cinq ans. »

La même personne qu'il avait repérée de loin, à l'enterrement de Borya. Flanquée de deux jeunes enfants, un garçon et une fille.

« Je pourrais transmettre votre message, mais je doute qu'elle vous rappelle.

— Pourquoi donc ?

— Elle quitte la ville dans la journée.

— Oh ? Elle va loin ?

— En Allemagne.

— Un très beau pays. »

Il lui fallait une précision supplémentaire. Il essaya une des stratégies qui réussissaient en général auprès des gens sans malice.

« Berlin est exquis à cette époque de l'année. Comme Francfort ou comme Munich.

— Elle part pour Munich.

— Ah ? Une cité magique. Qui va l'aider, j'en suis sûr, à supporter son deuil.

— Je l'espère.

— Merci, madame Luftman. Vous avez été très patiente. Voilà les coordonnées de mon hôtel. »

Il improvisa rapidement un nom, une adresse, un

169

numéro de chambre. Inutile de donner des précisions, dans la mesure où toute chance de contact était exclue.

« Signalez tout de même ma visite à la juge Cutler.

— J'essaierai. »

Il tourna les talons, non sans un dernier regard à la photo de Rachel. Dont les traits étaient désormais gravés dans sa mémoire.

Il reprit le même ascenseur, à destination du rez-de-chaussée. Une rangée de téléphones payants s'alignait sur un mur. Il appela la ligne privée de Franz Fellner. Il devait être environ dix-sept heures en Allemagne. Qui allait lui répondre ? Fellner ou Monika ? Ils étaient en pleine période de passation de pouvoir, entre père et fille. Le vieux était décidé à transmettre le flambeau, mais ça ne se ferait pas si vite. Pas avec une histoire comme la Chambre d'ambre à l'ordre du jour.

« *Guten Tag*, jappa Monika, dès la deuxième sonnerie.

— Tu es de corvée de secrétariat, aujourd'hui ?

— On dirait que tu prends ton temps. Presque une semaine. Trouvé quelque chose ?

— Mettons-nous bien d'accord. Je ne suis pas du genre à pointer comme un ouvrier d'usine. Tu me confies un travail, mais je n'appelle que si c'est nécessaire.

— Susceptible, avec ça !

— Je n'ai pas besoin d'assistance.

— Je te le rappellerai, la prochaine fois où je t'aurai entre les jambes. »

Il sourit. Dur de la contrôler.

« J'ai trouvé mon homme. Il a prétendu ne rien savoir.

— Et tu l'as cru ?

— Je n'ai pas dit ça.

— Il est mort ?

— Une mauvaise chute dans un escalier.

— Papa ne va pas aimer ça.

— Je croyais que tu tenais les rênes.

— Exact. Et franchement, je m'en fous. Mais papa a raison. Tu prends trop de risques.

— Seulement quand c'est nécessaire. »

En fait, il avait été très prudent. Il s'était abstenu de toucher à quoi que ce soit, lors de sa première visite, à part au verre de thé. Qu'il avait soigneusement nettoyé, lors de sa seconde visite. Où il avait porté des gants.

« Disons que les circonstances en ont décidé à ma place.

— Qu'avait-il fait ? Blessé ton amour-propre ? »

Stupéfiant qu'elle fût toujours capable de le lire à livre ouvert, malgré les sept mille kilomètres qui les séparaient. Il ne s'était jamais rendu compte, jusque-là, qu'il était aussi transparent à ses yeux.

« C'est sans importance.

— Un jour, la chance t'abandonnera, Christian.

— On dirait que tu t'en réjouis d'avance.

— Pas vraiment. Ce sera dur de te remplacer.

— Dans quelle fonction ?

— Dans les deux… salaud ! »

Il sourit. Elle l'avait dans la peau et ne s'en cachait pas. Une bonne chose.

« La fille de Borya part pour Munich. Il se peut qu'elle cherche à voir Chapaev.

— Qu'est-ce qui te le fait croire ?

— L'attitude de Borya. Et quelque chose qu'il a dit au sujet des panneaux.

— La fille ne vient peut-être à Munich que pour y passer des vacances.

— J'en doute. Je ne crois pas aux coïncidences.

— Tu vas la suivre ?

— Plus tard dans la journée. Quelque chose à faire d'ici là… »

22

Du haut de la mezzanine, à travers une vitre marquée « circulation routière – paiement des amendes », confortablement installée à l'abri des regards dans une aire d'attente bondée, Suzanne Danzer observait Christian Knoll. Environ soixante-quinze personnes gesticulaient, énervées d'avoir à poireauter pour payer leurs P.V. ou d'en discuter la cause avec le fonctionnaire blasé, debout derrière son comptoir de formica. En dépit de l'écriteau défense de fumer, l'air empestait la cigarette et le tabac froid.

Elle suivait Knoll depuis le samedi. Le lundi, il avait fait deux incursions au Grand musée des Beaux-Arts, une autre dans un immeuble de bureaux du centre-ville. Le mardi, il avait assisté aux funérailles de Karol Borya. Elle-même avait suivi, de loin, la cérémonie funèbre. La veille, Knoll n'avait pas fait grand-chose, en dehors d'une visite prolongée à la bibliothèque publique, puis au plus proche centre commercial. Aujourd'hui, il avait démarré de bonne heure et ne tenait pas en place.

Une perruque brun roussâtre cachait les cheveux blonds de Suzanne. Son maquillage appuyé changeait son visage, et ses yeux étaient invisibles, derrière une paire de lunettes noires bon marché. Elle portait un jean moulant, un T-shirt marqué Atlanta 1996, et des chaussures de tennis. Un sac noir ordinaire pendait à son épaule. Un magazine *people* déplié en travers des genoux, elle se fondait dans la foule, sans cesser de surveiller d'un œil l'homme qui téléphonait au rez-de-chaussée.

Quelques minutes plus tôt, elle avait suivi Knoll jusqu'au sixième étage et reconnu le nom de Rachel Cutler sur la porte qu'il venait de franchir. De toute évidence, Knoll n'avait pas l'intention de renoncer. À présent, il devait présenter son rapport. Vraisemblablement à Monika Fellner. Cette salope posait un problème. Jeune. Rapace. Virulente. En tout point digne de succéder à son escroc de père et beaucoup plus dangereuse.

Knoll ne s'était pas attardé dans le bureau de Rachel Cutler. Sûrement pas assez longtemps pour l'avoir rencontrée en personne. Suzanne s'était donc repliée, doutant que sa propre habileté pût abuser à la longue quelqu'un d'aussi exercé que Christian Knoll. Elle avait également modifié son apparence, soucieuse de ne pas utiliser deux fois de suite quelque détail qui n'échapperait pas à l'œil d'aigle de son rival. C'était un crack, Christian. Un sacré crack !

Mais elle était encore meilleure.

Quand il raccrocha finalement, elle quitta son poste de guet et reprit sa filature.

Knoll regagna son hôtel en taxi. Juste après avoir tordu le cou du vieux, le samedi soir, il avait cru sentir, non loin de lui, une présence étrangère. Mais c'était seulement à partir du lundi qu'il avait repéré Suzanne. Bien qu'elle eût le chic pour modifier son apparence, trop d'années sur le terrain avaient aiguisé les facultés de Christian Knoll pour qu'une telle filature pût lui échapper bien longtemps. De plus, il savait qu'il retrouverait Suzanne sur son chemin. Ernst Loring ne souhaitait-il pas arriver le premier dans la course engagée ? Un désir aussi impérieux, aussi obsessionnel, sinon davantage, que celui de Franz Fellner. Josef, le père, cultivait si fort le fétichisme de l'ambre qu'il possédait l'une des plus grosses collections au monde d'objets taillés dans cette matière. Ernst avait hérité à la fois de la collection complète et de l'obsession paternelle. La présence de Danzer dans cette ville en était la meilleure preuve.

Comment avait-elle pu remonter la piste jusqu'à Atlanta ? Facile. L'employé fouinard de Saint-Pétersbourg. Qui d'autre ? Cet idiot avait dû jeter un œil au mémo du KGB avant de le joindre aux archives comme l'exigeait sa fonction officielle. Il était évidemment à la solde de Loring. Entre autres. Voilà pourquoi Suzanne lui collait aux fesses.

Le taxi stoppa devant l'hôtel Marriott. Knoll en jaillit comme un météore. Danzer n'était certainement pas loin. Sans doute descendue dans le même hôtel. Le temps de changer de perruque et d'accessoires, voire de vêtements, dans quelque piaule ou dans les toilettes du rez-de-chaussée, et elle reprendrait sa filature. Probablement alertée par un des grooms ou un des concierges à la patte suffisamment graissée.

De sa chambre du dix-huitième étage, il appela l'agence de réservation Delta.

« J'ai besoin d'un vol Atlanta-Munich. Aujourd'hui. Vous avez ça en magasin ? »

Les touches d'un ordinateur cliquetèrent.

« À quatorze heures trente-cinq, monsieur. Direct Munich.

— Rien d'autre dans la journée ? Avant ou après. »

Nouveaux cliquetis.

« Pas chez nous, monsieur.

— Chez un de vos confrères ? »

Nouveaux cliquetis.

« Le seul vol direct aujourd'hui, monsieur. Deux autres possibilités avec escale. »

La probabilité que Rachel Cutler eût choisi un vol direct, plutôt qu'une correspondance à New York, Paris, Amsterdam ou Francfort, était forte. Il confirma sa réservation, raccrocha.

Puis il prépara son sac. L'important était de minuter avec précision son arrivée à l'aéroport. Si Rachel Cutler n'était pas sur le vol direct, il devrait se débrouiller pour retrouver sa piste de quelque autre manière. Peut-être en rappelant Sami, la secrétaire, à qui Rachel téléphonerait sûrement de là-bas pour lui donner un numéro où la joindre. Numéro qu'il se chargerait de soutirer à la charmante mais naïve secrétaire.

Il descendit régler sa note à la réception. Beaucoup de gens pressés entraient et sortaient. Il remarqua une brune piquante assise à l'une des tables du salon adjacent. Comme il s'y attendait, Danzer avait changé de fringues. Tailleur pêche et lunettes de soleil grand luxe à monture fantaisie. La classe.

Il paya sa note et sauta dans un taxi.

Suzanne avait repéré le sac de voyage. Knoll repartait. Sans lui laisser le loisir de remonter à sa propre chambre. La meilleure raison qui soit au monde de voyager toujours léger. Sans jamais rien emporter de précieux ou d'irremplaçable.

Elle jeta cinq dollars sur la table pour régler le verre qu'elle avait eu tout juste le temps de goûter, et fila vers le tambour de sortie.

Il était treize heures vingt-cinq lorsque Christian Knoll débarqua de son taxi à l'aéroport international de Hartsfield. Il paya sa course, s'empara de son sac de voyage et s'engouffra dans le terminal. Curieux de voir comment Danzer s'en tirerait. Plutôt que d'avoir recours à la billetterie électronique, il se planta dans l'une des queues, à l'un des comptoirs d'enregistrement. Du coin de l'œil il repéra Danzer qui faisait de même en ayant soin de choisir une file d'attente nettement plus courte.

Elle devait s'interroger sur sa destination. Mais son dilemme était plus complexe. Il lui faudrait un billet quelconque pour franchir les portes d'embarquement. Elle allait donc acheter n'importe quel titre de transport disponible afin de pouvoir passer sur l'aire de décollage.

La rapidité dont il avait fait preuve l'avait clairement surprise, car elle portait toujours les mêmes lunettes fantaisie, la perruque brune et le tailleur pêche dans lesquels il l'avait repérée au Marriott. Un bon spécialiste ne doit jamais se laisser surprendre sans solution de rechange. Lui-même préférait de beaucoup la filature électronique qui permettait de lâcher pas mal de corde au sujet observé.

Muni de son billet, il marcha tranquillement jusqu'à la porte indiquée. Le poids de son stylet lui manquait, à sa place habituelle, mais le détecteur de métal en eût irrémédiablement détecté la fine lame. L'arme voyageait bien au chaud, bien protégée, dans son bagage. Au même instant, Danzer se précipitait, billet en main, vers une autre porte d'embarquement assez éloignée. Il ne put s'empêcher de rire. Elle était tellement prévisible.

Au-delà des détecteurs, il emprunta un escalator dans le sens de la descente. Avec l'autre pot de colle à vingt mètres en arrière. Au pied de l'escalator, il se dirigea, en compagnie des nombreux voyageurs de ce début d'après-midi, vers les navettes automatiques. Il monta dans le premier wagon de celle qui allait repartir et vit, par-dessus son épaule, Danzer monter dans le deuxième, dûment postée derrière les vitres de devant.

Il connaissait bien l'aéroport. Les navettes circulaient entre les pistes de décollage les plus éloignées réservées aux vols internationaux. Au premier arrêt, il descendit avec une cinquantaine de voyageurs. Il devinait que Danzer, qui avait repéré les lieux aussi bien que lui, devait se demander s'il s'apprêtait vraiment à prendre un vol intérieur vers quelque autre ville des États-Unis, et pour quelle raison.

Il fit quelques pas de long en large comme s'il attendait quelqu'un. En réalité, il comptait les secondes. Le minutage était essentiel. Danzer flânait, elle aussi, à cinquante mètres de là. Désœuvrée, apparemment insouciante, persuadée d'être passée inaperçue depuis le début. Il attendit exactement une minute, puis gagna l'escalator. L'autre. Celui qui montait.

De hauts immeubles de bureau étaient inondés de soleil. Une rampe médiane séparait l'escalator montant de sa contrepartie descendante, avec une plante en pot tous les cinq ou six mètres. Peu de monde de l'autre côté. Pas de caméra de surveillance en vue.

Il guetta le moment d'empoigner la rampe et de gagner, d'un bond acrobatique, la classique glissière de séparation. En redescendant à vive allure, il croisa Danzer et lui adressa au passage un salut ironique.

L'expression de son regard lui fit chaud au cœur.

Il importait d'aller vite. Elle ne serait pas longue à l'imiter. Il zigzagua entre hommes et femmes affairés, répétant d'une voix brève :

« Sécurité de l'aéroport ! On s'écarte ! »

Son timing avait été parfait. Une navette stoppait, direction le tarmac. Les portes s'ouvraient. Une voix en conserve annonça : « Dégagez les entrées. Tenez-vous au milieu de chaque voiture. » Les gens se hâtaient. Il vit, en se retournant, Danzer reproduire son bond acrobatique. Pas tout à fait aussi gracieusement que lui. Elle trébucha, puis reprit son équilibre.

Il s'engouffra dans la navette.

« Fermeture des portes », annonça la voix synthétique.

Danzer se précipita vers la navette en partance, mais se heurta *in extremis* aux portes claquées.

Il débarqua sur le tarmac. Danzer arriverait bientôt, mais trop tard. Le vol pour Munich devait charger ses passagers, et le terminal international de Hartsfield était le plus important des États-Unis. Cinq niveaux. Vingt-quatre portes. Il faudrait un bout de temps à Suzanne pour s'y retrouver.

Il emprunta un nouvel escalator flanqué de vitrines exposant des spécimens de l'art mexicain, égyptien et phénicien. Rien de précieux ni d'extravagant. Juste des copies soigneusement pourvues d'étiquettes rappelant quel musée local ou quel collectionneur privé les prêtait à la ville.

Au sommet de l'escalator, il suivit les autres voyageurs, dans la bonne odeur de café en provenance de Starbucks. Il étudia les écrans indicateurs. Une douzaine de vols prévus dans la demi-heure à venir. Danzer n'aurait aucun moyen de déterminer lequel était le bon. Il trouva le vol de Munich, prit la direction adéquate et s'intégra paisiblement à la queue. Quand son tour arriva, très vite, il lança d'un ton jovial :

« Complet pour Munich, aujourd'hui, non ? »

Le préposé jeta un coup d'œil à son écran de contrôle.

« Ouais. Pas une seule place libre ! »

Même si Danzer le repérait au dernier moment, elle n'aurait aucun moyen de le suivre. Il se dirigea vers la passerelle en examinant avec discrétion les voyageurs qui le précédaient. Il remarqua la femme aux cheveux longs, châtain clair, moulée dans un tailleur-pantalon bleu marine. Son visage lui apparut lorsqu'elle présenta son billet, à l'entrée du jet.

Rachel Cutler.

Aucune erreur possible.

Parfait jusque-là.

23

Atlanta, Géorgie
vendredi 16 mai 9 h 15

Suzanne entra. Paul Cutler se leva, contourna son grand bureau de châtaignier pour venir à sa rencontre.

« Je vous remercie de m'accorder un peu de votre temps, dit-elle.

— Aucun problème, madame Myers. »

C'était le nom que Suzanne avait donné à la réceptionniste. Elle savait que Christian Knoll utilisait couramment sa véritable identité, une des marques de son arrogance. Elle préférait l'anonymat. Moins de chances de laisser un souvenir trop précis.

« Appelez-moi Jo », proposa-t-elle.

Elle s'assit sur le siège offert en mesurant du regard l'avocat d'âge moyen qui lui faisait face. Quarante ans, pas plus. Taille moyenne. Mince. Le cheveu brun, légère calvitie naissante. Tenue archiclassique. Chemise blanche, pantalon noir, cravate de soie, les bretelles apportant une touche de maturité. Il avait un très beau sourire et lui fut immédiatement sympathique. Regard direct. Attentif. Quelqu'un, décida-t-elle, qui ne serait pas insensible à son charme, si elle voulait s'en donner la peine.

Par bonheur, elle s'était bien équipée pour cette rencontre. Perruque brune soigneusement ajustée. Lentilles de contact bleues changeant la couleur de ses yeux. Lunettes à verres octogonaux et monture en or. Jupe de crêpe, veste croisée à larges revers achetées la veille chez Ann Taylor. Le tout très féminin, légèrement décolleté pour éloigner l'attention de son visage. Aussitôt assise, elle croisa les jambes, révélant une paire de bas noirs, et s'efforça de sourire un peu plus que de coutume.

« Vous enquêtez dans le domaine des beaux-arts, amorça Cutler. Un travail passionnant que je vous envie.

— Mais le vôtre l'est certainement davantage. »

La pièce révélait les goûts de son occupant. Une litho encadrée de Winslow au-dessus d'un canapé de cuir, entre deux aquarelles de Kapka. Des diplômes sur un autre mur, avec des certificats d'appartenance à diverses associations professionnelles. Deux photographies en couleurs représentant Paul Cutler serrant la main du même homme plus âgé, dans quelque salle d'audience. Suzanne désigna les tableaux.

« Connaisseur ?

— Modeste. Mais j'appartiens au conseil de notre musée municipal.

— Vous devez en tirer de grandes satisfactions.

— Je m'intéresse beaucoup à l'art.

— C'est pour cette raison que vous m'avez reçue ?

— Pour cette raison, et par simple curiosité. »

Elle décida d'en venir aux choses sérieuses.

« Je suis passée au tribunal du comté. La secrétaire de votre ex-épouse m'a appris que Mme la juge Cutler n'était pas en ville. Elle n'a pas voulu me dire où je pourrais la joindre, et m'a suggéré de venir vous voir.

— Sami m'a appelé. Elle m'a dit que votre visite concernait mon ex-beau-père.

— C'est vrai. La secrétaire m'a confirmé qu'un homme était venu la voir hier. En quête, lui aussi, de votre ex-épouse. Un grand blond d'origine européenne. Il s'est présenté sous le nom de Christian Knoll. Je l'ai suivi toute la semaine, mais je l'ai perdu hier après-midi dans l'aéroport. J'ai bien peur qu'il ne suive Mme la juge Cutler. »

Les traits de Paul Cutler se crispèrent. Excellent. Elle avait tapé dans le mille.

« Pourquoi diable suivrait-il Rachel ? »

La meilleure tactique était la franchise. Peut-être la peur abattrait-elle les barrières de l'avocat et le pousserait-elle à vider son sac ?

« Knoll est venu à Atlanta pour parler à Karol Borya. »

Inutile de préciser qu'elle était au courant des visites du samedi. Franchise, d'accord, mais avec une certaine marge de liberté.

« Il a dû apprendre que votre ex-beau-père venait de mourir, et décider de s'adresser à sa fille. C'est la seule explication logique de cette démarche auprès de la secrétaire.

— Comment ce Knoll, et vous-même, pouviez connaître l'existence de Karol ?

— Vous devez savoir ce que faisait M. Borya quand il était encore citoyen soviétique ?

— Il nous l'a raconté. Mais vous, comment le saviez-vous ?

— Les archives de la Commission extraordinaire pour laquelle M. Borya travaillait sont maintenant accessibles au public, en Russie. Il est facile de les consulter. Knoll recherche la Chambre d'ambre, pour le compte d'un riche collectionneur privé. Il espérait sans doute que Borya lui apporterait quelque chose d'utile.

— Mais comment savait-il où trouver Karol ?

— La semaine dernière, Knoll est retourné aux archives de Saint-Pétersbourg. Certaines d'entre elles ont été rendues publiques voilà peu. C'est là qu'il a pu obtenir de nouvelles informations.

— Ce qui n'explique pas votre propre présence.

— Comme je vous l'ai déjà dit, j'ai suivi Knoll.

— Vous saviez que Karol venait de mourir ?

— Je ne l'ai appris qu'en arrivant en ville, lundi dernier.

— Madame Myers, à quoi rime ce regain d'intérêt pour la Chambre d'ambre ? Une sorte de mythe qui a disparu depuis près de soixante ans. Vous ne croyez pas que si quelqu'un avait dû remettre la main dessus, ce serait chose faite depuis longtemps ?

— Je suis d'accord avec vous, monsieur Cutler. Mais telle n'est pas l'opinion de Christian Knoll.

— Vous dites que vous avez perdu sa trace hier après-midi sur l'aéroport. Qu'est-ce qui vous permet de penser qu'il suivait Rachel ?

— Une intuition. Il avait constaté ma présence et il m'a fort habilement semée. J'ai noté les vols qui se sont succédé au début de cet après-midi. L'un pour Munich. Deux pour Paris. Trois pour Francfort.

— Rachel a pris celui de Munich. »

Paul Cutler venait de répondre avec une parfaite spontanéité. Elle sentait son inquiétude croissante. Il commençait à la croire. À la croire sur parole. Elle enchaîna :

« Pourquoi Munich, si tôt après la mort de son père ?

— Karol a laissé un message au sujet de la Chambre d'ambre. »

Il était ferré. C'était le moment d'y aller à fond.

« Monsieur Cutler, Christian Knoll est un homme dangereux. Quand il se lance sur une piste, rien ne l'arrête. Je parierais qu'il était dans l'avion de Munich, lui aussi. Il est important que j'avertisse votre ex-épouse. Vous savez où elle est descendue ?

— Elle doit m'appeler, mais elle ne l'a pas encore fait. »

Il était de plus en plus inquiet. Elle consulta sa montre.

« Il est près de trois heures et demie à Munich.

— C'est ce que je me disais à votre arrivée.

— Savez-vous ce qu'elle avait l'intention de faire ? »

Il ne répondit pas. Elle insista :

« Monsieur Cutler, vous ne me connaissez pas. Mais je vous jure que je suis de votre côté. Il faut que je retrouve Christian Knoll. Impossible de vous donner davantage de détails, en raison de mon devoir de réserve, mais je suis persuadée qu'il va entrer en contact avec votre ancienne femme.

— Alors, je crois qu'il faut prévenir la police.

— Knoll ne signifierait rien pour les représentants locaux de la loi. C'est une affaire justiciable des autorités internationales. »

Il hésitait, comme s'il pesait ses propos, afin de décider la marche à suivre. Appeler la police demanderait du temps. Alerter les autorités internationales encore davantage. Rachel était là-bas, maintenant, toujours décidée à n'en faire qu'à sa tête. Il n'avait guère le choix. « Elle est en Bavière, déclara-t-il. Elle recherche un nommé Chapaev, Danya Chapaev, qui vivrait à Kehlheim... »

Son aveu ne surprit nullement la visiteuse.

« Qui est ce Chapaev ? questionna-t-elle pour donner le change.

— Un vieil ami de Karol. Ils ont travaillé ensemble pour la Commission extraordinaire. Rachel pense que Chapaev peut savoir quelque chose sur le sort de la Chambre d'ambre.

— Qu'est-ce qui le lui a fait penser ? »

Il sortit d'un tiroir une petite liasse de documents. La lui tendit.

« Voyez par vous-même. Tout est là. »

Elle prit le temps d'examiner soigneusement les documents. Quelques minutes durant lesquelles l'angoisse du malheureux ne pouvait que croître. Rien de précis ni de bien défini. Juste des allusions plus ou moins révélatrices et uniformément inquiétantes. Il fallait absolument empêcher Knoll de gagner Rachel Cutler à sa cause. Exactement ce que son adversaire allait tenter de faire. N'ayant rien tiré du vieux, il l'avait balancé dans l'escalier et décidé de reporter toute son attention sur la fille.

Suzanne se leva.

« Je vous remercie de cette preuve de confiance, monsieur Cutler. Je vais voir s'il est possible de joindre votre ex-épouse à Munich. J'ai des contacts là-bas. »

Elle lui tendit la main. « Merci encore de m'avoir accordé un peu de votre temps. »

Cutler, debout, accepta la main offerte.

« Merci pour votre visite, madame Myers. Et pour cet avertissement. Mais vous n'avez pas précisé votre rôle dans cette affaire.

— Il est confidentiel, mais je puis vous dire que ce M. Knoll est recherché pour des raisons très sérieuses.

— Vous appartenez à la police ?

— À une agence privée chargée de démasquer Knoll. Une agence de Londres.

— Votre léger accent est plus est-européen que britannique. »

Elle sourit.

« Rien d'étonnant. Je suis née à Prague.

— Vous avez un numéro de téléphone ? Si Rach m'appelle, je vous mettrai toutes les deux en rapport.

— Inutile. Je vous appellerai moi-même ce soir ou demain matin, si vous êtes d'accord. »

Sur le point de sortir, elle désigna la photo encadrée d'un homme et d'une femme accrochée au mur.

« Un bien beau couple. Des parents à vous ?

— Mes parents. Trois mois avant qu'ils disparaissent dans un crash aérien. »

Il accueillit ses condoléances avec un petit hochement de tête, et elle n'ajouta pas un mot jusqu'à ce qu'il refermât la porte derrière elle. La dernière fois où elle avait vu ce couple, en compagnie d'une bonne vingtaine d'autres personnes, c'était à Florence, alors qu'ils montaient, sous un crachin persistant, dans un bus d'Alitalia qui les conduirait à l'avion chargé de les ramener en France. Les explosifs dont elle avait organisé la pose étaient déjà dans la soute à bagages, le détonateur réglé pour se déclencher au-dessus de la mer, trente minutes après le décollage.

24

Munich, Allemagne
16 h 35

C'était la première fois que Rachel entrait dans une telle brasserie. Une *Bierstube* cent pour cent germanique, avec trompettes, batterie, accordéon et cloches à vache assurant collectivement un énorme vacarme. De longues tables accueillaient les manieurs de chopes, dans l'arôme du tabac, des saucisses et de la bière. Des garçons ruisselant de sueur en culotte de cuir et des serveuses en costume folklorique rivalisaient d'adresse et d'ardeur pour transporter les hanaps d'un litre remplis de bière brune, la *Maibock*, un cru saisonnier servi une fois par an pour saluer le retour de la saison chaude.

La plupart des deux cents et quelques personnes qui l'entouraient semblaient passer un sacré bon moment, mais comme elle n'aimait pas la bière, un « goût acquis », d'après elle, Rachel commanda pour son dîner un poulet rôti arrosé de Coca. Le réceptionniste de son hôtel lui avait bien recommandé de manger sur place, mais la curiosité avait été la plus forte. Tant pis pour elle.

Non qu'elle se fût montrée plus avisée, depuis son

arrivée à Munich, ce matin. Après avoir loué une voiture et retenu sa chambre d'hôtel, elle avait éprouvé le besoin de faire un somme avant de songer à dîner. Dès le lendemain, elle se rendrait à Kehlheim. Soixante-dix kilomètres au sud, à un jet de pierre des Alpes d'Autriche. Danya Chapaev attendait depuis tant d'années qu'une nuit de plus ou de moins ne lui ferait pas de mal. En supposant, bien sûr, qu'il fût encore de ce monde.

Le changement de paysage lui faisait du bien, même si les plafonds voûtés, le décor agrémenté de tonneaux, les costumes et l'exubérance du personnel avaient plutôt tendance à l'assommer. Sa première incursion en Europe, trois ans plus tôt, s'était arrêtée à Londres, dans une ambiance très différente. Les programmes de télévision en provenance d'Allemagne l'avaient toujours intéressée, et elle avait rêvé d'y séjourner un jour. À présent, son vœu était exaucé.

Elle profita du spectacle en mâchonnant sa cuisse de poulet. Une bonne façon de ne plus penser à son père, à la Chambre d'ambre et à Chapaev. Encore moins à Marcus Nettles et à l'élection en attente. Paul avait sans doute raison de croire que tout cela n'était qu'une perte de temps. Mais la diversion, au moins, lui serait salutaire.

Elle paya son addition grâce aux euros retirés à l'aéroport, et quitta l'Hofbrauhaus pour se retrouver dans une artère paisible aux vieux pavés inégaux. La soirée s'annonçait fraîche et douillette à la fois, un temps plus doux que chez elle. Le soleil projetait ses derniers rayons à l'oblique sur un paysage urbain agréablement différent de son univers habituel. Des centaines de touristes et de commerçants empressés encombraient les trottoirs et même les chaussées, devant ces boutiques de la vieille ville dont les façades mélangeaient, avec plus ou moins de bonheur, pierre, bois de charpente et brique rouge. Dans une atmosphère surannée de village et de bon vieux temps révolu. Une voie heureusement piétonnière où ne se risquaient, occasionnellement, que de rares véhicules de livraison.

Piquant vers l'ouest, elle rejoignit la Marienplatz. Son hôtel était là-bas en face, exactement à l'autre bout de la vaste esplanade. Avec un marché en son centre, aussi riche en légumes frais qu'en volaille et en viande de boucherie. À gauche, s'étendait un « jardin à bière » où l'on pouvait boire en plein air. Rachel se remémora tout ce qu'elle avait lu naguère sur Munich. Jadis capitale de la Bavière, domicile du Prince Électeur, siège des Wittelsbach qui avaient régné sur la région pendant plus de sept cent cinquante ans. Comment Thomas Wolfe l'avait-il définie ? *Un magnifique exemple du paradis germanique.*

Elle coudoya des groupes menés par des guides parlant français, espagnol ou japonais. Devant l'hôtel de ville, elle croisa un groupe d'Anglais dont l'accent cockney lui rappela son séjour en Grande-Bretagne. Elle s'attarda un peu à l'arrière du groupe, à l'écoute du guide, fascinée par l'explosion des ornements gothiques offerts à sa vue. Le groupe traversa la place, s'arrêtant de l'autre côté, en face de l'hôtel de ville. Elle remarqua que le guide consultait sa montre. L'horloge haut perchée disait quatre heures cinquante-huit.

Brusquement, s'ouvrirent des petites fenêtres, dans le clocher de l'horloge, livrant passage à deux rangées de figurines de cuivre émaillées de couleurs vives. Une musique envahit la place. Des cloches sonnèrent cinq coups, auxquels répondirent, en écho, d'autres cloches lointaines.

« C'est le *Glockenspiel*, souligna le guide, au-dessus de la rumeur. Trois fois par jour, à onze heures, à midi et à cinq heures, le défilé des personnages reproduit un tournoi qui accompagnait, au XVIe siècle, les mariages royaux germaniques. Les autres figurines, au niveau inférieur, exécutent la danse des Cuivres. »

Les personnages tournaient et viraient au rythme d'une musique bavaroise très enlevée. Tous les touristes s'étaient arrêtés, le nez en l'air. La représentation dura deux minutes, puis s'interrompit. Le groupe britannique s'engagea dans une rue de traverse. Rachel continua d'admirer un instant les portes minuscules à présent refermées, dans le clocher de l'horloge, puis entreprit la traversée du carrefour.

Un klaxon fracassa le silence relatif.

Elle pivota brièvement vers la gauche.

Une voiture approchait, très vite. Vingt mètres. Quinze. Douze. Elle reconnut, en un éclair, la calandre et l'emblème d'une Mercedes, et la boîte lumineuse qui disait taxi.

Les derniers mètres.

Le klaxon résonnait toujours. Elle savait qu'elle devait s'écarter de la trajectoire, mais son corps refusait de suivre son esprit. Elle se cuirassa contre la souffrance à venir, se demandant ce qui serait le plus douloureux, le choc ou la violence de sa chute sur les pavés de la chaussée.

Pauvre Brent, pauvre Maria.

Et pauvre Paul, si gentil.

Un bras se referma autour de son cou. Deux bras l'attirèrent violemment en arrière.

Les freins grinçaient. Le taxi stoppa net. Une odeur de caoutchouc brûlé monta du sol rugueux.

Elle se retourna vers l'homme qui la tenait toujours. Il était grand, élancé. Une tignasse blonde couronnait son front hâlé. Un nez droit, des lèvres minces lui composaient un visage assez beau, au teint basané. Il portait une chemise beige clair avec un pantalon à carreaux.

« Ça va ? » lui demanda-t-il en anglais.

Ses jambes tremblaient. Avait-elle été vraiment si proche de la mort ?

« Je crois que oui. »

Un attroupement se formait autour d'eux. Le chauffeur de taxi avait quitté son siège. Apparemment très éprouvé.

« Elle va bien, messieurs-dames », cria le sauveteur.

Il ajouta quelque chose en allemand, et la foule naissante se dispersa. Puis il s'adressa au chauffeur du taxi, toujours en allemand. L'homme lui répondit, puis regagna son volant et redémarra.

« Le chauffeur regrette. Il dit que vous avez surgi d'un seul coup, sans regarder où vous alliez.

— Je croyais qu'il s'agissait d'une voie piétonnière. Je ne pensais pas du tout à une voiture.

— Les taxis ne passent jamais par ici, en principe. Je le lui ai rappelé, et il a préféré partir sans demander son reste.

— Il devrait y avoir un écriteau ou quelque chose.

— Américaine, pas vrai ? Il y a des écriteaux pour tout, en Amérique. Pas ici. »

Le cœur de Rachel se calmait graduellement.

« Merci d'être intervenu. »

Un sourire parfait exhiba deux rangées de dents très blanches.

« Tout le plaisir a été pour moi. »

Il tendit une main large ouverte.

« Je m'appelle Christian Knoll. »

Elle accepta la main offerte.

« Et moi Rachel Cutler. Je suis heureuse que vous ayez été là, monsieur Knoll. Je n'avais pas entendu venir ce taxi.

— Il aurait été dommage que je n'y sois pas. »

Elle eut un sourire forcé.

« Ô combien ! »

Puis elle se mit à trembler des pieds à la tête. Elle réalisait seulement maintenant qu'elle avait échappé à un grave accident. Il la saisit par les épaules.

« Laissez-moi vous offrir un verre pour vous remettre de votre émotion.

— Ce n'est pas vraiment nécessaire.

— Vous tremblez. Un peu de vin vous fera du bien.

— C'est très gentil, mais…

— Pour me récompenser de mon intervention. »

Difficile de refuser. Elle céda.

« D'accord. Un peu de vin ne me fera pas de mal. »

Ils entrèrent dans un café voisin, à l'ombre tutélaire des clochers de cuivre. La plupart des tables étaient occupées par des amateurs de bière brune, et c'est également ce que Christian Knoll commanda pour lui-même. Pour elle, il recommanda, puis commanda un verre de vin du Rhin, blanc, sec et frais.

Il avait eu raison de ne pas la lâcher. Elle avait les nerfs à fleur de peau. La première fois qu'elle frôlait la mort. Étrange qu'elle ait réagi de cette manière, sur le moment. Brent et Maria, d'accord. Entièrement compréhensible. Mais Paul ? Elle avait pensé à lui. De toute son âme. L'espace d'un instant.

Elle dégusta le vin à petites gorgées, laissant l'alcool et l'ambiance rétablir la paix dans son système nerveux. Que murmurait son vis-à-vis ?

« J'ai un aveu à vous faire, madame Cutler.

— Appelez-moi Rachel.

— Très bien, Rachel. »

Elle but une gorgée de plus.

« Quel genre d'aveu ?

— Je vous suivais. »

Les mots achevèrent de la remettre d'aplomb. Elle reposa son verre.

« Qu'entendez-vous par là ?

— Je vous suivais. Je vous ai suivie depuis Atlanta. »

Elle se leva.

« Je crois que nous devrions aller en parler à la police. »

Knoll ne broncha pas.

« Si vous y tenez, pas de problème. Essayez de m'écouter jusqu'au bout, avant de prendre une décision. »

Elle pesa brièvement le pour et le contre. Ils étaient assis en plein air, tout près d'une rampe de fer forgé. La rue était pleine de monde. Que pouvait-elle risquer, dans ces conditions ? Elle dit en reprenant place sur son siège :

« O.K., monsieur Knoll. Vous avez cinq minutes. »

L'homme s'accorda une gorgée de bière.

« J'étais venu à Atlanta, plus tôt dans la semaine, pour parler à votre père. À mon arrivée, j'ai appris sa mort. Hier, je suis passé à votre bureau, et votre secrétaire m'a dit que vous partiez pour Munich. Je lui ai laissé mon nom et mon numéro de téléphone. Elle ne vous les a pas communiqués ?

— Je n'ai pas appelé mon bureau. De quoi vouliez-vous parler à mon père ?

— Je recherche la Chambre d'ambre, et je pensais qu'il serait en mesure de me fournir quelques petits renseignements.

— Pourquoi recherchez-vous la Chambre d'ambre ?

— Disons plutôt pour qui. Un collectionneur qui m'emploie.

— Comme les autorités russes, je suppose ? »

Knoll eut ce même parfait sourire.

« Exact. Mais après plus d'un demi-siècle, ce sera le premier arrivé. Un principe américain, je crois.

— Que pouvait savoir mon père ?

— Tout et rien. Il avait beaucoup travaillé à cette recherche, pour le compte des Soviets.

— Voilà également plus d'un demi-siècle.

— Dans cette sorte d'affaire, peu importe le temps. Il ne fait que rendre la recherche encore plus passionnante.

— Comment avez-vous trouvé mon père ? »

Knoll sortit de sa poche et lui tendit des feuillets pliés en quatre.

« J'ai découvert ces photocopies à Saint-Pétersbourg.

Elles m'ont mené à Atlanta. Comme vous pouvez le voir, le KGB lui-même s'est présenté chez votre père, il y a quelques années. »

Elle déplia les documents. Ils étaient en caractères cyrilliques, avec une traduction anglaise en regard, à l'encre bleue. Elle remarqua tout de suite qui avait signé la première lettre. Danya Chapaev. Elle lut attentivement ce que le KGB disait de son père :

Contact établi. Nie savoir quoi que ce soit sur la *yantarnaya komnata* après 1958. Danya Chapaev introuvable. Borya jure ne pas connaître son adresse.

Mais Karol n'avait pas ignoré l'adresse de son ami Danya. Ils avaient correspondu pendant des années. Pourquoi son père avait-il menti ? Pourquoi avait-il toujours caché cette visite du KGB ? Le fait que le KGB eût été au courant de son existence à elle, Rachel Cutler, et de celle de ses deux enfants lui faisait froid dans le dos. Elle commençait à se demander tout ce que son père lui cachait depuis des années.

« Malheureusement, poursuivit Knoll, je n'ai pas eu l'occasion de parler à votre père. Arrivé trop tard. Je compatis à votre perte.

— Quand avez-vous débarqué à Atlanta ?

— Lundi.

— Et vous avez attendu tout ce temps pour essayer de me rencontrer ?

— Eu égard à la mort de votre père, je n'ai pas voulu forcer votre deuil. Mon affaire pouvait attendre un peu. »

Le rapport avec Chapaev diminuait peu à peu la tension de Rachel. La thèse de cet homme était crédible, mais elle ne voulait pas aller trop vite. Après tout, quoique beau, charmant et providentiel, Knoll demeurait un inconnu. Pis encore, un inconnu en terre étrangère.

« Nous avons voyagé dans le même avion ?

— J'ai pu le prendre d'extrême justesse.

— Pourquoi ne m'avez-vous pas parlé tout de suite ?

— J'ignorais vos intentions. Si elles n'avaient rien à voir avec la Chambre d'ambre, quelles raisons avais-je de vous parler ?

— Je n'aime pas qu'on me suive, monsieur Knoll. Je n'aime pas ça du tout.

— Il est peut-être heureux que je l'aie fait. »

Son regard perçant défiait la jeune femme de le contredire. Elle se souvint du taxi. Ferma les yeux. Peut-être avait-il raison.

« Appelez-moi Christian, si vous voulez que je vous appelle Rachel. »

Aucun motif d'exprimer une hostilité quelconque. Il lui avait tout de même sauvé la vie.

« Entendu, Christian.

— À la bonne heure. Votre voyage concerne-t-il, de près ou de loin, la Chambre d'ambre ?

— Je me demande si je dois répondre à cette question.

— Si je vous avais voulu du mal, j'aurais laissé le taxi vous passer dessus. »

Un bon argument. Mais encore insuffisant.

« Madame Cutler… Rachel… Je suis un enquêteur privé expérimenté. Spécialisé dans les œuvres d'art. Je parle allemand, et je connais ce pays. Vous êtes sans doute un excellent juge, mais je doute que vous puissiez faire une bonne enquêtrice. »

Elle ne répondit pas.

« Tout renseignement éventuel sur la Chambre d'ambre m'intéresse. Rien de plus. J'ai partagé avec vous tout ce que je savais. Puis-je vous demander la réciproque ?

— Et si je préfère aller voir la police ?

— Dans ce cas, je m'éclipserai, mais je continuerai

194

à vous observer, pour tenter d'apprendre ce que vous savez. Rien de personnel. Vous constituez une piste que j'entends bien suivre jusqu'au bout. Je pensais simplement que nous pourrions gagner un temps précieux en travaillant de concert. »

Il y avait en lui quelque chose de viril, voire de dangereux, à quoi elle était très sensible. Ses mots étaient clairs et directs, sa voix grave et convaincante. Elle scrutait son visage, en quête du premier signe de duplicité, et n'en trouvait aucun. Elle finit donc par prendre la décision rapide et sans appel qu'il lui incombait souvent d'exprimer au tribunal.

« O.K., Christian. Mon but est de trouver Danya Chapaev... s'il vit toujours à Kehlheim. »

Knoll reporta son hanap à ses lèvres.

« C'est au sud, vers les Alpes, près de l'Autriche. Je connais le village.

— Lui et mon père partageaient le même intérêt envers la Chambre d'ambre. Davantage, apparemment, que je ne l'imaginais.

— Qu'est-ce que Herr Chapaev pourrait savoir ? »

Trop tôt pour parler de leur correspondance.

« Rien en dehors du fait qu'ils ont travaillé jadis ensemble... comme vous semblez le savoir déjà.

— Comment avez-vous appris son nom ? »

Trop tôt, là encore.

« Mon père parlait de lui depuis toujours. C'étaient de très grands amis.

— Je peux vous aider de multiples façons, Rachel.

— En toute franchise, Christian, j'aurais préféré agir seule, au départ.

— Je vous comprends. Je me souviens de la mort de mon père. Je n'arrivais pas à l'accepter. » Il paraissait sincère, et le sentiment plut à Rachel. Mais c'était toujours un inconnu.

« Vous avez réellement besoin d'aide. Si ce Chapaev

sait certaines choses, je peux vous aider à aller au-delà. Je connais toute l'histoire de la Chambre d'ambre. Tout détail nouveau peut recouper des infos dont vous n'auriez pas connaissance. »

Elle acheva de vider son verre. Il insista :

« Quand comptez-vous partir pour Kehlheim ?

— Demain matin. »

Trop vite répondu. Mais trop tard pour se rattraper.

« Permettez-moi de vous y conduire.

— Je ne voudrais pas que mes enfants acceptent ce genre de proposition d'un parfait inconnu. Pourquoi ferais-je le contraire ? »

Il sourit avec indulgence. Son expression désarma Rachel.

« Je n'ai caché ni mon identité ni mes intentions à votre secrétaire. Pas très malin de la part d'un homme qui envisagerait de vous faire du mal. De toute façon, je vous suivrais à Kehlheim en cas de refus. »

Elle prit une autre décision éclair. Qui la surprit beaucoup elle-même.

« O.K., pourquoi pas ? Nous irons ensemble. Je suis à l'hôtel Waldeck. À deux pas d'ici.

— Et moi, je suis à l'Elizabeth. Juste en face du Waldeck. »

Elle ouvrit de grands yeux.

« Si je vous disais que je n'en suis pas du tout surprise ? »

Knoll regarda Rachel Cutler disparaître à l'intérieur du Waldeck.

Une bonne chose de faite.

Sur la Maximilianstrasse, il passa devant le portique à colonnes du Théâtre national et s'approcha des taxis en station qui entouraient la statue de Maximilien Joseph, le premier roi de Bavière. Il traversa la rue et se dirigea vers le quatrième taxi dont le chauffeur se tenait adossé à sa Mercedes, les bras croisés sur sa poitrine.

« Bon boulot ? s'enquit-il en allemand.

— Mieux que bon.

— Mon petit numéro, après ?

— Remarquable. »

Knoll tendit à son complice une liasse d'euros.

« Toujours un plaisir de bosser avec toi, Christian.

— Moi de même, Erich. »

Ils se connaissaient bien, tous les deux. Knoll savait toujours sur qui il pouvait compter lorsqu'il avait besoin d'un complice. Des gaillards corruptibles, champions dans leur spécialité. Deux qualités qu'il appréciait par-dessus tout.

« Tu t'attendris, Christian ?

— Comment ça ?

— Tu voulais juste lui flanquer la pétoche. Pas la tuer. Ça te ressemble si peu.

— Rien de tel que frôler la mort pour faire confiance au bon Samaritain.

— Tu veux la baiser, c'est ça ? »

Knoll n'appréciait pas ces questions, mais il pouvait avoir encore besoin, dans l'avenir, des services irremplaçables de cet as du volant.

« Une bonne façon de leur baisser la culotte. »

Le chauffeur avait compté les billets.

« Cinq cents euros pour tirer un coup, c'est pas donné, non ? »

Rien en comparaison des dix millions d'euros que lui rapporterait la Chambre d'ambre, s'il la ramenait à Monika entourée d'une faveur rose. Sans compter qu'avec une femme aussi désirable que Rachel Cutler, dont la proximité l'avait laissé sur sa faim...

« Mon cher Erich, ça dépend du coup et de la cible envisagée. »

25

Atlanta, Géorgie
0 h 35

Paul s'agitait sur place. Il avait sauté son repas du midi. Il était resté au bureau pour ne pas risquer de louper le coup de fil de Rachel. Et rien. Il était six heures et demie, en Allemagne. Elle avait envisagé la possibilité de passer une nuit à Munich avant de se rendre à Kehlheim. Il ne savait donc pas si elle l'appellerait aujourd'hui ou demain, après son excursion dans le Sud. Ni même si elle l'appellerait vraiment.

Rachel avait son franc-parler. Elle était directe et autoritaire. Depuis toujours. C'était son indépendance d'esprit qui faisait d'elle un si bon juge. Mais c'était aussi ce qui la rendait si difficile à vivre. Elle ne se faisait pas que des amis, bien que, tout au fond d'elle, elle fût infiniment chaleureuse. Il le savait. Malheureusement, elle et lui, c'était l'huile et le feu. Quoique pas toujours. Au temps de leur mariage, ils préféraient, l'un et l'autre, dîner tranquillement chez eux plutôt que fréquenter les restaurants à la mode. Une bonne vidéo télévisée à un spectacle de théâtre. Un après-midi au zoo avec les enfants à une sortie en ville. Paul se rendait compte à quel point Karol manquait à Rachel. Ils avaient été si proches, surtout après leur divorce. Et le vieux avait fait tout ce qu'il pouvait pour reconstituer leur couple.

Qu'avait-il écrit dans sa lettre à Rachel ?

Tâche de donner une seconde chance à Paul...

Mais c'était inutile. Rachel avait décidé que leurs caractères étaient incompatibles. Elle avait repoussé toutes ses tentatives de conciliation. Peut-être aurait-il dû élever la voix ? Lui mettre le marché en main ? Tabler sur les anomalies de leur séparation ? Son horreur de la vie mondaine, la confiance qu'elle avait en lui. Combien d'hommes divorcés possédaient toujours les clefs du domicile de leur ex-épouse ? Combien partageaient toujours avec elle le titre de propriété ou conservaient un patrimoine commun ? Elle n'avait nullement exigé la séparation dans ce domaine et depuis trois ans, il administrait leur compte-titres à sa guise, sans qu'elle posât jamais la moindre question.

Il foudroya le téléphone du regard. Pourquoi n'avait-elle pas encore appelé ? Que se passait-il ? Un nommé Christian Knoll était censé la suivre. Dangereux, d'après cette brune aux yeux bleus du nom de Myers. Elle s'était montrée calme et cohérente, répondant à toutes les questions avec une logique et une spontanéité apparentes. Jouant un peu, sans doute, sur les appréhensions qu'elle sentait en lui. Il lui en avait trop dit, trop facilement, et ça le contrariait, après coup. Indigne de l'avocat retors qu'il était censé être. Mais la place de Rachel n'était pas en Allemagne. Que lui importait la Chambre d'ambre ? D'ailleurs, il y avait belle lurette que ce Danya Chapaev devait avoir passé l'arme à gauche.

Il reprit, sur son bureau, les lettres de son ex-beau-père

et chercha le passage crucial de son ultime message à Rachel :

… Avons-nous trouvé ? Peut-être. Nous ne sommes pas allés voir sur place. Trop de monde sur la piste, y compris des Russes et des Allemands.

Danya et moi nous nous sommes juré de ne jamais dire ce que nous savions ou croyions savoir. Et combien je regrette d'avoir accepté la proposition de Yancy d'enquêter discrètement, de son côté, afin de vérifier les infos que j'estimais crédibles. C'est ce qu'il faisait, lors de ce dernier voyage en Italie. Est-ce ce qui l'a tué, ce qui les a tués tous, ou la bombe visait-elle à éliminer le ministre ? C'est ce que nous ne saurons jamais.

Tout ce que je sais, c'est que la recherche de la Chambre d'ambre est une occupation dangereuse…

Il lut un peu plus loin et retrouva le même avertissement.

Mais surtout, ne te soucie jamais de la Chambre d'ambre. Pense à Phaéton et aux larmes des Héliades. Garde-toi de son ambition et de leur chagrin.

Il avait lu bien des classiques, mais ne pouvait se souvenir de cet épisode particulier. Rachel s'était montrée évasive, trois jours plus tôt, quand il lui avait demandé de raconter l'histoire.

Angoissé, il s'assit à son clavier et se brancha sur Internet. Il tapa l'expression « Phaéton et les Héliades ». Sur l'écran, apparut un listing d'une bonne centaine de sites. Il en choisit trois, au petit bonheur. Le troisième était le bon. Il s'intitulait « Le monde mystique d'Edith Hamilton ».

Il y trouva l'histoire de Phaéton, accompagnée d'une référence bibliographique aux *Métamorphoses* d'Ovide. Un conte aussi coloré que prophétique.

Phaéton, fils illégitime d'Hélios, dieu du Soleil, avait finalement identifié son père. Se sentant coupable, le dieu du Soleil accorda un vœu à son fils, qui souhaita illico prendre, pour un jour, la place de son père et assurer la conduite, de l'aube au crépuscule, du char de l'astre de lumière.

Le père conçut clairement la folie de son fils et tenta de le dissuader, mais rien n'y fit. Hélios exauça le vœu de son fils, après l'avoir longuement prévenu de la difficulté de sa tâche. Peine perdue. Tout ce que voyait l'enfant, c'était sa propre silhouette dressée sur le chariot magique, rênes en mains, dirigeant les étalons que Zeus lui-même ne pouvait totalement maîtriser.

En cours de route, pourtant, Phaéton constata que les avertissements répétés de son père n'étaient pas de vaines paroles, et qu'il perdait, de seconde en seconde, le contrôle de son merveilleux équipage. Les chevaux déchaînés se ruèrent au plus haut du firmament, puis plongèrent vers la Terre avec l'intention de réduire la planète en cendres. Zeus, n'ayant plus le choix, lança un éclair, un trait de foudre qui détruisit le chariot et tua Phaéton.

Le mystérieux fleuve Eridanus l'accueillit dans ses ondes obscures. Les Naïades, attendries par ce garçon si jeune et si fou, l'enterrèrent. Les sœurs de Phaéton, les Héliades, vinrent pleurer sur sa tombe. Zeus compatit à leur deuil et les changea en peupliers dont les feuilles murmurantes s'agitent tristement, depuis lors, sur les rives de l'Eridanus.

Paul lut sur l'écran les dernières lignes de cette tragique odyssée :

« *Où leur âme endeuillée pleure dans les eaux du fleuve, chaque larme, dans sa chute, crée dans l'onde noire une goutte d'ambre resplendissante.* »

Se souvenant de l'exemplaire des *Métamorphoses* d'Ovide relié plein cuir présent dans la bibliothèque de Karol, Paul frémit jusqu'au tréfonds de lui-même. Le vieil homme avait essayé d'avertir Rachel, mais elle n'avait pas voulu l'écouter. Elle s'était ruée, à l'instar de Phaéton, dans une folle entreprise. Sans en concevoir les dangers, sans en comprendre les risques. Ce Christian Knoll y jouerait-il le rôle de Zeus ? Du dieu qui avait lancé la foudre ?

Paul se retourna vers le téléphone. *Tu vas sonner, oui ou merde ?*

Que pouvait-il faire ?

Rien. Garder les gosses, les soigner, veiller sur eux en attendant que Rachel rentre de sa chasse au fantôme. Alerter la police, peut-être ? Voire les autorités germaniques ? Mais si Christian Knoll n'était, en fait, rien de plus qu'un enquêteur trop zélé, Rachel ne le lui pardonnerait jamais. Paul l'alarmiste, dirait-elle en ricanant.

Il n'aurait pas fini d'en entendre parler, et c'en serait fait de cette « deuxième chance ».

Mais il y avait une troisième solution. La plus séduisante. Il consulta sa montre. Une heure cinquante du matin. Sept heures trente en Allemagne. Il ouvrit l'annuaire, trouva le numéro de l'agence Delta.

Un des agents de réservation vint en ligne.

« J'ai besoin d'un vol Atlanta-Munich pour aujourd'hui. Direct, si possible. »

26

Kehlheim, Allemagne
Samedi 17 mai
8 h 05

Suzanne venait de battre une sorte de record. En sortant de chez Paul Cutler, elle s'était immédiatement envolée pour Munich où elle était arrivée un peu après dix heures, heure locale. Après un petit somme dans un hôtel de l'aéroport, elle avait loué une Audi et foncé tout droit jusqu'à Oberammergau, par l'autoroute E333. Puis elle avait emprunté une route secondaire en lacets jusqu'au lac Förggensee, à l'est de Füssen.

Le village de Kehlheim était un ensemble de maisons rustiques coiffées de toits à pignons tarabiscotés, groupées près de la rive du lac. Le clocher d'une église dominait le centre de l'agglomération, occupé par la place du marché. Des pentes boisées convergeaient vers les rives du lac. L'air sentait la viande crue, les légumes mouillés et la fumée du tabac à pipe.

Suzanne s'avança parmi la foule des vacanciers. Des enfants jouaient en criant sur la place. Des coups de marteaux résonnaient à la ronde. Assis près de l'un des étals, un vieillard aux cheveux blancs et au nez busqué capta l'attention de la nouvelle arrivante. Il devait avoir approximativement le même âge que Danya Chapaev. Elle se pencha, admirative, sur ses pommes et sur ses cerises.

« Quels beaux fruits, lui dit-elle en allemand.

— Ma production personnelle », se vanta le vieux maraîcher.

Elle lui sourit et lui acheta trois grosses pommes. Elle se savait parfaite et en profita pour déployer tout son charme. Perruque blonde tirant sur le roux, teint de blonde, yeux noisette. Les seins rehaussés par un wonderbra garni de silicone. Hanches et cuisses renforcées, de même, par un rembourrage spécial réparti sous le jean. Chemise bariolée et bottes de cow-girl complétaient le déguisement. Tout témoin oculaire la décrirait comme une blondasse à forte poitrine, un peu trop grasse de partout.

« Savez-vous où habite Danya Chapaev ? s'enquit-elle enfin. C'est un vieil ami de mon père. Je lui apporte un cadeau de sa part, mais j'ai égaré son adresse exacte. Me souvenir du village a déjà été un coup de pot. »

Le maraîcher secouait la tête d'un air réprobateur. « Pas bien malin, ça, *Fräulein* ! »

Elle sourit sans se vexer.

« Je sais. Mais je suis comme ça. Complètement tête en l'air.

— Je ne connais pas votre Chapaev. Je suis de Nesselwang, plus à l'ouest. Mais je vais vous appeler quelqu'un d'ici. »

Avant qu'elle pût l'en empêcher, il vociféra le nom à travers la place. Elle n'avait pas souhaité concentrer l'attention sur elle ou sur la personne qu'elle recherchait, mais trop tard pour y remédier. Les deux hommes hurlaient leurs répliques dans leur patois. Elle en saisit à peine quelques bribes : Chapaev. Au nord. Trois kilomètres, près du lac.

« Mon copain Heinrich le connaît, Chapaev. Il crèche au nord de la ville. À trois bornes d'ici. Pile sur la rive du lac. Un petit chalet de pierre avec une grande cheminée. »

Elle enregistra les renseignements. Puis entendit le prénommé Heinrich appeler, de l'autre bout de la place :

« Julius ! Julius ! »

Un garçon d'une douzaine d'années surgit de nulle part. Un petit brun au visage futé. Heinrich lui parla, et le gosse courut vers Suzanne. Derrière lui, un vol de canards décolla du lac et s'éleva dans le ciel laiteux du matin.

« Chapaev, m'dame, c'est mon pépé. Voulez que je vous conduise ? »

Il louchait ouvertement sur les gros seins de « m'dame », laquelle lui offrit son plus beau sourire.

« Allons-y, mon garçon, tu vas pouvoir me piloter. »

Le môme la contemplait, fasciné.

Suzanne s'amusait beaucoup. Les hommes étaient tellement transparents. Tellement faciles à manipuler, quel que soit leur âge.

27

9 h 15

Rachel observait du coin de l'œil son énigmatique chauffeur. Ils filaient sur l'autoroute E333, à trente minutes au sud de Munich. Les vitres teintées de la Volvo encadraient des pics fantômes enveloppés de brume, saupoudrés de neige à haute altitude, au sommet des pentes boisées de grands ifs et de bouleaux.

« Quel beau paysage !

— Le printemps est la meilleure saison pour visiter les Alpes.

— C'est votre premier séjour en Allemagne ? » Elle acquiesça. « Vous allez beaucoup aimer, je m'y engage ! enchaîna-t-il.

— Merci. Vous voyagez souvent vous-même ?

— Tout le temps.

— Où habitez-vous, entre deux expéditions ?

— J'ai un appartement à Vienne, mais j'y mets rarement les pieds. Mon travail me propulse dans tous les coins du monde. »

Drôle de type en vérité. Épaules larges et musculeuses, cou de taureau, longs bras puissants. Il portait aujourd'hui des vêtements décontractés : chemise bariolée, plus chaude que la veille, jean, bottes et parfum d'eau de Cologne. Le premier Européen avec qui elle eût jamais parlé aussi longuement. Peut-être était-ce là l'origine de l'espèce de fascination qu'il exerçait sur elle ? Il piquait sa curiosité.

« La fiche du KGB disait que vous avez un enfant ? Y a-t-il aussi un mari ?

— Ex. Nous sommes divorcés. Et j'ai deux enfants.

— On divorce beaucoup, en Amérique.

— Dans mes fonctions de juge, j'auditionne plus de cent divorces par semaine. »

Knoll secouait la tête.

« Quelle pitié !

— On dirait que les hommes et les femmes ne savent plus vivre ensemble.

— Votre ex est également juriste ?

— Avocat. Un des meilleurs. »

Une autre Volvo les doubla à un train d'enfer. Rachel commenta :

« Quel cinglé ! Il doit bien faire du cent quatre-vingts.

— En fait, plus de deux cents. On approche nous-mêmes du cent soixante.

— Une sacrée différence avec chez nous.

— Et c'est un bon père ? relança Knoll.

— Mon ex ? Oh, là également, le meilleur !

— Meilleur père que mari ? »

Quelles étranges questions. Mais elle y répondait volontiers. L'anonymat de cette relation improvisée avec un inconnu diminuait le caractère indiscret de leur échange.

« Je ne dirais pas ça. Paul est un être merveilleux. N'importe quelle femme serait heureuse de l'avoir.

— Pas vous ?

— Je n'ai jamais dit ça non plus. J'ai dit simplement que nous ne pouvions pas vivre ensemble. »

Knoll parut saisir sa réticence.

« Je ne veux pas être importun. C'est juste parce que je m'intéresse aux gens. J'aime leur poser des questions. Par curiosité pure et simple, rien de plus.

— Il n'y a pas de mal. »

Après un silence :

« J'aurais dû appeler Paul pour lui dire où je suis. C'est lui qui garde les enfants.

— Vous lui téléphonerez ce soir.

— Déjà qu'il n'est pas heureux que je sois ici… Mon père et lui disaient que je devrais rester en dehors de tout ça…

— Vous en avez discuté avec votre père, peu de temps avant sa mort ?

— Pas du tout. Il m'a laissé une lettre, avec son testament.

— Alors, pourquoi êtes-vous ici ?

— Juste quelque chose que je dois faire.

— Je peux vous comprendre. La Chambre d'ambre, ce n'est pas rien. Des tas de gens la recherchent depuis la fin de la guerre.

— C'est ce qu'on m'a dit. Qu'est-ce qui la rend si singulière ?

— Dur à expliquer. L'art ne produit pas les mêmes effets sur tout le monde. La particularité de la Chambre d'ambre, c'est de faire l'unanimité. J'ai lu des rapports du XIXe siècle et de la fin du XXe. Tous insistent sur la magnificence de la réalisation. Vous imaginez toute une pièce aux murs garnis d'ambre ?

— Mal !

— L'ambre est tellement précieux. Vous en savez long là-dessus ?

— Pratiquement rien.

— Ce n'est que de la résine fossilisée, vieille de quarante à cinquante millions d'années. De la résine durcie par d'innombrables millénaires jusqu'à se convertir en véritable gemme. En pierre précieuse. Les Grecs l'appellent *elektron*, substance du soleil, à cause de sa couleur, ou devrais-je dire de ses couleurs. Si vous en frottez un fragment entre vos mains, il engendre une charge électrique. Chopin manipulait des chaînes d'ambre avant de s'asseoir au piano. L'ambre se réchauffe au toucher et dissipe la transpiration.

— J'ignorais tout cela.

— D'après les Romains, si vous êtes Lion, avoir de l'ambre sur vous porte bonheur. Si vous êtes Taureau, vous pouvez vous attendre à de gros ennuis.

— Je devrais peut-être m'en procurer, puisque je suis Lion. »

Il se tourna vers elle pour mieux lui sourire.

« À condition de croire à ce genre de chose... Les docteurs du Moyen Âge prescrivaient des inhalations de vapeur d'ambre contre les maux de gorge. Ces vapeurs très parfumées sont censées posséder des propriétés médicinales. Les Russes l'appellent "encens de la mer". Il peut aussi... Désolé, je vous ennuie ?

— Pas du tout. C'est passionnant.

— Les vapeurs d'ambre mûrissent les fruits. Une légende arabe prétend qu'un certain prince ordonna à son jardinier de lui apporter des poires fraîches. Malheureusement, ce n'était pas la saison des poires. Les premières ne seraient à point qu'un mois plus tard. Le prince précisa à son jardinier qu'il serait décapité s'il ne lui apportait pas le lendemain des poires mûres. Le jardinier cueillit donc des poires vertes et passa la nuit à prier Allah, en brûlant de l'encens d'ambre. Le lendemain, en réponse à ses prières, les poires étaient roses et succulentes. Que la légende soit vraie ou non – qui peut le savoir ? – la vapeur d'ambre contient de l'éthylène qui accélère le mûrissement de certains fruits. Les Égyptiens, eux, se servaient de cette vapeur pour momifier les corps.

— Je n'ai jamais vu que des bijoux d'ambre. Et des

photos de morceaux d'ambre avec des inclusions de feuilles et d'insectes.

— Francis Bacon la qualifiait de "tombe plus que royale". Les artistes y pensent comme à de la peinture. Il en existe de deux cent cinquante couleurs différentes. Les blancs et les verts sont les plus rares. Les rouges, les jaunes, les bruns, les noirs et ceux de couleur or sont très communs. Des guildes, au Moyen Âge, en contrôlaient la distribution. La Chambre d'ambre a été créée au XVIIIe siècle. Avec toute la palette que l'homme pouvait tirer de cette substance.

— Vous connaissez bien votre sujet.

— C'est mon job. »

La voiture ralentissait.

« Notre bretelle de sortie… »

Ils descendirent une courte rampe. Knoll ajouta :

« D'ici, on va emprunter des routes moins rapides. Mais nous ne sommes plus très loin de Kehlheim. »

Il tourna à droite et reprit progressivement sa vitesse précédente.

« Vous travaillez pour qui ? s'informa brusquement Rachel.

— Pas le droit de vous le dire. Mon employeur est une personne privée.

— Mais évidemment très riche.

— Pourquoi ça ?

— Pour envoyer quelqu'un rechercher des œuvres d'art aux quatre coins du monde, il faut être un homme riche.

— Vous ai-je dit que mon patron était un homme ? »

Rachel éclata de rire.

« Non, vous ne me l'avez jamais dit.

— Bel essai, Votre Honneur ! »

Des prairies parsemées de grands ifs répartis en menus bosquets s'alignaient de part et d'autre de la route.

Rachel baissa la vitre pour inhaler à pleins poumons cet air balsamique.

« On grimpe, non ?

— Les Alpes commencent ici et s'étendent jusqu'en Italie. La température va baisser dès que nous atteindrons Kehlheim. »

Elle s'était demandé, vaguement, pourquoi il portait une chemise de flanelle et un pantalon épais. En short et petite veste boutonnée sans manches, elle n'était pas vraiment équipée elle-même pour cette baisse de température. Puis elle se rendit compte, avec un petit choc au cœur, que c'était la première fois qu'elle roulait ainsi, depuis leur divorce, en la seule compagnie d'un autre homme que Paul.

« Je pense vraiment tout ce que je vous ai dit avant-hier, reprenait Christian Knoll. Je suis sincèrement navré que vous ayez perdu votre père.

— Il était très âgé.

— C'est le drame avec les parents. Tôt ou tard, on est appelé à les perdre. » Il avait l'air réellement concerné. Des mots attendus, convenus. Dictés sans doute par la simple courtoisie.

Mais elle lui en était tout de même reconnaissante. Et ça ne faisait que le rendre plus intéressant encore.

28

Rachel dévisagea le vieillard qui venait d'ouvrir la porte. Il était petit, avec un faciès étroit, couronné de rares cheveux blancs. Un poil gris clairsemé garnissait son menton et son cou. Il était d'une pâleur presque maladive, avec des joues plissées comme des cerneaux de noix. À quatre-vingts ans bien sonnés, un peu plus sans doute, il rappelait à Rachel son propre père.

« Danya Chapaev ? Je suis Rachel Cutler. La fille de Karol Borya. »

Le vieux plissa les paupières.

« Je le reconnais sur votre figure et dans vos yeux. »

La jeune femme sourit.

« Il serait heureux de vous entendre. Peut-on entrer ?

— Naturellement. »

Suivie de Christian Knoll, elle entra dans le petit chalet de pierre, de bois et de plâtre écaillé. La dernière maison en bordure d'un sentier boisé menant au lac.

« Comment m'avez-vous trouvé ? »

La voix chevrotait. Mais l'anglais de Chapaev était meilleur que ne l'avait été celui de Karol.

« On nous a renseignés en ville. »

Un petit feu craquait dans la cheminée. Deux lampes brûlaient près d'un sofa sur lequel les visiteurs s'assirent côte à côte, tandis que Chapaev se laissait choir, visiblement fatigué, dans le vieux rocking-chair qui leur faisait face. Une odeur de café et de cannelle flottait dans l'air. Chapaev leur en proposa, mais ils déclinèrent son offre. Rachel lui présenta Knoll et l'informa de la mort de son père. Une nouvelle qui parut démoraliser un peu plus leur hôte. Les yeux emplis de larmes, il ne reparla pas tout de suite.

« Karol était un homme de qualité, dit-il enfin. De très grande qualité.

— La raison pour laquelle je suis ici, monsieur Chapaev...

— Danya. Appelez-moi Danya.

— Je suis ici, Danya, parce que dans votre correspondance avec papa il était souvent question de la Chambre d'ambre. Et papa m'a écrit quelque chose au sujet d'un secret que vous partagiez, mais que vous ne pouviez aller vérifier sur place car vous vous sentiez trop vieux. Je suis venue vous demander quel est ce secret.

— Pour quelle raison, mon enfant ?

— Ça semblait tellement important pour papa.

— Il vous en parlait ?

— Du camp de Mauthausen et de vos activités après la guerre.

— Peut-être avait-il une raison de ne rien vous dire.

— Je suis sûre qu'il en avait une. Mais il n'est plus là, maintenant. »

Chapaev s'absorba longuement, en silence, dans la contemplation des flammes dansantes. Son visage exprimait un profond désarroi. Rachel regarda Knoll qui observait attentivement Chapaev. Elle s'était vue contrainte d'évoquer cette fameuse correspondance, et Knoll avait réagi. Rien d'étonnant, puisqu'elle s'était abstenue d'y faire allusion jusque-là. Il reviendrait sûrement plus tard sur ce sujet.

« Peut-être qu'il est temps, murmura finalement Danya Chapaev. Je me posais la question. Peut-être que le moment est venu. »

Knoll soupira, puis retint son souffle. Un frisson parcourut le dos de Rachel. Était-il possible que Chapaev sût où était cachée la Chambre d'ambre ?

« Erich Koch était un tel monstre…

— Koch ? releva Rachel.

— Un *Gauleiter*, précisa Knoll. Un des gouverneurs de province d'Adolf Hitler. Il régnait sur la Prusse et l'Ukraine. Son travail était de razzier tout le grain, tout l'acier et aussi toute la main-d'œuvre disponible dans la région. »

Chapaev toussa faiblement dans son poing.

« Koch disait que s'il rencontrait un Ukrainien digne de s'asseoir à sa table, il l'abattrait comme un chien. Quarante millions d'Ukrainiens avaient d'abord accueilli les Allemands comme des libérateurs du joug de Staline. Je pense que nous lui devons une grande reconnaissance, à Koch, d'avoir reconverti tous ces Ukrainiens en farouches résistants à la tyrannie nazie. Un bel exploit. »

Knoll n'émit aucun commentaire. Chapaev continua :

« Koch a joué avec les Russes et avec les Allemands, après la guerre, en se servant de la Chambre d'ambre pour rester en vie. Karol et moi en étions témoins, mais nous ne pouvions rien dire.

— Je ne comprends pas, dit Rachel.

— Koch avait été condamné à mort, en Pologne, pour crimes de guerre, mais les Soviets repoussaient constamment son exécution car il prétendait savoir où la Chambre d'ambre était enterrée. C'est lui qui l'avait transférée de Leningrad à Königsberg, en 1941. Il avait également commandé et organisé son évacuation, en 1945. Et il savait que les Russes le tueraient, s'il parlait trop vite. » Rachel se souvenait, après coup, de certains détails qu'elle avait lus dans les articles conservés par son père. « Il a fini par craquer, non ?

— Au milieu des années soixante, l'imbécile affirmait toujours qu'il était incapable de retrouver l'endroit exact. Königsberg avait été rebaptisée Kaliningrad, et se trouvait en territoire soviétique. La ville allemande avait été réduite à l'état de ruines par les bombardements alliés, rasée au bulldozer par les Russes et reconstruite n'importe comment. Rien ne subsistait de l'ancienne Königsberg. Il tenait les Soviets pour responsables de son amnésie. Ils avaient détruit tous ses repères…

— En réalité, il ne savait rien », intervint Knoll. C'était une affirmation plutôt qu'une question. Chapaev approuva d'un ton las :

« Absolument rien. Une simple ruse pour prolonger son existence.

— Alors, dites-nous. Vous avez trouvé la Chambre d'ambre ?

— Oui.

— Vous l'avez vue ? insista Knoll.

— Non. Mais elle était là.

— Pourquoi avez-vous gardé le secret ?

— Staline était ignoble. Le diable incarné. Il pillait et détruisait l'héritage de la Russie pour bâtir son palais du communisme.

— Son quoi ? s'étrangla Rachel.

— Un immense gratte-ciel, à Moscou. Qu'il voulait surmonter d'une énorme statue de Lénine. Vous pouvez imaginer une telle monstruosité ? Karol, moi et les autres, on était chargés d'apporter des richesses au Musée international des beaux-arts inclus dans ce fameux palais. Le cadeau de Staline au monde entier. Un musée des œuvres d'art volées partout ailleurs. Dieu merci, Staline n'a jamais pu réaliser cette horreur.

Mais personne n'avait le pouvoir de l'arrêter. Seule, la mort... »

Chapaev s'interrompit, à bout de forces.

« Voilà pourquoi Karol et moi n'avons rien dit sur ce que nous avions découvert dans les montagnes. Mieux valait tout laisser sous terre plutôt que d'en faire le joyau de Satan. »

Rachel intervint de nouveau :

« Comment avez-vous découvert la Chambre d'ambre ?

— Un pur accident. Karol est tombé sur un employé des chemins de fer qui lui a fourni une indication précieuse. C'était dans le secteur russe, qui est devenu plus tard l'Allemagne de l'Est. Même ça, les Soviets l'avaient volé. Quoique ce vol-là, je l'aie approuvé à l'époque. Il se passe des choses affreuses, quand tous les Allemands s'attellent au même char. Ce n'est pas votre avis, Herr Knoll ?

— Je n'ai pas d'opinions politiques, camarade Chapaev. D'ailleurs, je suis autrichien, pas allemand.

— Bizarre. Je vous aurais plutôt prêté une trace d'accent bavarois.

— Vous avez de bonnes oreilles pour un homme de votre âge. »

Chapaev fit face à Rachel.

« Votre père avait un surnom. Ourho, "l'Oreille". Il était seul dans son baraquement, au camp de Mauthausen, à comprendre et parler la langue allemande.

— Je l'ignorais. Papa parlait peu du camp.

— Bien compréhensible. J'ai passé des mois dans un autre. Pour votre accent, Herr Knoll, moi aussi, j'ai une ouïe très efficace. Et l'allemand était ma spécialité.

— Votre anglais est également très bon.

— J'ai un certain don pour les langues.

— Votre ancien boulot réclamait des pouvoirs d'observation et de communication. »

La tension de plus en plus nette opposant Knoll à

Chapaev étonnait Rachel. Ils ne se connaissaient pas, mais semblaient se deviner mutuellement. Et se haïr de même. Mais ce genre de friction ne pouvait que les retarder. Doucement, elle rappela :

« Danya, pouvez-vous nous dire où est la Chambre d'ambre ?

— Dans les cavernes du Nord. Sous les montagnes du Harz. Près de Warthberg.

— On croirait entendre Koch, intervint Knoll. Ces cavernes ont été nettoyées de fond en comble !

— Pas celles-ci, dans la partie est. Les Soviets les avaient condamnées et interdites aux chercheurs. Il y en a tant qu'il faudrait des années pour les explorer toutes. Quant aux galeries qui les relient les unes aux autres, elles constituent un labyrinthe inextricable. Les nazis les avaient piégées en y entreposant explosifs et munitions. C'est l'une des raisons pour lesquelles Karol et moi n'y sommes jamais allés voir. À quoi bon risquer de réduire en miettes ce qui existait encore ? »

Knoll sortit de sa poche revolver bloc-notes et stylo-bille.

« Dessinez une carte. »

La main de Chapaev tremblait convulsivement, mais il se maîtrisa, au prix d'un gros effort, et se mit au travail. Seuls, les craquements du feu de bois troublaient encore le silence. Au bout d'un petit quart d'heure, Chapaev rendit le bloc à Christian Knoll.

« Le soleil vous aidera. La caverne s'ouvre directement à l'est. Un ami m'a rapporté, voilà peu, qu'elle était fermée par des barres d'acier, avec le numéro BCR-65 à l'extérieur. Les explosifs sont toujours là et risquent de piéger les visiteurs. C'est pourquoi les Allemands n'y ont pas encore pénétré. Du moins, c'est ce qu'on m'a raconté. J'ai dessiné de mon mieux. Vous aurez à creuser, au bout du tunnel, mais la porte de fer qui mène à la Chambre d'ambre n'est qu'à un mètre ou deux sous terre.

— Vous avez gardé le secret durant des décennies, fit observer Knoll. Et aujourd'hui, vous le révélez à deux inconnus.

— Rachel n'est pas une inconnue.

— Qu'est-ce qui vous prouve son identité ?

— Je vois clairement son père en elle.

— Mais moi, à qui je ressemble pour que vous me fassiez confiance ?

— Vous êtes venu avec Rachel, c'est suffisant à mes yeux. Je suis vieux, Herr Knoll. Mes jours sont comptés. Il fallait que quelqu'un d'autre sache ce que je sais. Peut-être Karol et moi avions-nous raison. Peut-être pas. Peut-être ne trouverez-vous rien là-bas. Je ne saurais vous en dire davantage. Le mieux est que vous alliez voir sur place. »

Chapaev se retourna vers Rachel.

« Si c'est tout ce que vous vouliez, mon enfant, laissez-moi, voulez-vous ? Je suis totalement épuisé. J'aimerais me reposer.

— Très bien, Danya. Et merci. Nous allons voir ce que nous pouvons faire, et nous vous tiendrons au courant. »

Chapaev eut un long, un très long soupir.

« Faites, mon enfant. Faites. »

« Bravo, camarade », approuva Suzanne lorsque Chapaev ouvrit la porte de la chambre.

Les visiteurs venaient de sortir. Ils entendirent la voiture redémarrer.

« Tu n'as jamais envisagé d'embrasser une carrière d'acteur ? Christian Knoll n'est pas facile à duper, mais ton numéro de vieillard épuisé était parfait. J'ai failli moi-même y croire.

— Comment savez-vous que Knoll va aller voir sur place ?

— Il est avide de plaire à son nouvel employeur. Il la veut si fort, cette Chambre d'ambre, qu'il va en prendre le risque, même s'il n'y croit pas totalement.

— Même s'il pense que ce n'est rien de plus qu'un piège ?

— Aucune raison. Grâce à ta remarquable interprétation. »

Chapaev regarda son petit-fils ligoté et bâillonné sur une lourde chaise de chêne, près du lit.

« Le gosse l'a beaucoup appréciée, lui aussi. »

Elle caressa les cheveux de Julius qui eut un sursaut de rage ou de terreur, sous le ruban adhésif qui lui scellait la bouche.

« Pas vrai, petit bonhomme ? »

Comme s'il s'agissait d'une simple plaisanterie, Suzanne pressa contre le front du gosse le canon de son pistolet muni d'un silencieux. Les yeux de Julius semblèrent sortir de leurs orbites. Chapaev intervint vivement :

« J'ai fait tout ce que vous exigiez. J'ai respecté ma part du contrat. Dessiné le plan tel que vous le vouliez. Même si mon cœur saigne à l'idée d'envoyer là-bas cette pauvre Rachel qui ne mérite pas ça.

— La pauvre Rachel aurait dû y penser avant de s'impliquer dans cette histoire. Ce n'est ni son combat ni son affaire. Il lui suffisait de s'en laver les mains.

— On pourrait aller dans l'autre pièce ?

— Pourquoi pas ? Je doute que ce cher Julius nous fausse compagnie, tu ne crois pas ? »

Ils sortirent de la chambre. Chapaev ferma soigneusement la porte de communication.

« Vous avez promis. Ce gosse ne mérite pas de mourir.

— C'est toi qui le dis, camarade Chapaev.

— Ne m'appelez pas comme ça !

— Tu n'es pas fier de ton héritage soviétique ?

— Je n'ai aucun héritage soviétique. J'étais russe blanc. C'est seulement contre Hitler que je me suis allié aux Soviets.

— Aucun scrupule à voler pour le compte de Staline ?

— Une erreur de l'époque. Dieu du ciel, pendant près de soixante ans, j'ai gardé le secret. Acceptez le cadeau et laissez mon petit-fils en vie. Vous travaillez pour Loring, c'est ça ? Josef est sans doute déjà mort. Ernst a pris le relais.

— Tu es bien renseigné, camarade Chapaev.

— Je savais que vous viendriez un jour. Mais le gosse n'a rien à y voir. Laissez-le partir.

— C'est un bout de ficelle qui dépasse. Comme toi. J'ai lu ta correspondance avec Karol Borya. Vous ne pouviez pas rester en dehors, tous les deux ? Laisser tomber ? Mon patron n'accepte pas le moindre risque. Borya n'est plus là. Ainsi que pas mal d'autres chercheurs. Il faut faire place nette.

— Vous avez tué Karol, n'est-ce pas ?

— En réalité, non. Knoll m'a battue d'une longueur.

— Rachel l'ignore.

— Apparemment, oui.

— Pauvre enfant qui ne se doute de rien…

— Pas de pitié, camarade. C'est une denrée sans valeur.

— Je sais que vous allez me tuer. Dans un certain sens, c'est tout ce que je souhaite. Mais laissez le gosse rentrer chez lui. Il ne pourra jamais vous identifier. Il ne parle pas le russe. Il n'a rien compris à ce qu'on disait. Et je suis sûr que vous avez transformé votre apparence. Il ne pourra pas aider la police.

— Je ne peux pas faire ça, camarade, et tu le sais. »

Il se jeta sur elle. Mais les muscles qui jadis avaient escaladé des falaises et parfois des façades d'immeuble n'étaient tout simplement plus là. Elle évita, d'un pas de côté, sa charge dérisoire.

« Inutile de compliquer les choses, camarade. »

Il tomba à genoux.

« Je vous en conjure. Au nom de la Vierge Marie, épargnez mon petit-fils. Il a le droit de vivre. »

Basculant en avant, Chapaev pressa son visage contre le sol. Gémit à travers ses larmes :

« Pauvre Julius. Pauvre, pauvre Julius. »

Elle arma le pistolet. Lui en appliqua le canon au creux de la nuque. Vaguement ébranlée par sa requête. Elle n'était pas comme Knoll-le-Sadique, elle ne prenait pas plaisir à tuer.

Puis elle haussa les épaules. Certaines choses devaient être faites, point final.

« *Dasvidániya*, camarade. »

29

« Vous n'avez pas été un peu dur avec lui ? »

Ils fonçaient vers le nord, par l'autoroute. Kehlheim, Chapaev étaient déjà loin derrière eux. Rachel conduisait. Knoll la relaierait à l'entrée des petites routes qui serpentaient à travers la chaîne du Harz.

Penché sur le dessin de Chapaev, il maugréa :

« Vous devez me comprendre, Rachel, il y a bien des années que je fais ça. Les gens mentent beaucoup plus qu'ils ne disent la vérité. Chapaev affirme que la Chambre d'ambre gît dans une caverne du Harz. Cette possibilité a été explorée bien des fois. Je l'ai juste un peu poussé pour voir s'il maintiendrait son point de vue.

— Il paraissait sincère.

— Je doute que depuis tout ce temps le trésor attende toujours qu'on le découvre dans l'obscurité d'un tunnel.

— Vous avez bien dit qu'il y avait des centaines de tunnels et de cavernes qui n'ont pas encore été explorés ? Trop dangereux, c'est ça ?

— En grande partie. Mais je connais le secteur. J'ai même fouillé certaines de ces cavernes moi-même. »

Elle lui parla de Wayland McKoy et de ses projets grandioses.

« Stod n'est qu'à quarante kilomètres de l'endroit

où l'on va, déclara Knoll. Un autre secteur riche en cavernes et en galeries souterraines. Et en trésors, s'il faut en croire certains enquêteurs.

— Vous ne partagez pas leur opinion ?

— J'ai appris, sur le terrain, que tout ce qui possédait une valeur avait été déjà ramassé. Ce qu'on recherche, à présent, c'est ceux qui les détiennent. Vous seriez surprise de savoir combien de ces trésors détournés sont sur une table de nuit, dans la chambre de quelqu'un, ou accrochés au mur comme un chromo de bazar. Les gens se croient protégés par le temps. C'est une illusion. En 1960, un touriste de passage a découvert un Monet dans une ferme. Le fermier l'avait accepté en paiement d'une livre de beurre. Des tas d'histoires du même genre remplissent tout un tas de livres.

— C'est ce que vous faites ? Vous recherchez ces occasions ?

— Parmi pas mal d'autres choses. »

La route s'aplanissait, puis grimpait de nouveau à travers l'Allemagne centrale, en vue des montagnes du Nord-Ouest. À la faveur d'un arrêt sur le bas-côté, Knoll reprit le volant et Rachel s'installa à la place du passager.

« Voilà le Harz. Ces montagnes se situent à l'extrémité nord-ouest du centre de l'Allemagne. »

Il ne s'agissait pas des pics majestueux, couronnés de neige, de la chaîne des Alpes. Les pentes montaient doucement vers des sommets arrondis, couverts d'ifs, de hêtres et de châtaigniers. Villages et villes occupaient les petites vallées et les grands ravins. Au loin, se profilaient des pics de plus haute taille.

« Ça me rappelle les Appalaches, dit Rachel.

— C'est le pays des Grimm. Le royaume de la magie. Dans les temps obscurs, c'était l'un des derniers refuges du paganisme. Fées, sorcières et farfadets étaient censés se balader par ici. On raconte que le dernier ours et le dernier lynx d'Allemagne auraient été abattus dans la région.

— Un coin magnifique.

— Il y avait des mines d'argent, dans le secteur, mais elles ont fermé au Xe siècle. Puis il y a eu l'or, le plomb, le zinc et l'oxyde de baryum. La dernière mine a fermé ses portes un peu avant la guerre, dans les années trente. C'est l'origine de la plupart des cavernes et des galeries. Les nazis ont su en faire bon usage. Cachettes idéales pour des bombardiers, et difficiles à envahir par les troupes de surface. »

Se remémorant l'allusion de Knoll aux frères Grimm, Rachel s'attendait presque à voir apparaître la poule aux œufs d'or ou le joueur de flûte de Hamelin charmant les enfants par sa musique.

Une heure plus tard, ils étaient à Warthberg. Une enceinte austère cernait le village, adoucie par des bastions coniques et des arches ornementales. Les différences architecturales entre Nord et Sud sautaient aux yeux. Au lieu des toits rouges et des remparts érodés de Kehlheim, se dressaient des façades en bois de charpente gainé d'ardoise. Moins de fleurs aux fenêtres des maisons. Une ambiance médiévale tempérée par une certaine dose de bonhomie. Pas tellement différent, songea Rachel, du contraste entre la Nouvelle-Angleterre et le Sud profond des États-Unis.

Knoll stoppa la Volvo devant une auberge à l'enseigne de la Couronne d'Or. Il disparut à l'intérieur, et elle s'absorba dans l'étude de la rue principale encombrée, pavée à la diable, mais aux vitrines résolument modernes et commerciales. Knoll revint au bout de quelques minutes.

« J'ai retenu deux chambres pour la nuit. Il est à peine cinq heures, et on a encore cinq à six heures de jour devant nous. Mais on ne s'aventurera que demain dans les collines. Pas de précipitation… après tout, ce trésor attend depuis des décennies !

— Il fait jour aussi longtemps, par ici ?

— Nous sommes à mi-chemin du cercle arctique, et presque en été. »

Knoll s'empara de leurs deux sacs de voyage.

« Je vous installe, et puis je vais acheter quelques petites choses dont on risque d'avoir besoin. Ensuite, on pourra dîner. J'ai aperçu un restaurant qui m'a l'air très sympathique.

— Bon programme », approuva-t-elle.

Knoll laissa Rachel dans sa chambre. Il avait repéré une cabine téléphonique au passage, et se hâta de s'y rendre. Il n'aimait guère téléphoner des hôtels. Trop de traces. Et les portables ne valaient pas mieux. Ils correspondaient toujours à des fiches électroniques trop bien tenues. Une cabine publique était toujours plus sûre pour un appel de cette sorte. Il composa rapidement le numéro de Burg Herz.

« Encore toi ? ironisa Monika. Quoi de neuf ?

— Je cherche la Chambre d'ambre.

— Pas très neuf. Où es-tu ?

— Presque à portée de ta main.

— Je ne suis pas d'humeur à plaisanter, Christian.

— À Warthberg, dans le Harz. »

Il lui rapporta les propos de Danya Chapaev.

« Pas très neuf, ça non plus. Ces montagnes sont comme des fourmilières géantes, et personne n'y a jamais rien trouvé.

— Je dispose d'un petit plan détaillé. Qu'est-ce qu'on risque ?

— Tu as l'intention de la baiser ?

— L'idée m'a traversé l'esprit.

— Est-ce qu'elle n'est pas en train d'en apprendre un peu trop ?

225

— Rien d'important. Je ne pouvais pas la laisser en rade. J'ai joué sur la probabilité que Chapaev serait plus bavard avec la fille de son vieux copain qu'avec un parfait inconnu.

— Et ?

— Je l'ai trouvé bizarre. Angoissé, mais communicatif. L'âge, sans doute.

— Sois prudent avec cette fille, Christian.

— Elle sait que je recherche la Chambre d'ambre. Rien de plus. Aucune connexion possible entre moi et son père.

— Est-ce que finalement tu aurais un cœur ?

— Manquerait plus que ça. »

Il lui raconta l'intrusion de Suzanne et l'épisode d'Atlanta.

« Loring suit nos activités de près. Lui et père sont restés longtemps au téléphone, hier après-midi. À l'évidence, Loring venait à la pêche aux infos. Papa n'a pas été dupe.

— Bienvenue au club.

— Je n'ai pas envie de rigoler, Christian. Ce que je veux, c'est la Chambre d'ambre. Et d'après papa, il y aurait de l'espoir.

— Je n'en suis pas si sûr.

— Toujours optimiste. Pourquoi dis-tu ça ?

— Quelque chose dans le comportement de Chapaev me chiffonne. Dur de savoir quoi. Mais quelque chose me chiffonne.

— Va visiter les mines, Christian. Fais-toi une opinion. En rentrant, farcis-toi la juge et ne pense plus qu'au boulot. »

Rachel pianota sur le téléphone posé à la tête de son lit, puis donna le numéro de sa carte bleue. Après la huitième sonnerie, le répondeur cliqueta, chez elle à

Atlanta, et sa propre voix lui expliqua comment laisser un message.

« Paul, je suis à Warthberg, une petite ville du centre de l'Allemagne. L'hôtel de la Couronne d'Or. Téléphone… »

Elle répéta le numéro avant d'ajouter :

« Je te rappelle demain. Embrasse les enfants pour moi. Bye ! »

Elle consulta sa montre. Cinq heures de l'après-midi. Onze heures du matin à Atlanta. Peut-être avait-il emmené les gosses au zoo ou au cinéma ? Elle était heureuse qu'ils soient avec Paul. Dommage qu'il ne puisse plus en être ainsi tous les jours de la semaine. Les enfants ont besoin d'un père. Et lui aussi avait besoin d'eux. Tel était l'aspect le plus cruel du divorce : cette sensation qu'une famille avait tout bonnement cessé d'exister.

N'avait-elle pas siégé elle-même dans un tribunal durant toute une année passée à prononcer d'autres divorces ? Jusqu'à la faillite de son propre mariage. Combien de fois, en prêtant l'oreille à des accusations qu'elle n'avait pas envie d'entendre, s'était-elle demandé pourquoi tous ces couples naguère amoureux ne trouvaient soudain plus rien de bon à dire l'un de l'autre ? Cette haine subite était-elle le prélude indispensable à tout divorce ? Un élément nécessaire ? Elle et Paul ne se haïssaient pas. Assis face à face, ils avaient calmement partagé leurs biens, en pensant aux enfants. Mais confronté au fait indiscutable du naufrage de leur vie commune, Paul n'avait pas eu le choix.

Il avait bien tenté de la dissuader, mais elle ne voulait rien entendre. Et combien de fois, depuis lors, s'était-elle posé la même question : avait-elle pris la meilleure décision possible ? Et, chaque fois, elle se heurtait à la même réponse. Qui peut savoir d'avance ?

Ils allèrent dîner dans un établissement qui avait été jadis un relais de poste et n'était plus aujourd'hui qu'un bon restaurant. Knoll en informa Rachel qui lui demanda comment il connaissait ce détail.

« On me l'a raconté plus tôt, quand je suis passé leur demander à quelle heure ils fermaient. »

La grande salle était une crypte gothique aux plafonds voûtés, aux fenêtres à vitraux et aux lanternes de fer forgé. Deux heures s'étaient écoulées depuis leur arrivée à Warthberg. Rachel avait eu largement le temps de prendre un bain et de changer de vêtements. Son escorte en avait fait autant. Tenue décontractée, mais très chic, très distinguée. L'homme avait de l'allure.

« Vous avez fait les achats dont vous m'avez parlé ? s'enquit la jeune femme en prenant place à table.

— Bien sûr. Des torches électriques, une pelle, une grosse pince coupe-boulon, et deux doudounes imperméables. Il va faire frais en montagne. Ayez soin de conserver vos bottes, demain matin. Il faut partir bien chaussé pour ce genre d'expédition.

— Ce n'est pas votre première expérience.

— Certainement pas. L'ennui, c'est que personne n'est censé pénétrer dans les mines sans permis. Le gouvernement ne tient pas à ce que des profanes trop zélés fassent sauter d'anciens dépôts de munitions. »

Un garçon vint prendre leur commande. Knoll choisit un vin rouge corsé qui leur fut présenté comme un cru local.

« Comment trouvez-vous votre aventure, jusque-là, Rachel ?

— Très différente de mes séances à la cour. »

D'autres personnes dînaient à la plupart des tables. Surtout des couples.

« Vous croyez qu'on va trouver ce qu'on cherche ?

— N'en parlons plus pour le moment. Trop d'oreilles à portée d'écoute. »

Rachel baissa la voix.

« Vous vous méfiez de ce qu'on a appris ce matin ?

— Ce n'est pas que je m'en méfie, mais je l'ai déjà tellement entendu, avec toutes les variantes possibles.

— Mais pas de la part de mon père.

— Ce n'est pas lui qui était là.

— Vous pensez que Chapaev a pu nous mentir ? »

Le garçon apporta leurs commandes. Côte de porc pour lui, poulet rôti pour elle, avec frites et salade. La rapidité du service impressionna Rachel.

« Si nous réservions notre jugement jusqu'à demain ? Laissons-lui le bénéfice du doute... comme disent les juges américains !

— Et même les autres ! Excellente idée. »

Knoll leva son verre.

« À votre santé. Essayons d'apprécier ce repas et parlons de choses plus agréables. »

Il était presque dix heures lorsqu'ils reprirent le chemin de la Couronne d'Or. Le ciel était toujours clair. L'air du soir rappelait la Géorgie en automne.

« Encore une question, Christian. Si nous trouvons la Chambre d'ambre, qu'est-ce qui empêchera le gouvernement russe de réclamer les panneaux ?

— Il y aura des voies légales à observer. Les panneaux sont dans la nature depuis près de soixante ans. La règle "Possession vaut titre" jouera sans doute à notre avantage. Et les Russes ne se manifesteront peut-être pas. Ils ont recréé l'œuvre, avec d'autres panneaux et une autre technologie.

— Je ne savais pas ça.

— La chambre du palais de Catherine a été reconstituée. Ils y ont mis plus de vingt ans. La perte des États baltes, au moment de la dislocation de l'URSS, les a obligés à racheter de l'ambre au prix du marché. Une fortune. Quelques mécènes ont fourni une partie des fonds. Dont une grosse firme allemande.

— Raison de plus pour qu'ils revendiquent les panneaux originaux... beaucoup plus précieux que des copies.

— Je ne le crois pas. L'ambre serait de couleur et de qualité différentes. Le résultat ne serait pas convaincant si l'on essayait de les assortir.

— De toute manière, les panneaux ne seront pas retrouvés intacts, n'est-ce pas ?

— Évidemment non. À l'origine, l'ambre a été collé sur des plateaux de chêne massif, à l'aide d'un mastic de cire d'abeille et de résine. Le palais de Catherine ne jouissait pas d'une température constante, le bois a donc travaillé durant plus de deux siècles et l'ambre est tombé peu à peu. Quand les nazis s'en sont emparés, près de trente pour cent s'étaient déjà détachés. On a estimé que quinze pour cent de plus ont été perdus au cours du transport. Ce que nous trouverons peut-être se présentera comme un tas de morceaux disparates.

— Alors, à quoi bon ? »

Knoll s'amusait franchement.

« Il y a des photos. Si vous avez les morceaux, vous pouvez reconstituer la Chambre dans sa première version. J'espère que les nazis auront bien emballé tout ça. Ce qui compte pour mon employeur, c'est l'ambre d'origine.

— Ce doit être un homme de goût.

— Deuxième essai ? Je n'ai jamais dit que c'était un homme. »

Parvenus à l'étage, ils s'attardèrent dans le corridor, devant la porte de Rachel.

« Départ à sept heures et demie ? Le garçon m'a dit qu'on pouvait déjeuner à partir de sept heures. Nous ne sommes pas à plus de dix kilomètres de notre objectif.

— Entièrement d'accord. J'admire votre organisation. Sans parler de vos talents de sauveteur. »

Knoll esquissa un salut militaire.

« À vos ordres. »

Elle souriait lorsqu'il lui posa la question suivante.

« Vous n'avez parlé que de votre mari. Personne d'autre dans votre existence ? »

Un peu trop indiscret. Un peu trop vite.

« Non. »

Et Rachel regretta tout de suite sa franchise.

« Vous aimez toujours votre ex-mari, n'est-ce pas ? »

Ça ne le regardait pas, mais pour quelque raison nébuleuse, elle avait envie de lui répondre.

« Quelquefois, oui.

— Il le sait ?

— Quelquefois.

— Il y a longtemps ?

— Longtemps que… quoi ?

— Que vous avez fait l'amour ? »

Son regard la déshabillait. Cet homme était intuitif. Dangereusement. Et sa lucidité la gênait.

« Pas assez longtemps pour que je couche avec un inconnu. Même s'il m'a sauvé la vie.

— Vous avez peut-être tort.

— Ce n'est pas ce dont j'ai le plus besoin dans l'immédiat. Merci pour tout. »

En glissant la clef dans la serrure de sa chambre, elle ajouta par-dessus son épaule :

« C'est la première fois que je reçois une proposition aussi directe.

— Mais ce ne sera pas la dernière. » Il s'inclina cérémonieusement.

« Bonne nuit, Rachel. »

Elle le regarda marcher, sans se retourner, vers sa propre chambre. Cet homme était dangereux. Très dangereux. Dans tous les domaines.

30

Dimanche 18 mai
7 h 30

Knoll sortit de la Couronne d'Or et leva les yeux. Ciel couvert. Brouillard cotonneux enveloppant le village et la vallée environnante. Soleil de fin de printemps s'efforçant vaillamment de réchauffer l'atmosphère.

Rachel s'adossa à la voiture. Fin prête, semblait-il. Knoll la rejoignit.

« Le brouillard va nous aider à camoufler nos noirs desseins. Une veine que ce soit dimanche. La plupart des gens sont déjà à l'église. »

Ils embarquèrent.

« Vous ne m'aviez pas dit que c'était un bastion du paganisme ?

— Surtout dans les brochures et les guides touristiques. Mais il y a aussi de fervents catholiques, dans ces montagnes. Depuis des siècles. »

La Volvo parcourut rapidement les petites rues presque désertes de Warthberg. La route de l'est les mena sur une crête, puis les fit replonger, en pente douce, dans une autre vallée tout aussi brumeuse.

Toute la région rappelait à Rachel les Great Smoky Mountains de Caroline du Nord, souvent enveloppées, elles aussi, d'un voile de brume matinale.

Knoll suivait fidèlement la carte que Chapaev avait esquissée, mais non sans se demander si le vieux ne s'était pas payé leur tête. Comment des tonnes d'ambre auraient-elles pu demeurer planquées depuis tant d'années ? Elles avaient attiré de nombreux amateurs. Certains y avaient laissé leur peau. D'où la légende maléfique de la Chambre d'ambre. Mais où était le danger d'une incursion en montagne ? Surtout en l'agréable compagnie de Rachel Cutler ?

Nouvelle crête et nouvelle descente dans un creux planté de bouleaux en bosquets compacts. La partie routière de la carte de Chapaev n'allait pas plus loin. Knoll stoppa la voiture et coupa le moteur en précisant :

« La suite à pied. »

Il cueillit dans le coffre arrière un gros sac à dos.

« Qu'est-ce qu'il y a, là-dedans ?

— Tout ce qu'il nous faut. » Il passa les deux bras dans les sangles et les régla sur ses épaules. « Nous voilà transformés en un couple de randonneurs partis pour la journée. » Il tendit à Rachel une des doudounes rembourrées de duvet d'eider. « Vous ne la quittez plus. Indispensable pour notre future visite souterraine. »

Lui-même avait endossé la sienne dans sa chambre d'hôtel, son stylet bien en place contre son poignet droit. Sous sa direction, ils s'engagèrent dans la forêt. La pente du terrain s'accentua rapidement à mesure qu'ils marchaient vers le nord entre les arbres. Ils suivirent une piste qui contournait la base de la chaîne abrupte dressée au-dessus d'eux, puis ils quittèrent le chemin tracé pour mieux grimper vers les sommets où les attendaient, à distance, les entrées des trois cavernes.

Une porte de fer renforcée de barres horizontales

fermait la plus proche. Avec un écriteau portant quatre mots en langue allemande :

GEFAHR – ZUTRITT VERBOTEN – EXPLOSIV

« Ce qui signifie ? s'informa Rachel.

— Danger. Accès interdit. Explosifs.

— Première confirmation.

— Ces montagnes étaient comme les chambres fortes d'une banque. Les Alliés y ont découvert le trésor national allemand. Plus quatre cents tonnes d'objets d'art amenées du Kaiser Friedrich Museum de Berlin. La présence d'explosifs était plus dissuasive que des troupes ou des meutes de chiens de garde.

— Wayland McKoy ne croit pas que tout ait été déjà ratissé.

— D'après ce que vous m'avez dit, non.

— Vous pensez qu'il a des chances de s'enrichir ?

— Tout est possible. Quoique je doute fort que des millions de dollars en toiles de vieux maîtres puissent traîner encore dans le secteur ! » Une lourde odeur de feuilles mouillées emplissait l'air immobile. « À quoi ça rimait ? demanda Rachel en progressant d'un bon pas, sous la futaie. Alors que la guerre était déjà perdue.

— Mettez-vous dans la peau d'un Allemand de 1945. Ordre du Führer à son armée : combattre jusqu'au dernier homme, sous peine de passer devant le peloton d'exécution. Il pensait que si l'Allemagne tenait assez longtemps, les Alliés se joindraient à lui contre les bolcheviks. Hitler savait à quel point Churchill détestait Staline. Lui non plus n'ignorait pas ce que les Soviets réservaient à l'Europe. Hitler espérait donc sauver l'Allemagne en jouant cette carte contre Staline. Il était persuadé que Britanniques et Américains rejoindraient sa croisade contre le communisme.

— Quel aveuglement, soupira la jeune femme.

234

« — Quelle folie serait un meilleur mot. Une folie furieuse ! »

Le front de Christian Knoll s'emperlait de sueur. Il s'arrêta pour mesurer du regard la distance qui les séparait des ouvertures suivantes.

« Aucune ne fait exactement face à l'est. D'après Chapaev, celle qu'on cherche regarde le soleil levant.

— Et porte la marque BCR-65. »

Ils repartirent entre les arbres. Dix minutes plus tard, Rachel s'écria, l'index pointé :

« Là ! »

Visible le long de la courbe du versant, l'ouverture était baignée de soleil. Un écriteau aux trois quarts effacé par les intempéries portait l'indication BCR-65. Boussole au poing, Knoll vérifia soigneusement l'orientation de la caverne. Pile à l'est.

« Nom de Dieu ! » dit-il dans un souffle.

En se délestant de son sac, un peu plus tard, il jeta un coup d'œil alentour. Personne en vue. Silence presque absolu, souligné plutôt que troublé par le cri d'un oiseau ou la fuite d'un écureuil. Il examina la porte et les barres métalliques. Le tout rongé par la rouille. Une chaîne d'acier, un énorme cadenas assuraient la fermeture. Beaucoup plus neufs, l'un et l'autre. Rien d'inhabituel. Les inspecteurs fédéraux prenaient fréquemment de telles mesures, dans le cadre d'une routine établie. Knoll sortit de son sac la pince coupante.

« Heureuse de voir que vous avez pensé à tout », commenta Rachel.

Il sectionna la chaîne d'un geste brusque, remit le coupe-boulon dans son sac. Puis tira sur la porte. Les gonds oxydés grincèrent abominablement.

Knoll suspendit son geste. Inutile d'alerter tout le pays. Il attira le battant à lui. Lentement. Avec un minimum de bruit. Devant eux, s'ouvrait un vaste couloir voûté, aux parois tapissées de lichens. Une puanteur de moisissure assaillit leurs narines. Comme d'une tombe éventrée.

« Assez large pour laisser passer un camion !

— Un camion ?

— Si la Chambre d'ambre est là-dedans, c'est que des camions s'y sont introduits à l'époque. Vingt tonnes en caisses, ça n'a pas été transporté à la main par paquets de vingt kilos. Les Allemands n'ont pu décharger les camions qu'à l'intérieur. À l'abri des regards.

— Ils n'avaient pas de chariots élévateurs ?

— On parle de la fin de la guerre. Les nazis étaient pressés de mettre leurs trésors à l'abri. Pas le temps de fignoler.

— Comment des camions seraient-ils montés jusqu'ici ?

— Des décennies se sont écoulées. À l'époque, il y avait plus de routes et moins d'arbres. Toute la région était un site aménagé par l'armée. »

Il se munit de deux torches électriques et d'un peloton de ficelle. Il remit son sac à dos à l'épaule. Il disposa ensuite la chaîne de sorte qu'un examen superficiel puisse laisser croire qu'elle était toujours intacte, et referma derrière eux le grand portail.

« Ça pourra écarter les curieux, s'il s'en présente. Il y a tellement d'autres grottes plus faciles à violer. »

Leurs torches électriques ne dissipaient l'obscurité que sur une longueur de quelques mètres. Knoll attacha l'extrémité de la ficelle à un morceau de métal oxydé enfoncé dans la roche et tendit la pelote à Rachel.

« Vous la déroulez à mesure qu'on avance. C'est comme ça qu'on retrouvera le chemin si on perd le sens de l'orientation. »

Ils s'enfoncèrent, prudemment, dans les entrailles de la terre.

« *Piano*, *piano*… Pas de précipitation… Il se peut que cette galerie soit minée… D'où la chaîne et le cadenas…

— C'est rassurant.

— Rien de précieux ne s'obtient sans mal. »

Au bout d'un moment, ils marquèrent une pause et se retournèrent. Le contour du portail se distinguait à peine, quarante ou cinquante mètres en arrière. L'air était de plus en plus fétide et glacé. Bravo pour les doudounes ! Knoll tira de sa poche le dessin de Chapaev. L'étudia à la lueur de sa torche.

« On devrait parvenir à une fourche. Voyons si la mémoire de Chapaev était fidèle. »

La puanteur s'accentua encore. Moisissure. Pourriture.

« Guano de chauves-souris, diagnostiqua Christian Knoll, imperturbable.

— Je crois que je vais vomir.

— Respirez à petits coups, sans remplir vos poumons, et tâchez d'oublier où vous êtes.

— C'est à peu près aussi simple que de ne pas tenir compte de l'odeur du fumier… après une chute dans le purin, la tête la première.

— Ces tunnels sont pleins de chauves-souris.

— Charmant !

— En Chine, les chauves-souris sont révérées comme un symbole de bonheur et de longue vie.

— Le bonheur pue ! »

Ils atteignirent la fourche annoncée.

« Branche droite, affirme le croquis. »

Rachel déroulait régulièrement son fil d'Ariane.

« Quand vous serez au bout de la ficelle, dites-le-moi. J'ai une autre pelote. »

L'odeur diminuait graduellement. Le tunnel se rétrécissait. Moins large, depuis la fourche, que le boyau d'accès, mais toujours assez pour admettre un camion. Quelques galeries secondaires s'offraient à droite et à gauche, mais le plan était formel. Tout droit. Le cri des chauves-souris dérangées par la lumière meublait le silence.

Comme toutes celles de la région, cette montagne recelait un véritable labyrinthe. Au cours des siècles, des générations de mineurs avaient démesurément agrandi et aménagé le réseau existant, en quête de minerais variés. Quel triomphe ce serait si la Chambre d'ambre était au bout. Dix millions d'euros, se remémora Christian Knoll. Sans négliger la gratitude de Monika. Et le plaisir de sauter une Rachel éperdue de reconnaissance. Dont l'ex-mari était vraisemblablement le seul homme avec qui elle eût fait l'amour. Presque une vierge. En tout cas, depuis son divorce. Une perspective hyperexcitante…

La pente ascendante du tunnel s'accentuait progressivement.

Knoll ramena toute son attention sur la visite commencée.

Ils avaient dû parcourir au moins cent mètres dans le granit et la pierre calcaire. Le diagramme de Chapaev indiquait une nouvelle fourche.

« Plus de ficelle », annonça Rachel.

Il lui tendit une nouvelle pelote.

« Attachez-la bien au bout de l'autre et continuons. »

Leur but ne pouvait plus être très éloigné. C'est en tout cas ce que disait le plan. Mais quelque chose clochait quelque part. Le tunnel n'était plus assez large pour laisser passer un camion. Si la Chambre d'ambre était là, il avait fallu la décharger et transporter les caisses à bras d'hommes. Dix-huit caisses, s'il se rappelait le chiffre exact. Chacune avec le catalogue des panneaux soigneusement emballés. Y avait-il un autre espace souterrain, dans cette direction ? Rien d'impossible au cœur de ce dédale créé par la nature et amélioré par les hommes. Si Chapaev avait respecté jusqu'au bout l'échelle de sa petite carte, un couloir d'une vingtaine de mètres, partiellement obstrué, les séparait encore de la Chambre d'ambre.

Il redoubla de précautions. Plus ils s'enfonçaient sous terre, plus s'alourdissait la menace des explosifs. Le faisceau de la torche électrique acheva de dissiper les ténèbres, à quelques mètres en avant. Soudain, ses yeux distinguèrent quelque chose.

Quoi ?

Impossible !

Jumelles collées aux yeux, Suzanne examinait l'entrée de la mine. L'écriteau qu'elle avait fixé à cet endroit, trois ans plus tôt, était toujours là. BCR-65. Le piège avait fonctionné. Knoll baissait. Il était tombé dans le panneau. Avec Rachel Cutler en remorque. Dommage d'en venir là, mais quel choix avait-elle ? Knoll était un sacré baiseur. Très excitant. Mais il représentait un problème. Et un gros !

La loyauté de Suzanne envers Ernst Loring était absolue. Elle devait tout au vieux Loring. Il constituait la famille qu'elle n'avait jamais eue. Toute sa vie, Josef l'avait traitée comme une fille chérie. Plus proche d'elle qu'il ne l'était de ses deux fils. Soudés l'un à l'autre par leur amour commun des œuvres d'art. La joie d'Ernst Loring, dernier du nom, lorsqu'elle lui avait rapporté la quatrième tabatière, avec le livre en prime ! Lui faire plaisir était l'objectif de Suzanne. Entre lui et Christian Knoll, l'alternative était toute tranchée.

C'était quand même dommage. Knoll avait ses bons côtés.

Elle se tenait, sans le moindre artifice, à l'orée de la forêt. Cheveux blonds en queue-de-cheval sur les épaules, col roulé et jean. Baissant les jumelles, elle s'empara de la radiocommande, en déplia l'antenne escamotable.

Knoll n'avait évidemment pas senti sa présence. Convaincu de l'avoir semée sur l'aéroport d'Atlanta.

Pas si simple, Christian !

Une touche à manier, le détonateur activé… et boum !

Elle consulta sa montre.

Knoll et la fille devaient être au bon endroit, maintenant. Tellement enfoncés dans la grotte qu'ils n'auraient aucune chance d'en ressortir vivants. Les autorités n'arrêtaient pas de mettre le public en garde contre toute exploration intempestive. Trop d'explosifs dans les parages. Trop de morts, au fil des décennies. Raison pour laquelle le gouvernement avait institué un permis d'explorer l'endroit.

La dernière explosion remontait à trois ans, dans ce même boyau. Organisée par elle-même alors qu'un reporter polonais se montrait un peu trop perspicace. Elle l'avait leurré avec l'image radieuse de la Chambre d'ambre. Et l'explosion avait été considérée comme le résultat malheureux d'une exploration non autorisée. Le cadavre n'avait jamais été retrouvé. Enterré sous les décombres que Christian Knoll devait examiner de très près, en ce moment même.

Knoll était perplexe. L'obstruction du tunnel, à cet endroit, n'était pas naturelle. C'était le résultat d'une explosion. Mais ce tas de gravats, du sol au plafond, était infranchissable.

« Qu'est-ce que c'est ? lui demanda Rachel.

— Il y a eu une explosion, je ne sais quand.

— On s'est peut-être fourvoyés quelque part en chemin ?

— Non. J'ai scrupuleusement suivi les indications de Chapaev. »

Quelque chose clochait, c'était sûr. Le plan de Chapaev avait été conforme à la disposition des lieux. Jusque-là. Le cadenas et la chaîne plus récents que le reste, à l'entrée. Les gonds encore en état de fonctionnement. Une piste facile à suivre. Facile. Trop facile.

Suzanne Danzer ? Semée en Amérique ou toujours sur le coup ?

La meilleure chose qu'il pût faire à ce stade, c'était ressortir d'ici, se taper Rachel Cutler et quitter Warthberg. Non sans avoir tué la naïve, mais appétissante créature. Inutile de laisser en arrière une source possible d'informations pour d'autres enquêteurs. Danzer était sur sa piste. Elle retrouverait Rachel et l'attellerait à son char. Donc, pas question de la laisser en vie.

Monika n'apprécierait pas cet échec. Peut-être Chapaev savait-il vraiment où dormait la Chambre d'ambre et l'avait-il sciemment égaré ? Alors, autant liquider Rachel ici même, puis retourner à Kehlheim et faire parler le vieux. D'une façon ou d'une autre.

« Pas moyen d'aller plus loin. Allons-y. Rembobinez la ficelle. Je vous suis. »

Elle ne protesta pas. C'était inutile. Ils rebroussèrent chemin. Rachel la première avec son fil d'Ariane. La torche de Knoll révélait ses jolies fesses et ses cuisses parfaites, à travers le jean. Elle avait de sacrées jolies jambes. Il se sentit excité.

Première fourche. Deuxième. « Attendez, ahana-t-il d'une voix étranglée par la frustration. Je veux voir ce qu'il y a de ce côté. »

Elle lui montra la ficelle.

« Mais c'est par ici.

— Je sais. Mais pendant que nous y sommes. Voyons... Laissez tomber la ficelle. On connaît le chemin, à partir de là. »

Elle fit ce qu'il disait et prit à droite, toujours la première.

Une petite secousse du bras droit. Le stylet glissa hors de son fourreau. Il en agrippa la poignée.

Rachel pivota sur elle-même. La lueur de sa torche illumina brièvement Christian Knoll.

Stupéfaite, la jeune femme ouvrit la bouche pour crier

en découvrant la lame dénudée qui scintillait dans le faisceau de sa torche.

Suzanne pressa le bouton du radiodétonateur. Le train d'ondes fendit l'air du matin, à destination de la charge explosive qu'elle avait mise en place la veille. Pas une explosion assez forte pour attirer l'attention de Warthberg, à six kilomètres de là. Mais largement suffisante pour enterrer le couple sous la montagne.

La terre trembla. Le plafond leur tomba sur la tête. Knoll essaya de conserver son équilibre.

Plus le moindre doute, c'était un piège.

Il se rua vers la sortie, sous une pluie de caillasse se protégeant la tête de ses deux bras. Dans un nuage de poussière aveuglante. Il tenait toujours la torche d'une main, son stylet de l'autre. Il rengaina le couteau, arracha sa chemise de sous sa ceinture et s'en servit pour abriter ses yeux, son nez et sa bouche.

L'avalanche continuait. Trop de poussière, de cailloux et même de quartiers de roche dans la direction de l'entrée. Issue désormais impraticable. Il fonça dans la direction opposée, dépassa l'endroit où il avait été sur le point de tuer à nouveau. Où était-elle ? Les explosions semblaient s'être concentrées derrière lui. Murs et plafonds se stabilisaient, à présent, même si la montagne vibrait encore.

Nouvel éboulement vers l'ancienne sortie. Il avait rejoint la première fourche. Il essaya de s'orienter. L'entrée était à l'est. La branche gauche semblait piquer vers le sud, la droite vers le nord. Mais qui pouvait savoir ? Il fallait user de prudence. Pas trop de bifurcations, dans ce labyrinthe. Il n'avait aucune envie de crever dans ce monde souterrain, affamé et déshydraté, après une longue agonie. Il abaissa le pan de sa chemise. Respira un air qui s'éclaircissait peu à peu.

Il tenta de se rappeler tout ce qu'il savait sur les mines. Il était rare qu'elles ne comportent qu'une seule entrée-sortie. La profondeur et l'étendue des tunnels réclamaient des issues multiples. Pendant la guerre, il est vrai, les nazis en avaient bouché de nombreuses, afin de renforcer leurs chances de conserver les trésors enfouis. Pourvu que ce ne soit pas le cas de celle-ci. La qualité de l'air le rassurait un peu. Il lui avait paru un peu moins stagnant, vers la fin de leur exploration commune.

Un doigt mouillé de salive lui révéla une légère brise en provenance de la gauche. Que faire ? Trop de tournants et il ne retrouverait jamais la sortie. Il savait encore où il était. Ou croyait le savoir. Mais dès qu'il ne saurait plus dans quelle direction se trouvait la sortie barrée, il deviendrait impossible de regagner l'air libre.

Il se dirigea vers l'endroit d'où provenait la brise.

Pas plus de cinquante mètres et une autre fourche. Il releva son doigt mouillé. Plus de brise. Il avait lu quelque part que les mineurs concevaient leurs itinéraires de sécurité en tournant toujours dans le même sens. Un tournant à gauche signifiait qu'il fallait toujours tourner à gauche.

Pourquoi pas ?

Deux autres fourches. Deux autres tournants à gauche. Puis un rai de lumière, droit devant lui. À peine perceptible, mais présent. Il força l'allure, déboucha dans un nouveau couloir.

À moins de cent mètres sur la gauche, il aperçut la lumière du jour.

31

Kehlheim, Allemagne
11 h 50

Paul distingua dans son rétroviseur le véhicule qui approchait à vive allure, feux clignotant, sirène hululant à tout rompre. La petite voiture de police vert et blanc le doubla et disparut au premier virage.

À dix kilomètres de là, il entra dans Kehlheim. Quelques maisons autour d'une place mal pavée. Paul n'était pas un grand voyageur. Il avait visité Londres avec Rachel, lors de leur mariage. Puis Paris, tout seul, l'année dernière. Une trop belle occasion de visiter le Louvre. Il avait demandé à Rachel de l'accompagner, mais elle avait refusé. Pas la place d'une ex-épouse, s'était-elle récusée. Il ne savait pas très bien ce qu'elle avait voulu dire. Et pourtant, elle avait envie de faire ce voyage.

Il avait pu se procurer, la veille, une place pour Munich. Que Rachel ne l'eût pas encore appelé lui inspirait une sourde angoisse. Lui-même n'avait pas interrogé son répondeur depuis la veille à neuf heures du matin. Gagner Munich, *via* Amsterdam et Francfort, n'était pas une partie de plaisir. Il avait fait une rapide toilette dans les lavabos de l'aéroport, mais il se sentait sale et déjà fatigué. Sacrée Rachel, avec ses initiatives aberrantes et ses promesses jamais tenues...

Il se gara devant une épicerie, non loin du marché. Apparemment, la Bavière traînait au lit, le dimanche matin. Magasins fermés, peu de monde dans les rues. Sauf autour de l'église dont le clocher dominait le village. Nombreuses voitures garées sur un proche parking. Vieux messieurs debout sur les marches de l'église, en train de discuter. Barbes, chapeaux et manteaux. Il n'avait pas très chaud, sans manteau, mais son départ avait été si spontané, si précipité. Avec un bagage minimum.

Il se gara. Marcha jusqu'à l'église.

« Excusez-moi, messieurs. L'un de vous parle-t-il anglais ?

— Moi, répondit le plus vieux des quatre. Un petit peu.

— Je cherche un nommé Danya Chapaev. Qui vit dans cette ville.

— Vivait. Il est mort. »

C'est ce qu'il avait craint. Chapaev et Karol devaient avoir sensiblement le même âge.

« Il y a longtemps ?

— Hier au soir. Assassiné. » Paul n'en croyait pas ses oreilles. Assassiné ? La veille ?

Il sentit l'angoisse monter en lui.

« D'autres victimes ?

— *Nein*. Juste Danya. »

Il se souvint de la voiture de police.

« Où cela s'est-il passé ? »

Paul ressortit de Kehlheim et suivit les indications qu'il venait de recueillir. Facile de trouver la maison, avec les quatre voitures de police garées dans le jardin. Un flic en uniforme au visage glacial montait la garde devant la porte ouverte.

« *Nicht eintreten. Kriminal Tatort!* jappa l'homme de service.

— Ce qui veut dire ?

— Défense d'entrer. Lieu du crime.

— Alors, il faut que je parle à la personne chargée de l'affaire.

— C'est moi, la personne chargée », dit l'homme en civil apparu sur le seuil de la maison.

Fort accent germanique. Taille et âge moyens. Grand et maigre. Cheveux noirs mal coiffés. Imper bleu marine descendant jusqu'aux genoux, sur un costume vert olive et une cravate tricotée.

« Fritz Pannek, inspecteur fédéral. Et vous ?

— Paul Cutler, avocat. Américain. »

Pannek contourna l'agent en uniforme.

« Qu'est-ce qu'un avocat américain fait ici, un dimanche matin ?

— Je cherche mon ex-épouse. Elle est venue à Kehlheim pour rencontrer Danya Chapaev. »

Pannek et le factionnaire échangèrent un regard. Alarmé par leur expression bizarre, Paul s'écria :

« Qu'est-ce qui se passe ?

— Une femme s'est renseignée sur l'adresse de Chapaev, hier, à Kehlheim. Elle est l'un des suspects dans le meurtre de ce vieil homme.

— Vous avez son signalement ? »

Pannek sortit un calepin de sa poche.

« Taille moyenne. Blonde-rouquine. Forte poitrine. Jean. Chemise de flanelle. Bottes. Lunettes de soleil. Plutôt enveloppée.

— Ce n'est pas Rachel. Mais je pense à quelqu'un d'autre. »

Paul décrivit rapidement Jo Myers et leur parla de Karol Borya et de la Chambre d'ambre. Le signalement de la femme ne correspondait guère. Mince, poitrine

246

normale, cheveux châtains, yeux bleus, lunettes octogo-
nales à monture d'or, plutôt distinguée.

« Mais j'ai eu l'impression que ce n'étaient pas ses
vrais cheveux. L'intuition d'un avocat, peut-être ?

— Vous lui avez fait lire les lettres échangées entre
Chapaev et ce Karol Borya ?

— Exact. Elle les a lues attentivement.

— Il y avait une adresse, au dos des enveloppes ?

— Rien que la ville de Kehlheim.

— C'est là toute l'histoire ? »

Paul y ajouta le nom de Christian Knoll, les préoccu-
pations de Jo Myers, et les siennes.

« Vous êtes venu avertir votre ex-femme ?

— Surtout voir si tout allait bien. J'aurais dû commencer par l'accompagner.

— Mais vous considériez son voyage comme une
perte de temps ?

— Absolument. Son père lui avait expressément
recommandé de ne pas s'en mêler. »

Deux autres flics allaient et venaient à l'intérieur de
la maison.

« Que s'est-il passé au juste ?

— Si vous vous en sentez le courage, je vais vous
montrer.

— Je suis avocat. »

Comme si ça voulait dire quelque chose. Il n'avait
jamais participé à la moindre affaire criminelle ni même
pénétré sur le théâtre d'un crime. Mais il avait envie de
voir. Karol Borya mort. Puis cet assassinat. Mais Karol
était tombé accidentellement dans son escalier.

Accidentellement ? Voire.

Il suivit Pannek à l'intérieur de la maison. Une odeur
douçâtre planait dans la pièce bien chauffée. Le mobilier
et le décor étaient surannés, mais propres et confor-
tables. Seule note discordante, le cadavre allongé sur le

tapis, au milieu d'une flaque de sang. Avec deux trous dans la tête.

« Exécuté à bout portant », expliqua l'inspecteur.

Les yeux de Paul étaient rivés au cadavre. La bile lui montait à la gorge. Il tenta de résister, mais rien n'y fit.

Il se précipita dans le jardin.

Paul se plia en deux, victime de violents haut-le-cœur. Le peu qu'il avait mangé dans l'avion rejoignit l'herbe fraîche.

Il respira un bon coup, s'efforçant de maîtriser son estomac et ses nerfs.

« Fini ? s'informa Pannek.

— Vous pensez que la femme est coupable ?

— Je n'en sais rien. Tout ce que je sais, c'est qu'une femme a demandé où habitait Chapaev, et son petit-fils, Julius, s'est proposé de la conduire. Ils ont quitté ensemble la place du marché. La fille du vieux s'est inquiétée, hier soir, en ne voyant pas rentrer son fils. Elle est venue aux nouvelles, et elle a trouvé Julius ligoté et bâillonné dans la chambre. Apparemment, la femme a hésité à assassiner l'enfant, mais tuer le vieux ne l'a pas gênée.

— Le gosse va bien ?

— Méchamment secoué, mais il s'en remettra. Il a confirmé le signalement, mais pas grand-chose de plus. Il se souvient d'avoir entendu, de la chambre, des voix discuter. Celle de son grand-père, et celles de deux personnes, un homme et une femme. Sans pouvoir comprendre de quoi il était question. Puis il a entendu repartir une voiture, et son grand-père est revenu dans la chambre, avec la femme. Ils parlaient une autre langue. J'ai essayé quelques mots échantillons, et jusqu'à preuve du contraire, c'était du russe. Puis le vieux et la femme sont ressortis. Il a entendu à deux reprises un bruit de bouchon qui saute. Autrement dit, deux coups de feu tirés par une arme munie d'un silencieux. Puis plus rien jusqu'à l'arrivée de sa mère.

— Elle a froidement exécuté Chapaev ?

— À bout portant, comme vous avez pu le voir. Les enjeux doivent être considérables. »

Un policier en civil rejoignit l'inspecteur.

« *Nichts im Haus hinsichtlich des Bernsteinzimmer.* »

Pannek se retourna vers Paul.

« Je leur ai fait rechercher dans la maison ce qui pourrait avoir un rapport avec la Chambre d'ambre. Aucune trace. »

Une radio émit quelques craquements dans la poche de l'agent en uniforme. L'homme écouta le message, puis le transmit à Pannek qui traduisit à l'intention de l'avocat :

« Il faut que je vous quitte. Je suis de service ce weekend. Laissez à mes collègues le moyen de vous joindre.

— Que se passe-t-il encore ?

— Une explosion dans une mine, près de Warthberg. Ils viennent d'en tirer une Américaine et recherchent un homme. Les autorités locales réclament mon assistance. Un dimanche mouvementé !

— Où est Warthberg ?

— Dans les montagnes du Harz. À quatre cents kilomètres au nord. Ils ont parfois besoin de nos équipes de sauveteurs en montagne… »

Les montagnes du Harz. Sujet d'intérêt commun à Karol et à Wayland McKoy. L'association traversa l'esprit de Paul Cutler. Soudain, il réagit à ce qu'il venait d'entendre.

« Une Américaine. On connaît son nom ? »

Pannek parut le comprendre à demi-mot. Il eut un court dialogue avec son subordonné, qui rappela son correspondant.

Deux minutes plus tard, la réponse jaillit du haut-parleur :

« *Die Frau ist Rachel Cutler. Amerikanerin.* »

32

15 h 10

L'hélicoptère de la police cinglait vers le nord. Après Würzburg, il se mit à pleuvoir. Paul était assis auprès de l'inspecteur. Une équipe de sauveteurs en montagne occupait les autres fauteuils, à l'arrière de l'appareil.

« Des randonneurs ont entendu l'explosion et alerté les autorités locales, articulait Pannek dans le grondement du turbo. Votre femme a été trouvée près de l'entrée d'une mine. Elle a été transportée à l'hôpital, mais a pu révéler le nom de l'homme qui était avec elle. Un certain Christian Knoll. »

Paul l'écoutait attentivement, mais tout ce qu'il voyait, c'était Rachel blessée, dans un lit d'hôpital. Que se passait-il ? Dans quoi Rachel s'était-elle fourvoyée ? Comment Knoll l'avait-il rejointe ? Qu'était-il arrivé dans cette mine ? Leurs enfants pouvaient-ils courir un danger quelconque ? Il fallait absolument qu'il appelle son frère pour lui dire d'ouvrir l'œil.

« On dirait que cette Jo Myers avait raison, observa Pannek.

— Ont-ils donné des précisions sur l'état de Rachel ? »

Le policier se borna à secouer la tête.

L'hélicoptère se rendit d'abord sur le lieu de l'explosion. La mine en question était située au milieu de la forêt, à mi-flanc d'un des plus hauts contreforts. La plus proche clairière était à cinq cents mètres de là. Ils y déposèrent le personnel de secours en montagne et redécollèrent aussitôt pour se rendre dans un hôpital régional tout proche de Warthberg, où Rachel Cutler avait été transportée.

À pied d'œuvre, Paul ne fit qu'un bond jusqu'à la chambre du quatrième étage où elle sommeillait, dans une blouse bleue. Un large bandage lui ceignait la tête. Elle acheva de se réveiller et sourit en le reconnaissant.

« Pourquoi ai-je su tout de suite que tu serais là ? »

Il s'approcha du lit. Ses joues, son nez, ses bras s'ornaient de nombreuses égratignures et de vilaines ecchymoses. Paul haussa les épaules avec une feinte désinvolture.

« Je n'avais pas grand-chose à faire, ce week-end. Alors, pourquoi pas un petit tour en Allemagne ?

— Les enfants vont bien ?

— Ils sont chez mon frère.

— Comment as-tu pu venir si vite ?

— Je suis parti hier.

— Hier ? »

Avant qu'il pût lui répondre, Pannek, debout sur le seuil de la chambre, entra discrètement.

« Bonjour, Frau Cutler. Je suis l'inspecteur Fritz Pannek, de la Police fédérale. »

Paul fit à Rachel un clair résumé de tout ce qu'elle ignorait encore : Jo Myers, Christian Knoll et la mort de Danya Chapaev. Une intense émotion crispa les traits de la blessée.

« Chapaev est mort !

— Il faut que je téléphone à mon frère, trancha Paul. Pour lui dire de bien veiller sur nos enfants. Peut-être même alerter la police d'Atlanta.

« — Tu crois qu'ils peuvent être en danger ? s'inquiéta Rachel.

— Pas vraiment. Mais tu m'as l'air de t'être fourrée dans un sale pétrin. Ton père t'avait bien dit de ne pas t'en mêler.

— Paul…

— J'ai relu Ovide. L'avertissement était clair. Karol voulait que tu te tiennes à des lieues de toute cette histoire. Et maintenant, Chapaev est mort. »

Les traits de son visage se tendirent.

« Ah non, ça, c'est trop injuste. Je n'y suis pour rien. Je ne savais pas.

— Mais peut-être avez-vous montré le chemin au tueur ? » intervint Pannek.

Rachel le défia du regard, puis sembla concevoir sa part de responsabilité dans l'événement irréversible. Paul regretta de l'avoir un peu bousculée. En effet, ce n'était pas juste. Lui aussi se sentait partiellement coupable. Comme toujours.

« Ce n'est pas tout à fait vrai. J'ai montré les lettres à cette femme. C'est là qu'elle a appris le nom de Kehlheim.

— Les lui auriez-vous montrées, intervint Pannek, si vous n'aviez pas cru que Mme Cutler pouvait être en danger ? »

Non, il ne les aurait pas montrées. Il regarda Rachel, dont les yeux s'emplissaient de larmes.

« Paul a raison, inspecteur. C'est ma faute. Je n'aurais pas dû m'occuper de cette affaire. Papa et lui m'avaient prévenue.

— Parlez-moi de ce Christian Knoll », suggéra le policier.

Rachel lui dit ce qu'elle savait, c'est-à-dire peu de chose.

« Il m'avait évité de me faire renverser par une voiture.

Il était courtois et charmant. Il avait l'air de ne penser qu'à m'aider.

— Que s'est-il passé dans la mine ?

— Nous suivions à la lettre le dessin de Chapaev, sans inquiétude particulière. Et puis tout à coup, ce cataclysme ! J'ai couru vers la sortie, et j'en étais à mi-chemin quand les cailloux m'ont assommée. Heureusement, je n'en étais pas recouverte. Je suis restée là, aux trois quarts inconsciente, jusqu'à ce que les randonneurs m'en sortent.

— Et Knoll ?

— Je l'ai appelé, quand les parpaings ont cessé de pleuvoir. Mais pas de réponse.

— Il y est probablement encore, supputa Pannek.

— C'était un tremblement de terre ? demanda Paul.

— Il n'y a pas de tremblements de terre dans la région, monsieur Cutler. Sans doute des explosifs de la dernière guerre. Il en traîne encore dans la plupart des cavernes.

— Knoll a dit la même chose », confirma Rachel.

Un gros flic en uniforme vint chercher l'inspecteur, qui s'excusa et le suivit.

« Tu as raison, capitula Rachel. J'aurais dû t'écouter. »

Paul ne répondit pas. Il n'aimait pas qu'elle reconnût ses torts. Cela ne lui ressemblait pas. Il allait lui prendre la main quand Pannek réintégra la chambre.

« La pierraille a été déblayée. On n'a trouvé personne. Il y avait une autre sortie dégagée, au bout d'un tunnel situé à l'écart. Comment étiez-vous venus, ce M. Knoll et vous-même ?

— En voiture de location. Et le reste à pied.

— Quel genre de voiture ?

— Une Volvo.

— Pas de Volvo sur les lieux. Knoll n'a pas attendu les secours. » Le policier paraissait avoir autre chose en

253

tête. Paul insista doucement : « C'est tout ce que vous avez appris de neuf, inspecteur ?

— En fait, non. Cette mine n'a jamais été utilisée par les nazis. Aucun explosif à l'intérieur. C'est pourtant la seconde explosion dans ce même tunnel, en trois ans.

— Ce qui veut dire ?

— Ce qui veut dire qu'il se passe des choses vraiment surprenantes, dans le secteur ! »

Paul quitta l'hôpital et se fit déposer à Warthberg par une voiture de police. Pannek ne le lâchait pas d'un pouce. Sa profession et son grade lui conféraient certaines prérogatives.

« Mon service ressemble un peu à votre FBI. J'opère à l'échelle de la nation, avec la collaboration des polices locales. »

Le badge de l'inspecteur leur valut de pouvoir accéder immédiatement aux chambres de Rachel et de Knoll à la Couronne d'Or. Celle de Rachel était bien rangée, le lit fait. Pas de sac de voyage. Celle de Knoll était tout aussi nette. Pas de Volvo sur le parking, non plus.

« Herr Knoll est parti ce matin, leur apprit le patron de l'hôtel. Il a réglé les deux chambres et il a pris la route.

— Quelle heure ?

— Vers dix heures et demie.

— Vous avez entendu parler de l'explosion ?

— Des explosions, il y en a souvent dans les mines, inspecteur. Je n'y fais jamais très attention.

— Vous avez assisté au retour de Knoll, ce matin ? »

Le patron fit non de la tête. Paul et le policier se retirèrent.

« Knoll a cinq heures d'avance, mais un bon avis de recherche…

— Knoll ne m'intéresse pas, riposta Pannek. Tout ce que j'ai contre lui, pour l'instant, c'est le délit d'intrusion dans une propriété interdite sans permis officiel.

— Mais il a laissé Rachel blessée dans cette mine.

— Non-assistance à personne en danger. Un délit, mais pas un crime. C'est la femme que je veux. La meurtrière de Danya Chapaev. »

Pannek avait raison. Mais le problème n'était pas résolu. Pas d'identité avérée. Pas de signalement précis. Aucune preuve matérielle. Pas d'antécédents. Rien.

« Savez-vous comment entamer vos recherches ? »

Pannek fit la grimace, les yeux dans le vague.

« Non, monsieur Cutler. Je n'en ai pas la moindre d'idée ! »

33

Château de Loukov,
République tchèque
17 h 10

Suzanne accepta la timbale en étain que lui tendait Ernst Loring et s'installa confortablement dans un fauteuil Empire. Son rapport semblait avoir pleinement satisfait le fils de Josef.

« J'ai attendu une bonne demi-heure jusqu'à l'arrivée des autorités, et puis je me suis éclipsée. Personne n'était encore ressorti de la mine.

— Je téléphonerai à Fellner demain, sous un prétexte quelconque. Il me dira peut-être si quelque chose est arrivé à Christian ou non. »

Elle dégustait son vin à petites gorgées gourmandes, satisfaite, elle aussi, de sa journée de travail. Elle était venue directement d'Allemagne par la route. Trois cents kilomètres en deux heures et demie, ce n'était pas un exploit, au volant de sa Porsche.

« Très habile d'avoir manœuvré Christian de cette manière. Il n'est pas si facile à duper.

— Il voulait y croire. Et Chapaev a été très convain-cant. »

Elle s'octroya une lampée du vin fruité, production exclusive du château.

« Dommage. Le vieux tenait beaucoup à cette affaire. Et il s'était tu si longtemps. Mais je n'avais pas le choix.

— Tu as bien fait d'épargner le gosse.

— Je ne tue pas les enfants. Il ne savait rien de plus que ce que les témoins de la place du marché pourraient dire. Mais en menaçant de le tuer, je pouvais faire pression sur Chapaev et l'obliger à dire et à faire tout ce que je voulais. »

Les traits d'Ernst Loring exprimèrent soudain une grande fatigue.

« Je me demande quand tout ça va finir. Le même problème revient beaucoup trop souvent.

— J'ai lu les lettres. Laisser Chapaev en vie n'était pas possible. Trop de risques. Quand trop de bouts de ficelle dépassent, les difficultés s'accumulent jusqu'à un point de non-retour.

— Tu as hélas raison, *drahá*.

— As-tu reçu autre chose de Saint-Pétersbourg ?

— Seulement la nouvelle que Knoll était retourné aux archives. L'employé a remarqué le nom de Loring sur un document que Christian lisait. Mais quand il a voulu le vérifier, le document n'était plus là.

— Une bonne chose qu'il soit sur la touche. Borya et Chapaev disparus, que pourra-t-il faire d'autre ?

— Mais il va y avoir un autre problème. »

Elle reposa sa timbale sur la table.

« Lequel ?

— Les travaux entrepris par cet Américain, près de Stod. Wayland McKoy, c'est ça ? Pour dénicher d'autres trésors.

— Les gens ne renoncent pas aisément.

— L'appât est trop tentant. Difficile de savoir s'il a

découvert la bonne caverne. On ne l'apprendra qu'après coup, si c'est effectivement la bonne ! Mais il est au moins dans la bonne zone.

— On a un informateur dans la place ?

— Oui. Il nous tient informés, sans être encore sûr de rien.

— Tu veux que j'aille y jeter un œil ?

— J'allais t'en prier. Ma source est fiable, mais terriblement rapace. Il demande beaucoup trop, et comme tu le sais, je tolère mal ce genre d'avidité. Il s'attend à ce qu'une femme prenne contact avec lui. Ma secrétaire particulière est la seule à lui avoir parlé, jusque-là. Par téléphone. Il ne me connaît pas. Il te connaîtra, toi, sous le nom de Margarethe. S'il trouve quelque chose, fais en sorte que la nouvelle ne s'ébruite pas. Discrétion totale. Si nous faisons chou blanc, efface-toi. Et élimine la source seulement en cas de nécessité. Mais je t'en prie, réduisons les meurtres au minimum. »

Elle savait à quoi il pensait.

« Encore une fois, pas moyen d'agir autrement, dans le cas de Chapaev.

— Je comprends, *drahá*. Et j'apprécie tes efforts. Espérons que cette dernière élimination mettra fin à la malédiction de la Chambre d'ambre.

— Avec deux noms de plus sur la liste ?

— Christian et Rachel Cutler ? »

Elle approuva tout naturellement, le sourire aux lèvres.

« C'est drôle, j'ai cru sentir une légère réticence, l'autre jour, au sujet de Christian. Une petite attirance, peut-être ? »

Suzanne reprit sa timbale et porta un toast à son employeur.

« Rien dont je ne puisse me passer, rassure-toi. »

Knoll roulait à vive allure vers Füssen. Trop de flics autour de Kehlheim pour y passer la nuit. Il avait fui Warthberg pour revenir interviewer ce vieux fou de Chapaev. Et découvrir qu'il était mort. La police recherchait une femme, meurtrière probable du vieux. Qui s'était abstenue de tuer également le jeune Julius. Identité inconnue. Mais pas pour lui.

Suzanne Danzer.

Qui d'autre ? Comment avait-elle fait pour renouer la piste et le battre de vitesse, auprès de Chapaev ? Tout ce que le vieux lui avait raconté provenait d'elle. Aucun doute là-dessus. Elle l'avait attiré dans un traquenard où il pouvait laisser sa peau.

Que disait à peu près Juvénal dans ses *Satires* ? *La vengeance est toujours le plaisir faible d'un esprit petit et étroit. La preuve, c'est que personne ne se réjouit davantage dans la vengeance que la femme.*

Exact. Mais il préférait la phrase de Byron. *Les hommes aiment en hâte et haïssent à loisir.*

Leur prochaine rencontre ferait des étincelles. Des étincelles qui brûleraient. Des étincelles qui feraient mal. Ce jour-là, il serait prêt.

Les rues étroites de Füssen fourmillaient de touristes attirés par le château de Louis II de Bavière, au sud de la ville. Facile de se fondre dans la foule des fêtards avides de bonne chère et de pittoresque. Il passa une demi-heure à marcher de long en large, puis il s'attabla dans un café un peu moins bondé, en écoutant la musique de chambre jouée par un orchestre installé de l'autre côté de la rue. Ensuite, il chercha une cabine publique d'où téléphoner au Burg Herz. Franz Fellner prit la communication.

« J'ai entendu parler de cette explosion dans une mine du Harz. Une femme a été découverte. Elle est vivante, et ils recherchent toujours l'homme.

— Ils ne le trouveront pas. C'était monté par qui vous

savez. Intéressant que Rachel Cutler ait survécu. Mais sans importance. Elle va sûrement rentrer à Atlanta.

— Vous êtes sûr que c'était l'œuvre de Suzanne ?

— Certain. D'une façon ou d'une autre, elle a gagné cette manche.

— Vieilliriez-vous, Christian ?

— J'ai baissé ma garde un instant.

— Trop sûr de toi est une meilleure explication, intervint Monika, d'un second appareil.

— Je me demandais où tu étais.

— Tu pensais sans doute encore à baiser la jolie dame ?

— Comme je suis heureux d'avoir quelqu'un comme toi pour relever mes petits défauts. »

Monika eut un rire de gorge.

« La moitié du plaisir, Christian, c'est de te regarder faire. »

Il éluda :

« Cette piste est refroidie. Sans valeur aucune. Je devrais peut-être chercher ailleurs.

— Dis-lui, bébé, intervint Fellner.

— Un Américain, Wayland McKoy, commence à creuser, près de Stod, avec un matériel important. Il se fait fort de retrouver le musée des beaux-arts de Berlin, et peut-être la Chambre d'ambre. Ce n'est pas un débutant. Il a déjà remporté pas mal de victoires mineures dans ce domaine. Vois ce qu'il vaut. Tâche de glaner des infos. Voire de réaliser quelque acquisition.

— Le site qu'il entreprend de creuser est connu ?

— Tout est dans les journaux locaux, trancha Monika. Et CNN a diffusé d'excellents programmes le concernant.

— On le savait avant ton voyage à Atlanta, renchérit Fellner. Mais la piste Borya réclamait une investigation immédiate.

— Loring s'intéresse à cette nouvelle opération ? »

260

Monika émit un rire en cascade.

« Loring s'intéresse à tout ce qui nous intéresse. Tu espères y retrouver Suzanne ?

— Je fais plus que l'espérer.

— Bonne chasse, Christian.

— Merci, et quand Loring vous téléphonera pour savoir si je suis bien mort, n'ayez garde de le décevoir.

— Envie d'un peu d'anonymat ?

— Ce ne serait pas une mauvaise chose. »

34

Warthberg, Allemagne
20 h 45

Rachel suivit Paul dans la salle du restaurant, et tous deux choisirent une table, savourant d'avance un plat du jour au parfum d'ail et de clous de girofle. La jeune femme mourait de faim et se sentait beaucoup mieux. Une gaze antiseptique, collée à l'aide de sparadrap, remplaçait l'énorme bandage de l'hôpital. Elle portait un pantalon de soie et une veste à manches longues qu'elle avait achetés, avec Paul, dans une boutique locale.

Deux heures auparavant, Paul avait réglé toutes les formalités de sortie, à l'hôpital. Malgré son étrange coiffure et quelques écorchures, quelques bosses ici et là, elle recouvrait peu à peu sa bonne humeur. Elle avait promis au médecin d'être raisonnable pendant un jour ou deux. Le problème du jour, c'était l'insistance de Paul décidé à la rapatrier en vitesse aux États-Unis.

Un garçon vint les consulter et Paul demanda à son ex-épouse quelle sorte de vin elle désirait boire.

« Du rouge. Ils ont un petit cru local... »

Se souvenant, avec un temps de retard et un peu de

remords vis-à-vis de Paul, que c'était celui-là même qu'elle avait bu l'avant-veille, en compagnie de Christian Knoll.

Le garçon se retira. Et Paul attaqua sans attendre :

« J'ai appelé l'agence de voyages. Il y a un vol pour Francfort, demain. Pannek a dit qu'il pourrait nous faire conduire à l'aéroport.

— Que fait l'inspecteur ?

— Il est retourné à Kehlheim où il poursuit son enquête. Il m'a laissé un numéro de téléphone.

— Je ne peux pas croire que toutes mes affaires se soient envolées.

— Knoll ne voulait évidemment rien laisser derrière lui qui permette de t'identifier.

— Il avait l'air tellement sincère. Charmant, même.

— Bref, il te plaisait, releva Paul de mauvaise grâce.

— Il était intéressant. Il se présentait comme un enquêteur privé à la recherche de la Chambre d'ambre.

— Et ça t'impressionnait ?

— Allons, Paul, réfléchis un peu. Parcourir le monde en quête de trésors perdus nous change du train-train quotidien. Métro, boulot, dodo. Notre quête exciterait n'importe qui.

— Il t'a abandonnée à ton sort, dans la mine. Tu pouvais mourir. »

Le visage de Rachel se crispa. Elle n'aimait pas ce ton sentencieux.

« Il m'a également sauvé la vie, à Munich.

— J'aurais dû partir en même temps que toi.

— Je ne me souviens pas de t'avoir invité. » Des mots excessifs, comme toujours. Pourquoi montait-elle si vite au créneau ? Il essayait simplement de l'aider. « Non, tu ne m'avais pas invité. Mais j'aurais dû t'accompagner tout de même. »

Sa réaction à propos de Christian Knoll l'intriguait. Était-il jaloux ? Ou seulement mort d'inquiétude ?

263

« Il faut qu'on rentre. Plus rien ne nous retient ici. Je me fais du souci au sujet des enfants. Je revois sans cesse le corps de Chapaev.

— Tu crois que la meurtrière n'est autre que cette femme qui est venue te voir ?

— Elle savait où aller… grâce à moi », conclut-il avec amertume.

C'était le moment ou jamais de reprendre le dessus :

« Restons, Paul.

— Quoi ?

— Restons.

— Rachel, tu n'as pas appris ta leçon ? Des gens sont morts. Rentrons avant que ce soit notre tour. Tu as eu de la chance, aujourd'hui. Ne continue pas à tenter le diable. Tu n'es pas dans un roman d'aventures. C'est la réalité. Les personnages sont des fous, des nazis, des Russes avides de mettre la main sur ce trésor. Tout ça est très loin de nous. À des années-lumière.

— Paul, Papa savait quelque chose. Chapaev aussi. On leur doit d'essayer.

— D'essayer quoi ?

— Il y a une autre piste à suivre. Tu te souviens de Wayland McKoy ? Knoll m'a dit que Stod n'était pas loin d'ici. Papa s'intéressait à ce qu'il est en train de faire.

— Laissons tomber, Rachel.

— Où serait le mal ?

— C'est ce que tu as déjà dit, au sujet de Chapaev. Tu l'as retrouvé. Mais tu n'as pas été la seule. »

Elle repoussa violemment sa chaise et se leva.

« Ça, c'est déloyal et tu le sais. »

Sa voix monta de quelques degrés.

« Si tu veux rentrer, rentre ! Moi, je veux parler à ce Wayland McKoy ! »

D'autres dîneurs commençaient à loucher dans leur direction. Elle espérait qu'ils ne comprenaient pas l'anglais. Rachel remarqua que le visage de Paul exprimait sa résignation coutumière. Il n'avait jamais su vraiment comment réagir en face d'elle. C'était un autre de ses problèmes. Toute précipitation lui était étrangère. Il était foncièrement organisé, organisateur. Aucun détail ne lui échappait. Rien d'obsessionnel. Simplement méthodique. Avait-il jamais eu, de toute sa vie, un seul geste spontané ? Irréfléchi ? Si, au moins un. Pour être venu la retrouver ici. Sur l'impulsion du moment. Sans peser les conséquences. Et cela comptait pour elle.

« Assieds-toi, Rachel, suggéra-t-il à mi-voix. Si on discutait, pour une fois, de façon raisonnable ? »

Elle reprit place sur sa chaise. Elle voulait qu'il reste avec elle, mais ne l'admettrait jamais.

« Tu as une campagne électorale à mettre sur pied. Pourquoi n'y consacrerais-tu pas toute ton énergie ?

— Il faut que j'accomplisse ce que j'ai entrepris, Paul. Quelque chose me dit que je dois aller jusqu'au bout.

— Rachel, au cours des dernières quarante-huit heures, deux personnages ont surgi de nulle part, avec le même objectif. L'une est sans doute une meurtrière. L'autre assez monstrueux pour t'avoir laissée sur le carreau, en danger de mort. Karol est mort. Chapaev également. Il n'est pas impossible que ton père ait été assassiné, lui aussi. Tu en étais presque convaincue, quand tu es partie.

— Je le suis plus que jamais. Sans oublier tes parents. Victimes d'un "attentat non revendiqué", comme on dit de nos jours ! »

Elle pouvait presque entendre tourner les rouages de l'esprit analytique de Paul. Elle le devinait, pesant le pour et le contre, à la recherche de l'argument massue qui la déciderait à repartir chez elle. Chez eux.

« O.K., déclara-t-il enfin d'un ton résigné. On va aller voir McKoy.

— Tu es sérieux ?

— Non, je suis cinglé. Mais je ne te laisserai pas seule ici. » Elle lui prit la main par-dessus la table.

« Tu veilleras sur moi et je veillerai sur toi, d'accord ?

— Ouais. D'accord !

— Papa serait fier de nous.

— Ton père doit plutôt se retourner dans sa tombe. On ne tient aucun compte de ses ultimes recommandations. »

Le garçon revenait avec le vin. Il servit leurs deux verres.

Elle leva le sien.

« À notre succès commun, Paul. »

Il lui retourna son toast.

« À notre succès. »

Rachel en but une gorgée, heureuse de lui avoir arraché son accord. Mais la vision était toujours là. Celle d'un Christian Knoll dressé dans la lueur de sa torche électrique, juste avant l'explosion.

Une lame acérée brillait dans sa main.

Elle n'en avait rien dit. Ni à Paul ni à l'inspecteur Pannek. Trop facile d'imaginer leur réaction. Surtout celle de Paul.

Elle plongea son regard dans les yeux de son ex-mari. Si peu ex, parfois. Elle pensait à son père et à Chapaev et aussi à Brent et à Maria.

Était-elle absolument sûre de faire ce qu'il fallait ?

TROISIÈME PARTIE

35

Stod, Allemagne
Lundi 19 mai
10 h 15

Wayland McKoy entra à grands pas dans la caverne. Le froid et l'humidité l'enveloppèrent, tel un manteau de glace, et bientôt la lumière du jour fit place à l'obscurité. Paupières plissées, il promena autour de lui un regard incrédule. Ne fût-ce que par sa dimension, cette grotte le traumatisait. *Ein Silberbergwerk*. Une mine d'argent. Jadis « trésor des saints empereurs romains », cette ancienne mine d'argent n'était plus qu'un énorme trou boueux et désolé. Mis hors circuit, comme la plupart des mines du Harz, par le sordide argent mexicain que tirait de leur sol une main-d'œuvre honteusement sous-payée.

Tout le secteur, pourtant, avait quelque chose de spectaculaire. Prairies alpines verdoyantes et drues, collines habillées de pins géants couvant une broussaille rabougrie. L'étonnant paysage gardait quelque chose de spectral et de fantastique et correspondait bien à l'endroit « … *où les sorcières mènent leur sabbat* », selon le mot de Goethe dans son *Faust*. Cette région avait constitué la zone sud-ouest de l'ancienne Allemagne de l'Est. Le secteur interdit, défendu par des postes de contrôle éparpillés au sein des forêts. Champs de mines, bombes à fragmentation, barbelés et chiens de garde avaient disparu. La *Wende*, la réunification, avait mis fin à l'oppression et permis au peuple d'aller à sa guise. Une liberté dont McKoy entendait bien profiter.

Il se fraya un chemin vers le fond de l'immense caverne. Disposées de trente mètres en trente mètres, des ampoules de cent watts marquaient à présent la piste, reliées par un fil mural au générateur extérieur. Les parois rocheuses étaient lisses, le sol encombré de caillasse, œuvre de l'équipe initiale chargée, la semaine précédente, d'éclaircir la voie.

Un jeu d'enfant, avec les marteaux-piqueurs et les pelleteuses. Et plus besoin de se tracasser au sujet d'éventuels explosifs. Des chiens renifleurs entraînés à ce travail avaient parcouru l'itinéraire, assurant ainsi la sécurité des démolisseurs. Tout le matériel nécessaire abondait. Bien sûr, s'il s'agissait vraiment de la caverne au trésor du Kaiser Friedrich Museum de Berlin, pourquoi n'avait-elle pas été minée ? Aucune trace de piège. Rien que de la roche, du gravier, du sable, et des centaines de chauves-souris. Les maudites bestioles occupaient le boyau principal, l'hiver. Réputée bénéfique et considérée comme en voie de disparition, leur espèce était protégée. Pour cette raison, le gouvernement germanique avait longuement hésité avant de lui délivrer son permis d'exploration.

Par bonheur, les bêtes quittaient la mine au mois de mai, et ne revenaient qu'à la mi-juillet. Il disposait de quarante-cinq jours de délai, le maximum que le gouvernement eût daigné lui consentir. Et le permis spécifiait que la mine devrait être vide au retour des chauves-souris.

Plus il s'enfonçait sous la montagne, plus le tunnel s'élargissait, ce qui n'était pas non plus très bon signe.

Normalement, la galerie aurait dû se rétrécir, voire devenir infranchissable, au point où les mineurs d'antan avaient cessé de creuser, chaque génération s'efforçant de pousser plus loin que la précédente, dans l'espoir de détecter une veine exploitable de quelque précieux minerai passée inaperçue jusqu'à leur arrivée. Mais en dépit de sa largeur, ce tunnel persistait à lui donner des cauchemars. Large ou pas, il était encore trop étroit pour avoir laissé passer ce qu'il espérait découvrir.

Il rejoignit son équipe de trois hommes. Deux sur une échelle, occupés à percer des trous de sonde dans la paroi du boyau, suivant un angle de soixante degrés par rapport à la roche. Des câbles amenaient le courant produit par des générateurs et des compresseurs installés à cinquante mètres en retrait, dans la lueur crue de puissantes ampoules dégageant une chaleur d'enfer qui maintenait les hommes dans un bain de transpiration ruisselante.

Les foreuses s'arrêtèrent et toute l'équipe se débarrassa du casque protecteur plaqué sur leurs oreilles. McKoy ôta également le sien.

« Est-ce qu'on sait où on va ? »

Un des hommes releva ses lunettes de travail embuées, et s'épongea le front.

« On a avancé d'environ trente centimètres, pour l'instant. Pas moyen d'aller plus vite, et j'ai peur d'y coller les marteaux-piqueurs. »

Un autre s'empara d'un bidon. Lentement, il remplit les trous d'un solvant acide. McKoy s'approcha de la paroi. Le granit et la pierre calcaire absorbèrent goulûment le liquide brunâtre dont l'extrême causticité creusait des canaux dans la roche. Le troisième homme fit un pas en avant, armé d'une masse. Un seul coup, et la pierre tomba en feuilles qui achevèrent de s'émietter en touchant le sol. Ils avaient progressé de quelques centimètres de plus en profondeur.

« Ça n'avance pas vite, commenta McKoy.

— C'est la seule façon de procéder », répondit une voix, dans son dos.

Il exécuta un demi-tour pour faire face au professeur Alfred Grumer arrivé en catimini, selon son habitude. Un grand type aux longs membres filiformes, maigre jusqu'à la caricature. Une barbe grisonnante en pointe cachait presque complètement une bouche aux lèvres minces. Grumer était l'expert présent sur le site détenteur d'une autorisation de l'université de Heidelberg en matière de beaux-arts. McKoy l'avait attaché à son service après sa première incursion dans les mines du Harz. L'homme combinait la rapacité à l'érudition, deux attributs dont McKoy admirait l'efficacité, chez ses associés.

« On est pressés par le temps, crut-il bon de rappeler.

— Votre permis vous donne encore quatre semaines. On va y arriver.

— En admettant qu'il y ait quelque chose là-bas derrière.

— La chambre est bien là. Présence confirmée par le radar.

— Mais au-delà de quelle épaisseur de cette foutue roche ?

— Pas facile à déterminer. Mais il y a quelque chose, c'est une certitude.

— Et c'est arrivé comment là-dedans ? Vous avez dit que le radar signalait la présence de diverses masses métalliques volumineuses. Par où sont-elles entrées ? »

Un pâle sourire vaguement sarcastique écarta les lèvres de Grumer.

« Vous partez du principe que c'est la seule entrée.

— Et vous, vous partez du principe que je dispose de capitaux inépuisables ! »

L'équipe s'apprêtait à reprendre ses forages. McKoy repartit vers la sortie, vers la lumière du jour où il faisait moins chaud, où tout était plus calme. À Grumer qui le suivait, il jeta par-dessus son épaule :

« Si demain on n'a pas progressé davantage, on arrête le forage ! On passe à la dynamite.

— Votre permis ne vous en donne pas l'autorisation. »

McKoy passa une main moite dans ses cheveux noirs.

« Je les emmerde, eux et leur permis ! On a besoin d'avancer, et vite ! J'ai une équipe de télé en ville qui me coûte deux mille dollars la journée ! Et ces foutus bureaucrates de Bonn assis sur leurs gros culs m'envoient demain un groupe d'investisseurs qui vont s'amener la gueule enfarinée, persuadés de voir quelque chose !

— On ne peut pas aller plus vite, répéta Grumer. On ne sait pas ce qu'il y a derrière cette paroi.

— On suppose la présence d'un vaste local.

— On ne suppose rien. Le local est là. Et il contient quelque chose. »

McKoy se radoucit. Ce n'était pas la faute de Grumer si les travaux progressaient aussi lentement.

« Quelque chose qui a causé de multiples orgasmes au détecteur ? »

Grumer esquissa la grimace qui lui tenait lieu de sourire.

« Une façon poétique d'exprimer les choses.

— J'espère que vous avez raison de vous montrer aussi optimiste. Dans le cas contraire, on l'a dans l'os.

— En allemand, l'enfer, c'est *Hölle*, avec deux *l*. Et le mot caverne, *Höhle*, avec *h* et *l*. J'ai toujours pensé que la ressemblance était significative.

— Merci pour ce cours de langue, Grumer. Un peu déplacé, vous ne trouvez pas ? »

Grumer souriait de plus belle. Il avait un côté irritant qui donnait envie à McKoy de l'envoyer au diable. En *enfer*.

« J'étais venu vous dire que vous aviez des visiteurs.

— Encore un journaliste.

— Un avocat américain et une femme juge.

— On a déjà un procès ? »

Grumer se fendit d'un nouveau sourire de gargouille, mais McKoy n'était pas d'humeur à plaisanter. Il aurait aimé saquer cette espèce de clown, mais ses contacts avec le ministère de la Culture étaient trop précieux pour qu'il risquât de les perdre. D'ailleurs, Grumer précisait :

« Pas de procès en vue, monsieur McKoy. Ils veulent vous parler de la Chambre d'ambre. »

McKoy, lui aussi, retrouva le sourire. Grumer appuya :

« J'ai pensé que vous aimeriez les entendre. Ils disent qu'ils ont des infos.

— Des cinglés ?

— Je n'en ai pas eu l'impression.

— Ils veulent quoi, au juste ?

— Vous parler. »

L'Américain regarda la pendule et écouta pendant une seconde le gémissement des foreuses, là-bas dans le fond.

« Pourquoi pas ? On n'aura rien de neuf avant des heures. »

Paul se retourna vers la porte du petit hangar promu à la dignité de salle d'attente. L'homme qui pénétra dans la pièce aux murs blanchis à la chaux était une espèce d'ours grisonnant, avec un cou de lutteur, une taille épaisse et des cheveux noirs en désordre. Poitrine et bras musculeux gonflaient une chemise de coton marquée « Terrassements McKoy ». Le regard était intense. Celui d'un homme habitué à jauger toute situation imprévue d'un simple coup d'œil.

Entré derrière lui, Grumer fit les présentations :

« M. Cutler… Mme Cutler… Wayland McKoy.

— Je ne voudrais pas être grossier, amorça McKoy, mais le temps, c'est de l'argent, et je n'en ai pas beaucoup à vous consacrer. Soyez donc brefs. Que puis-je faire pour vous ? »

Paul entra tout de suite dans le vif du sujet :

« Nous venons de vivre quelques jours très révélateurs...

— Lequel de vous deux est le juge ?

— Moi, dit Rachel.

— Qu'est-ce qu'un juge et un avocat de Géorgie peuvent avoir à faire avec moi, au fin fond de l'Allemagne ?

— Nous recherchons la Chambre d'ambre.

— Qui ne la recherche pas ? ricana McKoy.

— Vous devez la croire très proche, insista Rachel. Peut-être même à portée des travaux que vous avez entrepris ici même.

— Je suis sûr que vos grands esprits juridiques concevront aisément que je ne puisse pas discuter de ces choses avec de parfaits inconnus. J'ai des investisseurs qui exigent la plus stricte confidentialité. »

Paul se hâta d'intervenir :

« Nous ne vous demandons pas de nous divulguer des secrets, monsieur McKoy. Mais vous trouverez peut-être intéressant ce qui nous est arrivé durant ces quelques jours. »

Avec sa précision et sa concision habituelles, il résuma toute l'histoire, depuis la mort de Karol jusqu'à l'écroulement de cette autre mine qui avait failli engloutir Rachel.

Grumer s'assit sur un tabouret.

« Nous avons entendu parler de l'explosion. On n'a pas retrouvé l'homme ?

— Non. Déjà loin, quand on l'a recherché. »

Paul expliqua ce qu'il avait découvert, en compagnie de l'inspecteur Pannek, à l'hôtel de Warthberg.

« Vous ne m'avez toujours pas dit ce que vous attendez de moi.

275

— Quelques renseignements, si possible. Qui est Josef Loring ?

— Un industriel tchèque. Décédé voilà une trentaine d'années. Le bruit a couru qu'il avait retrouvé la Chambre d'ambre, mais ce n'était qu'un bruit. Une rumeur parmi beaucoup d'autres. »

Grumer ajouta :

« Loring était bien connu pour ses idées fixes et les sommes considérables qu'il leur consacrait. Un collectionneur fanatique, avec les moyens de satisfaire sa passion. Son fils a pris le relais, dans une certaine mesure. Comment votre père a-t-il pu entendre parler de Loring, madame Cutler ? »

Rachel évoqua la Commission extraordinaire et le rôle de son père à l'époque. Elle rappela la mort de Yancy et Marlène Cutler, et les doutes de son père sur les vraies victimes visées par le crash aérien.

« Quel est le prénom du fils Loring ?

— Ernst, répondit Grumer. Il doit avoir près de quatre-vingts ans. Il sort très peu de la propriété familiale, dans le sud de la République tchèque. Pas tellement loin d'ici, à vol d'oiseau. »

Alfred Grumer avait un côté chafouin que Paul n'aimait guère. Était-ce en raison de son large front plissé ? De la façon qu'il avait de dire les choses en pensant à d'autres ? Pour une raison quelconque, il rappelait à Paul le peintre qui avait tenté d'extorquer 12 300 dollars à son client, pour se contenter finalement de 1 250. Un menteur pathologique et pas trop logique. Quelqu'un à qui il valait mieux ne jamais faire confiance.

« Vous avez la correspondance de votre père avec ce Chapaev ? »

Paul n'était pas chaud pour la lui montrer, mais le geste leur vaudrait peut-être la confiance de McKoy. Il sortit les lettres de sa poche. Grumer et McKoy les lurent en silence. McKoy, surtout, les dévora littéralement. Enfin, Grumer questionna :

« Ce Chapaev est mort ?

— Assassiné », dit Paul. McKoy relança :

« Votre père, madame Cutler... À propos, vous êtes mariés, tous les deux ?

— Divorcés.

— Mais vous voyagez ensemble jusqu'en Allemagne ? »

Les traits de Rachel exprimèrent sa désapprobation.

« Quel rapport avec le sujet qui nous occupe ? »

McKoy lui jeta un coup d'œil amusé.

« Peut-être aucun, Votre Honneur. Mais c'est vous qui perturbez mon programme matinal en me posant un tas de questions. Votre père a donc travaillé pour les Soviets. Qui recherchaient, eux aussi, la Chambre d'ambre ?

— Il s'intéressait beaucoup à vos travaux dans cette région.

— Au point de vous dire ce qu'il en pensait ?

— Pas vraiment, intervint Paul. Mais il avait suivi les reportages de CNN et lu l'article paru dans *USA Today*. À la suite de cette lecture, il a déplié une carte d'Allemagne et relu d'autres vieux articles sur la Chambre d'ambre. »

McKoy se laissa choir de tout son poids sur une vieille chaise de bureau, dont les ressorts gémirent sous le choc.

« Vous pensez que nous avons des chances de taper dans le mille ?

— Karol savait quelque chose, au sujet de la Chambre d'ambre. Chapaev également. Mes parents aussi, peut-être. Il n'est pas impossible que quelqu'un ait préféré les éliminer. »

McKoy avait envie, à présent, d'aller jusqu'au fond des choses.

« Vous avez d'autres raisons de croire qu'ils étaient la cible de cet attentat ?

— Après la mort de Chapaev, je me le suis demandé. Mon père avait promis au père de Rachel de se renseigner sur la famille Loring. Karol nourrissait des remords à cause de ça. Je commence à croire que ce crash n'était pas uniquement le fruit du hasard.

— Trop de coïncidences ?

— On peut le dire comme ça.

— *Quid* de la mine que vous a indiquée Chapaev ? grogna Grumer.

— Rien de ce côté. Et Knoll attribuait l'effondrement de la galerie à une première explosion. Du moins, c'est ce qu'on nous a dit.

— Une fausse piste ?

— C'est plus que probable.

— Pourquoi Chapaev vous aurait-il expédiée dans une impasse ? Apparemment doublée d'un piège ? »

Rachel dut admettre qu'elle n'en savait rien.

« Mais ce Loring, pourquoi préoccupait-il tellement mon père au point qu'il a demandé aux Cutler de se renseigner à son sujet ? »

Grumer s'éclaircit la gorge.

« Les bruits qui courent sur la Chambre d'ambre sont très répandus. Tellement qu'il est impossible de s'y retrouver aujourd'hui. Votre père tenait évidemment à vérifier quelque rumeur... »

Paul commençait à perdre patience.

« Vous savez quelque chose sur ce Christian Knoll ?

— Non. Première fois que j'entends ce nom. »

McKoy questionna brusquement :

« Vous êtes là pour le simple plaisir de participer à l'action ? »

Paul sourit. La question était légitime.

« Pas exactement. Nous ne sommes pas des chercheurs de trésors. Juste de simples citoyens mêlés malgré eux à des événements qui les dépassent. Où ils n'ont probablement rien à faire. Mais puisqu'on était dans le voisinage, on a décidé de venir jeter un œil.

— Voilà des années que je creuse ces putains de montagnes... »

La porte du hangar s'ouvrit d'un seul coup. Un homme en salopette de mécanicien crasseuse fit irruption dans la pièce, le visage hilare.

« Ça y est, on a percé ! »

D'un bond, McKoy se leva de sa chaise.

« Seigneur Dieu tout-puissant ! Appelez l'équipe de télé. Dites-leur de rappliquer en vitesse. Personne n'entre là-bas avant moi, compris ? »

L'ouvrier repartit en courant.

« Allons-y, Grumer. »

Rachel s'interposa devant McKoy, sur le chemin de la sortie.

« On vient aussi.

— Pourquoi, nom de Dieu ?

— Pour la mémoire de mon père. »

McKoy hésita quelques secondes. Puis il haussa les épaules.

« D'accord. Mais ne restez pas dans mes pattes ! »

36

À mesure qu'ils s'enfonçaient dans le boyau, Rachel se sentait de plus en plus mal à l'aise. Le passage était beaucoup plus étroit que celui de la veille et l'entrée déjà loin derrière eux. Vingt-quatre heures plus tôt, elle avait bien failli se faire enterrer vivante. Et maintenant, elle était de retour sous terre, dans une galerie éclairée plongeant au sein d'une autre montagne allemande. La galerie débouchait sur une caverne aux parois de pierre grise, au fond béant sur une fente noire qu'un grand costaud s'efforçait d'agrandir à coups de masse. Il lui donna peu à peu la largeur d'une personne de moyenne corpulence.

McKoy décrocha un des projecteurs et en fit une baladeuse qu'il braqua vers l'ouverture déchiquetée.

« Personne n'a encore regardé ?

— Non.

— Au poil. »

McKoy ramassa un poteau télescopique de métal léger. Il le planta dans le sol, y accrocha son projecteur et déplia le poteau jusqu'à pouvoir dissiper les ténèbres, de l'autre côté de la fente.

« Bon sang, c'est immense. Je vois trois camions. Oh,

merde, il y a aussi des cadavres. J'en aperçois… deux pour l'instant. »

Des pas approchaient depuis l'entrée. En se retournant, Rachel vit trois personnes accourir vers eux, encombrées de caméras, de projecteurs et de batteries.

« Soyez prêts, ordonna McKoy. Enregistrez le moment de la découverte, pour le show. »

À Rachel et Paul, il expliqua :

« J'ai vendu les droits télé et vidéo. Le grand bidule. Ils veulent tout dans l'ordre chronologique. »

Grumer éleva la voix.

« Vous avez dit trois camions ?

— Des Büssing NAG, il me semble. Quatre tonnes et demie. Allemands.

— Pas bon !

— Pourquoi ça ?

— Ils n'auraient jamais disposé de trois camions, à l'époque, pour évacuer le contenu du musée de Berlin. Ils auraient dû tout transporter à la main.

— Qu'est-ce que c'est que ce bordel ?

— Comme je vous le dis, monsieur McKoy. Le contenu du musée de Berlin a été transféré par le rail, et seulement ensuite en camion, jusqu'à la mine. Jamais les Allemands n'auraient laissé les véhicules sur place. Trop utiles pour d'autres missions.

— On ignore ce qui s'est passé, Grumer. Peut-être que ces putains de Fritz ont décidé d'abandonner les camions… pour une raison ou une autre !

— Comment sont-ils entrés ? »

McKoy empoigna l'Allemand. Lui parla à dix centimètres du visage.

« Vous avez été le premier à le suggérer. Il doit y avoir une autre voie d'accès. »

Grumer se replia prudemment.

« Si vous le dites, monsieur McKoy.

— Non, c'est *vous* qui l'avez dit ! »

Le grand et gros Américain ramena son attention sur l'équipe de télé. Des projecteurs s'allumèrent. Deux caméras, portées sur l'épaule, entrèrent en action. Un micro survola le tout, au bout de sa perche, et McKoy conclut :

« J'y vais le premier. Filmez par-dessus mon épaule. »

Et l'Américain se glissa dans la fente.

Paul entra le dernier, à la suite de deux ouvriers porteurs de projecteurs.

« Il s'agit d'une caverne naturelle », affirma Grumer, d'une voix claironnante.

Le plafond formait une arche, à vingt bons mètres au-dessus des têtes. Un plafond de cathédrale, excepté que ses seuls ornements consistaient en concrétions calcaires qui reflétaient la lueur des projecteurs. Mêmes motifs sur les parois. Le sol était meuble et sablonneux. Paul respira profondément, gêné par l'odeur de renfermé qui pourrissait l'air disponible. Les projecteurs illuminaient le mur du fond, révélant une autre ouverture ou du moins ce qu'il en restait. Bien assez large pour laisser passer les véhicules réunis au centre.

« L'autre issue, on dirait ? dit McKoy.

— Oui, approuva Grumer. Mais c'est bizarre. On cache avec l'intention de reprendre. Pourquoi tout boucler de cette façon ? »

Paul regarda les camions. Rangés côte à côte, à la diable, leurs dix-huit pneus à plat, déformés par le poids du chargement. Les bâches recouvrant les camions étaient toujours là, mais couvertes de moisissure. Cabines et capots paraissaient mangés par la rouille.

McKoy s'en approcha, suivi d'un cameraman.

« Ne vous cassez pas la tête pour le son. On sonorisera et on doublera plus tard. Ne pensez qu'aux images. »

Paul rejoignit Rachel.

« Bizarre, non ? Comme si on profanait une tombe.

— Exactement ce que je pensais.

— Regardez-moi ça ! »

Les lumières révélaient deux cadavres allongés dans le sable. Rien que des os, des lambeaux de vêtements et des bottes de cuir.

« Exécutés d'une balle dans la tête », constata McKoy.

Un ouvrier approcha une source lumineuse. Grumer, impérieux, se hâta d'intervenir :

« Ne touchez à rien. Jusqu'à ce qu'on ait des enregistrements photographiques. C'est ce que voudra le ministère.

— Deux macchabées de plus par ici », annonça quelqu'un.

McKoy et les autres, Rachel comprise, se dirigèrent vers l'endroit d'où provenait la voix. Paul s'attarda auprès des deux premiers cadavres. Les lambeaux de vêtements devaient provenir d'uniformes de la Wehrmacht. Les squelettes avaient noirci, chair et muscles depuis longtemps retournés à la poussière. Un trou dans chaque crâne. Ils avaient dû reposer sur le dos, membres bien attachés. L'un d'eux avait une baïonnette au côté, encore liée à son flanc par ce qui restait d'un ceinturon de cuir. L'étui du pistolet était vide.

Le regard de Paul fut attiré vers la droite par un objet rectangulaire posé sur le sol et partiellement recouvert de sable. Au mépris des recommandations de Grumer, il le ramassa.

Un portefeuille.

Il écarta délicatement les replis du cuir craquelé. L'un des compartiments recelait ce qui avait été sans doute de la monnaie de l'époque. Rien dans un autre. Mais du dernier, glissa une carte brunie et craquante, à l'encre largement effacée mais partiellement lisible. En plissant les paupières, il parvint à déchiffrer :

Rien d'autre d'encore déchiffrable. Il garda le portefeuille dans sa main et se dirigea tranquillement vers le gros de la troupe. Il contournait l'un des camions lorsqu'il repéra Grumer, un peu à l'écart. Il allait lui parler du portefeuille quand l'éminent professeur se pencha vers un autre cadavre. Rachel, McKoy et les autres étaient à dix mètres de là, le dos tourné, attentifs au travail de la télévision. McKoy y allait de sa conférence. Des ouvriers avaient dressé sur un support télescopique un projecteur halogène dont la lumière éclairait suffisamment Grumer pour qu'il fût possible de voir ce qu'il faisait.

Paul se faufila entre deux des camions afin d'observer les gestes de Grumer. À l'aide d'une petite torche électrique, l'envoyé du ministère suivait les os du squelette enfoncé dans le sable. Il les suivit ainsi jusqu'à l'extrémité d'une main qui avait tracé dans le sable des lettres en partie effacées par le temps, illisibles, à l'exception de trois d'entre elles.

O I C

Grumer en fit trois photographies au flash.

Puis l'Allemand se pencha pour effacer rapidement ces trois dernières lettres, vestiges d'un massacre vieux de plus d'un demi-siècle.

McKoy insistait sur l'aspect spectaculaire indispensable au futur show télévisé. Trois camions militaires de la Seconde Guerre mondiale retrouvés presque intacts dans une mine d'argent désaffectée, c'était quelque chose. Les cadavres de cinq soldats allemands exécutés d'une balle dans la tête, ce n'était pas mal non plus. Bien monté, le résultat cartonnerait à l'audimat. Et les retombées seraient impressionnantes.

« Vous avez assez de matériel ?

— Plus qu'assez, répondit l'un des cameramen.

— Alors, voyons un peu ce qu'il y a dans ces épaves. »

Torche électrique au poing, il s'approcha d'un des camions.

« Grumer, où êtes-vous ?

— Ici. »

Le professeur se matérialisa à son côté.

« Prêt ? »

Grumer acquiesça.

« Allons-y. »

La vision qui les attendait, sous les bâches moisies, aurait dû être celle d'une série de caisses de bois clouées à la hâte et recouvertes de vieilles tentures ou de vieux tapis protecteurs. McKoy avait lu quelque part comment les conservateurs de l'Ermitage s'étaient servis des vêtements royaux de Nicolas II et d'Alexandra pour emballer ce qu'ils désiraient soustraire à la rapacité des nazis. Des costumes et des robes d'une valeur inestimable utilisés pour protéger toiles et céramiques. Il espérait que les Allemands s'étaient montrés tout aussi vandales. S'il avait tapé dans le mille, la découverte globale représenterait la crème des collections disparues. La *Rue de Delft*, de Vermeer, ou la *Tête du Christ*, de Vinci, ou *Le Parc Monceau*, de Monet qui rapporteraient des millions sur le marché officiel. Même si le gouvernement allemand revendiquait le tout, la récompense de celui qui avait mis ces trésors au jour se chiffrerait en millions de dollars.

Il écarta prudemment la bâche raidie et braqua sa torche à l'intérieur du camion.

Le camion était vide. Rien sur le plateau que sable et rouille.

Il fit un saut jusqu'au deuxième véhicule.

Vide.

Puis jusqu'au troisième.

Vide également.

« Bordel de merde ! jura-t-il. Arrêtez ces putains de caméras. »

Grumer l'avait escorté d'un bout à l'autre.

« C'est bien ce que je craignais. »

McKoy l'assassina du regard. Il n'était pas d'humeur à supporter ce genre de réflexion.

« Tout portait à croire que ce n'était pas la bonne caverne. »

L'Allemand semblait presque se réjouir de sa déconvenue.

« Alors, pourquoi ne m'avez-vous rien dit, en janvier ?

— Je ne savais pas, à ce moment-là. Le radar indiquait la présence de trois masses métalliques. C'est seulement à l'approche du dénouement que j'ai commencé à soupçonner que ce ne serait peut-être qu'un nouveau coup d'épée dans l'eau.

— Quel est le problème ? voulut savoir Paul.

— Le problème, monsieur l'avocat, c'est que les camions sont vides. Pas le moindre trésor dans aucun des trois. J'ai consacré un million de dollars à la récupération de trois tacots rouillés. Qu'est-ce que je vais raconter aux investisseurs qui seront là demain matin ?

— Ils connaissaient les risques de l'entreprise.

— Aucun de ces fils de pute n'en conviendra jamais.

— Vous leur aviez bien exposé les risques de l'opération ? s'informa Rachel.

— J'ai été aussi honnête qu'on peut l'être quand on sollicite des fonds. »

Il hocha violemment la tête d'un air écœuré.

« Nom de Dieu de bordel de merde ! »

37

Stod
0 h 45

Knoll balança son sac de voyage sur le lit et jeta un regard à la chambre d'hôtel. Le Christinenhof, un établissement de cinq étages, était accueillant et jouissait d'une bonne réputation. Il avait choisi intentionnellement une chambre au troisième, sur la rue. Inutile de faire des folies. La vue sur le jardin signifiait plus de luxe et plus d'argent, et peu importait l'ambiance. Ce qui comptait avant tout, c'était que le Christinenhof donnait directement sur l'hôtel Weber, dont McKoy et sa bande occupaient tout le quatrième étage.

Il avait appris, par un employé du syndicat d'initiative local, les dernières nouvelles des travaux de McKoy, dans le Harz. Un groupe de ses investisseurs était attendu pour le lendemain. Toutes les chambres du Weber leur étaient réservées, deux hôtels voisins déjà pressentis pour absorber le surplus. « C'est bon pour les affaires », avait ajouté le préposé au tourisme. Bon pour lui, également. Rien de tel qu'une foule pour noyer le poisson et passer inaperçu.

Il ouvrit son sac, en sortit un rasoir. La journée précédente avait été dure pour son ego. Danzer l'avait surclassé, une fois de plus. S'était-elle empressée de raconter à Loring comment elle l'avait attiré dans cette mine ? Mais pourquoi le tuer ? Jamais encore leurs différends n'étaient allés jusque-là. Que s'était-il passé pour faire grimper les enchères ? Pourquoi était-il tellement urgent d'éliminer Chapaev, lui-même et Rachel Cutler ? À cause de la Chambre d'ambre ? Peut-être. D'autres recherches s'imposaient, auxquelles il se consacrerait après cette mission secondaire qu'il lui revenait d'exécuter auparavant.

Il avait pris tout son temps, entre Füssen et Stod. Pas de précipitation. Les journaux de Munich couvraient l'explosion de la veille, dans cette mine du Harz, ainsi que le sauvetage de Rachel Cutler. Rien sur lui-même, sinon que le compagnon de l'Américaine semblait s'être volatilisé. Elle avait pourtant dû parler de lui. Mais aucune mention de son départ de Warthberg avec son sac et celui de la jeune femme. Une manœuvre policière ? Pas impossible. Mais il ne s'en souciait guère. Il ne s'était rendu coupable d'aucun crime. Pourquoi la police aurait-elle eu besoin de lui ? Pour ce qu'ils en savaient, il mourait sans doute de trouille et ne rêvait plus que de se tenir à carreau. Frôler la mort était une expérience éprouvante. Rachel Cutler retournerait prochainement en Amérique, bien vivante, et oublierait tout de ce malencontreux épisode. Elle reprendrait ses paisibles fonctions de juge et *bye bye* l'aventure. Adieu, Chambre d'ambre. Chacun à sa place.

À la réflexion, il sortit le pistolet du fond de son sac. Une arme de polymère, légère à souhait, à peine un kilo, chargée. Cadeau d'Ernst Loring. Un des derniers CS-75B sortis de leurs usines.

« Je l'ai porté à quinze cartouches. Pas de chargeur de dix dans une telle arme. Je me suis souvenu que vous l'estimiez insuffisant. Je l'ai pourvu d'une sûreté manuelle et vous pouvez le transporter armé, sans le moindre risque. Un changement que je vais adapter à toute la gamme. »

Les fonderies tchèques de Loring étaient les plus grandes productrices d'armes de toute l'Europe de l'Est, avec des modèles de légende. Chers, mais sûrs à cent pour cent. Ils commençaient même à envahir les marchés occidentaux. Voire la Russie et les anciennes républiques soviétiques, depuis la levée du Rideau de fer.

« Fellner m'a laissé les armes, quand on a conclu notre accord, et j'en suis heureux. À ce propos, j'ai aussi prévu, pour ce même modèle, un silencieux facile à poser. Suzanne a le même. Avec votre sens de l'humour, je sais que vous apprécierez l'ironie. Le nivellement des chances, en quelque sorte. »

Knoll fixa le silencieux au canon court du pistolet. Le chargea posément.

Oui, il appréciait l'ironie à sa juste valeur. Il rejeta l'arme dans son sac et s'approcha de l'unique fenêtre. Les colonnes de l'entrée du Weber, juste en face, encadraient un majestueux portail de bronze. Six étages de chambres et de suites luxueuses. Le plus bel hôtel de la ville. Et le plus cher. Wayland McKoy ne se refusait rien. Le Weber possédait aussi une grande salle de restaurant et plusieurs petits salons pour les rencontres privées. Deux commodités apparemment nécessaires aux besoins des visiteurs attendus. Le personnel du Christinenhof avait été très heureux de n'avoir pas à se plier aux caprices et à l'agitation d'un débarquement en nombre. Une pensée qui fit sourire Christian Knoll. Leur capitalisme n'était que du socialisme à l'européenne. Aux États-Unis, les hôtels se seraient battus pour accaparer et retenir ce genre de clientèle.

Il s'attarda derrière la grille de fer forgé qui barrait la fenêtre. Le ciel de l'après-midi était plutôt couvert. Un troupeau de nuages moutonneux arrivait du nord. Vers sept heures, il irait s'asseoir, pour dîner, dans la salle à manger du Weber, et prêterait l'oreille aux conversations de table.

Ses yeux se fixèrent soudain sur une femme qui louvoyait rapidement parmi les piétons de ce début de soirée. Blonde, jolie, svelte, sobrement vêtue, mais avec recherche. Un sac de cuir pendu à l'épaule droite.

Suzanne Danzer.

Sans aucun artifice. Sous sa véritable apparence.

Fascinante.

Abandonnant sur le lit son rasoir inemployé, il glissa le pistolet sous sa veste, dans son étui de cuir et sortit de sa chambre rapidement.

Une étrange sensation stoppa Suzanne sur le trottoir. Elle se retourna, scrutant la foule. Beaucoup de monde dans la rue, comme toujours à l'heure du déjeuner. Stod était une ville animée. Cinquante mille habitants hantaient son décor de maisons en brique à garnitures de bois, les unes réellement anciennes, les autres reproduites dans le même style régional, entre 1950 et 1960, à la suite des bombardements qui avaient laissé leur marque, en 1945. Les urbanistes avaient fait un bon boulot, ornant les façades de moulures, de statues dans des niches et de bas-reliefs. Le tout destiné à combler le sens artistique de touristes internationaux amateurs de souvenirs, équipés d'appareils photo plus ou moins perfectionnés.

L'abbaye des Sept Chagrins de la Vierge dominait la ville. Une structure monumentale érigée au XVe siècle pour remercier Marie d'avoir sauvé Stod des conséquences d'une bataille locale, en en retournant l'issue à l'avantage de la ville. L'édifice baroque couronnait une hauteur d'où l'on découvrait Stod ainsi que l'Eder qui l'arrosait. Clair symbole de défi et de pouvoirs seigneuriaux révolus.

Suzanne leva les yeux.

Les hauts murs de l'abbaye semblaient se pencher en avant pour mieux protéger la cité. Une galerie promenade orientée vers l'ouest reliait ses tours jumelles. Suzanne se représenta un temps où moines et prélats observaient leur domaine de cette passerelle haut perchée. « La Forteresse de Dieu », avait écrit un chroniqueur médiéval. Murs de pierre blanche et ambrée alternaient sur tout son pourtour, coiffés d'un toit couleur rouille. Bravo pour cette teinte minérale qui évoquait l'ambre. Peut-être était-ce un présage ? Si Suzanne avait cru en autre chose qu'elle-même, sans doute y eût-elle pensé plus longuement.

Mais tout ce qui comptait pour elle, en cet instant, était cette sensation que quelqu'un l'observait.

Wayland McKoy. Elle n'était sûrement pas la seule à s'y intéresser sans doute. Quelqu'un d'autre était à pied d'œuvre, l'œil attentif et l'oreille aux aguets. Mais où ? Trop de fenêtres alentour, trop de passants anonymes dans les rues, et même sur le belvédère de la cathédrale. D'en bas, on pouvait tout juste distinguer les petites silhouettes de quelques touristes éblouis par le splendide panorama déployé à leurs pieds.

Aucune importance.

Elle reprit sa route et pénétra dans le hall de l'hôtel Weber.

Au réceptionniste debout derrière le comptoir, elle déclara en allemand :

« Il faut que je vous laisse un message à l'intention du professeur Grumer.

— Mais comment donc ! »

L'homme poussa un bloc-notes devant elle. Elle écrivit :

« *Je serai à l'église Saint-Gerhard vers 22 heures. Soyez-y. Margarethe.* »

Elle plia la feuille que l'employé promit de remettre

au professeur Grumer toutes affaires cessantes. Elle lui sourit et le gratifia de cinq euros pour sa peine.

Dans le salon du Christinenhof, Knoll écarta légèrement un rideau pour observer Suzanne Danzer, immobilisée parmi la foule grouillante qui encombrait le trottoir.

Avait-elle senti sa présence ?

Elle en était capable. Il avait toujours aimé l'aphorisme de Jung selon lequel les anciens classaient les femmes en quatre catégories : Ève, Hélène, Sophie et Marie, correspondant à impulsive, émotive, intellectuelle et morale. Danzer possédait les trois premières qualités. Mais aucune trace de la quatrième. Rien, chez elle, n'était moral. Elle avait, toutefois, une autre caractéristique. Dangereuse. Mais elle devait être actuellement désarmée par sa conviction de l'avoir enterré sous des tonnes de roches, à quarante kilomètres de là. Franz Fellner passerait à Loring la fausse info selon laquelle il n'avait aucune nouvelle de sa part. Le temps qu'il puisse organiser sa contre-attaque et rendre coup pour coup à sa séduisante rivale.

Qu'est-ce qu'elle faisait ici, à deux pas de l'hôtel Weber ? Le fait que Stod fût le quartier général de Wayland McKoy ne pouvait pas être une coïncidence. Disposait-elle d'une source intérieure ? Rien d'exceptionnel à cela. Lui-même en cultivait, des sources, dans de nombreux milieux. Qui lui permettaient de renseigner Fellner en priorité, dans bien des domaines. La plupart des enquêteurs et des acquéreurs de modèle courant étaient toujours prêts à vendre au plus offrant des infos supposées exclusives. Voire des trouvailles dont d'autres collectionneurs moins riches ou moins généreux avaient, jusque-là, financé la recherche.

Tout avait son prix, dans ce monde. Les objets et les hommes.

Un léger crachin s'était mis à tomber. Des parapluies s'ouvrirent. La foudre roulait au loin. Danzer ressortit rapidement du Weber. Knoll s'éloigna de la fenêtre. Pourvu qu'elle n'entre pas au Christinenhof. Il n'y avait aucune cachette disponible dans le hall aux dimensions modestes.

Non, elle releva le col de sa veste et s'éloigna. Il quitta son hôtel, la suivit de loin et la vit entrer au Gebler, un établissement à l'ancienne mode, dont la façade trahissait le passage du temps. Suffisamment proche pour lui faciliter les choses.

Réintégrant le Christinenhof, il reprit son poste de guet, derrière la vitre. Évitant, par une immobilité trop prolongée, d'attirer l'attention de la clientèle.

Un quart d'heure s'écoula sans que Suzanne Danzer reparût.

Christian Knoll sourit aux anges.

Pas besoin d'une confirmation supplémentaire.

Elle s'était bien installée au Gebler.

38

13 h 15

Paul fixait sur Alfred Grumer son regard d'avocat, étudiant chaque faille de l'individu, jaugeant la rapidité d'une réaction, jugeant la valeur d'une réponse. Lui-même, McKoy, le professeur et Rachel s'étaient repliés dans le petit hangar où ils avaient fait connaissance.

Près de trois heures s'étaient écoulées depuis la mauvaise surprise, et l'humeur de McKoy, tout comme celle du temps, était sombre.

« Bon Dieu, Grumer, qu'est-ce qui se passe ici ?

— Deux explications possibles, répondit l'Allemand, perché sur un tabouret. Une, les camions étaient vides à leur entrée dans la caverne. Deux, quelqu'un nous a battus d'une longueur.

— Comment quelqu'un pourrait-il nous avoir précédés ? Il a fallu quatre jours pour percer la paroi, et l'autre issue est bouchée par des tonnes de pierraille.

— Cette autre intrusion peut remonter à des années. »

McKoy prit le temps de respirer bien à fond.

« Grumer, demain, vingt-huit personnes vont débarquer de leur avion et me tomber sur le poil. Ils ont investi un paquet de fric dans cette entreprise. Qu'est-ce que je vais bien pouvoir leur raconter ? Que quelqu'un nous a battus d'une longueur ?

— Les faits sont les faits. »

McKoy jaillit de son siège, les traits convulsés par une rage meurtrière. Rachel l'intercepta carrément.

« Quel bien ça vous fera de l'étrangler ?

— Au moins, je me serai payé sur la bête !

— Asseyez-vous ! » ordonna-t-elle.

Paul lui connaissait cette voix. La voix du tribunal. Ferme. Impérieuse. Sans réplique. Une voix qu'elle avait élevée trop souvent, dans leur vie privée.

Malgré son poids et son gabarit, McKoy capitula.

« Jamais vu une nana pareille ! »

Puis il s'effondra pesamment sur la chaise qu'il venait de quitter.

« On dirait que je vais avoir besoin d'un avocat. C'est pas un juge qu'il me faut. Vous êtes disponible, Cutler ? »

Paul refusa d'un geste.

« Pas question. Je règle surtout des affaires de succession et d'exécution testamentaire. Mais il y a dans mon cabinet des tas de bons spécialistes du contentieux et de la rupture de contrat.

— Ils sont de l'autre côté de la mare et vous, vous êtes là, Cutler. Devinez qui vient d'être élu !

— Je suppose, intervint Rachel, que tous vos investisseurs ont signé des déclarations attestant leur pleine connaissance des risques courus ?

— La belle affaire ! Tous ces mecs sont bourrés d'oseille et peuvent s'offrir les meilleurs avocats. Dès la semaine prochaine, je baignerai jusqu'au cou dans un foutu merdier juridique. Personne ne voudra croire que j'ignorais qu'il y avait que dalle dans ces saloperies de camions.

— Je ne suis pas d'accord avec vous, protesta Rachel. Nul ne croira jamais que vous ayez pu creuser en sachant d'avance que les camions seraient vides. Ç'aurait été un suicide financier.

— Même avec la clause qui m'octroie une prime de cent mille dollars, qu'il y ait quelque chose ou pas ? »

Rachel se retourna vers Paul.

« Appelle tes collègues. Ce type va vraiment avoir besoin d'un avocat. »

McKoy changea son fusil d'épaule.

« Comprenons-nous bien. J'ai une entreprise à gérer aux États-Unis. C'est pas en faisant ce que je fais ici que je gagne ma vie. La dernière fois, j'ai encaissé la prime et glané un bonus substantiel. Les investisseurs ont eu des retombées. Tout s'est arrangé au poil. Sans coups de gueule et sans grincements de dents.

— Pas cette fois, le contredit Paul. À moins que ces camions ne vaillent quelque chose, ce dont je doute. Encore faudrait-il les sortir du trou.

— Impossible, coupa Grumer. Cette caverne est aussi peu accessible qu'une chambre forte. Il faudrait des millions pour la vider de son contenu.

— Allez vous faire foutre, professeur ! »

Paul ne quittait pas son client potentiel du regard. Sur les traits du grand gaillard, la résignation le disputait à l'angoisse. Beaucoup de clients passaient par ce stade, à un moment ou à un autre. Alors, Paul se rappela Grumer en train d'effacer les lettres o i c dans le sable de la caverne. Et il eut soudain envie de s'attarder dans le secteur.

« O.K., McKoy, si vous voulez de moi, je suis votre homme. Je ferai tout ce que je pourrai. »

Rachel lui jeta un regard incrédule. Hier, il voulait rentrer à tout prix. Laisser le bébé entre les mains de la police. Aujourd'hui, il se portait volontaire pour assister McKoy. Mener une barque percée parmi des forces déchaînées qu'il connaissait mal. Et qu'il n'aurait aucun moyen de maîtriser.

« Marché conclu, approuva son nouveau client. J'ai besoin de votre aide. Grumer, rendez-vous utile. Veillez à l'installation de tous ces emmerdeurs au Weber. À mes frais, comme prévu. »

Visiblement, Grumer n'était pas ravi de recevoir des ordres, mais il s'abstint de discuter.

« C'est quoi, le Weber ? releva Paul.

— L'hôtel où on crèche en ville. »

Paul désigna Grumer qui décrochait le téléphone.

« Lui aussi ?

— Où voulez-vous qu'il soit ? »

Stod fit un gros effet sur Paul Cutler. Une ville importante avec des artères vénérables jaillies tout droit du Moyen Âge, une architecture idem et des maisons pressées les unes contre les autres, comme autant de vieux bouquins dans une bibliothèque.

Et par-dessus toute chose, cette abbaye monstrueuse dominant une forêt de grands arbres en fleurs. Le petit parking réservé aux invités se trouvait à courte distance du Weber, dans la même rue, au-delà d'une zone piétonnière à mi-chemin du fleuve.

À l'hôtel, il apprit que l'équipe de McKoy logeait au quatrième étage. Les investisseurs attendus occuperaient le troisième. Grâce à un bon pourboire, McKoy obtint une chambre au deuxième. Une ou deux ? avait-il demandé aux Cutler. La réponse lui était venue de Rachel : une seule.

Dès que le couple se retrouva en tête à tête, elle explosa :

« Je peux savoir ce que tu mijotes ?

— Et toi ? Une seule chambre. Je nous croyais divorcés. Tu me le rappelles si souvent…

— Paul Cutler, tu as quelque chose en tête et je ne veux pas te perdre de vue. Hier, tu serais rentré à la nage. Maintenant, tu acceptes de représenter ce type. Et si c'est un escroc ?

— Raison de plus pour lui assurer les services d'un bon avocat !

— Écoute, Paul… »

Il lui montra le lit à deux places.

« Nuit et jour ?

— Quoi ?

— Tu veux m'avoir à l'œil nuit et jour ?

— Ce ne serait pas une nouveauté. On a été mariés plus de sept ans. »

Il lui dédia un large sourire.

« Tu sais que je commence à aimer cette histoire ?

— Vas-tu me dire ce que tu as en tête ? »

Assis sur le bord du lit, il lui raconta ce qu'il avait observé, dans la caverne. Lui montra le portefeuille rangé jusque-là dans sa poche revolver.

« Grumer a effacé les lettres o i c imprimées dans le sable. Pour quelle raison, je l'ignore. C'est lui qui mijote quelque chose.

— Pourquoi n'en as-tu rien dit à McKoy ?

— Je n'en sais rien. J'y ai bien pensé. Mais comme tu l'as dit, c'est peut-être un escroc.

— Les lettres o i c, tu es sûr ?

— Pour autant que j'aie pu les apercevoir.

— Quel rapport avec papa et la Chambre d'ambre ?

— Aucun, sinon que Karol s'intéressait aux activités de McKoy. Et ça ne signifie peut-être rien non plus. »

Rachel s'assit auprès de lui. Il souffrit en redécouvrant d'aussi près les écorchures et les meurtrissures qui marbraient ses bras et son visage. Certaines commençaient à former des croûtes.

« Ce McKoy nous a mis le grappin dessus un peu vite, non ?

— Il se peut qu'on devienne ses seuls amis dans ce bled. Il n'aime pas beaucoup Grumer. Nous, on est au moins ses compatriotes. Sans avantages pécuniaires dans l'histoire. Pas hostiles jusqu'à preuve du contraire. »

Rachel examinait la carte aux trois quarts effacée trouvée dans le portefeuille.

« *Ausgegeben* 15/3/51. *Verfällt* 15/3/55. Tu crois qu'on devrait demander à quelqu'un de nous traduire ?

— Pas une bonne idée. Je ne veux plus me fier à personne… la personne présente exceptée ! On va plutôt se procurer un dictionnaire et traduire nous-mêmes. »

Ils trouvèrent leur dictionnaire bilingue à deux pâtés de maisons du Weber.

« *Ausgegeben* signifie délivrée et *verfällt* expiration, fin de validité. Les nombres sont des dates. À l'européenne, le jour d'abord, contrairement à nous. Délivrée en mars 1951. Valable jusqu'en mars 1955.

— Soit après la guerre. Grumer avait raison. Quelqu'un s'est emparé de ce qu'il y avait à prendre… à un moment entre mars 1951 et mars 1955.

— Emparé ? Mais de quoi ?

— Bonne question.

— Quelque chose de valeur, en tout cas. Cinq exécutions sur place.

— Et les plateaux briqués à neuf. Pas la moindre trace susceptible de nous renseigner. »

Il rejeta le petit dictionnaire sur la table de nuit.

« Grumer sait quelque chose. Pourquoi aurait-il pris la peine de photographier ces lettres avant de les effacer ? Dans quelle intention ? À qui doit-il en rendre compte ?

— On devrait peut-être en parler à McKoy ? »

Paul réfléchit une seconde.

« Je ne le pense pas. Du moins pas encore. »

39

22 heures

Suzanne écarta le rideau de velours qui séparait le portail d'entrée de la nef. L'église Saint-Gerhard était vide. Le panneau d'affichage extérieur précisait que la paroisse restait ouverte jusqu'à onze heures du soir. Raison essentielle du choix de Suzanne, l'autre raison étant que l'église était située assez loin du Weber, à la limite de la vieille ville, loin de la foule.

L'architecture du sanctuaire était de style roman. Brique et tours jumelles. Arcades joliment disposées. Le maître-autel, la sacristie, le chœur étaient déserts. Quelques cierges brûlaient devant un autel secondaire, leurs reflets dansant sur les hauts plafonds enluminés.

Suzanne s'arrêta juste au-dessous de la chaire. Les silhouettes murales des quatre évangélistes la cernaient de toutes parts. Elle regarda l'escalier menant à la chaire. D'autres silhouettes l'encadraient. Des allégories chrétiennes. Fidélité, Espoir, Charité, Prudence, Force d'âme, Justice, Abstinence. Elle en reconnut l'auteur : Riemenschneider. xvie siècle. La chaire était inoccupée à cette heure, mais elle imagina brièvement le sermon de l'évêque à sa congrégation, vantant les vertus de Dieu et les avantages de croire en Lui.

Elle s'avança jusqu'au bout de la nef, l'œil et l'oreille aux aguets. Sa main droite non gantée enserrait dans sa poche la crosse de son pistolet, un Sauer automatique de calibre 32, présent de Loring, trois ans auparavant. Elle avait failli s'équiper de son nouveau CZ-75B, autre cadeau d'Ernst Loring. Le même qu'elle l'avait prié d'offrir à Christian. Loring avait beaucoup apprécié l'ironie de la chose. Dommage pour le pauvre Knoll qui n'aurait jamais l'occasion de se servir du sien.

Du coin de l'œil, elle distingua un léger mouvement à sa droite et pivota sur elle-même, prête à dégainer son arme. Elle ne connaissait pas encore le grand type décharné qui venait à sa rencontre.

« Margarethe ?

— Herr Grumer ? »

L'homme sentait la bière et la saucisse.

« C'est dangereux, souffla-t-il.

— Personne ne peut être au courant de cette rencontre, monsieur le professeur. Vous avez le droit d'aller à l'église et de prier Dieu.

— Puissiez-vous dire vrai. »

Sa paranoïa n'intéressait pas Suzanne.

« Vous avez appris quelque chose ? »

Grumer sortit de sa poche une série de photos. Elle les étudia successivement, à la lueur d'une ampoule nue. Trois camions. Cinq cadavres. Trois lettres imprimées dans le sable.

« Les véhicules sont vides. La seconde issue est bouchée. Les cadavres sont postérieurs à la fin de la guerre. Ce qui reste de l'équipement et des uniformes en est la preuve. »

Elle désigna la photo des lettres tracées dans le sable.

« Vous les avez effacées ?

— D'un revers de main.

301

— Alors, pourquoi les avoir photographiées ?

— Pour que vous me croyiez.

— Et corser la note ? »

Grumer sourit. Suzanne haïssait déjà sa rapacité ostensible.

« Autre chose ?

— Deux Américains se sont présentés sur le site. La femme porte les marques de l'explosion de la mine, près de Warthberg. Paul et Rachel Cutler. Divorcés. Ils voulaient parler à McKoy de la Chambre d'ambre. »

La survie de Rachel constituait un premier fait intéressant.

« Quelqu'un d'autre a survécu à cette explosion ?

— Un certain Christian Knoll. Il a quitté Warthberg après l'explosion, en emportant les effets personnels de Frau Cutler. »

Suzanne se raidit. Knoll toujours vivant, voilà qui changeait bien des choses. Elle ne se sentait plus aussi sûre de maîtriser la situation. Mais sa mission demeurait inchangée.

« McKoy vous écoute toujours ?

— Quand ça lui chante. Les camions vides l'ont déboussolé. Il craint la réaction de ses investisseurs. Il s'est assuré l'assistance juridique de Cutler.

— Des étrangers.

— Ses compatriotes. Je crois qu'il leur fait confiance plus qu'à moi-même. Les Cutler disposent d'une correspondance échangée entre Karol Borya, le père de Frau Cutler, et un nommé Danya Chapaev. Elle concerne la Chambre d'ambre. »

Pas très nouveau, comme information. Mais elle devait avoir l'air intéressée. Vital pour continuer de s'assurer la collaboration de Grumer.

« Vous avez lu ces lettres ?

— Je les ai lues.

— Qui les possède ?

— Les Cutler.

— Des photocopies de ces lettres pourraient vous rapporter gros.

— C'est bien ce que je pensais.

— Et quel sera le prix de votre coopération, Herr Grumer ?

— Cinq millions d'euros.

— En échange de ? »

Il désigna les photos.

« Ces clichés vous montrent ma bonne foi. Ils prouvent une intervention postérieure à la guerre. C'est bien ce que recherche votre employeur ? »

Elle éluda la question.

« Je vais transmettre votre demande.

— Au fils Loring ?

— Je ne vous ai pas dit pour qui je travaillais, et je n'ai pas l'intention de le faire. Personne ne connaît l'identité de mon employeur.

— Mais son nom a été cité par les Cutler, et le père de Frau Cutler en parlait dans ses lettres. »

Ce type commençait à devenir encombrant. Il parlait beaucoup. Trop, peut-être. Un problème qu'il faudrait régler. Au plus vite. Avec celui des Cutler. Et combien d'autres ?

« Inutile d'insister sur l'importance de ces lettres. Et des activités de McKoy. Le temps presse, et je suis disposée à payer le prix à condition que vous alliez vite.

— Demain, ça ira ? Les Cutler sont descendus au Weber.

— Il me tarde de les avoir.

— Où puis-je vous joindre ?

— Au Gebler.

— Je connais l'établissement. Vous aurez de mes nouvelles demain matin à huit heures. »

Le rideau de velours s'écarta. Un prêtre en soutane

remonta l'allée centrale. Suzanne consulta sa montre. Pas loin de onze heures.

« Sortons. Il vient sûrement fermer la boutique. »

Knoll s'enfonça dans l'ombre. Danzer émergeait de Saint-Gerhard, en compagnie d'un grand type maigrichon. Ils n'étaient pas à vingt mètres de son poste de guet. La rue était sombre et déserte. Debout sur les marches, à portée de voix, le couple poursuivait un dialogue précédemment amorcé.

« J'aurai votre réponse demain. On se retrouve ici.

— Pas facile. »

L'homme désignait le panneau d'affichage des horaires de l'église.

« Premier office à neuf heures, le mardi. »

Le temps qu'elle se reportât au tableau :

« Exact, monsieur Grumer. »

L'homme leva la main vers l'abbaye resplendissante sous le ciel nocturne, dans la lueur des projecteurs.

« Elle ne ferme jamais ses portes. Peu de visiteurs le matin. Dix heures et demie ?

— Entendu.

— Avec un petit acompte. Une unité sur cinq ?

— Je vais plaider votre cause. »

Knoll ne connaissait pas l'homme, mais l'imbécile avait tort de vouloir imposer ses exigences à quelqu'un comme Danzer. On n'imposait rien à Suzanne sans courir de gros risques. Ce type était un amateur qu'elle utilisait pour savoir ce que préparait McKoy.

Mais était-ce bien tout ? Une unité sur cinq. Sous-entendu millions d'euros. C'était une somme.

Le type descendit les marches de l'église et piqua vers l'est. Danzer prit la direction opposée. Il savait où elle allait. Lui-même l'avait suivie depuis le Gebler. Sa présence compliquait les choses, mais c'était ce Grumer

304

qui l'intéressait pour l'instant. Il le suivit jusqu'à l'entrée du Weber.

Maintenant, il savait. Et savait aussi où serait Suzanne, le lendemain, à dix heures et demie.

Rachel éteignit la lumière de la salle de bains et s'approcha du lit. Adossé à un oreiller, Paul lisait l'*International Herald Tribune* qu'il avait acheté en même temps que le dictionnaire bilingue.

Elle pensait intensément à lui. Divorce après divorce, elle avait observé à quel point les gens s'acharnaient à se détruire les uns les autres. Tous les petits détails de leurs vies passées devenaient soudain des preuves de cruauté mentale et d'échec irréversible. Qu'est-ce qui les poussait à se comporter de cette manière absurde ? Le plaisir d'accabler l'autre ? Dieu merci, ni elle ni lui n'avaient agi aussi bêtement. Ils avaient pris les dispositions nécessaires, un triste jeudi après-midi, dans le salon. Elle avait été dure avec lui, la semaine précédente. Pourquoi fallait-il qu'elle l'accuse de manquer de caractère ? Pourquoi se comportait-elle ainsi ? Elle était tellement différente lorsqu'elle exerçait sa fonction de juge où chaque mot était pesé, chaque conclusion raisonnée.

Sauf peut-être avec Nettles.

« Tu as encore mal à la tête ? »

Elle s'assit sur le bord du lit.

« Un peu, par moments… »

L'image d'une lame dénudée lui traversa l'esprit. Knoll s'apprêtait-il vraiment à la poignarder ? Avait-elle raison de ne pas en parler à Paul ?

« Il faut qu'on rappelle Pannek. Qu'il sache ce qui se passe et où on en est. Il doit se poser des questions. »

Paul leva les yeux de son journal.

« D'accord. On le fera demain dans la journée. Quand on aura vu ce qui va se passer ici. »

Elle pensa de nouveau à Christian Knoll. Son

assurance l'avait intriguée, en réveillant chez elle des sentiments depuis longtemps oubliés. Elle avait quarante ans. Elle avait adoré son père. Sa connaissance des hommes se résumait à un premier flirt à la fac et à Paul. Elle n'était pas arrivée vierge à leur mariage, mais elle manquait d'expérience. Paul s'était toujours montré réservé, réconfortant, reposant. Tout le contraire de Knoll. Mais il était loyal, fidèle et foncièrement honnête. Comment avait-il pu lui paraître ennuyeux à une certaine époque ? Conséquence de sa propre immaturité, sans doute. Brent et Maria idolâtraient leur père. Qui le leur rendait au centuple. Difficile de reprocher à un homme l'amour qu'il voue à ses enfants, et sa fidélité envers sa femme.

Que leur était-il arrivé ? Une explication sommaire s'imposa à elle : ils avaient suivi des voies différentes. Mais était-ce le cas ? Sans doute, le stress inhérent à leurs métiers respectifs y était-il pour quelque chose. Sans oublier la lassitude professionnelle et la difficulté d'assumer des responsabilités banales, mais parfois très lourdes. *L'écueil du quotidien*. Elle avait lu cette expression quelque part et la trouvait très juste, appliquée au mariage, à la vie commune. L'usure due à la routine.

« Paul, je te suis reconnaissante d'être avec moi. Plus que tu ne peux l'imaginer.

— Je mentirais si je prétendais que tout ça m'est égal. Je vais peut-être même amener un nouveau client à la firme. McKoy a réellement besoin des conseils d'un bon avocat.

— Tu n'as pas l'impression que ça va barder pour son matricule, à l'arrivée de ses investisseurs ? »

Paul jeta le journal sur le tapis.

« Oui, ça risque d'être intéressant ! »

Il éteignit la lampe de chevet. Le portefeuille trouvé dans la caverne gisait juste à côté, sur la table de nuit. Avec les lettres de Karol Borya.

Rachel éteignit l'autre lampe.

« C'est drôle, murmura Paul, de dormir ensemble pour la première fois depuis trois ans. »

Elle se pelotonna sous la courtepointe. Elle portait une longue chemise encore imprégnée du parfum rassurant de sept ans de mariage. Il s'allongea sur le flanc, prenant soin de lui tourner le dos pour lui signifier qu'il n'empiéterait pas sur son espace. Elle décida de faire un geste en se rapprochant de lui.

« Tu es vraiment un mec bien, Paul Cutler. »

Elle l'entoura d'un bras. Ressentit sa tension. Étaient-ce les nerfs ou bien le choc ?

« Tu n'es pas mal non plus », répondit-il.

40

Mardi 20 mai
9 h 10

Paul suivit Rachel dans le boyau humide qui conduisait à l'étrange garage souterrain. Il avait appris, en passant au hangar, que McKoy s'y trouvait depuis sept heures du matin. Grumer brillait par son absence, mais d'après l'un des ouvriers, le professeur Grumer arrivait rarement avant le milieu de la matinée.

Ils pénétrèrent dans la caverne brillamment éclairée.

Paul examina les trois camions de plus près. Phares, rétroviseurs et pare-brise étaient intacts. Les bâches également, toujours tendues sur leurs arceaux, sous la moisissure. En dehors de la rouille et des pneus à plat, ils étaient récupérables.

Deux des portières étaient ouvertes. Il se pencha à l'intérieur du plus proche véhicule. Fendu et desséché, le cuir des sièges ne valait plus rien. Les cadrans du tableau de bord disparaissaient sous une couche de poussière granuleuse, mais pas un papier ne traînait. D'où ces trois camions provenaient-ils ? Avaient-ils transporté des troupes allemandes ? Ou des juifs en route pour les camps de la mort ? Étaient-ils là lors de l'avance des armées russes, ou de la ruée simultanée des Américains, dans l'autre sens ? Vraiment très étrange, cette vision incongrue, au cœur d'une montagne allemande.

Une ombre apparut, au-delà des trois véhicules.

« McKoy ?

— Par ici. »

Paul contourna les camions avec Rachel. Le grand gaillard leur fit face.

« Ce sont des Büssing NAG. Des diesels de quatre tonnes et demie. Six mètres de long, deux mètres vingt-cinq de large, trois mètres de hauteur. »

McKoy frappa du poing une des portières oxydées. Une neige roussâtre s'abattit dans le sable de la caverne, mais le panneau métallique avait tenu le choc.

« Fer et acier massifs. Ces engins peuvent transporter sept tonnes. Très lents, en revanche. Moins de quarante à l'heure au maximum.

— À quoi bon cette description technique ? s'étonna Rachel.

— Cette description technique, Votre Honneur, pour dire que ces camions n'ont jamais servi à transbahuter des peintures et des vases. Ils étaient trop précieux, à l'époque. Pour les grosses charges. Pas de danger que les Allemands aillent en enterrer trois dans une mine à la con !

— Alors ?

— Alors, toute cette mascarade ne tient pas debout ! »

Sortant de sa poche un papier plié, il le tendit à Paul.

« Visez-moi un peu ça. »

Paul déplia la feuille et s'approcha d'une source de lumière. Il s'agissait d'un mémorandum. Lui et Rachel le lurent en silence.

ENTREPRISE DE TERRASSEMENT EN ALLEMAGNE
6 798 boulevard Moyat Raleigh, 27615 Caroline du Nord

À : Associés potentiels
De : Wayland McKoy (PDG).
Objet : Découvrez un morceau d'histoire et passez des vacances gratuites en Allemagne.

L'ETA, Entreprise de Terrassement en Allemagne, a le plaisir de commanditer le programme suivant, en association avec la Chrysler Motor Company (Section Jeeps), Coleman, Eveready, Hewlett-Packard, IBM, Saturn Marine, Boston Electric Tool Company, et Olympus America.

Dans les derniers jours de la Seconde Guerre mondiale, un train a quitté Berlin, chargé de 1 200 œuvres d'art. Il a atteint la cité de Magdebourg et bifurqué vers le sud, à destination des montagnes du Harz. Nul ne sait ce qu'il en est advenu. D'après la loi allemande, les propriétaires légitimes de ces trésors ont quatre-vingt-dix jours pour faire valoir leurs réclamations. Les œuvres d'art non reven-diquées sont alors mises aux enchères, et le produit de leur vente réparti à concurrence de 50 % pour le gouvernement et 50 % pour les personnes ou les organismes qui les ont retrouvées. L'inventaire complet du contenu de ce train sera fourni sur simple demande. Estimation minimale de l'ensemble : 360 millions de dollars, dont une moitié réser-vée au gouvernement allemand. Les 180 millions restants seront partagés en fonction des objets récupérés, moins les réclamations justifiées des éventuels propriétaires légi-times et moins les frais d'enchères, les taxes, etc.

Toutes les sommes investies seront remboursées sur le produit des contrats passés avec les médias. Tous les investisseurs et leurs épouses seront invités en Allemagne pour la durée de l'expédition. Nous avons déjà découvert le site où devront se dérouler les fouilles. Nous sommes en possession du permis officiel. Nous avons l'expérience et l'équipement nécessaires pour procéder aux travaux de terrassement. L'Entreprise de Terrassement en Allemagne a reçu un permis de 45 jours. Jusque-là, tous les bons de participation aux opérations finales (Phase III) à 25 000 dollars pièce se sont arrachés. Il nous reste quelques bons à 15 000 dollars. N'hésitez pas à me téléphoner si ce magnifique investissement vous intéresse.

Bien à vous.

Wayland McKoy

Président de l'ETA

« C'est ce que j'ai envoyé aux investisseurs potentiels », souligna McKoy.

Paul formula sa première question précise :

« Que signifie la clause : "Toutes les sommes investies seront remboursées sur le produit des contrats passés avec les médias."

— Exactement ce qu'elle veut dire : de nombreuses entreprises multimédias ont acheté le droit d'enregistrer l'opération et de distribuer le film.

— En admettant que l'expédition soit couronnée de succès. Ils ne vous ont pas payé d'avance, je suppose ?

— Putain, non !

— L'ennui, ajouta Rachel, c'est que ce détail ne figure pas dans votre document. Les investisseurs pouvaient croire, à juste raison, que vous possédiez déjà la totalité des fonds. »

Paul se référa au deuxième paragraphe :

« "Nous avons l'expérience et le matériel nécessaires pour procéder aux travaux de terrassement." Cette phrase laisse croire que vous saviez exactement où creuser. »

McKoy soupira :

« J'en étais persuadé. Le radar de profondeur disait qu'il y avait trois masses métalliques dans la caverne. Et elles y étaient. »

Paul continua :

« C'est vrai, cette histoire de quarante-cinq bons de

participation à vingt-cinq mille dollars pièce ? Soit un million cent vingt-cinq.

— Tels sont les fonds que j'ai pu réunir. Plus les bons à quinze mille dollars. En tout soixante investisseurs. »

Paul se reporta au mémorandum.

« Votre document s'adresse à des "associés" potentiels. Ce n'est pas synonyme d'investisseurs. »

McKoy ne put s'empêcher de sourire.

« Ça sonne mieux, non ?

— Les compagnies citées ont également investi des capitaux ?

— Elles ont fourni de l'équipement lourd, soit à fonds perdus, soit à des conditions très avantageuses, ce qui revient au même, dans un sens. Mais elles n'attendent rien en contrepartie.

— Vous avez agité la promesse de trois cent soixante millions de dollars sous le nez de tous ! Dont une moitié à partager après la bataille. Il n'est pas possible que ce soit vrai.

— Et comment que c'est vrai ! C'est la valeur que les chercheurs attribuent aux œuvres d'art du musée de Berlin. »

Rachel spécifia :

« À condition qu'elles soient retrouvées. Votre problème, McKoy, c'est que votre prospectus ne le dit pas. N'importe quelle cour qualifierait cette ambiguïté de déclaration mensongère, comme la publicité du même nom.

— Puisque nous en sommes là, petite madame, commencez par m'appeler Wayland. J'ai fait tout ce qu'il fallait pour lever les fonds. Je n'ai menti à personne, et je n'avais aucune intention d'escroquer qui que ce soit. Je m'engageais à creuser et c'est ce que j'ai fait. Je n'ai pas gagné un cent, à part ce qu'il était convenu de me payer directement. »

Paul s'était attendu à entendre Rachel relever plus ou

moins vertement le « petite madame », mais elle n'en fit rien. Au lieu de protester, elle se contenta de répondre sur un ton sarcastique :

« Alors là, vous avez un autre problème ! Il n'y a aucune allusion, dans votre texte, à cette fameuse prime.

— Mais ils étaient tous au courant, et pleinement d'accord. À propos, vous êtes un vrai petit rayon de soleil dans un jour d'orage ! »

Rachel ne recula pas d'un pouce.

« Vous avez besoin d'entendre la vérité.

— Écoutez… La moitié de ces cent mille dollars est allée à Grumer pour son temps et ses efforts. C'est lui qui a décroché le permis de son gouvernement, sans quoi rien n'était possible. J'ai gardé le reste, mais ce voyage me coûte la peau des fesses. Ces derniers bons à quinze mille m'ont un peu dédommagé de mon propre temps, et d'une partie des dépenses. Si je ne les avais pas eus, j'étais prêt à contracter un emprunt bancaire… tant je croyais au succès de cette entreprise !

— Quand arrivent vos… associés ? voulut savoir Paul.

— Demain. Vingt-huit, avec leurs épouses. Tous ceux qui ont accepté le voyage offert. »

Paul s'efforça de commencer à raisonner comme un avocat. Épluchant chaque mot de la rhétorique enthousiaste du mémorandum, analysant le style et la syntaxe. S'agissait-il d'une proposition frauduleuse ? Peut-être. Ambiguë ? Sûrement. Fallait-il parler à McKoy de Grumer et du portefeuille ? Des lettres effacées dans le sable ? Il ne connaissait toujours pas McKoy. Pas vraiment. Mais n'était-ce pas le cas avec tous les nouveaux clients ? Méfiants au début, débordants de confiance ensuite. Il résolut d'attendre encore un peu et de voir venir avant de prendre une décision définitive.

Suzanne entra au Weber sans rien demander à personne. Elle grimpa directement au deuxième étage.

Grumer l'avait appelée, dix minutes plus tôt, pour lui confirmer que McKoy et les Cutler avaient regagné la caverne. Le cher professeur l'attendait dans le couloir du deuxième.

« Chambre vingt et une », souffla-t-il.

Elle s'arrêta devant la porte aux panneaux de chêne rayés par le temps et le vandalisme de la clientèle. La serrure était incorporée dans la poignée de cuivre et nécessitait une clef normale. Forcer les serrures n'avait jamais été son fort. Elle se servit du coupe-papier, emprunté au concierge à son insu, pour écarter le pêne de la gâche. Un jeu d'enfant.

« On ne dérange rien, recommanda-t-elle en poussant la porte. Inutile de signaler notre visite. »

Grumer s'en prit aux meubles. Elle s'occupa des bagages, qui consistaient en un unique sac de cuir. Elle fouilla les vêtements, surtout masculins. Pas de lettres.

Rien non plus dans la salle de bains. Elle explora les cachettes les plus usuelles, sous le matelas, sur l'armoire. Sans résultat.

« Les lettres ne sont pas là, conclut Grumer.

— Cherchez encore. »

Fini les précautions. Quand ils eurent terminé, la chambre portait des traces évidentes de leur perquisition clandestine. Toujours pas de lettres. Et Suzanne commençait à perdre patience.

« Rejoignez-les sur le site, monsieur le professeur. Et revenez avec les lettres, ou vous ne toucherez pas un euro. Compris ? »

Grumer comprit surtout qu'elle n'était pas d'humeur à plaisanter, et se retira sans un mot. Sur un minuscule signe de tête.

41

Burg Herz
10 h 45

Knoll enfonça profondément son membre érigé. Monika, à quatre pattes, lui tournait le dos, ses jolies fesses arquées vers le ciel, la tête enfouie dans un oreiller en fin duvet d'oie.

« Du nerf, Christian. Montre-moi ce que cette garce de Géorgie a manqué. »

Il redoubla d'ardeur, le front ruisselant de transpiration. Elle envoya une main en arrière pour lui caresser lentement les testicules. Elle savait par cœur tout ce qui lui faisait de l'effet. Une des choses qui le contrariait fort. Monika le connaissait trop bien.

Il empoigna, à deux mains, sa taille mince et la retourna sur le dos. Elle accepta le geste avec le miaulement satisfait du chat qui vient d'attraper une souris. Il ressentit l'orgasme qui la convulsa un peu plus tard, accompagné d'un râle de pure jouissance, et ne put se contenir davantage alors qu'elle poursuivait ses caresses de plus en plus appuyées. Attentive à prolonger son plaisir jusqu'à la dernière goutte.

Pas mal, songea-t-il en redescendant sur terre. Pas mal du tout.

Elle le lâcha et s'allongea sur le ventre, les reins harmonieusement cambrés. Il se détendit auprès d'elle, laissant les derniers spasmes s'apaiser en lui. Il demeura immobile et faussement relaxé pour ne pas donner à cette garce le plaisir de mesurer le pouvoir qu'elle avait sur sa sensualité débridée.

« C'était super, non ? Autre chose qu'une ancienne épouse d'avocat.

— Extra ! Même si la comparaison est incomplète.

— Et cette pute italienne que tu as coupée en morceaux ? Elle était bonne ? »

Il baisa les extrémités jointes de son pouce et de son index.

« *Buona*. Elle n'a pas volé le prix demandé.

— Et Suzanne Danzer ? »

Encore une fausse note.

« Cette jalousie est indigne de toi, Monika.

— Ne sois pas prétentieux. »

Elle se souleva sur un coude. Elle l'attendait dans sa chambre, à son arrivée. Burg Herz n'était qu'à une heure de Stod. Il avait décidé qu'une conversation face à face s'imposait davantage, à ce stade, que des instructions reçues par téléphone.

« Je ne comprends pas, Christian. Qu'est-ce que tu lui trouves, à la Danzer ? Tu vaux mieux que tomber dans les bras de cette fille recueillie par charité par Loring.

— La fille recueillie par charité, comme tu dis, a décroché ses diplômes avec mention, à l'université de Paris. Pour ce que j'en sais, elle parle une douzaine de langues, elle s'y connaît plus en art qu'un expert officiel et tire au pistolet comme une championne. Elle est aussi très jolie, et c'est un des meilleurs coups que j'aie eu l'occasion de pratiquer. Je dirais qu'elle possède pas mal d'atouts dans son jeu.

316

— Au point de te damer le pion, parfois ? »

Il grimaça.

« J'ai beau reconnaître ses mérites, elle ne perd rien pour attendre !

— Ne pense pas à la revanche, Christian. La violence engendre la violence. Le monde n'est pas ton aire de jeu personnelle.

— Je connais mes obligations et mes limites. »

Elle lui dédia ce sourire curieusement asymétrique qu'il n'avait jamais aimé. Elle semblait résolue à lui pourrir la vie. Tout avait été plus facile, du temps de Fellner. Plaisir et boulot n'allaient pas toujours ensemble. Mais comment faire autrement ?

« Papa doit être rentré de sa réunion. Il veut qu'on le rejoigne dans son bureau. »

Knoll se leva.

« Alors, gardons-nous de le faire attendre. »

Christian Knoll suivit Monika jusqu'à l'antre personnel de son père. Assis derrière un grand bureau de châtaignier du XVIIIe siècle qu'il avait acheté à Berlin, vingt ans auparavant, le vieux Fellner fumait une pipe d'ivoire à tuyau d'ambre, un autre objet de collection qui avait appartenu à Alexandre II de Russie.

Fellner avait l'air très fatigué. Knoll souhaita que cette extrême fatigue ne le privât pas trop tôt du plaisir de parler avec lui d'art et de littérature classique, sans oublier leurs discussions politiques si passionnantes. Il avait beaucoup appris au contact de Franz Fellner, entre deux voyages à travers le monde, en quête des trésors perdus de l'art mondial. Il n'aurait jamais été ce qu'il était, s'il n'avait pas connu Burg Herz. Et tant que le vieux serait en vie, il ferait le maximum pour le satisfaire.

« Salut, Christian. Assieds-toi. Raconte-moi tout. »

À la nouvelle de la complicité entre Danzer et un type nommé Grumer, Fellner se hérissa légèrement.

« Je connais ce type. Ce *cher professeur* est une pute du monde enseignant. Il va d'université en université. Mais il est lié au gouvernement allemand et donne dans le trafic d'influence. Pas étonnant qu'un homme tel que McKoy se soit attaché ses services.

— Grumer, conclut Monika, est évidemment la source d'information de Danzer sur le site.

— Exactement. Et Grumer ne serait pas là s'il n'y avait pas de gros profits à tirer de la situation. Il se peut que ce soit plus intéressant qu'on ne le pensait. Ernst est sur le coup. Il m'a téléphoné ce matin en s'inquiétant de ta santé, Christian. Je lui ai dit qu'on était sans nouvelles de toi depuis des jours.

— Tout ça colle parfaitement avec le plan d'ensemble.

— Quel plan d'ensemble ? » jappa Monika, avec vivacité.

Fellner sourit à sa fille.

« Peut-être est-il temps, *Liebling*, que tu saches tout. On le lui dit, Christian ? »

Monika était furieuse, et ça se voyait. Knoll aimait la voir dans cet état de confusion mentale. Il était bon que cette garce se rende compte qu'elle ne savait pas tout.

Fellner sortit d'un tiroir un épais dossier.

« Il y a des années qu'on suit l'affaire, Christian et moi. »

Il étala coupures de presse et pages de magazines sur le dessus de son bureau.

« Le premier meurtre avéré remonte à 1957. Un journaliste allemand d'un de mes journaux de Hambourg. Un homme remarquablement bien informé. Il était venu me voir ici pour une interview. Quelques jours plus tard, il est passé sous un autobus, à Berlin. Des témoins ont juré qu'il avait été poussé.

« La mort suivante est survenue deux ans plus tard.

Un autre reporter. Italien, celui-là. Une voiture l'a balancé au bas d'une corniche alpine. Deux autres morts en 1960. Une overdose de drogue et un cambriolage qui a mal tourné. De 1960 à 1970, l'hécatombe s'est poursuivie, dans toute l'Europe. Une douzaine de morts suspectes. Des journalistes. Des experts en assurances. Voire des enquêteurs de police. Plusieurs suicides contestés, et jusqu'à trois meurtres indubitables.

« Tous ces gens-là, ma chérie, recherchaient la Chambre d'ambre. Les prédécesseurs de Christian, mes deux premiers acquéreurs, surveillaient la presse. Tout ce qui semblait offrir un rapport avec notre dossier était examiné de très près. Le dernier en date était un reporter polonais tué dans l'explosion d'une mine, il y a trois ans. »

Fellner se retourna de nouveau vers sa fille.

« Je ne suis pas sûr de l'endroit, mais c'était tout près du lieu de cette autre explosion dont Christian aurait pu être la victime.

— Je parierais que c'est la même, approuva Knoll.

— Étrange, en vérité. Christian tombe sur un nom, aux archives de Saint-Pétersbourg. Karol Borya. Bientôt, l'homme meurt, ainsi que son vieil ami Danya Chapaev. Ma chérie, Christian et moi pensons, depuis longtemps, que Loring en sait beaucoup plus qu'il ne le prétend sur la Chambre d'ambre.

— Son père aimait l'ambre, rappela Monika. Et lui l'aime aussi.

— Josef était un homme très secret. Beaucoup plus que son fils. Bien des fois, nous avons abordé ensemble le sujet de la Chambre d'ambre. Je lui ai même proposé, une fois, un programme de recherche commun, mais il a refusé. D'après lui, ce serait une perte de temps et d'argent. Il y avait quelque chose, toutefois, dans sa façon de refuser, qui m'avait beaucoup intrigué. C'est alors que j'ai commencé à constituer ce dossier. Depuis le début. Et j'ai constaté qu'il y avait eu trop de morts, trop de coïncidences pour que ce soit uniquement le fait du hasard. Et voilà que Suzanne Danzer tente d'éliminer Christian ! Et qu'elle envisage de payer cinq millions d'euros des informations sur l'emplacement d'une caverne. »

Fellner secoua sa tête blanche.

« Je dirais que cette piste qu'on estimait refroidie vient de se réchauffer considérablement. »

Monika engloba, d'un geste large, tous les articles dispersés sur le bureau de son père.

« Tu penses que tous ces gens ont été assassinés ?

— Y a-t-il une autre conclusion logique ? »

Monika se rapprocha du bureau et poussa, d'un doigt à l'ongle verni, quelques-uns des articles.

« On avait vu juste, pour Borya, non ?

— Oui, dit Christian sans battre d'un cil. Mais c'est bel et bien Suzanne qui a tué Chapaev, et qui a essayé de me rayer de la liste.

— Il se peut, relança Fellner, que ce nouveau site soit important. Ce n'est plus le moment de finasser. Christian, tu as ma permission de régler cette histoire comme tu l'entendras. »

Fixé sur son père, le regard de Monika trahissait la violence de ses sentiments.

« Je croyais que c'était moi qui menais la barque ? »

Fellner lui sourit gentiment.

« Pardonne à un vieil homme son dernier caprice. Il y a des années que nous sommes sur cette affaire, Christian et moi. J'ai l'impression qu'on tient quelque chose. Ma chérie, je te demande l'autorisation de piétiner un peu tes plates-bandes. »

Monika souriait, elle aussi. Mais jaune. Que pouvait-elle dire ? Jamais elle n'avait défié ouvertement son père, bien qu'elle eût donné libre cours, maintes fois, dans le privé, à des rages disproportionnées. Fellner demeurait un produit de la vieille école. Où les hommes régnaient, où les femmes mettaient au monde les héritiers de demain. Il avait édifié un empire financier qui régentait le marché des communications européennes. Politiciens et industriels se disputaient ses faveurs. Mais sa femme et son fils étaient morts et seule lui restait Monika. Il s'était donc vu contraint de modeler une fille à *son* image de l'homme. Par bonheur, Monika était une dure à cuire. Et supérieurement intelligente.

« Bien sûr, papa. Fais à ta guise. »

Fellner prit la main de sa fille.

« Je sais que tu ne comprends pas, chérie. Mais je t'aime pour cette marque de déférence. »

Knoll n'y résista pas.

« Une nouveauté ! »

Monika lui jeta un regard empoisonné. Franz Fellner s'esclaffa :

« Très juste, Christian, tu la connais bien. Tous les deux, vous allez faire une fine équipe ! »

Monika regagna sa place. Fellner enchaîna :

« Christian, retourne à Stod et vois de quoi il retourne. Manie Suzanne selon tes propres méthodes. Avant de mourir, je veux tout savoir sur la Chambre d'ambre. Dans un sens ou dans l'autre. Si tu as des doutes, n'oublie ni cette explosion, dans la mine, ni tes dix millions d'euros. »

Knoll se leva.

« Je n'oublierai pas, Franz. Tu peux compter sur moi. »

42

Le grand salon du Weber était comble. Debout auprès de Rachel, Paul regardait se développer le drame. Si l'ambiance pouvait influer sur la situation, le décor possédait de quoi seconder les efforts de Wayland McKoy. Le long des murs lambrissés de chêne, pendaient d'antiques cartes géographiques aux couleurs vives représentant l'Allemagne à diverses époques de son histoire. Le gigantesque plafonnier de cuivre et de cristal, les chaises d'un autre temps et le riche tapis oriental achevaient de créer une atmosphère douillette et détendue.

Partagées entre la surprise et l'épuisement, cinquante-six personnes occupaient les sièges. Un car les avait directement amenés de Francfort, où elles avaient atterri quatre heures plus tôt. Leur âge variait de trente ans à soixante et plus. Les origines différaient, elles aussi. Beaucoup de Blancs, deux couples noirs, parmi les plus âgés, et deux Japonais. Tous attendaient visiblement de grandes choses.

McKoy et Grumer se tenaient en face d'eux, avec cinq des ouvriers qui avaient participé aux travaux.

Sur une table, voisinaient le magnétophone et le poste de télé, pour les illustrations prévues. Les deux types assis à l'arrière-plan, expression blasée et carnet de notes sur les genoux, ne pouvaient être que des reporters. McKoy avait essayé de leur interdire l'entrée, mais ils avaient présenté des cartes de la ZDF, l'agence de presse allemande qui avait rendu compte des opérations préparatoires. Paul s'était simplement assuré qu'il ferait très attention à tout ce qu'il allait dire.

« Mes chers associés, commença McKoy, soyez les bienvenus. »

Le bourdonnement des conversations s'apaisa. McKoy ajouta, sur le même ton jovial, plein de chaleur :

« Café, amuse-gueule et jus de fruits à volonté. Je sais que vous venez de faire un long voyage et que vous devez être fatigués, avec le décalage horaire et tout le reste. Mais je sais aussi que vous êtes tous impatients de savoir comment vont nos affaires. »

McKoy avait envisagé de tergiverser, de gagner du temps. Paul s'y était formellement opposé.

« Ça ne ferait qu'échauffer les esprits. Approche directe et pas de "putain" tous les trois mots. Confiant et détendu, d'accord ?

— J'ai l'habitude de ces rencontres, Paul. Je sais comment manier ce genre d'assistance. » Mais l'avocat s'était montré intraitable. Bien qu'à regret, McKoy plongea la tête la première :

« Je sais ce que vous vous demandez tous. Avons-nous trouvé quelque chose ? La réponse est non. Mais nous avons beaucoup progressé… Voici le professeur Grumer, spécialiste en art ancien à l'université de Mayence, notre expert local sur le site. Il va vous expliquer dans le détail ce qui nous est arrivé. »

Grumer s'avança, vivante image de la « grosse tête » en veste de tweed, pantalon de velours à côtes et cravate impeccablement nouée. La main droite dans la poche et la gauche ponctuant ses déclarations, le sourire désarmant, il attaqua :

« Je vais commencer par vous donner quelques éclaircissements sur l'origine de notre aventure commune... »

Il toussa dans son poing, pour s'éclaircir la gorge.

« Le pillage des trésors artistiques est une tradition multiséculaire. Grecs et Romains dépouillaient toujours leurs ennemis vaincus de tout ce qu'ils possédaient de précieux. Aux XIVe et XVe siècles, les croisés se sont appliqués à razzier l'Europe de l'Est et le Moyen-Orient. Églises européennes et cathédrales occidentales continuent à se parer des produits de leurs rapines.

« Au XVIIe siècle, s'est instaurée une autre forme plus raffinée de pillage. Après toute victoire militaire, les grandes collections royales – il n'y avait pas encore de musées, en ce temps-là – étaient achetées plutôt que saisies. Un bel exemple d'hypocrisie politique : quand les armées tsaristes ont occupé Berlin en 1757, les collections de Frédéric II furent scrupuleusement respectées. Le contraire eût été considéré comme un acte de barbarie par les Russes eux-mêmes... déjà considérés comme des barbares par la quasi-totalité de l'Europe.

« Napoléon fut peut-être le plus grand pillard de toute l'histoire de l'humanité. L'Allemagne, l'Espagne et l'Italie furent nettoyées par le vide, afin de pouvoir remplir le célèbre musée du Louvre. Après Waterloo, au Congrès de Vienne en 1815, la France fut sommée de restituer ce qu'elle détenait indûment. Ce qu'elle fit, contrainte et forcée, mais seulement en partie. Et ce qu'elle parvint à conserver peut toujours être admiré, aujourd'hui, dans la capitale française. »

Paul ne put s'empêcher de tirer son chapeau au *cher professeur*. En traitant tous ces braves gens comme un universitaire s'adressant à ses étudiants avides de savoir, il les maintenait dans une sorte d'expectative empreinte de fascination.

« Pendant la guerre de Sécession, votre président Lincoln émit un décret qui ordonnait la protection des œuvres d'art classiques du Sud, bibliothèques, collections scientifiques et autres instruments précieux. En 1874, la conférence de Bruxelles édicta des mesures encore plus ambitieuses, confirmées à La Haye en 1907, mais qui s'avérèrent de peu d'efficacité au cours des deux guerres mondiales.

« Hitler a tout bonnement ignoré la convention de La Haye en imitant Napoléon, son grand prédécesseur. Les nazis créèrent simplement une administration centrale qui ne faisait rien d'autre que voler. Hitler entendait fonder un supermusée – celui du Führer – abritant la plus riche collection d'art international qui soit au monde. Son intention était d'édifier ce musée à Linz, en Autriche, sa ville natale. Le *Sonderauftrag Linz* serait son nom officiel. La Mission spéciale de Linz ! Le cœur du IIIe Reich conçu par Hitler lui-même. »

Grumer marqua une pause destinée à laisser les informations pénétrer l'honorable assistance.

« Le pillage, aux yeux du Führer, visait un autre objectif. Démoraliser l'ennemi, particulièrement la Russie, où les palais impériaux furent saignés à blanc, si j'ose dire, sous les yeux des populations locales. Depuis les Goths ou les Vandales, nul n'avait jamais assisté, en Europe, à un saccage aussi dégradant de la culture humaine. Tous les musées d'Allemagne, particulièrement ceux de Berlin, se remplirent d'œuvres d'art dérobées. Cela dans les phases ultimes de la guerre, alors que Russes et Américains étaient aux portes de l'empire. C'est à ce moment précis qu'un train bourré de ces trésors partit du sud de Berlin pour les montagnes du Harz. Ici, dans cette région où nous sommes actuellement. »

Sur l'écran de la télévision, s'amorça un long panoramique survolant une chaîne de montagnes. Grumer pointa sa télécommande et stoppa le travelling sur un large plan forestier.

« Les nazis aimaient les cachettes souterraines. Ces montagnes du Harz qui nous entourent en étaient truffées, à distance raisonnable de Berlin. Tout ce qu'on y a déjà retrouvé, après la guerre, illustre ce point de vue. Le Trésor germanique national y prit place. Plus d'un million de livres et d'œuvres picturales de toutes origines. Des tonnes de sculptures. Mais la plus étrange cachette a été découverte non loin d'ici. Une équipe de soldats américains signala l'existence, à cinq cents mètres d'altitude, d'un mur de briques tout neuf, d'une épaisseur de deux mètres ou presque. Ce mur fut démoli, et de l'autre côté s'élevait une porte d'acier, hermétiquement bouclée. »

Paul observait les associés à la dérobée. Ils étaient captivés. Comme il l'était lui-même.

« Au-delà de cette porte, les Américains découvrirent quatre énormes cercueils. L'un s'ornait d'une couronne et de symboles nazis, avec le nom d'Adolf Hitler peint sur une face latérale. Les bannières de grands régiments germaniques recouvraient les trois autres. Plus un sceptre d'or et de pierreries, deux couronnes et des sabres d'apparat. Le tout bizarrement théâtral, comme un autel. Imaginez à quoi ces soldats ont pu penser ! Était-ce le mausolée d'Adolf Hitler ? Non, hélas, ce n'était pas le cas ! Les cercueils ne contenaient que les restes du *Feldmarschall* von Hindenburg, de son épouse, ainsi que de Frédéric le Grand et de Frédéric-Guillaume Ier. »

Pointant la télécommande, Grumer relança la vidéo. L'image en couleurs montra la tombe souterraine. McKoy s'était rendu la veille sur le site afin d'y réaliser cette vidéo destinée à faire patienter son public. Grumer passa adroitement de ces généralités historiques aux travaux actuels, aux trois camions et aux cinq cadavres. L'assistance ne quittait pas l'écran des yeux.

« La découverte de ces trois camions est très excitante. Il est évident que quelque chose d'une énorme valeur a été transporté dans cette caverne. Ces véhicules étaient en soi un véritable trésor de guerre. Immobiliser trois d'entre eux dans cette excavation prouvait l'immense valeur de leur contenu. Les cinq soldats exécutés sur place augmentent encore l'épaisseur du mystère. »

La première question jaillit enfin :

« Qu'y avait-il dans ces camions ? »

McKoy prit le relais de Grumer.

« Rien. Ils étaient vides.

— Vides ! braillèrent plusieurs voix.

— Exact. Il n'y avait rien sur aucun des trois plateaux soigneusement nettoyés. »

McKoy fit signe à Grumer, qui introduisit une autre cassette.

« Le fait n'a rien de surprenant. »

Une autre image se matérialisa. Une prise de vue qui ne figurait pas, à dessein, sur le premier film.

« Vous voyez ici la seconde entrée de la mine. Nous en avons conclu que cette caverne communiquait avec une autre, partiellement obstruée. C'est là que nous allons creuser maintenant.

— Vous venez bien de nous dire que les camions étaient vides ? » releva, à retardement, l'un des investisseurs.

Paul se rendit compte que le plus dur restait à faire : répondre aux questions. Rachel et lui y avaient préparé McKoy en le soumettant au feu roulant des demandes qui lui seraient adressées dans le meilleur style d'un contre-interrogatoire en présence de la cour. Bonne idée que cette hypothèse de l'existence d'une autre caverne communiquant avec la première. C'était peut-être la vérité. Qui pouvait savoir ? L'essentiel était de gagner quelques jours, jusqu'à ce que McKoy pût reprendre les terrassements et transformer la supposition en certitude. Pour le meilleur ou pour le pire.

Et McKoy s'en sortit admirablement, relevant tous les défis, répondant aux demandes les plus insistantes avec le sourire. Il n'avait pas son pareil pour manier les foules. Paul surveillait l'assistance et ne pouvait que le constater.

Jusque-là, tout allait bien.

La plupart se contenteraient de cette explication.

Pour le moment.

À l'arrière-plan de la salle, par la porte menant au grand hall du Weber, Paul nota l'entrée d'une jeune femme. Taille moyenne, blonde, discrète. Soucieuse de passer inaperçue en demeurant plongée dans l'ombre. Il y avait pourtant chez cette femme quelque chose de vaguement familier.

« J'ai le plaisir de vous présenter Paul Cutler, mon conseil juridique. »

Paul réagit à l'appel de son nom. Mais déjà, McKoy précisait :

« Maître Cutler est là pour nous assister, le professeur Grumer et moi-même, au cas où nous rencontrerions quelque difficulté juridique sur le site. Nous n'en attendons aucune, mais Paul Cutler, avocat à Atlanta, s'est gentiment porté volontaire. »

Paul sourit à la ronde, peu satisfait de la présentation, mais incapable d'y remédier dans l'immédiat. Il salua poliment la foule et se retourna vers le fond de la salle.

La jeune femme n'était plus là.

43

Tout aussi discrètement qu'elle y était entrée, Suzanne ressortit de l'hôtel. Elle en avait assez vu et entendu. McKoy, Grumer et les deux Cutler allaient avoir du pain sur la planche. Ainsi que les cinq travailleurs présents à la conférence. D'après les informations de Grumer, il ne devait rester que deux hommes sur le site. Juste pour monter la garde.

Elle avait intercepté le regard de Paul Cutler, mais ce n'était pas un problème. Son apparence était très différente de ce qu'elle avait été, dans son bureau d'Atlanta, la semaine précédente. Pour plus de sécurité, elle s'attarda un moment dans les locaux de l'hôtel, en marge de la foule, juste histoire de voir comment tournerait la rencontre. Elle avait pris un léger risque, en revenant au Weber, mais Grumer ne lui inspirait aucune confiance. Il était trop germanique, trop avide. Cinq millions d'euros ? Ce crétin pompeux croyait au Père Noël. Croyait-il Ernst Loring si crédule ?

Elle regagna sa Porsche qu'elle gara parmi les arbres, un peu plus tard, à proximité de l'excavation. Après une petite marche en forêt, elle parvint à un hangar rempli de matériel. Devant la cabane, les générateurs bourdonnaient en sourdine. Pas de camion ni de personnel en vue.

Elle se glissa dans le boyau ouvert et suivit les ampoules de service allumées dans la galerie. Relativement peu de lumière. Halogènes débranchés, en attente. La seule lueur un peu plus importante émanait d'une caverne située au-delà d'un trou percé dans la roche. L'oreille tendue, elle s'en approcha. Un corps gisait juste devant l'ouverture. Un jeune type en salopette de travail. Elle lui tâta le pouls. Faible, mais l'homme vivait encore.

Elle jeta un coup d'œil par l'ouverture déchiquetée. Une ombre dansait sur le mur du fond. Pliée en deux, elle se glissa dans la vaste caverne adjacente. Pas de lumière à l'entrée qui pût projeter son ombre, et le sable meuble étouffait ses pas. Elle décida de ne pas dégainer son arme avant d'avoir identifié l'autre visiteur.

Elle atteignit le plus proche camion et s'accroupit avec précaution pour jeter un coup d'œil à ras de terre, par-dessous le châssis. Une paire de bottes se déplaçait vers la droite, au-delà des trois camions. Posément, sans la moindre hâte. L'homme, quel qu'il fût, n'avait pas perçu sa présence. Elle ne bougea plus. Autant rester dans l'ombre.

Les bottes se figèrent près de l'arrière du camion le plus éloigné. Une bâche craqua. S'aidant d'une torche électrique, l'homme examinait le plateau du véhicule. Toujours sur la pointe des pieds, elle avança jusqu'à la calandre du camion suivant et se pencha juste assez pour découvrir à qui appartenaient ces bottes. Moins de dix mètres les séparaient.

Christian Knoll.

Un frisson la parcourut tout entière.

Knoll examina le plateau du troisième camion comme il avait inspecté les deux autres. Rien. Pas une trace susceptible de révéler ce qu'ils avaient pu transporter. Idem pour les cabines. Qui avait joué les femmes de ménage ? McKoy ? Peu probable.

Aucune rumeur non plus, en ville, qui permît de soupçonner une trouvaille importante. Qui plus est, il y aurait eu des traces : échardes de bois en provenance d'emballages évacués, matériau de rembourrage, etc. Mais non, rien. McKoy aurait-il d'ailleurs laissé le site sous la garde d'un type si facile à éliminer s'il avait trouvé quelque chose ? La seule explication logique, c'était que les camions avaient été vidés avant que McKoy et ses hommes aient envahi la caverne.

Mais comment ?

Et les cadavres ? Rien de bien exceptionnel. La plupart des cachettes avaient été pillées par Américains et Russes lors de l'invasion, et ensuite par des charognards et des chasseurs de trésors, avant que le gouvernement ait pu y mettre le holà. Il se pencha sur un des squelettes noircis. Cette affaire était quand même étrange. Pourquoi Danzer s'intéressait-elle d'aussi près à quelque chose qui débouchait sur le néant ? Assez pour promettre un acompte d'un million d'euros sur de futures informations.

Quelle sorte d'informations ?

Une sensation l'envahit, qu'il avait appris à respecter, au cours des années. Celle-là même qui l'avait prévenu, à Atlanta, que Danzer était sur sa piste. Et qui lui disait, à présent, que quelqu'un d'autre l'avait rejoint dans cette caverne.

Il se garda de brusquer les choses. Tout mouvement inconsidéré alerterait l'intrus. Lentement, il contourna les véhicules de manière à s'interposer entre la personne en question et la sortie. Pas maladroit, du reste, le visiteur, pour avoir évité de projeter son ombre en passant devant une des sources lumineuses.

Il s'arrêta et s'accroupit, sûr de repérer une paire de jambes par-dessous les châssis.

Personne.

Suzanne se tenait juste derrière une des roues à plat. Elle avait suivi les déplacements de Knoll et prêté l'oreille au bruit de ses pas. Légers, mais Christian ne faisait aucun effort pour les étouffer. Avait-il décelé sa présence, comme à Atlanta ?

Peut-être louchait-il, lui aussi, par-dessous les camions ? Il ne verrait rien, mais n'hésiterait pas longtemps. Elle le connaissait. Aucun de ses adversaires ne possédait les qualités de Christian Knoll. Et s'il la découvrait, il y aurait du grabuge. À présent, il devait avoir compris ce qui s'était passé chez Danya Chapaev. Il n'ignorait plus rien au sujet de la caverne piégée.

Sa façon de se déplacer, de s'interposer entre elle et la sortie ne laissait aucun doute.

Il savait. Il l'attendait au tournant.

Elle dégaina son Sauer et passa l'index sous le pontet. En contact avec la détente.

Knoll imprima une secousse à son bras droit et assura sa prise sur le manche de son stylet. Il jeta un coup d'œil sous les camions. Rien. À cause de ces maudits pneus crevés. Il décida de passer à l'action et, d'un élan soudain, roula par-dessus un capot rouillé et atterrit de l'autre côté.

C'était bien Suzanne dont le visage trahit instantanément le choc que venait de lui infliger cette soudaine initiative. Vivement, elle releva son pistolet. Knoll se replia d'un bond derrière le plus proche véhicule. Deux détonations assourdies l'escortèrent. Deux balles ricochèrent sur la paroi rocheuse.

Il se redressa et lança son stylet.

Suzanne se jeta à plat ventre. Elle avait prévu ce genre d'attaque. Elle connaissait l'arme favorite de Knoll, et l'avait vue scintiller, une seconde auparavant, dans la lumière chiche. Elle savait que son propre tir ne le distrairait qu'une fraction de seconde, et quand il se redressa d'un bond, l'arme haute, elle était prête. Le stylet s'enfonça jusqu'à la garde dans une bâche moisie. Knoll allait charger à nouveau. Elle tira une autre balle. Sans toucher autre chose que la roche.

« Pas pour ce coup-ci, Suzanne ! Tu es à moi.

— Tu es désarmé.

— En es-tu sûre ? »

Elle baissa les yeux vers son pistolet, se demandant combien il lui restait de balles. Quatre ? Elle jeta un regard autour d'elle. Knoll lui barrait le chemin de la sortie. Il fallait le stopper assez longtemps pour pouvoir émerger de ce trou à rats. Son regard balaya les parois rocheuses, les camions, les lumières.

Les lumières.

L'obscurité serait son alliée.

Elle tira le chargeur et le remplaça par celui de rechange qu'elle avait en poche. De nouveau, elle disposait de sept coups. L'une après l'autre, les ampoules explosèrent dans de menues gerbes d'étincelles. Elle courut vers la sortie en tirant sur la dernière source lumineuse qui explosa à son tour, plongeant la caverne dans les ténèbres. Suzanne avait réglé sa trajectoire en fonction de cette dernière ampoule fracassée. Elle espérait courir droit.

Sinon, elle ne rencontrerait, devant elle, que la paroi rocheuse.

Dès l'explosion de la première ampoule, Knoll se précipita vers son stylet. Il ne s'écoulerait que quelques secondes avant l'explosion de la dernière, et Danzer avait raison. Sans son poignard, il serait désarmé. Pourquoi diable avait-il laissé son CZ-75B dans sa chambre d'hôtel ? Il s'était imaginé n'avoir rien à craindre, au cours de cette brève intrusion. Il préférait la discrétion de sa lame à n'importe quelle arme à feu, mais il regrettait son excès d'optimisme.

La dernière ampoule éclata.

Une obscurité d'encre s'abattit sur la caverne.

Suzanne franchit l'ouverture sans encombre et fila vers la sortie fracassant au passage, sans ralentir sa course, les lumières de service largement espacées.

L'explosion de la dernière ampoule avait totalement aveuglé Christian. Il se contraignit à l'immobilité, le temps de recouvrer son calme. Se remémorant la réflexion de Monika au sujet de Suzanne.

Une fille recueillie par charité ?

Foutaise ! Suzanne Danzer était un danger public.

Un danger mortel.

L'odeur âcre de la fumée dégagée par les explosions successives lui emplissait les narines. La suppression accessoire de ces sources de chaleur commençait à rafraîchir légèrement l'intérieur de la caverne.

Il rouvrit les yeux. D'autres petites explosions signalaient la destruction d'autres ampoules, au-delà de l'ouverture. Il se hâta de récupérer son stylet et de sortir à son tour, dans la lueur intermittente des explosions extérieures.

Heureusement qu'il avait de bons yeux, capables de s'accommoder très vite aux changements d'éclairage.

Suzanne rejaillit au grand jour. Un bruit de course retentissait derrière elle. Knoll n'était jamais long à réagir. Elle fonça entre les arbres. Cinq cents mètres environ. Une minute ou deux, à cette allure, jusqu'à sa Porsche. Avec assez d'avance sur Knoll pour pouvoir démarrer. Il ne saurait peut-être pas quelle direction elle avait prise.

Elle trébucha parmi les pins, hors d'haleine, en ordonnant à ses jambes de continuer à courir.

Knoll plongea hors du tunnel. Il scruta la forêt environnante. À sa droite, une tache de couleur louvoyait entre les arbres. Pas plus de cent mètres d'avance. Il identifia la silhouette.

Une femme.

Danzer.

Stylet au poing, il se jeta à sa poursuite.

Suzanne atteignit la Porsche et s'y engouffra. Elle lança le moteur, passa la première, écrasa la pédale de l'accélérateur. Les pneus patinèrent, puis mordirent le sol. La voiture fit un bond en avant.

Dans son rétroviseur, elle vit Knoll émerger de la futaie, stylet en main.

Elle stoppa sur la route et sortit la tête par la vitre baissée, le saluant du bras levé avant de redémarrer.

Le geste de Suzanne arracha un sourire à son poursuivant. La monnaie de sa pièce, pour s'être moqué d'elle sur l'aéroport d'Atlanta. Elle devait être très fière de lui avoir échappé.

Il consulta sa montre. Quatre heures trente de l'après-midi.

Aucune importance.

Il savait exactement où elle serait dans six heures.

44

Paul attendit patiemment que le dernier associé quittât le salon. McKoy, souriant, avait serré toutes les mains, jurant à la ronde que les bonnes surprises ne faisaient que commencer. Le grand gaillard semblait très content de lui-même. La rencontre s'était passée au mieux. Pendant près de deux heures, ils avaient éludé les questions, mêlant à leurs réponses des images alléchantes de trésors enfouis et de nazis rapaces, utilisant certains épisodes historiques pour mieux endormir ses interlocuteurs.

Enfin, McKoy put rejoindre Paul.

« Ce putain de Grumer a été au poil, non ? »

Paul, McKoy et Rachel étaient seuls, de nouveau. Les investisseurs se reposaient dans leurs chambres. Et Grumer avait tiré sa révérence quelques minutes plus tôt.

« Il s'est bien comporté, reconnut Paul. Mais c'est reculer pour mieux sauter.

— Qui recule ? Je vais reprendre les travaux. Cette deuxième issue doit mener quelque part. »

Rachel fronçait les sourcils.

« Un autre diagnostic de votre radar ?

— Je n'en sais foutre rien, Votre Honneur. »

Rachel se contenta de sourire. Avec sa grande gueule et sa langue agile, il n'était pas tellement différent d'elle.

« Demain, on va emmener tout le monde en car sur le site et leur montrer du pays. Ça devrait nous valoir quelques jours de plus. Et peut-être qu'il y a vraiment quelque chose, au-delà de cette seconde issue. »

Paul Cutler s'étrangla, stupéfié par tant d'optimisme.

« Et peut-être qu'un jour, les poules auront des dents ! Vous avez un problème, McKoy. Il faut qu'on étudie où vous vous situez sur un plan juridique. Vous voulez que j'appelle ma boîte et qu'on leur faxe une demande d'assistance ? Notre département contentieux va vous décortiquer tout ça en un rien de temps. »

McKoy soupira :

« Qu'est-ce que ça va me coûter ? »

— Mille dollars en dépôt de garantie. Et deux cent cinquante de l'heure. Payable au mois. Dépenses à votre charge. »

McKoy aspira bruyamment un air raréfié.

« Adieu, mes cinquante mille ! Heureusement que je ne les ai pas dépensés. »

Paul se demanda, une fois de plus, si le moment était venu de lui montrer le portefeuille. Et d'évoquer les lettres marquées dans le sable que Grumer avait effacées. Celui-ci savait-il que la caverne serait vide ? Avait-il gardé l'info pour son seul usage ? N'avait-il pas laissé entendre, la veille, qu'il s'était douté du fiasco longtemps à l'avance ? Alors ? Lui attribuer tout le mal et lui faire porter le blâme ? Grumer était allemand. Il avait pu jouer sur deux tableaux.

S'il n'avait pas été là, McKoy n'aurait pas obtenu son permis. Les associés pourraient alors se retourner contre Grumer devant les cours allemandes. Mais les frais monteraient en flèche, transformant le contentieux en un cauchemar économique. Juste un aspect à soulever pour renvoyer les chiens à la niche ? Il déclara :

« J'ai besoin encore d'autre chose, McKoy…

— Wayland ! »

Avant que Paul pût rectifier le tir, Grumer réapparut, dans tous ses états.

« Il y a eu du vilain sur le site. »

Rachel examinait le crâne du travailleur. Une bosse grosse comme un œuf de poule pointait sous ses cheveux bruns.

« J'étais de faction, là-bas… »

Il montrait l'excavation.

« … et puis tout d'un coup, plus rien. Le noir.

— Tu n'as rien vu ni entendu ? demanda McKoy.

— Rien. »

Une équipe s'affairait à remplacer les ampoules éclatées. Rachel examina la situation. Ampoules fracassées, un ouvrier au tapis, une bâche crevée…

« Il m'a eu par-derrière, gémit encore le blessé en tâtant sa bosse.

— Je l'ai vu, affirma un autre ouvrier. J'étais dans le hangar à visionner le peu qu'on a comme documents sur les galeries souterraines, quand j'ai vu une femme sortir de là-bas, flingue au poing, un type à ses trousses. Lui, il avait une espèce de couteau. Ils ont disparu tous les deux dans la forêt.

— Tu ne les as pas poursuivis ?

— Merde, non !

— Pourquoi ?

— Vous me payez pour creuser la terre, m'sieur McKoy. Pas pour jouer les héros. Je suis venu voir où était mon copain. Il faisait noir là-dedans, comme dans un four. Je suis retourné chercher une torche. C'est comme ça que j'ai trouvé Danny sur le carreau.

— À quoi ressemblait la femme ? questionna Paul.

338

— Blonde, je crois. Pas très grande. Mais rapide comme un lièvre. »

Paul hocha la tête.

« Je l'ai vue à l'hôtel, plus tôt dans la journée. »

McKoy s'étrangla.

« Quand ?

— Pendant que vous et Grumer racontiez votre histoire. Elle est juste entrée un instant. Elle a très vite filé. »

McKoy fit claquer ses doigts.

« Assez longtemps pour voir qu'on était tous là ?

— C'est ce qu'on dirait. Je crois que c'est la même femme que j'ai reçue dans mon cabinet, à Atlanta. Un look différent, mais je lui ai trouvé quelque chose de vaguement familier.

— L'intuition de l'avocat !

— Quelque chose dans ce goût-là.

— Et l'homme ? demanda Rachel au copain du malheureux Danny.

— Un grand type. Les cheveux châtains. Avec un couteau.

— Knoll », conclut-elle.

Elle revoyait la lame scintillante aperçue brièvement dans la première mine.

« Ils sont là, Paul. Ils sont là tous les deux. »

Rachel était très mal à l'aise lorsqu'ils regagnèrent leur chambre d'hôtel. Sa montre affichait neuf heures dix. Paul avait appelé Pannek, sans obtenir d'autre réponse que celle d'une boîte vocale. Il avait laissé un message concernant Knoll et la femme, et suggéré à l'inspecteur de le rappeler. Mais aucun message ne les attendait encore à la réception.

McKoy avait demandé aux Cutler de dîner avec les investisseurs. Cela convenait à Rachel : plus ils étaient de fous, plus ils avaient des chances de rire. Avec Grumer et McKoy, ils s'étaient efforcés de participer aux conversations, mais l'esprit de Rachel demeurait fixé sur Knoll et sur cette femme.

« Pas drôle, Paul. J'ai surveillé tout ce que je disais, de crainte qu'on me reproche ensuite d'avoir raconté des histoires. Ce dîner n'était pas une bonne idée.

— Fini la soif d'aventures ?

— Tu es un avocat respecté. Je suis juge. McKoy s'attache à nous comme une sangsue. S'il a berné tous ces gens, on pourra être déclarés complices. Ton père disait toujours : "Si tu ne peux pas courir avec la meute, reste dans ta niche." Je me demande si on court assez vite. »

Il sortit la clef de sa poche.

« Je ne pense pas que McKoy ait berné qui que ce soit. Pas intentionnellement. Plus je relis sa prose, plus je la trouve ambiguë, mais pas mensongère. Je pense également qu'il a été aussi surpris que les autres par les camions vides. Grumer, c'est une autre paire de manches. Je ne lui confierais pas ma chemise. »

Il poussa la porte. Leur chambre était en désordre, les tiroirs ouverts, l'armoire entrebâillée, le matelas de travers, une partie de leurs vêtements jetés en vrac sur les sièges.

« Le ménage laisse à désirer dans cet hôtel », constata froidement Paul.

Rachel ne partageait pas son sens de l'humour.

« Ça ne te fait rien ? Quelqu'un a fouillé nos affaires. Oh, merde. Les lettres de papa. Et ce portefeuille que tu as trouvé. »

Paul ferma la porte, ôta sa veste et sortit le pan de sa chemise de sous son pantalon. Une ceinture porte-documents lui ceignait la taille.

Il en tira le portefeuille.

« Personne ne viendra le chercher ici. Pas plus que les lettres.

— Bravo, Paul. Je ne me moquerai jamais plus de ta prévoyance. »

Il remit sa chemise en place.

« J'ai aussi des copies des lettres de ton père au bureau, dans mon coffre, à Atlanta.

— Tu t'attendais à ça ?

— Je ne sais pas à quoi je m'attendais. J'essaie de tout prévoir. Avec Knoll et cette nana dans le casting, tout est possible.

— Peut-être qu'on devrait rentrer. Cette fameuse campagne électorale ne me paraît plus si terrible. Marcus Nettles est un gentleman, en comparaison. »

Paul n'était pas de cet avis.

« Je crois qu'il y a mieux à faire. »

Elle le comprit au quart de tour.

« Bingo ! On va de ce pas voir McKoy. »

Paul regarda McKoy s'attaquer à la porte. Rachel l'observait en silence. Les effets de trois chopes de bière transparaissaient dans son comportement.

« Grumer ! Ouvrez cette putain de porte ! »

La porte s'ouvrit.

Grumer portait toujours ses vêtements du dîner.

« Qu'est-ce qui se passe, monsieur McKoy ? On a encore agressé un de vos employés ? »

McKoy pénétra dans la pièce et écarta Grumer de son passage. Paul et Rachel le suivirent. Deux lampes de chevet éclairaient la chambre. Visiblement, ils avaient dérangé Grumer en pleine lecture. Un exemplaire ouvert en langue anglaise de *L'Influence hollandaise sur la peinture germanique de la Renaissance*, de Polk, gisait sur son lit. McKoy empoigna Grumer par le plastron de sa chemise et le poussa contre le mur, si fort que les cadres vibrèrent de chaque côté de sa tête.

« Je suis un cul-terreux de Caroline du Nord, vieille fripouille, et qui plus est, un cul-terreux à moitié bourré.

Tu sais peut-être pas ce que parler veut dire, Grumer, mais je suis pas d'humeur à parlementer ! Cutler me dit que tu as effacé des lettres, dans le sable de la caverne. Où sont les photos ?

— Je ne sais pas ce que M. Cutler… »

McKoy le lâcha, et son poing fermé, d'une taille respectable, plia l'homme en deux au niveau de l'estomac. Il le redressa par son col de chemise.

« Deuxième sommation. Où sont les photos que tu as prises ? »

Incapable de parler, Grumer pointa un pouce vers son lit. Rachel feuilleta le bouquin et en retira plusieurs photos en couleurs d'un squelette et des lettres disparues.

Lâché sur place, Grumer s'effondra en un petit tas pantelant.

« Je veux savoir pourquoi, Grumer. Et je te fiche mon billet que tu vas parler. »

Paul se demanda s'il ne devait pas mettre le grand McKoy en garde contre l'usage excessif de la violence. Puis il se dit que Grumer ne l'avait pas volé, et que McKoy ne l'écouterait pas, de toute manière.

L'Allemand haleta enfin :

« Le fric, monsieur McKoy.

— Les cinquante mille dollars que je t'ai refilés, c'était de la merde ? »

Grumer ne répondit pas. McKoy appuya lourdement :

« Si tu ne veux pas cracher du sang, t'as intérêt à te mettre à table ! »

Grumer dut sentir passer le vent, car il expliqua :

« Il y a un mois, quelqu'un est venu me voir.

— Son nom !

— Il ne me l'a pas donné. »

McKoy ramena son poing en arrière.

« Non, non, c'est la vérité. Il savait que je travaillais avec vous, et il m'a offert vingt mille euros pour lui fournir des renseignements. Je n'ai pas pensé à mal. Il m'a dit qu'une certaine Margarethe allait me contacter.

— Et puis ?

— Je l'ai rencontrée hier soir. »

Rachel interjeta :

« C'est elle ou vous qui avez fouillé notre chambre ?

— Tous les deux. Elle voulait les lettres de votre père.

— Elle a dit pourquoi ? demanda McKoy.

— Non. Mais je crois que je le sais. » Grumer recommençait à respirer normalement, le bras droit pressant son ventre. Il se releva en s'appuyant contre le mur.

« Avez-vous entendu parler des *Retter der verlorenen Antiquitäten* ?

— Non.

— C'est un groupe de neuf personnes dont on ne connaît pas l'identité. Mais ce sont des gens très riches et amateurs d'art. Ils emploient des chercheurs privés qui sont aussi des acquéreurs. Le but de leur association est tout entier dans son titre. *Sauveteurs des antiquités perdues*. Ils ne volent que ce qui a déjà été volé. Chaque acquéreur espère décrocher la grosse récompense. C'est un jeu dangereux et sophistiqué, mais un jeu tout de même.

— Tu vas accoucher, nom de Dieu ?

— Cette Margarethe fait sûrement partie des acquéreurs. Elle ne me l'a pas dit, mais je suis sûr que j'ai deviné juste.

— Et Christian Knoll.

— La même chose. Ils ont les mêmes objectifs.

— Je vais tanner le cuir de cet avorton s'il ne nous dit pas tout ce qu'il sait, menaça McKoy. Elle travaille pour qui, ta Margarethe ?

— Encore une supposition, mais je dirais Ernst Loring. »

Paul et Rachel échangèrent un regard. Où avaient-ils déjà entendu ce nom ?

« D'après ce qu'on m'a dit, les membres du club ont un esprit très compétitif. Il y a des milliers d'objets qui traînent. La plupart depuis la dernière guerre. Mais certains aussi ont été volés, plus récemment, dans des musées ou des collections privées. Logique, au fond. Voler les voleurs, qui pourrait s'en plaindre ? »

McKoy releva son énorme poing.

« Tu me fatigues. Cesse de tourner autour du pot.

— La Chambre d'ambre ! » éructa précipitamment Grumer.

Rachel saisit McKoy par le bras qui allait s'abattre.

« Laissez-le parler, Wayland !

— Ce n'est encore qu'une supposition de ma part. Mais la Chambre d'ambre a quitté Königsberg entre janvier et avril 1945. Personne ne sait exactement quand. Les registres ne sont pas clairs. Erich Koch, le *Gauleiter* de Prusse qui a évacué les panneaux sur l'ordre direct d'Adolf Hitler, était un protégé de Hermann Goering. Plus loyal envers celui-ci qu'envers son Führer. La rivalité de Hitler et de Goering en matière d'art est archiconnue. Goering justifiait ses embargos en alléguant le Museum d'art national qu'il allait créer à Karinhall, son fief. Hitler était censé passer le premier, mais Goering l'a souvent frustré des plus belles pièces. Plus la guerre avançait, plus Hitler se consacrait personnellement aux opérations militaires, en négligeant un peu tout le reste. Goering, lui, gardait les mains libres pour accumuler ses trésors, avec une férocité accrue.

— Et qu'est-ce que tout ça vient foutre là-dedans ? gronda McKoy.

— Goering voulait la Chambre d'ambre pour son musée de Karinhall. Certains affirment que c'est lui, pas Hitler, qui a ordonné son évacuation. Il désirait que Koch mette les panneaux à l'abri des Américains, des

Russes… et du Führer. Mais Hitler aurait eu vent de son programme et les aurait confisqués avant que Goering ait pu mettre la main dessus.

— Papa avait donc raison », souligna Rachel. Paul eut un léger sursaut. « Qu'est-ce que tu veux dire ?

— Il a interrogé Goering après la guerre, dans sa cellule, au moment du procès de Nuremberg. Goering lui a dit qu'Hitler l'avait grillé au poteau. »

Elle leur raconta l'histoire des prisonniers de Mauthausen et des quatre Allemands torturés à mort pour leur fidélité au Führer. Paul se retourna vers Grumer.

« Où avez-vous glané toutes ces informations ? Mon beau-père collectionnait les articles sur la Chambre d'ambre, mais aucun ne faisait état de tout ce que vous venez de raconter. »

Il avait à dessein omis la notion d'ex-beau-père. Contrairement à son habitude, Rachel s'abstint de le corriger.

« Rien d'étonnant, riposta Grumer. Les médias occidentaux parlent rarement de la Chambre d'ambre. Peu de gens savent de quoi il s'agit. Mais les érudits allemands et russes ont toujours potassé le sujet. J'ai souvent entendu ces infos sur Goering, quoique jamais d'une source directe, comme Mme Cutler. »

McKoy revint, une fois de plus, au seul sujet qui l'intéressait :

« Quel rapport avec notre caverne ?

— Les panneaux auraient été chargés sur trois camions, à l'ouest de Königsberg, *après* la reprise en main par le Führer. Ces camions seraient partis vers l'ouest et personne ne les aurait jamais revus. De très gros camions.

— Comme des Büssing NAG ! »

Grumer acquiesça d'un signe.

McKoy s'écroula sur le bord du lit.

« Les trois qu'on a trouvés ? »

Sa voix s'était radoucie.

« Tu dirais que c'est trop pour une simple coïncidence ?

— Mais les camions étaient vides, rappela Paul.

— Exactement, dit Grumer. Peut-être les Sauveteurs d'antiquités perdues connaissent-ils la fin de l'histoire ? Voilà qui expliquerait l'intérêt des deux acquéreurs que nous avons vus à l'œuvre.

— Mais vous ne savez même pas si Knoll et cette femme ont un rapport quelconque avec le fameux groupe, objecta Rachel, dubitative.

— Non, madame Cutler. Mais Margarethe ne me fait pas l'impression d'être elle-même collectionneuse. Vous avez un peu côtoyé Knoll. Exprimeriez-vous la même opinion à son sujet ?

— Il a toujours refusé de me dire pour qui il travaillait.

— Ce qui, trancha McKoy, le rend encore plus suspect ! »

Paul sortit de la poche de son veston le portefeuille qu'il avait ramassé dans la caverne et le tendit à Grumer.

« Que dites-vous de ça ? »

Il expliqua où il l'avait trouvé.

« Vous avez découvert ce que je cherchais, constata Grumer.

— Ce que voulait savoir Margarethe, c'était si cette caverne avait été ou non visitée après 1945. J'ai fouillé les cinq cadavres et n'ai rien trouvé. Cette carte prouve que le site a été redécouvert après la guerre.

— Il y a une carte aux trois quarts illisible, à l'intérieur. Qu'est-ce que c'est ? »

Grumer examina le rectangle de carton aux bords arrondis par le temps.

« Un permis quelconque. Délivré le 15 mars 1951. Valable jusqu'au 15 mars 1955. La preuve irréfutable que désirait Margarethe.

— Pour quelle raison y tenait-elle ?

— Je l'ignore. Mais elle était prête à me payer grassement pour le savoir. »

McKoy se passa la main dans les cheveux. Il
était visiblement épuisé. Grumer saisit l'occasion de
reprendre un peu l'avantage :

« Monsieur McKoy, je ne me doutais pas que le site
serait vide. J'étais aussi excité que vous quand on a
réussi la percée. Bien que les signaux soient très clairs :
pas d'explosifs, un passage impraticable, aucun blin-
dage. Et ces trois camions lourds de l'armée bloqués à
l'intérieur… Aussi peu crédible que possible !

— À moins que cette putain de Chambre d'ambre
n'ait été vraiment là !

— Exact.

— Dites-nous-en un peu plus sur ce qui a pu se
passer, suggéra Paul à Grumer.

— Il n'y a pas grand-chose de plus. Les trois camions
chargés de la Chambre d'ambre étaient censés rouler
vers le sud, vers Berchtesgaden, afin qu'ils soient en
sécurité dans les Alpes. Mais Russes et Américains
occupaient déjà la plus grande partie de l'Allemagne.
On suppose que les camions furent cachés quelque part.
Peut-être même dans les mines du Harz ?

— Tu penses, renchérit McKoy, que si les lettres de
Borya intéressaient tellement cette Margarethe, c'est
parce que tout ça est en rapport direct avec la Chambre
d'ambre ?

— Ça paraît logique, en effet. »

Paul revint un peu en arrière :

« Pourquoi pensez-vous que le nommé Loring puisse
être son employeur ?

— Rien d'autre que l'intérêt passionné voué par la
famille Loring à la Chambre d'ambre. »

Rachel avait encore une question :

« Pourquoi avez-vous effacé ces lettres ? Margarethe
vous payait aussi pour ça ?

347

— Pas vraiment. Elle voulait seulement que rien ne subsiste, dans cette caverne, qui soit postérieur à 1945.

— Pour quelle raison ?

— Je n'en ai pas la moindre idée. »

Paul se souvint d'une autre question qu'il avait déjà posée :

« À quoi ressemble-t-elle ?

— C'est la femme qui était là-haut cet après-midi.

— Vous vous rendez compte qu'elle a tué Chapaev et peut-être aussi le père de Rachel ?

— Et que tu ne m'en as pas dit un mot, éclata McKoy, en proie à une nouvelle crise de rage. Je ne sais vraiment pas ce qui me retient de t'aplatir comme une crêpe. Je patauge dans une merde noire, je ne vois aucun moyen de m'en sortir. »

Il se frotta sauvagement les yeux, en s'efforçant de maîtriser sa fureur meurtrière.

« Tu dois la revoir quand, ta Margarethe ?

— Elle a promis de me rappeler.

— Tu me tiens au courant à la seconde, ou gare à tes os ! J'ai assez rigolé. D'accord ?

— D'accord. »

McKoy se hissa laborieusement jusqu'à la posture verticale et se dirigea vers la porte.

« À la seconde, j'ai dit, Grumer. Et je ne le répéterai pas.

— Entendu, Herr McKoy. Vous avez ma parole. »

Le téléphone sonnait dans leur chambre, lorsque Paul en poussa la porte. Il le décrocha. C'était Pannek. La nouvelle que la suspecte du meurtre de Chapaev était dans le secteur, ainsi que le nommé Knoll, fit réagir l'inspecteur :

« Je vous envoie quelqu'un de la police locale demain à la première heure. Vous et votre épouse lui ferez une déposition détaillée.

— Vous croyez qu'ils sont toujours là ?

— Si ce que dit Alfred Grumer est vrai, c'est plus que probable. Dormez bien, monsieur Cutler. J'arriverai un peu plus tard. »

Paul raccrocha et rejoignit Rachel qui s'était assise, entre-temps, sur le bord du lit.

« Qu'est-ce que tu penses de tout ça ?

— C'est toi, la juge. Grumer t'a paru crédible ?

— Non. Mais McKoy avait l'air de tout gober.

— C'est ce que je me demande. Est-ce qu'il nous dit tout, de son côté. Je ne peux pas mettre le doigt dessus, mais j'ai l'impression qu'il nous cache encore quelque chose. Peut-être au sujet de la Chambre d'ambre. Mais on s'en souciera plus tard. C'est Knoll et cette femme qui m'inquiètent. Ils doivent rôder quelque part dans le coin, et je n'aime pas ça du tout. »

Paul baissa les yeux vers les seins de Rachel, moulés de très près par un sweater à col roulé. La Reine des glaces ? Pas pour lui. Toute la nuit dernière, il avait senti la proximité de son corps, inhalé son parfum quand, dans son sommeil, elle se rapprochait de lui, comme naguère. Comment ne pas penser, dans ces conditions, à ce qu'ils avaient été l'un pour l'autre, trois ans auparavant, et ne pas désirer que ce temps-là revienne ? Comment ne pas la désirer ? Mais ce qu'ils vivaient était irréel. Trésors perdus, tueurs en vadrouille, son ex-femme endormie à son côté, dans les mêmes draps…

« J'aurais dû t'écouter, concéda-t-elle. On est dedans jusqu'au cou, et on devrait laisser tout ça derrière nous. Penser à Brent et à Maria… »

Elle lui prit la main.

« … et surtout penser à nous.

— C'est-à-dire ? »

Elle l'embrassa légèrement sur les lèvres. Il ne broncha pas. Alors, elle jeta les deux bras autour de son cou et le gratifia d'un baiser véritable. Un baiser comme avant.

« Tu es sûre de ce que tu fais, Rachel ?

— Je ne sais pas pourquoi j'ai été si dure, quelquefois, Paul. Tu es un type tellement bien. Tu ne mérites pas le mal que je t'ai fait.

— Tu n'étais pas la seule responsable.

— Voilà que tu recommences. Toujours à t'attribuer le blâme. Tu ne peux pas me le laisser un peu, de temps en temps ?

— Mais comment donc ! Vas-y. C'est ma tournée.

— Je le veux. Et il y a autre chose que je veux. »

Il lut l'expression de son regard. Elle était éloquente. Il se leva pesamment, les jambes coupées.

« C'est dingue. Voilà trois ans qu'on vit séparés. J'ai bien dû m'y faire. J'ai cru que c'était fini entre nous, dans tous les domaines.

— Paul… Pour une fois, suis ton instinct. Pourquoi faudrait-il tout planifier ? murmura-t-elle, les yeux dans les yeux. Tu as quelque chose contre la luxure ? »

Il soutenait fermement son regard.

« Je veux retrouver bien davantage, Rachel.

— Moi aussi. »

Il se rapprocha de la fenêtre, afin d'interposer entre elle et lui une certaine distance. Puis il écarta les rideaux. N'importe quoi pour gagner un peu de temps. Il était trop tôt, tout allait trop vite. Il baissa les yeux vers la rue, songeant à toutes les fois où il avait rêvé d'entendre ces mots. Il s'était dispensé d'assister à l'audience de divorce. Des heures plus tard, le jugement final était sorti du fax, et sa secrétaire l'avait placé sur son bureau, sans dire un mot. Il s'était refusé à le lire, le poussant peu à peu, sans le regarder, vers le bord de sa table d'où le document avait fini par tomber dans sa corbeille. Comment un juge avait-il pu détruire ainsi tout ce qu'il portait dans son cœur ?

Il se retourna. Elle était vraiment adorable, même avec les bleus et les écorchures du dimanche précédent. Ils avaient toujours formé un drôle de couple, dès les premiers jours. Mais ils s'aimaient. Ensemble, ils avaient fait deux enfants merveilleux. Qu'ils adoraient. Leur restait-il une dernière chance ?

Il regarda la rue de nouveau, espérant trouver une réponse au fond de la nuit. Il brûlait de quitter cette fenêtre, de capituler sans conditions, quand une silhouette apparut sur le trottoir.

Alfred Grumer.

Surgi du rez-de-chaussée de l'hôtel, deux étages au-dessous d'eux, le professeur s'éloignait d'un pas ferme.

« Grumer s'en va faire un tour. »

Rachel le rejoignit en trois enjambées.

« Il n'avait pas dit qu'il allait ressortir. »

Paul courut vers la porte, récupérant sa veste au passage.

« Ou bien il a reçu le coup de fil de Margarethe, ou bien il mentait, une fois de plus.

— Qu'est-ce que tu vas faire ?

— Devine ! »

45

Tous deux jaillirent dans la rue et prirent la même direction que Grumer. L'Allemand avait moins de cent mètres d'avance, et passait rapidement devant les cafés éclairés, les vitrines éteintes. À intervalles réguliers, un lampadaire étalait sur les pavés de la chaussée une flaque de lumière couleur moutarde.

« On fait quoi ? haleta Rachel, essoufflée.

— On veut savoir ce qu'il mijote.

— Tu crois que c'est une bonne idée ?

— Peut-être pas, mais on le fait quand même. »

Il s'abstint d'ajouter que cette filature au pied levé lui avait épargné d'avoir à prendre une décision difficile. En profitant lâchement d'une défaillance de Rachel due à la solitude et à l'incertitude. Il n'avait pas digéré qu'elle eût pris à Warthberg la défense de ce salaud qui l'avait laissée sur place après l'explosion de la mine.

« Paul, il y a une chose que tu dois savoir. »

Grumer avançait rapidement. Paul ne ralentit pas l'allure.

« Quoi donc ?

— Juste avant l'explosion, je me suis retournée, et Knoll avait un couteau à la main. »

Il stoppa net au milieu du trottoir. Rachel répéta :

« Il avait un couteau à la main. Et puis tout s'est écroulé.

— Et c'est maintenant que tu me le dis !

— Je sais. J'aurais dû. Mais j'avais peur que tu ne veuilles pas rester. Ou que tu en parles à Pannek et que la police s'en mêle.

— Rachel, tu es cinglée. On est dans un drôle de merdier. Tu as raison, je n'aurais pas dû rester. Ni surtout te laisser ici ! Et ne me dis pas que tu es toujours prête à faire n'importe quoi. »

Il reporta toute son attention sur Grumer, qui disparaissait au coin d'une rue.

« Bon sang ! Allons-y. »

Il reprit sa marche, veston flottant au vent, Rachel à sa suite. La rue commençait à grimper. Ils atteignirent le coin où Grumer avait disparu et marquèrent une nouvelle pause. Bouclée pour la nuit, une *Konditorei* occupait ce coin, avec un auvent qui empiétait sur le trottoir. Paul risqua un œil circonspect. Grumer avançait toujours du même pas alerte. Sans se retourner. Il traversait une placette carrée, ornée en son centre d'une fontaine encadrée de géraniums. Tout, rue, boutiques et plantes, reflétait la méticulosité germanique.

« Il ne faut pas le serrer de trop près. Mais c'est moins éclairé par ici. Ça va nous faciliter les choses.

— Où va-t-on ?

— Je crois qu'on est bons pour monter à l'abbaye. »

Paul consulta sa montre. Dix heures vingt-cinq. Grumer n'était plus en vue, escamoté par une série de haies vives épaisses et noires. Ils découvrirent, en pressant le pas, une allée cimentée qui escaladait la falaise, dans une obscurité croissante. Un poteau indicateur précisait :

ABBAYE DES SEPT CHAGRINS DE LA VIERGE

La flèche pointait vers le haut.

353

« Tu as raison. Il monte à l'abbaye. »

Ils parvinrent au sentier empierré, assez large pour quatre personnes marchant de front. Une côte un peu raide à flanc de falaise. À mi-chemin, ils croisèrent un couple qui redescendait, la main dans la main. Après un virage en épingle à cheveux, ils aperçurent Grumer, impavide, poursuivant son ascension, courbé en avant par la pente abrupte de l'ultime raidillon.

« Une minute d'arrêt. »

Paul entoura d'un bras la taille de Rachel. L'attira contre lui.

« S'il regarde derrière lui, il ne verra que deux amoureux transis ! Trop noir pour qu'il reconnaisse nos visages.

— Tu ne t'en tireras pas comme ça, murmura Rachel.

— Je te demande pardon ?

— Tu peux. Tu savais très bien comment ça finirait, dans la chambre.

— Je n'ai pas l'intention de me défiler.

— Tu voulais réfléchir. Cette balade t'en a donné l'occasion. »

Il ne discuta pas. Elle avait raison. Il avait besoin de réfléchir, mais pas maintenant. Grumer d'abord.

La pente s'accentuait. Il sentait ses cuisses durcir et ses chevilles le faisaient souffrir. Il s'était cru en pleine forme, mais ses cinq kilomètres à l'aube, sur les petites routes d'Atlanta, s'effectuaient en terrain plat. Rien de commun avec cette déclivité meurtrière.

Grumer avait atteint le sommet. Il sortait de leur champ visuel.

L'abbaye était toute proche. Juchée sur une assise à voûtes juxtaposées, sa façade faisait, en largeur, la longueur de deux terrains de football. Plantés dans les feuillages, de puissants projecteurs à vapeur de sodium l'illuminaient sous tous les angles. Des rangées de fenêtres à meneaux s'alignaient sur une hauteur de trois étages.

Un portail s'ouvrait droit devant eux, entre deux alignements de bâtiments divers. Deux bastions flanquaient ce portail au-delà duquel s'étendait une courette obscure. Grumer s'y engagea. Des pigeons roucoulaient dans la lumière chiche. Personne en vue, à l'exception des apôtres Pierre et Paul statufiés sur deux piédestaux de pierre noire. Anges et saints, poissons et sirènes illustraient les murs. Un blason trônait au centre du portail. Deux clefs d'or sur fond de bleu royal. Une énorme croix dominait l'ensemble, porteuse d'une inscription bien lisible dans le faisceau d'un projecteur.

ABSIT GLORIARI NISI IN CRUCE

« *Pas de gloire sinon sur la croix.*

— Qu'est-ce que tu dis ? »

Il pointa l'index.

« L'inscription en latin. *Pas de gloire sinon sur la croix.* Ou quelque chose dans ce goût-là. Épître aux Galates, chapitre VI, verset 14. »

Ils franchirent le portail. Un écriteau mobile désignait cet espace comme la cour du gardien, par bonheur mal éclairée. À son autre extrémité, Grumer montait des marches et pénétrait sans ralentir dans ce qui ressemblait à une église. Rachel souffla :

« On ne peut pas entrer derrière lui. Il ne doit y avoir personne, à cette heure.

— Très juste. Voyons s'il y a une autre entrée. »

Des maisons de trois étages s'élevaient alentour, façades baroques ornées d'arches romanes, de corniches tarabiscotées et de statues d'inspiration religieuse. Peu de fenêtres éclairées. Derrière celles qui l'étaient, passaient des ombres.

Avec ses tours jumelles coiffées d'un dôme octogonal illuminé par les projecteurs, l'église où Grumer s'était engouffré empiétait largement sur le décor au bout de la petite cour, et formait une annexe à l'abbaye proprement dite dont la façade surplombait Stod et le fleuve Eder du haut de la falaise. Un double battant de chêne s'ouvrait un peu plus loin, par-delà l'entrée principale.

« On essaie ça ? »

Ils traversèrent l'étendue grossièrement pavée, ponctuée de bouquets d'arbustes et de maigres buissons. La lourde porte latérale n'était pas verrouillée. Paul la poussa, centimètre par centimètre, afin de prévenir tout grincement des énormes gonds. Un couloir s'allongeait devant eux, éclairé à son extrémité par quatre veilleuses électriques. Ils se glissèrent dans la place. À mi-chemin, s'amorçait un petit escalier à rampe de bois, encadré de portraits d'empereurs et de monarques du temps passé. Au-delà de l'escalier, à l'extrémité du corridor qui sentait le renfermé, les attendait une autre porte.

« Elle doit donner dans l'église. »

La fermeture à loquet céda au premier essai. Un souffle chaud envahit le couloir glacé. Ils entrèrent. À droite comme à gauche, pendait un lourd rideau de velours. À son autre extrémité, brillaient des lumières. Paul fit signe à Rachel d'y aller doucement et l'entraîna à l'intérieur de l'église.

À travers l'un des rideaux, il repéra les lumières éparses dans la vaste nef. L'architecture exubérante, les fresques des murs et du plafond composaient une symphonie visuelle imposante, dans sa forme comme dans sa richesse picturale. Avec une nette prédominance des rouges, des or et des marron. D'audacieux piliers de marbre ceinturés d'élégants chapiteaux soutenaient la voûte du plafond central.

Paul se tourna vers la droite.

Une couronne d'or coiffait le centre du maître-autel géant, portant sur un médaillon doré l'inscription :

NON CORONABITUR, NISI LEGITIME CERTAVERIT

« *Sans juste combat, il n'est pas de victoire*, traduisit Paul à voix basse. Timothée, chapitre II, verset 5. »

Grumer avait rejoint la blonde du matin. Par-dessus son épaule, Paul chuchota, à l'adresse de Rachel :

« Margarethe. Ils avaient rendez-vous.

— Tu peux entendre ce qu'ils disent ? »

Il secoua la tête. Pointa l'index vers un étroit passage qui, logiquement, devait leur permettre de s'approcher, sous le couvert des rideaux, de l'endroit où discutaient les deux interlocuteurs. Un petit escalier menait à ce qui, logiquement, ne pouvait être que le chœur, avec les stalles réservées aux prêtres chargés de servir la messe. Ils progressèrent lentement, très lentement, sur la pointe des pieds. Puis une autre fente, entre deux rideaux, permit à Paul d'observer le couple figé sur place, à la jointure de deux autres rideaux.

Grumer et la femme s'entretenaient à voix basse, auprès d'un de ces autels secondaires créés, au Moyen Âge, dans de nombreuses églises catholiques dont les paroissiens acceptaient mal de ne pouvoir s'approcher davantage, lors des offices, de la présence effective de Dieu. On avait donc érigé des autels annexes qui leur accordaient ce privilège. Ces chapelles étaient des églises à l'intérieur de l'église, avec leurs boiseries assorties à l'essence et au style des bancs de la nef.

Paul n'était plus qu'à vingt mètres de Grumer et de la femme. Ils n'entendaient pas tout ce qu'ils se disaient, mais l'acoustique particulière de l'endroit, le ton véhément du dialogue leur en apportaient fréquemment de larges bribes qui leur permettaient d'en comprendre, à peu de chose près, le sens général.

Suzanne assassinait du regard un Grumer plutôt insolent, tout à coup, dans son attitude envers elle :

« Qu'est-ce que vous êtes venue foutre aujourd'hui sur le site ?

— J'y suis tombée sur un de mes confrères un peu trop zélé.

— Bon moyen d'attirer l'attention, vous ne croyez pas ? »

Il s'enhardissait de seconde en seconde. Elle jappa :

« Je ne suis pas allée le chercher. J'ai fait face, point final.

— Vous avez mon argent ?

— Vous avez mes informations ?

— Cutler a trouvé un portefeuille auprès d'un des squelettes. Avec une vieille carte datant de 1951. La caverne a donc été visitée après la fin de la guerre. C'est bien ce que vous vouliez savoir ?

— Où est ce portefeuille ?

— Je n'allais pas le reprendre de force à Cutler !

— Et les lettres de Borya ?

— Même chose. Après votre petit duo, entre vous et ce fameux "confrère", tout le monde était sur le qui-vive !

— Deux échecs ! Et vous osez réclamer cinq millions d'euros.

— Vous désiriez des tuyaux sur le site et sur les dates. Je vous les ai fournis. J'ai également effacé les lettres tracées dans le sable.

— Ça, c'est vous qui le dites. Une autre façon de vous faire valoir qu'il m'est impossible de vérifier.

— Abordons franchement le sujet essentiel, Margarethe. À savoir la Chambre d'ambre. »

Elle ne répondit pas.

« Trois véhicules allemands de transport lourd. Vides. Cinq exécutions sommaires. Une datation précise de 1951 à 1955. C'est là que le Führer avait fait entreposer les panneaux, et quelqu'un s'en est emparé. Je pense que ce quelqu'un n'est autre que votre employeur. Autrement, pourquoi tout ce remue-ménage ?

— Vous avez de l'imagination, monsieur le professeur !

— Et vous, vous n'avez pas bronché, quand je vous ai demandé cinq millions d'euros. »

Grumer s'exprimait avec une liberté de ton qui heurtait de plus en plus Suzanne Danzer.

« C'est tout ?

— Si ma mémoire est fidèle, une rumeur circulait, en 1960, qui faisait de Josef Loring un collabo des nazis. Après la guerre, toutefois, il a noué des relations avec les communistes tchécoslovaques. Une mesure fort habile. Des amitiés indéfectibles fondées sur ses usines et sur ses fonderies. La rumeur voulait que Loring ait découvert la cachette d'Adolf Hitler, et qu'il se soit approprié la Chambre d'ambre. Des témoins locaux affirment qu'ils ont vu Loring par ici, à plusieurs reprises. Avec des équipes qui fouillaient les mines du secteur, avant que le gouvernement en assume le contrôle. On peut supposer qu'il a exhumé panneaux et mosaïques florentines. En sait-il très long sur notre Chambre d'ambre, Margarethe ?

— Je ne confirmerai ni n'infirmerai vos suppositions… bien qu'elles soient, en fait, absolument fascinantes. Et Wayland McKoy, dans tout ça ? A-t-il définitivement renoncé à ses fouilles ?

— Il entend bien dégager l'autre issue, mais il ne trouvera rien. Quelque chose que vous savez déjà, n'est-ce pas ? Vous avez apporté l'acompte prévu ? »

Elle en avait assez de Grumer. Loring avait raison, c'était une ordure. Mais une ordure intelligente, donc dangereuse. Dont l'utilité touchait à sa fin. Et qui devait être traitée en conséquence.

« J'ai votre argent, cher professeur. »

Elle plongea la main dans la poche de sa veste. La ferma sur la crosse du Sauer déjà équipé de son silencieux. Soudain, un objet la frôla et alla percuter Grumer de plein fouet. L'Allemand poussa un grognement sonore et, sous la violence du choc, partit à la renverse. Dans la lumière diffuse du maître-autel, Suzanne vit briller la poignée de jade d'un stylet enfoncé dans la poitrine de Grumer. Un stylet qu'elle connaissait bien.

Pistolet au poing, Christian Knoll bondit du chœur dans la nef. Suzanne plongea derrière le podium, souhaitant ardemment que son bois fût suffisamment épais.

Elle risqua un rapide coup d'œil.

Knoll pressa la détente de son arme munie, elle aussi, de son silencieux. La balle ricocha tout près de sa cible qui se rejeta de côté, à couvert.

« Tu t'es montrée à la hauteur dans cette mine, hein, Danzer ? »

Le cœur de Suzanne battait à tout rompre.

« Je faisais mon boulot, Christian.

— Était-il indispensable de tuer Chapaev ?

— Désolée. Ce n'est ni le lieu ni le moment d'en parler.

— Je voulais simplement connaître tes motivations, avant de te tuer.

— Je ne suis pas encore morte. »

Knoll s'esclaffa. Un éclat de rire sec qui se répercuta dans le silence.

« Cette fois-ci, je suis armé, Suzanne. Un cadeau de Loring, soit dit en passant. Une arme très précise. »

Le CZ-75B. Quinze coups. Et Knoll n'avait tiré qu'une seule balle. Quatorze chances de se faire descendre. Beaucoup trop.

« Trop d'ampoules à éteindre, Suzanne. Aucune chance de repli stratégique. »

Paniquée, elle comprit qu'il avait raison.

Paul avait clairement perçu le sens de la conversation. Plus de doute sur la duplicité de Grumer qui s'était cru assez astucieux pour manger à tous les râteliers et qui venait d'apprendre à ses dépens que ces magouilles n'avaient qu'un temps.

En compagnie d'une Rachel très secouée, il avait assisté, horrifié, à l'exécution de Grumer, puis à l'amorce de la fusillade entre les deux adversaires. Le plus urgent était de fuir cette église. Sans provoquer un seul son perceptible. Contrairement aux deux autres, ils n'étaient pas armés.

« C'est lui, c'est Christian Knoll », souffla Rachel à l'oreille de Paul.

Il l'avait déjà compris. Et cette femme, c'était la Myers dont il avait reçu la visite à son bureau d'Atlanta. Ou Suzanne, ou Danzer, comme Knoll l'appelait. Il avait tout de suite reconnu sa voix. C'était bien elle qui avait assassiné Chapaev, elle n'avait pas pris la peine de le nier lorsque Knoll l'en avait accusée. Pressé contre son flanc, Rachel tremblait. Il l'entoura d'un bras, la serra contre lui pour tenter de la rassurer.

Mais sa propre main tremblait sur la hanche de son ex-épouse.

Accroupi derrière la première rangée de bancs, Knoll appréciait la situation du regard. Elle était loin de lui déplaire. Bien qu'il ne connût pas exactement la topographie intérieure de l'église, il était clair que Danzer, cette fois, ne s'en sortirait pas.

« Dis-moi, Suzanne, la mine piégée... on n'avait jamais franchi cette limite, jusque-là.

— Tu m'en veux d'avoir gâché ton coup, avec la Cutler ? Tu comptais la baiser d'abord, et la tuer ensuite, c'est bien ça ?

— J'avais les deux choses en tête. J'allais passer à la première quand tu m'as grossièrement interrompu.

— Désolé, Christian. Elle devrait me remercier. J'ai vu qu'elle avait survécu à l'explosion. Baisée avec le couteau sur la gorge, pour commencer, quel calvaire ç'aurait été pour cette petite gourde ! Et pourquoi Grumer, ce soir, alors que j'allais lui régler son compte ?

— Comme tu l'as dit, Suzanne, j'aime bien faire mon boulot moi-même.

— Et tu aimes tellement te servir de ta lame. Écoute, Christian, on n'a pas besoin d'en arriver là. On peut rentrer à ton hôtel et prendre du bon temps, tu ne crois pas ? »

La perspective était tentante. Mais trop dangereuse avec quelqu'un comme Suzanne, qui essayait simplement de gagner du temps.

« Allons, Christian, je te garantis que je vais te faire oublier cette prétentieuse de Monika. Tu ne t'es jamais plaint, que je sache.

— Avant que je te réponde, j'ai une ou deux questions à te poser.

— Va toujours.

— Qu'est-ce qu'il y a d'aussi important, dans cette mine ?

— Supertabou, Christian. L'éthique professionnelle, tu vois ?

— Trois camions vides, et rien d'autre. Où est l'intérêt ?

— Même réponse.

— L'employé des archives de Saint-Pétersbourg figure également sur vos fiches de paie, je suppose ?

— Naturellement.

— Tu as su tout de suite que j'irais en Géorgie ?

— Et je t'y ai suivi. Tu n'as senti ma présence que bien à retardement.

— Tu étais chez Borya ?

— Bien sûr.

— Si je n'avais pas tordu le cou du vieux, tu l'aurais fait toi-même ?

— On se connaît tellement bien, tous les deux. »

Paul était collé au rideau quand le nommé Knoll admit

qu'il avait tué Karol Borya. Rachel émit une sorte de hoquet. Elle chancela, poussant Paul contre le rideau. Il se rendit compte que ce hoquet, ce mouvement étaient plus qu'il n'en fallait pour alerter les deux autres. Il se jeta à terre en entraînant Rachel dans sa trajectoire. Leurs deux poids conjugués lui meurtrirent douloureusement l'épaule.

Knoll vit bouger le rideau, entendit le hoquet, et lâcha trois balles dans l'épaisse tenture de velours, à hauteur de poitrine.

Suzanne avait vu bouger le rideau elle aussi, mais sa priorité, pour l'instant, était d'évacuer cette église. Elle tira dans la direction de Knoll. La balle écorcha l'un des bancs. Elle vit Christian rouler sur lui-même, tandis qu'elle-même plongeait vers l'arrière du maître-autel, dont l'ombre se referma sur elle.

« Filons ! »

Paul empoigna Rachel et la traîna vers la sortie de l'église. Leur meilleure chance était que ces deux-là s'entre-tuent avant de se préoccuper d'autre chose. À moins qu'ils ne fissent équipe contre un ennemi commun brusquement révélé.

Ils atteignirent la porte. L'épaule de Paul lui causait un mal de chien, mais l'adrénaline qui courait dans ses veines agissait comme un anesthésique. Une fois dans le corridor, il haleta :

« Pas par la cour. Ils nous tireraient comme des lapins. »

Un petit escalier s'offrait, sur la gauche.

« Par ici, vite ! »

Knoll vit Suzanne se réfugier derrière l'autel, mais les piliers, la disposition des lieux la couvraient pour l'instant.

363

Il avait bien envie, d'autre part, de savoir qui avait fait bouger ce rideau. Il le releva, sans s'exposer, prêt à faire feu.

Personne.

Il entendit une porte s'ouvrir et se refermer. Il enjamba le corps de Grumer et récupéra son stylet au passage. Il en essuya soigneusement la lame avant de la restituer à son fourreau de cuir. Puis il se dirigea vers la sortie.

Ils grimpèrent le petit escalier sans accorder un regard aux portraits des rois et des empereurs accrochés de part et d'autre. Rachel gémissait :

« Ce salaud a tué papa.

— Je sais. Mais pour l'instant, ce sont nos vies qui sont en jeu. »

Il parcourut le palier, escalada les dernières marches d'un seul bond. Un autre corridor s'étendait devant eux. Une porte s'ouvrait, au niveau inférieur. Il s'immobilisa, couvrant d'une main la bouche de Rachel. Des pas à leur suite. Lents, réguliers, implacables. Il fit signe à Rachel de se taire, et tous deux repartirent vers cette autre porte fermée, à l'extrémité du couloir.

Il en manœuvra le loquet. Ouverte. Il tira le battant à lui, et tous deux sortirent en vitesse.

Suzanne se blottit dans l'ombre du maître-autel, entre deux vases de métal d'où montait l'odeur douceâtre de l'encens refroidi. Des vêtements sacerdotaux aux couleurs vives pendaient à une longue barre métallique. Il fallait absolument qu'elle finisse ce que Knoll avait commencé. Cette ordure avait encore marqué un point. Comment avait-il pu savoir qu'il la trouverait ici, à cette heure ? En quittant le Gebler, elle s'était assurée qu'elle n'était pas suivie. Non, Knoll était venu directement, sans la suivre. Mais comment ? Grumer ? Possible. La trahison était son violon d'Ingres. Et Knoll n'avait pas tenté de la pourchasser en voiture, après leur première escarmouche dans la mine. Mais le plaisir de l'avoir laissé sur place n'était rien, au regard de la situation présente.

Elle scruta les profondeurs de la nef. Il était toujours là, quelque part, et plus question de le laisser repartir. Loring n'aimerait pas ça. Plus de fausses manœuvres. Des mesures définitives.

Penchée hors de sa cachette, elle vit Knoll écarter un rideau. Puis une porte s'ouvrit, se referma. Elle perçut un bruit de pas, dans un escalier. Sauer en main, elle se dirigea vers la source du bruit.

Knoll avait entendu les pas feutrés, au-dessus de sa tête.

Il s'avança, l'arme braquée.

Paul et Rachel s'étaient fourvoyés dans un local clos auquel un écriteau attribuait le nom de Marmoren Kammer, la Chambre de marbre. Des piliers régulièrement espacés s'élevaient à plus de dix mètres de hauteur, ornés de feuilles d'or sur fond couleur pêche. Fresque magnifique, au plafond, représentant des chariots, des lions, et les travaux d'Hercule. Des peintures murales en trompe-l'œil procuraient, alentour, une impression de profondeur en trois dimensions. De pures merveilles, sauf aux yeux de deux personnes traquées par un tueur armé jusqu'aux dents.

Ils franchirent rapidement le dallage en damier blanc et noir percé d'une grille de cuivre à travers laquelle pénétrait un souffle d'air agréablement chaud. Une autre porte de marqueterie se dressait devant eux que Paul ouvrit, alors que dans leur dos grinçait doucement la porte par laquelle ils étaient entrés.

Ils sortirent sur une terrasse circulaire. Au-delà d'une rambarde de fer forgé, s'étendaient les lumières de la ville. Le ciel noir, au-dessus d'eux, fourmillait d'étoiles. Toute proche, la façade ambre et blanc de l'abbaye tranchait sur le fond de la nuit extérieure. Lions et dragons de pierre montaient, en pleine lumière, une garde vigilante. Une brise glacée sifflait sur les reliefs. La terrasse se prolongeait, en fer à cheval, jusqu'à une autre porte, première d'une longue série. Ils y coururent. Verrouillée.

Derrière eux, la dernière porte franchie se rouvrait en grinçant. Paul s'assura d'un coup d'œil qu'il n'existait pas d'autre issue. De l'autre côté de la rambarde, il n'y avait rien. À part un à-pic de plusieurs centaines de mètres, jusqu'au niveau du fleuve.

Rachel avait compris leur dilemme, et levait vers lui des yeux emplis de larmes. Le cœur étreint par une même pensée.

Toute autre voie de retraite coupée, ils allaient se faire tirer comme des lapins.

46

En ouvrant la porte, Knoll constata qu'elle donnait sur une terrasse. Il marqua un temps d'arrêt. Danzer rôdait toujours dans son sillage. Ou bien avait-elle déjà fui l'abbaye ? Aucune importance. Dès qu'il aurait établi l'identité de ces autres visiteurs et réglé le problème, il foncerait jusqu'à l'hôtel de Suzanne. S'il ne l'y trouvait pas, il la rattraperait quelque part ailleurs. Elle ne lui échapperait pas, cette fois-ci.

Debout dans l'encadrement de la massive porte de chêne, il scruta les ténèbres de la terrasse. Personne. Il referma la porte derrière lui et s'engagea sur la terrasse. Un rapide coup d'œil sur la gauche, par-dessus la rambarde. Les lumières de Stod brillaient tout en bas, très loin, divisées en deux parties inégales par le ruban scintillant du fleuve. Il marcha jusqu'à l'autre porte. Elle était bouclée.

Brusquement, la porte de communication avec la Chambre de marbre se rouvrit. Danzer bondit à l'extérieur. Knoll s'abrita derrière un des pilastres de la rambarde formant une courbe alors que deux détonations assourdies propulsaient vers lui deux projectiles qui le manquèrent.

Il riposta. Elle en fit autant, invisible dans une poche

de ténèbres. Il connaissait la précision de son tir. La balle arracha à la pierre une poussière minérale qui l'aveugla temporairement. Rampant jusqu'à la porte, il en examina, sans se redresser, le loquet mangé par la rouille. Il tira deux balles dans la ferraille oxydée, en se protégeant des ricochets possibles. Le loquet se détacha.

Il ouvrit la porte et d'une roulade se jeta de l'autre côté.

Suzanne vit s'entrebâiller la porte, à l'autre bout du fer à cheval. Personne ne la franchit. Knoll avait dû ramper. Cet homme était beaucoup trop dangereux pour qu'elle poursuive cette lutte dans de telles conditions. Elle aviserait plus tard. Dans la mesure où Christian allait réintégrer l'intérieur de l'église, la meilleure chose à faire pour elle était d'évacuer le champ de tir et de battre en retraite pendant que c'était encore possible. Elle avait hâte de regagner le château de Loukov afin d'y conférer en toute sécurité avec Ernst Loring. Grumer était mort, et comme pour Karol Borya, Knoll lui avait épargné la corvée de l'éliminer. Rien d'autre à faire, pour l'instant, autour des mines du Harz. Autant prendre le temps d'étudier, bien au chaud, toute autre mesure nécessaire.

Tournant les talons, elle repartit en courant à travers la Chambre de marbre.

Rachel et Paul pendaient au-dessus du vide, cramponnés côte à côte à la base de deux pilastres voisins. C'était elle qui avait eu cette idée, alors que la porte du fond commençait à s'ouvrir. Un vent violent leur glaçait les mains. Elle sentait qu'elle allait flancher d'un instant à l'autre.

Ils avaient perçu avec horreur les détonations étouffées par quelque dispositif silencieux. En priant Dieu que personne ne regardât par-dessus la rambarde. Paul avait pu jeter un coup d'œil alors que quelqu'un faisait sauter le loquet et s'échappait de la terrasse en roulant sur lui-même.

« Knoll », chuchota-t-il.

Et puis plus rien. Pas un bruit.

« Je ne pourrai pas tenir plus longtemps », ahana Rachel.

Paul risqua un nouveau coup d'œil.

« Plus personne. On remonte. »

S'aidant d'un point d'appui dans la pierre extérieure, il réussit à basculer, malgré son épaule blessée, par-dessus la rambarde de la terrasse. Puis il saisit Rachel par un bras et la hissa auprès de lui. Et tous deux purent contempler, enfin, le panorama de la ville.

« Je n'aurais jamais cru qu'on pourrait faire une chose pareille, chuchota Rachel, pantelante.

— Je n'aurais jamais cru qu'on aurait à le faire. Mais quand la vie est en jeu…

— Si je me rappelle bien, c'est toi qui nous as entraînés dans cette filature.

— Je ne l'ai pas oublié ! »

Il ouvrit la porte déverrouillée par Knoll. Elle communiquait avec une élégante bibliothèque meublée du sol au plafond de massifs rayonnages en châtaignier, ornés de dorures dans le style baroque. Venait ensuite une vaste pièce au parquet de bois clair, décorée de deux énormes mappemondes et entourée d'autres étagères. L'air tiède charriait une légère odeur de cuir moisi. Droit devant eux, un rectangle de lumière indiquait l'amorce d'un autre escalier.

« Par ici, décida Paul.

— Je te rappelle que Knoll est passé par là.

— Je sais. Mais il n'est sûrement plus là, après cette fusillade. »

Ils descendirent l'escalier. Un nouveau corridor piquait vers la droite. Qui les ramènerait, peut-être, à la cour d'accès. Cette église était un labyrinthe. Au bas des marches, Rachel vit Paul se retourner vers elle. Puis une ombre jaillit de l'ombre et il y eut un choc sourd. Le corps de Paul s'affaissa sur le sol.

Deux mains gantées l'empoignèrent. Sa vision se brouilla. S'éclaircit de nouveau. Pour découvrir le masque figé de Christian Knoll, dont le stylet menaçait sa gorge.

« C'est votre ex-mari ? Accouru à votre rescousse ? »

Elle baissa les yeux vers Paul toujours inanimé. Elle regarda Knoll à nouveau.

« Que vous le croyiez ou non, madame Cutler, je n'ai rien contre vous, dit-il. Peut-être devrais-je vous tuer, mais je n'y prendrais aucun plaisir. D'abord votre père. Et puis vous-même. À si peu d'intervalle. Non. Bien que je sois tenté d'éliminer les obstacles qui se dressent sur mon chemin, je ne peux pas me résigner à vous tuer. Alors, je vous en prie, rentrez chez vous.

— Vous avez… tué mon père !

— Votre père avait conscience des risques dont il avait émaillé sa vie. Vous auriez dû l'écouter. Je connais bien la légende de Phaéton. Une vraie mise en garde contre les décisions trop impulsives. Mais d'une génération à l'autre, personne n'écoute jamais personne. Rappelez-vous les paroles du dieu du Soleil à Phaéton. "Lis sur mon visage et si tu le peux, lis dans mon cœur. Vois si tu peux y déchiffrer l'angoisse paternelle que m'inspire ta folle impatience." Ne négligez pas cet avertissement, madame Cutler. Voulez-vous que vos précieux enfants pleurent des larmes d'ambre, après qu'un éclair vous aura foudroyée ? »

Elle revoyait son propre père après sa mise en bière. Elle l'avait enterré dans sa veste de tweed, celle qu'il avait portée le jour où il avait récupéré sa véritable identité. Elle n'avait jamais cru vraiment à la nature accidentelle de sa chute. Et le tueur était là, contre elle, qui la menaçait d'un poignard. Folle de rage, elle tenta de le frapper du genou au niveau de l'entrejambe, mais la main gantée se resserra autour de son cou, et la pointe du stylet lui perça la peau.

Elle se raidit, le souffle coupé.

Knoll lui lâcha la gorge. Sans rompre le contact de son arme avec la chair tendre de Rachel. Il la caressa doucement jusqu'à s'arrêter sur son sexe, puis il remonta jusqu'à ses seins fermement dessinés sous son sweater moulant.

« J'ai senti plus d'une fois que je vous intriguais. Dommage, dans un sens, que je n'aie pas plus de temps devant moi. »

La pression de sa main autour du sein droit de Rachel se fit plus insistante, arrachant à la jeune femme un petit cri de douleur.

« Suivez mon conseil, madame Cutler. Rentrez chez vous. Jouissez d'une vie heureuse. Prenez soin de vos enfants. »

Il désigna du menton le corps inerte de Paul.

« Faites plaisir à votre ex-mari. Oubliez tout cela, ce n'est pas votre affaire. »

Elle trouva la force de répéter :

« Vous avez tué… mon père. »

La main quitta sa poitrine et se referma sur son cou.

« Si je vous retrouve sur mon chemin, je vous coupe la gorge. Vous m'avez bien compris ? »

Elle ne dit rien. Le stylet s'enfonça un peu plus. Elle aurait voulu hurler, mais elle en était incapable.

« Vous m'avez bien compris ? répéta Knoll.

— Oui.

— À la bonne heure ! »

Il rengaina sa lame. Elle sentait le sang couler par la petite blessure qu'il lui avait infligée, et se tenait toute raide contre le mur. L'immobilité de Paul la torturait. Elle ne l'entendait même pas respirer.

« Faites ce que je vous ai dit, Frau Cutler. »

Il pivota sur lui-même pour partir.

Elle l'agrippa des deux mains.

Celle de Knoll décrivit un arc de cercle, et le manche du stylet la frappa avec précision au-dessous de la tempe droite. Ses yeux virèrent au blanc. Un flot de bile envahit sa gorge. Puis elle vit Maria et Brent courir vers elle, les bras tendus. Ils lui criaient quelque chose, mais les mots étaient indistincts et, sur cette dernière image, Rachel perdit connaissance.

QUATRIÈME PARTIE

47

Suzanne dégringola comme une folle la descente vers Stod. En chemin, elle croisa trois noctambules qui la regardèrent passer, surpris, mais ne tentèrent pas de la retenir. Tout ce qu'elle voulait, à ce stade, c'était rentrer au Gebler, y cueillir ses effets personnels et déguerpir. Elle n'aspirait qu'à retrouver, derrière la frontière tchèque, la sécurité du château de Loukov. Jusqu'à ce que Loring et Fellner se fussent mis d'accord sur la suite à donner au conflit, si conflit il y avait.

La réapparition soudaine de Knoll l'avait totalement prise au dépourvu. Ce salaud avait de la suite dans les idées, c'était une justice à lui rendre. Elle résolut de ne pas le sous-estimer une troisième fois. Puisqu'il était à Stod, c'était à elle de quitter le pays.

En atteignant la rue, elle ralentit sa course, mais n'en rallia pas moins son hôtel en un temps record.

Une municipalité économe avait déjà réduit l'éclairage public, mais la réception du Gebler était toujours brillamment éclairée. Le gardien de nuit, derrière le comptoir, pianotait sur son clavier et ne lui prêta qu'une attention distraite.

Dieu merci, elle avait déjà préparé ses bagages. Prête à partir, comme elle en avait eu l'intention, sitôt réglé le cas Grumer. Elle accrocha son sac à son épaule droite et jeta quelques billets sur le lit. Plus qu'il n'en fallait pour couvrir sa note. Pas le temps d'entrer dans les détails. Seule comptait la vitesse d'exécution.

Elle réfléchit une seconde. Peut-être Knoll ignorait-il où elle était descendue. Stod était une grande ville, avec des tas d'hôtels. Mais s'il le savait, il n'allait sans doute pas tarder à réapparaître. Après avoir résolu le problème de ces présences imprévues à l'abbaye. Présences qui la concernaient, elle aussi. Mais après tout, ce n'était pas elle qui avait poignardé Grumer. Quiconque avait pu en être le témoin représentait donc un plus gros problème pour Knoll que pour elle-même.

Avant de redescendre, elle rechargea son Sauer et l'empocha. En bas, elle passa très vite devant le comptoir de la réception, et déboucha sur le trottoir. Un coup d'œil à droite, un coup d'œil à gauche.

À moins de cent mètres de là, Knoll l'aperçut et se mit à courir. Elle s'engouffra dans une petite rue de traverse. Tourna deux fois. Trois fois. Sans doute pourrait-elle le semer dans ces ruelles qui se ressemblaient toutes.

Elle s'arrêta, le souffle court.

Des pas résonnaient derrière elle.

Des pas qui se rapprochaient.

La respiration de Knoll se condensait, dans l'air sec, en petits nuages de vapeur qui accompagnaient sa course. Son timing avait été presque parfait. À quelques minutes près, il surprenait la salope dans son lit.

Il tourna dans une nouvelle petite rue et prêta l'oreille.

Silence.

Intéressant.

La main sur son CZ, il avança prudemment. La veille,

il avait étudié la topographie de la vieille ville sur un plan fourni par le syndicat d'initiative. Le quartier regorgeait de ruelles et d'allées se terminant parfois en impasse. Toits pentus, fenêtres étroites et arcades ornées de créatures mythologiques uniformisaient le secteur et ne facilitaient pas l'orientation. Mais il savait exactement où était garée la Porsche gris ardoise de Danzer. Il l'avait repérée également la veille, lors d'une petite tournée d'inspection. Suzanne n'était pas femme à rester éloignée d'un moyen de transport immédiatement disponible.

Il partit dans cette direction. Celle, précisément, qu'elle avait prise.

Il s'arrêta pile.

Aucun bruit de pas, non plus, sur le chemin de la Porsche.

Il prit un nouveau tournant. Rue étroite, rectiligne, premier lampadaire à bonne distance. Croisement vers le milieu. Le tronçon de droite se terminait en cul-de-sac, avec un triporteur à l'ancienne et une BMW rangée le long du trottoir. Il vérifia les portières de la voiture. Bouclées. Il souleva le couvercle du triporteur. Vide en dehors d'un tas de vieux journaux et de sacs en plastique qui dégageaient une odeur de vieux poisson. Il alla même jusqu'à essayer les poignées des maisons voisines.

Bouclées.

Il recula vers la longue rue rectiligne, pistolet dégainé, et tourna à droite.

Danzer attendit cinq bonnes minutes avant de sortir de sous la BMW. Grâce à son petit gabarit, elle n'avait eu aucun mal à s'y glisser. Son 9 mm au poing, par prudence. Mais Knoll n'avait pas regardé *sous* la voiture. Juste vérifié les portières avant de se retirer, apparemment satisfait.

Elle reprit son sac de voyage dans le triporteur où elle l'avait recouvert de vieux journaux et de sacs en plastique. Il y avait acquis un léger relent de poisson. Ensuite, elle remit le Sauer dans sa poche et décida d'utiliser un autre itinéraire pour rallier la Porsche. S'il le fallait, elle l'abandonnerait sur place et louerait un autre véhicule le lendemain. En se réservant de venir reprendre sa voiture quand ce micmac serait terminé. Le boulot d'un « acquéreur » était d'exaucer les désirs du patron. Même si Loring lui avait laissé toute latitude pour résoudre le problème à sa guise, le risque d'attirer l'attention par ses démêlés avec Knoll n'était pas négligeable. Il s'accroissait, au contraire. Et l'éliminer s'était révélé plus ardu qu'elle ne l'avait imaginé.

Elle s'arrêta dans l'impasse, juste avant le carrefour, l'oreille aux aguets.

Rien. Aucun bruit de pas.

Au lieu de tourner à droite, comme Knoll un instant plus tôt, elle s'engagea dans la direction opposée.

D'un porche obscur, jaillit un poing qui la frappa en plein front. Le coup la paralysa juste assez longtemps pour qu'une autre main la saisît à la gorge. Knoll la souleva de terre et la plaqua contre un mur de pierre humide. Un sourire cruel tordait son visage.

« Tu m'as cru vraiment si stupide ?

— Allons, Christian, faisons la paix. Je pensais ce que je disais, à l'abbaye. Montons à ta chambre. Tu te souviens de la France ? C'était formidable, non ?

— Qu'est-ce qu'il y a de si important pour que tu aies tenté de me piéger ?

— Si je te le dis, on passe à mon programme ?

— Je ne suis pas d'humeur, Suzanne. On m'a donné carte blanche pour agir à ma façon. Et tu sais ce que je préfère. »

Gagner du temps, songeait-elle.

« Qui d'autre était dans l'église ?

— Les Cutler. Leur insistance me stupéfie. Tu sais ce qui les motive ? »

378

— Pas plus que toi.

— Je crois que tu en sais beaucoup plus que tu ne veux bien le dire. »

Suzanne commençait à suffoquer sous la pression de la main de Knoll.

« Ça va, ça va, Christian. C'est la Chambre d'ambre.

— Mais encore ?

— Ce site était la cachette choisie par Hitler en personne. C'est pour m'en assurer que j'étais ici.

— T'assurer de quoi ?

— Tu connais la passion de Loring. Il cherche les panneaux, comme Fellner. Mais il a le privilège d'accéder à des infos que tu n'as pas.

— Telles que ?

— Pas si vite, Christian. Pas avant que tu ne m'aies donné ton accord.

— Pour m'entuber une fois de plus ? Qu'est-ce qui se passe, Suzanne ? Il ne s'agit pas d'une mission ordinaire.

— Je te refais ma proposition. On monte chez toi. Et on parlera après. Promis.

— Je ne suis toujours pas d'humeur. »

Mais les allusions successives avaient produit leur effet. La main relâcha suffisamment son étreinte pour permettre à Suzanne de prendre appui sur le mur et de frapper son adversaire du genou entre les jambes. La douleur plia Knoll en deux. Elle le frappa une seconde fois du pied. Malgré les deux mains qu'il tentait de placer en protection devant ses testicules.

Knoll, achevé, s'effondra sur le trottoir humide.

Il entendit à peine décroître le bruit de sa course.

Une souffrance atroce torturait Knoll des pieds à la tête. Pas seulement physique. La garce l'avait possédé, une fois de plus. Rapide comme un chat. Il ne s'était déconcentré qu'une fraction de seconde, mais elle avait un instinct très sûr pour ce genre de chose.

La salope.

En écarquillant les yeux, il la vit détaler au loin, tout au bout de la rue rectiligne. Vers sa Porsche. La douleur qui montait de son bas-ventre était à la limite du supportable. Il pouvait à peine respirer. Il envisagea vaguement de la descendre à distance et saisit dans sa poche la crosse de son pistolet.

Il la manquerait sûrement. Ses balles ne seraient peut-être pas perdues pour tout le monde et cela ne servirait à rien.

Il s'occuperait d'elle avant peu.

48

Mercredi 21 mai
1 h 30

Rachel ouvrit les yeux. Sa tête éclatait. Son estomac chavirait. Pire qu'un mal de mer. L'odeur de vomi provenait de son sweater. Elle avait mal sous le menton. Elle y porta la main, puis revécut la piqûre du stylet pressé contre sa gorge.

Un homme l'observait, drapé dans une robe de bure. Un moine. Il était vieux et flétri, et la regardait avec un air de commisération profonde, les yeux mouillés par une pitié sincère. Elle était assise, le dos au mur, dans le corridor où Knoll l'avait attaquée.

« Qu'est-ce que… qu'est-ce qui s'est passé ?

— À vous de nous le dire, riposta Wayland McKoy en s'approchant d'elle.

— Où est Paul ?

— Là-bas devant. Toujours dans le cirage. Il a un œuf de pigeon sur le crâne. Vous vous sentez mieux ?

— Façon de parler. J'ai une affreuse migraine.

— Pas étonnant. Les moines ont entendu de drôles de trucs, dans leur église. Ils ont trouvé Grumer. Et puis vous deux. Votre clef de chambre les a conduits au Weber, et me voilà.

— Il nous faut un médecin.

— Ce moine est médecin. Il dit que vous n'avez pas de fracture. Et Paul non plus.

— Grumer ?

— En conférence avec le diable, je suppose.

— C'étaient Knoll et la femme. Grumer avait rendez-vous ici avec elle, et c'est Knoll qui a tué Grumer.

— Je n'irai pas jusqu'à plaindre ce salopard. Pour quelle raison ne m'avez-vous pas invité à votre safari, tous les deux ? »

Elle se massa doucement la tempe.

« Vous ne savez pas à quoi vous avez échappé. »

À quelques mètres de là, Paul émit un grognement. Elle se traîna sur le sol de pierre. Son estomac commençait à se calmer.

« Paul. Ça va mieux ? »

Il palpait prudemment sa bosse.

« Qu... Qu'est-ce qui s'est passé ?

— Knoll nous attendait. »

Rachel s'assit auprès de lui et examina sa bosse. McKoy lui demanda ce qui était arrivé à son menton. Elle éluda :

« Sans importance.

— Écoutez, Votre Honneur, j'ai un macchabée allemand sur les bras, en plus de la police locale. On vous trouve sur le carreau, tous les deux, et c'est sans importance ? Qu'est-ce qui s'est passé, nom de Dieu ?

— Ne jurez pas dans une église !

— Il faut qu'on appelle Pannek, intervint Paul.

— Entièrement d'accord.

— Hé, je suis là, vous vous souvenez de moi ? » leur rappela McKoy.

Le moine revenait avec un chiffon mouillé. Rachel

le passa doucement sur la tête de Paul. Elle le retira au bout de quelques instants taché de sang.

« Je crois que tu as une plaie ouverte. »

Paul lui releva le menton.

« Et ça, comment c'est arrivé ? »

Elle décida de lui en dire un peu plus :

« La pointe du couteau. Une mise en garde piquante... contre trop de curiosité.

— Curiosité à quel sujet ? questionna McKoy.

— Va savoir ! Tout ce qu'on sait, c'est que la femme a tué Chapaev, et que Knoll a tué mon père.

— Comment vous le savez ? »

Elle le lui raconta.

« On n'entendait pas tout ce qu'ils se disaient, dans l'église, précisa Paul. Seulement des bribes. Mais l'un des deux hommes, je crois que c'est Grumer, a parlé le premier de la Chambre d'ambre. »

McKoy secouait désespérément la tête.

« Je ne pensais pas que les choses en viendraient là. Bon Dieu de bon Dieu, qu'est-ce que j'ai fait ? »

Paul releva vivement :

« Qu'est-ce que vous entendez par là ? Qu'est-ce que vous pouvez bien avoir *fait* ? »

McKoy se taisait, accablé. Rachel s'emporta :

« Répondez-lui, bon sang ! »

Mais McKoy continuait à se taire.

Debout dans la caverne souterraine, l'esprit ailleurs, McKoy revivait toutes ses angoisses passées et ne quittait pas des yeux les trois camions rouillés. Puis il se retourna vers la paroi rocheuse, comme s'il espérait y lire un message. *Si les murs pouvaient parler...* Issu de la nuit des temps, le vieux cliché tournoyait dans sa tête. Si les choses pouvaient témoigner du passé, que lui diraient-elles ? Pourquoi les Allemands de l'époque avaient-ils jugé bon d'abandonner sous la montagne des véhicules indispensables pour la conduite de la guerre, et dynamité la seule voie d'accès ? Mais étaient-ce bien les Allemands qui avaient pris cette initiative ? Ou, quelques années plus tard, un Tchèque bien renseigné, après avoir nettoyé par le vide les trois camions voués à l'oubli ? Les murs, hélas, se taisaient. Aussi muets que les voix qui avaient tenté, en vain, d'indiquer une piste menant au succès d'une folle entreprise, au lieu de mener à la mort.

Derrière lui, des pas approchaient de l'ouverture percée la veille. L'autre issue était obstruée par une telle masse de terre et de pierre qu'il paraissait inutile d'entreprendre d'autres terrassements. Pourtant, ses équipes s'y colleraient, dès le lendemain. Sa montre l'informa qu'il était près de onze heures. Il se retourna pour voir Paul et Rachel émerger à leur tour des ténèbres voisines.

« Je ne vous attendais pas si tôt. Comment va la tête ?

— Mieux que la vôtre, McKoy, ironisa Paul Cutler. Plus d'atermoiements. Aujourd'hui, on attend des réponses. Que vous le vouliez ou pas, on est dans ce pétrin avec vous. La nuit dernière, vous vous demandiez ce que vous aviez fait. Ce matin, c'est à vous de nous le dire.

— Vous n'avez pas l'intention de suivre le conseil de Knoll et de rentrer chez vous ?

— On devrait ?

— Là, c'est à vous de me le dire, Votre Honneur. »

Paul s'emporta légèrement :

« Arrêtez de tourner autour du pot, voulez-vous ? Qu'est-ce qui se passe ?

— Venez voir. »

McKoy leur montra un des squelettes incrustés dans le sable.

« Il ne reste plus grand-chose des fringues qu'ils portaient.

— Juste assez de débris pour reconnaître des uniformes

remontant à la dernière guerre. À savoir des tenues de marines U.S. »

Il pointa son index sur un fourreau de baïonnette.

« Il s'agit d'une M4 américaine. Quant au pistolet qui était dans cet étui, je crois pouvoir dire qu'il s'agissait d'une arme française. Les Allemands ne portaient pas de pièces d'équipement américaines ou françaises. Après la guerre toutefois, des tas de groupes européens, militaires ou paramilitaires, se sont servis de surplus américains. La Légion étrangère française, l'armée nationale grecque, l'infanterie des Pays-Bas. »

Il désigna le squelette voisin.

« Un des cinq types portait des bottes et un pantalon sans poches. Les communistes hongrois ont continué à en faire usage, bien *après* la guerre. Ces fringues, les camions vides et le portefeuille que vous avez trouvé, rien ne manque.

— Pour prouver quoi ?

— Que d'autres sont passés avant nous.

— Vous êtes sûr d'avoir identifié les vêtements que portaient ces types ? insista Rachel.

— Contrairement à ce que vous pouvez penser, je ne suis pas qu'un minable cul-terreux de Caroline du Nord. L'histoire militaire est ma passion. Elle fait également partie des recherches entreprises lors de la préparation de cette opération. Dès le lundi, j'ai senti passer le vent. Cette cachette a été vidée bien après la guerre. Aucun doute là-dessus. Ces pauvres mecs étaient soit d'anciens militaires, soit des militaires de carrière ou de vulgaires travailleurs affublés de surplus.

— Alors, tout ce que vous faisiez avec Grumer était bidon ?

— Bien sûr que non ! J'aurais voulu trouver une cache pleine de trésors, mais au premier coup d'œil, j'ai pigé qu'on arrivait trop tard. À quel point, je ne m'en doutais pas encore. »

Paul se pencha vers les ossements épars.

« C'est le cadavre au portefeuille et aux lettres effacées par Grumer. »

Du bout d'un doigt, il retraça les lettres O I C telles qu'il les avait aperçues, en respectant les intervalles au mieux de ses souvenirs.

« Elles étaient disposées comme ça. »

McKoy tira de sa poche une des photos de Grumer alors que Paul ajoutait, dans les espaces, trois autres lettres, L R N. Puis modifiait légèrement le c final pour en faire un g. Le tout, à présent, se lisait L O R I N G.

« Putain, s'étouffa McKoy en comparant le résultat obtenu à la photo de Grumer. Je crois que vous avez tapé dans le mille, Cutler.

— Qu'est-ce qui t'y a fait penser ? demanda Rachel.

— Je n'étais pas sûr d'avoir très bien vu. J'ai pensé que le c pouvait être un g. Le nom de Loring revenait sans cesse. Ton père en parlait dans ses lettres. »

Il les sortit de sa poche.

« Je les ai relues ce matin. »

McKoy déchiffra le texte manuscrit. Vers le milieu de la page, le nom de Loring retint son attention.

Yancy m'a téléphoné la veille du crash. Il avait retrouvé le vieil homme dont le frère travaillait, d'après toi, sur la propriété de Loring. Tu avais raison, je n'aurais jamais dû demander à Yancy d'enquêter discrètement de son côté pendant son séjour en Italie.

McKoy, atterré, cherchait le regard de son avocat.

« Vous croyez que vos parents étaient la vraie cible de la bombe ?

— Je ne sais plus que croire. Cette nuit, Grumer a parlé de Loring. Karol le citait dans ses lettres. Mon père connaissait son existence. Ces pauvres mecs aussi, apparemment. Et n'oubliez pas que la femme a tué Chapaev. Et Knoll, le père de Rachel.

— Il faut que je vous montre autre chose. »

McKoy sortit de sa poche une carte qu'il déplia dans la lumière d'une grosse ampoule nue.

« J'ai fait quelques relevés, ce matin. La deuxième issue rendue impraticable pointe vers le nord-est. »

Son gros doigt se déplaça lentement sur la carte.

« Cette carte remonte à 1943. Il y avait, dans le temps, une route pavée qui suivit la base des collines, au nord-est. »

Ils s'assirent tous les trois dans le sable, afin de mieux étudier la carte.

« Je parierais que les camions sont venus jusqu'ici par cette route et par cette issue. Il leur fallait une chaussée solide. Ils sont trop lourds pour le sable et la boue.

— Vous faites confiance à la parole de Grumer ? demanda Rachel.

— Lorsqu'il dit que la Chambre d'ambre a été planquée dans cette caverne ? Je n'en doute pas un instant.

— D'où vous vient cette certitude ? demanda Paul à son tour.

— Je dirai que cette planque n'a pas été murée par les nazis, mais par ceux qui ont pillé la cachette, après la guerre. Les Allemands avaient l'intention de récupérer les panneaux, tôt ou tard. Pourquoi auraient-ils condamné leur issue ? Ça ne tient pas debout. Mais le salaud qui s'y est introduit dans les années cinquante ne voulait pas que quelqu'un d'autre puisse déduire qu'il avait touché le gros lot. Il a donc buté ses complices et refermé le couvercle. Seul, le radar nous a mis sur la bonne voie. Un coup de pot. On a pu faire la percée. Un autre coup de pot. »

Rachel n'était pas entièrement d'accord.

« Je me le demande…

— Aussi bien les Allemands que les pillards des

387

années cinquante ne savaient sans doute pas qu'on pouvait entrer par l'autre côté. Double coup de pot, je persiste et signe. On cherchait un train alors que le trésor était venu par la route.

— Il y avait également un train, jusque dans ces montagnes ?

— Et comment ! Qui leur servait à apporter et à reprendre leurs putains de munitions, à mesure des besoins.

— Alors, c'est peut-être cette mine que Chapaev et papa comptaient venir voir, conclut Rachel qui s'était relevée.

— Y a des chances.

— Retour à la case départ, McKoy. Vous vouliez dire quoi, avec votre "Qu'est-ce que j'ai fait ?"

— Je vous connais mal, tous les deux, confessa McKoy en se décollant lourdement du sol. Mais pour une raison ou pour une autre, je vous fais confiance. Retournons au hangar, et je vous raconterai tout. »

Le soleil du matin illuminait l'intérieur poussiéreux du hangar au matériel. McKoy s'éclaircit la gorge.

« Qu'est-ce que vous savez, au juste, sur Hermann Goering ? »

Paul eut un sourire dubitatif.

« Juste ce que la Chaîne Histoire en a raconté.

— C'était le numéro deux nazi. Mais Hitler a finalement ordonné son arrestation, en 1945. Grâce à Martin Bormann qui était parvenu à convaincre le Führer que Goering préparait un putsch afin d'accéder au pouvoir suprême. Bormann et Goering ne s'étaient jamais entendus. Hitler accusa le *Feldmarschall* de haute trahison, le dépouilla de tous ses titres et le fit coffrer. Les Américains le découvrirent à la fin de la guerre, quand ils achevèrent de contrôler l'Allemagne du Sud.

« Alors qu'il était en taule, dans l'attente de son

jugement pour crimes de guerre, Goering eut à subir de lourds interrogatoires. Qui figurent dans des dossiers appelés *Consolidated Interrogation Reports*. Étiquetés "top secret" pendant des années.

— Pour quelle raison ? objecta Rachel. Ils étaient plus historiques que confidentiels, non ? La guerre était bien finie. »

McKoy expliqua qu'il n'y avait pas une, mais deux raisons à cela. La première reposait dans l'avalanche de revendications qui avait suivi la capitulation de l'Allemagne. Beaucoup étaient ridiculement abusives. Aucun gouvernement n'avait le temps et les fonds nécessaires pour entreprendre des centaines de milliers d'enquêtes et statuer sur la justesse d'autant de réclamations. Les *Consolidated Interrogation Reports* n'auraient fait qu'amplifier encore la confusion ambiante.

La seconde raison était plus pragmatique. La version officielle admettait pieusement que tout le monde, à l'exception d'une poignée d'hommes politiques et de militaires corrompus, s'était vaillamment opposé à la terreur nazie. Mais les C.I.R. révélaient combien de marchands d'art français, belges et hollandais avaient profité de l'invasion pour collaborer au projet du *Sonderauftrag* de Linz ou futur Musée des beaux-arts d'Adolf Hitler. La mise sous cloche de ces rapports avait rendu l'air plus respirable pour un assez grand nombre de personnalités connues.

« Goering s'efforçait de prélever sa part sur le butin que les émissaires du Führer s'empressaient de rafler dans tous les pays conquis. Hitler, lui, voulait purger le monde de ce qu'il considérait comme un art décadent, Picasso, Van Gogh, Matisse, Nolde, Gauguin, Grosz, et bien d'autres encore. Alors que Goering reconnaissait la valeur artistique de tous ces chefs-d'œuvre.

— Quel rapport entre cette rivalité et la Chambre d'ambre ?

— J'y venais, mon cher Paul. Goering avait épousé en premières noces une comtesse suédoise, Karin von Kantzow. Elle avait visité le palais de Catherine, à Leningrad, juste avant la guerre, et elle était tombée follement amoureuse de la Chambre d'ambre. À sa mort, en 1931, Goering l'enterra en Suède, mais les communistes profanèrent sa tombe. Il fit donc construire une propriété appelée Karinhall, au nord de Berlin, et transféra le corps dans un immense mausolée. Tout le domaine était aussi clinquant que vulgaire. Quarante mille hectares s'étendant vers le nord jusqu'à la mer Baltique, vers l'est jusqu'en Pologne. Goering voulait aussi, en souvenir d'elle, reconstituer la Chambre d'ambre, et il avait fait préparer un local de dix mètres sur dix prêt à recevoir les panneaux.

— Comment pouvez-vous savoir tout ça ? s'étonna Rachel.

— Les C.I.R. déclassifiés contiennent des interrogatoires d'Alfred Rosenberg, patron de l'E.R.R., un organisme créé par Hitler pour superviser le pillage de l'Europe. Rosenberg a souvent rappelé l'obsession de Goering, concernant la Chambre d'ambre. »

McKoy décrivit la sauvage concurrence qui existait entre Hitler et Goering, dans le domaine de l'art. Les goûts du Führer reflétaient la philosophie nazie. Plus l'origine d'une toile remontait vers l'est, moins elle avait de valeur.

« L'art russe n'avait aucun intérêt, aux yeux d'Adolf Hitler. Il considérait tout le pays comme une nation inférieure au reste de l'humanité. Mais pour lui, la Chambre d'ambre n'avait rien de russe. C'était Frédéric-Guillaume Ier, roi de Prusse, qui en avait offert la matière première, l'ambre brut, à Pierre le Grand. L'œuvre réalisée était donc allemande, et son retour en Allemagne, culturellement essentiel.

« Hitler en personne ordonna l'évacuation des

panneaux, en 1945. Mais Erich Koch, le gouverneur de la Prusse, marchait avec Goering. Et voilà le hic. Josef Loring et Koch se connaissaient bien. Koch avait désespérément besoin de matériaux et d'usines actives pour arriver aux quotas imposés par Berlin à tous les gouverneurs de province. Loring travaillait pour les nazis, mettant les mines familiales, ses fonderies et ses usines au service de l'effort de guerre allemand. Jouant sur les deux tableaux, cependant, Loring était en cheville avec les services secrets russes. C'est ce qui explique sa prospérité en Tchécoslovaquie, sous la férule soviétique, après la guerre.

— Toujours la même question, intervint Paul, comment savez-vous tout ça ? »

McKoy s'empara d'une serviette de cuir posée de guingois sur une table à dessin. Il en sortit une liasse de feuillets agrafés ensemble et la tendit à Paul en spécifiant :

« Passez tout de suite à la page quatre. J'ai marqué les paragraphes. »

Penchés côte à côte, les Cutler parcoururent le texte souligné :

Les interrogatoires de quelques contemporains d'Erich Koch et de Josef Loring confirment les rencontres fréquentes de ces deux personnages. Loring soutenait Koch financièrement et lui assurait un mode de vie plus que confortable. Leurs relations menèrent-elles à l'acquisition de renseignements précis sur la Chambre d'ambre, voire à son acquisition tout court ? Difficile à dire. Si Loring disposait soit de ces renseignements, soit de la chose elle-même, les Soviets semblent l'avoir ignoré.

Très tôt après la guerre, en mai 1945, le gouvernement soviétique se mit en quête des panneaux d'ambre. Alfred Rohde, administrateur des collections de Königsberg pour le compte du Führer, devint la première source d'informations des Soviets. Rohde lui-même était passionnément amoureux de l'ambre. Il révéla aux enquêteurs soviétiques que les panneaux étaient toujours à Königsberg, quand il quitta le palais le 5 avril 1945. Il montra à ces mêmes enquêteurs le local détruit par les bombardements où les caisses avaient été entreposées. Des débris de bois doré et de gonds en cuivre provenant, semblait-il, des portes de la Chambre d'ambre jonchaient encore le parquet carbonisé. La conclusion coulait de source. Les précieux panneaux étaient partis en fumée au cours du sinistre. Le dossier était clos. Et puis, en 1946, Anatole Kuchumov, conservateur des palais de Pouchkine, visita Königsberg. Là, dans les mêmes ruines, il releva des débris de mosaïques florentines provenant de la Chambre d'ambre. Kuchumov était persuadé que, même si le local de stockage avait brûlé de fond en comble, l'ambre avait échappé au désastre, et il ordonna la reprise immédiate des recherches.

Entre-temps, Rohde et sa femme étaient morts, le jour même où ils devaient comparaître, pour un nouvel interrogatoire, devant une commission soviétique. Détail notable, le médecin chargé de délivrer leurs permis d'inhumer disparut le même jour. À ce stade, le ministre soviétique de la Sécurité de l'État reprit l'enquête à son compte, conjointement avec la Commission extraordinaire qui poursuivit les recherches jusqu'au début de l'année 1960.

Rares sont les personnes qui ont voulu admettre que la Chambre d'ambre avait brûlé à Königsberg. De nombreux experts mettent également en doute la destruction des mosaïques florentines. Les Allemands se montraient fort habiles quand il le fallait et, compte tenu de la valeur et des personnalités impliquées, tout est possible. Qui plus est, eu égard aux activités de Josef Loring dans la région du Harz, à sa passion pour l'ambre et à l'étendue pratiquement illimitée de ses moyens, financiers et autres, on peut se demander si ses efforts n'ont pas été finalement couronnés de succès. Les interrogatoires d'héritiers de résidents locaux confirment les nombreuses visites de Loring dans la région du Harz, ainsi que ses tentatives de fouille, le tout avec l'approbation et même la bénédiction du gouvernement soviétique. Un témoin a déclaré que la quête de Loring se fondait sur l'hypothèse d'un transport par camions, au départ de Königsberg, dont le convoi aurait été dérouté par l'avance fulgurante des armées russe et américaine. Le nombre de trois camions revient constamment, quoique sans aucune confirmation avérée. Josef Loring est mort en 1967. Son fils Ernst a hérité d'un énorme patrimoine. Ni le père ni le fils n'ont jamais abordé en public le sujet de la Chambre d'ambre.

« Vous saviez, déduisit Paul. Vous n'avez jamais cessé de jouer la comédie. La Chambre d'ambre a toujours été votre seul objectif.

— Pourquoi pensez-vous que je vous aie demandé de rester ? Deux parfaits inconnus jaillis de nulle part. Vous croyez que j'aurais perdu une seule minute à vous écouter si vos premiers mots n'avaient été "On cherche la Chambre d'ambre" et "Qui est Loring ?"

— Allez vous faire foutre, McKoy ! »

Paul pinça les lèvres. Sa propre grossièreté l'avait surpris lui-même. Il ne se souvenait pas d'avoir été aussi mal embouché une seule fois dans sa vie depuis la cour de récré. Ce cul-terreux de Caroline du Nord commençait à déteindre sur son langage.

« Qui a écrit ça ? voulut savoir Rachel.

— Rafal Dolinski, un journaliste polonais. Il a beaucoup travaillé sur la Chambre d'ambre. Obsédé lui aussi, selon moi. À mon premier voyage, voilà trois ans, il est venu me voir. C'est lui qui m'a refilé son obsession pour l'ambre. Il écrivait alors un article pour un magazine. Il espérait qu'une interview de Loring lui vaudrait l'attention d'un éditeur. Il avait envoyé son texte au vieux, avec une demande de rendez-vous. Le Tchèque ne lui a jamais répondu, mais un mois plus tard, Dolinski était mort. »

Le regard de McKoy prenait Rachel à témoin.

« Sauté sur une mine, près de Warthberg. »

Paul jura doucement :

« Bon Dieu, McKoy, vous saviez tout ça, et vous ne le disiez pas. Maintenant, Grumer est mort, lui aussi.

— Rien à foutre de Grumer. C'était un petit salaud de menteur et de rapace. Une race qui généralement ne fait pas de vieux os. Je ne lui avais rien raconté, par principe. Les infos, c'est de lui que je les attendais. Mais depuis les sondages réalisés grâce à notre radar, quelque chose me disait que c'était la bonne planque. Quand j'ai aperçu ces trois camions, lundi dernier, j'ai bien cru que j'avais touché le jackpot.

— Vous avez donc trahi vos investisseurs pour prouver que vous aviez raison !

— J'étais sûr que, d'une façon ou d'une autre, ils y gagneraient. Peintures disparues ou panneaux d'ambre, qu'est-ce qu'ils en avaient à foutre ?

— Vous êtes un sacré comédien, Wayland, opina Rachel. Vous m'avez roulée dans la farine.

— Ma réaction, quand j'ai découvert ces trois gros-culs, n'était pas de la comédie. Je savais que mes associés se foutraient du changement de butin. Et puis j'ai vu que ces putains de camions étaient vides, j'ai aperçu l'autre issue bouchée… et pigé que j'étais dans une merde noire.

— Dont vous n'êtes pas encore sorti, Wayland.

— Réfléchissez, les enfants. Il se passe quelque chose, ici. C'est pas seulement une planque vide. Cette caverne n'aurait jamais dû être découverte. Elle l'a été, comme je l'ai dit, grâce à un ou deux coups de pot, et à la technologie moderne. Maintenant, quelqu'un s'intéresse à nos faits et gestes et à ce que savaient Borya et Chapaev. Assez pour les éliminer et les empêcher de parler. Peut-être même assez pour avoir également tué vos parents, Cutler. »

Paul accusa le coup, alors que McKoy enchaînait :

« Dolinski m'en a dit beaucoup sur tous ces gens

morts alors qu'ils recherchaient l'ambre. Depuis la fin de la guerre et jusqu'à nos jours. Un vrai jeu de massacre. Lui compris, sans doute. »

Paul ne discuta pas. McKoy avait raison. Il se passait quelque chose, et ce quelque chose partait de la Chambre d'ambre. Quelle autre explication ? Il y avait beaucoup trop de coïncidences.

Toujours pratique, sinon résignée, Rachel demanda :

« En admettant que vous ayez raison… qu'est-ce qu'on fait ? »

McKoy n'hésita pas une seconde.

« Je vais me rendre en République tchèque et tâcher de rencontrer Ernst Loring. Il serait temps que ce monsieur s'explique.

— On vous accompagne, décida Paul.

— Tu es sûr ? s'étrangla Rachel.

— Plutôt deux fois qu'une. Pour ton père et pour mes parents qui en sont peut-être morts, eux aussi. Je ne vais pas abandonner maintenant. J'irai jusqu'au bout. »

Rachel l'observa, d'un air ambigu. Voyait-elle en lui un nouveau personnage ? Une facette qu'elle n'avait jamais remarquée auparavant ? Une résolution cachée, derrière son calme apparent, parfois exaspérant, toujours maîtrisé.

Peut-être. Lui-même, en tout cas, était en train de faire une découverte analogue. Leur aventure de la nuit précédente l'avait durement ébranlé. Cette fuite devant Knoll. L'horreur, la terreur de rester suspendu aux pilastres d'un balcon, à des centaines de mètres au-dessus d'un fleuve allemand noir de boue. Ils avaient eu de la chance d'en réchapper avec une ou deux bosses. À présent, il voulait en savoir plus sur la mort de Karol, de Chapaev et de ses propres parents.

« Paul… Je ne veux pas que ça se renouvelle. C'est stupide. On a deux enfants. Rappelle-toi comme tu as essayé de me convaincre, la semaine dernière, à

Warthberg. Aujourd'hui, c'est moi qui te le demande. Rentrons chez nous. »

Il rectifia, sans l'avoir prémédité :

« Rentre chez toi si tu veux. Moi, je reste. »

Sa sécheresse de ton, la rapidité de sa réponse, les heurtèrent l'un et l'autre. Elles évoquaient d'autres paroles prononcées trois ans auparavant, quand elle lui avait annoncé son intention de demander le divorce. Bravade aujourd'hui de la part de Paul ? Preuve qu'il était capable de maîtriser la situation, en plus de se maîtriser lui-même ? Il irait en République tchèque, qu'elle le veuille ou non. Qu'elle le suive ou non. À elle d'en décider.

« Vous n'avez jamais pensé à quelque chose, Votre Honneur ? »

Rachel fit face à McKoy, prête à la riposte.

« Votre père avait gardé les lettres de Chapaev et pris copie de ses propres réponses. Pourquoi ? Et pourquoi vous les laisser ? S'il ne voulait vraiment pas que vous vous en mêliez, il aurait brûlé le tout et emporté son secret dans sa tombe. Je ne le connaissais pas, mais je peux me mettre à sa place. Il avait été chasseur de trésor. Il avait envie que la Chambre d'ambre soit retrouvée, si c'était encore possible. Et vous étiez la seule à qui il pouvait confier ce qu'il savait. D'accord, il ne l'aurait pas dit comme ça, mais le message est clair : "Trouve à ma place, Rachel !" »

Il avait raison, admit Paul. C'était exactement ce que Karol avait fait. En feignant de faire le contraire.

Rachel souriait.

« Je crois que mon père vous aurait trouvé sympa, Wayland. Quand est-ce qu'on part ?

— Demain. Avant ça, il faut que j'amadoue mes associés. Que je les persuade de patienter encore quelques jours. »

49

Nebra, Allemagne
14 h 10

Assis dans une chambre d'hôtel, Knoll pensait aux *Retter der verlorenen Antiquitäten*. Les Sauveteurs des antiquités perdues. Neuf des hommes les plus riches d'Europe. La plupart industriels, mais il y avait également parmi eux deux financiers, un grand propriétaire terrien et même un médecin. Un ancien chirurgien esthétique qui avait fait sa fortune en remodelant le nez, les seins ou les bajoues de célébrités vieillissantes. Des hommes qui n'avaient plus grand-chose à faire et que plus grand-chose n'intéressait, sinon parcourir le monde en quête de trésors disparus. Tous étaient des collectionneurs passionnés, quoique pas toujours par les mêmes choses. Des toiles de vieux maîtres aux contemporains, en passant par les impressionnistes, le style victorien, l'art naïf, le surréalisme. Voire les vestiges du néolithique.

C'était cette diversité qui faisait l'intérêt du club et déterminait les domaines dans lesquels sévissaient les acquéreurs de ces messieurs. Ce qui leur évitait le plus souvent de se livrer à une concurrence sauvage. Parfois, cependant, ils entraient en rivalité. Une rivalité de bon aloi. La curiosité de voir qui arriverait le premier dans une course au même objet réputé perdu pour tout le monde. Autrement dit, le club était un exutoire. Une façon, pour ces multimilliardaires, de satisfaire un esprit de compétition absent de la conduite des affaires courantes.

Knoll n'y voyait pas d'inconvénient, au contraire. N'avait-il pas un peu le même tempérament, dans un certain sens ? Il se remémora la dernière réunion du club, le mois passé. Ces réunions avaient lieu par roulement, chez les uns et chez les autres. De Copenhague au sud de Naples. La tradition voulait que chacune de ces réunions fût pimentée par quelque grosse surprise, en général la présentation, par la grâce d'un des acquéreurs, d'un objet que tous croyaient définitivement introuvable car probablement détruit. Knoll connaissait leur point faible. Il savait combien chacun désirait surprendre ses collègues, quand venait son tour de les recevoir. Fellner encore plus que les autres. Autant, sinon davantage que Loring.

De grands enfants.

Le mois dernier ils s'étaient tous réunis chez Fellner, à Burg Herz. Avec la participation de six acquéreurs seulement. Rien d'anormal, car la recherche des œuvres passait avant le reste. Mais la jalousie, le dépit d'assister à quelque triomphe particulièrement somptueux, pouvaient également expliquer certaines absences, sans doute celle de Suzanne, la dernière fois. Le mois prochain, ça se passerait chez Loring, et Knoll avait décidé de snober la réunion. À regret, parce qu'il s'entendait bien avec Ernst Loring.

Ernst Loring qui l'avait remercié plus d'une fois par de très jolis cadeaux, pour des babioles qui avaient fini par trouver le chemin des collections du Tchèque. Tous autant qu'ils étaient, du reste, s'entendaient bien avec les acquéreurs des autres membres, et les caressaient dans le sens du poil. Une façon élégante de multiplier par neuf les yeux braqués à la ronde. Il arrivait même que certaines trouvailles fissent l'objet d'une enchère privée. Un moyen supplémentaire d'animer quelquefois des réunions déjà passionnantes.

Tout s'y passait d'une manière tellement élégante, tellement civilisée. Alors, pourquoi Suzanne Danzer s'appliquait-elle à changer les règles ? Pourquoi avait-elle tenté de le tuer ?

On frappa à la porte. Il attendait depuis près de deux heures dans ce petit hôtel du hameau de Nebra, sis au sud de Stod, à mi-chemin de Burg Herz. Il alla ouvrir. Monika entra, introduisant avec elle ce doux parfum citronné qu'il aimait.

Plantée devant lui, elle le toisa des pieds à la tête.

« Nuit agitée, Christian ?

— Moins fort. Je ne suis pas d'humeur. »

Elle se percha sur le bord du lit, dans une de ses habituelles postures suggestives.

« Pour ça non plus », annonça-t-il.

Son entrejambe se souvenait de la double attaque de Suzanne Danzer, mais il n'avait pas l'intention de se confier.

« Pourquoi m'as-tu demandé de te rejoindre ici ? Et pourquoi sans papa ? »

Il lui raconta ce qui s'était passé à l'abbaye, ainsi que la filature à travers Stod. Sans en préciser le dernier épisode.

« Danzer a filé sans demander son reste, mais elle a parlé de la Chambre d'ambre. Elle affirme que cette caverne du Harz est l'endroit où Hitler a fait cacher les panneaux, en 1945.

— Et tu la crois ?

— Franchement, oui.

399

— Tu ne l'as pas poursuivie. Pourquoi ?

— Inutile. Elle rentre au château.

— Comment le sais-tu ?

— Des années de pratique.

— Ce qui explique sa présence ostensible à Stod. »
Elle ne le quittait pas des yeux.

« Qu'est-ce que tu comptes faire ?

— Je veux l'autorisation de m'introduire chez Loring.

— Tu sais ce que mon père va te répondre. »

Il le savait, en effet. Les règles du club interdisaient à ses membres toute incursion sur le territoire des autres membres. Même après une « révélation », si réussie fût-elle, il eût été de mauvais goût de chercher à faire parler l'acquéreur responsable de l'exploit. Ce qui cimentait leur association, c'était justement ce respect des méthodes et des sources de tous les autres membres. Une assurance de sécurité mutuelle, non seulement pour les collectionneurs en personne, mais pour leurs acquéreurs spécialisés.

Cette vie privée, le jardin secret de chacun étaient la clef même d'une telle entente entre individus partageant les mêmes intérêts et capables d'en tirer les mêmes jouissances esthétiques. Leur intégrité territoriale constituait, en fait, le seul principe non écrit dont le viol pût amener l'exclusion instantanée du ou des coupables.

« Qu'est-ce qui se passe ? gronda Knoll. Rien dans le ventre ? Je croyais que tu tenais la barre, à présent.

— J'écoute tes raisons, Christian.

— Ça va beaucoup plus loin qu'une simple acquisition. Loring a déjà enfreint une règle du club en autorisant Danzer à me tuer. Ou à essayer. Plus d'une fois. Je veux savoir pourquoi, et j'estime que la réponse se trouve à Volary. »

Il souhaitait l'avoir bien jugée. Monika était fière et arrogante. La dernière intervention de son propre père lui avait déplu souverainement. Logiquement, la colère devrait lui brouiller l'esprit, et quand elle parla, Knoll sut tout de suite qu'il ne s'était pas trompé.

« Nom d'un chien, moi aussi, je veux savoir ce que fabriquent cette pute et l'autre vieux con. Papa pense que c'est un simple malentendu. Il voulait parler à Loring, lui dire toute la vérité, mais je l'en ai dissuadé. Je suis d'accord. Vas-y. »

Les yeux de Monika avaient leur expression gloutonne. La compétition agissait sur elle comme un aphrodisiaque.

« J'y vais dès ce soir. Plus de contact entre nous avant que j'en aie terminé. Je prendrai tout sur moi, si je me fais coincer. J'aurai agi sur ma seule initiative, et tu n'étais au courant de rien. »

Monika souriait.

« Quelle noblesse, mon beau chevalier. Maintenant, approche un peu et fais-moi comprendre à quel point je t'ai manqué. »

Fritz Pannek entra dans la salle à manger du Weber et fonça tout droit vers la table où Paul et Rachel avaient pris place.

« On a contacté les hôtels et pu établir qu'un individu répondant au signalement de Knoll était descendu au Christinenhof. La femme répondant au signalement de cette Suzanne était au Gebler, à deux pas d'ici.

— Vous en savez un peu plus long, au sujet de Knoll ? attaqua Paul Cutler.

— Malheureusement, ce type est une énigme. Pas de dossier à Interpol et pas d'empreintes digitales, aucun moyen de l'identifier pour l'instant. On n'a rien sur ses antécédents, ni même sur son lieu de résidence. La mention qu'il a faite à Mme Cutler d'un appartement à Vienne était certainement bidon. On est en train de vérifier, mais rien ne nous permet de croire que Knoll ait jamais vécu en Autriche.

— Il doit avoir un passeport.

401

— Sans doute plusieurs, et sous des noms d'emprunt. Ce genre de type ne doit figurer officiellement dans aucun état civil.

— Et la femme ?

— On en sait encore moins sur elle. Rien chez Chapaev. Deux balles de neuf millimètres à bout portant, ce qui sous-entend une certaine insensibilité chez cette fille. »

Paul parla à Pannek des Sauveteurs d'antiquités perdues et de la théorie de Grumer sur Knoll et sur la femme. L'inspecteur secouait la tête.

« Jamais eu vent d'une telle organisation, mais je vais lancer une enquête. Le nom de Loring, en revanche, m'est familier. Ses usines produisent les meilleures armes de poing de toute l'Europe. C'est aussi un magnat des aciéries. Un des premiers industriels de toute l'Europe de l'Est.

— On sera chez lui dans la journée », dit Rachel.

Pannek leva un sourcil.

« Motif de votre visite ? »

Elle lui résuma ce que McKoy avait dit au sujet de Rafal Dolinski et de la Chambre d'ambre.

« Wayland pense qu'il doit savoir quelque chose sur les panneaux, peut-être sur la mort de mon père, et...

— ... sur celle de vos parents, monsieur Cutler ?

— Peut-être, acquiesça Paul, la voix sourde.

— Pardonnez-moi, mais ne pensez-vous pas que toute cette affaire devrait être du seul ressort des autorités compétentes ? Il me semble que les risques s'accroissent.

— La vie est pleine de risques, grogna Paul.

— Certains valent la peine d'être courus. D'autres sont franchement stupides.

— On croit que ceux-ci valent la peine d'être pris, dit Rachel.

— La police tchèque n'est pas des plus coopératives.

Loring possède suffisamment de relations en haut lieu pour rendre tout contact avec leur ministère de la Justice nul et non avenu. Bien que la République tchèque ait renoncé au communisme, tout reste entouré, là-bas, du secret politique. Leurs réponses à nos demandes d'informations traînent à un point que nous jugeons totalement déraisonnable.

— Vous voulez qu'on soit vos yeux et vos oreilles ? proposa Rachel.

— L'idée m'est venue, je l'avoue. Vous êtes de simples citoyens qui vaquent à des affaires strictement personnelles. Si vous tombez sur quelque chose qui puisse me permettre d'entreprendre une démarche officielle, alors tant mieux ! »

Instinctivement, Paul protesta :

« Je croyais que nous prenions trop de risques ?

— Beaucoup trop, monsieur Cutler », confirma froidement l'inspecteur Pannek.

Du haut du balcon de sa chambre, Suzanne Danzer admirait le paysage. Un soleil tardif ensanglantait l'horizon et lui réchauffait l'âme. Elle se sentait toujours pleine de vie, en totale sécurité au château de Loukov. Jadis domaine des princes de Bohême, la propriété s'étendait alors sur des kilomètres de forêts giboyeuses peuplées d'ours et de cerfs réservés aux classes seigneuriales. Dans les hameaux qui trouaient ces forêts, de place en place vivaient les tailleurs de pierre, les charpentiers, les maçons et les forgerons qui construisaient le château, jour après jour. Il avait fallu deux cents ans pour en dresser les murs, et moins d'une heure aux bombardiers alliés pour les réduire en ruines. Mais la famille Loring les avait rebâtis, à l'image de leur magnificence originale.

Elle adorait dominer ainsi, de son perchoir, le feuillage bruissant des grands arbres, et savourer la fraîcheur bienfaisante de la brise du sud-est. Les hameaux laissaient place à des cottages isolés et des maisons individuelles où des générations d'employés des Loring avaient vécu et vivaient encore. Les Loring s'étaient toujours entourés d'un personnel nombreux, serviteurs, jardiniers, servantes, cuisiniers et chauffeurs. Une cinquantaine en tout, logés, avec leurs familles, sur le territoire du château, fils et filles reprenant naturellement les fonctions d'une mère ou d'un père. Les Loring étaient généreux et traitaient bien leurs gens qui savaient à quel point était ingrate la vie à l'extérieur du domaine. Nul besoin d'aller chercher ailleurs la raison de leur fidélité aux maîtres des lieux.

Son père avait été l'un de ces hommes, un historien de l'art contemporain aussi savant dans sa branche que loyal envers son patron. Promu à la dignité de deuxième acquéreur d'Ernst Loring, un peu avant l'arrivée de Suzanne dont la mère était morte subitement, trois ans après sa naissance. Loring et son père parlaient souvent d'elle, en termes flatteurs. À les entendre, elle avait été follement séduisante.

Tandis que son père voyageait à travers le monde, en quête d'acquisitions extraordinaires, sa mère présidait à l'éducation des deux fils d'Ernst Loring. Ils étaient beaucoup plus âgés que Suzanne et déjà en fac alors qu'elle n'était encore qu'une adolescente timide et réservée. Aucun des deux n'avait souhaité revenir au château. Aucun des deux ne connaissait l'existence du club des sauveteurs et ce que faisait leur père restait un secret que celui-ci partageait volontiers avec Suzanne.

L'amour qu'elle éprouvait pour l'art avait toujours enchanté Loring. À la mort de son père si souvent absent, Ernst s'était carrément offert à le remplacer. La proposition l'avait déconcertée, presque choquée. Mais il était sincère et croyait en elle. À son intelligence. À sa détermination. Et cette confiance avait insufflé à la jeune femme une farouche volonté de réussite.

Ce soir, pourtant, seule dans le crépuscule naissant, elle se rendait compte à quel point cette formation particulière la poussait, depuis quelque temps, à prendre des initiatives de plus en plus risquées. Comme si rien, jamais, ne pouvait l'atteindre. Christian Knoll n'était pas un homme à traiter d'une façon aussi désinvolte. Et par deux fois, elle l'avait ridiculisé. La première en le piégeant dans la mine, comme un débutant. La deuxième en l'abandonnant sur un trottoir, plié en deux par une attaque aussi classique que parfaitement humiliante pour un professionnel de son envergure.

Jamais auparavant leur rivalité n'était allée jusquelà. Une escalade vertigineuse à laquelle il convenait de mettre fin. Il faudrait que Loring parlât à Fellner et que tous deux convinssent d'un armistice.

Quelqu'un frappa doucement · à la porte de sa chambre. Quittant ce balcon qu'elle aimait tant, elle alla ouvrir.

C'était un des serviteurs polonais, avec un message du patron :

« M. Loring vous attend dans son bureau. »

Parfait. Elle avait envie et besoin de lui parler. D'urgence. Le bureau d'Ernst Loring était au rez-dechaussée, dans l'aile nord-est du château. L'antre d'un chasseur avec des trophées aux murs, entre les animaux héraldiques des princes de Bohême. Une vaste peinture à l'huile du XVIIe siècle couvrait une des parois. Elle représentait des mousquets, des carniers, des lances de chasse et des cornes à poudre d'un réalisme saisissant.

Confortablement installé sur le grand canapé, Loring l'invita, en tchèque, à venir s'asseoir auprès de lui. Elle obéit.

« J'ai beaucoup réfléchi sur ton dernier rapport, mon enfant. Et tu as raison. Il faut prendre des mesures. La caverne de Stod est assurément le bon endroit. Je pensais qu'ils ne le trouveraient jamais, mais je me trompais.

— Comment pouvez-vous en être certain ?

— Je ne le suis pas, mais d'après ce que mon père m'a dit avant de mourir, tout concorde. Les camions, les corps, l'issue obstruée…

— La piste est pourtant froide.

— Crois-tu ? »

Suzanne fit une brève synthèse de la situation :

« Grumer, Borya et Chapaev sont morts. Les Cutler sont des amateurs. Même si Rachel Cutler a survécu à l'explosion de la mine, peu importe. Elle ne peut s'appuyer que sur les lettres de son père, et ce n'est pas grand-chose. De vagues allusions qui ne vont pas bien loin.

— Tu m'as dit que son mari était à l'hôtel, avec le groupe de McKoy.

— Mais ce qu'ils savent s'arrête là. Trop peu pour des amateurs.

— Fellner, Monika et Christian, eux, ne sont pas des amateurs. Je crains que nous n'ayons un peu trop stimulé leur curiosité. »

Suzanne était au courant des récentes conversations de Loring avec un Fellner évasif qui prétendait n'avoir aucune nouvelle de Knoll depuis des jours.

« Je suis d'accord. Ces trois-là préparent quelque chose. Mais vous pouvez régler la question en tête à tête avec Fellner. »

Loring se leva. Non sans peine.

« Pas si facile. Et je me sens vieux, *drahá*. Il me reste si peu de temps.

— Je ne veux pas vous entendre parler comme ça. Vous êtes solide comme un chêne. Avec de longues années productives devant vous.

— J'ai soixante-dix-sept ans. Il faut être réaliste. »

La pensée qu'il pût mourir effrayait Suzanne. Sa

propre mère était morte alors qu'elle était trop jeune pour en ressentir la perte en profondeur. Celle de son père était toujours vivace. Et la perspective de perdre également son père de substitution, son bienfaiteur, l'épouvantait.

« Mes deux fils, lui rappela-t-il, sont de bons garçons. Ils gèrent de l'extérieur les affaires de la famille avec talent et probité, mais ils sont loin. À ma mort, tout, ici, leur appartiendra. Cela leur appartient de droit.

« L'argent est si transparent. Passionnant à gagner, mais une fois qu'il est là, ce n'est plus qu'une question d'investissement et de gestion intelligente. Il suffit d'un talent limité pour amasser des millions en espèces sonnantes. L'histoire de la famille en est le témoignage. Le noyau de notre fortune s'est constitué voilà deux cents ans, et s'est tout naturellement transmis de père en fils.

— Je crois que vous sous-estimez vos qualités de pilote et celles de votre père, au cours des deux dernières guerres.

— L'habileté politique peut aider beaucoup, mais il y aura toujours des refuges pour l'argent comptant. Le nôtre a été l'Amérique. »

Il revint se percher sur le bord du sofa. Ses vêtements, comme la pièce, sentaient le tabac turc.

« L'art, mon enfant, est beaucoup plus fluide. Il change comme nous changeons. Il s'adapte comme nous le faisons nous-mêmes. Un tableau considéré comme un chef-d'œuvre il y a cinq cents ans peut laisser indifférent aujourd'hui. Mais il existe également des formes qui défient les millénaires. Et ça, ma chérie, c'est la seule chose qui m'intéresse. Tu comprends cette passion, tu l'apprécies. C'est pourquoi tu m'as fait connaître les plus grandes joies de ma vie. Bien que mon sang ne coule pas dans tes veines, mon esprit est en toi. Tu es et resteras à jamais ma fille spirituelle. »

Elle l'avait toujours su. Il y avait vingt ans que

l'épouse de Loring était morte. Rien de brutal ou d'inattendu. Une longue lutte contre le cancer. Les fils n'étaient jamais revenus après leurs études. Depuis longtemps, Loring n'avait plus d'autre plaisir dans la vie que sa passion pour l'art, son jardin, et le travail du bois. Mais ses articulations rouillées, ses muscles atrophiés limitaient ses activités. Bien qu'il fût milliardaire, propriétaire d'un château et célèbre à travers toute l'Europe, Suzanne était, d'une certaine façon, la seule fortune qui lui restât.

« Je me suis toujours sentie votre propre fille.

— À mon départ, tu hériteras de ce château. »

Elle ne trouva pas la force d'émettre le moindre commentaire.

« Je te lègue en outre cent cinquante millions d'euros qui te permettront d'entretenir la propriété… en plus de mes collections, tant publiques que privées. Tu me remplaceras également au club. Les successions s'y opèrent par cooptation, et c'est toi que j'ai désignée. »

Trop, c'était trop. Elle pouvait à peine parler.

« Vos fils sont vos vrais héritiers.

— Ils recevront le plus gros de ma fortune. Cette propriété, mon patrimoine artistique et l'argent qui s'y rapporte ne représentent qu'une fraction d'un tout inépuisable. J'en ai discuté avec eux. Ils ne m'ont pas opposé la moindre objection.

— Je ne sais que vous dire.

— Dis simplement que tu me rendras encore plus fier de toi en assurant la continuité de mon œuvre. »

Il lui prit la main, souriant.

« Tu as toujours fait ma fierté. Ma seule véritable fille de cœur et d'esprit. »

Après une courte pause :

« À présent, toutefois, nous devons prendre une ultime mesure de sécurité, afin de protéger ce que nous avons eu tant de mal à réunir. »

Elle le comprit à demi-mot. Elle avait compris avant qu'il n'ouvrît la bouche. Il n'y avait qu'une seule manière de résoudre leur problème.

Loring se releva, marcha jusqu'à sa table de travail et décrocha le téléphone. Puis il composa calmement un numéro. Dès qu'il obtint la communication avec Burg Herz, il s'informa :

« Comment allez-vous, ce soir, Franz ? »

Silence alors que Fellner, à l'autre bout du fil, parlait à son tour. Le visage d'Ernst Loring s'était curieusement crispé. Suzanne n'ignorait pas l'enjeu d'une telle conversation. Fellner n'était pas seulement un rival, mais un ami de longue date. Pourtant, il fallait en passer par là.

« Il faut que je vous parle, Franz. C'est vital… Non, je préférerais vous envoyer mon avion pour que nous puissions parler dès cette nuit. Malheureusement, il m'est totalement impossible de quitter la République tchèque. Mon jet peut venir vous prendre et vous ramener auprès de moi pour minuit au plus tard… Oui, amenez Monika, cette entrevue la concerne au premier chef… et Christian, aussi… Oh, vous êtes toujours sans nouvelles… Dommage… Mon appareil sera là dans moins de deux heures… À très bientôt. »

Loring raccrocha en soupirant.

« Quelle pitié… Jusqu'au bout, Franz aura entretenu la mascarade. »

50

Prague, République tchèque
18 h 50

Le jet privé or et gris roula sur le tarmac et s'arrêta en
douceur. Le grondement des moteurs s'apaisa. Debout
dans la lumière déclinante, Suzanne et Loring regardèrent les employés fixer la passerelle au flanc de l'appareil. Franz descendit le premier, en costume et cravate.
Monika le suivait, svelte silhouette en col roulé blanc,
blazer bleu marine et jean moulant. *Caractéristique*,
songea Suzanne. Un mélange vulgaire d'éducation et
de sensualité. Et bien qu'elle débarquât d'un jet à plusieurs millions de dollars, sur un des premiers aéroports
d'Europe, son visage exprimait le mépris de quelqu'un
de la haute société venu s'encanailler.

Monika n'avait que deux ans de plus que Suzanne,
mais c'était également depuis deux ans qu'elle assistait
aux réunions du club et ne cachait pas sa volonté de succéder un jour à son père. Tout lui était tombé rôti dans
le bec. Bien que Suzanne eût grandi chez les Loring et
qu'elle eût bénéficié de leur protection, elle avait dû,
toute sa vie, travailler dur et étudier d'arrache-pied. Tout

ce qu'elle avait acquis, elle le devait à son travail. Plus d'une fois, elle s'était demandé si Christian Knoll pouvait être un sujet de guerre ouverte entre elle et Monika. Plus d'une fois, Monika avait clairement proclamé qu'elle considérait Christian comme un bien personnel. Jusqu'au moment précis où Loring lui avait dit qu'elle hériterait du château de Loukov, jamais Suzanne n'avait envisagé pour elle-même une vie comparable à celle de Monika Fellner. Mais à présent, c'était une réalité. Quelle tête ferait Monika lorsqu'elle saurait qu'elle et Suzanne pourraient bientôt parler d'égale à égale ?

Loring s'avança pour serrer la main de Franz Fellner. Puis il embrassa Monika sur la joue tandis que Fellner dédiait à Suzanne le salut d'un membre du club à un simple acquéreur, quel que soit son sexe.

Le trajet de Prague au château de Loukov, dans la Mercedes de Loring, fut fort agréable, quoique plutôt silencieux. Entrecoupé de considérations anodines sur la politique et l'économie mondiale. Le dîner les attendait dans la grande salle à manger.

« Ernst, demanda Fellner à l'arrivée des hors-d'œuvre, pourquoi était-il aussi urgent que nous nous rencontrions ce soir ? »

Jusque-là, Loring avait conservé l'attitude amicale d'un hôte de classe soucieux de mettre à l'aise des invités de marque.

« À cause du conflit entre Christian et Suzanne », déclara-t-il, sans chercher à réprimer un soupir.

Monika gratifia Suzanne d'un de ces regards chargés de mépris et de haine qu'elle savait si bien distiller à la ronde.

« Je sais, poursuivit Loring, que Christian n'a pas été blessé lors de l'explosion de la mine. Comme vous le savez, c'est Suzanne qui avait organisé ce piège. »

Fellner reposa doucement ses couverts sur la table, de chaque côté de son assiette.

« Nous le savons, en effet.

— Pourtant, pendant ces deux derniers jours, vous prétendiez que vous ignoriez où se trouvait Christian.

— Franchement, Ernst, je ne vois pas en quoi cela vous regarde. Et je ne peux m'empêcher de m'interroger sur la raison de cet intérêt soudain. »

Le ton de Fellner s'était durci. Inutile de poursuivre cette mascarade, selon le mot de Loring.

« Je sais que Christian est retourné aux archives de Saint-Pétersbourg voilà une petite quinzaine. Et tout est parti de là.

— On savait que l'employé était à votre solde, trancha Monika, plus sèchement que son père.

— Enfin, Ernst, insista Fellner, pourquoi diable cette invitation impromptue ? »

Loring articula lentement :

« La Chambre d'ambre.

— Quoi, la Chambre d'ambre ?

— Dînons d'abord. On parlera ensuite.

— Franchement, je n'ai pas faim. Vous m'obligez à parcourir trois cents kilomètres en urgence afin de parler… Parlons ! »

Loring replia sa serviette.

« Fort bien, Franz. Vous et Monika, veuillez m'accompagner, je vous prie. »

Suzanne les suivit tandis qu'ils quittaient la salle à manger, puis dans le labyrinthe du rez-de-chaussée. Les larges couloirs longeaient des pièces riches d'œuvres d'art et d'antiquités sans prix. C'était la collection publique de Loring, fruit de six décennies de recherches personnelles et d'une dizaine d'autres dirigées par son père, son grand-père et son arrière-grand-père. Quelques-uns des objets les plus précieux qui fussent au monde reposaient dans ces pièces, à l'abri de vitrines somptueuses, et rares étaient ceux qui soupçonnaient l'importance réelle d'un véritable musée protégé par d'épais murs de pierre et par l'anonymat d'une propriété rurale perdue au cœur d'un ancien pays communiste.

Bientôt, songeait Suzanne, *toutes ces merveilles seront miennes.*

« Je suis sur le point d'enfreindre une de nos règles sacrées, annonça Loring. Pour preuve de ma bonne foi, j'ai l'intention de vous montrer ma collection privée.

— Est-ce bien nécessaire ? murmura Fellner.

— Je crois que oui. »

Ils passèrent devant le bureau de Loring et parcoururent un long corridor jusqu'à une pièce isolée, tout au fond. Un rectangle massif, voûté au plafond, les murs ornés de fresques consacrées aux signes du zodiaque, les portraits des apôtres. Un énorme poêle en carreaux de Delft occupait le coin le plus reculé. Des vitrines en châtaignier s'alignaient le long des murs, leur bois du XVIIIe siècle incrusté d'ivoire africain. Les étagères de verre supportaient de précieuses porcelaines des XVIe et XVIIe siècles. Fellner et Monika prirent le temps d'admirer certaines pièces rarissimes.

« Vous êtes dans la salle de l'art de la Renaissance et de la période classique, souligna Loring. Je ne pense pas que vous la connaissiez.

— Non, reconnut Fellner.

— Moi non plus, ajouta sa fille.

— Elle contient mes plus beaux cristaux et mes plus belles porcelaines. »

Il désigna le poêle ornemental.

« Il n'est là que pour le décor. L'air vient d'une climatisation spéciale. Semblable à celle que vous utilisez vous-même, j'en suis sûr. »

Fellner acquiesça.

« Suzanne », dit Loring.

Elle s'arrêta devant une des vitrines, la quatrième d'une rangée de six, et articula distinctement, à mi-voix :

« *Une expérience commune menant à une confusion commune.* »

La vitrine pivota lentement sur un axe central, entraînant le pan de mur auquel elle s'adossait. Une ouverture apparut.

« Commande activée par ma voix et celle de Suzanne. Quelques-uns de mes employés connaissent cette autre pièce. Il faut bien qu'elle soit nettoyée de temps à autre. Mais tout comme les vôtres, Franz, mes gens sont absolument loyaux et n'en ont jamais parlé au-dehors. Pour plus de sécurité, on change le mot de passe toutes les semaines.

— Celui de cette semaine est intéressant, commenta Fellner. Kafka, si je ne m'abuse. La première phrase d'*Une confusion commune*. Tout à fait en situation. »

Loring eut un sourire.

« Nous devons être fidèles à nos auteurs bohémiens. »

Suzanne s'effaça pour les laisser entrer. Monika lui jeta au passage un de ses regards empoisonnés. Puis elle suivit Loring à l'intérieur de la salle secrète meublée, comme l'autre, de vitrines somptueuses. Ornée, comme l'autre, de tableaux et de tapisseries.

« Je suis sûr, énonça Loring, que vous disposez d'une salle similaire. Celle-ci abrite plus de deux siècles de trouvailles. Les quarante dernières années avec le club. »

Fellner fit un large geste englobant l'ensemble de la pièce.

« Merveilleux. Très impressionnant. Je reconnais des objets présentés lors de nos réunions. Vous êtes un sacré cachottier, Ernst. »

Il désignait un crâne noirci enchâssé dans du verre.

« L'homme de Pékin !

— Il est dans la famille depuis la dernière guerre.

— Perdu en Chine durant son transport aux États-Unis, c'est bien ça ?

414

— Exactement. Mon père l'a acheté au voleur qui l'a dérobé aux marines chargés de le convoyer.

— Stupéfiant. Ce crâne fait remonter notre espèce à un demi-million d'années ! Chinois et Américains tueraient pour le retrouver. Et le voilà, caché dans un château au centre de la Bohême. Nous vivons vraiment une drôle d'époque.

— Tout à fait vrai, cher ami, tout à fait vrai. »

Loring désignait la double porte, à l'extrémité du local.

« Par ici, Franz. »

Suivi de Monika, Fellner s'arrêta devant deux battants de bois émaillé, veinés de moulures dorées sur fond blanc.

« Allez-y, ouvrez ! » les encouragea Loring.

Suzanne remarqua que, pour une fois, Monika ne disait mot. Saisissant les poignées de cuivre, Fellner les manœuvra et poussa les portes devant lui.

« Sainte Mère de Dieu ! » s'étrangla-t-il en pénétrant dans la salle.

Un carré parfait, brillamment illuminé ; un plafond haut et voûté, paré de fresques aux couleurs éclatantes. Des mosaïques d'ambre multicolore divisaient trois des murs en panneaux clairement délimités par des cadres de miroir. Des moulures d'ambre créaient un effet de relief entre les étroits panneaux supérieurs et les panneaux inférieurs rectangulaires. Tulipes, roses, visages, figurines, coquillages, monogrammes, rocaille, spirales et guirlandes florales, le tout ciselé dans l'ambre, assaillaient le regard de tous côtés.

L'aigle à deux têtes des Romanov, les derniers tzars de Russie, figurait sur la plupart des panneaux inférieurs. D'autres moulures parcouraient les rangées supérieures au-dessus de trois doubles portes peintes en blanc. Des chérubins et des bustes de femme meublaient l'espace autour des portes et des fenêtres. De nombreuses appliques murales aux ampoules en forme de bougies distribuaient l'éclairage nécessaire. Un parquet précieux réfléchissait toutes ces lumières éparses.

« Exactement comme au palais de Catherine, déclara Loring. Dix mètres carrés, avec le plafond à sept mètres cinquante. »

Monika avait accusé le choc moins violemment que son père.

« C'est la raison de toute cette bagarre avec Christian Knoll ?

— Vous vous approchiez de trop près. Je vous révèle un secret de plus de cinquante ans. Je ne pouvais pas risquer l'escalade susceptible d'alerter les Russes et les Américains. Inutile de vous préciser quelle serait leur réaction immédiate. »

Fellner traversa la pièce pour s'extasier devant la magnifique table d'ambre placée à la jonction de deux panneaux. Puis il s'absorba dans la contemplation d'une des mosaïques florentines encadrées de bronze.

« Je n'ai jamais cru à toutes ces histoires. L'une jurait que les Soviets avaient sauvé les mosaïques avant l'arrivée des nazis au palais de Catherine. Une autre affirmait qu'on avait ramassé des débris de mosaïque dans les ruines de Königsberg, après le bombardement de 45.

— La première histoire était fausse. Les Soviets avaient bien essayé de démonter un des panneaux supérieurs, mais l'ambre s'était brisé en morceaux. Ils avaient donc tout laissé sur place, y compris les mosaïques. En revanche, l'autre histoire était vraie. Un tour de passe-passe organisé par Hitler.

— Qu'est-ce que vous voulez dire ?

— Le Führer savait que Goering voulait les panneaux d'ambre et connaissait la loyauté d'Erich Koch envers le *Feldmarschall*. C'est pour cette raison qu'il avait confié à un détachement de SS le soin d'assurer le transfert, au cas où Goering ferait des siennes. Étrange relation entre ces deux hommes. Méfiance absolue de part et d'autre, mais totale interdépendance. C'est seulement vers la fin que le Führer a ouvertement désavoué Goering. »

Monika s'approcha des fenêtres qui consistaient en trois séries de battants vitrés au côté supérieur en forme de demi-lune. Les battants inférieurs étaient en réalité des doubles portes camouflées en fenêtres au-delà desquelles s'étendait apparemment un paysage champêtre.

Loring nota la stupéfaction de ses visiteurs.

« Ne soyez pas étonnés. Cette pièce est entièrement entourée d'épais murs de pierre, et ne peut pas être décelée de l'extérieur. J'ai financé l'exécution d'une peinture murale et de l'éclairage en trompe-l'œil indispensables à l'illusion du jour. La chambre originale s'ouvrait sur la cour principale du palais de Catherine. J'ai donc choisi une scène du XIXᵉ siècle, après l'agrandissement de la cour et la construction de l'enceinte. »

Loring se retourna vers Monika.

« La reproduction des motifs en fer forgé du portail que vous voyez là-bas est exacte. L'herbe, les arbustes et les fleurs ont été plantés conformément aux dessins de l'époque relevés sur place. Un travail remarquable. On a l'illusion de découvrir ce décor du deuxième étage du palais. Vous pouvez imaginer la parade militaire qui avait lieu plusieurs fois par jour, ainsi que la promenade vespérale des nobles, sous les yeux de leur impératrice, au son feutré d'une fanfare lointaine.

— Très ingénieux », reconnut Monika.

Puis elle explora du regard l'ensemble de la Chambre d'ambre.

« Comment avez-vous pu reproduire les panneaux avec une telle exactitude ? J'ai visité Saint-Pétersbourg, l'an dernier, y compris le palais de Catherine, et la reconstitution de la Chambre d'ambre était presque terminée. Les moulures, les fenêtres et de nombreux panneaux étaient déjà en place. Du très beau travail… mais rien à voir avec celui-ci ! »

Loring se planta au centre de l'espace disponible.

« C'est très simple, ma chère. La plus grande partie de ce que vous voyez ne consiste pas en reproductions. Ce sont les pièces originales. Vous connaissez bien l'histoire de la chambre ?

— En partie seulement.

— Vous devez savoir au moins que lors de la razzia des nazis, en 1941, les panneaux étaient dans un triste état. Les artisans prussiens de l'époque avaient fixé l'ambre aux panneaux de chêne à l'aide d'un mastic grossier fait de cire d'abeille et de résine. Garder l'ambre intact, dans ces conditions, équivaut à conserver un verre plein d'eau pendant deux siècles. Si adroit que l'on puisse être, l'eau finira toujours par se renverser, ou s'évaporera purement et simplement. »

Il ponctua son discours d'un geste circulaire :

« Même chose ici. En plus de deux cents ans, le chêne avait travaillé en tous sens. Il avait même pourri par endroits. Chauffage au bois, mauvaise aération et climat humide autour de Tsarskoïe Selo avaient aggravé les choses. Près de trente panneaux étaient hors d'usage à l'arrivée des nazis. Plus dix pour cent de perte au cours du transport. Quand papa a retrouvé les panneaux, ils ne payaient guère de mine.

— J'ai toujours été persuadé, commenta Fellner, que Josef en savait plus qu'il ne voulait en dire.

— Vous concevez la déception de mon père, quand il les a vus. Sept ans qu'il les cherchait, qu'il imaginait leur magnificence et qu'il se souvenait de leur majesté, lorsqu'il les avait admirés à Saint-Pétersbourg, avant la révolution russe.

— Ils étaient bien dans la caverne de Stod ?

— Naturellement. Ces trois camions avaient servi à les transporter. Papa les a découverts pendant l'été 42.

— Mais comment ? demanda Fellner. Et les Russes ? Et les collectionneurs privés qui rivalisaient d'ardeur ? Tout le monde voulait la Chambre d'ambre, et personne ne croyait à sa destruction. Josef était sous le joug des communistes. Comment a-t-il pu réaliser un tel exploit ? Et plus important encore, comment a-t-il fait pour le conserver ?

— Mon père était très proche d'Erich Koch. Le *Gauleiter* prussien travaillait pour Goering, mais il n'était pas fou. Quand Hitler l'a chargé d'évacuer les panneaux, il ne s'en est pas vanté auprès de Goering. Ils furent bel et bien transportés là-bas, mais Koch lui-même ignorait l'endroit exact. Goering a retrouvé quatre des soldats membres de l'expédition et, d'après la rumeur, les aurait torturés à mort, sans réussir à les faire parler. »

Loring eut un geste fataliste.

« Koch craignait la colère de Goering. C'est l'origine des débris semés à Königsberg, et de la légende de la destruction des panneaux. Mais ces mosaïques étaient des reproductions sur lesquelles les Allemands travaillaient depuis 1941.

— Les panneaux, réitéra Fellner, ne pouvaient pas avoir brûlé dans le bombardement. Toute la ville aurait empesté l'encens. »

Loring s'esclaffa.

« Très juste. Je n'ai jamais compris que personne n'y ait pensé plus tôt. Jamais aucun rapport n'a fait allusion à une quelconque odeur d'encens après le sinistre. Vingt tonnes d'ambre qui se seraient consumées tout doucement. Le parfum se serait répandu à des kilomètres à la ronde, et il aurait persisté pendant des jours et des jours. »

Rêveuse, Monika caressait la surface lisse d'un panneau.

« Rien à voir avec la froideur de la pierre. Au toucher, on dirait presque qu'il est chaud. Mais beaucoup plus foncé que je ne l'imaginais. Certainement plus foncé que les panneaux restaurés du palais de Catherine.

— L'ambre devient plus sombre avec le temps, précisa son père. Bien que taillé en morceaux, poli et réuni en panneaux, il poursuit son vieillissement. La Chambre d'ambre devait être beaucoup plus éclatante au XVIIIe siècle qu'elle ne l'est aujourd'hui. »

Loring renchérit :

« Et bien que la matière de ces panneaux ait des millions d'années, elle est aussi fragile que le cristal, et aussi difficile à travailler. C'est ce qui rend ce trésor encore plus précieux.

— Il étincelle de partout, constata Fellner. C'est un peu comme si on s'exposait au soleil. Mais sans en ressentir la chaleur.

— Comme à l'origine, l'ambre est doublé d'une feuille d'argent. Toute la lumière irradie vers nous.

— Comme à l'origine. Qu'entendez-vous par là ?

— Je vous ai dit que mon père avait été déçu, en ouvrant la mine. Presque tous les panneaux avaient semé leur ambre. Il a soigneusement tout récupéré, tout reconstitué en se fondant sur des photos prises par les Soviets avant la guerre. Comme les restaurateurs actuels, à Tsarskoïe Selo, papa s'est servi de ces clichés pour reconstruire les panneaux. La seule différence, c'est qu'il était en possession des éléments originaux. »

Monika voulut en savoir plus.

« Mais où est-il allé pêcher les artisans capables de faire le boulot ? Il me semble me rappeler que la taille de l'ambre était un art perdu, comme beaucoup d'autres, pendant la guerre. La plupart des anciens spécialistes avaient été tués au combat.

— Pas tous. Grâce à Koch. Goering, qui tenait à une reconstitution fidèle, l'avait chargé de garder ces artisans… ces artistes… en prison pour être sûr de les avoir sous la main. Père en avait localisé plusieurs, avant la fin de la guerre. Il leur a offert une belle vie, ainsi qu'à ce qui restait de leur famille, en contrepartie de ce qu'il attendait d'eux. La plupart se sont installés ici, en secret. Ils ont ressuscité le chef-d'œuvre. Lentement, morceau par morceau. Certains de leurs descendants sont toujours là et participent à l'entretien du travail de leur père.

— Ce n'est pas risqué ? s'inquiéta Fellner.

— Pas du tout. Ces hommes et leurs familles sont loyaux. La vie dans la vieille Tchécoslovaquie était dure, incertaine. Jusqu'au dernier, ils appréciaient la générosité dont les Loring faisaient preuve à leur égard. Tout ce qui leur était demandé, c'était d'exercer leur art et de n'en parler à personne. Il a fallu près de dix ans pour réaliser ce que vous voyez là. Dieu merci, les Soviets ont préféré former de nouveaux spécialistes respectant les règles du « réalisme soviétique ». Alors que les nôtres étaient les seuls réellement compétents.

— Toute l'entreprise a dû coûter une fortune.

— Exact. Papa devait acheter les pièces de remplacement sur un marché officiel hors de prix, même dans les années cinquante. Il a également employé des techniques plus modernes. Le soutien n'est plus assuré par des panneaux de chêne massif, mais par des assemblages d'autres essences bouvetées ensemble, qui autorisent une certaine expansion. On ajouta également une protection contre l'humidité, entre l'ambre et le bois. Non seulement la Chambre d'ambre est ici fidèlement reconstituée, mais elle durera indéfiniment. »

Debout près de la porte de communication, Suzanne observait Fellner. Le vieil Allemand était médusé. Et pourtant, il devait en falloir beaucoup pour étonner un homme de sa trempe, lui-même propriétaire de collections dignes de figurer dans les plus grands musées du monde. Mais elle se souvenait trop bien de sa propre émotion, quand Loring lui avait montré cette merveille, pour ne pas comprendre la réaction de Fellner.

« Où conduisent les deux autres portes ? voulut-il savoir.

— En réalité, cette pièce marque le centre de ma galerie privée. On a fait de nombreuses transformations, en respectant l'architecture originale. Au lieu de mener à d'autres chambres, comme au palais de Catherine, ces portes mènent à d'autres salles d'exposition privées. »

Fellner n'en revenait toujours pas.

« Il y a longtemps que la Chambre d'ambre a été reconstituée ici ?

— Cinquante ans.

— C'est un miracle que vous ayez pu garder le secret si longtemps, ajouta Monika. Les Russes ne sont pas si faciles à duper.

— Pendant la guerre, papa s'était débrouillé pour nouer des relations avec les Soviets comme avec les Allemands. La Tchécoslovaquie fournissait aux nazis d'excellentes filières pour transporter en Suisse de l'or et des espèces. Notre famille a rendu possibles pas mal de ces transferts. Les Soviets, après la guerre, nous ont utilisés de la même manière. En échange de quoi les Loring ont toujours pu faire à peu près ce qu'ils voulaient. »

Fellner se retrouvait en terrain connu, et souriait de bon cœur.

« Les Soviets pouvaient difficilement vous pousser, par leur maladresse ou leur intransigeance, à informer Britanniques ou Américains de leurs trafics officieux.

— Il y a un vieux proverbe russe qui dit : "Supprimez ce qui est mauvais, vous n'obtiendrez rien de bon." Il fait allusion, je crois, à la tendance des artistes russes à s'épanouir dans le tumulte. Mais il explique également pourquoi tout est possible. »

Suzanne regarda Fellner et Monika s'attarder devant les vitrines rangées le long d'un des murs. L'une recelait un échiquier du XVIIe siècle, une autre un samovar du

XVIIIe, une trousse de toilette féminine, un sablier, des cuillers, des médaillons et des petits coffrets. Le tout en ambre, exécutés, précisa Loring, par des artisans de Gdansk ou de Königsberg.

« Toutes ces pièces sont magnifiques, s'émerveilla Monika.

— C'est l'équivalent de la *Kunstkammer* de Pierre le Grand. Je garde tous mes objets en ambre dans ma salle des curiosités. La plupart ont été collectés par Suzanne, et par son père avant elle. Butin de guerre. Pas pour les yeux du public. »

Ernst Loring sourit à Suzanne, puis il se tourna vers ses deux visiteurs.

« Retournons dans mon bureau, nous pourrons y poursuivre notre conversation. »

51

Suzanne s'assit hors du champ visuel de Fellner, de Monika et de Loring. Elle préférait rester en retrait. Donner à son patron le temps de savourer son heure de gloire. Un serviteur venait de se retirer discrètement, après avoir servi le café, le cognac et les petits gâteaux.

Ce fut Fellner qui, tout en dégustant son café, relança la conversation.

« Je me suis toujours interrogé sur la loyauté de Josef. Il s'est remarquablement sorti de l'imbroglio de la guerre.

— Père détestait les nazis. Ses usines et ses fonderies étaient à leur disposition, mais il lui était facile de produire du métal de basse qualité, des balles qui rouillaient ou des fusils qui résistaient mal aux intempéries. C'était un jeu dangereux. Les nazis étaient pointilleux sur la qualité, mais sa relation avec Koch lui facilitait les choses. Il a rarement été inquiété. Il savait que les Allemands allaient perdre la guerre, et il avait prévu l'embargo des Russes sur toute l'Europe de l'Est. En conséquence, il a travaillé en sous-main avec l'espionnage soviétique, jusqu'au retour de la paix. »

Fellner hochait pensivement la tête.

« Pas facile de jouer sur les deux tableaux. »

Loring approuva d'un signe.

« C'était un patriote de Bohême. Il avait ses propres façons d'agir. Après la guerre, les Soviets lui ont exprimé leur gratitude. Eux aussi avaient besoin de lui. On l'a donc laissé tranquille. J'ai pu conserver les relations qu'il avait nouées. Cette famille a collaboré avec tous les régimes qui se sont succédé à la tête de ce pays depuis 1945. Papa ne s'était pas trompé, au sujet des Soviets. Hitler non plus, d'ailleurs.

— Comment ça ? » s'exclama Monika.

Loring posa sur ses genoux ses deux mains jointes.

« Il s'était toujours imaginé que les Américains et les Anglais le rejoindraient dans sa croisade contre Staline. Le véritable ennemi de l'Allemagne, c'étaient les Soviets. Et, dans son idée, Churchill et Roosevelt partageaient ses sentiments intimes. C'est pourquoi il avait mis de côté tant d'œuvres d'art et tant d'argent. Son intention était de les récupérer lorsque les Alliés se coaliseraient à ses côtés contre l'URSS. Une utopie, sans doute, mais l'histoire a prouvé que les intuitions d'Adolf Hitler n'étaient pas si folles. Quand les Soviets ont bloqué Berlin, en 1948, l'Angleterre, l'Amérique et l'Allemagne se sont immédiatement dressées contre les Russes.

— Staline faisait peur à tout le monde, appuya Fellner. Beaucoup plus que le Führer lui-même. Il a assassiné soixante millions de gens, Hitler, une dizaine. Quand il est mort en 1953, le monde a poussé un ouf de soulagement. »

Après un court silence, Loring changea de sujet :

« Je présume que Christian vous a parlé des cinq squelettes retrouvés dans la caverne de Stod ? »

Sur un signe affirmatif de Fellner, il poursuivit :

« Ils travaillaient sur le site. Des ouvriers venus d'Égypte. Seule l'entrée de devant avait été grossièrement obstruée. Mon père a trouvé la seconde issue, en réalité

425

la seule vraie. Il a évacué les panneaux endommagés. Et l'a rebouchée, avec camions et cadavres à l'intérieur.

— C'est Josef qui les a exécutés ?

— Lui-même. Pendant leur sommeil.

— Et depuis, vous n'avez jamais cessé de tuer », accusa Monika.

Loring lui fit face.

« Nos acquéreurs respectifs se sont assurés que le secret ne serait pas éventé. Je dois dire que la férocité et l'acharnement avec lesquels certains se sont mis en chasse m'ont stupéfié. Une véritable obsession générale, avec fausses pistes et fausses manœuvres habilement inspirées par de fausses infos. Vous vous souvenez peut-être d'un article paru dans la *Rabotchaya Tribuna*, voilà quelques années. Il prétendait que les services secrets russes avaient localisé les panneaux dans une ancienne base de chars d'assaut, en Allemagne de l'Est, à deux cent cinquante kilomètres au sud-est de Berlin.

— Effectivement, j'ai lu cet article, intervint Fellner.

— Rien de vrai dans tout ça, bien sûr. Suzanne avait arrangé une fuite là où il fallait. Notre espoir était que la plupart des chercheurs se décourageraient et renonceraient à poursuivre leur projet.

— Trop tentant, répliqua Fellner. L'objectif de mettre la main sur cet ambre engendrait une sorte d'ivresse.

— C'est vrai. Parfois, je m'assois simplement dans la chambre et je regarde. L'ambre possède aussi des vertus thérapeutiques… ou presque.

— Et surtout une valeur inestimable.

— Vrai, chère Monika ! J'ai lu quelque chose sur les butins de guerre, au sujet des objets composés de pierres et de métaux précieux. L'auteur disait que pas un de ces objets ne serait arrivé intact à la fin de la guerre. Pas sans avoir été désossé pour récupérer ses composants encore plus précieux séparés que rassemblés. Un autre commentateur a écrit, dans le *London Times* si je ne me trompe, que la Chambre d'ambre avait pu subir le même sort. Seuls, auraient survécu les objets en ambre, à l'instar des pierres desserties et vendues séparément.

— Encore une de vos suggestions ? »

Loring reposa doucement sa tasse de café.

« Les idées de l'auteur étaient bien les siennes, mais on a pris soin de donner à cet article une diffusion maximale. »

Monika éleva la voix.

« Avec de telles méthodes d'intox, comment se fait-il que vous ayez dû tout de même supprimer autant de monde ?

— Au début, nous n'avons pas eu le choix. Alfred Rohde surveillait le chargement des caisses et connaissait leur destination ultime. L'imbécile en avait parlé à son épouse. Père a donc dû les supprimer tous les deux avant qu'ils transmettent leurs infos aux Soviets. Entre-temps, Staline avait créé une commission d'enquête que les ruses germaniques à Königsberg n'avaient pas réussi à tromper, et qui poursuivait les recherches avec l'énergie du désespoir.

— Mais Koch a traversé la guerre et pu communiquer avec les Soviets ?

— Exact, chère Monika. Mais nous avons assuré sa défense devant les tribunaux jusqu'à sa mort. Inculpé par les Polonais de crimes de guerre, il s'en est sorti grâce au veto des Soviets persuadés qu'il savait où était la Chambre d'ambre. En réalité, Koch savait seulement que les camions avaient quitté Königsberg et qu'ils avaient pris la direction de l'ouest, puis celle du sud. Il ignorait totalement ce qui s'était passé ensuite. C'est également à notre instigation qu'il a laissé croire aux Russes qu'ils pourraient retrouver les panneaux. Cela lui a permis de survivre jusqu'en 1960. Tout est très différent, aujourd'hui. Rien à voir avec ce qui se passait en temps de guerre.

— En assurant sa défense, vous achetiez sa loyauté. Il avait besoin de vous, financièrement parlant, et savait que les Soviets ne tiendraient jamais leur parole de le laisser en vie s'il disait ce qu'il savait.

— Et les autres ? demanda Monika.

— Quelques amateurs trop futés pour rester en vie. Une nécessité regrettable. Certains ne savent pas s'arrêter avant de devenir dangereux pour autrui, et plus encore pour eux-mêmes. Papa avait pourtant soufflé à un journaliste cette « malédiction de la Chambre d'ambre », qui a tout de suite fait tilt. L'expression était heureuse et a alimenté les gros titres des journaux.

— *Quid* de Karol Borya et de Danya Chapaev ? demanda Monika.

— Ces deux-là ont été les plus gênants de tous, bien que je ne m'en sois pas avisé tout de suite. Il semble qu'ils aient glané les mêmes informations sur lesquelles nous étions tombés après la guerre. Et qu'ils les aient gardées toujours secrètes, on ne sait trop pour quelle raison. Probablement par haine pure et simple du régime soviétique.

« On connaissait l'existence de Borya à cause de son appartenance passée à la Commission extraordinaire créée par Staline. Il avait émigré aux États-Unis, et disparu de la circulation. Chapaev s'était intégré quelque part en Europe. Puis-je vous faire remarquer que c'est Christian qui a fini par lever ce lièvre ?

— De toute façon, ils sont morts tous les deux, éluda Monika.

— Je suis sûr que votre cœur saigne à cette idée, mon ange ! »

Suzanne vit Monika se hérisser sous la rebuffade. Mais il avait raison. Si Monika n'avait jamais tué, c'était uniquement parce que son propre père payait quelqu'un comme Christian pour s'acquitter de cette tâche.

Loring, en veine de confidences, reprit posément :

« Nous avons retrouvé Borya de façon tout à fait accidentelle. Sa fille était mariée avec un nommé Paul Cutler, dont le père était un amateur d'art enthousiaste. Voilà quelques années, ce Yancy Cutler s'est mis à poser des questions, durant ses voyages, au sujet de la Chambre d'ambre. D'une façon ou d'une autre, il était remonté jusqu'à quelqu'un qui travaillait ici. Nous savons maintenant que c'est Chapaev qui avait fourni le nom à Borya, et que Borya avait demandé à Yancy Cutler de se renseigner sur son compte. Les questions du père de Paul Cutler ont atteint un point critique, alors son avion a explosé au-dessus de la mer. La police italienne, qui manque de pugnacité, a attribué l'attentat aux terroristes.

— Alors que c'était le travail de Suzanne ?

— Si on vous le demande, chère enfant...

— L'employé des archives de Saint-Pétersbourg est à votre solde, bien sûr ? supputa Fellner entre deux gorgées de cognac.

— Bien sûr. Les Soviets avaient la manie des rapports, sur tout et n'importe quoi. Des millions de pages sans doute pleines d'infos, mais presque impossibles à consulter. La seule façon de s'y prendre est de corrompre un préposé et de compter sur la chance. »

Loring s'empara de son propre verre à liqueur et le leva à la santé de son vis-à-vis.

« Frank, je vous ai fait ces confidences à seule fin de vous démontrer ma bonne foi. Malheureusement, il arrive que les choses nous échappent. C'est le cas des démêlés survenus entre Suzanne, ici présente, et Christian l'insaisissable. Ce genre d'escarmouche risquerait d'attirer l'attention sur nous, sans parler du club. J'ai pensé que si vous saviez la vérité, l'escalade s'interromprait. Il n'y a plus rien à découvrir sur la Chambre d'ambre. Transmettez nos excuses à Christian. Je sais que Suzanne n'avait aucune envie d'agir ainsi, mais elle agissait sur mes ordres.

— Ernst, moi aussi, je regrette ce qui s'est passé, déclara Fellner à son tour. Je ne dirais pas que je suis heureux d'avoir vu les panneaux en votre possession. Je les voulais. Mais quelque chose en moi apprécie le fait qu'ils soient intacts et désormais en sécurité. J'avais toujours craint que les Soviets ne les aient récupérés. Ils sont pires que des gitans quand il s'agit de conserver des trésors.

— Mon père et moi partagions ce sentiment, Franz. Les Soviets avaient tellement laissé se détériorer les panneaux qu'on était presque heureux qu'ils aient échoué entre des mains allemandes. Qui sait ce qui serait arrivé si le sort de la Chambre d'ambre avait été confié à Staline ou même à Khrouchtchev ? Les communistes préféraient fabriquer des bombes plutôt que préserver leur héritage culturel. »

Monika manifesta son dépit :

« Vous proposez donc une sorte de trêve ? »

Sa véhémence arracha un sourire à Suzanne. Pauvre chatte ! Elle n'était pas près de revoir la Chambre d'ambre.

« C'est exactement ce que je désire, admit Loring. Suzanne, s'il te plaît. »

Elle se leva et alla ramasser les deux coffrets de bois blanc posés dans un coin de la pièce. Elle les apporta, par leur poignée de corde, à Franz Fellner subitement attentif.

« Les deux bronzes que vous avez tant admirés toutes ces années », expliqua Loring.

Suzanne souleva le couvercle d'un des coffrets. Fellner en sortit le vase qui reposait sur un lit de copeaux de cèdre et l'éleva jusqu'à son regard. Suzanne connaissait bien l'objet d'art en question. Il datait du Xe siècle. Repris par ses soins, avec son jumeau, au minable cambrioleur de New Delhi qui les avait volés dans un village d'Inde méridionale. Ils figuraient sur la liste des œuvres d'art les plus recherchées, et trônaient depuis cinq ans sur une étagère du château de Loukov.

« Suzanne et Christian se sont battus pour ces objets. Un combat mémorable. »

La réponse de Fellner trahit une certaine amertume :

« Un combat que nous avons perdu.

— Ils sont à vous, Franz. En faible compensation pour ce qui s'est passé. »

Devançant les paroles de son père, Monika se hâta de formuler une nouvelle demande :

« Je vous prie de m'excuser, monsieur Loring, mais c'est moi, désormais, qui prends les décisions se rapportant au club. Ces bronzes anciens sont fort beaux, mais ne m'intéressent pas spécialement. La Chambre d'ambre, en revanche, a longtemps suscité toutes les convoitises. Les membres du club seront-ils informés de ce que nous venons d'apprendre ? »

Loring fronça les sourcils.

« Je préférerais que ça reste entre nous. Secret égale sécurité. Moins les gens seront au courant, moins se multiplieront les risques inutiles. Eu égard aux circonstances, toutefois, je m'en remets à votre décision. Je suis sûr que nos autres membres estimeront l'info confidentielle, comme toutes les révélations qui animent nos réunions. »

Monika se pressa contre le dossier de sa chaise et sourit, apparemment satisfaite de la concession. Souriant de même, Loring continua :

« Il y a une autre chose que je dois vous dire. Comme dans vos rapports entre vous et votre père, ma chère enfant, les choses évoluent. À mon décès, ma propriété, mes collections et mon statut de membre du club seront transmis, par testament, à ma chère Suzanne. Je lui lègue en outre suffisamment d'argent pour qu'elle puisse tenir le rang qui sera le sien. »

Suzanne ne manqua pas de se réjouir devant le visage défait de Monika.

« Elle sera la première acquéreuse élevée au rang de membre du club. Elle le mérite. Vous êtes bien tous les deux d'accord ? »

Ni le père ni la fille ne réagirent tout de suite. Fellner semblait plongé dans la contemplation des vases de bronze, et Monika ne bronchait pas. Enfin, Fellner replaça le cadeau de Loring, à regret, dans le coffret de bois, sur les copeaux de cèdre.

« Ernst, je considère ce problème comme entièrement réglé. Il est regrettable que les choses se soient détériorées durant quelque temps. Mais je comprends, à présent. Je crois que j'aurais fait comme vous, dans les mêmes circonstances. Et pour vous, Suzanne… toutes mes félicitations.

— Merci.

— Monsieur Loring, ajouta Monika, je déciderai si nous devons ou non révéler l'existence de la Chambre d'ambre aux autres membres du club. Je vous ferai part de ma décision avant la prochaine réunion, au mois de juin. Ainsi que de la meilleure manière de le leur dire.

— C'est tout ce qu'un vieil homme peut souhaiter, ma chère. J'attendrai votre réponse avec intérêt. Désirez-vous que je vous fasse préparer deux chambres ? »

Fellner refusa d'un geste.

« Merci, Ernst, mais il faut que je rentre à Burg Herz dès ce soir. J'ai à faire demain matin. Mais je peux vous assurer que je n'oublierai pas cette visite. Avant de partir, pourrais-je revoir la Chambre d'ambre ?

— Mais certainement, mon cher ami. »

Le retour à l'aéroport de Prague fut presque silencieux. Fellner et Monika siégeaient sur la banquette arrière. Loring occupait la place du passager. Tout en maniant son volant avec sa dextérité habituelle, Suzanne jetait de temps à autre, dans son rétroviseur, un coup d'œil au visage crispé de Monika. Elle n'avait pas apprécié que les deux vieux se soient partagé la vedette lors de la conversation qui avait précédé. Mais Fellner n'était pas homme à lâcher le morceau aussi vite. Et sa fille n'avait décidément aucune disposition pour le partage.

À mi-chemin de l'aéroport, la jeune femme lança tout à coup :

« Encore une fois, je vous prie de bien vouloir m'excuser, monsieur Loring. »

Il se retourna sur son siège afin de lui faire face.

« Vous excuser de quoi, mon enfant ?

— De ma nervosité.

— Aucune raison. Je me souviens du jour où mon père m'a transmis sa carte du club, si j'ose dire. J'étais beaucoup plus âgé que vous, mais tout aussi impatient. Lui, comme votre père, éprouvait quelque difficulté à passer le relais. Mais si ça peut vous mettre du baume au cœur, sachez que les choses ont fini par se faire. »

À l'arrière de la Mercedes, Fellner émit un bref éclat de rire.

« Ma fille est très impatiente. Tout le portrait de sa mère.

— Tout *votre* portrait, Franz !

— Peut-être.

— Vous allez raconter tout ça à Christian ?

— Le plus tôt sera le mieux.

— Où est-il ?

— Je n'en sais vraiment rien. »

Fellner se tourna vers Monika.

« Et toi, *Liebling* ?

— Moi non plus, papa. Je suis sans nouvelles. »

Ils arrivèrent à l'aéroport un peu avant minuit. Le jet de Loring les attendait sur le tarmac, prêt au décollage. Suzanne se gara tout près de la passerelle déjà en place. Tous mirent pied à terre, et Suzanne ouvrit le coffre de

433

la Mercedes alors que les marches métalliques résonnaient sous les pieds du pilote. Suzanne lui désigna les
deux coffrets de bois blanc, qu'il s'empressa de transférer dans la soute du jet. Loring cria, élevant la voix pour
couvrir le gémissement des moteurs :

« J'ai fait emballer les bronzes avec le plus grand
soin. En rajoutant du copeau de cèdre. Ils ne souffriront
pas de leur balade. »

Suzanne remit à Fellner une grosse enveloppe.

« Les documents de propriété et les certificats contre-
signés par les services officiels de Prague. Ils vous
seront utiles, si jamais la douane vous cherche des
histoires. »

Fellner empocha l'enveloppe.

« La douane de chez moi ne me cherche jamais
d'histoires.

— C'est bien ce que je pensais », approuva Loring,
hilare.

Il embrassa tendrement Monika.

« Ravi de vous avoir revue, chère enfant. Je me réjouis
d'avance à l'idée de nos bagarres futures. Et je suis certain que Suzanne partage mon sentiment. »

Monika improvisa un sourire. Claqua un baiser sur la
joue de Loring. Suzanne ne dit rien. Elle connaissait bien
son rôle. Celui de l'acquéreur, sans distinction de sexe,
était d'agir, pas de parler. Bientôt, elle serait membre du
club et souhaiterait que son propre acquéreur se conduisît
pareillement avec elle. Plutôt déconcertée, Monika lui
jeta un rapide coup d'œil avant d'escalader les marches
sans se retourner. Fellner et Loring échangèrent une
longue poignée de main. Puis Fellner disparut, lui aussi,
à l'intérieur du jet. Avant de grimper, le pilote boucla
les portes de la soute. Puis il gagna lestement sa place,
claquant derrière lui la porte de l'avion.

Debout côte à côte dans l'air chaud issu des moteurs,
Suzanne et Loring regardèrent l'appareil rouler vers la

piste d'envol. Ensuite, ils regagnèrent la Mercedes et démarrèrent. Au sortir de l'aéroport, Suzanne stoppa sur le bord de la route.

L'élégant appareil prit sa vitesse au sol. S'éleva lentement dans la nuit étoilée. Le bruit des moteurs décrut rapidement. Trois autres jets roulaient sur les pistes. Un décollage et deux atterrissages. Dans la voiture, ils se désarticulaient littéralement le cou pour voir s'éloigner l'avion de Loring.

« Quel dommage, *drahá*.

— Au moins, leur soirée aura été agréable. Herr Fellner ne voulait plus quitter la Chambre d'ambre.

— Je suis si heureux qu'il ait pu la voir... »

Le jet avait disparu vers l'ouest. Ses feux de position s'estompaient dans la nuit. Loring bâilla dans son poing :

« Les bronzes ont déjà retrouvé leur vitrine ?

— Bien sûr.

— Les coffrets étaient bien fermés ?

— Hermétiquement. Pas faciles à ouvrir.

— Comment fonctionne le détonateur ?

— Un commutateur à pression, sensible à l'altitude.

— Et le reste ?

— Très puissant.

— Combien de temps ? »

Elle consulta sa montre. Se livra à un rapide calcul mental. Compte tenu de la vitesse ascensionnelle de l'appareil, cinq mille pieds représentaient...

Au loin, un éclair jaune emplit le ciel, semblable à l'expansion d'une nova, lorsque les explosifs empaquetés dans les coffrets de bois incendièrent le carburant du jet. Annihilant d'un coup l'avion de Loring, Fellner, Monika et les deux pilotes.

Déjà, la lueur jaune commençait à se dissiper dans les profondeurs du ciel noir.

Loring ne quittait pas de l'œil la zone céleste où l'explosion venait de se produire.

Puis il répéta d'un ton pénétré :

« Quelle honte ! Un jet de six millions de dollars parti en fumée. »

Il se retourna vers Suzanne.

« Mais c'est le prix qu'il fallait payer pour assurer ton avenir. »

52

Jeudi 22 mai
8 h 50

Knoll se gara dans les bois, à cinq cents mètres de la route. Il avait loué la Peugeot noire à Nuremberg, la veille, et passé la nuit dans un pittoresque hameau tchèque, soucieux de s'assurer une bonne nuit de sommeil, en prévision d'une journée et d'une autre nuit qui risquaient d'être moins faciles. Son petit déjeuner, dans un café, avait été très rapide. Et très discret. Loring avait probablement des yeux et des oreilles dans ce secteur de la Bohême.

Il connaissait bien la géographie locale. Techniquement, il était déjà sur les terres de Loring, dont le domaine s'étendait sur des kilomètres, dans toutes les directions. Le château se dressait au nord-ouest, entouré d'épaisses forêts de bouleaux, de hêtres et de peupliers. Cette région de Sumava, au sud-ouest de la Tchécoslovaquie, constituait une importante réserve de bois de charpente que Loring n'avait jamais éprouvé le besoin d'exploiter.

Il reprit son sac à dos dans le coffre arrière, et partit à travers les arbres. Vingt minutes plus tard, le château de Loukov apparut droit devant lui, érigé sur sa plate-forme rocheuse. À l'ouest, la rivière Orlik roulait ses eaux boueuses en direction du sud. De son poste d'observation, Christian découvrait l'entrée carrossable de la vaste enceinte, ainsi que l'accès réservé, plus à l'ouest, au personnel et aux véhicules de livraison.

La masse du château était impressionnante. Un assortiment varié de tours et de bâtiments annexes se déployait derrière des murailles rectangulaires. Il en connaissait le plan par cœur. Les pièces du rez-de-chaussée, artistement décorées, étaient autant de locaux ouverts au public. Exclusivement réservés aux visites. Aux étages supérieurs, voisinaient salons et chambres à coucher. Quelque part dans cette forteresse, nichaient des salles d'exposition analogues à celles de Fellner et des sept autres membres du club. Le plus dur serait de les repérer et surtout de s'y introduire. Au cours d'une des dernières réunions consacrées à l'architecture, il avait pu s'en faire une idée assez précise, mais il pouvait se tromper. Alors, il devrait chercher. Et vite. Avant le lendemain matin.

La décision prise par Monika, cette autorisation maintes fois sollicitée de pénétrer dans la place, ne l'avait pas étonné le moins du monde. Elle était prête à faire n'importe quoi pour assurer enfin sa suprématie. Fellner avait été bon pour lui, mais Monika serait meilleure. Le vieux ne vivrait pas éternellement, et même s'il devait lui manquer, les possibilités ouvertes par Monika étaient exaltantes. Elle était dure, mais vulnérable. Il saurait la mater, il en avait les moyens. Les moyens physiques. Et alors, il pourrait disposer à sa guise de la fortune familiale. Un jeu dangereux, mais qui en valait la chandelle. Monika était incapable d'aimer autrement qu'à l'horizontale. Lui aussi. Luxure débridée, pouvoirs illimités. La parfaite alliance.

Il se délesta de son sac et sortit ses jumelles. Bien à l'abri des regards, sous la futaie, il parcourut toute la longueur du château inscrite dans le bleu du ciel. Deux voitures se dirigeaient vers le grand portail.

Deux voitures de police.

Intéressant.

Suzanne déposa sur son assiette une brioche à la cannelle fraîchement sortie des mains de la cuisinière, y ajouta un peu de confiture de framboise et s'assit en face de Loring. Malgré ses dimensions, cette salle à manger réservée à la famille était l'une des plus petites du château. Des armoires bourrées de timbales Renaissance s'alignaient le long d'un des murs d'albâtre. Sur un autre, s'incrustaient des pierres de Bohême semi-précieuses qui encadraient des icônes de saints locaux. Ils déjeunaient en tête à tête, comme toujours lorsque Suzanne était là.

Loring replia posément son journal et le posa sur la table.

« L'explosion de cette nuit tient la une, avec des manchettes grosses comme ça. Le reporter n'émet aucune théorie. Il constate, simplement, que l'appareil s'est pulvérisé peu de temps après le décollage. Aucun survivant. Ils donnent les noms de Fellner, de Monika, et des deux pilotes. »

Elle but une gorgée de café.

« Je regrette M. Fellner. C'était un homme respectable. Pour ce qui est de Monika... bon débarras ! Elle aurait été une plaie pour tout le monde, à commencer par nous. Sa soif de puissance nous aurait créé de gros problèmes.

— Je suis de ton avis, *drahá*. »

Elle dégusta une bouchée de la brioche encore chaude.

« J'espère qu'on va pouvoir cesser tous ces assassinats maintenant, murmura Loring.

— De toutes les mesures que nous sommes amenés à prendre, c'est ce qui me déplaît le plus.

439

— Je ne l'ignore pas.

— Mon père s'en accommodait-il ? »

Il eut un léger sursaut.

« En voilà, une question !

— Je pensais à lui, hier soir. Il était si gentil avec moi. Je n'ai jamais su exactement de quoi il était capable.

— Ma chérie, ton père faisait ce qu'il fallait, quand il le fallait. Tout comme toi. Tu lui ressembles tellement. Il serait fier de sa fille. »

Pour le moment, elle n'était pas spécialement fière d'elle-même. Les derniers meurtres pesaient sur sa conscience. Y compris celui de Chapaev. Resteraient-ils éternellement présents dans son esprit ? Elle en avait bien peur. Au point de renoncer à la maternité ? Non, le projet subsistait. Mais depuis la nuit dernière, il avait besoin de certains ajustements. Les possibilités nouvelles étaient à la fois immenses et excitantes. Qu'elles impliquent des morts violentes était regrettable, mais à quoi bon s'attarder sur cette pensée ? Il fallait aller de l'avant, et au diable la conscience !

Un serviteur vint les informer que la police était là, qui souhaitait parler à M. Loring. Suzanne regarda son employeur, le sourire aux lèvres.

« Je vous dois cent couronnes. »

Loring avait parié, au retour de Prague, que la police débarquerait avant dix heures. Il était neuf heures quarante.

« Faites-les entrer », ordonna-t-il.

Un instant plus tard, quatre policiers en uniforme pénétrèrent dans la pièce, du même pas martial.

« Monsieur Loring, expliqua le chef du détachement, nous avons été tellement heureux et soulagés d'apprendre que vous n'étiez pas dans cet avion. C'est une épouvantable tragédie. »

Loring se leva pour aller à la rencontre des quatre policiers.

« Nous sommes tous sous le choc. Nous avions M. Fellner et sa fille à dîner hier soir. Les deux pilotes étaient à mon service depuis des années. Leurs familles vivent auprès de nous. J'allais me rendre auprès des deux veuves. Une horrible catastrophe, en vérité.

— Pardonnez cette intrusion, mais certaines questions s'imposent. Entre autres, la raison de cette tragédie. »

Loring haussa les épaules.

« Que vous répondre ? Mes bureaux de Prague ont reçu des menaces de mort par téléphone au cours de ces dernières semaines, mais ce n'est pas nouveau. Simplement plus fréquentes que d'habitude. Une de mes industries s'apprête à s'étendre au Moyen-Orient. Nous sommes en pleines négociations. Un projet qui, semble-t-il, heurte certains intérêts, là-bas. Nous avons signalé ces menaces aux Saoudiens, mais j'ignore s'il existe ou non un lien entre les deux choses. Je n'aurais jamais cru posséder un ennemi aussi… radical dans ses méthodes.

— Certains de vos employés peuvent-ils témoigner de ces menaces téléphoniques ?

— Mon secrétaire particulier. Il est à Prague et je lui ai demandé de se mettre à votre disposition dès aujourd'hui. »

Le chef du détachement hochait énergiquement la tête.

« Ma hiérarchie me charge de vous assurer que nous ferons tout pour remonter à l'origine de cette ignominie. Entre-temps, pensez-vous qu'il soit très prudent de votre part de résider ici sans protection ?

— Ces murs assurent ma protection, et tout mon personnel est en alerte. Ici, je ne risque rien.

— Bien, monsieur Loring. N'oubliez pas que nous sommes là, si vous avez besoin de nous. »

Les policiers se retirèrent. Loring regagna sa place.

« Ton impression ?

— Aucune raison qu'ils n'acceptent pas cette version

des événements. Vos relations au ministère de la Justice devraient faire le reste.

— Je vais les appeler ce matin. Les remercier pour leur offre de protection. Et les assurer de ma collaboration pleine et entière.

— Vous devriez également appeler les membres du club. Leur exprimer votre profond chagrin.

— Très juste. Je vais m'en occuper tout de suite. »

Paul tenait le volant de la Land Rover. Rachel était assise à son côté, McKoy sur la banquette arrière. Le grand gaillard avait peu parlé, depuis Stod. Ils avaient pris l'autoroute jusqu'à Nuremberg, puis une série de routes à deux voies les avait menés dans le sud-ouest de la République tchèque après qu'ils eurent traversé la frontière allemande.

Sur le terrain vallonné alternaient forêts, champs de céréales et petits lacs de montagne. Plus tôt, en examinant la carte pour tenter de déterminer la meilleure route vers l'est, Paul avait repéré la ville de Ceske Budejovice, la plus importante agglomération du secteur. Il s'était souvenu d'un reportage sur la bière Budvar, plus connue sous son nom allemand de *Budweiser*. Bien que la brasserie américaine du même nom eût essayé, en vain, d'acheter la marque, les gens du coin avaient fermement refusé les millions offerts, répondant avec orgueil qu'ils produisaient déjà de la bière bien des siècles avant la naissance officielle des États-Unis d'Amérique.

L'itinéraire choisi traversait des contrées pittoresques, d'étranges villes médiévales agrémentées de quelque manoir haut juché, ou d'épais remparts de pierre. Un boutiquier amical les remit sur le bon chemin et, vers deux heures de l'après-midi, Rachel put pointer l'index vers le château de Loukov se détachant dans le lointain sur un ciel azuré sans nuages.

La forteresse aristocratique trônait sur une hauteur

déchiquetée, au-dessus d'une forêt touffue. Deux tours polygonales et trois autres parfaitement circulaires dominaient une masse de pierre hérissée de cheminées, constellée de fenêtres à meneaux, par-delà une enceinte percée d'étroites meurtrières. Des bastions en demi-lune cernaient sa silhouette gris pêche. Un drapeau rouge, blanc, bleu flottait dans la brise légère de ce paisible début d'après-midi. Paul identifia l'emblème national de la République tchèque.

Rachel résuma l'impression que lui produisait ce décor.

« On s'attendrait à voir surgir des chevaliers bardés de fer, montés sur des destriers caparaçonnés.

— Putain ! s'exclama McKoy, plus prosaïque, voilà un mec qui sait vivre ! Ce Loring, moi, je l'aime déjà. »

Paul lança la Rover à l'assaut de la dernière pente, vers ce qui devait être l'entrée principale. Les deux gigantesques battants de chêne renforcés de barres d'acier étaient ouverts, exposant une cour pavée. Des massifs de roses et de fleurs printanières précédaient l'immense bâtisse. Paul franchit le portail et stoppa tout près de la façade, derrière une Mercedes crème et une Porsche d'un beau gris métallisé.

« Chouettes bagnoles aussi », constata McKoy alors que Paul cherchait la porte d'entrée.

Six portes s'offraient, en fait, sur toute la largeur de la façade. Paul, perplexe, recula d'un pas pour étudier les œils-de-bœuf, les pignons et les boiseries ornementales de l'édifice. Une extraordinaire combinaison de baroque et de gothique, conséquence probable d'une construction étalée sur de nombreuses années, peut-être même sur des siècles, et de multiples influences architecturales.

McKoy montra l'une des portes.

« Je dirais que c'est celle-là. »

Deux piliers encadraient un lourd battant de chêne orné d'un blason sculpté dans son panneau supérieur.

Sans hésiter, McKoy utilisa le heurtoir de cuivre verni. Un serviteur vint ouvrir, et McKoy lui exposa avec courtoisie la raison de leur visite. Cinq minutes plus tard, le même serviteur les introduisit dans un vaste hall d'entrée.

Têtes d'ours et bois de cerfs hérissaient les murs. Des abat-jour de verre teinté assuraient un éclairage agréablement tamisé. Un feu crépitait dans un âtre monumental, et de lourdes toiles encadrées partageaient l'espace mural avec les trophées de chasse. Paul les lorgna du coin de l'œil. Sauf erreur, deux Rubens, un Dürer et un Van Dyck. Incroyable. Tous les administrateurs du musée d'Atlanta se prostitueraient pour pouvoir en accrocher un ou deux à leurs cimaises.

L'homme, qui entra silencieusement par une des portes de communication, devait approcher des quatre-vingts ans. Il était grand, le cheveu gris, la barbe poivre et sel clairsemée sur un menton rétracté par l'âge. Plutôt beau, l'attitude remarquablement modeste et réservée pour quelqu'un qui, selon toutes les apparences, ne devait pas avoir d'ennuis avec ses fins de mois. *Le masque d'un homme habitué à refréner et cacher ses émotions*, songea Paul.

« Bonjour. Je suis Ernst Loring. En principe, je n'accepte aucune visite impromptue, surtout de parfaits inconnus qui entrent directement en voiture. Mais mon majordome m'a rapporté vos explications, et je dois dire que vous m'intriguez. »

L'anglais de Loring frôlait la perfection. McKoy se présenta, puis s'avança, la main tendue.

« Heureux de faire votre connaissance, dit-il. Je lis tant de choses à votre sujet, depuis des années. »

Ils se serrèrent la main. Loring souriait.

« N'en croyez pas un mot. La presse s'acharne à vouloir me faire passer pour plus intéressant que je ne le suis en réalité. »

À leur tour, Paul et Rachel se présentèrent.

« Ravi de faire votre connaissance, déclara leur hôte. Si nous nous asseyions ? Les rafraîchissements ne vont pas tarder. »

Ils prirent place sur les sièges et le canapé néo-gothiques proches de la cheminée. Loring s'adressa d'abord à McKoy.

« Mon majordome m'a parlé de fouilles en Allemagne. Un journal local en a parlé, voilà peu. Une entreprise qui doit réclamer toute votre attention. Que faites-vous ici et non là-bas ?

— Il n'y a plus rien à déterrer, là-bas ! »

Les traits de Loring exprimaient une curiosité polie, rien de plus. McKoy lui raconta le percement, les trois camions, les cinq cadavres et les lettres tracées dans le sable. Il exhiba, à l'appui, les photos de Grumer. Et celles que Paul avait prises la veille, après avoir reconstitué le nom de Loring. McKoy ajouta :

« Vous savez pourquoi ce type avait griffonné votre nom dans le sable ?

— Simple supposition de votre part… »

Tout en ne quittant pas de l'œil le visage de leur hôte, Paul se taisait. Il appréciait que McKoy mène le débat. Rachel observait Loring également. On aurait cru qu'elle se trouvait face à un jury.

« … mais je conçois, poursuivit Loring, oui, je conçois que vous ayez pu parvenir à cette conclusion. Les trois lettres encore lisibles sont effectivement troublantes. »

McKoy renchérit :

« Monsieur Loring, la Chambre d'ambre a séjourné dans cette caverne, et je crois que vous ou votre père y avez accédé. J'ignore si vous êtes toujours en possession des panneaux, mais je crois que vous les avez eus.

— Même si je possédais ou si j'avais possédé un tel trésor, pourquoi l'admettrais-je ? »

445

— Vous ne l'admettriez jamais, et je fais comme vous, je parle au conditionnel, mais je n'en crois pas un mot. Parlons peu, parlons bien. Aimeriez-vous que je communique à la presse tout ce que je sais ou crois savoir ? J'ai signé plusieurs contrats avec des médias internationaux. La fouille a échoué, mais ces informations seraient suffisantes pour glaner de quoi rembourser mes investisseurs, et au-delà. Les Russes seraient également intéressés. D'après ce que j'ai entendu dire, ils n'ont toujours pas renoncé à récupérer leur trésor perdu.

— Et vous pensez que je pourrais acheter votre silence ? »

Paul n'en croyait pas ses oreilles. Un chantage ? Il n'avait pas soupçonné un instant que McKoy pût les accompagner en Tchécoslovaquie avec l'intention secrète d'extorquer de l'argent à Loring. Et Rachel partageait sa stupéfaction :

« Un instant, McKoy ! Il n'a jamais été question de faire chanter qui que ce soit.

— Nous n'avons rien à voir avec ça ! » renchérit Paul.

McKoy laissa passer l'orage.

« À ce stade, vous n'avez pas le choix. J'y ai bien réfléchi au cours du voyage. Ce monsieur ne nous montrera jamais la Chambre d'ambre, même s'il l'a sous le coude. Mais Grumer est mort. Cinq pauvres types ont été froidement exécutés. Vos parents à tous les deux, plus Danya Chapaev, sont morts. Des cadavres à la pelle… »

Il laissa sa phrase en suspens, puis, toisant Loring de haut en bas, il poursuivit :

« … je crois que cette ordure détient toutes les réponses qu'on n'a pas pu trouver ailleurs ! »

Une grosse veine bleue battait sur la tempe de Loring.

« Quelle grossièreté impardonnable, monsieur McKoy, de la part de quelqu'un que je reçois sous mon toit. Vous vous introduisez chez moi sous de mauvais prétextes, et vous m'accusez de vol et de meurtre !

— Je ne vous ai pas accusé. Mais vous en savez plus que vous ne voulez en dire. Voilà des années qu'on associe votre nom à la Chambre d'ambre.

— De simples rumeurs.

— Et Rafal Dolinski ? » lâcha McKoy.

Loring ne répondit pas.

« C'est le nom d'un reporter polonais qui s'est adressé à vous, il y a trois ans. Au sujet d'un article qu'il préparait. Un chic type. Vraiment sympa. Mais très déterminé. Il a trouvé la mort dans une mine, quelques semaines plus tard. Vous vous souvenez de lui ?

— Pas du tout.

— Une explosion semblable à celle qui pouvait tuer Mme la Juge Cutler. Peut-être dans la *même* mine !

— J'ai lu ça dans la presse. Je n'avais pas fait le rapprochement.

— On s'en doute ! Je crois que la presse va beaucoup l'apprécier, ce rapprochement tardif. Pensez-y, Loring. Il y a là tous les ingrédients d'un énorme scoop. Finance internationale, trésors perdus, nazis, assassinats en série. Sans parler des Allemands. Si vous avez trouvé l'ambre sur leur territoire, ils vont le revendiquer, eux aussi. Quelle superbe monnaie d'échange pour négocier avec ces barbares de Russkofs ! »

Paul se résolut à intervenir.

« Monsieur Loring, Rachel et moi désavouons formellement ces propos comminatoires. Nous n'en savions rien, quand nous avons décidé de venir vous voir. Notre objectif est seulement d'élucider, au moins en partie, le mystère de la Chambre d'ambre. Auquel nous ont mêlés, malgré nous, des antécédents familiaux. Je suis avocat. Rachel est juge. Jamais nous ne nous associerions à un chantage caractérisé.

— Inutile de vous défendre, j'ai compris. »

Loring revint à McKoy.

« Vous avez peut-être raison. Nous vivons dans un

monde où les réalités comptent infiniment moins que la manière de les percevoir. C'est pour cette raison que j'attribuerai votre attitude à un excès de zèle plus qu'à un chantage. »

Un pâle sourire errait sur les lèvres du vieil homme.

« Gardez vos beaux discours, répliqua McKoy. Moi, tout ce que je veux, c'est être payé. J'ai un sérieux problème financier, et des tas de choses à dire qui intéresseront des tas de gens. Le prix du silence, comme on dit, augmente de minute en minute. »

Le visage de Rachel se crispa. Elle semblait sur le point de sauter à la gorge de leur compatriote. Jamais elle n'avait éprouvé de sympathie à son égard, même s'il l'avait fait rire à une ou deux reprises. Elle s'était toujours défiée de son arrogance, au contraire. Et elle n'avait pas souhaité le suivre à l'aveuglette. Paul pouvait entendre ses reproches sans qu'elle ouvrît la bouche. C'était la faute de McKoy s'ils en étaient là. C'était son problème et c'était à lui de s'en dépêtrer.

« Puis-je faire une suggestion ? proposa Loring.

— Je vous en prie, approuva Paul, en quête d'un peu de saine raison dans toute cette malheureuse histoire.

— J'aimerais réfléchir à la situation. Vous n'avez sûrement pas l'intention de rentrer tout de suite à Stod. Permettez-moi de vous offrir l'hospitalité pour la nuit. Nous en reparlerons au dîner. »

Bon premier, McKoy accepta la proposition.

« Merveilleux ! Ça nous épargnera d'avoir à chercher un hôtel dans ce bled.

— Parfait, conclut Loring. Je vais faire monter vos bagages dans vos chambres. »

53

Suzanne ouvrit la porte de la chambre. Un serviteur lui déclara, en tchèque :

« M. Loring vous attend, dans la salle des Ancêtres. Il recommande que vous empruntiez les couloirs privés. Sans passer par le grand hall.

— Il vous a dit pourquoi ?

— Nous avons des invités pour la nuit. Sans doute est-ce à cause d'eux. »

Elle referma sa porte. *Les couloirs privés.* Bizarre. Le château était truffé de passages secrets utilisés jadis par l'aristocratie pour mener ses intrigues personnelles, et qui ne servaient plus qu'à la maintenance des structures intérieures du château. Sa propre chambre était à l'arrière de l'aile principale, à mi-chemin des cuisines et des aires de travail, au-delà de l'endroit où s'amorçaient les couloirs privés.

Elle descendit au rez-de-chaussée. L'accès le plus proche aux couloirs se trouvait dans un petit salon où elle n'entrait jamais. Elle fila directement jusqu'au fond de la pièce. Là, comme à peu près partout dans le château, saillaient des moulures dont la fonction n'était pas évidente. Près de la cheminée gothique, elle poussa un bouton caché. Un petit pan de mur pivota, dont les moulures superflues avaient dissimulé le contour. Elle se glissa dans l'étroit passage et referma la porte derrière elle.

Le labyrinthe lui était familier. De place en place, apparaissaient des portes indécelables sur leur autre face, dans diverses pièces. Elle avait joué dans ces couloirs, étant gosse, en s'imaginant sous les traits d'une princesse de Bohême fuyant des envahisseurs attachés à sa perte. Ces voies secrètes n'avaient aucun secret pour elle.

La salle des Ancêtres communiquait avec le labyrinthe par ce que Loring appelait la chambre Bleue, à cause des tentures de cuir brodées d'or qui couvraient les murs. S'assurant qu'elle y était bien seule, elle la traversa, colla son oreille à la porte, pour le cas où Loring aurait changé d'avis et, n'entendant rien d'anormal, pénétra dans la salle des Ancêtres.

Loring se tenait devant une fenêtre semi-circulaire garnie de vitraux. Sur le mur, au-dessus d'un couple de lions ciselé dans la pierre, figuraient les armoiries de la famille. Des portraits de Josef Loring et des autres ancêtres décoraient les parois de la pièce.

« Il semble que la providence ait décidé de nous faire un cadeau », déclara Ernst Loring avant de lui rapporter, rapidement, sa récente discussion avec Wayland McKoy et les Cutler.

Le premier commentaire de Suzanne fut simplement :

« Ce McKoy ne manque pas de culot.

— Plus que tu ne le crois. Il n'envisage pas vraiment de me faire chanter. Il a voulu tester mes réactions. En se faisant passer pour plus bassement mercenaire qu'il ne l'est réellement. Il ne veut pas d'argent. Il veut la Chambre d'ambre, et c'est pour ça qu'il a accepté avec tant d'empressement mon invitation à dormir au château.

— Pourquoi l'avez-vous invité ? »

Loring joignit les mains derrière son dos. Josef Loring, son père, le contemplait du haut de son portrait, sa chevelure blanche tombant sur son front plissé par la réflexion. L'image d'un homme qui avait dominé son univers et comptait sur son fils pour agir de même.

« Mon frère et mes sœurs n'ont pas survécu à la guerre. J'ai toujours pensé que c'était un signe. Je n'étais pas l'aîné. Rien de tout ceci ne devait m'appartenir. »

Suzanne le savait et se demandait si Loring ne s'adressait pas à son père plutôt qu'à elle. Ne poursuivait-il pas une conversation jamais interrompue entre les deux derniers mâles de la lignée ? Ernst lui avait souvent parlé de Josef. Un homme exigeant, sans nuances, souvent difficile à vivre. Qui avait beaucoup attendu de son seul fils rescapé.

« C'est mon frère qui aurait dû hériter. Au lieu de ça, toute la responsabilité est retombée sur mes épaules. Ces trente dernières années ont été dures. Terriblement dures.

— Mais vous avez survécu. Prospéré, en fait. »

Il se retourna vers Suzanne.

« Sans doute un autre signe de la providence. Père m'a laissé en proie à un gros dilemme. D'un côté, il m'a laissé un trésor d'une splendeur inconcevable, la Chambre d'ambre. De l'autre, je me vois contraint de faire face à des inconnus armés de solides arguments. Les choses étaient si différentes à son époque. Vivre derrière le Rideau de fer avait l'avantage de permettre toutes les initiatives. Y compris le meurtre. »

Il marqua une pause.

« Le seul vœu de mon père, c'était que tout ce qu'il avait acquis demeurât propriété de la famille. Il insistait particulièrement sur ce point. Tu es ma famille, *drahá*. Ma fille autant et peut-être plus que si tu étais de mon propre sang. Ma fille spirituelle. »

Il la contempla un instant, puis leva la main pour lui caresser la joue.

« Retourne dans ta chambre et reste à l'écart. Plus tard dans la nuit, nous accomplirons notre devoir. »

Knoll avançait lentement à travers la forêt dense, progressant à pas réguliers sous la voûte des grands arbres. Bientôt, il lui faudrait poursuivre sa route en terrain découvert.

La nuit s'annonçait sèche et froide. Voire glaciale. Les rayons du soleil couchant rampaient encore sous la futaie. Des hirondelles piaillaient au-dessus de sa tête. Il se revit en Italie, deux semaines auparavant, traversant une autre forêt à destination d'un autre château, pour une autre quête. Ce voyage avait entraîné deux morts violentes. Combien d'autres meurtres cette nuit qui commençait exigerait-elle ?

Il escaladait à présent un raidillon qui le conduisait au pied des murs du château. Il s'était montré patient, tout l'après-midi. Il avait attendu l'arrivée du crépuscule, caché dans un bosquet de hêtres, à moins d'un kilomètre au sud. Longtemps après avoir assisté, de loin, à l'arrivée des voitures de police et à leur départ. Quelle autre complication avait pu amener les policiers au château ?

Et puis, au début de l'après-midi, il y avait eu cette Land Rover, qui n'était pas repartie. Des invités ? Qui peut-être occuperaient suffisamment Loring et Suzanne pour que sa propre incursion passât inaperçue ? Il ne souhaitait pas le renouvellement d'une présence fortuite, comme chez Pietro Caproni qui avait eu la mauvaise idée d'inviter une prostituée. Quant à Suzanne, comment savoir si elle était présente au château ? Même si sa Porsche était bien en vue. Flanquée de cette mystérieuse Land Rover.

Mais si Danzer n'était pas au château, où était-elle ?

Il interrompit son avance à trente mètres du portail ouest. Une porte marquait la base d'une des tours jumelles, qui s'élevait à partir de là sur plus de vingt mètres, sans une fenêtre digne de ce nom. Rien que d'étroites meurtrières réservées aux archers de jadis. Des renforts obliques de pierre taillée en étayaient la base, une innovation médiévale destinée à consolider la tour, mais aussi et surtout à permettre aux projectiles lâchés de là-haut de rebondir sur les assiégeants. Un dispositif astucieux, qui ne servait plus à rien aujourd'hui.

Il examina les murs de bas en haut. Des fenêtres rectangulaires, pourvues de grilles en fer forgé, trouaient les étages supérieurs. Au Moyen Âge, la fonction de ces tours avait été essentiellement défensive. Mais esthétique, aussi. Un moyen de couper la monotonie des ailes adjacentes. Les rencontres du club l'avaient familiarisé avec la topographie générale. Ces portes d'accès aux tours étaient principalement utilisées par le personnel. Une des voies au-delà desquelles tout risque de rencontrer quelqu'un à cette heure était mince.

Il étudia le lourd battant de bois renforcé de barres de fer noirci. Certainement bouclé à double tour, mais sans doute pas protégé par un quelconque système d'alarme. Il savait que Loring, comme Fellner, n'était pas très à cheval sur la sécurité. Les dimensions du château, outre sa position géographique, constituaient des mesures plus efficaces que les dispositifs d'alerte les plus sophistiqués. Et personne, en dehors des membres du club et des acquéreurs, n'avait la moindre idée des richesses accumulées entre ces murs.

Il repéra une longue fente noire à la lisière du battant. Il alla y voir de plus près. La porte était légèrement entrebâillée. Il se glissa à l'intérieur d'un large passage voûté. Trois cents ans plus tôt, cette porte, ce passage avaient dû permettre de haler à l'intérieur de la tour de lourdes pièces d'artillerie. Aujourd'hui, des traces de pneus marquaient le sol. Suivant le tracé du couloir, Knoll tourna à gauche, puis à droite. Une autre façon de ralentir les envahisseurs. Deux issues latérales, l'une à mi-chemin de la montée, l'autre au bout de ce premier tronçon de couloir, donnaient sur des culs-de-sac apparemment destinés à piéger les intrus.

À chaque réunion mensuelle des membres du club, celui qui recevait, outre ses nombreuses obligations, avait celle d'assurer, sur demande, le logement de tous ses invités, commanditaires aussi bien qu'acquéreurs. Le domaine de Loring disposait d'assez de chambres pour satisfaire tout le monde. Son ambiance historique était peut-être la raison pour laquelle presque tous acceptaient son hospitalité. Knoll y avait séjourné plus d'une fois et se souvenait des récits de Loring sur l'histoire du château. Comment, depuis près de cinq cents ans, ses ancêtres avaient défendu ces murs. Au prix de nombreuses batailles sans merci, livrées dans de tels corridors.

Knoll se souvenait aussi des explications du maître de maison sur les passages secrets réaménagés, après le bombardement, pour faciliter la répartition, dans les pièces habitées, de l'eau courante, du chauffage et de l'électricité. Il n'avait pas oublié, entre autres, la porte dérobée qui s'ouvrait sur le bureau personnel de Loring. Le vieux en avait démontré le fonctionnement lors d'une des réunions. Tout le château regorgeait de ces secrets de Polichinelle. Le Burg Herz de Fellner comportait également un de ces labyrinthes rendus possibles par l'architecture interne des forteresses des XVe et XVIe siècles.

Il s'arrêta en haut d'une pente raide, à la lisière d'une cour obscure. Des murs disparates l'entouraient. Juste en face, s'ouvrait un local habité. Apparemment une cuisine, d'après les bruits d'ustensiles entrechoqués et les senteurs de viande grillée qui en émanaient. Mêlées à des relents provenant d'une grosse poubelle. Plusieurs cageots de légumes et de fruits s'empilaient contre un mur. La cour était propre, mais les activités ménagères qui l'entouraient en rendaient l'entretien difficile. Il se tenait dans le ventre du château, où des subalternes appointés travaillaient dur au confort des patrons et à la propreté de l'endroit.

Christian Knoll s'enfonça dans l'ombre.

Trop d'ouvertures alentour d'où quelqu'un pourrait l'apercevoir et donner l'alarme. Il lui fallait entrer à couvert sans éveiller les soupçons de quiconque. Le stylet dormait dans son fourreau, contre son avant-bras droit. Le CZ-75B était bien au chaud dans l'étui sanglé sous son aisselle gauche, avec deux chargeurs de rechange dans sa poche. Quarante-cinq balles en tout. Mais il ne souhaitait pas devoir se livrer à ce genre de bagarre.

Il parcourut les derniers mètres, plié en deux, et parvint enfin à un étroit chemin de ronde. Il fila, sur une dizaine de mètres, jusqu'à une porte dont il manipula la poignée. Ouverte. Il en franchit le seuil et fut accueilli, de l'autre côté, par un air froid et humide chargé d'odeurs de légumes et de fruits.

Un support de chêne octogonal soutenait une sorte de plafond en forme de parapluie. Des voix discutaient, à proximité. Un âtre noirci occupait l'un des murs. Ce réduit était apparemment un ancien office converti en lieu de stockage. Deux autres portes l'attendaient. L'une droit devant, l'autre sur la gauche. D'après les sons et les odeurs dominantes, il conclut que la porte de gauche menait aux cuisines. Aussi choisit-il la porte de devant et déboucha-t-il dans un nouvel espace ouvert au bout duquel régnait une certaine animation.

Il réintégra vivement le lieu de stockage et se réfugia derrière une haute pile de cageots. La seule lumière consistait en une ampoule nue suspendue au-dessus de l'abri en forme de parapluie. Il souhaita que les propriétaires des voix ne s'approchent pas davantage. Il n'avait aucune envie de tuer un de ces domestiques. Ce qu'il avait à faire était déjà regrettable, il ne voulait rien faire qui puisse placer Fellner dans une position délicate par un acte de violence inutile.

Il ne s'y résignerait que si les circonstances l'exigeaient.

Plaqué contre sa pile de cageots, avec le mur à sa droite, il risqua un œil dans la direction probable des cuisines.

La porte s'ouvrit. Une voix débita, en langue tchèque :

« On a besoin de concombres et de persil. Vois également s'il reste des pêches en conserve. »

Par bonheur, le soleil crépusculaire qui filtrait jusqu'à cet espace confiné éclairait l'endroit, si bien qu'aucun des deux hommes n'alluma l'ampoule suspendue.

« Là ! » triompha l'autre voix.

Ils posèrent un carton sur le sol, ouvrirent une boîte de conserve.

« Est-ce que M. Loring est toujours en pétard ? »

Knoll jeta un nouveau coup d'œil. L'un des deux hommes portait la tenue des serviteurs de Loring, pantalon marron, chemise blanche, mince cravate noire. L'autre arborait la veste d'un maître d'hôtel. Deux manières d'uniformes que Loring se vantait volontiers d'avoir dessinés lui-même.

« Le patron et m'dame Danzer sont restés tranquilles toute la journée. La police est venue ce matin, à cause de ce pauvre Fellner et de sa fille. Tu l'as vue, hier soir ? Une vraie beauté.

— J'ai servi le café et les petits gâteaux dans le bureau, après le dîner. Elle était très aimable. Surtout pour une fille aussi riche. Quel gâchis. La police n'a aucune idée de ce qui s'est passé ?

— Non. L'avion a explosé en plein vol. Pas de survivants. »

Les mots frappèrent Knoll de plein fouet. Avait-il bien entendu ? Monika et son père, morts tous les deux ?

Une rage sans nom l'aveuglait. Explosion d'un avion en plein vol, avec Monika et Fellner à bord. Il n'y avait qu'une seule explication possible. Ernst Loring avait ordonné leur mort et chargé Suzanne de son exécution. Loring et Danzer avaient tenté de l'éliminer. Sans succès. Ils s'étaient retournés contre les deux Fellner, père et fille. Mais pourquoi ? Qu'est-ce que tout ça voulait dire ? Il avait une envie furieuse d'écarter les cageots, de dégainer son stylet et de tailler ces deux abrutis en pièces. De laver dans leur sang le sang de ses anciens employeurs. Ça ne les ferait pas revenir, hélas. S'exhortant au calme, il s'obligea à respirer lentement. Il lui fallait des réponses. Il avait besoin de comprendre. Il était heureux, maintenant, d'être venu. La source de tout ce qui était arrivé, de tout ce qui arriverait encore, était quelque part entre ces vieux murs qui l'entouraient.

« Apporte le carton et allons-y », disait l'un des deux types.

Ils se retirèrent, et le silence retomba dans le réduit. Knoll sortit de sa cachette. Ses oreilles bourdonnaient. Ses jambes tremblaient. Était-ce l'émotion ? Le chagrin ? Il ne s'en croyait pas capable. Ou bien était-ce le regret de cette dernière occasion manquée, avec Monika ? Ou le fait qu'il se retrouvât seul, sans objectif précis, dans un monde qui n'existait plus ? Il chassa de son esprit cette pensée inopportune et ressortit du local de stockage.

Il tourna à gauche puis à droite et finit par trouver un escalier en colimaçon. Sa connaissance approximative de la topographie interne du château lui disait qu'il devait monter deux étages avant d'atteindre ce qui était considéré comme le niveau principal.

En haut de l'escalier, il s'arrêta. Une rangée de fenêtres à vitraux donnait sur une autre cour plus vaste. Dans une pièce située juste en face, à travers d'autres fenêtres ouvertes sur l'extérieur, une femme dansait, seule dans sa chambre. Elle se déplaçait lentement, gracieusement. À l'écart. En toute sécurité. Brusquement, elle se matérialisa dans l'encadrement de la fenêtre, les bras étendus pour ramener vers elle les deux battants ouverts.

Il connaissait ce visage. Ce regard acéré.

Suzanne Danzer.

Parfait !

54

Knoll put accéder aux passages privés plus facilement qu'il ne l'avait espéré. En observant, par l'entrebâillement d'une porte, comment une servante manœuvrait un panneau mobile, dans une pièce du rez-de-chaussée. Il établit clairement qu'il était dans l'aile sud du bâtiment de l'ouest. Il devait donc progresser vers le nord, où il saurait se diriger dans les salles dites « publiques ».

Il s'introduisit dans le labyrinthe et prit soin de marcher sur la pointe des pieds, espérant éliminer toute chance de rencontre avec le personnel. L'heure tardive diminuait probablement les risques de telles rencontres. Les seules personnes encore en activité seraient probablement les domestiques affectés au service des invités. Au plafond du couloir humide couraient des tuyaux d'aération, des conduites d'eau courante et des câbles électriques. De rares ampoules nues dispensaient un éclairage restreint, mais suffisant.

Il grimpa successivement trois escaliers en colimaçon et parvint à ce qu'il croyait être l'aile nord. De minuscules judas trouaient les murs, placés dans des niches peu profondes et protégés par des couvercles de métal rouillé. Dans sa foulée, il en ouvrit quelques-uns, au vol, afin de jeter un coup d'œil dans diverses pièces. Ces œilletons étaient également des témoignages du passé, un anachronisme remontant à l'époque où les yeux et les oreilles constituaient les seuls moyens disponibles de glaner des infos. Ils n'étaient plus, aujourd'hui, que de simples points de repère. Ou l'occasion rêvée, pour des voyeurs impénitents, de satisfaire leur idée fixe.

Relevant le couvercle d'un autre mini-hublot, il reconnut, au lit imposant, à l'écritoire en bois de rose, la Chambre de Carlotta, ainsi nommée par Loring en hommage à la maîtresse du roi Louis Ier de Bavière, une fort belle créature dont le portrait ornait une des parois. Il se demanda, brièvement, quel objet décoratif pouvait dissimuler le judas, à l'intérieur de la chambre.

Probablement quelque moulure comme il y en avait tant, sans utilité précise, d'un bout à l'autre du château.

Il poursuivit son chemin.

Tout à coup, il perçut le murmure de deux voix, à travers la pierre. Il chercha un autre minuscule hublot. Le trouva. Il souleva son couvercle et colla son œil à l'ouverture. Il découvrit Rachel Cutler, dans une chambre brillamment illuminée. Deux serviettes couvraient partiellement ses cheveux humides et sa gracieuse nudité.

Fasciné, Knoll marqua un temps d'arrêt.

« Je savais que McKoy préparait un sale coup. »

Paul était assis sur le bord du lit. Il partageait avec Rachel cette chambre du quatrième étage. Le serviteur qui avait monté leur sac avait pris le temps de leur expliquer que cette pièce portait le nom de Chambre nuptiale, à cause d'une toile du XVIIe siècle représentant un couple en costume mythologique disposée au-dessus du lit bateau.

La chambre était équipée d'une salle de bains où Rachel s'était longuement détendue, dans une eau chaude et mousseuse, en attendant le dîner prévu par Loring à sept heures.

« Toute cette histoire me cause un profond malaise, Paul. Loring n'est pas quelqu'un à qui l'on peut parler sur ce ton. Et jamais je n'approuverai un chantage. »

Elle dénoua la serviette qui l'entourait et faillit perdre l'autre en regagnant la salle de bains adjacente. Une minute plus tard, se fit entendre le ronronnement d'un sèche-cheveux électrique.

À regret, Paul s'absorba dans la contemplation d'un petit portrait de saint Pierre en robe de pénitent. Un da Cortona ou peut-être un Reni, en tout cas un Italien du XVIIe siècle, si sa mémoire ne lui faisait pas défaut. Un original, selon toutes les apparences. Hors de prix. En admettant qu'il fût possible de le trouver ailleurs que dans un musée. Quant aux figurines de porcelaine disposées de part et d'autre du pénitent, il s'agissait là d'œuvres décorées par Riemenschneider. Art germanique du XVe siècle. D'une valeur inestimable.

Sur le chemin de la chambre, ils avaient aperçu d'autres tableaux, d'autres tapisseries, d'autres sculptures. Paul n'avait identifié qu'une petite fraction de ces richesses artistiques. Pour laquelle les gens du musée d'Atlanta n'auraient pas simplement envisagé de se prostituer. Ils auraient carrément vendu leur âme au diable.

Le sèche-cheveux cessa de ronronner. Rachel réintégra la chambre, dans sa serviette de bain partiellement rajustée, en rectifiant à deux mains l'ordonnance de sa coiffure.

« Quel luxe, Paul ! Savon parfumé, gel moussant, shampooing, sèche-cheveux…

— La différence, c'est qu'on va dormir cette nuit entre des œuvres qui valent des millions.

— Ce ne sont pas des copies ?

— Pour autant que je puisse en juger, rien que des originaux.

— Paul, il faut qu'on fasse quelque chose au sujet de McKoy. Tout ça va beaucoup trop loin.

— Je suis bien d'accord avec toi. Mais Loring m'inquiète aussi. Il ne correspond pas du tout à ce que j'attendais.

— Tu as vu trop de films de James Bond. Loring n'est rien de plus qu'un vieillard plein aux as, amoureux de l'art sous toutes ses formes.

— Il prend trop calmement les menaces de McKoy.

— Tu crois qu'on devrait appeler Pannek et lui dire où on est ?

— Pas encore. Jouons le jeu jusqu'au dîner de ce soir. Mais je suis d'avis de foutre le camp d'ici dès demain matin. »

Rachel rejeta la serviette pour enfiler un slip. Il l'observait de loin, en s'efforçant de garder son sang-froid.

« Ce n'est pas loyal !

— Quoi donc ?

— De te promener toute nue sous mes yeux. »

Elle boucla méthodiquement son soutien-gorge et vint s'asseoir sur les genoux de Paul.

« Je pensais ce que je disais, mardi soir. Je veux nous donner une seconde chance. »

Il contemplait la Reine des glaces amoureusement blottie dans ses bras. Elle murmura alors qu'il la couchait en travers de ses genoux :

« Je n'ai jamais cessé de t'aimer, Paul. Je ne sais pas ce qui m'a pris. Orgueil et colère, je pense. Une mauvaise façon de réagir. Ça n'a jamais été ta faute. Uniquement la mienne. Après ma nomination, il s'est passé je ne sais quoi. Je ne peux toujours pas me l'expliquer. »

Elle avait raison. Leurs difficultés s'étaient aggravées quand elle avait prêté serment et endossé sa fonction de juge. Peut-être parce qu'à force d'entendre « Oui, madame » et « Votre Honneur » toute la journée, elle avait un peu oublié qui elle était et s'était révélée pratiquement incapable de laisser tout ce décorum au bureau, en rentrant le soir.

À ses yeux, elle était restée Rachel Bates, la femme qu'il aimait. Pas une représentante salariée de la sagesse de Salomon. Ils s'étaient souvent affrontés, au point de se blesser mutuellement. Il avait tenté de lui expliquer ce qui clochait. Et perdu pied lorsqu'elle avait refusé de l'entendre. Jusqu'à ce que cette dualité devienne tellement insupportable qu'elle avait fini par rejeter, de guerre lasse, l'un des éléments du conflit.

« La mort de papa m'a ouvert les yeux. Ainsi que ton ardeur à me rejoindre en Allemagne. On a perdu nos parents, tous les deux. Moi, je n'ai plus que Maria et Brent… et toi ! »

Il la regardait fixement, sans y croire.

« Ce que je veux dire, c'est que tu es ma seule famille, Paul. J'ai commis une grave erreur, il y a trois ans. J'avais tort sur toute la ligne. »

Il savait à quel point ce devait être dur pour elle de faire cette confession. Mais il tenait à l'entendre jusqu'au bout.

« Que t'arrive-t-il ?

— Jeudi dernier, quand il a fallu qu'on se cramponne à cette maudite rambarde, au-dessus du vide… j'ai eu peur de mourir sans avoir réparé mon erreur. Et puis, tu avais sauté dans un avion parce que tu avais peur pour moi. Tu avais pris de gros risques. Tu ne méritais pas ce que je t'avais fait. Tout ce que tu réclamais, c'était un peu de paix et de stabilité. Tout ce que je réussissais, c'était rendre les choses chaque jour plus difficiles… »

Paul la contemplait avec ravissement, mais pensait à Knoll. Bien qu'elle ne l'eût jamais admis ni ne l'admettrait jamais, elle avait ressenti une certaine attirance envers ce personnage tellement différent. Tellement étranger à ce qu'elle connaissait. Mais Knoll l'avait laissée en danger de mort. Peut-être cette seule circonstance lui avait-elle rappelé que ni les êtres ni les choses n'étaient jamais conformes aux apparences. Y compris son ex-mari. Alors, au diable les susceptibilités offensées. Il l'aimait. Il voulait la récupérer. C'était le moment ou jamais de se montrer intelligent. Et de se taire.

Il l'embrassa.

Knoll les regarda s'embrasser, surexcité par la vision de Rachel Cutler presque nue. Il avait conclu, dans le bus qui le conduisait de Munich à Kehlheim, qu'elle était toujours amoureuse de son ex-époux. Raison pour laquelle elle avait repoussé ses avances à Warthberg. Elle était très séduisante. Seins de rêve, taille pincée, toison pubienne assortie à sa chevelure auburn. Infiniment sexy et désirable. Il avait eu furieusement envie d'elle, et s'apprêtait à la culbuter, de gré ou de force, quand cette salope de Danzer avait déclenché sa bombe. Pourquoi ne pas rectifier le tir, cette nuit ? Quelle importance, à présent ? Fellner et Monika étaient morts. Il avait perdu son travail. Et personne, parmi les autres membres du club, ne l'engagerait après ce qu'il s'apprêtait à faire.

On frappa à la porte des Cutler.

Knoll redoubla d'attention à son poste de voyeur.

« Qui est-ce ?

— McKoy. »

Rachel ramassa ses vêtements et s'engouffra dans la salle de bains. Paul alla ouvrir la porte. McKoy entra comme chez lui, en pantalon de velours à côtes et chemise rustique à rayures verticales multicolores.

« Très décontracté, remarqua Paul.

— Mon smoking est chez le teinturier. »

Paul claqua la porte.

« Qu'est-ce que vous avez essayé de faire au juste, avec Loring ? »

McKoy se planta droit devant lui.

« Relaxez-vous, mon cher maître. Je n'ai jamais vraiment voulu faire chanter le vieux.

464

« — Alors, qu'est-ce que vous foutiez ?

— Oui, Wayland, qu'est-ce que vous aviez dans le crâne ? »

Rachel revenait de la salle de bains, en sweater moulant et jean ajusté. McKoy la détailla des pieds à la tête.

« Vachement décontractée, vous aussi, Votre Honneur !

— Venons-en au fait, trancha-t-elle.

— Le juge qui ressort ! Je voulais juste pousser ce vieux con à craquer, et c'est ce qu'il a fait. Je voulais voir combien de temps il tiendrait le coup. S'il n'était pas personnellement impliqué, il m'aurait dit « byebye, foutez le camp d'ici ». Mais il n'a pensé qu'à nous retenir.

— C'était du bidon, votre numéro ? repartit l'avocat, incrédule.

— Cutler, je sais que vous et votre femme me prenez pour de la merde, mais j'ai une moralité. Relâchée, soit, mais elle existe tout de même. Ou ce Loring sait quelque chose, ou il veut savoir quelque chose. En tout cas, il est suffisamment intéressé pour nous loger cette nuit.

— Vous croyez qu'il fait partie du club dont Grumer a parlé ? » poursuivit Paul.

Rachel haussa rageusement les épaules.

« J'espère que non. Ça voudrait dire que Knoll et cette garce ne sont pas loin.

— C'est un risque à courir, répliqua McKoy, sans se laisser troubler. Quelque chose me dit que mon intuition est la bonne. Et comme j'ai une trentaine d'investisseurs qui m'attendent en Allemagne, j'ai besoin de réponses précises. Je sais que ce vieux singe, en bas, les connaît toutes.

— Combien de temps espérez-vous faire patienter vos associés ?

— Deux ou trois jours, maxi. Ils vont recommencer à creuser, aujourd'hui. Je leur ai dit de ne pas se précipiter.

Personnellement, je sais que c'est une perte de temps. Et de fric.

— On se comporte comment, au dîner ? voulut savoir Rachel.

— Mollo. On mange, on boit, et on branche l'aspirateur à infos. On se débrouille pour recevoir plus qu'on ne donne, compris ? »

La jeune femme ne put s'empêcher de sourire.

« Oui, je comprends. »

Le dîner se passa dans une atmosphère de convivialité, de cordialité ou presque. La conversation roula sur l'art et la politique. L'érudition du vieil homme, en matière d'art, fascinait Paul. Quant à l'attitude de McKoy, elle était tout simplement exemplaire. Il appréciait l'hospitalité de Loring et lui en faisait compliment à tout instant. Paul se montrait attentif à tout et remarquait que Rachel ne quittait pas McKoy du regard, craignant le moment où il risquait de ruer dans les brancards malgré son calme apparent.

Après le dessert, Loring leur fit faire le tour de ses salles d'exposition du rez-de-chaussée. Une suite de meubles hollandais, de pendules françaises et de lustres russes. Paul nota une nette tendance au classicisme et au choix de modèles réalistes trahissant la patte d'artisans hors ligne.

Chacune de ces salles portait un nom. La salle Walderdorff. La salle Molsberg. La salle Verte. La salle des Sorcières. Toutes pleines de meubles anciens, uniquement des originaux, d'après Loring, et d'œuvres d'art tellement nombreuses que Paul ne savait plus où regarder. Il regrettait que l'un des conservateurs du musée d'Atlanta ne soit pas présent pour l'éclairer de ses commentaires. Dans ce que Loring appelait la salle des Ancêtres, le vieillard s'arrêta devant un grand portrait à l'huile de son père.

« Il descendait d'une longue lignée. Assez bizarrement, tous du côté paternel. C'est comme ça qu'il y a toujours eu des Loring mâles pour hériter du nom et des biens. Une des raisons qui nous ont permis de régner sur ce site depuis près de cinq cents ans.

— Même au temps des communistes ? s'étonna Rachel.

— Même alors, ma chère. La famille s'est adaptée. Pas le choix, de toute façon. C'était changer ou périr.

— Ce qui signifie, en substance, que vous avez beaucoup travaillé pour les communistes ? intervint McKoy.

— Qu'y avait-il d'autre à faire, monsieur McKoy ? »

L'interpellé ne répondit pas. Il se contenta de ramener toute son attention sur le portrait de Josef Loring.

« Votre père s'intéressait à la Chambre d'ambre ?

— Passionnément.

— Il avait vu l'original à Leningrad, avant la guerre ?

— Et même avant la révolution russe. C'était un grand amateur d'ambre... comme vous le savez déjà sans doute.

— Et si on cessait de raconter des conneries, Loring ? »

Paul fit un bond sur place en encaissant comme une gifle le brusque changement de ton de leur compagnon. Était-il sincère ou avait-il simulé ?

« J'ai un chantier, à cent cinquante kilomètres d'ici, qui m'a coûté un million de dollars. Tout ce que j'ai récolté, au total, c'est trois camions de l'armée, et cinq squelettes. Je vais vous dire ce que j'en pense. »

Loring se laissa choir dans le fauteuil le plus proche.

« Je vous en prie. »

McKoy cueillit un verre de bordeaux sur le plateau que lui présentait le maître d'hôtel.

« C'est Dolinski qui m'a raconté cette histoire, au sujet d'un train sorti de Russie occupée, le 1er mai 1945. Les caisses contenant la Chambre d'ambre étaient censées voyager dans ce train. Des témoins racontent que les caisses auraient été déchargées en Tchécoslovaquie, près de Týnec-nad-Sázavou. Puis transportées par camions vers le sud. Une autre version affirme qu'elles furent stockées dans un bunker souterrain utilisé comme Q.G. par le *Feldmarschall* von Schörner, commandant suprême de l'armée allemande. Une troisième version les voit cingler vers l'ouest de l'Allemagne, une quatrième parle de la Pologne. Laquelle de ces versions est la bonne ? »

Loring se redressa dans son fauteuil.

« Moi aussi, j'ai entendu toutes ces histoires. Si je me rappelle bien, le bunker fut fouillé à fond et rasé par les Soviets. Première hypothèse éliminée. Quant à la version polonaise, je n'y crois pas une seconde. »

McKoy éprouva, lui aussi, le besoin de s'asseoir.

« Pourquoi ça ? »

Paul resta debout, avec Rachel à son côté. Le bras de fer opposant les deux hommes ne manquait pas d'intérêt. McKoy avait manipulé ses associés de main de maître et ne se débrouillait pas si mal en cette circonstance. Assez intuitif, jusqu'à preuve du contraire, pour savoir quand attaquer et quand battre en retraite.

« Les Polonais, énonça Loring avec une conviction communicative, ne disposent ni des cerveaux ni des ressources pour gérer une telle merveille. Voilà beau temps qu'elle aurait été découverte. »

McKoy contra :

« Simple préjugé racial !

— Pas du tout : simple fait avéré. Tout au long de leur histoire, jamais les Polacks n'ont su construire un État cohérent et durable. Toujours menés, jamais meneurs.

— Donc vous dites que ces caisses ont mis le cap vers l'ouest de l'Allemagne.

— Je ne dis rien, monsieur McKoy. Seulement que de tous les choix offerts, c'est de loin le plus probable. »

Rachel s'assit à son tour.

« Monsieur Loring…

— Je vous en prie, mon enfant, appelez-moi Ernst.

— D'accord… Ernst. Grumer était convaincu que Knoll et la femme qui a tué Chapaev travaillaient pour les membres d'un club. Il l'appelait les Sauveteurs des antiquités perdues, et Knoll et cette fille étaient des acquéreurs professionnels, pour le compte de ces gens-là. Ils volent des œuvres d'art à des gens qui les ont déjà volées, et comparent leurs prouesses au cours de réunions périodiques.

— C'est amusant, mais je ne suis membre d'aucune organisation de cette sorte. Comme vous avez pu le constater de visu, ma maison est pleine d'œuvres d'art. Je suis un collectionneur connu qui expose ouvertement ses trouvailles.

— À l'exception de l'ambre. Je n'en ai guère vu la trace, lança McKoy.

— Je possède quelques belles pièces. Vous aimeriez les voir ?

— Et comment ! »

Loring prit la tête du cortège qui sortit de la salle des Ancêtres et longea un corridor sinueux avant de s'enfoncer dans les profondeurs du château. La salle carrée dans laquelle ils entrèrent était un local sans fenêtre. Loring pressa un commutateur qui éclaira simultanément toutes les vitrines alignées le long des murs. Paul identifia au premier coup d'œil des cristaux de Bohême, des porcelaines de Jan Vermeyen et des pièces d'orfèvrerie de Martin Mair. Chaque objet, parfaitement entretenu, avait pour le moins trois cents ans et s'offrait aux regards dans tout l'éclat de sa splendeur.

Deux vitrines recelaient de l'ambre. Dont un échiquier, avec toutes ses pièces, un coffret à deux tiroirs, une tabatière, une boîte à savon, un blaireau et un plat à barbe.

« XVIIIe siècle, pour la plupart. Le tout provenant des

ateliers de Tsarskoïe Selo. Les maîtres qui ont engendré ces beautés ont également travaillé sur les panneaux de la Chambre d'ambre.

— Les plus merveilleux spécimens que j'aie jamais vus, déclara Paul Cutler, privé de souffle.

— Je suis très fier de cette collection, souligna Loring. Chacun de ces objets m'a coûté une fortune. Hélas, je ne dispose pas de cette fameuse Chambre d'ambre qui leur fournirait un écrin digne de leur magnificence. »

McKoy s'obstina :

« Vous pouvez me dire pourquoi je ne vous crois pas ?

— Sincèrement, monsieur McKoy, que vous me croyiez ou non n'a aucune importance. La seule question cruciale, c'est comment vous proposeriez-vous de démontrer le contraire ? Vous venez chez moi, vous m'accusez de tous les crimes de la terre, vous menacez de me dénoncer aux médias, mais vous n'avez rien qui puisse étayer vos allégations... sinon quelques lettres tracées dans le sable et les divagations d'un académicien taré.

— Je ne vous ai jamais dit que Grumer était académicien.

— Non, mais je connais la réputation dont jouissait le professeur Grumer. Elle n'était pas particulièrement flatteuse. »

Paul nota le changement de ton d'Ernst Loring. Plus de conciliation ni de convivialité. Une lenteur délibérée dont la signification était claire. Le maître de céans commençait à perdre patience.

McKoy, toutefois, s'en souciait peu.

« J'aurais cru, monsieur Loring, qu'un homme de votre classe et de votre standing aurait plus rapidement envoyé au diable le grossier trublion dont vous venez de faire le portrait. »

Loring avait recouvré son sourire.

« Je trouve votre franchise brutale très... rafraîchissante. Il est rare qu'on ose me parler comme vous le faites.

— Vous n'avez pas réfléchi à ma proposition de cet après-midi ?

— Si. Est-ce qu'un million de dollars résoudrait le problème que vous posent vos investisseurs ?

— Trois seraient plus proches de la solution idéale.

— Alors, j'imagine que deux mettront fin à tout marchandage ?

— J'apprécie votre imagination, monsieur Loring. »

Pour la première fois de la journée, le vieil homme éclata de rire.

« Monsieur McKoy, savez-vous que vous commencez à me plaire ? »

55

Vendredi 23 mai
2 h 15

Paul se réveilla en sursaut. Il avait eu beaucoup de mal à s'endormir, après qu'ils se furent couchés, tous les deux, vers minuit. Rachel dormait profondément dans le lit bateau. Elle ne ronflait pas, mais respirait lentement, selon son habitude. Il se remémora les derniers événements. McKoy avait empoché son chèque de deux millions de dollars, et sans doute le gaillard avait-il raison. Loring cachait quelque chose qui valait ces deux millions de dollars et bien au-delà. Mais que cachait-il ? La Chambre d'ambre ? C'était tout de même un peu tiré par les cheveux.

Paul se représenta les nazis acharnés à dépouiller le palais de Catherine de son plus grand trésor et à charrier les panneaux à travers l'Union soviétique. Pour les transporter de nouveau, quatre ans plus tard, en Allemagne. Dans quel état se seraient trouvés les panneaux, à l'issue de ces traitements barbares ? Auraient-ils encore valu davantage que la matière première représentée, réutilisable sous d'autres formes ? Quelles données fournissaient les articles recueillis par Karol Borya ?

En tout plus de cent mille pièces, dans l'ensemble des panneaux. Une certaine valeur au marché légal. C'était ça, peut-être ? Loring avait trouvé l'ambre et l'avait revendu, pour beaucoup plus de deux millions de dollars. Par ailleurs, ses moyens lui permettaient de telles extravagances. Et McKoy, muselé, ne lui chercherait plus des poux dans la tête.

Sortant du lit, il cueillit sa chemise et son pantalon soigneusement pliés, comme toujours, sur le dossier d'une chaise. Pas maniaque, non, mais ordonné. Inutile de reprendre ses chaussures pour le moment, il ferait moins de bruit s'il marchait nu-pieds. Impossible de se rendormir et il avait envie de retourner rôder autour des salles du rez-de-chaussée. L'étalage de toutes ces richesses lui en avait mis plein la vue, et Loring n'y verrait sans doute pas d'inconvénient. Une telle admiration ne se commande pas, elle lui ferait pardonner son indiscrétion s'il tombait nez à nez avec quelqu'un d'autre.

Il jeta un regard à Rachel. Elle dormait en chien de fusil, enfouie sous la courtepointe. Deux heures plus tôt, pour la première fois depuis quatre ans, elle lui avait fait l'amour. Il ressentait encore cette intensité qui les avait projetés l'un vers l'autre. L'un dans l'autre. Un paroxysme émotionnel, une passion dont il ne les croyait plus capables, ni elle ni lui. Était-ce vraiment un nouveau départ ? Dieu sait qu'il en avait rêvé. Ces deux dernières semaines avaient été curieusement douces-amères. Le père de Rachel était mort, mais la famille Cutler demeurait une réalité patente. Il espérait que ce ne serait pas seulement un moyen de combler les vides. Les mots que Rachel avait dits, sur le sens de la famille, résonnaient encore dans sa tête. Pourquoi ces doutes, alors ? Peut-être était-ce le contrecoup du choc qu'il avait encaissé, trois ans plus tôt ? Un réflexe de protection contre d'autres mauvaises surprises ?

Il ouvrit doucement la porte. Se glissa dans le corridor doucement éclairé, pour la nuit, par des appliques de puissance réduite. Pas un bruit nulle part. Il traversa le palier, se pencha par-dessus la rambarde et observa le hall du rez-de-chaussée, quatre étages plus bas, dont d'autres veilleuses révélaient le sol de marbre. Un lustre massif de cristal, actuellement éteint, pendait jusqu'au niveau du troisième étage.

Il suivit jusqu'à l'escalier le chemin central recouvert d'une épaisse moquette et entama la descente. Ses pieds nus n'éveillèrent aucun son dans le grand silence nocturne. Il atteignit le rez-de-chaussée, se dirigea vers les salles d'exposition dont les portes avaient été laissées grandes ouvertes.

Il entra dans la salle des Sorcières, ainsi nommée, leur avait expliqué Loring, parce qu'on y jugeait, au Moyen Âge, les femmes soupçonnées de s'adonner à la magie. Il s'approcha d'une rangée de vitrines en ébène et alluma de petites lampes halogènes directionnelles.

Des objets de l'époque romaine occupaient de nombreuses étagères. Statuettes, oriflammes, assiettes, récipients, lampes, clochettes, et même quelques déesses finement ciselées. Il reconnut Victoria, déesse romaine de la Victoire, couronne et feuilles de palme en main, symbolisant le choix qu'il lui incombait de faire.

Un léger bruit l'alarma, en provenance du hall central. À peine audible. Juste le crissement d'un tapis sous des semelles.

Il pivota vers l'origine de ce froissement de laine, au-delà de la porte ouverte, et se pétrifia sur place, la respiration suspendue. Était-ce le son étouffé d'un pas ou le bois des vieux meubles qui craquait ? D'instinct, il éteignit les petites lampes qu'il avait allumées. L'obscurité retomba. Il s'accroupit derrière un sofa et tendit l'oreille.

Le son se renouvela. C'était bien un pas. Furtif. Il y avait quelqu'un d'autre dans le hall. Il se rencogna davantage contre le sofa et retint son souffle. Peut-être n'était-ce qu'un domestique vaquant à quelque tâche nécessaire ?

Une ombre passa devant la porte ouverte. Paul risqua un œil par-dessus le canapé.

Wayland McKoy.

Il aurait dû s'en douter.

Quand il s'arrêta, sur le seuil de la salle, McKoy avait pris deux ou trois mètres d'avance, dans la direction d'une autre salle située tout au fond, loin de Paul. Plus tôt, Loring s'était borné à citer son nom, en passant. La salle Renaissance. Sans les y introduire ni préciser la nature de son contenu.

« Vous ne pouviez pas dormir ? » murmura Paul.

McKoy n'en sursauta pas moins violemment. Il pivota sur lui-même, les traits convulsés.

« Nom de Dieu, Cutler ! J'ai bien failli chier dans mon froc ! »

Il portait un jean et un chandail de couleur foncée. Paul désigna les pieds nus du robuste entrepreneur.

« On commence à penser pareil. Ça, c'est effrayant !

— Même un cul-terreux de Caroline du Nord ne s'attaquerait pas à vous, mon cher maître !

— Curieux, vous aussi ?

— Et comment ! Deux millions crachés sans battre d'un cil. Loring a sauté là-dessus comme une grosse mouche sur une merde !

— Et vous aussi, vous vous demandez ce qu'il peut savoir. Et qu'il désire tellement cacher.

— J'en sais rien. Mais il y a forcément quelque chose. L'emmerdant, c'est que ce putain de château est aussi grand que le Louvre et c'est un tel foutoir qu'on ne trouvera jamais ce qu'il cache.

— Oui, on pourrait se perdre dans cette immense baraque. »

Soudain, quelque chose résonna dans le hall. Un objet

métallique tombant sur le sol de marbre. Paul et McKoy se retournèrent. Un pâle trapèze de lumière sortait de la salle Renaissance, tout au fond.

« D'accord pour aller voir ? suggéra McKoy.

— Puisqu'on est venus jusque-là... »

McKoy partit le premier. Devant la porte béante de la salle Renaissance, ils s'arrêtèrent, stupéfiés.

« Oh, merde ! » s'étrangla Paul.

Knoll avait assisté au départ de Paul Cutler. Rachel dormait toujours sans se douter de quoi que ce soit. Il avait attendu pendant des heures le moment où tout le monde se serait retiré dans les chambres. Il avait eu l'intention de commencer par les Cutler, puis de s'occuper de McKoy et de finir par Loring et cette garce de Suzanne. Le meilleur pour la fin. Pour le plaisir supplémentaire, outre celui qu'il appréciait le plus au monde, de venger Fellner et Monika. Mais maintenant, la sortie inattendue de Paul Cutler posait un problème. Selon Rachel elle-même, son ex-mari n'avait rien de l'aventurier pur et dur. Pourtant, c'était lui qui se risquait pieds nus, en pleine nuit, dans le labyrinthe du château. Certainement pas pour descendre à la cuisine afin de calmer sa faim. Un surcroît de curiosité ? Il réglerait son cas un peu plus tard.

Rachel d'abord.

Il parcourut le couloir dérobé jusqu'au bout, sans s'arrêter à chaque œilleton, comme il l'avait fait auparavant. Il actionna le ressort caché. Un pan de mur pivota en grinçant à peine. Il traversa une chambre vide, revint sur ses pas et se glissa dans celle où Rachel dormait toujours après avoir verrouillé la porte derrière lui. Près de la cheminée Renaissance, il trouva le contact déguisé en moulure. Il n'était pas entré par là, de crainte d'éveiller trop tôt les Cutler, mais il était fort possible qu'il eût besoin d'une voie de retraite ultrarapide. Il pressa le bouton et laissa la porte secrète à moitié ouverte.

Puis il s'approcha du lit.

Rachel dormait toujours à poings fermés.

Il infligea une secousse à son poignet droit. Le stylet glissa, docilement, jusque dans sa paume.

« Putain, une porte secrète ! » constata McKoy.

C'était la première que Paul eût jamais vue. Vieux films et vieux romans proclamaient souvent leur existence, mais là, devant ses yeux, à moins de dix mètres, un pan de mur avait pivoté sur un axe central, dévoilant une ouverture noire. Fermement fixée au pan de mur, une vitrine avait pivoté en même temps que le mur.

McKoy fit un pas en avant.

Paul le rattrapa au vol.

« Hé, vous n'êtes pas cinglé ?

— Réfléchissez un peu, Cutler. C'est pour qu'on y aille.

— Comment ça ?

— Le vieux n'a pas laissé ce machin ouvert pour des prunes. Pas question de le décevoir. »

Paul était sûr que pousser plus avant était une folie. Lui-même avait donné le mauvais exemple en descendant le premier, mais à quoi bon tenter le diable en allant plus loin ? Peut-être ferait-il mieux de remonter tout de suite auprès de Rachel. Mais sa curiosité fut la plus forte. Il suivit McKoy.

La salle révélée par l'ouverture de cette porte ressemblait à toutes les autres. Par sa disposition générale, sinon par son contenu. Paul y entra lentement, subjugué. Statues et bustes anciens. Sculptures d'Égypte et du Moyen-Orient. Bijoux antiques. Deux tableaux attirèrent son attention. Un Rembrandt dont le vol, dans un musée allemand, avait défrayé la chronique, il y avait de ça une trentaine d'années. Un Bellini dérobé en Italie à la même époque. Tous deux faisaient partie des trésors les plus recherchés du monde. Paul se souvenait d'une conférence organisée au musée d'Atlanta, sur ce sujet précis.

« McKoy, tout ce qui est ici n'a pas été acheté, mais volé.

— Comment le savez-vous ? »

Paul s'arrêta devant un crâne noirci enchâssé dans du verre.

« C'est l'homme de Pékin. Personne ne l'a revu depuis la Seconde Guerre mondiale. Et ces deux tableaux, là, sont dans le même cas. Merde, alors. Grumer disait vrai. Loring appartient à ce fameux club.

— Doucement, Cutler. On n'en sait foutre rien. Ce type a le droit de posséder une salle privée qu'il ne montre pas au public. Ne fonçons pas à l'aveuglette. Tout ça ne prouve rien. »

Ils tombèrent en arrêt devant une double porte émaillée. Entrouverte, elle aussi. On apercevait, au-delà, une mosaïque de teintes dégradées rappelant la couleur du whisky. Paul s'avança, suivi de McKoy. Sur le seuil de cette autre pièce, ils stoppèrent net.

« Putain de merde ! » jura McKoy, en sourdine.

Ils avaient devant eux la Chambre d'ambre.

« Vous avez le génie du mot juste », ironisa Paul Cutler.

L'entrée de deux personnes, par une autre double porte latérale, mit fin au spectacle. L'une était Loring. L'autre, la blonde de Stod. Armés, tous les deux.

« Je vois que vous avez accepté mon invitation, commenta Loring.

— Pas question de vous décevoir », siffla McKoy.

Le pistolet de Loring esquissa un geste circulaire.

« Qu'est-ce que vous pensez du reste de ma collection ? »

McKoy pénétra dans la Chambre d'ambre. L'arme de la femme blonde lui percuta les côtes.

« Pas d'affolement, ma petite dame. Je veux juste admirer le travail. »

Paul se tourna vers la femme.

« C'est moi qui en parlant beaucoup trop vous ai conduite à Chapaev ?

— Oui, monsieur Cutler. Vos informations m'ont beaucoup aidée.

— Vous l'avez tué à cause de moi.

— Non, monsieur Cutler, précisa Loring. Suzanne l'a tué à cause de moi. Sur mon ordre. »

Loring et Suzanne se tenaient adossés à l'une des parois. Une autre double porte marquait le centre du quatrième côté, mais Paul comprit qu'elle était factice. Les ouvertures de cette pièce étaient truquées. L'endroit ne pouvait donner en aucune manière sur le monde extérieur.

McKoy admirait les panneaux d'ambre. Caressait la matière douce et lisse. S'ils n'avaient pas été dans ce pétrin, il eût probablement fait de même. Mais il avait pleinement conscience d'être le premier avocat des États-Unis tenu, dans un château tchèque, sous la menace de deux pistolets. Jamais, à la fac de droit, ne s'était présentée, dans les travaux pratiques, quelque situation délictueuse rappelant de près ou de loin celle-ci.

« Va », dit Loring à Suzanne.

Elle se retira sans discuter. À cet instant précis, Loring n'avait pas du tout l'air d'un vieillard. La main qui braquait le pistolet était ferme. McKoy se rapprocha de Paul. Mais déjà, Loring enchaînait :

« Messieurs, nous allons attendre paisiblement que Suzanne nous ramène Mme Cutler.

— Qu'est-ce qu'on fait ? chuchota Paul à McKoy.

— Pas la moindre idée ! »

Knoll releva lentement la courtepointe et s'allongea auprès de Rachel. Il se pressa tout contre elle et par l'ouverture de son décolleté, caressa doucement un sein nu, puis l'autre. Elle réagit à ses attouchements, aux trois quarts endormie. Il laissa sa main dériver sur son corps jusqu'à s'insinuer entre ses jambes. Elle émit, en roulant vers lui, un grognement de plaisir et d'attente.

« Paul », soupira-t-elle.

Il la prit à la gorge, la poussa sur le dos et se coucha sur elle. Totalement réveillée, elle leva vers lui des yeux exorbités. Il posa la pointe du stylet sur sa gorge, arrachant la petite croûte laissée par la première blessure.

« Vous auriez dû suivre mes conseils.

— Où est… Paul ?

— Il s'est rendormi. Avec mon aide. »

Elle se débattit sous son poids. Il posa la lame du stylet à plat en travers de sa gorge.

« Du calme, madame Cutler, ou vous allez saigner davantage. »

Elle cessa de se débattre.

Il désigna, de la tête, le pan de mur pivotant, et relâcha un peu son étreinte pour lui permettre d'y jeter un coup d'œil.

« Paul est là. »

Il accentua la pression de sa main sur sa gorge et fit descendre la lame tout au long de sa chemise, tranchant chaque bouton d'un petit coup sec. Puis il l'ouvrit largement. Dénudés, les seins de Rachel se soulevaient au rythme de sa respiration. Il taquina une pointe érigée, du bout de sa lame.

« Je vous ai observés, à travers le mur, toi et ton mari. Tu t'y connais en matière de baise. »

Elle lui cracha au visage.

Il la gifla d'un revers de main.

« Espèce de garce. Ton père a fait la même chose, et regarde un peu ce qui lui est arrivé. »

Il la frappa du poing, au creux de l'estomac. Elle eut un haut-le-cœur. Il la frappa de même au visage. Puis sa main lui écrasa de nouveau la gorge. Les yeux de Rachel roulaient dans leurs orbites. Il lui pinça les joues en secouant la tête, avec une expression de reproche.

« Tu l'aimes toujours, pas vrai ? Comme c'est touchant. Alors, pourquoi mettre sa vie en danger ? Fais mine d'être une pute. Le prix de mon plaisir ? La vie de ton cher et tendre. Ce n'est qu'un moment à passer. Tu ne seras pas déçue.

— Où… est… Paul ?

— Encore ! Il va bien… jusque-là. Mets toute ta passion dans ce que je te demande, et il reverra la lumière du jour. » Elle sentait, contre ses cuisses, son odieuse réalité de violeur.

Et la pointe du couteau lui perçait la peau.

« D'accord », capitula-t-elle enfin.

Il hésita.

« J'éloigne le couteau. Mais le moindre mouvement dans le mauvais sens, et je te tue. Toi d'abord. Lui ensuite. »

Il écarta le stylet de la gorge de sa victime. Il déboucla sa ceinture et se préparait à concrétiser son assaut quand Rachel poussa un premier hurlement.

« Comment vous êtes-vous procuré les panneaux, Loring ? demanda McKoy.

— Un cadeau du ciel. »

McKoy s'esclaffa. Son sang-froid impressionnait Paul. Comment pouvait-il rester aussi cool ? Lui-même mourait de peur.

« Je suppose que vous avez l'intention de presser la détente, tôt ou tard ? Alors, ne refusez pas cette satisfaction à un condamné.

— Vous aviez raison, admit Loring. Des camions ont quitté Königsberg en 45. Chargés des panneaux. Ils ont été transférés dans un train qui s'est arrêté en Tchécoslovaquie. Mon père a tenté de les obtenir. Sans succès. Le *Feldmarschall* von Schörner était fidèle à Hitler. Incorruptible. Les caisses sont remontées vers l'ouest, en Allemagne. Elles devaient aller en Bavière, mais se sont arrêtées à Stod.

— Dans ma caverne ?

— Exact. Mon père a trouvé les panneaux sept ans après la guerre.

— Et fait exécuter les participants ?

— Une décision regrettable, mais nécessaire.

— Rafal Dolinski, même topo ?

— Votre ami reporter m'a consulté et m'a fait lire une copie de son article. Trop bien informé pour sa santé.

— Et Karol Borya ? Chapaev ?

— Ils ont eu tort de s'en mêler, comme beaucoup d'autres.

— Y compris mes parents ? s'écria Paul, révolté.

— Votre père posait trop de questions. Et ses contacts répétés avec ce ministre italien devenaient dangereux. Suzanne a dû éliminer les trois. Une autre décision regrettable, mais indispensable. »

Paul se lança en avant. Loring prouva sa vigilance en relevant son arme, prêt à tirer. McKoy retint son avocat par l'épaule.

« Doucement, mec. Se faire buter aussi bêtement n'arrangera rien.

— Lui tordre le cou, si ! »

Jamais Paul ne s'était cru capable d'une telle rage. Il aurait voulu tuer Loring, l'exécuter lentement, au mépris des conséquences, en savourant chaque seconde de son geste. McKoy le força à se maîtriser. Loring regagna sa place, adossé au panneau d'ambre.

McKoy, lui, tournait le dos à Loring lorsqu'il chuchota, au seul profit de Paul Cutler :

« Cool, bonhomme. Prenez exemple sur moi. »

Suzanne alluma l'énorme lustre dont la lumière inonda tout le centre du château, du rez-de-chaussée aux paliers du troisième étage. Le personnel ne se mêlerait de rien. Tous avaient l'ordre impératif de rester dans leurs quartiers à partir de minuit, et ne risquaient pas de l'enfreindre. Suzanne savait déjà où ils enterreraient les corps, avant le lever du jour.

Elle parvint au palier du quatrième étage, pistolet au poing, alors qu'un hurlement fracassait le silence. Il provenait de la chambre nuptiale. Surprise, elle courut vers la porte de chêne et en essaya la poignée. Fermée à clef.

Un nouveau cri se fit entendre dans le silence.

Elle tira deux balles dans le vieux système de fermeture. Le bois se fendit. Elle décocha un violent coup de pied, à hauteur de serrure, dans la porte endommagée. Une fois. Deux fois. Elle tira une autre balle. À la troisième ruade, le battant céda. Dans le clair-obscur de la chambre, elle aperçut Christian Knoll sur le lit. Il s'efforçait de maîtriser Rachel Cutler qui se débattait avec l'énergie du désespoir.

Knoll vit Suzanne. Il assomma Rachel d'un coup de poing à la tempe, et chercha quelque chose, de l'autre main, dans les plis du drap. Suzanne reconnut le stylet et tira, sans viser, une balle qui manqua sa cible. Christian s'était immédiatement jeté sur la moquette et roulait à couvert, de l'autre côté du lit. Elle remarqua la porte secrète grande ouverte. *Ce salopard utilise les couloirs privés*, songea-t-elle. Elle plongea à l'abri d'une lourde chaise de chêne, sachant d'avance ce qui allait arriver.

Le stylet s'enfonça dans le rembourrage du siège, à quelques centimètres de Suzanne. Elle lâcha deux autres balles, au jugé. Quatre détonations assourdies lui répondirent. Knoll, cette fois, n'avait pas oublié son pistolet. Trop dangereux d'échanger des balles dans une pièce fermée. Elle tira une dernière fois. Puis rampa en direction de la porte ouverte, roula sur le palier alors que deux autres balles ricochaient au-dessus d'elle.

Elle se redressa d'un bond et prit la fuite.

« Il faut que je remonte auprès de Rachel, gémissait Paul. »

Tournant toujours le dos à Loring, McKoy chuchota :

« Vous sortirez quand je bougerai.

— Mais il a un pistolet.

— Je parie qu'il ne tirera pas… il ne voudra pas risquer de faire des trous dans l'ambre.

— Ne comptez pas trop là-dessus. »

Avant que Paul pût émettre une autre objection, McKoy se retourna vers Loring.

« Je peux m'asseoir sur mes deux millions, c'est ça ?

— Hélas ! Mais c'était bien tenté.

— Ça me vient de ma mère. Elle travaillait dans les champs de concombres, en Caroline du Nord. Mais elle n'a jamais laissé personne lui dicter sa conduite.

— Comme c'est touchant. »

McKoy amorça sa progression vers l'homme armé.

« Qu'est-ce qui vous fait penser que personne ne sait où nous sommes ? »

Loring haussa les épaules.

« Un risque à prendre.

— Mes équipes savent où je suis.

— J'en doute, McKoy.

— Si on faisait un marché ?

— Proposition sans intérêt. »

McKoy plongea vers le vieil homme, aussi vite que le lui permettaient son grand corps épais et les trois mètres qui les séparaient encore. Loring tira. McKoy accusa l'impact en criant :

« Filez, Cutler ! »

Paul fonça vers la sortie de la Chambre d'ambre. Il jaillit dans la salle Renaissance, roula sur le plancher, sentit sous ses pieds nus le carrelage du grand hall. Il s'attendait à ce que Loring le poursuivît, et lui tirât dessus, mais apparemment, le vieillard ne pouvait plus se déplacer aussi vite.

McKoy s'était fait tirer dessus, peut-être tuer, pour lui

permettre de déguerpir et de passer à la contre-attaque. Encore une chose qu'il n'avait jamais crue possible. Voir un homme jouer les héros. Pourtant, en fuyant, il emportait la dernière image qu'il avait vue de McKoy : un corps gisant sur le sol.

Il se concentra sur Rachel et se précipita vers l'escalier conduisant à la chambre nuptiale.

Knoll écoutait les pas pressés de Danzer décroître à l'extérieur de la chambre. Il traversa la pièce, récupéra son stylet et sortit en vitesse. Danzer filait vers l'escalier, à vingt mètres de là. Il se campa sur ses pieds écartés, lança son arme favorite qui atteignit la fille à la cuisse, pénétrant dans sa chair jusqu'au manche.

Elle cria en exécutant dans son élan une sorte de plongeon volant qui la propulsa brutalement sur la moquette.

« Chacun son tour, Suzanne », ricana Christian Knoll.

Il s'approcha d'elle, sans se presser. Elle se tenait la cuisse, et du sang coulait de sa blessure. Elle tenta de se retourner en braquant son pistolet, mais il la désarma d'un coup de pied, et le CZ-75B alla rebondir contre le mur du couloir.

Il posa une semelle sur sa gorge, la clouant au sol.

« Assez rigolé ! »

Elle tentait toujours d'arracher le stylet, mais il la frappa du pied, en plein visage.

Puis il lui tira deux balles dans la tête. Suzanne s'immobilisa pour de bon.

« De la part de Monika. »

Il reprit son stylet, essuya la lame sur ses vêtements et le remit en place. Il ramassa le pistolet de Danzer avant de regagner la chambre nuptiale, bien décidé à finir ce qu'il avait commencé.

56

McKoy aurait voulu se relever, mais n'en avait plus la force. La Chambre d'ambre tournait autour de lui. Ses jambes étaient molles, sa tête lourde. Le sang coulait d'une blessure proche de son épaule. Grave ou non? Il se sentait à deux doigts de la syncope. Jamais il n'aurait imaginé pouvoir mourir entouré d'un pactole d'une telle valeur. C'était trop idiot.

Il s'était trompé, au sujet de Loring. Le vieux n'avait pas eu peur de trouer un panneau. Il savait qu'il tirait juste. Paul avait-il pu s'échapper? Une fois de plus, McKoy tenta de se relever et n'y parvint pas. Des pas approchaient. Paul ou bien cette fille? Il réussit à ouvrir un œil. Il vit une image brouillée de Loring réintégrer la Chambre d'ambre, le pistolet toujours braqué. Il s'obligea à ne plus bouger. À économiser ce qui lui restait d'énergie.

Le vieux, du bout d'un pied, poussa la jambe gauche de sa victime, curieux de savoir sans doute s'il était mort ou non. Retenant son souffle, McKoy s'efforçait de rester lucide. Trop de sang perdu et pas assez d'oxygène. Il n'allait quand même pas tourner de l'œil? Si seulement ce salaud pouvait s'approcher davantage…

Loring fit deux pas en avant.

McKoy lui faucha les jambes, d'un arc de cercle de

ses deux bras. Une douleur affreuse lui laboura la poitrine. Du sang coulait. Tiendrait-il assez longtemps pour accomplir sa tâche ?

Loring atterrit brutalement sur le sol et lâcha son arme sous le choc. La grosse patte de McKoy s'abattit sur la gorge du vieux dont le visage ulcéré apparaissait et disparaissait du champ visuel de son agresseur. Il fallait aller vite, maintenant.

« Bonjour au diable de ma part ! » souffla McKoy.

Puis, rassemblant ses dernières forces, il étrangla Ernst Loring.

Avant de sombrer dans une eau noire sans fond.

Paul courait vers l'escalier menant à la chambre nuptiale. Alors qu'il allait atteindre les premières marches, il perçut deux de ces étranges détonations qui ne font pas plus de bruit que des bouchons qui sautent.

Il s'arrêta net.

C'était de la démence. Cette femme était armée. Lui pas. Mais sur qui tirait-elle ? Rachel ? McKoy avait reçu une balle pour lui permettre de filer. Maintenant, c'était à son tour d'agir.

Il se rua dans l'escalier dont il gravit les marches deux par deux.

Knoll laissa tomber son pantalon sur ses chevilles et l'enjamba. Exécuter Danzer avait été le meilleur préliminaire qu'il pût imaginer. Rachel gisait sur le lit, encore groggy du coup à la tempe qu'il lui avait asséné. Il jeta le pistolet sur le sol et ressortit son stylet. Puis il s'approcha du lit, écarta les jambes de la jeune femme et lui lécha la cuisse, en remontant vers le sexe. Elle ne résista pas. Voilà qui promettait. Toujours à moitié inconsciente, elle répondait à ses caresses. Il remit le stylet dans son fourreau, sous sa manche droite. Elle n'était pas vraiment là, et réagissait docilement. Avec un intérêt croissant.

Pas besoin de couteau, cette fois. Il empoigna ses fesses nues à deux mains alors qu'elle marmonnait :

« Oh, Paul…

— Je t'avais bien dit que ce ne serait pas désagréable. »

Il interrompit son cunnilingus et se prépara, posément, à la posséder.

Paul gagna le dernier palier au pas de course. Il haletait. Il avait sans doute mal calculé son élan et ses jambes étaient douloureuses. Sans parler de cette épaule meurtrie, l'autre jour, à l'église. Quel piètre héros il faisait ! Il n'en pouvait plus.

Mais Rachel avait besoin de lui. Il ne lui ferait pas faux bond.

À l'entrée du long palier, il découvrit le corps de Suzanne, avec deux impacts de balle en plein front. La vision était effroyable, mais il se souvint de Chapaev et de ses propres parents, et son sentiment d'horreur s'estompa.

Qui avait tué Suzanne de deux balles dans la tête ?

Rachel ?

Un gémissement lui parvint de la chambre nuptiale dont la porte était ouverte.

Puis son nom. *Oh, Paul.* Comme si…

Il repartit vers la chambre. Non seulement la porte était ouverte, mais elle avait été forcée d'une drôle de manière. Il plissa les paupières pour tenter de distinguer ce qui se passait dans la chambre. Il y avait un homme sur le lit. Et Rachel au-dessous de lui. Nue.

Christian Knoll.

Soudain fou de rage, Paul traversa la chambre en trois bonds, se catapulta contre le dos de cette ordure. Le choc les précipita tous les deux à bas du lit. Paul atterrit sur son épaule droite, celle qui lui faisait mal. Il frappa Knoll au visage de toutes ses forces. L'autre était plus costaud, avec une expérience probablement très longue en matière de combat rapproché, mais Paul était fou. Fou furieux. Et il disposait, provisoirement, de la force d'un homme rendu fou par la colère et le désespoir. Il cogna une seconde fois. Le nez de l'immonde salaud craqua sous son poing.

Knoll en hurla de rage, mais d'un puissant ciseau de ses jambes musclées, projeta son adversaire beaucoup plus léger par-dessus sa tête. Paul atterrit brutalement au milieu de la pièce. Une fraction de seconde plus tard, Knoll était déjà sur lui et lui enfonçait son poing en pleine poitrine. Paul retomba, sans force, totalement privé de souffle.

L'autre le releva d'un effort brusque, et lui décocha un uppercut à la mâchoire qui le renvoya au tapis. Paul chancelait sur place, ahanait et tentait vainement de repérer Knoll dans ce décor absurde qui tournait autour d'eux. Quarante et un ans et sa première bagarre ! Insupportable, cette impression d'impuissance absolue. Puis l'image du postérieur de Knoll dressé au-dessus de Rachel lui revint, dans une sorte de flash, et il fonça, tête la première.

Pour recevoir un nouvel uppercut à la mâchoire. Dieu du ciel ! Il lâchait prise de minute en minute.

Knoll l'avait attrapé par les cheveux et rugissait :

« Tu m'as frustré de mon plaisir et j'ai horreur de ça. Tu as vu Suzanne Danzer sur le palier ? Elle aussi s'est mise en travers de mon chemin ! Tu as vu ce que j'en ai fait ?

— Va te faire foutre, ordure !

— Si fier ! Si brave ! Et si faible ! »

Knoll le lâcha d'une main. Cogna de l'autre. Et le nez de Paul craqua douloureusement, la violence du coup l'expédiant à reculons jusque sur le palier, par la porte béante. Il ne voyait plus rien de l'œil droit. Il n'en supporterait pas beaucoup plus.

Rachel sentait vaguement que quelque chose de grave était en train de se passer auprès d'elle. Mais tout était tellement incompréhensible. À un moment donné, Paul la comblait de caresses, et l'instant d'après, des gens se battaient, des voix prononçaient des mots sans suite.

Elle se redressa et aperçut Paul qui, catapulté en arrière, disparaissait sur le palier. Son esprit enregistra l'image d'un Knoll nu au-dessous de la ceinture. Était-il possible que... ?

Elle tenta de se lever. Rien à faire. Elle s'écroula sur le tapis et se traîna vers la porte, bien décidée à voir ce qui se passait sur le palier. Des tas d'objets disparates jonchaient le parquet. Un pantalon roulé en boule. Des chaussures. Et quelque chose de dur.

Elle le prit en main. Il y en avait même deux. Deux pistolets. Elle les rejeta. Près de la porte, accrochée au battant à demi dégondé, elle parvint à se redresser laborieusement.

Knoll s'avançait vers Paul, les traits déformés par le sang et le rictus de mort qui lui convulsait le visage. En fermant et rouvrant alternativement ses énormes poings.

Paul savait que tout était fini. Les coups de boutoir qu'il avait reçus dans la poitrine le privaient de souffle, il devait avoir une ou plusieurs côtes cassées, son visage n'était pas moins douloureux et sa vue complètement brouillée. Knoll jouait avec lui. Il n'avait pas pesé bien lourd dans les mains de ce professionnel expérimenté.

Cramponné à la rampe de pierre, il tenait encore debout, mais tout juste. Au prix d'un effort titanesque dont il concevait clairement la futilité. Cette rampe lui rappelait la rambarde de l'abbaye, à laquelle il avait dû s'accrocher, déjà, avec Rachel, pour échapper à ce monstre. Il chercha du regard le lointain rez-de-chaussée. Il avait envie de vomir et l'énorme lustre de cristal, même éteint, lui brûlait les yeux de son éclat statique. Puis, émergeant du brouillard, le masque hilare de Christian Knoll se recomposa devant lui.

« Prêt pour le coup de grâce, Cutler ? »

Il n'avait plus la force de lui répondre. Seulement celle de lui cracher au visage. L'Allemand fit un bond et enfonça son poing dans l'estomac de Paul. Un mélange de salive et de sang lui emplit la gorge. Il se plia en deux. Ses jambes ne le portaient plus. Un coup du tranchant de la main s'abattit sur sa nuque. Il retomba en avant. C'était la fin.

Knoll recula d'un pas, imprima une secousse à son poignet droit.

Le manche du stylet vint se loger dans sa paume.

De son poste d'observation, Rachel avait assisté au massacre de Paul. Elle aurait voulu voler à son secours, mais tenait à peine debout. La meurtrissure de sa tempe déformait sa vision des choses. Sa tête éclatait de seconde en seconde, au rythme de son cœur affolé. Son estomac tanguait comme un bateau sur une mer déchaînée.

Elle vit clairement apparaître le couteau dans la main de Knoll et se souvint de la première fois où elle l'avait vu briller, sous les lumières de la mine. Et brusquement, ce couteau fut la seule réalité tangible, dans le déroulement absurde de ce cauchemar.

Ce couteau était prêt à frapper d'un instant à l'autre, même si Knoll prenait son temps et semblait jouir d'avance à l'idée qu'il allait supprimer une vie. Une fois de plus.

Rachel eut à peine conscience d'avoir reculé jusqu'à l'intérieur de la chambre et ramassé l'un des pistolets abandonnés sur le parquet. Plongée dans une sorte de brume irréelle, elle regagna l'endroit qu'elle venait de quitter, tandis que le stylet se levait, lentement, pour frapper Paul inerte et sans défense.

Rachel braqua le pistolet à deux mains et pour la première fois de sa vie, pressa la détente d'une arme à feu. Le coup partit, sans détonation réelle. Plutôt comme un ballon d'enfant, crevé par maladresse à une fête d'anniversaire.

Knoll eut un sursaut, pivota sur lui-même et fit un pas vers la jeune femme, le couteau prêt à frapper.

Rachel tira une deuxième fois. Le pistolet tressauta dans sa main, mais elle ne le lâcha pas.

Elle tira une troisième balle.

Puis une autre.

Puis une autre.

À contretemps, Rachel se souvint de ce qui avait failli se passer sur le lit de cette chambre maudite. Baissant le canon du pistolet, elle tira encore et encore dans les organes génitaux de Knoll.

L'homme hurla. Il était encore debout. Il inclina la tête vers le sang qui coulait de ses blessures. Puis il chancela vers la rampe de pierre. Rachel allait tirer de nouveau quand Paul, qui s'était relevé, se projeta en avant et aida la carcasse obscène de l'Allemand à basculer par-dessus la rampe. À deux doigts de reperdre connaissance, Rachel trébucha jusqu'à la rambarde et regarda, sans y croire, le corps disparaître dans la masse de cristal que son poids arracha du plafond, dans un jaillissement de verre pulvérisé et de courts-circuits explosifs.

Cadavre et cristallerie précieuse s'écrasèrent au rez-de-chaussée, dans un ultime paroxysme de vacarme et de mort, beau comme les applaudissements d'un public extasié, après l'accord final d'une symphonie.

Puis le silence. Un silence absolu. Plus un bruit nulle part.

En bas, Knoll ne bougeait plus.

Rachel s'approcha de Paul.

« Ça va ? »

Il ne répondit pas, mais enlaça des deux bras la taille de son ex-épouse, de son *épouse*, nue, pistolet au poing.

Elle leva la main jusqu'à son visage.

« Est-ce que c'est aussi douloureux que ça le paraît ?

— Pire.

— Où est McKoy ? »

Paul respira un bon coup.

« Il a pris une balle… pour que je puisse te rejoindre. La dernière fois que je l'ai vu, il répandait son sang sur le carrelage de la Chambre d'ambre.

— Comment ça, de la Chambre d'ambre ?

— Je t'expliquerai. Pas maintenant.

— Il va falloir que je rengaine toutes les vacheries que j'ai pu dire sur ce grand imbécile.

— Et comment ! » lança une voix, du rez-de-chaussée.

Rachel se pencha par-dessus la rampe. Au-dessous d'eux, dans le cristal épars, McKoy avançait en titubant tout en pressant d'une main son épaule ensanglantée.

« C'est qui ? demanda-t-il en désignant le corps de Christian Knoll.

— Le salaud qui a tué mon père.

— Une affaire réglée. Où est la nana ?

— Morte, riposta Paul.

— Putain de bon débarras !

— Et Loring ?

— J'ai étranglé ce putain d'enculé ! »

Paul réprima une grimace de souffrance.

« Bon débarras, comme vous dites. Votre blessure ?

— Rien qu'un bon chirurgien ne puisse rafistoler… j'espère. »

Paul réussit à improviser ce qui rappelait vaguement un sourire.

« Tu sais, dit-il à Rachel, je crois que je commence à l'aimer vachement, ce mec ! »

Elle lui rendit son sourire. Le premier depuis bien des heures.

« Moi aussi, Paul ! »

ÉPILOGUE

Saint-Pétersbourg, Russie
2 septembre

Paul et Rachel étaient assis côte à côte, dans une petite chapelle. Du marbre italien les entourait, d'une jolie teinte jaune terre de Sienne, avec des garnitures de malachite russe. Les rayons obliques d'un soleil matinal rendu multicolore par les vitraux qu'il traversait saupoudraient le prêtre d'une poussière d'or.

Brent se tenait à la gauche de son père, Maria tout contre sa mère. Le patriarche énonça les vœux nuptiaux d'une belle voix grave, sur fond de chœurs discrètement répartis. La cathédrale Saint-Isaac était vide, à l'exception de leur petit groupe et Wayland McKoy. Les yeux de Paul se fixèrent sur un vitrail entouré d'icônes. Le Christ debout, après la Résurrection. Un nouveau début, un nouveau départ. Une image de circonstance.

Le prêtre acheva ses recommandations rituelles et courba la tête, marquant ainsi la fin de l'office.

Paul embrassa Rachel et chuchota :

« Je t'aime.

— Je t'aime aussi, répondit-elle.

— Allez, Paul, roule-lui une pelle. Une vraie », suggéra McKoy.

Paul sourit. Et s'exécuta. Sans protestation de la part de Rachel.

« Papa, intervint Maria.

— Fous-leur la paix », ajouta Brent.

McKoy avait le sourire.

« Il est bien, ce gosse. De qui tient-il ? »

Paul sourit. Le grand gaillard paraissait déguisé, en costume cravate. Sa blessure n'était plus qu'un souvenir. Qui se rappelait à lui, tout de même, de temps à autre. Comme celles de Rachel et de Paul.

Les trois derniers mois avaient été un kaléidoscope d'événements trop nombreux et trop rapprochés. Moins d'une heure après la mort de Knoll, Rachel avait appelé Fritz Pannek. C'était l'inspecteur allemand qui avait alerté la police tchèque, et Pannek en personne les avait rejoints, à l'aube, avec Europol. Prévenu dès le milieu de la matinée, l'ambassadeur de Russie à Prague avait débarqué sur l'aéroport vers le milieu de l'après-midi, précédant d'une journée les représentants officiels du palais de Catherine et de l'Ermitage. Puis, ç'avait été, le lendemain, une équipe de Tsarskoïe Selo, chargée de démonter les panneaux et de les rapatrier à Saint-Pétersbourg. Aucune objection du gouvernement tchèque, après audition des activités criminelles d'Ernst Loring.

Les fonctionnaires d'Europol établirent rapidement un lien avec la mort de Franz Fellner et de sa fille. De la documentation privée découverte à Burg Herz comme au château de Loukov, ressortait clairement la participation des deux milliardaires aux activités d'un certain club des Sauveteurs d'antiquités perdues. Aucun descendant de Franz Fellner n'étant là pour hériter de ses biens, le gouvernement allemand revendiquait la totalité de ses collections illicites, et les enquêteurs d'Europol n'avaient guère tardé à identifier les autres membres du club. Le service européen des œuvres d'art détournées ne les lâcherait pas de sitôt, sous le couvert d'une discrétion médiatique plus théorique que réelle.

Le butin global était gigantesque.

Sculptures, gravures, orfèvrerie, dessins et toiles, particulièrement de vieux maîtres, qu'on estimait définitivement disparues. Des milliards de dollars en trésors cachés, récupérés pratiquement du jour au lendemain. Mais comme les acquéreurs ne s'intéressaient, en principe, qu'à des œuvres déjà volées, d'innombrables revendications se révélèrent nébuleuses. Néanmoins, les tribunaux européens furent saisis de milliers de réclamations officielles et privées. Tant et si bien que la Communauté européenne trancha la difficulté, pour raisons politiques, en décidant de les soumettre à l'arbitrage de la Cour internationale de justice. Un des journalistes qui assuraient le compte rendu des auditions écrivit qu'il se passerait des décennies avant que tous les cas litigieux pussent être réglés. Et il concluait : « *Les seuls vrais bénéficiaires, en dernière analyse, seront les avocats.* »

Fait intéressant, la reconstitution de la Chambre d'ambre par la famille Loring était si précise, si réaliste, que les panneaux retrouvés s'encastrèrent au millimètre près dans les emplacements originaux du palais de Catherine. Il avait été question, tout d'abord, de laisser les choses en l'état et d'exposer ailleurs les parties originales récupérées. Mais les puristes russes alléguèrent que l'intégralité de la merveille devait être rendue à son véritable instigateur, Pierre le Grand. Bien que Pierre le Grand, en fait, se fût assez peu soucié de la Chambre d'ambre, dont sa fille, l'impératrice Elizabeth, avait été l'unique inspiratrice. Quatre-vingt-dix jours après sa découverte, la Chambre d'ambre, version originale, occupa de nouveau sa place de choix au cœur du palais de Catherine.

Le gouvernement russe vouait à Rachel et à Paul une

telle gratitude qu'il les invita à ses frais à l'inauguration. Ils en profitèrent pour se remarier, selon les rites de l'Église orthodoxe. Leur divorce avait suscité quelque résistance, mais compte tenu des circonstances, l'Église capitula de bonne grâce et la cérémonie se passa au mieux. Une très jolie cérémonie qu'ils n'étaient pas près d'oublier.

Paul remercia le prêtre et s'éloigna de l'autel.

« Une sacrée chouette mascarade, commenta McKoy, la larme à l'œil. La meilleure façon de clôturer ce merd… je veux dire cette aventure.

— Ce sont les enfants qui gâchent ton style ? demanda Rachel en souriant.

— Je fais gaffe à mon vocabulaire. »

Ils se dirigèrent vers la sortie de la cathédrale.

« La famille Cutler va toujours à Minsk ?

— Un dernier truc à faire. Avant de rentrer. »

Il savait que McKoy était surtout venu pour la publicité donnée à l'affaire. Il bénéficiait du retentissement engendré par la reconnaissance ostensible du gouvernement actuel. Le grand gaillard avait vaillamment supporté les beuveries et les claques dans le dos de l'inauguration, sans se priver de claquer lui-même des tas de dos officiels. Une sacrée promotion pour l'aider à se sortir du pétrin, avec ses associés. Il était même passé au show de Larry King, la veille, télévisé par satellite à l'échelle mondiale. Le *National Geographic* l'avait également pressenti pour un numéro spécial sur la Chambre d'ambre. Les sommes rapportées seraient plus que suffisantes pour satisfaire ses investisseurs et couvrir tous les problèmes annexes, à Stod et ailleurs.

Ils s'arrêtèrent en haut des marches de l'église.

« Prenez bien soin de vous deux. »

Non sans une bourrade amicale à Brent malade de fierté.

« Et de vos foutus prolongements. »

Rachel l'embrassa sur la joue.

« Est-ce que je t'ai remercié pour ce que tu as fait ?

— Tu en aurais fait autant pour moi.

— Ça, j'en doute. »

McKoy lui sourit.

« Moi pas, Votre Honneur. »

Paul lui serra la main.

« On reste en contact, d'accord ?

— Oui, j'aurai probablement besoin de tes services avant longtemps.

— Encore des fouilles ? »

McKoy haussa les épaules.

« Qui sait ? Il y a encore des tas de mer... des tas d'œuvres d'art à récupérer sur cette planète ! »

Le train quitta Saint-Pétersbourg deux heures plus tard, à destination de la Russie. Cinq heures de trajet au sein de forêts touffues et de champs vallonnés de chanvre bleu. L'automne était là. Les feuillages reniaient leur vert chlorophylle au profit des jaunes, des oranges et des rouges de saison.

Les autorités officielles russes étaient intervenues auprès des municipalités de Biélorussie pour accélérer les formalités nécessaires. Les cercueils de Karol et de Maya Borya étaient arrivés la veille, par avion spécial. Rachel savait que son père souhaitait reposer dans sa terre natale, mais elle n'avait pas voulu qu'il fût séparé de son épouse. Maintenant, ce serait chose faite. Ils dormiraient l'un près de l'autre, en terre russe, pour l'éternité.

Les cercueils attendaient à la gare de Minsk. Un camion les transporta au joli cimetière champêtre où leurs places étaient réservées, à quarante kilomètres de la capitale, aussi près que possible de l'endroit où Karol et Maya avaient vu le jour. La famille Cutler suivit le camion dans une voiture de location, en compagnie d'un fonctionnaire américain qui veillerait au bon déroulement des funérailles.

Le patriarche de Biélorussie en personne présidait à cette inhumation, et prononça les phrases solennelles que Paul et Rachel attendaient. Une légère brise accompagna la descente des cercueils dans la tombe fraîchement creusée.

« Dites au revoir à votre grand-père et à votre grand-mère », souffla Rachel aux enfants.

Elle remit à chacun un petit rameau de chanvre bleu. Les deux enfants s'avancèrent et jetèrent les fleurs sur les couvercles des deux cercueils. Paul soutenait Rachel très émue. Elle avait les yeux rouges. Paul aussi était au bord des larmes. Ils n'avaient jamais reparlé de ce qui s'était passé, au cours de cette affreuse nuit, au château de Loukov. Dieu merci, Knoll n'avait pas eu le temps de finir ce qu'il avait commencé. Ni peut-être même de le commencer vraiment. Paul avait risqué sa vie pour l'en empêcher. Rachel aimait son mari. Le prêtre leur avait rappelé que le mariage, c'était pour la vie. Un engagement sérieux, surtout s'il y avait des enfants. Il avait raison. Elle en avait désormais la certitude.

Elle avait déjà dit au revoir à sa mère, vingt ans auparavant.

Elle murmura :

« Au revoir, papa. »

Paul, tout près d'elle, ajouta :

« Au revoir, Karol. Repose en paix. »

Ils se recueillirent encore un instant, puis remercièrent le patriarche et marchèrent vers la sortie. Autour d'eux, la brise d'automne parvenait enfin à neutraliser la chaleur du soleil. Les enfants trottaient devant eux, impatients de remonter en voiture.

« Il va falloir retourner au boulot, non ? déclara Rachel.

— Il va falloir se réhabituer à la vie normale », rectifia Paul.

Bien qu'elle eût renoncé à toute campagne pendant la période de convalescence qui avait suivi la récupération de la Chambre d'ambre, Rachel avait été réélue en juillet. L'irascible Marcus Nettles avait accusé le coup, mais elle était allée le voir pour conclure un armistice, en gage de sa bonne volonté.

« Tu crois que je dois m'accrocher à ce poste ? demanda-t-elle un jour à Paul.

— C'est à toi de voir, répondit celui-ci, en lui pressant la main.

— Je pensais que ce n'était peut-être pas une si bonne idée. Ce métier accapare un peu trop mon attention.

— Il faut que tu fasses ce qui te rend heureuse.

— J'ai longtemps cru que cette fonction de juge me rendait heureuse. Je n'en suis plus aussi sûre.

— Je connais une firme qui serait ravie d'accueillir dans son service contentieux une ancienne magistrate de cour supérieure.

— Ce ne serait pas Pridgen et Woodworth, par hasard ?

— Pourquoi pas ? Je ne suis pas sans influence, dans cette boîte. »

Elle passa son bras autour de la taille de Paul, et ils poursuivirent leur chemin vers la voiture. Ils se sentaient si bien, quand ils étaient ensemble. Ils marchèrent un instant en silence, dans la certitude de leur bonheur recouvré. Rachel pensait à l'avenir, aux enfants, et à Paul. Qu'elle se remît à pratiquer le droit, au lieu de simplement l'appliquer, serait sans doute la meilleure solution, pour eux tous. Dans une firme comme Pridgen et Woodworth, pas loin de Paul, ce serait la cerise sur le gâteau. Elle releva les yeux vers lui, en se répétant mentalement la proposition qu'il venait de lui faire.

« *Je ne suis pas sans influence, dans cette boîte.* »

Paul ne parlait jamais à tort et à travers.

Elle se pressa contre son flanc et, pour une fois, s'abstint de discuter.

NOTE DE L'AUTEUR

Au cours de mes recherches de documentation, j'ai pas mal voyagé à travers l'Allemagne et l'Autriche, et poussé une pointe jusqu'à l'ancien camp de concentration de Mauthausen. Je suis allé, enfin, à Saint-Pétersbourg où j'ai consacré plusieurs jours à la visite du palais de Catherine, à Tsarskoïe Selo. Naturellement, le premier objectif d'un roman est de distraire son lecteur, mais je voulais aussi l'informer avec exactitude. Le sujet de la Chambre d'ambre est rarement abordé dans notre pays, bien que l'Internet se soit appliqué récemment à combler ce vide. En Europe, cette œuvre d'art suscite une fascination qui ne se dément pas. Comme je ne lis ni le russe ni l'allemand, je ne pouvais que m'en remettre aux versions anglaises de ce qui avait pu se passer. Malheureusement, ces versions étaient plutôt contradictoires. Les faits avérés figurent dans mon récit, en bonne place. Les faits litigieux et sans grande importance ont été écartés. Ou modifiés pour s'intégrer au développement de mon histoire.

Quelques points indubitablement établis :

Des prisonniers ont été torturés, à Mauthausen, exactement de la façon que j'ai décrite. Hermann Goering n'y est jamais apparu, mais sa rivalité avec Adolf Hitler, dans le domaine des arts, est un fait historique, amplement confirmé par des documents d'époque. Ainsi que l'obsession du *Feldmarschall* à l'endroit de la Chambre d'ambre, bien qu'il ne soit pas prouvé que Goering ait réellement tenté de s'en emparer. La commission soviétique qui aurait employé Karol Borya et Danya Chapaev a vraiment existé. Sa mission était de rechercher et de récupérer les trésors russes volés par les nazis, avec la Chambre d'ambre toujours en tête de liste. Certains ont accrédité la légende d'une « malédiction de la Chambre d'ambre ». De nombreuses morts ont marqué sa recherche (voir chapitre 41), mais qu'elles aient été l'œuvre d'une conspiration ou de coïncidences répétées demeure strictement conjectural.

La chaîne du Harz fut largement utilisée par les nazis pour cacher les fruits de leurs rapines, et l'information incorporée au chapitre 42 est exacte, tombes comprises. La ville de Stod est fictive, mais son emplacement, ainsi que l'abbaye qui la domine, correspond à Melk, en Autriche. Toutes les œuvres d'art citées çà et là sont authentiques... et manquent toujours à l'appel. Enfin, les hypothèses, les anecdotes et les contradictions qui marquent l'histoire de la Chambre d'ambre, telles que rappelées dans les chapitres 13, 14, 28, 41, 44 et 48, y compris une possible connexion tchèque, sont fondées sur des rapports authentiques. Seule, la résolution finale du mystère m'est entièrement due.

La disparition de la Chambre d'ambre, en 1945, avait constitué une perte énorme. Elle est restaurée, aujourd'hui, par des artisans modernes chargés de recréer, panneau par panneau, ces murs magnifiques entièrement revêtus d'ambre. J'ai eu la chance de passer quelques heures avec le restaurateur en chef qui m'a montré les difficultés de l'entreprise. Heureusement, les Soviets avaient photographié le local, en 1930, préalablement à une restauration prévue en 1940, qui n'a pas eu lieu en raison de la guerre.

Ce restaurateur m'a également exposé sa propre hypothèse sur ce qu'il est advenu des panneaux d'origine. Il croyait, comme beaucoup d'autres (voir chapitre 31), que l'ambre en question avait été totalement détruit au cours de la guerre, comme tant de joyaux et de métaux précieux, et la matière première revendue, pièce par pièce, au prix du marché. Pour un total très supérieur à la valeur supposée de l'ensemble. Comme l'or, l'ambre peut être refaçonné, sans garder la moindre trace de sa première utilisation, et de nombreux bijoux ou objets d'art sont vendus aujourd'hui dans le monde, qui peuvent receler de l'ambre provenant de la fameuse « chambre ».

Mais qui sait ?

Selon la citation de Robert Browning rappelée dans mon récit : « *Soudain, comme tout ce qui est rare, elle avait disparu.* »

C'est vrai.

Et c'est infiniment triste.

REMERCIEMENTS

Quelqu'un m'a dit un jour qu'écrire était un travail solitaire. Et c'est tout à fait exact. Toutefois, on ne vient pas à bout d'un manuscrit, surtout un manuscrit qui a la chance d'être publié, en restant en vase clos. Dans le cas présent, nombreux sont ceux qui m'ont apporté leur aide et m'ont accompagné.

Tout d'abord, Pam Ahearn, un formidable agent, capable d'apaiser les tempêtes les plus violentes. Ensuite, Mark Tavani, un remarquable éditeur qui m'a donné ma chance. Et encore Fran Downing, Nancy Pridgen et Daiva Woodworth, trois femmes ravissantes qui ont fait de chacun de nos mercredis soir un moment exceptionnel. C'est un honneur pour moi de faire désormais « partie des filles ». N'oublions pas les romanciers David Poyer et Lenore Hart : non contents de me faire faire des exercices pratiques, ils m'ont également présenté Frank Green qui a pris le temps de m'enseigner ce que je devais savoir. Je citerai également Arnold et Janelle, mon beau-frère et ma belle-sœur, qui n'ont jamais émis la moindre critique à mon égard. Il y a aussi tous ceux qui m'ont entendu radoter, qui m'ont servi de cobayes, ou qui m'ont fait part de leurs commentaires. Impossible pour moi d'en établir la liste de peur d'oublier quelqu'un.

Sachez tous que vous comptez beaucoup pour moi et que votre sollicitude à mon égard m'a, sans aucun doute possible, aidé à aller de l'avant.

LAURI ROBINSON

—

THE WRONG COWBOY

(H)HARLEQUIN®HISTORICAL

Recycling programs
for this product may
not exist in your area.

ISBN-13: 978-0-373-29808-2

The Wrong Cowboy

Printed in U.S.A.

H HARLEQUIN®
www.Harlequin.com

To my wonderful friend Jean.
Thanks for the lunch dates, the brainstorming
and the research trips.

LAURI ROBINSON's

chosen genre to write is Western historical romance. When asked why, she says, "Because I know I wasn't the only girl who wanted to grow up and marry Little Joe Cartwright."

With a degree in early childhood education, Lauri has spent decades working in the nonprofit field and claims once-upon-a-time and happily-ever-after romance novels have always been a form of stress relief. When her husband suggested she write one, she took the challenge, and has loved every minute of the journey.

Lauri lives in rural Minnesota, where she and her husband spend every spare moment with their three grown sons and four grandchildren. She works part-time, volunteers for several organizations and is a die-hard Elvis and NASCAR fan. Her favorite get-away location is in the woods of northern Minnesota, on the land homesteaded by her great-grandfather.

Chapter One

August, 1884, Dakota Territory

Stafford Burleson prided himself on a few things—he wasn't a quitter, his cooking wasn't all bad, he was a mighty fine carpenter and he was quick on his feet. His wits were good, too. He was known for coming up with a plan at a dead run, yet right now he found himself dumbfounded. "What?"

"Mick's mail-order bride is waiting for him at the hotel in Huron." Walt Darter's scratchy voice repeating exactly what he'd said a moment ago made about as much sense the second time around as it had the first.

This time Stafford added a few more words to his question. "What are you talking about?" He set his cup down and dug his fingers into hair that sorely needed a good cutting. His scalp had started to tingle and he scratched at it. Eerily. "Mick didn't order a bride."

"That's not what she says." Walt couldn't have looked more stone-cold serious if he'd been standing before a judge and jury.

"Who?"

"Miss Marie Hall." The old man's face was sunburned from years of riding in the summer sun, and as he said her name a grin formed and his chest puffed with pride as if he'd just announced he'd found a goose that laid golden eggs.

The woman's name was completely unknown and Stafford pondered that. No one from Huron had been out this way for several months. Not that it was expected. The little town of Merryville had sprung up around the people who chose to stay behind when the railroad camp packed up to follow the tracks westward. There weren't too many businesses there yet, but he and Mick now bought their supplies in Merryville. It was only a few miles north of their land, and the railroad company had promised that, when the line was done, a depot would be built in the settlement, which meant cattle could be shipped and received there. It was what he and Mick had predicted would happen when they settled on their tracts of land and formed a partnership for the Dakota Cattle Company.

Their plan, to build one of the largest cattle operations in the north, was falling into place more smoothly than the railroad line. Although Stafford would be the first to admit—and he often did—they still had plenty of work to do before they could sit back and savor the rewards of what they'd sowed.

Right now, they were still driving in herds every year, consisting of various breeds to ensure nothing would wipe them out. Not weather or disease. He'd brought in a hearty line of Herefords out of Texas this spring, and Mick had left a few weeks ago to go farther south, into Mexico, to purchase some of the Spanish cattle he'd read about.

A grin tugged at Stafford's lips. Mick must have

stopped in Huron, let it be known he was heading south. "You almost had me on that one, Walt," Stafford said, letting out a sigh. In the five years since they'd settled out here and claimed hefty shares of glorious land from the government, Mick had talked about finding a wife, especially during the long cold winters. Stafford, having had his fill of women before he left Mississippi, told Mick countless times what a bad idea that would be. He went so far as to suggest Mick heat up a rock on the cookstove if his bed was that cold, had even hauled home a few good-size stones now and again, just to keep the teasing going. Practical jokes were never far apart between the two of them. Mick was like that—a jokester.

Half the men in the territory, including Walt, had heard Mick spout off about finding a wife, and the old jigger must be trying to carry on the joking. "So, what's your real reason for being here?" Stafford asked, picking his cup up again. "No one rides a day and a half just to say hello."

The deep wrinkles in Walt's face remained as the merriment slipped from his eyes and the grin transformed into a grimace. The kind people make when they're delivering bad news. A chill raced up Stafford's arm and he set his cup back down.

"That *is* the reason I'm here, Stafford. There's a woman claiming to be Mick's bride, or soon to be, at the hotel." Walt shook his head as if he didn't quite believe what he was saying, either. "And she's got a passel of kids. Six I think, but I could be wrong. I'd have brought them out," Walt went on, after taking a sip of his coffee. "But I ain't got a rig that big."

The eerie sensation was back, suggesting the man was serious, yet Stafford, as usual, stuck to his guns. "The joke's on you, Walt," he said. "Mick's not here. He and a few cowhands left last month. I don't expect them back until the snow flies, or next spring if he buys cows."

"Oh," the man said, as if that was news. Bad news. Shaking his head, he added, "I ain't trying to fool you, Stafford. There's really a woman, and she's really claiming to be Mick's bride."

Stafford bolted out of his chair and was halfway across the room before he knew he'd moved.

"What are you gonna do?" Walt asked.

"What am I going to do?"

Rubbing his stubble-covered chin, Walt appeared to be contemplating the ins and outs of the world. "Well," he said slowly. "I suspect you could hire one of Skip Wyle's freight wagons."

Growling and rubbing at his temples, Stafford silently called both Mick and Walt a few choice names. His question had been hypothetical. He didn't need a freight wagon. Mick hadn't been any more serious when he'd talked of marriage this time than he had been dozens of times before.

Don't be surprised if I come home with a wife, Mick had shouted as he'd kneed his horse out of the yard. But he said those same words practically every time he left for town. As usual, Stafford had replied that Mick had better add on to his cabin first. His partner's reply had been the same suggestion as always. That Stafford could do that as a wedding gift, since he was the one who liked to build things.

The sensation that came over Stafford was that of breaking through ice on a frozen lake. That had actually happened to him once, and Mick had been there to pull him out and haul him home.

Right now he wasn't remembering how sick he'd been afterward, how he still hated walking on frozen water. Instead, he was recalling how his parting conversation with Mick hadn't ended as usual. This time Mick had told Stafford that he'd better hurry up, have the cabin done by the time he returned.

"Damn," Stafford muttered before he spun to stare at Walt who was refilling his coffee cup from the pot on the stove. Another shiver rippled down his spine. "Six kids?"

Walt nodded.

Marie Hall sat on a patch of green grass in the field next to the hotel, watching Terrance and Samuel play with the dog they'd discovered begging for food last week. A stray, possibly left by someone traveling through, that's what Mrs. Murphy, the aging woman who cooked for the restaurant and who'd saved scraps for the animal, had said.

Marie smiled to herself, for the dog—white with brown patches—had been just the diversion the boys needed. Marie shifted her gaze to make sure Beatrice and Charlotte were still picking daisies, and then she glanced toward Charles and Weston. Never far apart, the youngest of her wards were chasing grasshoppers and mimicking them, which had Marie chuckling at their somewhat awkward leaps. The twins were only four so their coordination wasn't the best.

They were adorable, though. All six of the Meeker children. Strangers on the train, and here in town, had commented they all looked identical, not just Charles and Weston, and would ask how she could tell them apart. It was easy. Perhaps because she knew them so well.

Like right now. "Charles," she said warningly. "Do not put that in your mouth."

Little blue eyes surrounded by thick lashes looked up at her mournfully. Marie forced her gaze to remain stern as she shook her head. He dropped the pebble and returned to jumping, following his brother.

A heavy sigh settled deep in Marie's lungs. It had taken four months to break him of sucking his thumb, and ever since the fire, rather than his thumb, Charlie was forever putting things in his mouth. Anything he could find. It was comforting for him, she understood that, but also extremely dangerous. Some days she wondered if she should allow him to suck his thumb, just until things were settled. The poor dear had been through so much.

They all had been through a lot, and it wasn't over.

"Marie Hall?"

Startled, for she hadn't heard anyone approach, Marie snapped her head around so fast her neck popped, making her flinch.

The bright sun only allowed her to make out the silhouette of a tall man with a wide-brimmed hat. Gathering her skirt, she rose to her feet. "Yes," she answered, standing and shading her eyes with one hand.

Besides the hat, he had on a gun belt and a black leather vest. Dark brown hair hung past his shoulders and his chin was covered with a similarly colored beard. Marie couldn't stop the involuntary shudder that raced over her skin. She'd come to understand most men out here wore guns, but she'd sincerely hoped Mick Wagner would be more civilized.

A lump formed in her throat. "Yes," she repeated. Her nerves wouldn't allow her to offer a hand in greeting, so she rested hers atop the heads of the twins who now stood one on each side of her. "I'm Marie Hall."

"Are you the cowboy that's gonna be our new da?"

That was Weston. He was the most verbal of the twins, and Marie stopped herself short of correcting him to say *father* instead of *da*. She had more important things to worry about. Such as how rough around the edges Mick Wagner appeared to be.

The others had gathered close, and Terrance pushed Weston's shoulder. "We don't need a new father."

Being the oldest, Terrance was greatly opposed to Marie's plan. She could understand a boy of ten wouldn't want a new father, and she'd tried to explain they didn't have another option. By proxy, Mick Wagner was now responsible for all six Meeker children. Making the man understand they came along with her was a concern. She hoped, with all she had, he would see their inclusion as a benefit.

There had been rumors, after a man named Walt Darter had ridden out to Mr. Wagner's ranch last week, that Mick hadn't ordered a bride. No one mentioned it to her, especially not Mr. Darter. He'd simply said Mick wasn't home but that a message had been sent to him. She'd thanked Mr. Darter for his efforts and never let it be known she'd heard the whispers or seen the finger-pointing. Partially because it wasn't a rumor. Mick Wagner hadn't ordered a bride. And partially because she had no idea what she and the children would do if he didn't claim them—soon.

"I—" She had to clear the squeak from her voice. "I'm assuming you're Mr. Wagner."

"Nope," the man said.

Marie was still processing a wave of relief when Weston asked, "You're not our new da?"

"Nope," the man repeated.

"Are you a cowboy?" the child asked.

"Yep." He winked at Weston. "Just the wrong cowboy."

Marie couldn't let Weston's questions continue, yet hers floundered as she said, "Is Mr. Wagner…"

"I'm his partner," the man said. "Stafford Burleson."

Terrance snorted and bumped his shoulder into Samuel's. "Stafford," he whispered, as if finding great humor in the name. Samuel, seven and always eager to follow his older brother, snickered, as well.

Marie chose to ignore them. She'd learned, while being trained as a nursemaid, which battles were worth fighting when it came to children of every age. This wasn't one. Besides, she couldn't quite fathom a cowboy having such an unusual name, either. Not to mention she was more than a bit relieved to know this wasn't the man she'd told everyone from here to Chicago had ordered her as a bride. "Is Mr. Wagner in town?" she asked. Several people had told her Mick Wagner's ranch was a distance from Huron—too far for her and the children to travel alone.

Tipping the edge of his hat back, and giving her a very penetrating stare from eyes that looked to be as gray as a storm cloud, the man acted as if he wasn't going to answer her questions.

Marie's nerves started jumping faster than the grasshoppers the twins had been chasing. She'd been charging things in Mr. Wagner's name since leaving Chicago. Soon the bills would be more than she'd be able to repay. That wasn't her major concern—the children were—but with each day that passed, their financial situation had started to trouble her more and more.

Finally, when the air in her lungs had built up a tremendous pressure from his stare, Mr. Burleson said, "I'm here to take you to Mick's place."

It wasn't the answer she'd expected, but her sigh was so long she wondered if her toes had been holding air. When it was all out, she nodded. "Well, thank you. We've been expecting he'd send someone." In truth she'd been praying he'd come, or send someone, but she'd never allow the children to know she'd been worrying about the outcome of their adventure.

The man nodded. "We can head out in an hour."

"An hour?" Still shaky with relief, it took Marie a moment to process his statement. Her thoughts shifted to everything that needed to be done before they left, and she shook her head. "That's not possible. We'll leave tomorrow morning."

Mr. Burleson's stormy eyes glared again. "We'll leave in an hour."

"No, we won't." She spun about, gestured to the children. "Gather your playthings. It's time to return to our rooms."

They minded without question, for once, and she turned back to the man. "We'll be ready to leave tomorrow morning, after breakfast."

"It's barely noon," he said. "We can get a good number of miles under our belt yet today."

"Tonight is bath night, Mr. Burleson," she said, holding her ground. When it came to the children and their needs she'd argue until the sun set—dealing with the solicitor back in Chicago had taught her to not back down.

No matter how frightening it was. "I will not have the children's schedule upset."

"You will not—"

"That's correct," she interrupted. "I will not." No good nursemaid would, and she was the best nursemaid that had ever come out of Miss Wentworth's training course. The owner herself had said as much. Marie had a document that proclaimed it in writing. She'd used it as a testimonial when interviewing for positions. Not that she'd need it anymore. Abandoning the Meekers was something she'd never do. That's what she'd told Mr. Phillips, the solicitor, back in Chicago, as well as several other people who'd suggested such a thing. She'd been hired as their nursemaid, and she would fulfill her duties.

The children had gathered around again, holding their toys and looking at her expectantly. So was Mr. Burleson. With so much to do, Marie couldn't waste any time. "You can see to the hotel bill and the train fares, Mr. Burleson, and then bring the wagon around. A large number of our possessions can be loaded this afternoon."

"Hotel bill? Train fares?"

"Yes. For the children." She didn't explain she'd paid her own way, by selling her necklace and ear bobs. It wasn't necessary. The letter she'd written Mr. Wagner prior to leaving Chicago explained it all. How his cousin, Emma Lou Meeker, and her husband, John, had perished in the fire that burned down the entire block surrounding the gas-fitting firm Mr. Meeker had owned. And how, a mere week after the funeral, Mr. Phillips had appeared at the Meekers' big brownstone home, explaining that the bank owned everything. He'd stated the children were to be put in an orphanage until Mr. Wagner could be notified. Upon his approval, the children could then be put up for adoption. Mr. Phillips had gone on to explain a few neighboring families were interested in adopting one or two.

Marie held off her shiver of horror. That would not happen. Either option. The only chance the children had of staying together was Mr. Wagner. Emma Lou had listed her cousin as the benefactor on a small life insurance policy. The paperwork for the policy was safely tucked away, and Marie would present it to Mr. Wagner upon their meeting. The policy would be more than enough to reimburse him for the travel and lodging expenses the children had incurred, though not enough to raise all six children to adulthood. That was something Mr. Wagner would have to see to. She'd help, of course, as much as possible. She owed Emma Lou and John for paying off her debts, and this was how she could repay their kindness. If not for them she wouldn't have the small amount of money she did have. Above all, though, the children needed her, and she would not let them down.

Clapping her hands, she said, "Children."

Stafford stared as the woman, nose in the air, marched away, followed by the flock of red-headed kids like a mother duck leading her brood to water. Or like Custer leading the 7th Cavalry Regiment into battle. That conflict might have had a different outcome if Marie Hall had been leading the troops. She fired demands like bullets.

He'd met her kind before. Saw the way she shuddered and the disdain in her eyes as she took in his appearance. So he needed a haircut and a shave. That was none of her business. He'd considered visiting the barbershop before meeting her, making himself presentable, but curiosity had won out. The chance to get a glimpse of the woman who was claiming Mick had ordered her had been too strong when Walt said the bride-to-be was behind the hotel in Huron.

Stafford hadn't planned on heading home until tomorrow, either, but her haughty attitude had changed his mind the moment she'd stood, lip curled, as her eyes roamed over him from nose to tail like he was a mangy cow on the auction block.

His partner didn't have any more time to visit the barber than he did—the cattle company kept them both busy. Then again, it was highly unlikely Mick and Marie Hall had ever met. They might have corresponded though. Most likely last spring, while he'd been gone, down in Texas rounding up cattle. Mick had been home, then, and she could have sent him a picture. His partner was a sitting duck when it came to a pretty woman. He went half crazy over them. Women, foolish as they were, fell for Mick's boyish charm, too.

Stafford took another long look as the woman turned the corner, kids trailing behind.

He'd never seen so many freckles. Not all at once. And not one of those freckle-faced little kids looked anything like her. They were all fair skinned with copper-colored hair, whereas she had dark hair and eyes in shades of brown that teetered on black. That had him wondering what happened to her husband. The father of all those kids, or *da* as one had called him. That little guy had quite a lisp, and as much as Stafford hadn't wanted it to, a grin had won out when the kid spoke.

They disappeared around the corner of the hotel, every last one of them. Stafford took a step to follow, but paused. Miss Marie Hall. That's what Walt had called her. Miss. It made sense, too, considering she didn't look old enough to have one kid, let alone six.

Whose kids did she have?

Stafford scratched his chin, which itched due to the inch-long whiskers. Mick may have ordered a bride, but there was no way he'd have ordered six kids. That much Stafford would bet his life on.

Huron was a busy place, the railroad made it so, and someone knew something. She'd been here over a week, and with a town this size, people would know her story. He'd start at the depot. Find out about those fares she was referring to, as well as a few other things.

An hour later, Stafford concluded Mick was going to owe him more than money when he finally returned. Those weren't her kids—as he'd suspected. They were a stack of orphans she'd rustled up after their parents died in a fire. The ticket master had told him that, and how she'd promised Mick would pay their fares upon his arrival. She'd paid her own fare, though, which didn't make a lot of sense and left more questions in place of the few Stafford had found answers for.

After leaving the depot, he'd rented one of Skip Wyle's freight wagons—had to after learning about the amount of luggage she had. From what he'd heard, it took up one entire hotel room. *"The children's things,"* she'd called them—that's what he'd been told.

This woman was pulling one over on Mick. That was clear. A part of Stafford didn't mind that. It was time Mick learned a lesson, a hard one about women. All the warnings Stafford had supplied over the years sure hadn't done anything.

The wagon had been sent to the hotel, along with a couple of men to load it, and though Stafford consid-

ered leaving his hair and beard as they were, since it
clearly disgusted Miss Marie Hall, he couldn't take it.
His razor had snapped in two last month and he'd been
itching—literally—to get a new one ever since, not to
mention how his hair had grown so long it continuously
whipped into his eyes.

Besides, men waiting for a haircut gossiped more than
women sewing quilts, and that alone was enough to make
Stafford head straight for the barber shop. By the time
Mick arrived home—which would hopefully be soon
because Stafford had sent a telegram to Austin, knowing his partner would make a stopover there—Stafford
would know everything there was to know about Miss
Marie Hall. He'd fill in the blanks for Mick—those that
he instinctively knew she'd leave out—long before wedding bells rang.

Stafford just didn't want to see Mick bamboozled.
They might both get married some day, raise kids across
the creek from each other, but neither of them would
be conned into it. He wouldn't because he was smart,
had long ago learned what to watch out for, and Mick
wouldn't because they were best friends, and friends
looked out for each other.

Stafford's confidence was still riding high the next
morning as he headed toward the hotel. He hadn't learned
a whole lot more about Miss Marie Hall, but what he
had fit perfectly with what he already knew. He still
doubted—as he had from the beginning—that Mick
had ordered her. It was possible she'd somehow heard
about a cowboy—well on his way to becoming a wealthy
rancher—who spouted off about wanting a bride. The fact
that Mick wasn't around played into Stafford's thoughts,

as well. Without his partner to interfere, he'd be able to show her just what living on the plains meant. Men had to be tough, but women, they had to be hard, and that was the one thing Miss Marie Hall wasn't. He could tell that by her hands. They were lily white.

There was a definite spring in his step as he made his way down the hotel corridor to knock on her door. Upon hearing movement, he shouted, "Burning daylight."

All Marie saw was the back of a stranger turning the corner, heading for the hotel stairway, when she opened the door. She'd been awake for some time, assembling the essentials the children would need this morning and making sure they each had specific items in their satchels. The men who'd packed the wagon yesterday said they'd have to spend one night on the road, most likely in the wagon, before they arrived at Mick Wagner's ranch, and she wanted to make sure the children wouldn't be put out much by the travel. The train trip had taught her to pack books and toys, things to hold their attention. It was for her sake as much as theirs. She'd been frazzled by the time the train had arrived in Huron, and didn't want to be that way upon meeting Mr. Wagner.

"Is it time to leave?" Beatrice asked.

"It's time to get up," Marie answered, glancing toward the child sitting in the middle of the bed. Peeking back into the hall, though she knew it was empty, Marie frowned. The voice had made her skin shiver, and she'd thought it was Mr. Burleson, yet it must not have been. At least, the man turning the corner hadn't been him—far too well groomed. Which was just as well, she'd see enough of Mr. Burleson for the next day or two, and not telling him he needed a shave and haircut was going to be difficult.

He'd occupied her thoughts since meeting him yesterday. For the first time since embracing her plan, an unnerving dread had settled in her stomach and remained there. She'd imagined Mick Wagner would be like his cousin. Refined, with a kind and gentle nature. Someone who would see the children's welfare as the priority. That's how Emma Lou and her husband, John, had been. If Mr. Wagner was anything like his partner, he wouldn't have any of those qualities. Mr. Burleson surely didn't. The only time he'd looked remotely pleasant was when he'd winked at Weston. Thank goodness there would be others traveling with them today. Being alone with Mr. Burleson...

She gulped and slammed two doors shut, the one to the room and the one allowing crazy thoughts into her mind.

Beatrice and Charlotte chatted excitedly about the adventure of riding in a covered wagon, and Marie feigned enthusiasm, to keep them from worrying. That was part of her job. Children should never worry about being safe, or going hungry, or any of the frightening things she'd encountered growing up.

In no time, the girls and all four boys, who'd been staying in the adjoining room, were dressed and ready for breakfast. After checking under the beds one final time to ensure nothing would be left behind, Marie led her charges out the door.

In the dining room she settled everyone upon the chairs at their customary table and caught her breath before taking her own seat. That's when she noticed the man watching her. Her cheeks grew warm from his stare, and she quickly averted her eyes. A good nursemaid never noticed men, no matter how handsome, and she was the best.

His ongoing stare gave her the jitters, and Marie did

her best to ignore the stare and her fluttering stomach. Meals were ordered for the children, along with toast and tea for herself, which she would once again pay for separately. She'd never be indebted to anyone ever again, including Mr. Wagner. Her meager savings were dwindling quickly, but hopefully Mr. Wagner would see her worth and hire her. She'd be able to replenish her monies then. Right now, the children's future was her priority and worth every cent she spent. They were also what gave her the courage to stand up to the men at the bank, the railroad, even the hotel and everyone else they'd encountered during this journey.

With appetites that were never ending, the children cleaned their plates, even Charlotte, who was a finicky eater. Marie was savoring her last sip of tea when a shadow fell upon the table. It was the man. She knew that without looking up, and fought the urge to do so, hoping he'd move away. He was a stranger, not one of the locals they'd come to know the past week.

"You should have eaten more than that," he said. "It'll be a long time until we eat again."

The voice sent a tremor down her spine, and Marie couldn't stop her head from snapping up. It couldn't possibly be Mr. Burleson, yet the vest, the hat, the gun belt…

One brow was raised when her eyes finally found their way all the way up to his face, which was clean shaven. His features were crisp now, defined, including an indent in the center of his chin, and his eyes seemed no longer gray but faded blue and almost twinkling. That's when Marie saw his smile. It slanted across his face in a cocky, self-assured way that was extremely vexing. Not exactly sure she could, or should, speak at this moment— for something deep in her stomach said he wouldn't be as

easy to deal with as the other men she'd encountered—
she pinched her lips together.

"You said it was bath night," Stafford Burleson stated,
as he practically pulled the chair out from beneath her.

Chapter Two

The tension inside her was not a good sign, especially when Marie knew it had very little to do with the children or the wagon or even the bumpy ride. It was him. Stafford Burleson was the reason. Not just his good looks. Her efforts to ignore him weren't working. Who would ever have known that under all that hair...

She shook her head, tried again not to think about his looks. If only her friend Sarah were here now, she'd have some thoughts on what to do about that. And other things.

Sarah was the Hawkins family's nursemaid. They'd lived down the road from the Meekers and the two of them often took the children to the park together. Sarah had said the Hawkinses had made inquires about eventually adopting the twins—Charles and Weston—having only girls themselves. Knowing how Marie felt, Sarah had helped formulate this mission—taking the children to meet the guardian named in their mother's will.

Sarah had known a woman who'd gone west as a mailorder bride, said the man who'd ordered her promised the railroad he'd pay for her fare at the other end, and insisted Marie could do the same thing. Uncomfortable expecting

Mick Wagner to pay for her fare, Marie had sold the jewelry the Meekers had given her for Christmas—it wasn't like she'd ever have the occasion to wear such things, anyway. The children's fares were a different issue. Therefore, she'd used the mail-order bride ruse, and was thankful it had worked as well as it had.

Sarah said Mick Wagner would probably be glad to hire her as the children's nursemaid, which is exactly what Marie hoped. She couldn't imagine being separated from the children. However, she wished she'd asked Sarah a few more questions. Her friend had a much broader understanding of men, and often spoke of the day she'd be married with her own children to raise. She'd declared that marrying Mick Wagner would be a good choice, if he was so inclined, because Marie would never have to worry about finding another job. She didn't want another job, but every time she glanced at the man beside her, the idea of marriage made her insides tremble.

She closed her eyes and fought against another tremor. If Mick Wagner was anything like the brute sitting beside her, he could very well demand things. Things she couldn't even fathom. Holding her breath, Marie pressed a hand to her stomach. Surely a man with six children to raise wouldn't insist on embarking upon behavior that might produce another one? Miss Wentworth's lesson on copulation had been extremely embarrassing to sit through, and the lesson on childbirth downright dreadful.

"Marie."

The whisper in her ear had her turning around, purposely not glancing toward Stafford Burleson beside her on the front seat of the wagon. The bouncy ride made the train journey they'd experienced seem comfortable in comparison, and the hot sun blazing down on them was relentless.

"Yes, Weston," she replied to the child standing behind the seat, protected from the sun by a billowing canvas. "What do you need, dear?"

The child whispered in her ear.

"Very well." Still without glancing his way, she said, "Mr. Burleson, we need to stop."

"Stop?"

"Yes."

"What for?"

Marie played with the bow at her chin that kept her bonnet from fluttering off with the wind, willing herself to maintain the nursemaid calm she'd perfected. The man's tone was laced with impatience—as it had been all morning—which grated on her nerves. Patience was the number one trait a person working with children needed to maintain, and he was souring hers. "Weston needs to take care of something," she stated.

"What?" Stafford Burleson asked, as he flapped the reins over the horses' backs, keeping them at a steady pace.

"I'm sure I don't need to explain what he needs to take care of," Marie said, nose forward. "At least, I shouldn't have to."

A low growl rumbled before he said, "Didn't you tell them to do that before we left town?"

Biting her tongue would not help, even if she had a mind not to speak. "Of course I did," she declared, "but small children have small bladders."

"Not that small," he exclaimed. "I can still see Huron behind us."

She couldn't help but glance around and gaze through the front and back openings of the canopy covering the wagon. The dark cluster on the horizon ignited yet another bout of tremors. She and the children were now completely at the mercy of this insufferable man, with nothing more than prayers for protection. Refusing to panic, she said, "In country this flat, I'm sure a person can see for ten miles or more."

"We haven't gone ten miles," Mr. Burleson insisted. "We've barely gone two."

"That, Mr. Burleson," she said, "makes no difference. Weston needs to relieve himself and you will stop this wagon immediately."

The snarl that formed on his face was frightening, but it also snapped her last nerve in two. He was the most insufferable man she'd ever encountered. If it had been just her, she might have cowered at his bullying, but she was the only protection the children had. She would not see them harmed, and that gave her the courage, or perhaps the determination, to return his stare with one just as formidable.

Marie was sure he cursed under his breath, but since he also pulled the horses to a stop and set the brake, she ignored it—this once—and turned around.

Climbing out of the high wagon was like climbing down a tree. Instead of branches there were steps and wagon spokes to navigate—an extremely difficult task with her skirt flapping in the wind. The alternative, having Mr. Burleson assist her as he'd tried to in town, was out of the question, so Marie managed just fine, apart from a stumble or two.

She kept her chin up, suspecting the foul man was now chuckling under his breath, and marched toward the back of the wagon where she lifted Weston to the ground.

"Go behind that bush," she instructed, gesturing toward a scattering of shrubs a short distance away.

Weston scurried away and Marie glanced toward the wagon, prepared to ask if any of the other children needed to relieve themselves.

"If anyone else has to go, do it now," a male voice demanded harshly.

Spinning about, she eyed him. "I was about to suggest that, Mr. Burleson."

He folded his arms across his chest. "Were you?"

"Yes, I was." Arguing in front of the children should be avoided at all measures, so she took a deep breath and turned, poking her head over the end gate. "Does anyone else need to join Weston?"

Five little heads, those she'd protect with her life, gestured negatively. The quivering of Charlie's bottom lip had Marie's ire flaming. Whirling round, she grabbed one solid arm and dragged Mr. Burleson a few feet away from the wagon. "I will not have you intimidating these children."

"You will not—"

"That's right," she interrupted. "I will not permit you to speak to them so. There is no need for you to use that tone of voice around them. They are small children and—"

"Where the hell did you come from lady?" Stafford interrupted. One minute she was shaking like a rabbit and the next she was snapping like a cornered she-wolf— demanding things. Their luggage took up one entire freight wagon, leaving him no choice but to buy a second one this morning that included *some kind of covering to keep the children out of the sun*. It was now well past noon, and at the rate they were traveling it would take three days to get home. If he was lucky.

"There's no reason to curse. You know perfectly well the children and I are from Chicago," she said, pert little nose stuck skyward again.

Stafford shook his head. Didn't anyone know a rhetorical question when they heard one?

"Get that kid in the wagon," he barked, walking toward the team. Mick was going to owe him so much he might as well sign over his half of the ranch the moment he rode in. Dealing with Miss Marie Hall and her brood was costing more than money. Stafford's sanity was at stake.

August was the hottest month of the year, and here he was traipsing across the countryside with a wagonload of kids and the haughtiest woman he'd ever met.

If he'd been thinking, he'd have hired another man to drive this rig and ridden Stamper, his horse, back to the ranch.

The wagon seat listed as Marie climbed up the side of the rig with about as much grace as a chicken trying to fly. So be it. He'd offered his assistance once—back in town—and wouldn't do that again. He'd never been a slow learner.

Eventually, she got herself hoisted up and Stafford had to clench his hands into fists to keep from setting the team moving before she got herself situated on the seat. He'd have gotten a chuckle out of watching her flail about, but he wasn't in a chuckling mood.

"We may proceed now, Mr. Burleson."

"You don't say," he drawled, simply because he had to say something. Her uppity attitude had him wanting to show her just who was in charge.

Him.

Stafford snapped the reins and let the horses set a steady pace forward. The trail was relatively smooth and driving the rig didn't take much concentration or effort. Anyone could do it.

"You know how to drive a team?" he asked.

She didn't glance his way, just kept her snooty little face forward. "Of course not. I am a nursemaid, not a teamster."

It had probably been a bad idea anyway. He just wanted to be anywhere but here right now. She was like every other woman he'd ever known, with a way of making a man feel obligated to be at her beck and call. He'd given up on that years ago and didn't want to go back.

"A nursemaid?" he asked, when his mind shifted. "I thought you were a mail-order bride."

Her sigh held weight. "A person can be two things at once."

"That they can," he agreed. Snooty and persnickety.

A cold glare from those brown eyes settled on him, telling him she knew he was thinking unkind thoughts about her, and he couldn't help but grin. Let her know she was right. He even added a little wink for good measure.

Huffing, she snapped her gaze forward again.

Darn close to laughing, Stafford asked, "So how'd you and Mick meet?" The ranch was still a long way off and he might as well use the time to gather a bit more information. If she and Mick had corresponded, and if she had sent Mick a picture of herself, Mick would have waved it like a flag. Therefore, Stafford was convinced there had been no picture sharing. He also knew he'd need all the ammunition he could get once Mick saw her. Even as testy as a cornered cat, Marie Hall was a looker. Her profile reminded him of a charcoal silhouette, drawn, framed and hung on a wall to entice onlookers to imagine who the mysterious woman might be.

Not that he was enticed. He knew enough not to be drawn in by the graceful arch of her chin or how her lashes looked an inch long as she stared straight ahead.

After another weighty sigh, she said, "Mr. Wagner and I have not officially met, yet."

"Lucky man," Stafford mumbled, trying to override the direction his thoughts wanted to go.

An owl couldn't snap its neck as fast as she could, and he was saved from whatever she'd been going to say when one of the kids—he couldn't tell them apart for other than a few inches in height they all looked alike—poked their head through the canvas opening and whispered something in her ear.

Stafford's nerves ground together like millstones at the way her voice softened. When she spoke to those children honey practically poured out of her mouth. When it came to him, her tone was as sharp as needles. He couldn't help but imagine it would be the same for Mick. The poor fool. What had he been thinking?

An hour later, Stafford had flipped that question around on himself. What had *he* been thinking? Though he wasn't an overly religious man, he found himself staring skyward and pleading. *Save me. For the love of God, save me.*

Traveling with six kids was maddening. They flapped around more than chickens in a crate and argued nonstop, not to mention he'd had to halt the wagon again, twice, for people to relieve their "small bladders." No wonder. She passed the canteen between those kids on a steady basis. Insisting they drink in this heat.

He'd had enough. That was all there was to it. Enough.
Even before discovering the dog—which looked more
like a rat—the kids had been hiding in the back of the
wagon. It had been clear Marie hadn't known the older
boys had smuggled it aboard, not until it, too, had to relieve itself. A dog that size wasn't good for anything except getting stepped on, and from the looks of its round
belly and swollen teats, there'd soon be a few more of
them running around. Marie had been surprised about
that, too. When he'd pointed it out, her cheeks had turned
crimson.

Before she began loading the children and the dog
back into the wagon, Stafford leaned through the front
opening of the canvas, gathered up both canteens and
stashed them beneath the seat.

They'd be putting on some miles before anyone got another drink. He wasn't being mean, wouldn't let anyone
die of thirst, he was just putting his foot down.

It was a good ten minutes before everyone was settled
in the back of the wagon and she'd once again stationed
her bottom on the seat beside him. Stafford didn't bother
waiting for her signal, just gave out a low whoop that sent
the horses forward.

A short time later, when the little guy with the lisp said
he was hungry, Stafford merely shook his head.

She on the other hand, said consolingly, "I'm sure
we'll stop for lunch soon, Weston." Flipping her tone sour
as fast as a cook turns flapjacks on a grill, she added,
"Won't we, Mr. Burleson?"

"Nope," Stafford answered.

"Yes, we will," she insisted. "Children have small
stomachs, and—"

"And Jackson is probably a good five miles ahead of

us." Pointing out the obvious, in case she'd forgotten, he added, "He has all the food with him. You were the one who said it wouldn't fit in this wagon."

Marie had to press a hand to her lips to contain her gasp. The wagon bed was so small, barely enough room for each child to sit comfortably, she'd had to insist all other items be placed in the larger freight wagon. Surly even someone as vile as Mr. Burleson could understand that. Though the freight wagon, once a dot on the horizon, was gone.

"Why did you let him get so far ahead of us?" she asked.

"I didn't," Mr. Burleson answered with a clipped tone. "You did." He gave an indifferent nod over one shoulder. "Small bladders."

Pinching her lips together didn't help much. Neither did searching her brain full of nursemaid training. None of it had prepared her for this. Her education focused on what to do inside the home of her charges. Improvise. She had to find something to take the child's mind off his hunger, and then she'd be able to work out what to do about it. Turning she reached for one of the canteens. "Have some water for now, dear."

Neither container was where she'd left it. "Who has the canteens?" she asked, looking mainly at Terrance. Though she tried not to single him out, he was usually the culprit.

The boy shook his head. "I don't have them."

"I do."

A nerve ticked in her jaw as she turned to look at Mr. Burleson. "Why?"

"Because I'll say who can have a drink, and when."

"The children—"

"Won't starve or die of thirst before we catch up with Jackson."

That would not do. "Mr. Burleson—"

Despite the heat of the sun, his cold stare had her vocal chords freezing up.

"No one is getting a drink of water, Miss Hall," he growled. "And we aren't stopping until I say." He twisted his neck a bit more, glancing into the wagon bed. "You kids pull out some of those books she made you pack and start reading."

Six sets of startled eyes—for the children had never been spoken to with such harshness—instantly turned to their bags. In a matter of seconds, they were all reading. Or, at least, holding books in their hands with their heads hung over the pages.

She shouldn't feel this thankful to see them all sitting quietly, but in truth they hadn't sat still for more than five minutes since leaving town. If someone hadn't been complaining they didn't have enough room, someone else was hot, or thirsty, or had to go. Yet she was their nursemaid, not Stafford Burleson, and he had no right to speak to them so.

Under her breath, so the children wouldn't hear, Marie started, "Mr. Burleson, I cannot have—"

His glare came from the corner of one eye as he once again interrupted, "Don't you have a book you can read, too?"

Floored, she huffed before finding her voice. "I—"

"I," he broke in, "need some peace and quiet."

She hadn't been spoken to that way, either, not in a very long time. Besides the shivers racing up her arms, her throat locked tight. *Peace and quiet.* Blinking back the tears threatening to fall in a way they hadn't done for

years, Marie turned her gaze to the horses and focused
on the harnesses going up and down, trying to forget. Or
just not let the memories come forward. She'd been sent
back to the orphanage because of those words. That had
been years ago, she told herself, and could not happen
now. Could never happen again.

It took effort, lots of it, and by the time everything
was suppressed, Marie was breathing hard and deep, as
if she'd just run several miles. She'd been here before,
this emotionally exhausted, but not in a very long time.

"Here."

Marie blinked at the canteen before her chin.

"Take a drink," he said.

Her hands shook, but the tepid water flowing down her
burning throat was such relief Marie took several swal-
lows before worrying about the few droplets that dribbled
down her neck. Her breathing was returning to normal,
and by the time she'd replaced the cap and wiped away
the droplets, she had much more control.

"Better?"

"Yes," she managed, handing back the canteen. She
couldn't bring herself to glance his way, not even as his
gaze blistered the side of her face. "Thank you."

"They'll be fine," he said.

His voice was hushed, soft and even kindhearted,
which threatened the control she'd mustered. "I'm sure
you're right," she answered as firmly as possible. He *was*
right. It took more than a few hours before a person's
stomach ached. A day or more until the pain became so
strong that cramps set in. Those memories weren't easily repressed, but they did remind her she was glad to
have been sent back to the orphanage all those years ago.

"Look at that," he said, one hand stretched out, gesturing toward the land covered with brown grass that went on for miles.

She'd been shocked at first, by the landscape so different from that of the city. Barely a green blade could be found, but she'd grown accustomed to it since arriving in Huron. That's how life was, a series of changes one eventually got used to.

Marie also understood he was trying to redirect her thoughts, and she let him. No good ever came from dwelling on the past.

"It's a deer," he continued, "and two fawns."

It wasn't until the animal turned and leaped that Marie noticed two smaller ones bounding through the waist-high grass. "How did you see them?" she asked. "The grass is so tall."

"Practice, I guess."

"They're so graceful," she commented, watching until the deer disappeared. "Do they always run like that? Almost as if they're flying?"

"Yes, deer are pretty swift animals. Haven't you seen any before?"

"Just pictures."

He seemed different, quiet, thoughtful, and the moments ticking by threatened to set her back to thinking, so she added, "There aren't any deer in the city."

"The city being Chicago?"

"Yes."

"You lived there your entire life?"

"Yes," she answered.

"Never left?"

"Not until boarding the train for Huron." Marie bit her tongue then, hoping she hadn't just provided him with an opening to start asking questions again. Partner or not, she wouldn't explain everything to anyone but Mr. Wagner.

"What are their names?"

She had to glance his way, and was a bit taken aback by the grin on his lips. It was really only a fraction of a grin, but friendly nonetheless. How could he do that? Go from formidable to pleasant like someone flipping a coin? Thankful her spinning mind could form a question, she asked, "The children?"

"Yes. What are their names? How old are they?"

All on its own, a smile formed. The simple thought of her wards did that all the time. "Terrance is the oldest. He's ten. Next is Charlotte, she's nine, and Samuel is seven. Beatrice is six and the twins, Charles and Weston, are four."

"And why do you have them?"

Her initial response was to state that it was none of his business, but, in fact, he had come to collect them and was delivering them to Mr. Wagner's ranch. A small portion of an explanation wasn't completely out of the question.

After a glance backward that showed the children were indeed reading—well, the older ones were, Weston and Charles had stretched out between the others and were dozing—Marie leaned toward him slightly, so she could speak as softly as possible. "Their parents perished in a fire."

"I'd heard that," he answered just as quietly.

"Where?"

"From the ticket taker at the train depot."

"Oh." That wasn't alarming. She had made mention of it, just so the man would understand her delay in payment more clearly.

"That doesn't explain why you have them," he whispered, leaning closer yet.

Marie had to swallow and sat back a bit. "I was hired as their nursemaid last year, after the one they'd had for several years got married."

"Is this your first job? The first time you've been a nursemaid?"

Ruffled slightly, wondering if he was suggesting she wasn't capable, she squared her shoulders. "It was my first permanent position, but I graduated at the top of my class five years ago."

"Whoa," he said. "I can tell you're well trained and confident in what you do."

"Thank you," Marie said, although a lingering doubt had her wondering if that had been a compliment or not. Men were difficult creatures to understand. This one more so than any other she'd encountered.

"How old are you?" he asked.

That was an inappropriate question, but being in the wild as they were, he was their only hope of survival, so she should attempt to be civil to him. Besides, he probably didn't know the difference between appropriate and inappropriate questions. "I'm twenty."

A brow was lifted as he asked, "Twenty?"

She nodded.

"So, if you graduated five years ago, and just got this job last year, what did you do in between?"

"I worked for several families," Marie answered. "Just for short terms, helping out as families looked for permanent nursemaids or while others were ill and such." She attempted to keep the frustration from her voice. Moving from family to family, staying only a few weeks or days at times, was extremely difficult. She'd barely get to know the children in her charge before being assigned elsewhere. It had been expected, though, because of her age. "A large number of families like their nursemaids to be on the older side. Even the Meekers, but they were willing to hire me permanently considering their last nursemaid, though she'd been a woman well into her thirties, had chosen to get married and end her employment."

"Had she become a mail-order bride, too?"

Marie chomped down on her lip, preventing a startled *no*. How had she talked herself into this corner? Not seeing a direct escape route, she took the only one she could fathom. "My letter to Mr. Wagner explained everything."

He was frowning deeply and holding those gray eyes on her. "Mr. Wagner isn't here right now."

"I know that," she snapped, unable to stop herself.

He lifted an eyebrow as his gaze roamed up and down her for a moment, and then he turned and stared at the road ahead of them.

The pressure was enormous, but Marie held in her sigh. They'd talked enough. Silence would be a good thing for a few miles. No longer thinking about her past, the future and its dilemmas were clamoring for her attention.

"He's not at the ranch, either," Mr. Burleson said then.

"Mr. Wagner?" she asked, even though she knew that was exactly who Stafford Burleson meant.

"Yes."

"Where is he?"

He shrugged. "Texas. Mexico."

Marie couldn't deny a quick flash of relief washed over her. Maybe she wouldn't have to face the marriage issue right away. She and the children could get settled in and… "For how long?" she asked.

His gaze never left the road. "Can't rightly say. Could be next spring before he gets back."

"Next spring?" Panic overtook any sense of relief. Her funds were almost gone. The children would starve to death by then, unless… She shivered at the thought, but unfortunately, Stafford was her only hope.

Something in his eyes, the way they shimmered, had her mouth going dry, her nerves tingling as though a storm was approaching. Maybe there was another option. "Who lives at Mr. Wagner's ranch in his absence?"

"Me."

She swallowed. "You?"

Nodding, he said, "Yep. I told you I was his partner."

An icy chill raced up her spine. "So the children and I will be living with…"

"Me."

Good heavens, what had she done? Not thought her plan out clearly, that's for sure. Living with this man had to be worse than marrying Mick Wagner.

Chapter Three

Stafford told himself a hundred times over that he shouldn't get pleasure out of someone else's fear, but he just couldn't help it. When he'd said she'd be living with him, it had scared her into next week, but he was enjoying how it had knocked some of the haughtiness out of her.

She was still uppity, and continued to use that insufferable tone with him—when she had to speak to him—but she was wary. That's the part he liked. She needed to be wary. Very. A nursemaid hauling someone else's kids across the country as a mail-order bride? What kind of tale was that? There was more to it. The way she wouldn't look him in the eye when she talked said that. If he didn't know better, he'd wonder if she'd kidnapped those kids. She'd left too clear a trail, though. Anyone could have followed her, if that was the case.

He had a lot to learn, and with all that was going on, Stafford was discovering one thing about himself. Flipping the cards, so to speak, on a woman, was rather exciting. That opportunity had never come up in his life before now. Being raised in a family of seven children with only one brother had given him plenty of experience with women. He'd been born in the middle of five sisters. His brother, Sterling, was the oldest, and had already been working alongside their father by the time Stafford had come along. That meant he'd been told what to do and when to do it by women since the day he was born. Not to mention Francine Weatherford. She, too, had thought a man was little more than a dog that needed to be trained. He'd grown and changed a lot since leaving Mississippi ten years ago, on his eighteenth birthday, shortly after Francine broke their engagement and announced she was marrying Sterling.

Out of duty, and at his mother's insistence, he'd stuck around for the wedding, and he'd even been back a half dozen times over the years to check in on everyone, but there wasn't a day that went by when he wasn't thankful he'd made his escape when he had. Sterling had a load of kids now, too, almost as many as their parents' house had held. And Francine, well, last time he'd seen her, she hadn't been nearly as pretty as she'd looked to him all those years ago.

A ferocious round of barking had Stafford lifting his head from where he was harnessing the team. The little dog, dubbed Polly by one of the kids, was kicking up a dirt storm near a thick patch of bushes several yards away. Stafford made a quick head count. All six kids were piling things in the back of the wagon as Marie had instructed. It was she, he noted, who was missing from the campsite. He'd quit thinking of her as Miss Hall sometime yesterday. Using her given name seemed to irritate her, and he liked that, too.

"Jackson," he shouted toward the teamster readying the freight wagon. "You know where Marie is?"

The man, a big blond Swede with a voice that came from his ankles, shook his head. "Nope."

They'd caught up with the freight wagon before sunset the night before, where Jackson had chosen a good spot to call it a day and had a pot of rabbit stew ready to be devoured by six hungry children. Never unprepared, Stafford had had a bag of jerky and apples they'd all consumed as they'd traveled, but still, once they'd hit camp, those kids had all but licked their plates clean. Actually, the two little ones *had* licked their plates. Marie had scolded them while he and Jackson shared a grin. They weren't so bad—those kids—once they'd figured out that they couldn't run roughshod over him the way they did over Marie.

Polly was still going wild, and Stafford settled a harness over one horse's neck. "Finish this up, will you?" he asked Jackson, already moving toward the dog. If the crazy thing had a skunk cornered they'd all pay for it.

Stafford was almost to the edge of the thick bush when a noise caught his attention above the barking. It was faint, and subtle, but the kind of sound that a man never forgets once he hears it. Drawing his gun, Stafford scanned the ground cautiously, meticulously. Rattlers were shady and had the ability to blend in to their surroundings like no other creature.

"Get out of here, Polly," he hissed, kicking dirt to scare the dog aside. It didn't help. She started barking faster, louder. A movement near the roots of the bush proved it was a snake, shaking the buttons on its tail. The head was hidden and Stafford eased his way around the bush. He saw it then, arched up and drawn back, ready to strike.

Stafford fired.

The bullet hit its mark. The snake flew backward into

the bush. At the same time, a scream sounded and Stafford saw little more than a flash of white out of the corner of his eye. He took a step, rounded the bush fully and stopped.

Hands over her ears, flat on her stomach with her skirts up around her waist and her bloomers around her ankles, lay Marie. It had to be her. She was the only woman for miles around, and that was about the cutest bare bottom he'd ever seen. So lily white, round and somewhat plump, he had a heck of a time pulling his eyes off it.

Screeching and thuds said the children were approaching so he holstered his gun and bent down, taking her arms to haul her to her feet. "Come on."

Wrestling against his hold, she demanded, "Why were you shooting at me?"

He grasped her more firmly and twisted her about. "I wasn't shooting at you. Now pull up your bloomers before the kids see you."

Her eyes grew as round as dish plates and her face turned redder than last night's sunset. "Ooh!" She threw into a fit. Mouth sputtering and arms flaying so out of control she couldn't stand.

He hoisted her to her feet. "Pull up your bloomers," he repeated and then spun around, blocking her from view of the children racing around the bush.

"What did you shoot?" asked Terrance, the oldest and first to arrive.

"A rattler," Stafford answered, pointing toward the bush. "Stand back, I gotta make sure it's dead. Keep your brothers and sisters back, too."

Terrance held out his arms, stopping the others from coming any closer as they arrived, and Stafford spun back around to check on Marie. The expression on her face was pure mortification. Could be the gunshot or the snake, but he was putting his money on the fact he'd caught her with her bloomers down, and it took all he had not to chuckle. "You all right?" he asked, tongue in cheek.

She nodded.

He picked up a stick and used it to poke at the snake before hooking it. Dead, it hung limply over the stick, and a tiny quiver inched up his spine as he pulled it clear of the foliage. It was a good-size rattler. Pushing four feet or more.

"I thought you said you shot a rabbit," Terrance said. "That's not a rabbit, it's a snake."

"It's a rattlesnake," Stafford explained. "They're called rattlers because of the sound they make."

The children oohed and aahed but it was the shuddering *"Oh,"* coming from behind him that had him twisting around. Marie's face had about as much color as a cloud, and she appeared to be drooping before his eyes.

Stafford dropped the snake and caught her elbow. She slouched, but didn't go all the way down. "Here," he said, "sit down."

She half nodded and half shook her head at the same time. "No, I'm all right. I don't need to sit down." The hold she had on his arm tightened. "Just give me a second to catch my breath."

An odd sensation ticked inside him. She had guts, he had to give her that. Plenty of women, men, too, might have fainted dead away to see the size of the snake that had almost sunk its fangs into her backside.

"She didn't get bit, did she?" Jackson asked, squeezing between the bush and the children to pick up the stick holding the snake.

Stafford waited for her to answer. Rattlers usually only

bit once, because as soon as they sank their fangs in they held on and started pumping venom.

"No," she said weakly. "I wasn't bitten."

"Good thing," Jackson answered. "A rattler's bite can be deadly."

Her hold increased and Stafford experienced a bout of frustration at the Swede for being so insensitive. Not that he'd been overly sensitive to her during the trip, but that was different. At least, in his mind it was.

"Gotta lance open the wound," the Swede went on. "Bleed out the poison as soon as possible and the person still might not make it."

For a split second Stafford's mind saw her backside again, and he cringed inwardly at how much damage that snake could have done.

"Whatcha gonna do with that?" Terrance asked, nodding toward the snake.

"Well, we could have snake stew for supper," Jackson answered.

Marie made a quiet wheezing sound as she drew in air. She also straightened her stance and didn't lean so hard against him. Stafford watched her closely as she shook her head. It was almost as if he could see her gumption returning.

"We will not be eating that," she said sternly. "Not in a stew or any other way you might consider preparing it."

Jackson nodded. "Most folks don't take to eating them very well. I'll get rid of it." The man laid the snake on the ground and pulled a knife from his boot. "Just gonna cut off the rattles."

"Why?" Terrance asked.

"'Cause that's what you do," Jackson said. "Look here." He waved for the children to step closer. "Each one of these buttons, that's what they're called on his tail, was formed when it shed its skin. By counting the buttons, you can guess how old the snake might be."

The children had gathered close, even the girls, and Stafford took a couple of steps backward, taking Marie with him. "You doing all right now?"

Her gumption may have returned, but there was something else about her that caught him off guard. She looked all soft and feminine, especially her big doe eyes.

"Yes, thank you," she said softly.

"Thank your little dog, there," he said roughly, not too willing to accept her gratitude. "If she hadn't started barking, you may have gotten bit."

Her cheeks turned bright pink. "I threw a pebble at her, trying to hush her up."

"That couldn't have been what riled up the snake," he said, setting her arm loose and stepping away. "They usually skedaddle when it comes to things bigger than them."

Another shudder of sorts was creeping its way up his spine. He wasn't entirely sure, but he sensed it had something to do with standing this close to Marie, touching her, whispering. Those were not things he did.

"Well, thank you, and Polly, for coming to my rescue," she said.

"There was no rescuing involved," he clarified.

She was wringing her hands and cringing slightly, her face still flushed. He knew why a moment later.

"Mr. Burleson, about…about the position—"

Now *that* he could laugh at. "No one will ever know I saw your bare bottom, Marie."

The exact look of mortification he'd seen on her face earlier reappeared. Too bad he hadn't bet on the cause of it—he'd have won. At that moment, he chose to take it one step further. "That is, if you call me Stafford. I'd say the formality of Mr. Burleson would just be a waste now. Considering what I saw and all."

Her hiss, along with the snap in those brown eyes told him she was back one hundred percent, and that was a good thing. So much so, he laughed, tipped his hat, and with a wink, turned around. "We're wasting daylight," he shouted, once again feeling a genuine skip in his step.

She caught up with him before he made it to the team. "Mr. Burleson—"

One look had her pinching her lips together.

"Stafford."

He nodded. It really didn't mean that much, other than that he'd won, and he liked being a winner.

Some of the steam left her as she bowed her head slightly. "I appreciate your discretion," she huffed and then turned. "Children!"

He laughed, not caring that she heard and cast a very unfavorable look his way.

It didn't take long before they were loaded up and heading west again. Marie was on the seat beside him again today, and that played a bit of havoc with Stafford's insides. It hadn't yesterday and there was no reason for it to this morning, but it did, and try as he might, ignoring it was impossible. Just as it was impossible to ignore how, every so often, his mind flashed back to the image of the lily-white flesh she was now sitting on. That was bound to affect a man. Any man.

"Mr. Burleson?"

"Yes, Samuel?" he answered, thankful he now knew the children's names. The younger two, Charles and Weston, looked exactly alike and it wasn't until they spoke that he knew who was who. Weston had the lisp,

Charlie didn't. Weston talked more than Charlie did, too. Probably because Charlie was always chewing on the collar of his shirt. It was pretty amazing how much he'd discovered about these kids in such a short time.

"You're really a cowboy aren't you?" Samuel asked.

"Well, I expect I am," Stafford answered. He hadn't thought of it much, but had to admit he liked who he was, now. A cowboy was as fitting a word as any, and it beat the heck out of being a cotton farmer. Not that he'd ever have been one of those. Sterling had inherited his father's farm. That's how it was with the oldest. The second son had to forge out on his own, make his own way in life. Which fit him just fine.

"Can I call you Stafford?" Samuel asked. "It sounds a lot more like a cowboy than Mr. Burleson, don't you think?"

Marie opened her mouth, but he shook his head and grinned. Giving the boy a nod, he agreed. "Sure, you can call me Stafford."

"Are there a lot of rattlers in these parts, Stafford?" the child then asked.

Aw, the real question. "Enough," he answered, noting how Marie was staring at him. Making light of the truth might ease her anxiety, but it wouldn't do any of them any good. "Rattlesnakes don't like humans and tend to shy away, but if you startle one, or corner him, he'll strike. There's no doubt about that."

"If you shoot another one, can I have the buttons off it?" Samuel asked.

Jackson had given the rattle he'd cut off to Terrance, who'd spent the last half hour making sure everyone in the wagon didn't jostle about and break his new treasure.

"Yes," Stafford answered, figuring that was fair. Then,

just to encourage Terrance to share his bounty, he said, "Let me see that rattle."

The oldest boy shouldered into the opening beside his brother. "Jackson says it's fragile. That means it'll break easy."

"That's what it means, all right," Stafford said as he held the reins toward Marie. "Hold these."

Still humiliated, Marie shook her head. Never, ever, had she been so embarrassed in her life. It would help if Stafford—as she was now forced to call him—didn't find such humor in it all. He'd been grinning ever since he'd shot that snake. Every time she glanced his way, she could tell he was remembering what he'd seen, almost as if he'd pressed the image in a book the way one would a flower, to take it out and look at it every so often.

"If you're going to live out here, Marie," he said, thrusting the reins toward her, "you'll need to learn to drive a wagon. Now take the reins. I'm right here, nothing's going to happen."

It would help, too, if he wasn't so, well, right, and so bull-headed about everything. And if he hadn't come to her rescue as he had. Swallowing a growl, she took the reins.

"That's it," he said. "Just hold them loosely. You don't have to do anything. The horses know to follow the road."

If she hadn't just been found with her bottom as bare as an infant's, she might have been nervous to drive a wagon of this size—of any size—but right now she wasn't going to give Stafford anything else to laugh about. Consequently, she did as instructed, telling herself she could drive a wagon twice this size, and snuck a peek as he took the snake's tail from Terrance.

"There's twelve buttons," Terrance said.

"I see that," Stafford answered.

"Does that mean that snake was twelve years old?" Samuel asked.

"No," Stafford answered.

Marie couldn't help but relax a bit and appreciate how comfortable the children had become around Stafford. Yesterday, she'd feared the opposite, that he might have terrorized them. It appeared the children simply understood he wouldn't tolerate misbehaving, and therefore they'd conducted themselves remarkably well ever since. In some ways she'd grown more comfortable around him, too, before the snake.

Actually, he'd probably saved her life this morning. Something she did need to be grateful for. Men had always made her nervous. Before this trip west, she'd never had to deal with them, and still wasn't exactly sure how to go about it. Stafford was different, though. He was certainly stubborn and demanding, but, especially when it came to the children, she saw a softer side to him. One she couldn't help but wonder about. Even admire—just the tiniest bit.

"These rattles are about as breakable as our fingernails," he was telling the children, "and you know how easy it is to break one of them." He shifted and held the snake's tail in front of the boys. "See this bottom button? It's called the nub. One that's never been broken is smooth and round, but this one, see how it's kind of pointed and split?"

When the boys nodded, he continued, "That means this rattle's been broken."

"So it was older than twelve?" Terrance asked, clearly enthralled.

Marie could no longer hold back her smile. Teaching was an integral part of being a nursemaid, and whether Stafford knew it or not, he was providing the boys a lesson in animal science.

"No. There's no real way of guessing how old that snake was. Depending on the climate, how much it's eaten and how much it's grown, a snake sheds its skin several times a year. The only thing that's for sure is the more buttons, the bigger the snake."

Stafford glanced her way. He was smiling and lifted a brow as he asked, "Do you know what that means?"

Marie refrained from asking what, knowing the boys would, and they did.

"The bigger the snake, the farther away you want to stay," Stafford answered his own question.

The humor in his eyes tickled her insides, making her want to giggle, but she held it in. Terrance and Samuel, though, laughed aloud. Stafford reached below the seat then, and pulled out a box. He lifted the lid and, after searching a bit, closed it and pushed the box back under the seat. Handing a piece of cloth to Terrance, he said, "Here. This is just a rag for greasing the wagon hubs, but it'll work. When you're done admiring your rattle, tie it up in this and then tie the rag to a brace bar holding up the canvas. That way you won't have to worry about your brothers and sisters breaking it."

"Thanks, Stafford, I will." Terrance said, taking both the rattle and the rag.

The boys sat down, still guessing the age of the snake and Marie, a bit tongue-tied at the moment over how thoughtful and caring Stafford was being, had forgotten all about the reins in her hands until he spoke.

"You're doing a good job."

"Oh, here," she said, handing over the reins. She wasn't usually addlepated and it was a bit disconcerting that he made her feel as if she was. The way she was thinking about his looks was a bit distressing, too. How when he smiled the lines around his eyes deepened, enhancing his handsomeness. Thoughts like that should not be crossing her mind. She was a nursemaid, first and foremost. The children and their safety should control her thoughts at all times.

Not taking the reins, Stafford shook his head. "No, you're doing a good job." Leaning toward her, he then added, "Actually, let me show you how to lace the reins through your fingers, so you'll have more control."

One at a time, he wove the reins through her fingers. The leather was smooth and warm; however, quite unexpectedly, it was the touch of his skin on hers that caused her hands to burn and tremble.

"You'll want to wear gloves when driving, if at all possible," he said. "The leather can chafe the skin, like a rope burn."

She nodded, not exactly sure why. Other than that she was feeling too out of breath to speak. Yesterday, sitting next to him had been no different than riding beside a stranger in a coach, or standing next to one in line somewhere, yet today, a new awareness had awakened inside her. One she'd never experienced. He was still a stranger—a somewhat overbearing one whom she really didn't like very much—and sitting next to him shouldn't be any different. But it was. Although she couldn't say exactly how or why, perhaps because she was putting too much thought into it. She was known for that. Miss Wentworth had said one of her best attributes was how she could concentrate on a problem and ultimately come up with the best choice.

"Just curve this finger a bit," Stafford said, forcing her finger to bend. "See how it tugs on that rein? And if you bend this one—" he maneuvered a finger on the other hand "—that rein moves. It doesn't take much, and is pretty easy when the road is this smooth. You'll soon learn that the rougher the road, the more control you'll need over the horses."

Marie was listening, but it was difficult to concentrate with him holding her hands as he was, and with the way he smelled. It was pleasant, spicy, and made the air snag in her chest. Telling herself not to think of such things didn't help at all.

Attempting to focus all her thoughts on the children proved to be impossible, as well. But perhaps that was her way out. She could tell Stafford that watching over six children would take all her time and, therefore, she most assuredly would not need to learn to drive a wagon. No matter where they lived she had lessons to teach—reading and spelling, geography and grammar, philosophy, civil government and a smattering of other subjects, unless of course there was a school within walking distance for the older ones to attend. It would be good for them to learn social graces by interacting with other children their age.

"You got it."

It was a moment before Marie realized he was speaking of driving the team. It had worked. Focusing on the children, what she'd need to do, had pulled her mind off him.

"You're a quick learner," he added with a nod.

A surprising jolt of happiness flashed inside her.

"Thank you," she said. "I was always quick at school. Actually Miss Wentworth said I may have been her best student ever. She said I had a natural ability." Heat rose upon her cheeks. She was proud of her accomplishments, but hadn't meant to sound so boastful. A part of her just wanted him to know she wasn't a simpleton. Mainly because, even thinking of the children, the episode with the snake was still causing a good amount of mortification to fester inside her. Miss Wentworth would be appalled, too, to learn she'd let a man see her bare backside.

"I see," he said. "And who is Miss Wentworth?"

Not being from Chicago, it made sense he would never have heard of Opal Wentworth. "She owns the Chicago School of Domestic Labor. Her training classes in all positions are renowned. It's close to impossible to obtain a position without a certificate of completion within the city."

He was looking at her somewhat curiously, as if she'd said something he didn't quite believe.

"It's true," she said. "A certificate from Miss Wentworth's opens doors." A different sense overcame her, one of achievement, perhaps. It could be because she'd never driven a wagon before and was quite proud of herself for learning so quickly, or because she had graduated at the top of her class.

Then again, it could be because of something entirely different. She'd never been around a man so much before, and it was rather bewildering. All of her placements had been with married couples, but it had been the wives who'd managed the household help, including her.

Glancing forward, she attempted to keep her thoughts on their conversation. "Miss Wentworth said I was the best nursemaid she'd ever had the pleasure to train."

"You don't say," he said.

She nodded. Perhaps if she convinced him of her nursemaid abilities, he could convince Mick Wagner that hiring her would be more beneficial than marrying her. She'd always believed earning a wage would be far more pleasurable than getting married. No matter what Sarah had suggested. "Yes," Marie said proudly. "The best nursemaid ever."

Several hours later her confidence was waning. The second day on the trail was better than the first, in many ways, but in others it was worse. The sun was boiling hot today. Sweat poured down Marie's back and her temples throbbed. Stafford had taken the reins from her long before her arms had started to ache, but they did so now. Her entire body hurt from the endless bouncing, and she had to wonder if the heat and travels were getting to Stafford, too.

He kept taking off his hat and wiping at the sweat streaming down his forehead, and when someone asked for a drink of water, he never questioned it, just handed over the canteen.

The heat was taking a toll on the children, too. Their little faces were red and they drooped in the back of the wagon like a half dozen dandelions plucked from the ground. Marie's confidence in coming up with a plan to ease their plight had plummeted. There was nothing she could do or offer that would relieve the heat.

At her suggestion, they'd all walked for a while, but that had been worse. At least beneath the canopy of the wagon the children were shielded from the glare of the sun.

"There's a creek up ahead," Stafford said, interrupting her thoughts. "We'll stop there to water the animals and ourselves."

A wave of thankfulness crashed over her. "That will be nice. This heat is deplorable."

He frowned, but nodded.

Used to explaining the definition of words, she started, "Deplorable means—"

"I know what it means."

Marie chose to ignore the bite in his tone. The heat was taxing, but she sensed it was more than the temperature getting to him. He'd turned quiet some time ago, almost brooding. It was just as well. His silence, that was. They'd conversed enough. While showing her how to drive the team, he'd talked about being little and how his father had taught him how to drive. He also shared that he was from Mississippi, where his family still lived. Then he'd started asking about her family, at which point she'd changed the subject and kept changing it every time he tried to bring it back up.

If necessary, she'd explain her history to Mick Wagner, but not to anyone else. There was no need to, and for her, it was better off left buried deep inside. She didn't like how memories could befuddle a person's mind, and the thought of telling him she'd been returned, twice, to the orphanage, made her stomach hurt. Especially after he'd told her about his family. That's all she'd ever wanted. To be part of a family. She'd gotten that when the Meekers had hired her, and she wouldn't give it up.

First one, then the other horse nickered, and Marie glanced around, but saw nothing but brown grass.

"They smell the water," Stafford said. "It's just over the hill."

The next few minutes seemed to take hours, the hill they ambled up the tallest ever, but when they crested the peak and she saw the sparkling creek trailing along the

floor of the valley below, the downward trek became endless. The children had moved to the front opening of the
wagon, vying for a spot to gaze at the water with as much
longing as the horses showed by their increased speed.

As the horses trudged closer, the creek grew larger
and a touch of anxiety rose up to quell her excitement.
The road they were on entered the water on one side and
appeared again on the other side. She shivered slightly.

"There's no bridge."

"No, there's not," Stafford agreed. "But the water isn't
deep. We can cross safely this time of year. Springtime
is a different story."

She had no choice but to trust him, which actually was
becoming easier and easier.

A chorus of voices over her shoulder asked if they
could get wet, and as the wagons rolled to a stop a short
distance from the water, Stafford answered, "Yes." He
then turned to her as he set the brake. "We're going to
unhitch the teams, let them cool off a bit. You and the
children can go upstream a distance and cool off your-
selves. Just not too far."

Climbing on and off the wagon had grown a bit easier, too, now that she knew exactly where to step. Marie
was down in no time and lifting the twins out of the back
while the older children climbed out themselves.

"Can we get wet, like Stafford said?" Samuel asked
hopefully.

She should have insisted the children continue to call
him Mr. Burleson. Allowing them to call him Stafford
was inappropriate, but in truth, she didn't have the wherewithal to say a whole lot right now. She'd never been so
hot and uncomfortable in her life.

"Yes," she said. "But take your shoes off."

They took off running and Marie didn't have the heart to call them back, make them wait for her. So, instead, she ran, too. The water was crystal clear, and she could easily see the rocky bottom. Wasting no more time than the children, she removed her shoes and stockings, and entered the creek beside them, sighing at the heavenly coolness the water offered.

She held her skirt up, letting the water splash about her ankles, and kept vigilant eyes on the children as they eagerly ventured farther in. She'd never learned to swim, so the water made her nervous, but it was shallow, only up to the twins' waists, and they were enjoying the experience wholeheartedly, as were the others.

It wasn't long before a whoop sounded and Mr. Jackson flew past her like a wild man. Arms out, he threw himself face-first into the water and sank below, only to pop up moments later, laughing from deep in his lungs.

Samuel instantly copied the man's actions, and that had everyone laughing all over again.

A hand caught hers and she twisted, ready to pull it away, for the heat was intense.

"Come on," Stafford said, tugging slightly.

"No, this is deep enough," she insisted.

"It's barely up to your knees at the deepest point." With his free hand, he pointed toward Mr. Jackson. "He's sitting on the bottom and it's not up to his shoulders."

"He's a tall man," she explained.

Stafford laughed and let go of her hand, which left a sense of loneliness swirling around her. He was gone in an instant, out in the middle with all of the children and Mr. Jackson, splashing up tidal wave after tidal wave.

The air left Marie's lungs slowly. She shouldn't be staring, but Stafford had taken his shirt off. So had Mr.

Jackson, but her eyes weren't drawn to the other man as they were to Stafford. Dark hair covered his chest, and his shoulders and arms bulged. Muscles. She'd seen pictures of the male form in her studies, but goodness, none of those drawings had looked this...real.

Marie glanced away, downstream to where the horses stood in the water, drinking their fill, but that didn't hold her attention. When she turned back, her gaze caught Stafford's.

"Come on," he said again, waving a hand as he now sat on the bottom with water swirling around his burly chest. "It feels great."

The children joined in with his invitation, waving and begging her to join them. She could say no to him, but not to them. Dropping her skirt, for she couldn't hoist it any higher, she edged toward the clapping and squeals.

And splashing. Water was flying in all directions, and it did feel wonderful. Then, all of a sudden, Marie went down. Though the water was shallow, she was completely submerged, her back thumping off the rocky creek bed.

Chapter Four

Marie came up as quickly as she'd gone down, coughing, but it wasn't until Stafford saw the laughter in her eyes that he let the air out of his chest. He tore his eyes away, a bit disgusted he'd been holding his breath. People could drown in just about any amount of water, he understood that, but there were enough of them around to prevent that. What irritated him was how every time he caught a glimpse of her air snagged in the middle of his chest and sat there until it burned.

She was a looker, he could admit that, and what he'd seen this morning kept flashing in his mind like heat lightning—a sudden flash that was nothing but an illusion.

He hadn't been drawn in by looks in ages. Frustrated in ways he hadn't been in years, either, he ducked beneath the water again and held his breath until his lungs had a reason to burn. When he surfaced, he stood and made his way to the shore. He'd said it before and thought it again while seeing her running to the stream with the children, but had to repeat it to himself once more. Marie looked like the kids' older sister, barely more than a child herself.

It didn't help. She was a woman. An attractive one who took her job seriously. He was also willing to admit, she did it well. Not one of those kids could make a peep without her responding immediately, and right now they were gathered around her as if she was the queen bee.

Stafford stepped out of the water and bent forward to shake the water from his hair before he made his way over to where he'd left his shirt, boots, socks and hat. Right next to hers. Her little bonnet lay there, too, and he ran a hand over it, testing the thickness of the fabric. Just as he'd suspected, it was nothing more than thin cotton that didn't offer much relief from the sun. Not on a day like this.

He sat to pull on his socks and boots, and his gaze locked onto the game of water tag happening in the stream. He watched as Marie caught both twins, one in each arm, and planted kisses on their wet heads before she let them loose and chased after the two girls.

A smile tugged at his lips, and he let it form. He remembered days like this. When it was too hot to do much else, his family would head to the river and spend the day frolicking in the water. It had been fun, and something he hadn't thought of in a long time. Crazy as it was, he felt a touch homesick.

Boots on, Stafford stood and shrugged into his shirt before he made his way to the wagons where he checked hubs and axels and anything else he could think of to keep his mind from wandering deeper down memory lane. He was trying, too, to keep his thoughts off Marie. In reality, that is what he should be thinking about, figuring out what she wanted with Mick, but when he did let her into his mind, Mick didn't accompany her.

"I feel like a new man," Jackson said, leading two of the horses out of the water.

"It felt good," Stafford agreed.

"Good for those kids, too," the other man said, handing over the reins. "I know how hard it is keeping them cooped up in a wagon."

"You do?"

Jackson, already heading back to gather the other team, paused with his gaze on the group still splashing about. "Yeah. I got two boys, five and nine, we moved out here from Wisconsin last year. That was a long trip."

Stafford hadn't met the man prior to hiring him and figured it made sense, the man having kids, given the way he'd taken to Marie's bunch so readily.

"My wife's name is Marie, too." Jackson laughed then. "Maybe it's the name. Marie. I can't say, but mine is the best wife ever. She's a dream come true, and there's few prettier. Although that one comes close."

Stafford ignored the feelings nettling inside him, almost as if he didn't want other men looking at Marie and commenting on how pretty she was. He'd felt that way once, about Francine, and was never going to do that to himself again.

Jackson retrieved the other horses, and as soon as the man approached, Stafford, still trying to gain control of his mind, asked, "What are your sons' names?"

"Jack is the oldest and Henry the youngest."

"Jack Jackson?" Stafford couldn't help but ask, glad to have something his mind could snatch up. When they'd been introduced, the man had simply said to call him Jackson.

"No." The other man laughed as he started hitching

his team to the freight wagon. "Jackson's just the name I go by. My real name is William Borgeson."

Buckling harnesses, Stafford asked, "How do you get Jackson out of that?"

"My folks had nine girls before I came along. My father's name was Jack, so the entire town took to calling me Jack's son. It stuck. I was about ten before I learned my real name was William."

"That's an interesting story."

The female voice, all soft and tender, caught Stafford so off guard he lost his hold on the drawbar yoke of the singletree harness, which promptly fell and smashed the big toe on his left foot. He almost cursed. The expletive didn't leave his lips because his breath had caught again, sat there in his chest as though it didn't have anything better to do than sting as sharply as his toe.

Marie was wet from top to bottom and was finger-combing her long hair over one shoulder. Her hands slid all the way to the ends, which hung near her waist, and her wet dress—once a pale blue, now much darker—and white pinafore clung to her in ways dresses shouldn't cling. Not while he was looking, anyway.

"Thank you, Miss," Jackson answered, hitching the yoke to the harness of his team. "Now that my father has passed on, the name has a bit more meaning for me, and it's pretty much the only thing I answer to." Chuckling he added, "Other than to my wife. She can call me anything she wants and I come a-running."

Toe throbbing and lungs burning, Stafford wasn't in any mood to hear how happily married the other man was, no matter how he got his name. He didn't want to think of Marie being a wife, either, not to anyone. It would be nice, though, if his partner was here right about now. Then Stafford could wash his hands of this entire mess and not have to sit beside Marie for the next several hours.

"Get the kids loaded up," he said, gruffly. "With any luck, we'll be home before dark."

Luck, it appeared, had left him so far behind he might never see it again. A couple of hours later, the freight wagon cracked a hub, and though they got it fixed, it was too late to take off again, even though he was so close to home he might be able to see it if they were atop a hill instead of in another river valley. And sitting next to Marie had been even more disagreeable than he'd imagined. This time, to keep the children occupied, with a sweet, perfect voice, she'd sung songs with them. Jaunty and silly tunes that had them all laughing and encouraging him to join in.

He hadn't, of course, and he'd bitten his lip so many times to keep from grinning there probably wasn't any skin left on his bottom one. His sister Camellia had been the singer in his family. She was married now, living down by Galveston, and he couldn't help but wonder how she was doing.

It seemed everything had him thinking about his family, his home, and the bottom line was he didn't like it. He'd rid himself of those memories at the same time he'd erased the ones of Francine and how she'd chosen Sterling over him. For ten years he'd gotten along fine without those reminiscences and didn't need them back. The few times he'd seen his family since leaving home, he'd made new memories. They were enough.

Furthermore, it seemed to him that while he and Jackson had been working on the hub, Marie could have been gathering wood, lighting a fire and rustling up something for supper—the wagon was full of food. But she hadn't. Instead, she'd led the kids into the shade and sat there reading to them and watching as they wrote on their slates. Schooling was fine, but when there was work to be done, that's what should come first.

"Terrance," Stafford yelled as he replaced the tools in the box beneath the wagon seat. "You and Samuel gather some wood for a fire."

The boys instantly jumped to follow his orders, but Marie stood, too, and took Terrance by the arm. Stafford was too far away to hear what she said, however, the way both Terrance and Samuel bowed their heads he caught the gist of it.

Sitting next to her for hours on end—including those while her hair and clothes dried, filling the hot air that had circled around him with a flowery scent—his mind bringing up memories as if it was turning the pages of an old book, not to mention the broken hub and the heat, had taken their toll. Usually a tolerant man—well somewhat tolerant—he couldn't put up with anything else. Shoving the box back in place he marched toward the trees.

She met him at the fringe of the shade. "I will not allow—"

His growl caused her to pause, but not for long.

After taking a breath she continued. "Have you forgotten what happened this morning?" she asked, red faced and snippy. "The snake?"

He'd be dead in his grave and still remembering everything about the snake incident. Taking out his gun, he stepped around the children and fired all six bullets into the underbrush. He spun around as the echoes were still bouncing. The two girls were peeking out from behind

Marie with their hands over their ears, while the boys were clapping and grinning.

Stafford nodded to them before he lifted his gaze to her. "If there were any snakes, they're hightailing it for safer ground now." He holstered his gun. "Terrance, you and Samuel gather some wood."

The boys looked up at Marie. Stafford noticed that out of the corner of his eyes. The rest of his gaze was locked on hers in a rather steely battle. Her glare didn't waver, therefore, he narrowed his eyes and gave her a good hard stare.

It took a moment or two, but eventually, with a slow lowering of those long lashes, she glanced toward the two waiting boys. "Stay together and watch for snakes."

"Yes'um," they agreed, flying around him.

While Stafford took a moment to breathe—yes, he'd been holding his breath again—Marie sent the other children off toward the wagons with a few gentle words before her glare returned to him.

"That was not necessary," she seethed between clenched teeth.

"You're right," he agreed. "If you'd have thought to gather firewood, I wouldn't have found it necessary to ask."

A frown flashed upon her brows. "Thought to gather firewood? Why would I have thought of that?"

"To build a fire?" he asked mockingly.

"For what? It's still a hundred degrees out. No one's cold."

She couldn't possibly be this dense. "To cook on?" he asked, half wondering if it really was a question.

Pausing, as if gathering her thoughts, she said, "Oh."

"You do know what that is?" he asked. "Cooking?"

"Yes," she snapped.

"Then why didn't you?" he asked as she started walking toward the wagons. Stafford hadn't completely expected her to cook, yet it seemed to him that most women would have. Catching up to her, he asked, "Why didn't you prepare supper while we fixed the wagon?"

She stopped and hands on her hips, glared at him again. "Because I am a nursemaid, Mr. Burleson, not a cook."

He didn't miss the emphasis she put on his name. "So?"

"So, nursemaids don't cook."

Realization clicked inside his head. Maybe luck was on his side. "Don't or can't?"

She continued to glare.

"I thought you graduated at the top of your class."

"I did. Nursemaid classes."

"And feeding children isn't part of taking care of them?" He shook his head then, even as another question formed. "Who do you think will be cooking for the children once we arrive at my—M-Mick's house?"

"The cook, of course."

Stafford took great pleasure in stating, "Mick doesn't have a cook."

Her expression was a cross between shock and horror. "He doesn't?"

"Nope." Having hot meals waiting for him at home was just one of the many things Mick proclaimed a wife would do, and knowing that wasn't about to happen had Stafford's mood growing more cheerful by the second.

"Who cooks for him?"

"He cooks for himself." Seeing her frown deepening had Stafford adding, "Once in a while he eats over at my place."

"Your place?"

He nodded.

"I thought you said—" She stopped to square her shoulders. "Don't you live with Mick—Mr. Wagner?"

Shoot, he'd forgotten about that. Then he'd been too happy to see her look of shock to explain everything fully. "We live on the same ranch, in different houses."

Frowning, she said, "Oh," and then asked, "Who cooks for you?"

The older boys had brought an armload of wood to Jackson, who was busy digging a fire hole, and Stafford started walking that way. "Me."

Marie was certain her stomach had landed on the ground near her heels. Her entire being sagged near there, too. No cook? That possibility had never occurred to her. Everyone had a cook. Everyone she'd ever worked for, anyway. Miss Wentworth had assured her it would be that way. Nursemaids weren't expected to cook.

She spun, staring at the men and boys near the fire now flaming in a small hole. No cook? Not even learning she wouldn't be living under the same roof as Stafford could ease the shock of it. Before they'd left Huron, she'd wondered about meals along the trip, and had asked Mr. Jackson. He'd told her not to worry, that he had everything they needed for the journey and that he'd see to the meals.

She'd been grateful to hear that, knowing the duties of taking care of the children would keep her busy. That would continue, once they arrived at the ranch. How could she cook, as well? Well, she could—make the time that is, for feeding them was a top priority—if she knew how.

Nothing in her past had included cooking instructions. She'd gone straight from the orphanage to Miss Wentworth's school and then to various positions as a nanny.

Despite the still warm and muggy air, a chill rippled across her skin. Mick Wagner would probably expect her to cook—at least for the children—even if she didn't have to follow through on the mail-order bride scheme.

Her chill intensified, and it didn't take much to discover why. Stafford was staring at her and a very distinct grin sat on his face. He thought it was funny. Or, more to the point, he thought she was incompetent and enjoyed it.

Marie may not have been born with much—not a family or name—but she had been born with determination, and it kicked in right now. She'd show him. Graduating at the top of her class meant she hadn't let anything stop her from proving she could become someone—the best nursemaid ever—and she'd prove it again. To Stafford Burleson. She'd learn to cook. Become the best one he'd ever have a chance to know.

It couldn't be that hard. The children would need to eat once they arrived at the ranch, and she would not—could not—be beholden to Stafford for anything more than this trip. Actually, she couldn't wait to get to the ranch and bid him farewell, watch him ride off to his place—wherever that might be. Hopefully miles from Mick Wagner's place. Ranches could be that large, couldn't they?

Marie was determined, but she wasn't stupid, therefore, that night she watched, making mental notes, and did so again the following morning while Jackson—the man had insisted she drop the Mr. from his name—did most of the cooking. A blessing for sure, because he didn't mind her whispered questions. The meals were simple affairs. Canned beans for supper, and bacon tucked inside biscuits he pulled from a bag for breakfast. Jackson—bless his heart—even expounded upon the answers he provided. Explained how thick to cut the bacon and how to keep turning it so it wouldn't burn. He even explained how to make the coffee both he and Stafford seemed to enjoy so much.

She preferred tea. Always had, and she knew how to brew a pot, but Mick Wagner would probably rather have coffee, too, and she'd learn how to make it. If she could cook and take care of the children, there would be no reason for Mick to marry her at all. No reason to worry about some of the things Stafford had her thinking about. Things only husbands and wives did in private. Frustrating thoughts that she couldn't fathom.

The sun had barely made its way into the sky when Stafford's clipped and hard tone suggested it was time to head out.

Marie bit her tongue to keep from telling him there was no reason to shout, only because she felt a bit smug at how irritated he was with her. His brows had been furrowed all morning as he'd watched her conversing with Jackson.

If she'd slept last night, she might have had the energy to explain how a person who graduates at the top of her class has the wherewithal to learn whatever they need to, but considering she and all six of the children slept, or tried to sleep, in the wagon, she was simply too tired.

The night before she'd allowed the boys to sleep on the ground, as Stafford and Jackson had, but after the snake incident she wasn't about to let that happen again. Therefore, with the children practically lying on top of one another, she'd squeezed into the corner of the wagon and attempted to sleep sitting up. No one, neither her nor the children, had slept much.

Once the children were safely tucked into the back of the wagon, she climbed onto the bench seat, barely acknowledging the glare coming from Stafford.

"Ready?"

Tucking her skirt beneath her knees, she nodded. "Ready."

He let out a disgusted-sounding sigh and slapped the reins over the backs of the horses.

"We won't be stopping for anything this morning," he said after they'd traveled several miles. "I want to be home by noon."

Her lack of response—a simple nod—seemed to irritate him all over again.

"Another day like yesterday," he continued, "traveling through that heat, would be more than the horses can take."

"I'm sure it would be," she said, while smothering a yawn. A glance into the back of the wagon proved the gentle sway had lulled the children to sleep. It was playing on her already-tired body, as well, and making her eyes heavy.

Stafford's mind was fighting a plethora of things, including how Marie's head bobbed and then snapped back up. No wonder, they must have all sweltered beneath the canvas of the wagon last night. Even lying on the ground had been hot. She couldn't have gotten a wink of sleep, sitting up with her head resting on the tailgate. He'd battled with himself half the night, forcing himself not to go to her and promise there wasn't a snake within a hundred miles. She wouldn't have believed him, and that, too, bothered him.

With each moment that passed, he was having a harder time not liking her, and for the life of him he couldn't figure out why. Although, he had to admit she did have a couple of endearing qualities. Right now, the way her chin bobbed against her chest tickled his insides and made her look about as adorable as any woman had a right to.

The wagon rolled over a bump—had he been looking he'd have steered around it—and her head jerked, but she didn't wake.

Unable to hide his grin and accepting he couldn't let her fall out of the wagon, Stafford reached over and wrapped an arm around her shoulders, tugging her to his side.

She mumbled slightly, but didn't wake as her cheek nuzzled his shoulder before she let out a sigh and slumped fully against him.

Despite the way his blood warmed—or maybe because of it—Stafford questioned his sanity all over again. The flowery, unique scent he'd come to know surrounded him, making him breathe deeper. He also repositioned himself, just so she'd be more comfortable as the miles brought them closer and closer to home.

Stafford had mixed feelings about that, too. Home. Mick would be there soon. The telegram he'd sent from Huron told his partner to return as quickly as possible. He still didn't want Mick marrying her, but another man would. Practically anyone in the territory—six kids or not.

Terrance and Samuel had answered a few questions last night while he built a fire. He'd still been wondering about her lack of cooking when the boys had piped up, said she'd grown up in an orphanage and that's why she wouldn't let the same thing happen to them. All in all, that had created more questions in his head, but he'd stopped before grilling the boys.

She on the other hand, hadn't ceased her questions—the ones she'd asked Jackson about cooking. It appeared she may not know how to cook now, but wasn't afraid to learn. He had to give her credit for that, even though he didn't want to, at least that's what he kept telling himself.

A good hour later, when they were less than a couple of miles from the ranch, she stirred. One lid opened and Stafford's insides jolted at her sleepy smile before her eye shut and she snuggled against him a bit closer.

Stafford knew the instant Marie realized she was sleeping on his shoulder. Her entire being went stiff and she bolted upright like a branch snapped in two. He laughed. "Have a good nap?"

She glared.

Just to keep the blush on her cheeks, he rubbed the shoulder she'd used as a pillow. When she frowned, he said, "Just wiping off the drool."

Eyes wide, she insisted, "I did not—"

"No, you didn't drool on my shoulder," he assured her, though he wouldn't have minded if she had. That notion set his smile aside. What was he thinking? She was his partner's soon-to-be wife.

Stafford let that thought take root and turned his attention to the horses in front of them. "You might want to wake up the kids. We'll be at the ranch in another mile or so."

She agreed and turned toward the back, but Stafford didn't acknowledge either her answer or her movement. He was too busy telling himself he was not attracted to her. Not at all. He barely knew her, and what he knew he didn't like. Teasing her wasn't fun, either.

They'd been on the trail too long. That's the problem. He'd met hundreds of women over the years, and not one of them had affected him the way she had, because he hadn't spent more than an hour or so in their company. Getting back home, becoming engrossed in his work was exactly what he needed.

By the time his house rose up on the horizon, Stafford was convinced he was back to his old self.

"Is that your ranch?" Terrance asked, leaning over the seat back.

"That's the Dakota Cattle Company," he answered. "Mick and I each own fifty percent of it." Stafford wasn't exactly sure why he wanted Marie to know that, but he did.

"You do?" she asked.

He'd purposely not made mention of the exact terms of his partnership with Mick while traveling. There were a few other things he'd kept to himself, too, and he was telling himself he would enjoy telling her about them. "Yes," he answered. "I do."

Lips pinched, she eased her gaze off him to look toward the buildings they approached, several barns and other sheds, his house as well as Mick's place. An offshoot of the river, a little creek most of the time, ran between their two places. Mick had claimed the acreage on the north side of the creek, Stafford had taken the south and they'd built the ranch itself right in the center, sealing their partnership.

"You both don't live in the same house?" she asked.

"No. We each have our own place," he answered, noting her gaze was on his house. It was rather large. Besides being a good carpenter, he'd wanted a place that would put his brother's to shame. That had been his goal when he'd started building it. Mick thought he was crazy, especially since it took him two years to complete it. Three stories, plus a cellar, nine bedrooms, three parlors, an office, a kitchen and several other rooms he hadn't necessarily named, but most were furnished—everything shipped in from the east.

"That's our house?"

Charlotte asked that, she was the older of the two girls, and for a moment the pleasure of showing Marie the house they'd live in dimmed. Mick's place only had one bed, and there wasn't enough space to add a second one, let alone a third or fourth.

Stafford let the wagon roll past his place, toward the bridge that arched over the creek. "Nope," he said.

Marie couldn't help but stretch her neck to examine the large, rather unusual house as they moved past it. Painted white, with a porch that appeared to be never ending, it looked a lot like one of the plantation mansions she'd read about and seen pictures of in books about the South before the war. Her heart had started pounding when the house had first come into view. There would be more than enough room in there for all of the children. That had been something she'd worried about. "It's not?" she asked, when the billowing canvas blocked her view.

Stafford didn't answer until after they'd rolled over a short bridge to where another cluster of barns and buildings sat. There, he stopped the horses in front of a small, square shed of sorts. "This," he said, pointing toward the squat building, "is your house."

All of the children were vying for space behind the

seat to get a look at their new home, and it was Samuel who said, "That's not a house."

"It's a cabin," Stafford answered. His gaze, steady and rather cold, landed on her. "Mick's cabin."

The large house was in view again, over her shoulder, and after a glance that way Marie drew a deep breath. An overly large lump formed in her throat, and the tingling of her spine said she already knew, yet she asked, "Whose house is that?"

"Mine."

Chapter Five

Marie refused to jump to conclusions. The little cabin could be larger on the inside than it looked on the outside. Plenty of buildings were like that. Stafford was instructing a few men who'd walked across the bridge to help Jackson unload the freight wagon and the children were running about, stretching their legs after the long ride and investigating their new surroundings.

Attempting to summon up a positive attitude, Marie pushed the dead air out of her lungs, drew in a fresh breath and made her way to the cabin. It didn't even have a porch, just a path of well-worn dirt that led to the windowless door. It, too, reminded her of pictures she'd seen in books, those of the homes the first settlers of the West had created. That had been years before, though, and the country was well settled now. At least, that's what she'd told the children before they'd embarked on their journey.

Without further ado, she pushed open the door and stepped inside. The space was dark, but she saw enough to make her close her eyes and hope the image would change before she opened them again.

It didn't, and dread once again welled up inside her.

Four walls stood before her, containing a small cast iron stove, a table with two chairs and a bed. That was it. Besides being small, the space smelled of dust and dirt. The mud caked on the floorboards was the cause of that. Footprints could be made out. Large ones.

Still not willing to give in to panic, Marie entered the cabin fully. There were two windows on opposite walls, one over the bed and the other behind the stove. Both were covered with what appeared to be old saddle blankets. She went to the one over the bed first. The ends of the woven material were frayed and tacked to the wall with small nails. One tug and it let loose, the movement sending dust into the air. She sneezed, twice, and then had to rub her palm over the window to see if there was glass behind the thick coat of filth.

A glint of sunlight peeked through the area she'd wiped, which revealed a heavy layer of dust covering everything else in the cabin.

Unlike cooking, she was well versed in cleaning. Not from her nursemaid classes but from the orphanage. A bucket and mop were the first things young girls were introduced to. She wasn't afraid of that kind of work and made her way to the other window, uncovering cobwebs along with the dirt. She turned back to the room then, imagining it clean and orderly.

The cabin would look better then, once she'd finished, but it wouldn't be any larger. Her optimism was waning, and her anger growing. Stafford could have mentioned this. From about any point in the small cabin, she could see out the door, and the view was the same. The little bridge and the big white house. What kind of man expected children to live in this when he had all that room?

A quiver twisted around her spine. Was he married?

Did children and perhaps a wife live in that big house? If so, why hadn't they come out to meet him? Heat warmed her cheeks. She'd dreamed on the way here that she was sleeping next to him, and when she'd awakened and seen him smiling down at her, for a brief moment she'd believed it was real and had never known such joy. It had shattered, though, the moment she'd realized she was snuggled against him. With a shake of her head, Marie stopped several other questions from forming and marched out the door.

Jackson was climbing onto the freight wagon, now empty. The other wagon, canvas collapsed, was parked next to a large barn, which is where Stafford stood.

"Mr. Burleson," she said loud enough for him to hear. "May I speak with you for a moment, please?"

He said something to Jackson and gestured toward the other side of the creek before walking to her. Marie used the few moments it took him to cover the distance to scan the area, counting the heads of all six children. Seeing them frolicking, with Polly barking beside them as they went from building to building, increased her determination.

When Stafford arrived, looking smug, something snapped inside her, even before he lifted a brow.

"So what do you think of your new house?"

Ignoring his question, she asked sternly, "Who lives in your house with you?"

"No one."

A touch of excitement fluttered in her stomach, which she promptly ignored. "You and Mick Wagner are equal partners in this ranch, aren't you?"

"The ranch, yes, not the homes."

She pulled her eyes off his big house to ask, "How can that be?"

"We each own separate parcels of land, and the buildings on them, but are equal partners in the cattle operation." Gesturing toward each place, he added, "That side of the creek is mine, this side is Mick's."

"I don't understand why Mr. Wagner wouldn't have built a larger house," she said, trying to keep her frustration under control.

"Guess he figured the cabin was all he needed."

"And you needed a house that large?"

"I wanted a big house," he said. "Like the one I grew up in down in Mississippi."

"Why? Do you plan on having a large family?" Her question caused her heart to flutter, a very unusual happening.

"Nope. Don't plan on having a family at all." He turned then. "I've got things to do, and I'm sure you'll want to get settled."

Marie couldn't say exactly what she'd imagined their new home would be like, but this wasn't it. She grabbed his arm, stopping him from walking away. A tingle entered every finger and shot up her arm, but she didn't let loose. The children depended on her for everything, to keep them safe, healthy and happy.

"Surely you realize the children and I can't live in this cabin."

His eyes went from her hold to her face. "Why not?"

"There's only one bed. Where will they all sleep? Furthermore, the bed practically touches the table, which almost touches the stove. There's barely enough room in there for one person, let alone seven." A wave of longing she'd lived with her entire life sprang forth. "Children need space of their own, to put their belongings and feel as if they, too, belong there."

He stared at her for an extended length of time, and she could only hope he was taking what she'd said into consideration. She didn't want to beg, plead with him to let the children and her live in his house, but she'd never lived outside the city before, and the vast countryside, along with the fact the ranch harbored nothing but men, had fear overtaking her senses. Stafford was a man, too, but at least he was one she knew, and he'd provided for them, kept them safe the entire trip here.

"Well," he finally said.

Hope leaped inside her.

"I guess Mick should have thought of that before he ordered a bride."

Stunned, it was a moment or more before Marie realized he'd walked away. She hurried forward, catching him before he stepped on the bridge. The cabin was close to the water, little more than several yards away, whereas his house was up the hill on the other side and grass surrounded it. Green grass the children could play in. Surely he had to see his home was a much more suitable place for children. And her. There might even still be Indian raids in this part of the country.

Holding his arm again, she said, "Mr. Burleson, I cannot allow the children to live in this cabin."

"Why not?"

Having already explained her reasons, she pointed out a suitable compromise. "It simply would make more sense for you to live in the cabin and us to live in the house."

He laughed. "That will not happen, Miss Hall."

She'd taken to calling him Mr. Burleson, but was a touch annoyed to hear him call her Miss Hall again. Actually she was more than a touch annoyed by everything. This wasn't the Stafford she knew, the one she'd come to like—strangely enough.

He patted the back of one of her hands. "Maybe when Mick gets home he'll build you a bigger house."

His complacency grated on her nerves. "We cannot live in that cabin all winter, now, I insist—"

"Insist all you want," he interrupted, "but that's your house." His grin increased. "A person who graduated at the top of her class must be smart, Miss Hall. I'm sure you'll figure it out."

Too put out for a comeback, Marie let him walk away. He was right, though, she was smart and she would figure it out, and in doing so, she'd wipe that smug grin off his face.

She'd been in unknown situations before, every time she'd taken a new position, and had managed. This was no different. She'd just have to pretend they weren't alone, that the cabin was a fine home. No matter what, she couldn't let the children see her fears. However, she wouldn't pretend Stafford Burleson was anything less than the insufferable brute he was.

A tug on her skirt had her glancing down.

"I'm hungry," Weston said.

The fury inside her doubled.

Stafford didn't turn around until he was almost to his house, even though he wanted to. Marie and those kids would be wedged in Mick's cabin tighter than they'd been packed in the wagon. He was trying his darnedest for it not to trouble him, but it did.

He took off his hat and scratched at his head. When she'd looked up at him with those pleading eyes, he'd all but told them to come across the creek with him. That was the last thing he wanted. She'd gotten to him, though, with her statement about everyone needing a place to put their belongings. His family's home had been large, but not as big as the one he'd built. Growing up, he'd shared a room with Sterling, and being the younger brother, he'd been given a very small space to call his own. Furthermore, most everything he'd owned had been Sterling's first.

The one thing that had been his first had been Francine, but in the end, he'd had to share that with Sterling, too.

Stafford slapped his hat on his head and tore his eyes off Marie and how she'd gathered the children and now walked toward Mick's cabin. Spinning around, he marched in the direction of his house. The monstrous one he'd built so he'd have room for all the things that were his. Things he'd never have to share.

When he entered the house, he expected the warmth of homecoming, the satisfaction of knowing this was all his alone—for that had been his goal, and he'd relished his accomplishments the past few years. Instead, the echo of the door closing left him disgusted and lonely. As empty as the house.

Stafford left as quickly as he'd entered and made his way to the bunkhouse where Shorty Jepson was sure to be. The old man had performed chow duty on every drive he and Mick had led, but when Mick was preparing to leave, Shorty had asked to stay behind. The other ranch hands were happy about that. It meant they weren't on their own when it came to mealtime.

It was all part of Stafford's plan, too. The herd was large enough now that they needed year-round help, and having a cook for the cowboys was as necessary as the men themselves.

"So, that's Mick's bride?" Shorty asked from his seat on the porch of the bunkhouse.

"Yep," Stafford answered, stepping up beside the man whose name matched his height. Shorty was whiskered, too, and gruff and opinionated, and Stafford knew he had to cut the man off at the pass. He was in no mood to answer the dozen questions in the man's narrowed eyes.

"Go over there and see if Mick left any provisions," Stafford said.

"You know he didn't," Shorty replied. "Mick never stocks up on anything."

"Well, go see anyway," Stafford said. "Take whatever you think they'll need, and show her where the spring-house is."

Other than rubbing his mustache, Shorty showed no sign of moving. "Seems odd, don't you think? Mick ordering a bride."

The lump in Stafford's stomach grew hard and heavy. "He's been talking about it for years."

"That was just talk," Shorty said. "You know that. Mick likes riding shotgun in life. Wouldn't have a pot to pee in if he hadn't partnered up with you."

Stafford made no comment. Mick liked to let people believe he was just along for the ride, but in truth he was driven, ambitious, and the bottom line was Stafford wouldn't have a pot to pee in if he hadn't partnered up with Mick.

He'd left home after Sterling's wedding with nothing but a horse, a saddle and less than a hundred bucks to his name. It seemed like enough, but by the time he hit the Rocky Mountains, he was counting pennies. His plan had been to hit a creek filled with gold and pluck out enough nuggets to go farther north and start a ranch. That's how folks made it sound, that you just had to walk along and pick up gold. It wasn't true.

Mick, originally from Texas and making his way north, too, with a similar dream, was as broke as Stafford when they met up along the trail. Having already been in Colorado for a year, Mick knew there weren't any nuggets just lying around. He'd said one man couldn't do it by himself, but if they were to partner up, they might have a chance of finding enough flakes to make both their dreams come true. Over the next year, their dreams became one, and when they left the mountains, they both had money in their pockets.

Though they shared the same dream, Stafford was the one insisting they kept things separate. Back then, his desire to never share anything ever again had been even stronger than it was now. Therefore, their partnership was more of a trio. The Dakota Cattle Company had a third of their findings, he had a third, and Mick had a third. So far it had worked out well. Kept squabbles off the table and allowed them to remain friends as well as partners.

Stafford found his eyes were glued to Mick's property, the buildings there, anyway. Cattle company funds had built the barns used for different aspects of ranching on each side of the creek, but they'd both used personal finances to build their homes. Mick had thrown his cabin up the first year they'd been there, said he'd build a bigger one when the time came, whereas Stafford had lived out of the bunkhouse for years, building on his place every chance he had. He'd known the house he wanted right from the start, and wasn't going to live in anything less.

When the day came for his family, namely his brother and Francine, to see what he'd built, he wanted a showplace.

Mick had chastised him often enough. Had gone so far as to say he was building the house for a woman who'd never live in it and he needed to get over it—Mick did know all about Stafford's past, just as Stafford knew about Mick's—but Stafford had insisted his partner was wrong. He hadn't built the house for Francine, but to prove she was wrong. A man didn't have to inherit wealth in order to provide for a family.

He'd stayed home many times when Mick had asked him to put his hammer down and come to town, spend an evening at the card games and a night in bed with a willing woman. There had been a few times he'd gone along, enjoyed the games and the women, but most of the time he'd declined.

During the hours he'd spent building, he'd thought a lot about Francine and Sterling, and how they'd both insisted they hadn't meant to fall in love. How it had just happened. Things like that didn't "just happen."

Marie flashed into his mind then. Maybe because she and the children were carrying the table and chairs out of Mick's house, setting them up on the hard-packed dirt in front of the doorway. He had to wonder how she would react to Mick's penchant for gambling and visiting houses of ill repute. The thought didn't take hold. Though he enjoyed a game now and again, Mick wasn't a gambler, and he was an honest, dedicated man. When he married, he'd be faithful and a good provider.

"You ain't heard a word I've said, have you?"

Shorty's declaration was loud enough to clear Stafford's mind, and he turned to the man. "I guess I haven't. What did you say?"

"It don't matter none at all," the old man insisted as he hitched up his britches. "I'll go see what they need."

Surprisingly, Marie's optimism had grown. Jackson had bid farewell, but before he left, he announced she could keep most of the readymade food he'd brought along. He assured her he still had plenty for himself, and what he left was more than enough to tide her and the children over for a few days. Then a man named Shorty Jepson—who insisted she call him Shorty—came over with supplies, including milk for the children.

Shorty also gave her a tour of Mick's property that included a building he called the bunkhouse. He said the cowboys all stayed at the one similar to it over at Stafford's place. This one was only used when they had extra boys staying for a few days after cattle drives and such.

Without a stove for heat or cooking, or a lock on the door, she couldn't imagine living in the building, but she could see it as a playhouse of sorts. There was plenty of space that, once divided up, would offer each child their own private area to store their personal possessions, and the feather ticks could be carried to the cabin. With the table and chairs outside, a sleeping pallet could be created for everyone. It would take more rearranging, but she could picture it in her mind. Winter might prove challenging, being cooped up so, but she'd worry about that when the time came. The important thing was proving to Stafford that she could cope.

With newfound enthusiasm, she fed the children on the table in the yard, utilizing a few more chairs they'd found in the bunkhouse, and afterward she told them of the adventure they would have transforming the bunkhouse.

Caught up in her eagerness, they all pitched in, and by

nightfall, after another meal shared at the outdoor table, the children, as exhausted as she, climbed into their new beds. Charlotte and Beatrice, as well as the twins, slept in the cabin's original bed—two at each end—and Terrance and Samuel occupied the two narrow mattresses now laid out where the table had been. She'd hoped for room for at least one more, for the twins, which would have provided her space with the girls, but no matter how'd they moved things, it just wouldn't fit.

There was room, though, between the foot of the bed and the wall, and that's where she'd laid out a blanket and pillow. She'd had worse accommodations in her life. The children's comfort and safety came first. The bolt lock on the door was reassuring, as well, and though she tried not to include him in her thoughts, knowing Stafford was just across the creek helped, too. She had no doubt he'd come to their rescue if needed. Although he'd tried to stay hidden, she'd seen him watching them all day, and that increased her determination to make Mick's cabin livable.

In the days that followed, when not providing lessons, she scrubbed and cleaned the cabin and the bunkhouse. She and the children also created partition walls in the bunkhouse out of the canvas once used to cover the wagon, as well as other canvas pieces they found in one of the barns.

The children were adapting well to their new home, probably better than she was. However, the canvas walls did help her ignore how the bunkhouse reminded her of the orphanage. In their Chicago home, the six children had shared three rooms, so having a small space all their own was new to them, and that, too, made her look at things differently.

"Marie, can I go see if Stafford wants to come see our rooms?" Samuel asked. He'd arranged his entire set of toy soldiers upon the floor in his area and was admiring his handiwork with great pride.

"He's not home," Terrance replied from his space on the other side of the canvas.

"How do you know that?" Charlotte asked. Her area included two crates upon which several porcelain dolls sat.

"I saw him ride out a while ago," Terrance replied. "Most likely to check the herd. He does that daily, you know."

Marie was biting her tongue, as she had to do quite often. The children had made a habit of crossing the bridge several times a day to visit Stafford. She'd questioned the appropriateness of that, but, missing him herself, she'd allowed it to continue. Not that she truly missed him. He was just different from any other man she'd ever encountered, that's what she suspected, anyway. She saw him often, from afar. He still watched them closely, and somehow she knew he was the main reason she wasn't scared witless. In some ways she found the isolation of the ranch comforting. The chances of anyone finding them, attempting to take away the children, was very remote. Out here, she could almost believe she had the family she always wanted.

The children discussed things Stafford had told them over the past few days, about cattle and such, while she set a brace board in the trunk that held Charlie's toys so the lid wouldn't accidently fall on him, and she waited until there was a break in their conversation. "Perhaps after lunch he'll have time to come see your rooms," she

said brightly. "And speaking of lunch, it's time I go prepare something to eat."

Despite the nervousness fluttering in her stomach, she
walked out of the bunkhouse. The last of the food Jackson had left had been used for breakfast, but that wasn't
her real concern. Shorty had brought over a basket of
eggs, and he'd explained how she could scramble them
for the children. It sounded easy enough. However, this
would be her first attempt at using the stove. Something
she had to learn to use, not just for cooking. Tonight was
bath night. They would need hot water.

The thought hadn't frightened her until this morning,
when Shorty brought over the eggs. He'd warned her that
Mick's stove was finicky. In his gruff way, he'd said she'd
need to leave the door open or it wouldn't catch enough
air for the fire to take off. He'd said to be careful. One
spark could set the cabin aflame.

Never, not once, had she been in charge of starting
a fire, and she felt a little overwhelmed at the prospect.

To be on the safe side, she stacked the extra mattresses
on top of the bed, and considering Shorty had said the
fire needed air, she made sure both windows were open
as well as the door.

Marie started with a few small pieces of wood and a
handful of straw. It took several matches and a second
handful of straw before the flames caught. At that point
she added a larger piece of wood, and then, because she
had no idea how much wood she would need, she filled
the entire space with two more logs.

The only cupboards in the cabin were a set of shelves
nailed to the wall that held plates and such, so she carried a bowl and the basket of eggs to the table outside.

Milk. She'd forgotten that needed to be mixed with the

eggs, so she hurried toward the creek and the little structure Shorty had called the springhouse. He'd explained that the constant flow of water kept the milk and butter, as well as several other things, cold, and she was amazed at how well it worked.

Emerging from the dark little building, Marie's heart leaped into her throat at the smoke billowing out the cabin door. It was the Meeker's house in Chicago all over again. She dropped the milk can and ran.

The thundering of hooves sounded behind her, as well as a shout, but she ignored everything in her quest to get to the cabin. She was almost at the door when brute force shoved her aside.

"Get back!"

Marie stumbled, but recognizing both his voice and his bulk as he entered the cabin, she found her footing and moved forward again.

The room was clouded with smoke, but she saw Stafford kick the stove door closed with one foot while doing something with the handle on the pipe that stretched up to the roof at the same time.

"What were you trying to do?" he shouted. "Burn the place down?"

"Of course not," she yelled in return. The smoke filling her nose and mouth made her cough before she could finish. "I was cooking lunch for the children."

"You don't know how to cook," he yelled, grabbing her arm and pulling her toward the door.

"I'm learning," she shouted back.

"Well, learn how to build a fire first."

They were outside now, in fresh air, which got her lungs working again. "Shorty told me to leave the door open so the fire would take off."

Stafford had a hold of both her upper arms. "You also have to open the damper so the smoke goes up the chimney," he shouted inches from her face.

Over the noise of his voice she heard the trampling of footsteps on the wooden bridge and turned, a multitude of thoughts vying for space in her mind. Number one being that, even though he was shouting at her, she was rather delighted by the sight of him. It was like seeing the first robin in spring, when it made a person happy, even if there was still snow on the ground. Then again, maybe she was happy because she'd been right. He had come to the rescue.

"Everything all right, boss?"

It was one of the ranch hands asking the question. She hadn't been introduced to anyone besides Shorty, but the children had, and by the descriptions they'd provided, she assumed this man was the one named Red. The children had asked how that could be when *Red* had black hair and a rather comical-looking black mustache.

"Yes," Stafford said. "She just forgot to open the damper."

"All right, then." The other man tipped the brim of his hat and gave a little nod. "Ma'am."

She gave a slight nod in return. Her mind was still racing, and still in one direction. Stafford. It had only been a few days, but she'd forgotten how handsome he was, and how tall. Right now, if she stared straight ahead, her eyes landed on the buttons of his shirt. She had to tip her head to see his face, which she was afraid to do again. A moment ago, while gazing up at him, her heart had started beating so frantically it hurt to breathe.

The hold he had on her arms softened and his hands rubbed the area instead. The action caused a multitude of feelings inside her, and she could no longer keep from glancing up.

His expression was no longer hard and fierce, and she couldn't find a way to describe how he was looking at her. The tenderness in his gaze, though, made her gulp. It seemed as if time stopped, as they stood simply looking at each other.

He was still rubbing her upper arms and the commotion inside her was growing stronger. She had an undeniable urge to step closer and stretch her neck so—

The realization was startling, and Marie stepped back. Stafford moved at the same instant, separating them further. While she pressed a hand over her racing heart, he took off his hat and glanced around before replacing it.

She'd never, ever thought of kissing a man before.

"Make sure you open that damper," he said gruffly.

Her meek reply of, "I will," caused her cheeks to grow even hotter. What was it about him that left her completely out of sorts? She didn't have a lot of experience around men, but one hadn't intimidated her for a very long time. That thought triggered a response.

"I wasn't trying to burn the cabin down," she shouted at his back, needing to show him he hadn't frightened her and never would.

He spun around, frowning. A moment later, he nodded. "Good, see that you don't."

"I won't," she insisted, marching toward the table and the eggs that still needed to be cooked.

Marie did cook the eggs, and did so several more times, until a week later, when she burned down the cabin.

Chapter Six

After the last bucket of water was thrown and the smoke had cleared, there was nothing left of Mick Wagner's cabin but ashes and a still-smoking black stove missing one side. Standing beside the charred ruins, Marie wanted to run over and start pounding on that stove. It had become her worst enemy. The inanimate object had taken on an evil personality, fighting her every time she had to build a fire in its belly. If it wasn't filling the cabin with black smoke—open damper or not—it was smothering flames as fast as she could strike matches.

This morning, after fighting it for more than an hour, she'd filled it with straw, determined to win. There was no explanation for what happened. An explosion of sorts inside the stove had knocked the door wide open and spewed flaming bits of straw into the air.

She'd grabbed the water bucket and thrown it at the stove, and that's when one entire side of the stove had flown across the room. Screaming, she'd run for help, but it was too late. By the time the men rushed over the bridge, the entire cabin was in flames.

The desire to throttle the stove left her, or maybe she

was just completely depleted. When her knees wanted
to give out, she let them, sinking slowly to the ground.
She'd failed. Her dream of having a family, a home that
was hers, had gone up in smoke. She'd be sent back, just
as before, but this time was worse. The children would
be returned, too.

She heard Shorty shout for Stafford, and her stomach
filled with knots.

"The kids are just fine," Shorty said, patting her shoulder. "I took them to Stafford's house and told them to stay
there."

"I know." She'd watched as the old man ushered them
all over the bridge to the big white house while the other
men fetched buckets of water. "Thank you."

"It was bound to happen," Shorty continued. "That
stove's been a pain ever since Mick hauled it home."

In his own gruff way, he was attempting to make her
feel better, but instead, tears started to drip from her eyes.
A rarity. It had been so long since she'd cried, Marie had
forgotten what it felt like. Her throat started to burn and
her temples pounded. She'd sworn this would never happen again. The pain of being rejected, of being returned
to the orphanage, not once but twice, rushed forward.
She closed her eyes, swallowed a sob and tried to fight
the memories.

Quietly, Stafford arrived at her side, and Shorty wan-
dered back toward the smoldering ruins.

"Come on," Stafford said softly.

Shaking her head, she refused to budge. "You can't
send them back."

"Send who back?" he asked.

"The children. You can't—"

"The children," he said, taking her arms gently but firmly, "will want to know you're all right."

With his strength pulling her up, Marie had no choice but to stand, but her feet didn't want to move and she stumbled.

Stafford grasped both of her hands, examining them thoroughly. "Did you get burned?"

"No." More tears were threatening to start falling. He'd come to her rescue again, been the first to arrive, and that filled her with raw frustration. She'd tried so hard. Wanted him to see how capable she was, how needed— more so than ever before—and now... Oh, that stupid, stupid stove. Everything else she'd managed to make work, but he wasn't going to see that. No one would. Not with Mick Wagner's cabin in cinders.

Stafford's hands gently cupped her cheeks. She tried not to look up, but when his thumbs wiped away her tears, she had to, and had to blink at what she saw. He should be furious with her, shouting and saying *I told you so,* but he wasn't. Instead, he was looking at her as if she was fragile and might break at any moment. He had no idea how close she was to that. Breaking.

"Please don't send us back to Chicago," she whispered.

He frowned slightly, and then wrapped an arm around her shoulders and held her against his side as he started walking. "No one's going anywhere," he said, "other than you going to my house to check on the children."

The sensation that washed over her was new, one she couldn't explain, yet inside she believed him. That he wouldn't send her back. "I don't know what happened," she said.

"The stove got too hot," he said. "When cold water hits

hot cast it can make it crack, and it's not unusual for a seam to give way."

She'd seen men be kind before. John Meeker had always been cordial, and some along the trip had been helpful, but no man had ever been this understanding, not to her, and that had odd things happening inside her. Just as when he'd saved her from the snake. Though she'd been mortified, she'd also been in awe. He was so strong, so masculine, and deep down, she really wanted him to like her. She'd never, ever, wanted that before. A man to like her.

She sniffled and he squeezed her shoulder.

"Doing better?" he asked.

"You're being awfully nice about this." She hadn't meant to say that aloud.

Stafford knew his behavior was surprising her. It was a bit astonishing to him, too. Mick's cabin being burned to the ground didn't bother him as much as it should, and knowing she and the children now had to live with him wasn't a worry, either. All of them living in that cabin, with only one bed had been.

For the past several days he'd tried to come up with a reason to make them move into his house, but Marie, in her own stubborn way, had made the best of the situation and there wasn't anything he could use as an excuse. Not one she'd have accepted.

Watching from the other side of the river had been worse than sitting next to her on the wagon seat, but moments ago, when she asked him not to send her back to Chicago, his heart had flipped in a way it never had.

They crossed the bridge, and while walking up the steeper slope that led to his house and barns she said, "I think it would be better if you yelled at me."

The urge to kiss her had hit new heights a short time ago and the way those big, luminous brown eyes were looking at him right now was making it all but impossible. "Why?"

She shrugged. "Then I'd know how you feel."

He felt, all right. Things he shouldn't be feeling for her. As though if he didn't kiss her soon, he might explode, about like that stove had.

Maybe that was exactly what he needed to do. Just get it over with. Release all this pent-up tension inside him.

He led her up the hill and around to the back side of his house. There he stopped, twisted her so she faced him, and cupped both of her cheeks. One kiss was all it would take. That would get her out of his system, let him think about other things and prove he truly had no feelings for her.

"Are you going to yell at me now?" she asked.

"No."

"Why not? You told me not to burn down the cabin."

"It was an accident," he said. "Accidents happen." He tilted her head back slightly. "As long as everyone's all right, nothing else really matters."

"You aren't going to send us away?"

"No."

She was watching him closely, and he waited, biding his time until she sensed what was about to happen. Her eyes widened, and she swallowed, but she didn't try to pull away as he half expected. He'd kissed one woman before who hadn't wanted him to—Francine, after she'd told him about Sterling—and he'd sworn he'd never do that again.

"I'm going to kiss you, instead," he declared quietly.

Eyes wider, she asked, "You are?"

He nodded, grinned.

"Why?" she asked, biting her lips.

"Because I want to."

"You do?"

This type of buildup wasn't something he'd done before, but he found the excitement growing inside him refreshing. He answered her with a slow nod.

"When?" Her whisper was almost breathless and quite intoxicating.

"As soon as you stop talking."

"Oh."

The sparkle in her eyes was so amazing he had a hard time blinking. He dipped his head, watching her slightest movement, which was little more than her lashes lowering. When his lips brushed hers, she let out a little gasp. He held her face and pressed his mouth completely against hers, absorbing the warm moisture of her lips for a moment before pulling back and then kissing her again, longer and with more intent.

That kiss led to another and another.

Stafford attempted to pause, just let their lips rest upon each other. It usually didn't take long for his desire to evaporate, but that wasn't happening this time. If anything, new cravings were coming to life and kept his lips moving over hers. Hard and fast, and soft and slow.

The kissing continued, winding him tighter than a spring. Stafford knew he had to stop, but doing so was another story.

For the life of her, Marie couldn't make her lips stop. They just kept following Stafford's. Kissing him. Her heart was racing, too, and her hands were pressed against his hard chest. It was all more wonderful than she ever could have imagined.

She'd never kissed a man before, but recently she'd thought about it. A lot. Even dreamed about it, and would wake up sweating and gasping for air. It had been Stafford she'd been kissing in her dream, just like now.

Lately, she'd found herself thinking more and more about Emma Lou and John Meeker, too. How they'd smiled at each other, as if talking to each other secretly, and how they'd kissed before he left each morning. John had usually kissed Emma Lou's cheek, but one day Marie had seen them kissing on the lips. The way she and Stafford were doing. She'd been embarrassed that morning and had rushed the children back into the dining room, but she wasn't embarrassed right now. Not at all. She wanted to go on kissing Stafford for hours on end.

At first, when his mouth had touched hers, she'd been startled, had no idea what to do, but her lips had. Still did. They kept moving beneath his in ways that had her insides dancing with ecstasy.

No wonder Miss Wentworth had been so strict in her instructions about staying away from men. Kissing Stafford was amazing. Wonderful. Spectacular.

Her stomach, full of enchanting flutters, dropped. What was she doing? Kissing a man was the fastest way to get fired. No, she didn't work for him, but she did depend on him for everything, at least until Mick Wagner returned.

Marie pushed against Stafford's chest, stumbling backward, and before he could speak, she spun around and raced up the back porch steps. Gasping for air, she wrenched open the door and slammed it shut behind her.

Stafford cursed. One kiss was all it had taken in the past to remind him he didn't want a woman, didn't want to care about anyone the way he had about Francine, and he wasn't happy that he didn't feel that way this time.

He should send Marie back to Chicago, but unfortunately, that wasn't an option. However, the way he'd just attacked her, she might leave all on her own. Spinning around, he made his way back toward the destroyed cabin. There, along with Red Scott and Mike Jones, two ranch hands, he used a shovel to make sure no embers lay hidden, waiting to burst into flames. He also tried not to think of kissing Marie. Actually, he was trying to justify kissing her. Which wasn't happening. He was no better than Sterling.

"Looks like Mick's bride is gonna have to live in your house," Red said. "Then again, she ain't Mick's bride, yet, is she?" the man added with a laugh.

Stafford let his glare speak for itself. Red caught it fast enough and shoveled his way to the far end of the charred ground without another word.

No one had to tell him Marie wasn't Mick's bride yet. That fact was circling his head like a flock of buzzards over a dead cow. Mick was his best friend, had been for years, and coveting his bride was more than wrong. It was disloyal and disgusting, and something Stafford never imagined doing. It also was something he would not do.

Anger flared inside him and Stafford kicked a beam, made it fall among the ashes. Mick should be here, or at least have sent word he was on his way. Stafford had wired him almost two weeks ago.

"Looks pretty good to me, boss," Shorty said, kicking his way along the edge of the burned area. "I'd say it's all out." The old man pulled a hanky from his pocket and blew his nose loudly. "Darn stove. I told you Marie and those kids shouldn't be living here. She and those babies didn't have enough room to turn around in that cabin."

"Good thing all their stuff was in the bunkhouse." Mike, a young cowboy Stafford had hired in Texas last spring stopped next to Shorty. "They've only been sleeping in the cabin."

Stafford wasn't surprised everyone knew Marie and the children's comings and goings, the ranch wasn't that large, but it irritated him to know others had kept such a close eye on them. It shouldn't. Mick would expect everyone to keep an eye on his bride. Maybe that was more where his irritation festered.

"Haul their belongings up to my place," he told Mike while walking over to hand his shovel to Shorty.

"Where you going?" Shorty asked.

"Same place I was going before the fire happened," he said. "To Merryville." There was a woman he'd visited at a saloon a time or two. Maybe that's what he needed. It sure couldn't hurt.

Marie had no idea how long she'd been standing just inside the door, trying to gather her wits. Stafford was sure to send her away now. If by some odd chance he didn't, Mick Wagner would. She'd have to beg Miss Wentworth for another position, which would cost her another seven years of servitude. Her small savings wouldn't give her any other choice. She'd just put herself back in the place she'd worked so hard to get out of.

She pressed a hand to her lips. How could something so wonderful be so terrible at the same time?

Voices, those of the children, had her pushing off the door. Here she was, thinking about herself again instead of her charges. Kissing men. Burning down cabins. She deserved to be sent back to Chicago.

The long hallway boasting rooms off both sides ended

in an open area where the front doors, two of them, side by side with beveled glass and flanked by windows, took up a large portion of the wall.

"Marie, there's a piano here," Charlotte exclaimed through an arched doorway on the right. "I've missed the one we had so much."

The piano was in the far corner of the room. Potted plants sat on pretty stands near the curtain-covered windows and a fireplace made of stone took up one entire wall—the back one where a staircase in the corner led upward. While filling in for other nursemaids, she'd been in some large and lavish homes, but this one was different. It was big and fully furnished, yet the knotty pine walls, or maybe the way it was built, with archways instead of doors, made it feel open, friendly and, well, comfortable. Or maybe she was just noting everything because she didn't want to leave.

"Shorty told us to stay right here," Samuel said.

"We didn't touch anything," Beatrice added.

"Did they get the fire out?" Terrance asked.

Marie swallowed her worries and moved farther into the room. "Yes, the fire is out." Nodding toward Charlotte, she answered, "I see the piano." Turning to Samuel and Beatrice she added, "Thank you for minding so well."

"How bad was the fire? Did it hurt the cabin?" Terrance asked, climbing off the long sofa he sat upon with the twins and Samuel.

She couldn't make light of it, they'd soon see the entire cabin was gone. "Yes, it hurt the cabin," she said, stopping to lay a hand on his shoulder. "It's gone."

"Gone?"

Nodding, she repeated what Stafford had said, "But no one was hurt. That's the important thing."

"Where are we going to live now?" Charlotte asked.

Marie held her breath, hoping an answer would form. It didn't. Not a definitive one. "Well, all of our belongings are in the bunkhouse." She tried to sound excited. "We could make that our home."

"But there aren't any beds or a stove," Samuel said.

"I know, but—"

"Stafford will let us live here," Terrance interrupted. "I know he will."

The children all jumped to their feet, talking at once, asking if they could live here, with Stafford.

"I can give you a tour," Terrance said. "Samuel, too. Stafford showed us everything in the house."

"Uh-huh," Samuel agreed. "There's even a water closet."

"There is," Terrance assured. "Just like what Mama wanted Papa to build in our house in Chicago."

The room grew quiet then, and Marie's insides jolted. The fire had to have the children thinking of their parents. Their sadness was not something she could stand, so she forced excitement to ripple her voice. "A water closet? Oh, yes, you must show us that."

It worked, grins replaced frowns.

"This way." Terrance waved an arm. "It's down the hall, next to the vestibule. That's a room that leads to another room. Stafford says when he's full of mud from working cows, he comes in the vestibule first and takes off all his muddy clothes so the rest of the house doesn't get dirty."

Marie's mind flashed to the cabin and the muddy footprints it had taken her two days and five buckets of water to get rid of, but her eyes stayed focused on the hopeful faces gazing up at her. "That's what a vestibule is, and it's a very good idea," she told Terrance, encouraging the others to follow him out of the room.

After the water closet, which was even finer than the one she'd seen in a home where she'd worked for two days, Terrance and Samuel led the way as they roamed from room to room. All the way to the top floor, which consisted of one large room with windows that looked out in all directions.

From there she saw Stafford walking across the bridge with Shorty. Her insides skipped and she turned away, telling herself she didn't want the children to notice the patch of black ground where the cabin had been.

"There's no furniture up here yet because Stafford doesn't know what kind to put in this room," Terrance explained.

The twins were running from one end to the other, and as Marie rounded them up, heading them toward the doorway, she could imagine the children playing up here on long winter days. Though there was only one staircase leading to this floor, there were two leading to the ground floor from the second floor. The one that ended in the front parlor and a second one that ended in the kitchen, which was the set they used.

Her eyes went to the stove. It was four times the size of the one in the cabin, and she could only imagine how difficult building a fire in one that big would be. She would never find out. Using it would never happen.

The sound of voices and a door opening had her and the children entering the hall and hurrying toward the front door. Two ranch hands, the ones that had helped put out the fire, were carrying things through the open doorway.

"Hey, that's our stuff," Samuel said.

"It sure enough is," the younger of the two men said.

Marie believed his name was Mike, from what the children had told her.

Shorty entered the house next, and he must have noticed the confusion on her face because he said, "Stafford said you and the kids will have to live in his house now." He waved a hand toward the children shouting with joy. "He says there's a bedroom up there that has two beds and suggested the twins take that one."

"No," Weston said. "We want the one with all the windows."

"That's not a bedroom," Marie said. Although she was more than a little apprehensive, she followed the children up the stairs off the parlor, and ultimately agreed on each of the rooms they picked out.

"I believe this is yours, ma'am," the cowhand named Red said as he held up her carpetbag. "Which room do you want it in?"

She looked at her belongings in one of his hands, and reality shook her. If the cabin, the one she'd just burnt to the ground, had been bigger all of their possessions would have been lost. She should be grateful, instead she grew sick. Everything that had been destroyed had belonged to Mick Wagner.

"Take this room, Marie," Charlotte said. "It's right next to mine."

Marie removed the hand covering her mouth to offer the girl a false smile and then nodded at the ranch hand. It truly didn't matter what room he put her things in, she'd just destroyed someone's home. A man she'd never met. One she'd hauled six kids across the country toward, expecting him to raise them. If it'd been possible, she'd have stayed in Chicago, raised the children as her own.

She'd thought about getting a job to raise enough money, but there would have been no one to watch the children while she worked.

The squeals coming from across the hall forced her into action. Weston and Charlie were jumping on two beds separated by a table holding a lamp that she caught moments before it tumbled to the floor. "Stop," she said loudly and sternly enough that it captured both boys' attention. "There will be no jumping on the beds."

Once they were both standing on the floor, with their bottom lips quivering, Marie went into the hall and requested that the rest of the children join her. In the twins' room, she sat them all down on the beds.

Taking a deep breath, she forced her mind to recall her training.

Ground rules—all nursemaids knew they were a must, yet she wasn't sure where to start. She'd just broken the most important rule by kissing Stafford.

All six children were waiting expectantly, and for the first time since leaving Miss Wentworth's, Marie was scared. They were her responsibility—every freckled face and each set of the blue eyes gazing up at her. She couldn't let them be placed in an orphanage or separated from one another, yet she had to wonder if she'd done the right thing. Not just because she burned down Mick Wagner's cabin—and kissed Stafford—but because the children needed more than she could give them.

Not just rules. Not just guidance. They needed a family. All children did.

Marie closed her eyes for a moment, trying to shake the fear building inside her. What entered her mind surprised her. It was a statement Stafford had made.

A person who graduated at the top of her class must be smart, Miss Hall. I'm sure you'll figure it out.

Though he'd said it mockingly at the time, it had resonated with her, and did so again now.

She had graduated at the top of her class, and that meant she wasn't a quitter.

Lifting her chin, she drew in air until her lungs couldn't hold any more. "It's very kind of Sta—Mr. Burleson to allow us to stay here," she started.

"You mean Stafford. He likes being called that better than Mr. Burleson," Samuel said. "He says Mr. Burleson was his father and he's not that old yet."

Marie bit her bottom lip as the child made his explanation. Other things about Stafford were flashing in her mind. Not just his kiss. Without his kindness, she and the children wouldn't have a single bed to share between them. They wouldn't have food, either, or the other necessities they were going to need while she figured this all out. Everyone was allowed one broken rule, as long as they learned from it. Didn't let it happen again.

"It's very kind of Stafford," she said, eyeing each child individually, "to allow us to stay here."

Once they'd all nodded, she continued, "And you each must remember that. We are his guests, and you know what it means to be a guest, don't you?"

They nodded, but she felt a refresher course was in order.

"It means," she said slowly, "that we must be on our best behavior. No running in the house. No shouting in the house. No touching things that don't belong to us. Everyone must pick up after themselves, including making their beds each morning, and there will be no arguing." She took note of that last comment for herself—to not irritate Stafford, even when he angered her. It might be difficult, but it was necessary.

"What happens if we do?" Samuel wanted to know. "Argue?"

"You'll be sleeping in the bunkhouse back over at Mick's place," Terrance said.

Marie pressed a hand to her churning stomach. That was something else she had to figure out. How to replace Mick Wagner's home. The sinking feeling overcoming her said she didn't need to think harder. She needed a miracle.

"What if we don't know how to make our bed?" Charlie asked with worry.

"I'll teach you," Marie assured him.

The child smiled, and though Marie smiled back, her lips wobbled. Who was going to teach her all the things she needed to know?

Chapter Seven

It didn't help. Visiting the girl at the saloon. Stafford couldn't even muster up a smile for her, let alone anything else. Not with the taste of Marie's lips still lingering on his and her image floating before his eyes. Therefore, he spent his time in town seeing to a variety of errands, including a stop at the telegraph office.

Rex McPherson had seen him ride into town and waved him over. A telegram from Mick had arrived just that morning. It didn't say much, other than that he couldn't come home right away. He'd just arrived in Austin and was going to Mexico before coming home.

Stafford wrote out a reply, with the hope Mick hadn't left yet. A simple one.

Your bride is here STOP

He had it sent right away, and told Rex he'd be in town for the next few hours in case Mick sent one in return.

That had been before the saloon. He'd planned on killing a few hours there. When that didn't work out, Stafford went to the feed store and placed an order. Then he went to the general store, where he placed an even larger order. It hadn't started out that way, but after listening to two women discussing the dresses they planned on sewing, he tried to remember if he'd seen Marie wear anything other than her light blue dress. He hadn't; therefore, recalling many shopping trips with his sisters, he added several lengths of material, thread and buttons to his order.

There was a hat that caught his eye, too. It would provide her head much more protection than her thin bonnet, and as long as he was buying one for her, he picked out six small ones, too. Straw hats, like the one he'd picked out for Marie, for the girls, and ones that looked a lot like his for the boys. Terrance was going to like that, so would Samuel. The twins might not get much use out of theirs. They were always running so fast, hats might not stay on.

"Anything else, Stafford?" Henry Smith asked, piling the hats on the counter.

"A dozen of those peppermint sticks." Stafford pointed to the candy jars lining a shelf on the back wall. "Those I'll take with me."

Henry's green eyes had been full of curiosity since Stafford had walked into the store, and it appeared the man couldn't contain it any longer. "You got newcomers out at your place?" he asked, handing over the candy sticks he'd wrapped in paper.

Word traveled fast, and there was no doubt the merchant already knew. "Yeah," Stafford answered, pocketing the candy.

Henry counted the hats again. "So, she really has six kids?"

"They aren't hers." For the life of him, Stafford couldn't guess why he chose to explain that.

Bald, with two chins and no neck, Henry leaned over the counter as if to say something he didn't want anyone to hear. Stafford wasn't too sure he wanted to hear what that might be. It was hard to know what kind of rumors were already floating about. Nonetheless, disappointment hit his stomach hard when Verna, Henry's wife, chose that moment to walk through the curtained doorway behind the counter.

"So, who do I charge this to?" Henry asked, standing straight again. "You, the ranch, or Mick?"

Verna Smith was a good foot taller than her husband, and her eyes, two narrow beads deeply set above a nose that was as pointed as her chin, leveled on Stafford. He'd been about to tell Henry to charge him, but Verna might use that bit of information, just as she would if he said to bill Mick.

He'd never been the subject of her gossip, at least not that he knew of, and didn't want to start now, so Stafford said, "The ranch." Transferring funds was easy enough, and even if it wasn't, it would be well worth not having Verna know his business. "Shorty needs his regular order, too," he added, just to distract her attention. "He's wondering if that new coffee grinder he ordered has arrived yet."

"Yes," she answered, eyeing him up and down. "Just this week."

"Good," Stafford said, and then repeated what Shorty had told him this morning when he'd mentioned riding into town. "The handle broke on the old one, and this time he can't repair it."

"Do you want to take it with you now, or…" She paused, eyeing the pile of merchandise on the counter. "Have it delivered?"

Henry already knew, but Stafford repeated it anyway.

"Alfred's bringing a load of seed out later this week. He can bring it out then."

Verna elbowed Henry aside to stand directly across the counter. "I suppose you want your mail? Most of it is Mr. Wagner's so I've held it here, knowing he went to Texas."

More than one person claimed Verna Smith opened and read letters before delivering them, and since neither he nor Mick ever received anything too important, it had never bothered him before. Today, however, the idea had the muscles in his neck tightening.

"I'll take it now."

She pushed her husband aside as she made her way to a desk surrounded by shelves in the corner at the end of the counter. The apologetic gaze in Henry's eyes wasn't lost on Stafford, and he found himself wondering if the merchant regretted marrying the woman. Most men, at one time or another, probably questioned their choice, but Henry had it worse. Verna had been married twice before, and more than one whisper referred to her as a black widow. Her first husband had died from some kind of infection, her second, from a form of poison. If he were Henry, Stafford would be sleeping with one eye open.

"Here you are." She returned with several envelopes.

Stafford took them and flipped each one over. He normally didn't do such things, but today, he made a point of examining the wax seals. None appeared to be broken, but the bitter scowl on Verna's face had him wondering if she'd discovered a way to reseal them.

He tapped the edges of the letters on the counter. "Thanks, Henry." Then with a nod, he said, "Mrs. Smith." Turning, he left the store, and it wasn't until he was outside that he discovered why his hand felt as if it was on fire.

One letter, addressed to Mr. Mick Wagner, Dakota Territory, had a Chicago return address and the name above that was none other than Miss Marie Hall.

An eerie sensation had Stafford twisting his neck, looking back over one shoulder.

Verna Smith stood on the other side of the window, peering out at him with her lips pulled into an almost wicked smile. He considered staring her down, but in the end he turned away.

After stopping at the telegraph office, where there was no message from Mick, Stafford made his way down to the bank and found Ralph Peterson pulling the key out of the door lock.

"Stafford," the man greeted him. "Good to see you. I was just locking up for the day, but can reopen if there's something you need."

Glancing toward the setting sun, Stafford shook his head. "No, I was just making a social call as long as I was in town."

Ralph, a tall, gangly man originally from Boston, had arrived shortly after Merryville was established in order to create The Bank of the West, which was proving profitable. His enthusiasm alone had been enough for Stafford to buy in.

"Well, in that case," the man said, "come to the house with me. Becca will be happy to see you. You can join us for supper."

The banker's wife was the complete opposite of Verna Smith. Plump, without a single gray strand in her coal-black hair, there wasn't a woman more personable than Becca Peterson in all of Merryville. "I wouldn't want to intrude," Stafford said, even while recalling the apple pie she sent to the ranch every time Ralph rode out to visit.

"Nonsense. Becca always makes more than enough, and she'll scold me blue if she hears I didn't make you join us." Hooking the back of his arm, Ralph started walking. "You can count on there being pie, though it might not be apple." After a low chuckle, he said, "We can talk business as we walk."

As a major investor in the bank, Stafford latched on to that comment. "Is something wrong?" Mind made up, he untied his horse from the rail.

"No, oh, heavens no," the banker assured him as they started down the dirt road. "We've just had the best quarter ever. I actually want to ask your opinion on hiring an assistant. I'm hardly able to keep up."

"I'd say if you need an assistant, hire one."

"It would be more of a teller position. Someone to assist the daily customers," Ralph said. "I've run the numbers and our operating budget can afford it."

As shareholders, he and Mick, as well as a few other community members, had voting rights on all operational changes. "Anyone opposing it?"

"No. Joe Jepson and Nick Harmon already cast yes votes. Your vote and Mick's would make it a majority."

Stafford had authority to vote for Mick, as Mick had in his absence, so he asked, "Reed Simons still in Kansas?"

"Yes, and Axel Turner is up at the railhead."

"I can't believe either of them would oppose," Stafford said.

"I can't, either." Ralph paused, shook his head. "With the mail clerk we have in town, I try to minimize the information I send through the postal service, so I haven't tried to contact them about it yet."

"I wouldn't, either," Stafford agreed. Verna Smith would find a way to get the entire town riled up over the simple hire. "You've got my vote and Mick's, so go ahead. I'll sign a ballot if need be."

Ralph lifted the leather bag he carried in one hand. "Have one right here. We'll dig it out after supper."

Business done, and since they'd stopped at the edge of the yard of the banker's house so he could tie up his horse, Stafford asked, "Pie, huh?"

Laughing, Ralph slapped him on the back. "If there isn't any when you arrive, there will be before you leave. I guarantee it."

There was indeed pie, peach not apple. But the entire time Stafford was at the Petersons' he wondered about things. Lots of things. Ralph and Becca had two children. A boy and a girl, probably close to Terrance and Charlotte's ages. It would be good, he thought, for the kids to meet. Marie meeting Becca would be a good thing, too, especially considering how hard she was trying to learn how to cook. The pie had literally melted in his mouth, and he declined the second piece Becca offered only because he didn't want to seem greedy. The ham had been tasty, too, as well as the sweet potatoes and cabbage.

He almost made a suggestion, that the banker and his family should visit the ranch soon, but didn't. Neither he nor Shorty—though the cowboys never complained— could put on a meal fit for company.

After bidding farewell to the man's family, Stafford walked out the front door with Ralph, and remembered one other thing he'd wanted to ask. "How's that new lumber mill coming along?" He'd planned on riding the three miles north of town to where the mill was being built, but it was too late now.

"I haven't been out there this week," Ralph answered. "But it was close to completion last weekend. There was a community picnic out there after church. Everyone's excited we won't have to have lumber hauled in—except Verna Smith. Lumber orders all went through her before. Why do you ask? Wondering about the loan we made Otis, or planning to build something?"

"We had a little fire," he said, tightening the saddle he'd loosened before entering the home earlier.

"Anyone hurt?"

"No." He let out a sigh. "Thankfully." Flipping the stirrup down, he said, "But I'll need lumber as soon as I can get it."

"I'll check for you."

"Thanks, I appreciate it." Stafford swung into the saddle and steered his horse around. "Thank Becca again for supper." Bringing up a question asked of him earlier, he said, "And tell her I don't know if apple's still my favorite or if it's peach now."

Ralph laughed. "I will. Take care."

"You, too," Stafford said, pushing Stamper into a trot.

The buildings were soon all behind him, and dusk had given way to night. The quiet darkness gave him little to think about, so his mind found other things. Plenty of them. As a rancher, a well-to-do one, he should consider hosting visitors. Not just the Petersons, but other folks. Merchants from town, other ranchers, even the railroad men and business owners that traveled through. His father used to do that. Host parties and gatherings for people from as far away as New Orleans. As a kid, he'd looked forward to them, knowing there would be others to play with besides his sisters.

The idea grew on him. Mick would like it, too.

Shifting then, he wondered about what kind of house to build for Mick. A cabin would no longer do, yet his partner swore he'd never want anything as large as Stafford's. It wouldn't have to be that big, but it would have to have several bedrooms.

That thought churned his stomach, and since he didn't want to ruin the meal he'd enjoyed so much, he quit thinking about Mick and his house. Marie, however, was still on his mind. Kissing her was, anyway. Had been all day.

He was in the midst of reliving those moments when Stamper nickered. The answering whinny told Stafford what he already knew; he was home, and that left him with mixed emotions.

A light flickered, over on Mick's property. It looked as though someone carrying a lantern had just entered the bunkhouse. Stamper wasn't impressed when Stafford forced the horse to walk past the barn and over the little bridge. If Marie had refused to move into his house, he'd set her straight. There was no way she and those kids could live in the bunkhouse. Well, they could. Practically had the past week, but not anymore.

Stafford swung out of the saddle and slapped the horse on the rump, letting it make its way back to the barn. The clip of hooves trotting over the bridge echoed in the air as Stafford strode toward the bunkhouse.

Marie set the lantern on the table, noting how naked the bunkhouse looked without the canvas dividers and no mattresses on some of the wooden bunks. She was wiping the tears off her face when the sounds of a horse crossing the bridge echoed for a second time.

Good. She didn't want anyone to know what else she'd done.

"What are you doing?"

The question sounded at the same time as footfalls and she squeezed her eyes shut, trying to hold back a fresh bout of tears. She'd known Stafford would be home, sometime, but she certainly hadn't wanted him to find her.

Not like this.

"Marie?"

She swallowed the burning in her throat and wiped her nose on the back of her hand, still fighting the tears pressing hard at her lids.

"Marie?" he repeated.

His hands settled on her upper arms, from behind, and she couldn't quell the gasp that ripped out of her mouth. He was so strong and powerful, and she wished she could share all her burdens with him.

"What's happened?" he asked, forcing her to turn around.

Biting her lips together, she shook her head, but as he forced her chin up, the tears escaped.

"What's happened? Is it one of the kids?"

The concern in his voice left her no choice but to answer. "It's Polly." She swiped the tears off both cheeks at the same time. "She's missing."

"Polly?"

"I've l-looked everywhere," Marie stuttered. "But I can't find her. She must have b-been—" she had to swallow a sob "—been in the cabin."

She wanted to lay her head on his solid chest and cry her eyes out, and when he let out a little shushing sound and wrapped his arms around her shoulders, she slumped against him.

"Hush, now," he whispered. "Polly wasn't in the cabin."

Her fingers curled into the material of his shirt as she pressed her forehead harder against his chest. "She must have been. I've looked everywhere."

His hands slid down her back to her waist, and then he pulled her entire body against his. He started swaying then, just slightly back and forth. It was uniquely comforting, and the pressure in her lungs released as the air slowly escaped.

"Where did you look?" he asked softly.

She twisted her neck so her cheek rested on his chest. "Everywhere."

"In the daylight?"

"No, but the children looked, and they didn't find her, either."

"Are they out looking for her now?"

"No, they're sleeping. I waited until they were before I started to look for her." The tears had completely stopped and she lifted her head enough to wipe her cheeks again. "I told them she probably figured she couldn't sleep in your house and was off pouting somewhere."

"Pouting?"

"I didn't know what else to tell them." The large clump of self-pity in her stomach rolled over. "I not only burned down their home, I killed their dog."

He let out a chuckle and she lifted her head to look at him. The twinkle in his gray-blue eyes made her frown. His behavior, up until now, certainly hadn't been insensitive.

"It's not funny." She pushed at his chest, trying to break the hold he still had around her waist.

"Polly's not dead," he said.

Hope flared. "She's not? Did you see her when you rode in? Where?" Craning to see the doorway around his broad shoulders, she asked, "Where is she?"

"I don't know where she is—"

Her optimism plummeted. "Then how do you know—"

"Because," he interrupted. "The door to the cabin was wide open. She wouldn't have stayed in a burning building."

"What if—"

This time it was his hold that interrupted her words. His arms had tightened, forcing her hips firmly against his thighs. "My guess is she's hiding somewhere because she's having her pups."

"Why would she do that?" Marie had to shake her head to clear her thoughts—they were shooting off in another direction. One that hadn't been far away all day. Kissing him. "Hide?"

"Animals do that," he said. "She wouldn't have come when the kids called for her."

Hope was rising again. "Really?"

"Yes, really."

Marie tried to read his face, make sure he wasn't trying to fool her, but all she could think about was his mouth touching hers again. Pretending that was the furthest thing from her mind, she said, "I hope you're right."

His eyes were on her lips, making them quiver. "I know I'm right."

There wasn't a single part of her that wasn't aware of what was happening. Every breath she took was filled with the spicy scent she'd become so accustomed to on the wagon ride here. Her body, even where it wasn't touching his, had grown overly warm and tingling. She was trying to tell her hands to push against him and her feet to take a step back, but her fingers wouldn't let loose of his shirt and her toes had curled inside her shoes at the heat racing down her legs.

She could feel his breath on her lips and that made things worse. The warmth pooling in her stomach floated throughout her system, making her eyes want to roll back in her head at the delicious sensations. It was crazy. Ridiculous. Wonderful.

And then, his lips touched hers. Softly, barely connected, it was both heavenly and torturous. Torturous because she suddenly knew she'd want his kisses for the rest of her life. Anything this sweet, this delirious, would be too hard to forget.

"I've never tasted anything as sweet as you, Marie," he whispered, kissing the corners of her mouth one at a time.

Unable to respond with all that was going on, she closed her eyes and wasn't sure if that made Stafford's kisses more intense, or if the pressure really had increased. Either way, she tightened her hold on his shirt to keep from toppling as he kissed her square on the mouth again.

The throbbing inside her grew harder, more forceful and concentrated, and she wasn't sure what that meant, but certainly didn't want him to stop.

Eventually, he did. His lips left hers to kiss her cheek, then her forehead, before he rested his chin on top of her head and started to rock her back and forth again as he had before.

Marie kept her eyes closed and his hold encouraged her to relax, just rest upon him. Slowly her entire system grew calm and tranquil, and a long slow sigh emptied her lungs.

He leaned back then and she lifted her head, felt a flash

of heat in her cheeks at the smile on his lips. "Come on," he said, releasing his hold. One arm stayed around her, though, while the other reached over to pick the lantern up off the table by its handle. "You've had a long day. It's time for bed."

A little amazed she was able to walk after all that, she waited, unable to speak until they were outside, heading toward the bridge. "Do you think Polly will let us find her tomorrow?"

The arm around her shoulder tightened slightly as his hand rubbed her upper arm. "I promise we'll find her tomorrow."

No one had ever promised her anything, not ever, and she couldn't help but glance up. There was nothing but sincerity looking down at her. He was so unique. Right from the start there had been something about him that had eased her usual nervousness around men. She'd thought it was because he irritated her, but that didn't make sense.

He walked her to the front double doors, and then handed her the lantern so he could turn the knob. "Go to bed now, it's late."

She entered the house, but when he didn't attempt to follow her, she turned around. "Aren't you coming in?"

"I have to go unsaddle my horse."

"Oh." Not wanting him to leave, she held out the lantern. "Do you want the light?"

"No. You go to bed. I'll see you tomorrow."

He reached for the door, and unable to come up with anything else to say, she whispered, "Good night."

"Good night, Marie."

He pulled the door closed and she stood there until long after his footsteps no longer sounded on the porch or the steps. It was a shiver that raced over her body that finally had her trudging toward the staircase. She'd kissed him again! Something a good nursemaid would never do.

Perhaps that was the problem. Maybe she wasn't a good nursemaid. She had taken the children away from all they'd ever known, hauled them to a stranger's home, burned that one down, lost their dog and kissed a man. Twice. On the same day, no less.

She might as well rip up that recommendation from Miss Wentworth along with her training certificate. Ultimately, neither one of them meant squat.

As frustrated as she was with herself, she made the rounds of the children's rooms, sneaking in to make sure each child was covered. It was comforting to see them sleeping in real beds again, but she'd had very little to do with that.

In her room, she removed her dress—uniform, actually. Upon obtaining the position at the Meeker home Miss Wentworth had presented her with two work dresses. Simple gowns of pale blue.

Her carpetbag, holding her other dress, still sat at the foot of the bed. Actually, the bag wasn't hers. It had been Emma Lou Meeker's, but since the woman would no longer need it, and Marie didn't have one for the trip, she'd used it for her belongings. It had been the only thing she'd taken, and looking at it made guilt rise up inside her. Sarah had said it wasn't stealing, and eventually Marie had given in, agreeing to use the bag, but it was stealing. Another thing a good nursemaid would never do.

"Oh, good heavens," she growled in self-admonishment. "Whether you're a good nursemaid or a terrible one has very little bearing on what needs to be done. Now stop feeling sorry for yourself and go to bed."

Marie changed into her night dress and climbed between the covers. She was just closing her eyes when she heard the front door close. Pulling the covers over her head, she whispered, "And stop thinking about him, too."

Chapter Eight

Stafford was up early, and Polly, whom he'd found behind the woodshed at Mick's place along with her four pups, was now in the vestibule in a blanket-lined box. He grinned when he heard movement upstairs while pouring himself a cup of coffee. He carried the coffee to the table where he sat down to glance at the paper he'd picked up in town yesterday.

He'd slept remarkably well, all considered, yet nothing in the paper enticed him to read more than a line or two. His ears were too busy listening. He hadn't been this excited for a long time. Seven people were going to be very surprised when he told them to look in the vestibule. The commotion upstairs increased, and Stafford tried once again to focus his attention on the newspaper. The typeset letters swirled into one another. He'd imagined Marie would come down first, even anticipated showing her Polly—and her reaction—and how the two of them would then surprise the children. As if it was Christmas morning or something.

He snapped the paper open, scanning the words with more determination. He hadn't celebrated Christmas, not by exchanging gifts and such, since he'd left home. And he liked it that way. That was the way things were going to remain, too.

The footfalls on the stairway leading into the kitchen off the far wall sounded like a tribe of Indians on the warpath, and as hard as Stafford fought it, a smile won out. He folded the paper in half as Terrance bounded off the bottom step.

"Hey, Stafford," the boy greeted him, showing two front teeth his face still had to grow into.

"Morning," Stafford responded.

If his ears weren't still peeled, he might not have heard the gasp that sounded somewhere up the staircase, or the somewhat harsh whisper, "Children!"

The rest of the tribe, all five of them, raced down the steps and collided with Terrance's back. The boy's spine had gone stiff. One by one, the other five children, right down to Charlie, who plopped his thumb in his mouth, but then quickly pulled it out, straightened their stances, and moved to form a straight line next to their brother with their lips clamped tight.

Stafford frowned. Faces shining, they all stood board stiff as Marie entered the kitchen behind them. Moving nothing but their eyes, all six kids looked at her as she skirted around them.

For no apparent reason, Stafford's heart slapped the inside of his chest. She was dressed in her normal blue dress, and her hair was once again braided and twisted into a coil at the back of her head. He'd watched her tame the long brown locks after they'd gone swimming that day, and how she'd deftly looped it around and pinned it in place. One pin was all she'd used. He'd been amazed it held. Still was.

"Children," she said tartly. "Say good morning."

"Good morning, Stafford," they said in chorus.

Somewhat hesitantly, for they sounded like a well-trained classroom—completely out of the ordinary for them—he replied, "Good morning."

She nodded then. "Take your seats."

Seats? It was a kitchen.

With slow even steps, they crossed the room and sat down at the table. Their grins, when they looked his way, were familiar, but disappeared quickly and they averted their eyes.

Marie's steps were no more relaxed than the children's had been as she walked across the room. She stopped facing the stove, her back to him, and he noted the deep breath she took by the rise of her shoulders.

After casting a wary gaze around the table, noting the bowed heads, Stafford stood and made his way to her side. "I already built a fire," he said, taking a guess at how hesitant she'd be about having anything to do with stoves for a day or two.

Her sigh was audible before she caught herself. "Oh, thank you."

"There's flour in the pantry and eggs in—"

"I know how to scramble eggs," she said quickly.

A faint groan came from the table, but when he glanced that way, no one had moved. The boys all had their hair combed, although the cowlick on the top of Weston's head was fighting the water that must have been used to calm it. Copper-colored hairs were popping up one at a time to stand as proudly as a rooster's comb. Charlotte's hair was braided with yellow bows tied on the ends, and a large clump of Beatrice's red curls had been tied back with a blue ribbon. No one and nothing, other than Weston's wayward hairs, still popping, so much as twitched.

Stafford shifted his gaze back to Marie, who'd moved to the counter where he'd set the basket of eggs Shorty had given him this morning. The old man had said he'd brought over stew for them to eat last night, so Stafford had also taken a pan out of the cupboard in case she hadn't had time yesterday to discover where such things were located.

She picked up the frying pan and moved toward the stove, but stopped a good three feet away to reach over and gingerly slide the pan across the top of it. As if it might get bitten, she pulled her hand away and quickly returned to the counter where she started cracking eggs.

He couldn't blame her for being skittish after what had happed with the other stove and was about to cross the room, take over making breakfast, but he stopped. He didn't have time to cook every meal, and eventually she'd have to get over it.

Battling that thought with another one that said it wouldn't hurt him to make breakfast this morning, Stafford glanced back to the table and all the little people sitting there as quiet and immobile as a litter of scared-stiff rabbits.

Terrance lifted his gaze, and with a solemn nod, he said, "It sure is nice of you to let us stay in your house, Stafford."

Stafford bit the inside of his cheek, taking a guess at what was going on. She'd told the children to be on their best behavior, and they were minding. He should appreciate that. Kids should mind, he'd be the first to admit that, but this group was as grave as a houseful of inmates with armed guards standing over them. It had been years, but not so many that he didn't remember how it felt to be *on your best behavior*. He'd had to do it every Sunday, when visiting his grandmother's house. Sitting in her flower-filled parlor he'd always felt as though he'd swallowed a handful of grasshoppers. Even his toes had been jittery back then, full of energy that wanted out. It had been a cruel torture, one his mother never grasped.

Tiny clicks, in a quick clip-clop pattern sounded, and he leaned slightly to see around the table. Sure enough, Polly had heard a voice she recognized and come exploring.

He grinned and gave a tiny nod, encouraging the children to look toward the doorway.

The table practically exploded as the kids flew off their chairs, shouting the dog's name. Marie fluttered past him, kneeling down along with the children to greet the dog, whose little brown-and-white body was wiggling with delight. Stafford was enjoying the sight, but the reunion didn't last long.

Marie scooped up the dog, whispering, "Who let Polly in the house?"

They started answering at once, each child assuring they hadn't and shaking their heads.

"I told you yesterday," she started.

Stafford arrived at her side in time to interrupt and to take the dog from her arms. "I let her in the house." Nodding to the children, he added, "Follow me."

They did so without questions, which goaded him a bit. They'd started to speak, but Marie, in that obey-me-or-else voice had hushed them.

He led them to the box and gestured with one hand for them to view its contents. Polly wriggled in his arms, letting out little whines as they gathered close. Stafford slowly knelt, so the dog could be reassured he wouldn't let anyone injure her pups.

Marie was the first to coo, and she didn't scold anyone when they leaned closer, copying her behavior. After everyone had a good look at the white-and-brown pups—that in Stafford's mind were quite homely—he set Polly in the box.

"You can't play with them yet," he cautioned, "but in a few weeks, they'll be running along behind you." There had been plenty of dogs and puppies in his childhood. Up until now he hadn't missed them.

Of their own accord, his eyes found Marie. She'd backed away from the box. He stood, catching her subtle nod, and moved to stand alongside her. About to comment on finding Polly, Stafford frowned when she gestured toward the hallway.

His heart did a double take. She had to be excited he'd found the dog. As he followed her, his mind conjured up kissing her. Just accepting her tiny thank-you kiss.

That was before she opened her mouth.

"Mr. Burleson, dogs do not belong in the house," she hissed.

Disappointment hit hard and fast. Especially as she licked her lips. But it was how she called him Mr. Burleson that aggravated him. Less than twelve hours ago they'd been kissing, now he was Mr. Burleson?

"It's my house," he said, before pointedly adding, "Marie."

"I realize that," she all but spat. After a deep breath, she started again. "The children—"

It was impossible not to stop her. "Are children," he said. "And this is now their home."

"I appreciate that, but I cannot—"

"You don't have a say in what can and can't happen. It's my house. I'll say if a dog can live in it or not, and I say Polly and her pups stay right where they are." It was foolish to argue over such a thing, but watching her pinch those lips together was driving him crazy. "And I say kids don't have to sit with their heads bowed and their hands in their laps."

"What?" Her eyes snapped more sparks than the fire that burned down Mick's house. "They have to learn—"

"Learn?" He grabbed the frame of the kitchen doorway over her head with one hand, mainly to keep it—and the other one—from shaking her. "I'll tell you who needs to learn." He leaned close, almost nose to nose, and had a bird's eye view of her licking those lips again. The way she kept doing that drove him crazy. "You."

"Me?"

"Yes, you." There were a dozen thoughts racing through his mind, and not one of them would be an appropriate thing to say. Therefore, he used the only piece of ammunition he could. "Those kids are sick of scrambled eggs."

Her expression grew rather traumatized, and that didn't feel nearly as good as he wanted it to. All he'd wanted was a little bit of gratitude for searching the ranch for a foolish dog this morning. Which, in its own right, was crazy. He hadn't expected appreciation from anyone in years. Pushing off the wall he said, "I'd have thought someone who graduated at the top of their class could have figured that out."

Without waiting for a response, Stafford twisted and grabbed his hat off the table by the front door on his way out of the house.

* * *

Marie attempted to catch her breath. The way Stafford had held on to the overhead doorframe had impressed on her just how tall he was, and the way he'd leaned close reminded her how sweet his lips had tasted last night, but the way he'd so arrogantly pointed out her inabilities prompted her to recall just how bigheaded he was, too.

Of course she knew the kids were tired of scrambled eggs. She was too, but there wasn't a whole lot she could do about it. Knowing how to cook didn't just happen. It's not as if people were born with that skill.

She spun around, still gasping for air, and stared at the monstrous stove. Gleaming black, it looked as new as everything else in the home. Cleaning she'd learned as a child. Taking care of children she'd learned as a scholar. She was trying, but without someone to teach her, cooking…

Hurt, that stomach-sickening sensation she remembered so well, rolled dangerously inside her, threatening to boil up and consume her. That would not happen. She'd figure this out all right, and she'd show Mr. Stafford Burleson just how smart she was. Starting with never, ever, kissing him again.

Tightening her jaw, she fought the bile trying to work its way up her throat and clenched her shaking hands into fists. Her eyes settled on the stove with purpose. She could do this. And would.

It turned out the stove wasn't as intimidating as it looked, and whether they were tired of scrambled eggs or not, the children ate them. Then they started in on the chores she assigned them. Keeping a house this size in order would take cooperation. She'd do the heavy cleaning, but dusting and seeing to the needs of Polly—the dog didn't seem to be tired of scrambled eggs—and her pups were things the children could handle.

Marie had finished the dishes, when Beatrice, after wiping the table, asked, "Where should I put this?"

"I'll take it," Marie answered, noting the newspaper needed to be refolded. While doing just that, opening it to once again fold it on the creases, an advertisement caught her attention.

Cook Wanted. Twenty-five cents a day plus room and board. Striker Hotel.

Excitement had a smile tugging at her lips. If the hotel could hire a cook, why couldn't she? She still had nearly ten dollars from her savings and selling her jewelry. Spending it on a cook wasn't in her plan, but ten dollars wasn't enough for one return ticket to Chicago, let alone seven. If she could hire a cook, perhaps they could teach her....

Nibbling on her bottom lip, she tossed the thought about. It would take a good portion of her money, but it wouldn't have to be for long. She was a fast learner. Two weeks would be more than enough time.

The idea grew more enticing with each thought. Cookies. The children would be so happy if she learned to make the cinnamon cookies Mrs. Garth had made back in Chicago. Hiring someone like Mrs. Garth wouldn't work though. She hadn't allowed anyone in her kitchen.

Still, there had to be someone in Merryville willing to take the job. Someone who wouldn't mind sharing their skills. If she learned how to cook, maybe, just maybe, Stafford would hire her to cook for him. Not for money, but for room and board. Then he wouldn't send her back,

or the children, before Mick Wagner arrived. And once
Mr. Wagner did arrive, perhaps he'd hire her and… A
thrill overtook her. Convinced this would work, Marie
tucked the newspaper under her arm. "Children!"

They came running. After a moment inspecting faces
and hands, she announced, "We are going to town."

"Town?" Samuel asked.

"She means Merryville," Terrance supplied, then
frowning, he asked, "How we gonna get there?"

"How *are we going to* get there," she corrected him.
He nodded. "How?"

"We'll walk."

"That's a long walk. Stafford says—"

"We shall walk," Marie interrupted, gesturing toward
the hall. "Wait on the front steps. I'll be right back." So
excited she almost missed the first step, Marie dashed
up the staircase.

The children were lined up on the porch when she
exited the house, and Shorty was standing near the bottom step.

"Kids say you're going to town," he said, rubbing his
chin.

"Yes, we are."

The man shuffled from foot to foot. "You plan on
coming back?"

Six pair of nervous eyes glanced up at her. "Of
course," she replied. That consideration had never entered her mind. Where else would they go? Tossing those
nagging thoughts aside, she said, "There are just a few
things we need."

He nodded, and wiped a hand over his mouth. "I'll
get the wagon."

"That's not necessary, Mr.—Shorty." Calling all

these men by their first names was very difficult. It went against all of her formal training. "We can walk."

"It's a long ways, Marie," he answered. "You wouldn't get home until late. And how would you carry what you purchase?"

She planned on their purchase walking alongside them, but that sounded a little presumptuous.

Her silence had Shorty repeating, "I'll get the wagon."

Stepping around the children, she hurried down the steps and caught up with him on the grass. The small amount of time she'd held the reins while traveling from Huron couldn't be considered training, and certainly hadn't taught her enough to feel comfortable doing so again.

"I don't know how to drive a wagon," she whispered. Her insides flinched, but Shorty—unlike Stafford— seemed to understand her lack of knowledge in some areas. She'd considered asking Shorty to teach her how to cook a few things besides scrambled eggs, but she'd tasted his stew. Beggars can't be choosers, but she wanted to know how to cook things that were a bit more edible.

He glanced toward the bunkhouse before nodding. "The boys are out checking the cattle. I've got time to take you to town."

"But what will Mr.—Stafford think of that?"

Shorty shrugged. "He ain't here. Rode out a while ago."

Offering her newly hired employee a ride home would be more presentable than asking her to walk, so Marie nodded. "Thank you, Shorty. We appreciate that very much, and will enjoy your company."

Ha-ha you keep her STOP I'll get another one STOP
Stafford stared at the telegram one more time, try-

ing to come up with a response. He'd read Mick's reply a dozen times since it had been delivered to the ranch, shortly after he'd stormed out of his house. His house. The one that now had six kids, five dogs and one very uppity nursemaid living in it. Trouble was, none of that bothered him as much as it should.

"You want to send a telegram, Stafford?" Rex asked, pulling a stubby pencil out from behind his ear. "Or just keep reading that one?"

The air in his chest pushed its way out. Stafford waited until it was all gone, took in a supply of fresh air and then nodded. "Yeah, I want to send a reply. Same address."

Rex set the pencil to paper and glanced up expectantly.

When the man started tapping the tip against the paper, Stafford said, "I'm thinking what I want to say."

"That one came in late last night," Rex said. "I just happened to catch Newly Cross, heard he was heading out your way this morning."

Still contemplating, Stafford nodded. "Thanks, I appreciate how quickly you delivered it."

"This one gonna be just as urgent?"

"Yes."

"But you don't know what you want to say?"

Stafford set a solid glare on the man, then cringed. It wasn't Rex's fault. It was Mick's. Keep her? What kind of answer was that? Nobody in their right mind would want to keep a woman around who burns down houses, can't cook, is— He stopped the thought short. It wasn't Marie's fault, either.

After cursing Mick under his breath, calling the man several names, Stafford said, "Just put, *You ordered her. Now come claim her.*"

Rex lifted a brow, but didn't say a word. The man

was not a gossip and would go to his grave with a large number of messages no one else would ever hear about. If Stafford didn't believe that one hundred and fifty percent, he wouldn't be standing where he was right now.

"You want the reply sent to the ranch?"

"No, I'll be in town awhile. I'm riding out to the new lumber mill. I'll stop back."

"Good enough." Rex carried the slip of paper to his desk and his fingers started tapping away on the telegraph key even before he lowered himself onto his short swivel stool.

Stafford left, wondering if he should have said more. Telling Mick how pretty Marie was would have helped. His partner would catch the first train heading north then. He paused on the boardwalk, contemplating reentering the telegraph office.

"I didn't expect to see you again so soon."

Stafford pulled up a grin for the approaching banker and tucked Mick's message in his pocket. "I decided to ride in and check out the lumber mill myself."

"I just hung a note on the door of the bank so I could ride out there," Ralph explained.

Glad his mind was working again, Stafford said, "Proof you need an assistant."

Ralph laughed. "Guess so. I was going to wait until this evening, but Becca's making fried chicken for supper and I don't want to miss that."

"You're a lucky man." Stafford's insides did a double take. Those were not words he ever expected to leave his mouth, yet he knew they were true. The banker not only had a sweet wife—one who could cook up a storm—Ralph seemed content, satisfied with his life. Stafford doubted he'd ever felt that way.

"No one has to tell me that," Ralph says. "I give thanks for my blessings every night."

Stafford questioned that, too. He'd spent many Sundays in church growing up, but, couldn't recall the last time he'd actually given thanks. Or if he ever had.

"So, how much lumber will you need?" Ralph asked.

"Not really sure," Stafford answered. "Haven't given it much thought, I guess."

"I suspect not, if the fire just happened."

"It just happened, all right," Stafford answered, thinking of several things.

Ralph let out a good-natured laugh. "Well, last I talked to Otis, he was considering putting together packages. Lumber precut to frame in a house along with preassembled doors and windows. He asked if the bank might consider backing him on the idea. I'm sure he'd appreciate your thoughts. As would I."

Intrigued, Stafford tossed the notion about for a moment. "That's not a bad idea. With the way this town is growing, it might make good business for both Otis's lumberyard and the bank."

"And once the railroad depot is built, it'll only grow more." Ralph patted him on the shoulder. "It's amazing, isn't it? Seeing a town rise up from the ground, being a part of shaping it. That's the reason Becca and I came west, to become a real part of this great nation."

Stafford took a moment to ponder that. It wasn't something he'd considered—being an integral part of the town—yet it sparked something inside him. He and Mick had built the ranch, and that had been exciting, still was, but in all honesty, the ranch was more of a self-centered goal, for themselves. The town was a community, a unit of people coming together for a common good. That appealed to him, though he wasn't exactly sure why.

They stopped outside Ralph's barn, and Stafford, waiting while the other man entered, took a moment to examine the banker's house. New, as all the houses were, it wasn't extravagant or presumptuous. Solid, though, and well built. A good home to raise a family in, to really set down roots and build a life. His house, as big and full of every modern convenience as it was, didn't have that. Roots.

Ralph led his horse out of the barn, a big red roan, and Stafford hoisted himself into the saddle on Stamper's back. He and the black paint had traveled a lot of miles together. He'd bought Stamper from a neighbor down in Mississippi shortly before leaving.

As they rode out of town, Ralph started talking about Otis's house idea, and interested, Stafford answered, but in the back of his mind other things were going on. No matter how he tried to repress it, one niggling notion stuck. Maybe Mick's idea of a wife wasn't such a bad one. When a man set down roots, a family was usually involved.

Chapter Nine

To say she was surprised would be an understatement. Marie wasn't exactly sure what she'd expected from the town of Merryville, but it wasn't to see people living in tents. Big ones, small ones and in-between ones. There were buildings, too, and real houses, but only a few compared to the tents. What she saw had pinpricks of chagrin jabbing her. As small as Mick Wagner's cabin had been, it was certainly more of a home than canvas walls and dirt floors. And Stafford's house, which might be considered small compared to some of the homes she'd worked in, was nothing short of a mansion next to the dwellings in Merryville.

She needed to count her blessings. Something she'd been amiss in doing lately. She and the children certainly could have fared far worse than they had. Very well still could, if her plan didn't work.

"There's Striker's place," Shorty said, pointing out the largest building in town. Unpainted, other than the word *Hotel* across the front, the wood still held its natural shine. "I'll drive round back."

"Round back?" Marie asked. The man knew their mission. He'd even read the newspaper advertisement now clenched in her hands.

"Yep." Shorty steered the wagon down a side street. "You can't very well walk in the front door and ask Chris Striker if you can hire away one of his employees."

"I suspect you're right about that." There were many things she hadn't considered when the idea had popped into her head, but Shorty had been the right person to hash it over with. He was not only in agreement, but rather giddy about the idea of hiring a cook. Feeding the cowboys would still be his responsibility, he'd said, but having someone around who could bake bread and maybe a pie or two would suit him just fine. Stafford, too, he'd insisted.

Marie hadn't wanted to quell his hopes by saying the cook's main objective would be to teach her, neither did she want to think about how Stafford might react, so she'd remained quiet, as she was right now, staring at the back of the hotel. An older woman sat on an overturned bucket, doing something with what looked like a chicken. A dead one.

"The kids and I will wait here," Shorty said.

Marie nodded, and although thankful she'd mastered climbing in and out of the wagon Shorty had explained Stafford had bought, not rented as she'd assumed, back in Huron, her nerves were jumping beneath her skin. She'd never hired anyone.

Chin up, hoping it helped, she began walking across the well-packed dirt.

The woman didn't look up from her task, yet spoke before Marie arrived. "Mr. Striker's inside the hotel. That's where you'll want to go."

Marie continued forward, even though the smell of wet feathers was rather pungent.

The woman, middle-aged by the look of her brown hair, looked up then. "If you want a job, you have to talk to Mr. Striker. I can't hire anyone." Her tired-looking eyes went from Marie's head to her toes and back again. "You might want to rethink applying. Mr. Striker isn't easy to work for."

Turning back to her task, the woman plucked feathers out of the wet carcass and threw them into a second bucket by her feet. Two other chickens, dead, of course, were floating in another bucket of steaming water.

"Do you work here?" Marie asked. As soon as the words were out, she wished she could pull them back in. Of course the woman worked here. Why else would she be doing what she was doing?

"Unfortunately, darling, I do. Told Striker a month ago I can't do it all myself," the woman answered. "But you might want to reconsider that ad you have tucked under your arm. It's not easy work."

Marie pulled out the paper. "I'm not here to apply for the job."

The woman glanced over her shoulder, to the wagon, where Shorty gave a slight nod. "What are you doing then?"

"I'm looking to hire someone. A cook." She opened the paper. "It says here you are paid twenty-five cents a day plus room and board."

"Yeah, so?"

"Would you consider working elsewhere for that price?"

The woman set down the chicken and wiped her

hands on a very bloody apron. "I might. Where you got in mind?"

"We," Marie gestured toward the children, "live on a ranch a few miles from here."

A frown so deep her eyes almost disappeared, the woman asked, "That your husband?"

"Oh, no," Marie said quickly. "I'm not married."

"Are those your children?"

"Yes. I mean, no." Marie shook her head. "I'm sorry. They are my charges. I was their nanny in Chicago, before their parents died." Now wasn't the time to explain everything. Stepping forward, she held out a hand. "I'm Marie Hall."

"Gertrude Baker," the woman replied with a quick handshake. Her eyes were on the wagon again. "So they're orphans?"

"That's not a word I'm particularly fond of," Marie replied, stiffening her shoulders at a familiar sting. "We have recently arrived, and I'm in need of someone to cook for us and teach me how to cook."

"You don't know how?"

"No, there has never been a need before."

Gertrude Baker shifted her gaze to the hotel, and then to the chickens and then back to Marie. "When would I need to start?"

As wonderful as that question made her insides feel, Marie shook her head. "I need to conduct an interview first, make sure you have all the qualifications I seek."

The woman sat back down and picked up the chicken. "Ask away, then, but I gotta keep working while you do."

Questions were what she needed. Marie tried to remember some of the ones asked of her by potential employers, but none that formed fit the situation. If Stafford was here, he'd know what to ask. She held her breath for a moment, attempting to dispel how deeply she'd come to depend on him. Questions couldn't be that difficult, considering there were things she wanted to know. "How long have you lived in Merryville?"

"No one's lived here long. The town just took off 'bout two years ago, when the railroad was being built. That's when we arrived, George, my husband and I. He worked for the railroad." The woman set the chicken down again. "We used to live in Illinois, too. Had a little place near Springfield." Her eyes grew sad. "George had big plans on moving west. To Wyoming. He'd signed on to work for the railroad that far, thought by then we'd have all the money we'd need for a new start."

The sadness surrounding the other woman had Marie's heart aching. "What happened?"

"George died." Gertrude wiped her face with the back of one hand. "Went to work one morning but didn't come home that night. An accident unloading railroad ties."

Unsure what else to say, Marie whispered, "I'm sorry."

Gertrude smiled slightly, sadly. "Thanks." Shaking her head, she said, "I cooked for the railroad for a time, but once they moved on…" She shrugged.

"Why didn't you move on, too?" Marie asked.

"Have you ever followed the rails?"

"No."

"It's not good. Worse for a woman alone." Gertrude picked up the chicken again. "I worked for the Hoffmans up until they closed their boarding house to follow the line." With a glance over her shoulder, she added, "Had to go to work for Striker a couple months ago. He's gone through more cooks than an Indian has arrows."

Indians were not a subject Marie was prepared to discuss. She'd yet to see one, but had heard enough to hope she didn't. "Do you know how to bake bread? Make pies and cookies?"

"You name it, and I can cook it," Gertrude answered. "Food that not only sticks to your belly, but tastes good while going down. If you need to learn how to cook, you wouldn't find a better teacher than me. My George would have told you that."

The interviews she'd had in the past were much longer than this, but Gertrude Baker was exactly what she'd hoped to find. "I can pay you the same amount you're earning here." Marie's lack of funds had her adding, "For a two-week trial period."

"Trial period?"

"I'll need to make sure you're the right fit." Her funds could stretch into a month, but she couldn't say that right now. Promising more than two weeks wouldn't be fair to Mrs. Baker. Asking the woman to leave her current employment wasn't really fair, either, but what the children needed came first.

Gertrude glanced behind her and then stood. "Striker's not going to like it, but I've had enough of that man." Extending a hand, she said, "It's a deal, Miss Hall."

Excitement flared. "Wonderful," Marie said. "Will you be able to leave now?"

"I'll go inside, tell Striker I quit, and then I'll have to gather my belongings. How about I meet you on the road out front in an hour?"

"Excellent," Marie said. "Thank you."

"No, thank you." Gertrude left the chickens where they were, and turned, walking toward the back door of the hotel. "I'm in need of a change, and there's nothing better than cooking for a passel of kids."

Marie spun around and scurried across the yard. Seeing Shorty's hopeful expression, she answered his silent question, "She said yes."

He let out a whoop, so did the children, and Marie all but skipped her way around the wagon.

"Mrs. Baker, that's her name," Marie said while climbing in the wagon. "Gertrude Baker. She'll be ready to leave in an hour."

"That'll give us time to pick up some things at the dry-goods store," Shorty said. "Stafford placed an order yesterday. I wanna check to make sure he got everything. I'll order up some supplies for your new cook, too."

She hadn't thought of supplies, but couldn't believe Stafford would be upset about that. "All right," Marie answered, and then turned to encourage the children to be on their best behavior again.

Minutes later, she couldn't say if the children were being extraordinarily good, or if they were scared out of their britches by the store owner. The woman stood as tall as any man and was rather frightening looking. More so with the dark mole right in the center of her chin that had three hairs sticking out of it. Her eyes, dark and narrow slits, didn't allow a person to know exactly where she was looking, but she was certainly glaring at them, Marie and the children.

Shorty seemed to know the husband well. A short man, without a single strand of hair, named Henry Smith. Mr. Smith had introduced his wife as Verna, but she'd emphasized her name was Mrs. Smith. Marie had nodded appropriately, but chose to hang close to the door along with the children. She had no money to make purchases, and even if she did, she'd have preferred not to spend it here.

The store was neat and clean, although tiny and cramped, but it was the atmosphere, controlled by the woman behind the counter, that didn't sit well.

Shorty and Mr. Smith were discussing a grinder of some kind, when Mrs. Smith walked around the end of the counter. Everything inside Marie began to jitter. Dressed in black other than a snow-white apron, Verna Smith approached with a definite purpose.

"So these," she asked with a raspy voice that sent a shiver clear to Marie's toes, "are the Meeker children?"

A chill settled deep in Marie's spine. She'd made no introductions as far as the children were concerned, and neither had Shorty. People would soon know, and there was no reason to hide it, yet Marie was very uncomfortable. "Yes."

"And you are their nursemaid?"

"Yes," Marie said again, ignoring the weight the woman used on the word nursemaid, as if it was a rather appalling thing to be. "I am."

The children were easing their way toward the open doorway, and Marie had a desire to follow them but knew there was no escaping. The determination in Mrs. Smith's glare, along with her evil-sounding whispers, said she'd give chase. Marie's thoughts dashed to Stafford again, wishing he was here.

"They're Mick Wagner's relatives, are they?"

It wasn't the snarl in the woman's words, but the fact Marie hadn't told anyone that, other than Mr. Wagner, in the letter she'd written him, that worried Marie. Though she didn't want to answer, for it was truly none of Mrs. Smith's business, she didn't want to increase the woman's wrath.

"Yes, they are," she answered.

"He's in Texas. Won't be home until next spring."

"I'm aware of that," Marie said, keeping her chin up. She also cast a glance toward Shorty, wishing he'd hurry up or notice Mrs. Smith had practically cornered her near the door.

"I'm aware of a few other things, too," the woman said.

"I'm sure you are, Verna."

Marie spun. Relief and confusion hit at the same time when she saw Gertrude Baker in the doorway.

"And, I'd say most of it is none of your business," Gertrude continued as she took a hold of Marie's hand. "Come. Let's wait in the wagon."

More than happy to comply, Marie scooted out the door.

"Why would you need to wait in their wagon?" Verna Smith asked, clearly addressing Gertrude.

Walking beside Marie, Gertrude whispered, "Something she doesn't know. I love this job already." She then glanced over her shoulder to say aloud, "I work for them."

"You work for Stafford Burleson?" Mrs. Smith asked.

The shock in the shop owner's voice was apparent, but it was Gertrude Baker's wheezing that caused Marie's stomach to hit the ground.

"You've just hired me to work at Stafford Burleson's ranch?" Gertrude hissed.

Marie swallowed the lump in her throat before nodding. Gertrude looked as if she was going to quit before she'd ever started.

After placing his lumber order, which would be ready by the end of the month, Stafford returned to town, said goodbye to Ralph and, with a churning stomach, headed down Main Street. The house he was imagining for Mick would have plenty of room for the kids, and that wasn't setting as well as it should. There wasn't anything saying he had to start on Mick's house right away, other than his conscience.

Mick wouldn't build a house for him, but that was only because Mick wasn't a carpenter. He'd do anything else, though, that was for sure. Just as Stafford would for him. Friendships were like that. The one he and Mick had, anyway. A man was lucky to have a friend like that.

The other thing a man always knows is when someone's talking about him, and Stafford turned in the direction the warning sensation was coming from. Verna Smith and Chris Striker were on the walkway in front of the Striker Hotel. The two of them were rather well suited, like two weasel-faced badgers.

Stafford tipped the brim of his hat with his finger and thumb as he rode past. Their glares grew more menacing. Why, he had no idea, but neither the man nor the woman were worth spending a moment of time worrying over. They were both obsessed with themselves.

Obsession, now that he might ponder. Not with himself, but a certain nursemaid. She'd been on his mind all day. All week. Actually, ever since Walt Darter's visit, Marie had been on Stafford's mind, and it was taking its toll.

She was memorable. And when her dander was up, spitting out *I will not* or *I cannot,* well, there wasn't a woman more adorable. She was cute when she was sad, too, like last night when she was out scanning the darkness, looking for Polly, and his mind still flashed the picture of her lily-white backside every so often.

Actually, more often than not. Getting Mick's house built, and her and the kids moved into it as soon as possible was the best plan.

It was then—when he was halfway home and started thinking about Mick's house again, Stafford realized he'd forgotten to stop by the telegraph office.

Going back now would be a waste. He'd already been gone most of the day. Rex would send a message out to the ranch when it arrived. More than likely it would say Mick was on his way.

It's what he wanted, so why was he dreading that message?

Stafford shifted in the saddle and urged Stamper into a faster pace. It was natural for him to think so much about Marie and the children. As Mick's friend it was his duty to take care of them until his partner returned home.

It really didn't matter how cute she was, or how stubborn, he'd keep them safe and fed, until Mick arrived. Maybe then he'd head down to Texas. Or even Mississippi, say hi to the family. Tell them about all the things he had going on around here. The life he'd built for himself. Better yet, maybe he'd invite them all up here. See everything first hand.

Stafford was still tossing future plans around when he rode into the homestead. The big house, the one in which he'd driven every nail, sawed every board, looked the same, yet the sight of it made his heart tick a bit faster than it ever had before. It wasn't pride, either, that of accomplishment or, in a sense, revenge. It was true, what Mick had said. He'd built this house, with its big white column porch pillars and windowed top floor for Francine—to prove she was wrong. He said he would amount to something, and he had.

In all the times he'd gazed upon his handiwork, it had never given him a sense of homecoming the way it was right now. The two little girls hosting a tea party on the porch had him smiling. That, and how they had Charlie and Weston sitting in the extra seats, most likely against the twins' wills. His grin increased as the older boys came running out of the barn, waving and shouting his name.

It had been years since anyone had welcomed him like that. Maybe it had never happened before.

He greeted them in return while dismounting and half listened to their chatter as his gaze went to the house, wondering if anyone else might walk out to say hello.

"And then there was this woman with a black wart on her chin, she was *scary!*" Samuel said.

"What?" Stafford asked. "Where did you see a woman like that?" Verna Smith formed in his mind, but it would have been impossible for the woman to be out here. He'd seen her in town.

"It's a mole, not a wart," Terrance corrected Samuel.

Stafford could almost hear Marie explaining the difference between a mole and a wart. It would have been a teaching moment. She'd explained those to him on the ride from Huron. Teaching moments. He could think of a few of them himself.

"We saw her in town," Terrance said.

"When were you in town?" he asked.

"We just told you," Terrance answered. "This morning. That's where we got the cook."

"Cook?"

Freckle-covered faces with ear-to-ear grins nodded. Stafford was searching his mind, trying to piece things together when their faces fell. The sensation floating over his back said Marie had just closed the front door of the house. Even with the birds chirping nearby he'd heard the click.

"Ask Shorty to put Stamper up, will you?" Stafford asked, handing the reins to Terrance. A cook?

He turned, found Marie standing exactly as he'd pictured. She had a proud stance. Shoulders straight and chin up.

Outwardly she appeared unyielding, completely in control, but she couldn't hide, not from him anyway, how nervous she was inside. The way she wrung her hands was a dead giveaway. He saw more, though, and had the urge to comfort her again, as he had last night in the bunkhouse.

Stafford slowed his approach, giving her time. Or maybe he was giving himself time.

"Hello," she greeted him.

"Who took you to town?" The question shot out before he'd known it had formed.

"Shorty."

"I see." That, at least, was a relief. Her driving a wagon—full of rambunctious kids—would have been dangerous all the way around. He arrived at the bottom of the steps. "Why did you need to go to town?"

Her chin lifted another notch. "You told me to figure it out."

Lost for a moment, he asked, "I told you to figure out how to get to town?"

"No." Her lips pinched away the smile that had flashed for a brief moment. "You told me to figure out how to cook."

He did recall saying something along those lines this morning when his mind had been focused on her lips. How perfectly they'd fit against his last night.

"So I did," she said. "Figure it out, that is."

"How's that?"

"I hired one."

"You hired a cook?" A blind man could do a better job of picking out a newspaper.

"Yes."

She was adorable, standing there trying to appear all sober and stoic. He climbed the steps. The urge to kiss her was growing as strong as it had been this morning, and last night and yesterday. He'd tried that, though. Kissing her. It hadn't gotten her out of his system. In reality, it had backfired.

And would again.

His life was about to get messy unless he put a stop to it all right now.

Chapter Ten

Marie might as well be facing down the evil-looking Mrs. Smith with the way her insides were trying to work their way outside. There was a tick in Stafford's cheek she'd never seen before, and his usual sparkling eyes, something she'd come to take for granted, had all of a sudden turned stormy-gray again. As they'd been the first time they met.

She drew a deep breath in through her nose, hoping it would help the trembles working their way up her legs, down her arms, across her stomach.

Gertrude had held her silence on the way home, but once they'd arrived at the ranch and the children were sent outside to play, the woman had shared reservations about working at the Dakota Cattle Company. Said the ranch, and its owners, had a reputation. Folks claimed Mick Wagner and Stafford Burleson had hit it big in the gold mines of Colorado, and now, besides spending money on their ranch, they were inclined to spend their riches on gambling and loose women.

In the end, and much to Marie's relief, Gertrude said she'd stay for the promised two weeks. Only because she couldn't let Marie and the children live out here alone—with those men.

So many things had changed since this morning. Living out here with such men had her insides churning, but she had very few choices. The children were her first priority, and they, legally, belonged to Mick Wagner.

"I suggested you learn how to cook," Stafford said. "I just laid out a good sum of money to replace the cabin you burned down, and now you spend more by hiring a cook?"

The lump in her throat was too large to swallow. It just sat there, throbbing as if her heart was a part of it. Some of the things Gertrude said about Stafford had seemed impossible. Now, she wondered why she'd thought that. He was acting so superior, righteous even, the way he had back in Huron. Having seen the other side of him, the one the children had taken to so readily, the one she—well, what she thought wasn't important. The children were, though.

"I used my money," she said pointedly.

"You have money?"

The doubt in his tone struck a chord inside her. "Yes," she said. "I have money."

"Enough to hire a cook?"

Skirting around the amount of money she had, Marie answered, "I wouldn't have hired Mrs. Baker if I didn't have enough money to do so."

Stafford's glare grew darker. "If you have that much money, what are you doing here? You and the kids could just stay at the hotel until Mick gets home."

Flustered, Marie admitted, "I don't have that much money."

"How much do you have?"

Her insides were clenched together. Ten dollars wouldn't provide for her and the children until next spring. Stafford was her only hope of making it through the upcoming winter that Gertrude had said could carry blizzards that left mountains of snow, trapping them all at the ranch for months.

Frustrated, Marie huffed. "I have ten dollars. Well, had ten dollars. It'll be significantly less after I pay Mrs. Baker."

"Less than ten dollars? How long did you hire her for? A day?"

Marie spun around, noting for the first time that the children were watching with interest, and headed toward the front door. Stafford was right on her heels, but she hadn't expected anything less. Arguing in front of the children wasn't acceptable, and it was obvious there would be an argument.

Stafford shut the door behind them, but not wanting Gertrude to hear, either, Marie walked across the entranceway and down the hall, all the way to the vestibule where Polly and her babies resided in their box. There she opened the back door and stepped outside again.

With a severe frown, Stafford followed.

"I've hired Mrs. Baker for two weeks," Marie said, stopping near the porch railing. She might as well tell him her plan, perhaps knowing that she'd found an acceptable arrangement would change his attitude. "During that time she will not only prepare meals for the children, she will teach me how to cook."

"Two weeks, huh?"

She spun to face him. A grave mistake. The way he stood there, looking so serious, reminded her of yesterday when he'd led her to this very spot. What had she been thinking? This is where he'd kissed her. Her stomach flipped and Marie shook her head in an attempt to clear the vision forming.

"Yes," she answered. "Two weeks."

"You're paying her ten dollars for two weeks?"

"No, I'm paying her twenty-five cents a day plus room and board." Lifting her chin, she added, "That's the same amount Mr. Striker paid her."

"Striker?"

She nodded. "He owns the hotel."

"I know who he is." He rubbed his forehead. "You just hired his cook away from him?"

"Well, she wasn't happy there." Marie chose not to add Gertrude wasn't overly happy about being here, either.

"That explains—" Stafford stopped whatever he'd been saying and moved closer. Leaning forward until his nose was very close to hers, he said, "A good cook costs more than twenty-five cents a day."

"Plus room and board," she whispered. His nearness had her heart trembling, but she couldn't say it was fear. It was that unique excitement she'd felt before when he'd kissed her.

"Even with room and board."

Marie closed her eyes, which was a big mistake. She'd thought if she couldn't see him, she wouldn't, well, feel him. But with her eyes closed everything was more intense. She could even feel his breathing. Not just hear, but feel each breath he took as if it was a part of her as much as a part of him, and for whatever reason, she didn't want to open her eyes, lose that feeling.

It took great effort, but she lifted her lids and forced herself to think of the situation at hand. The children. "You won't make her leave, will you?"

He stared at her for an extended length of time. There was a mysterious softness in his eyes, but it made her want to close her eyes again, and the urge to lean forward was terribly difficult to fight. Her breath was catching in her throat, too, making her lightheaded.

Stafford leaned back, and then, as if that wasn't far enough, he took a step backward. "No," he said, "I won't make her leave."

That's what he did, though.

He left.

Just walked down the steps.

Marie, however, had to grab on to the railing to stay upright. Relief, most likely that he wouldn't force Gertrude to leave, left her legs weak and wobbly.

The air gushed from her chest in a huge rush. She'd never been good at lying. Not even to herself. There wasn't an ounce of relief in her, and what she was feeling had nothing to do with cooking or the children. She still wanted Stafford to like her. Actually, that seemed to grow more each day. Sometimes, she thought he did like her, but other times, she sensed he didn't. It was so confusing, and she didn't understand why it mattered to her so much.

Stafford rounded the corner of the house, and Marie's mind turned a corner, as well. Did he think she was like the women he visited in town—the ones Gertrude told her about? Is that why he'd kissed her before? Even a nursemaid knew what type of women Gertrude had spoken about, and that alone would make most well-educated, smart, sensible nursemaids distance themselves from any man who pursued such women. That had been part of Miss Wentworth's lessons, how to stay clear of the men who resided in the same homes as the

children, employers or not. Her instructor had emphasized that the fastest way to get fired was to associate
yourself with the man of the house.

Perhaps that was part of her problem. Stafford wasn't
her employer. Maybe if he was, she wouldn't keep forgetting that part of her training.

Stafford couldn't say he'd ever met Gertrude Baker
before, but it was apparent the woman didn't like him.
It showed in the blue eyes she used to watch him like a
hawk. He could barely turn a corner in the house without running into her. Fortunately he wasn't choosing to
spend much time in the house at the moment. It had only
been three days since her arrival, so it wasn't as though
they'd encountered each other very many times, but considering that she, too, was living in his house, they did
run into each other three times a day. Mealtimes.

Marie had outdone herself in that respect. Gertrude
Baker could cook. Therefore, Stafford attempted to be
on his best behavior around the woman. A part of him
even felt sorry for Chris Striker. No wonder the man had
been glaring at him when Stafford had ridden past the
hotel the other day.

"Thank you, Mrs. Baker," Stafford said, laying his
napkin next to his plate. They were eating in the big dining room off the hallway—the one he'd never eaten in
before the cook had arrived. "That was some of the best
roast beef I've ever had."

The children were nodding, agreeing with him as they
continued to shovel food into their mouths. He'd made
a point of glancing at each of them before allowing his
gaze to settle on Marie at the far end of the big table.

"Thank you, Mr. Stafford. I'm glad you approve,"

Mrs. Baker said as she refilled Marie's teacup. The cook then set the teapot on the large buffet and picked up the coffeepot—both made of silver and so fancy he'd never used them before. "Would you care for more coffee? I will serve dessert in a moment. Spice cake with frosting."

His insides melted. Spice cake. He hadn't had that since leaving home. "Yes, I would. Thank you."

While the woman filled his cup, his mind went back to Mississippi—a portion of his thoughts anyway. He was comparing this—a wonderful meal at a table full of people, being waited on by a servant—to his childhood. There were a lot of similarities, and as much as he'd told himself it wasn't what he wanted, it was gratifying. As if he'd come full circle. Become the person he'd told his family he had no desire to be.

They'd scoffed at him, and over the years he'd laid out an agenda that didn't include one thing he was looking at right now. Yet, even while convincing himself it wasn't what he wanted, he'd swayed in that direction. The house he'd built was proof of that. Even after building the house, he'd denied he wanted it full. Claimed living alone was the life he wished for.

It was rather sobering, discovering he'd been wrong all these years. More sobering than it was knowing this wasn't real. The house was real, the furnishings and the fancy dishes. Yet whilst the children and Marie and Mrs. Baker were real, they weren't his. They were all Mick's. And they were exactly what Mick had wanted. His partner had spoken of it since the day they'd met.

Mick had been raised in Texas. Not on a ranch, but in town. Austin. His father had been a doctor. When he'd died and Mick's mother remarried, Mick had left. Said their house hadn't been big enough for two men, but he always stopped to see his mother—and stepfather—when he went south. Mick had a couple of much younger stepbrothers and often said he wished he'd had brothers and sisters while growing up. He also said he wanted a house full of kids.

Stafford's gaze landed on Marie again, who was waiting for Mrs. Baker to set a plate of dessert in front of her.

Hence the mail-order bride. Mick had known what he wanted, and when he hadn't found it, he'd ordered it. Complete with kids.

Stafford had told his partner that having siblings, a big family, wasn't all it was cracked up to be, yet in that, too, perhaps he'd been wrong.

The gurgling in his stomach should have ruined his appetite, but when Mrs. Baker placed a china plate before him, holding a large slice of spice cake, he picked up his fork and all but moaned when the sugary treat hit his taste buds. It was better than he remembered. Then again, maybe his mother's cook's spice cake hadn't been this good.

He ate the entire piece, savoring each bite, and then congratulated Mrs. Baker on her abilities.

"I didn't make the cake," Gertrude Baker said, offering the first real smile he'd seen her give. "Marie did."

The red blush covering Marie's cheeks revealed that the cook spoke the truth.

"My compliments, Marie," he said. "You really must be an apt student."

"That she is," Mrs. Baker said as Marie's cheeks turned a shade darker. "Not one mistake."

Stafford couldn't come up with a comment, not with the way his mind was twisting about. He was thinking about Ralph Peterson, and how proud the banker was of his wife's cooking abilities. Stafford could relate to that. And he now had everything at his disposal to invite Ralph and his family out to the ranch.

He pushed away from the table then, and complimented the cooks one last time before taking his leave. There were always things that needed to be done at the ranch, chores and such, yet, as he paused on the front step, not a single task came to mind. It was evening, the cowboys were settled into the bunkhouse, and visiting them wasn't the escape he needed.

As he walked down the steps his gaze settled on the burned piece of ground on the other side of the creek. He set out in that direction. There was plenty of daylight yet to stake out the footings for Mick's new house.

A short while later Terrance joined him. "Why are you pounding those boards in the ground?" the child asked, kicking at the black clumps of dirt.

"I'm staking out where we'll build the new house," Stafford explained.

"Mick Wagner's new house?"

The boy's tone held a definite hint of disgust. "Yes, Mick's new house," Stafford answered. "Don't worry. It'll be much larger than the cabin."

"I don't see why we can't just live in your house," Terrance said, bending over to inspect a rock. "It's even bigger than the one we had back in Chicago."

Stafford laid down his hammer and stepped over the string he'd stretched from end stake to end stake. More than once he'd thought about the children and the changes that had happened to them. It had tugged at his chest before, but was stronger tonight. Maybe because of Terrance's meekness, which was unusual, or maybe because he was remembering his own childhood more fondly lately. He knelt down next to the child and feigned interest in a couple of rocks near the boy's feet. "I think you'll like this new house. It'll have plenty of bedrooms."

Terrance tossed his rock away. "Just 'cause he's our cousin shouldn't mean we have to live with him."

Stafford leaned back on his heels. "Who's your cousin? Mick?"

"Yes," Terrance said. "That's why we're here."

Both Terrance and Samuel had chattered endlessly while tagging along beside him over the past weeks, but he'd never heard this. "Mick Wagner's your cousin?" Stafford repeated, just to make sure his hearing was working.

"Well, he was our mother's cousin," Terrance answered. "And she gave us to him. That's what the lawyer said when he told us we had to leave. He said we either come live with Mick or go to the orphanage in Chicago. No one would ever want all of us, so Marie wrote a letter to Mick."

With everything else happening, Stafford had forgotten about the letter Mrs. Smith had given him. It must still be in his saddlebag. "And Mick wrote Marie back?" he asked, questioning the sense of hope rising inside him.

"No," Terrance said, tossing another rock. "We ran out of time." The boy stuffed both of his hands into his pockets. "Marie doesn't know, but I heard what the man from the bank said. Two days. We had to be out of the house in two days or they'd take us all to the orphanage." He wiped at his cheek with one hand, which left a dark smear, before asking, "You ever been to an orphanage, Stafford?"

"No, I can't say I have."

"We went there last Christmas. Marie took us to give the kids there some of our toys." He shook his head and huffed out a breath as if he was older than Shorty. "It wasn't a place I'd want to live, I'll tell you that." Then, after kicking at another dirt clump, he added, "I can't say I'll like living at Mick Wagner's place, either."

This was a conversation he should be having with Marie, not Terrance, therefore Stafford stood. Ruffling Terrance's copper-shaded hair, he said, "Well, for right now, you're living in my house, and I like it."

Something akin to hope glistened in the child's eyes. "You like us living in your house?"

"I sure enough do," Stafford answered. "Who wouldn't?"

"Because we've been on our best behavior?"

Stafford grinned. "You've been behaving, that's for sure, but, truth is, I like you."

A blush covered the boy's face. "I expect you were a bit lonely before we came along. Living in that big house all alone."

"I expect I was," Stafford answered as he walked over to pick up his hammer. Terrance had followed, so he gestured toward the string. "Carry that for me, will you?"

"Sure," Terrance replied, more than happy to comply. As they started walking toward the bridge, he asked, "Hey, Stafford, do you think you could write Mick a letter? Maybe tell him to stay in Texas a bit longer?" Then as if trying to explain his reasoning, he said, "We're comfortable at your house. There's no need for him to hurry home."

Stafford couldn't let on just how close Terrance's thoughts were to his own. First, though, he had some questions for Marie.

Terrance must have taken his silence as an answer, because he said, "I guess not, huh?"

"Well, Terrance," Stafford said, laying a hand on the boys shoulder. "Mick's a lot like you. A lot like me. He's got a mind of his own. It wouldn't make any difference if I wrote him or not. He'll come home when he's ready to come home."

Peering up, Terrance asked, "You think I'm like you?"

Not exactly sure why he'd thought the boy would like to hear that, other than he remembered how much it meant when his father said it to him, Stafford nodded. "I sure do. We both like dogs and horses. And," he said, lowering his voice, "we both have so many brothers and sisters we don't know what to do with them."

Terrance laughed. "Ain't that the truth." More serious, he asked, "You have brothers and sisters?"

"Yep. Five sisters and one brother."

After a moment of thought, Terrance exclaimed, "That's more than me."

"Yes, it is," Stafford answered.

"Where do they live?"

"Mississippi, most of them. One of my sisters lives in Texas now."

"That's a long ways away," Terrance said, frowning.

"That's what happens when you grow up, people move away." Stafford gestured toward the shed where they'd put away the tools they both carried, and in hopes of bringing a smile back to Terrance's face, he asked, "Where's the hat I bought for you?" Though it was evening, he explained, "It'll keep the sun off your head."

The child set the spool of string on the shelf before asking, "What hat?"

"It should have been in the freight wagon that arrived the other day," Stafford answered as they walked out the door.

"There's some stuff in the room by the back porch. A couple of crates full. Marie said it must be yours and that we shouldn't—"

"Yes," Stafford said. "I remember, now." Marie had told him at supper two days ago that she'd put his supplies in that room. He still didn't know what to use that room for, so he just stored things in it. His mother had had a room like that, one that ran along the back of the house. She'd called it a lady's parlor and he wasn't ever allowed in it.

"You bought me a hat?" Terrance asked. "Is it like yours?"

"Yep."

"Can we go get it?"

"Yes," Stafford answered. "There's one for each of your brothers and sisters, too."

Marie was on the porch, feeding Polly, when the door flew open. Her heart skipped several times, which had nothing to do with the speed of Terrance's steps. She simply had no control over her insides when it came to Stafford. Since Mrs. Baker had arrived, she'd barely seen him. Other than mealtimes, which she'd grown to love. Sitting around the table, her on one end, Stafford on the other, was just like a family. Just what she'd always wanted. He liked it, too; at least, it seemed that way. She only had two weeks and was determined to learn all she could in that time, so things could continue as they were. However, she didn't let cooking get in the way of looking after the children.

"Terrance," she said with warning. "We walk in the house."

"Yes'um," he answered, slowing his pace considerably.

"Where are the rest of the children?" Stafford asked.

The smile on his face, or perhaps the glint in his eyes, made her heart stutter again. "Beatrice and Charlotte are in the kitchen with Mrs. Baker, we just finished mixing up a batch of bread, and Samuel, Charlie and Weston are up in the window room."

"What are they doing up there?" he asked.

Lowering her voice, for it was a secret game the boys enjoyed wholeheartedly, she whispered, "They are on lookout. For Indians. One never knows when we might come under attack."

Stafford laughed, and she did, too. He was the one that had started the adventure. When they'd asked what that room was for, he'd said precisely those words. He'd assured her he was joking, which had eased her fears. He was good at that, easing her fears, and that was something else she wondered about. As much as his presence riled her at times, it was comforting to know he was nearby.

"Go get your brothers and sisters, Terrance," he said. As the boy walked away—though Marie knew he'd be running as soon as he was out of sight—Stafford asked her, "The things that arrived on the freight wagon the other day, it's all in that room?"

"Yes."

"Come on, then," he said, and to her utter surprise, he took her hand.

His palm was warm as his fingers wrapped around hers.

"I picked some things up for the kids," he said, tugging her into the hallway. "I forgot to tell you about it."

Her heart pounded inside her chest. Gifts for the children had nothing to do with it. Having Stafford hold her hand did. Even with all the things Gertrude said, Marie couldn't find it in herself to dislike him. Neither did she want to be disloyal to him. He'd already provided her and the children with far more than he needed to.

The room was full of evening light, due to the numerous windows, but it held no furniture, just a few boxes and crates sitting along one wall. Gertrude had said this room would make an ideal sewing room, and Marie had agreed, even though she didn't know how to sew. The other woman had picked up on that and offered to teach her as soon as her cooking skills were far enough along. There again, Marie had silently agreed with a nod. Soon she'd have to tell the woman she wouldn't be able to afford her beyond the two-week span of cooking lessons.

Stafford let go of her hand to move across the room toward the supplies, and she stopped near the window, gazing out at the garden in the backyard. That was another thing Gertrude had offered to teach her, how to tend a garden. If she'd known all the things she didn't know, and would need to know, she might have never left Chicago.

No, she would have still left, and she was never going back there. No matter what it took.

Rubbing her hands together, for one in particular was still tingling, she turned. "You really didn't need to purchase anything for the children. They have everything they need for right now."

"They don't have hats," he said. "I noticed that on the trip here."

His grin was back. It was slightly slanted, one side higher than the other. She'd noted that before, and each time she saw it, it became more attractive.

"You noticed it, too," he said. "That's why we needed the covered wagon, remember?"

"Yes, I remember," she said, and then wrinkled her nose at him for making her cheeks feel so flushed.

He laughed and tossed something across the room. She caught it. Well, rather, it sailed directly into her hands. A yellow straw hat with a wide brim and pink silk ribbon.

"That's to keep the sun off your head," he said.

Her heart swelled, but the children rushed into the room before she could respond.

"Really, Stafford? Really? You bought us hats like yours?" Samuel was asking as he scurried across the room.

"Yes, really," Stafford answered. "But girls first." He waved a hand. "Beatrice, Charlotte, these two are for you."

While they oohed and aahed, and thanked him, he settled hats on their heads very similar to the one Marie held between trembling fingers.

"Now these," he said, pointing toward four others he'd laid on the floor, "are for boys. Cowboys. Are there any of those around here?"

"Yep, right here," Terrance answered.

Marie couldn't contain the happiness erupting inside her. The children had been extremely well behaved lately, and she was so very proud of them for that. But this, the way Stafford had them shining brighter than they had in months, made her joyous.

"Are we really cowboys, Stafford?" Samuel asked.

"I am," Weston answered, holding on to the brim of the hat sitting on his head with both hands.

"Me, too," Charlie added.

"There you have it," Stafford said. "We have a room full of cowboys."

"Marie?" Charlotte asked, "Can we go look in the mirror?"

She nodded and watched as all six of them hurried for the door. That's when she spied the scowl on Gertrude's face. The woman's disapproval couldn't be missed. She'd laid out several warnings about allowing the children to become overly attached to Stafford.

"I picked up some other things, too," Stafford said. "Material and such. I thought you might want to—" he shrugged "—sew some things."

The sinking in Marie's stomach prevented an answer from forming.

"Miss Hall may need instruction in that, as well, Mr. Burleson," Gertrude supplied. "But I'll see what we can manage during my time here."

Marie didn't take her eyes off the hat in her hand as a thick silence filled the room. At most times, Gertrude was pleasant, even fun to be around, but when it came to Stafford, she was rather tart.

"Thank you, Mrs. Baker," Stafford said. "Would you mind tending to the children for a few minutes? There are some things I need to discuss with Marie."

This time Marie's stomach hit the floor. His somewhat demanding tone was back. She shifted her gaze slightly, just to see how the other woman reacted.

Gertrude walked farther into the room. "I do not believe it would be appropriate for you and Marie to be alone together."

"We aren't alone," he said. "And even after you leave this room, we won't be alone. You'll be right outside the door."

Marie gulped at the way Gertrude gasped. She certainly didn't want Stafford to dismiss the cook, but being a household employee, she'd learned how one should speak to an employer. Gertrude, as much as she did know, didn't know that.

"I'm not precisely sure what I did to gain your dislike or distrust, Mrs. Baker," Stafford said. "I would like to discuss it with you, because I do appreciate you being here, but right now, there are some things I need to discuss with Marie concerning Mr. Wagner."

Marie's insides were now trembling, and her mouth was so dry she couldn't speak. Things got worse when Stafford crossed the room and took her by the elbow.

"Marie and I will be in my office, Mrs. Baker," he said. "I'd appreciate it if you would mind the children."

Gertrude glared, but nodded.

"Thank you," he said. "When Marie and I are finished, you and I will have a discussion."

Marie didn't dare cast a glance toward the other woman as Stafford led the way to the door, still holding her elbow. A hundred questions were bouncing inside her head, yet she had an inkling that the answer to all of them included an end to her plan. The one that hadn't worked very well since the beginning.

Chapter Eleven

Stafford waited until Marie was settled in a chair before he pulled the letter out of his pocket. It had still been in his saddlebag in the vestibule. After handing the envelope to her and watching her brows pull down, he walked around his desk and took a seat.

"I'm assuming you recognize that." A part of him wanted to start questioning her, but another part told him to take it slow, let her reveal her story.

"Yes, it's the letter I sent Mr. Wagner." She'd turned it over, was staring at the wax seal on the back.

"I picked it up when I was in town the other day."

"I mailed it a long time ago," she said. "I never imagined it would take that long to arrive."

"It probably didn't. Mrs. Smith had it. Said she was holding on to it until Mick got back."

"So he never saw it?"

Stafford shook his head.

"Did Mrs. Smith put this on it?" She was delicately running a finger over the wax seal.

Stafford figured the woman had resealed it, but it made no sense for her to seal a letter that hadn't been in the first place. "You didn't?"

"No, I used some of Emma Lou's—Mrs. Meeker's— stationery. It was prepasted." Marie laid the envelope on the desk.

Verna Smith had been a burr in his side—everyone's side—since she'd married Henry only six weeks after her second husband had died and the two merged their dry-goods stores. The way she'd raised all of Henry's prices could almost be counted as stealing, and her meddlesome activities irked everyone, but this really irritated him. Stafford lifted the envelope off the desk. "She must not have been able to reseal it, so thought this might fool everyone."

"Are you implying she opened it and read it?"

"Yes."

Marie, looking stunned, glanced from him to the envelope and back again. "That would explain how she knew the children's last name."

Protectiveness as he'd never known it bloomed inside him. "What did she say?"

"Just something along the lines that they were the Meeker children."

Her timidity implied that Verna Smith had said more, but he wasn't going to dwell on that now. "What does the letter say?"

"Open it. Read it. It explains how Emma Lou and John Meeker died in a fire, and since he, Mr. Wagner, that is, was Emma Lou's cousin, he is the only family the children have left." With a wave of her hand, she said, "Go ahead. Open it."

Stafford did, and read it. The letter, in perfect penmanship, explained just that, and how she didn't think Mick would want the children sent to the orphanage so she was bringing them to him. He read it twice before saying, "It doesn't say anything about you being Mick's mail-order bride."

Her grimace was accompanied by red cheeks. "That was my friend Sarah's idea. I didn't have enough money to pay the train fares. Sarah told me about a woman she knew who became a mail-order bride and the husband paid for her travels upon her arrival. When I promised to pay for my ticket, the train agent agreed the children could accompany me, as long as their fares were paid in Huron."

He had to wonder what anyone would have done if he hadn't paid their fares. Arrest her? That was doubtful. "You had enough to pay your way?"

She nodded. "I'd saved most of my salary since starting to work for the Meekers, and last year for Christmas they gave me a necklace and ear bobs. They weren't overly expensive, but I got enough by selling them to provide meals for the children while traveling." Her sigh echoed across the room. "I waited as long as I could to hear back from Mr. Wagner, but when the man from the bank insisted we had to move out of the house, we had nowhere to go."

"What happened to everyone else? I'm assuming they had other servants." He didn't like using that word when it pertained to her. "Or employees."

"They did. A cook, maids, a gardener. They all found other positions."

"You could have, too."

"The children wouldn't have had anyone if I'd done that."

The one question he really wanted answered couldn't wait any longer. "Are you fully prepared to marry Mick?"

"I won't abandon the children," she said.

"That doesn't answer my question."

She hesitated, but eventually said, "Yes, I'll marry him."

Stafford wasn't exactly sure what that did to his insides. He liked the idea that Mick hadn't ordered her, but knowing she'd marry a complete stranger—she would, he had no doubt, considering all she'd already done—didn't sit well with him.

His thought voiced itself before he could stop it. "What if someone else, another man, was interested in adopting the children, all of them, would you consider marrying him?"

Something unusual shot through Marie. A shiver of sorts. She didn't *want* to marry Mick Wagner, but the children belonged to him. Allowing Stafford to read the letter, to understand what had happened, was one thing, but all this talk of marriage made her nervous. Realization though, when it arrived, wasn't as comforting as it should be.

"No one else can adopt the children," she said. "Emma Lou had a life insurance policy. It lists Mr. Wagner as guardian of the children. He'd have to agree to any adoption." She blew the heavy air out of her chest. "That's what Mr. Phillips said. He was the Meekers' solicitor. He wanted to file an affidavit, one where the courts could put the children in an orphanage until Mr. Wagner contacted him. That's why I brought them here."

She could go on, explain to him what orphanages were like. How she'd spent most of her life in one. How she had been adopted out, twice. Once by a man who insisted upon peace and quiet all the time so that eventually his wife took her back to the orphanage, and a second time by a woman who took her back after two weeks, saying having a child underfoot was too much trouble. An adopted child wasn't always a wanted child, and being returned, proving to everyone you were completely unwanted, made life at the orphanage so much worse.

"But you're willing," Stafford was saying, pulling her mind back to the present. "To stay here at the ranch until Mick arrives, decides what he wants to do?"

"Yes, as long as you are willing to allow us to stay." Fear leaped forward, had her adding, "I have the life insurance policy. It's not a lot of money, but enough to repay the expenses we've accrued." She cringed. "Not the cabin, though."

His slanted grin was back. "You don't need to worry about reimbursement. I— Mick has enough funds to cover it. Including the cabin."

"But that's probably not how he'd choose to spend it," she said aloud, though she hadn't meant to.

He chuckled. "Probably not. But Mick's a good guy. He'll understand. The cabin would have needed to be torn down eventually, so don't waste another thought on that, either."

Once again she was thankful his easy demeanor was so calming. "You seem awfully confident about that."

"I am," he said. "Mick's like a brother to me. I know what he wants almost as well as he does."

"Does he want six children?" she asked.

This time his laugh was so genuine she grinned. Stafford stood then. "We've been closed up in here long enough. Mrs. Baker will soon be knocking upon the door."

Marie allowed him to take her elbow. It seemed so natural, almost as if he was an ally, the first one she'd ever had. "Thank you for not firing Mrs. Baker."

"Firing her?" He shook his head. "I haven't eaten so

well in years. And don't worry about her wages, either, I'll pay them. That's what I'm going to discuss with her now."

When Marie opened her mouth to protest, he shook his head. "I'm benefitting from her being here as much as anyone. I pay the wages around here, and I'll pay hers."

He pulled open the door, and Marie couldn't say the words that had formed, not with Gertrude standing right there.

Stafford and Gertrude were still in his office long after she'd put the children to bed, and the next morning, when she and the children walked down the stairs, the kitchen was full of laughter.

Unable to resist, Marie glanced between the two people in the room. Stafford sat at the table, drinking coffee, and Gertrude was at the stove frying pancakes, which thrilled the children. Wondering what had happened to the animosity that usually hung in the air between the other two, Marie walked to the stove. Though her heels clicked steadily upon the floor, her steps were awkward, as unsure as everything else.

Smiling more brightly than usual, Gertrude said, "Good morning. I was just telling Stafford about my George. He was a prankster, my George was. There wasn't a day I knew him that he didn't make me laugh."

Marie lifted an egg out of the bowl Gertrude gestured toward and cracked it against the edge of a pan already sitting upon the stove. Her stomach swirled. She'd been full of pride when Stafford praised her cooking last night, but there was still so much to learn. Of course he'd hire Gertrude over her. Why hadn't she thought of that?

She cracked three more eggs, and retrieved a spatula as the eggs sizzled and spat. Stafford was talking with the children, the boys mainly, about hats, and a hard knot formed in the center of her chest. The children were so happy here, and in an odd way, that hurt. They'd be sad, uprooted again, when Mick Wagner arrived, even if it meant just moving across the bridge.

"You only sleep with your hat on when you're on the trail, ain't that right, Stafford?" Terrance was saying. "Like you did when we traveled out here."

Flipping the eggs, Marie waited for his response.

"Well," he said, "if Weston wants to sleep with his hat on, I don't see how it'll hurt anything."

A yoke on one of the eggs broke when Stafford asked, "What do you think, Marie?"

It wasn't the first yoke she'd broken. And, most likely, it wouldn't be the last. She turned and found Weston's gaze. "I don't believe it will hurt anything," she told the child. "But you might accidently crush it in your sleep."

"That could happen," Stafford agreed. "Maybe we need to put a hook on the wall in your room. That way you can hang it up before going to sleep."

"Can I have a hook, too?" Charlie asked.

"Sure," Stafford answered. "I'm sure there are a few around here somewhere."

"Those are done," Gertrude whispered in Marie's ear, pulling her attention back to the stove.

After placing the eggs on a platter and filling the pan with four more, Marie's gaze once again shot to the table. Stafford was watching her, just as the tingle in her spine had said. There was something different in his gaze this morning. It was more thoughtful than usual. She shivered. Was he thinking she wasn't needed at all? Not as a nursemaid or a cook, now that he'd hired the other woman?

"I must say," Gertrude whispered, "I wasn't giving credit where credit was due. Stafford is very tolerant when it comes to the children. Charitable, too."

Marie couldn't stop the sting that formed behind her eyes.

Gertrude chuckled and patted Marie's shoulder before carrying the platter of eggs and pancakes to the table.

By that afternoon, Marie could no longer hold her silence. She'd hinted about her curiosity as to why Gertrude changed her opinion of Stafford, but the other woman overlooked each question and simply chatted on about a plethora of other things.

"What did he say to change your mind so completely?" Marie finally asked, bluntly.

"Who?" Gertrude asked as she unfolded a length of material from one of the crates that had also held hats for everyone. "Stafford?"

"Yes, Stafford," Marie answered. Usually the children attended to their studies after lunch, but today Stafford had asked if they could accompany him out to the barn. She'd agreed, knowing the studies wouldn't hold their attention—or hers. The frustration she'd held in all morning came out in a gush. "Yesterday you were warning me to not let the children become too close with him. Today you act like he's your best friend."

"That should make you happy," Gertrude said. "You've been trying to convince me he wasn't as bad as I believed."

"I have not," Marie insisted. "I never said anything." She'd bitten her tongue several times to keep from telling the other woman she was wrong about Stafford. He might have hit it rich in the gold fields, but he wasn't squandering his money, not that she'd noticed, and he wasn't as boorish as Gertrude made him sound. He wasn't attempting to take advantage of her, either—not in the way the other woman had implied he would. Of course, Marie hadn't admitted that he'd kissed her—twice. In a way, she was cherishing those events and didn't want them tarnished. Not even by her own thoughts.

"Exactly," Gertrude said. "If you'd believed me, you'd have agreed with me."

Marie had to take a moment to consider that, but then shook her head. She didn't have time to figure that all out, she just needed to know if he was going to send her away. That couldn't happen. Not again. "What did Stafford say last night?"

"He hired me. Not just for two weeks, but for as long as I want to stay." Gertrude sighed then. "As if any woman in her right mind would want to leave this place." Smiling, she continued, "And he increased my wage. Twenty-five dollars a month. George didn't even make that much working for the railroad. Furthermore, the more we talked, the more I came to the conclusion most of what I'd heard was nothing more than hearsay. My guess would be rumors started by Verna Smith. That woman has a penchant for sticking her nose in where it doesn't belong. Some folks are like that. Hate to see others happy or prosperous."

Despite the warmth of the room filled with bright sun from the many windows, Marie grew chilled. Verna Smith was the least of her concerns. "Stafford hired you to be his cook?"

"Yes, and to continue teaching you everything I know."

Hope rose. "He said that?"

"Yes, among other things." Gertrude held up thread

and buttons, and then walked back to the pretty yellow
material with tiny red roses she'd laid out on the floor.

"What other things?" Marie asked, trying not to be
too hopeful.

"Sewing for one. I think we'll make you a dress out
of this cloth, and one for each of the girls out of the pink
striped material," Gertrude said. "Get you out of those
blue ones."

Still attempting to hide what had grown into excitement, Marie shook her head. "These blue dresses are
my uniforms. I have no need for a new one, but the girls
do."

Gertrude smiled. "Verna probably expected some old
woman when she read your letter, and I'd guess she's
pretty put out that you aren't." Gesturing toward the window, she said, "Now, stand over here, so I can get your
measurements."

Stafford stood nearby as each of the children took
turns riding Ginger—the gentle mare he'd bought last
year—as Shorty led her around the corral. But one eye
was on the house. He'd figured Marie would have been
out by now. To check on the children, if nothing else, although he'd truly expected her to corner him. She'd noticed the difference between him and Gertrude Baker
this morning. It was impossible not to, and it had to be
driving Marie crazy. He'd been anticipating a few minutes alone with her. There was a tension between them
that he found he thrived on.

Pulling his gaze away from the house, Stafford leaned
back against the wooden corral, where five little bodies
sat along the top rail like birds on a branch. He thrived
on them, too, though in a different way. Having the kids

around was fulfilling in a unique sense. All in all, the changes that had happened lately fit him.

Even Gertrude Baker. She'd turned out to be more than a cook. She was smart, and didn't mind telling him exactly what she thought.

It had been an eye-opening conversation—the one the two of them had participated in last night—especially concerning the town of Merryville. Seems Verna Smith was not only exorbitant in her prices, she was quite masterful in starting rumors, too. Mainly about him and Mick. Sure, both of them had visited the saloon in town, but not that many times.

He'd set Gertrude straight, and as they'd talked, about the railroad, her husband and the town of Merryville, they'd both come to the same conclusions. Verna Smith was not only telling tales, she probably was already coming up with a plan to publicly ridicule Marie.

The thought had his jaw tightening. Marie had told Gertrude about the children losing their parents and how Mick was their only living relative. Long after their conversation had ended and Stafford had climbed the stairs to his bedroom, a variety of things circled his mind. Past and present concerns.

He waved to Shorty. "That's enough for now," Stafford said. "The kids have lessons this afternoon." And he had things to see to.

Groans sounded, but one by one the children climbed down, with his help, and made their way to the gate. Stafford followed them toward the house, absently answering their supply of never-ending questions. His mind was on another track, wondering what would be the best way to handle Verna Smith, when a plume of dust in the distance caught his attention. Company was a rarity, and he stopped near the steps, watching until a wagon grew close enough for him to make out who it was.

He was biting the inside of his bottom lip when the wagon rolled into the yard. Verna Smith sat on the bench seat, beside a man dressed completely in black, and three other women were in the back of the wagon, the wind tugging at the flowers and feathers on their hats.

"Hello, Mr. Burleson," the man said. "I don't believe we've met. I'm Reverend Saxton."

Stafford had already noted the white collar, and he'd noticed how the three women in the back were shifting their hefty weights to exit the wagon. He supposed he should offer assistance, but since he was already convinced this wasn't a neighborly visit, he wasn't overly concerned about manners.

The preacher assisted Verna Smith, who was also dressed in black, as usual, and the two of them approached side by side. "It's been brought to my attention, Mr. Burleson," the preacher said, "that you have a young woman living out here, one you aren't married to."

So that was Verna's plan, and she'd wasted no time in putting it in place.

"Hello, Reverend Saxton," a voice said behind him. "How nice of you to visit."

Stafford looked round and found he was very glad he and Gertrude Baker had formed a friendship last night. She cast him a knowing glance as she walked down the steps while Marie ushered the children through the front door.

The Reverend frowned. "Mrs. Baker, I wasn't informed you were living out here."

Gertrude grinned while nodding his way. "Mr. Stafford hired me. He completely understands how some folks might misconstrue Miss Hall and the children staying in his home while he builds Mr. Wagner's new house." She then waved a hand toward the staked-out ground on the other side of the bridge. "Marie and the children attempted to live in the cabin, but it wasn't nearly large enough. Mr. Burleson decided to start from scratch, and that's when I was hired. To keep everything proper."

"Hilda, Wilma, Noreen," Gertrude continued, remaining steadfast as she addressed each of the plump women who looked no worse for wear from their trek in the back of the wagon all the way from town. "I'm glad you came to visit. Do come inside for coffee. Marie just baked a brown-sugar cake. It's fresh from the oven."

Stafford didn't intrude as Gertrude guided the women toward the steps. It was evident she knew how to handle this situation far better than he might. Besides, it allowed him to focus on Marie, who'd walked down the steps and now stood nearby. When the time came—and it would, considering the glare Verna Smith was bestowing upon her—he'd intercept the woman's wrath.

His instincts were to put an arm around Marie, but that would give Verna more ammunition, so he settled for putting himself between the two women by stepping forward. "After you, Mrs. Smith," he said with a wave of one hand.

Nose in the air, and with a huff that folks probably heard in Colorado, the old bag marched up the steps. Stafford wouldn't have minded if she tripped, but she didn't. He chanced a glance toward Marie then, who was chewing on her bottom lip. Unable to verbally offer comfort, or to let her know he wouldn't let the old woman harm her or the children, he winked and then gestured for Marie to precede him. A bashful grin formed as she bowed her head and walked into the house. He grinned, too, liking the fact he could come to her aid when needed, and followed, taking the door the Reverend was holding open when he arrived on the stoop.

Gertrude had stationed herself under the arched opening of the front parlor, directing the flow of women into the room. "Marie," the cook said. "I'll make a fresh pot of coffee while you see our guests are comfortable."

Stafford couldn't help but let his gaze relay his thoughts. Marie was literally trembling in her shoes. He tossed caution to the wind and laid a hand on her shoulder while holding his disapproving glare on Gertrude.

He felt the breath Marie inhaled and squeezed her shoulder as her stance stiffened. "Of course," she said.

There wasn't a tremble in Marie's tone or a stumble in her step, yet Stafford leaned toward Gertrude to harshly inquire, "What are doing? Throwing her to the wolves?"

"No," the woman hissed back. "She'll have to learn how to handle them sooner or later, and I'd say, the sooner the better."

Stafford's gaze followed hers to where Verna's cold stare was still focused on Marie. He held in the desire to shake a shudder off his shoulders and asked himself how he'd ended up in the middle of this. A house full of women, a preacher who was ready to damn his soul and a nursemaid who mattered more to him than she should.

There were no signs of the children, and assuming Marie had sent them upstairs as soon as they'd entered the house, Stafford emptied his heavy lungs and walked into the parlor. An afterthought had him removing his hat and setting it on a table near the doorway. Then he crossed the room to where Marie was pulling an additional chair to the edge of the sofa. Thelma (or was it

Wilma?) along with Noreen filled the sofa, so the third one, Hilda—she was Doctor Kramer's wife, he recognized that now—needed the chair.

The Reverend and Verna took the end chairs flanking the table. Stafford made his way to the stone fireplace and leaned a hand on the mantel he'd carved himself. There was a vase of flowers sitting upon it—an addition that hadn't been there before.

"You certainly have a lovely home, Mr. Burleson," Hilda Kramer said.

"Thank you, Mrs. Kramer," he said. Then recalling their reason for visiting, he added, "Mick's will be just as large, once it's completed. Plenty of room for all of the children."

The tension in the room grew noticeably thicker, and he couldn't help but glance over to see how that was affecting Marie. She'd pulled out the piano bench, but hadn't sat yet, as if unsure what to do. So was he. The longing to step closer, just to offer his support, was hard to contain.

After clearing his throat, the Reverend said, "We are glad to see Mrs. Baker lives here, but that's not the only reason we are here, Mr. Burleson."

Stafford gave a single nod, though he had no idea what the other issues truly were. The first one hadn't been an issue to him, either, and in his mind, it shouldn't be to anyone else.

"Miss Hall has no claim to the Meeker children," Verna Smith spouted. "They should not be here at all." Waving a hand toward the three other women, she continued, "Mrs. Kramer, Mrs. Johansson, and Mrs. Waters have all agreed to take the children in."

Marie's legs would no longer hold her up and she collapsed onto the padded bench behind her. This was just as it had been in Chicago, people coming to take the children away. It was all she could do to breathe, yet at the same time, a fierce determination arose inside her. She'd fought then, and she'd fight now.

"The children," Stafford said as sternly as she'd ever heard him, "do not need any one to take them in. They have a home right here."

"But they do, Mr. Burleson," Mrs. Smith insisted with a nasty sneer. "They do not belong to you, either."

Marie had finally found her wits, now she had to make her voice work. "I—" She coughed slightly to chase away the trembling of her vocal chords. "I have an affidavit from the Meekers' solicitor in Chicago, stating I have permission to oversee the children's journey to be joined with their cousin."

The glare from Verna Smith's beady black eyes stung as sharply as any nasty hornet could have. "Mr. Wagner isn't here," the woman said. "And since you are no longer journeying, your affidavit is no longer valid." Smoothing her black skirt over her knees as she sat stiffer in the chair, she demanded, "It is now the community's duty to see to the children's welfare. Call the children so these women can choose the ones they want."

A scuffling sound came from the staircase behind her at the same time a ball of fury ignited in Marie's stomach. "I will not," she exclaimed, coming to her feet. "Those children will not leave this house, or my care."

Verna Smith stood and placed both hands on her hips. Glaring down her elongated nose, she proclaimed, "You are little more than a child yourself, and don't have anything to say in this situation. It's out of your hands."

Stafford had moved forward to stand beside her,

and Marie noted the way his nostrils flared. His anger shouldn't please her, but in this situation, it did. He was an ally, and she couldn't help but look to him for support.

"I," he said directly to Mrs. Smith, "have legal authority to oversee any dealings concerning Mick Wagner's property in his absence. In this situation, that includes the children, and I say they aren't going anywhere."

Chapter Twelve

The battle back in Chicago had been a difficult one, but looking back, it had been a simple task compared to the one Mrs. Smith was merciless in creating. Marie had attempted to make the woman, as well as the others, see how uprooting the children yet again would be sinful, but that had backfired. Verna Smith had insisted what was happening—the children living at Stafford's—was sinful. Corrupt, she'd called it, and immoral. Marie had insisted Stafford had been nothing but a perfect gentleman during their stay, but that hadn't helped. Nor had Gertrude's offering of cake and coffee stopped the other woman from spouting accusations.

Relentless, that's what Mrs. Smith was. Marie was just as determined to keep the children, but the woman's accusations, how she kept insinuating there were less than proper activities happening—Marie would have had to have been blind and deaf not to understand exactly what the woman was alleging—were draining. She was close to tears. Not because of the woman's fabrications, but because she'd never truly feared losing the children before. Not like this.

Stafford had turned uncommonly quiet, and that, too, hurt. Marie didn't expect him to completely deny everything the woman said—for they had kissed—but she couldn't fathom why he let the woman prattle on.

The others were quiet, too. The three women were drinking their coffee, having already devoured the cake, and the Reverend had found a particular spot on the floor he kept his gaze on. Even Gertrude remained silent.

Marie, though, wasn't about to back down. "You can spread all the rumors you want, it's obvious nothing will stop you, but know nothing will stop me from keeping those children together." She'd never directly challenged someone, and doing so had her insides shaking. "Now," she continued, willing herself to sound calm, "if you really believe I've done something illegal, I suggest you request a lawman to investigate the situation. I'll gladly share how you held the letter I mailed Mr. Wagner for weeks, as well as how you read it and resealed it, hoping no one would notice."

Verna Smith turned as red as a freshly shined apple, and Marie flinched, half expecting the woman to take a swing at her.

Stafford stepped between the two of them. "I completely agree with that suggestion," he said. "Find the territory marshal, Mrs. Smith, and have him investigate who has rights to the Meeker children." Stafford turned to the other women. "If you ladies are finished with your coffee and cake, I'll show you to the door."

The three women jumped to their feet, as did the Reverend. "Yes, yes," the man said. "I do believe it is time for us to leave." He nodded accordingly. "Thank you for the coffee and cake. It was very delicious, and I hope to see all of you in church on Sunday."

"We'll be there," Gertrude replied, eagerly waving a hand toward the door.

Marie hadn't moved. Neither had Mrs. Smith. They were still in a stare down, though they both had leaned slightly, to see around Stafford's broad shoulders.

"This isn't over," Mrs. Smith hissed.

"It most certainly is not," Marie answered. Now that Stafford had intervened, proved he was on her side, the fight inside her had increased. She was ready to go in fists flying, as she had in the backyard of the orphanage when the kids teased her for being returned twice. A returnee they'd called her. Stepping up beside Stafford, she leveled a hate-filled glare at the other woman. "No one will separate those children. Especially not some crotchety old woman who does nothing but spread lies."

"Why you little—"

"Mrs. Smith!" the Reverend interrupted.

Stafford had grabbed Marie by the waist and was towing her backward. She struggled against his hold, mainly to hold her glare on the other woman. "Do you hear me, Mrs. Smith?"

"She hears you all right," Stafford said. "So does everyone else."

Marie shoved at his shoulder, attempting to see around it as the Reverend led Mrs. Smith from the room by one arm.

"Calm down," Stafford said.

Marie glanced up, barely able to see past the fury inside her. "What are you grinning about?" she asked. "This is not a laughing matter."

"I know that." He let go of her waist and took hold of both shoulders. "Stay here while I go see to our guests' departure."

"Guests," she huffed, trying to ignore the tingling at her waist and now her shoulders where the heat of his hands had her blood pooling. "If those are guests, I'd hate to see what intruders look like."

He grinned again, which only made her insides flip. "Just stay here."

Marie spun around, no longer able to fight the sensations looking upon him created. Focusing on the piano, she took several deep breaths, but it didn't help. Rage pounded in her blood at Mrs. Smith's accusations, and a different type of frenzy had her skin throbbing where Stafford's hands had been. When it was apparent she was too upset to stand still, she paced up and down. The desire to march outside and grab Mrs. Smith by her coiled black hair held strong, yet she knew she couldn't do that. This wasn't the orphanage, and even if it was, fighting had never solved anything. She'd been known as a returnee until she'd left the orphanage for Miss Wentworth's boarding school. There she'd put all her focus into becoming what someone would want. The best nursemaid ever. She'd become that, and no old biddy was going to take her children away from her.

The pent-up energy had her hands shaking as Marie began to gather the cups and plates left on the table.

"I'll do that," Gertrude said, bustling into the room. "The mood you're in, you'll break every one of them."

She was right. Her inability to channel the frustration inside her had the china clattering in her hands. Marie set the things she'd gathered back on the table. "I'm not leaving, and neither are the children."

"Of course you aren't," Gertrude said. She chuckled then. "I knew you had it in you, but I didn't expect it to come out so fiery."

"What are you talking about?"

"You silenced the room when you started in on how distressing separating the children would be after all they've been through."

Marie couldn't remember exactly what she'd said, but she knew that was right. "It would be, and I will not let it happen."

Gertrude held up one hand. "I know that, and I agree with you." She skirted around the table and took Marie's arm. "Go outside. Hoe the garden, get rid of all those bad things inside, then you'll be able to think straight."

Marie wanted to say she didn't know how to hoe the garden, but it really didn't matter. A few moments alone might help. Mrs. Smith had been so vehement, far worse than anyone she'd encountered in Chicago.

"I'll see to the children," Gertrude said. "Go."

Once outside, Marie made her way across the backyard to the fenced-in garden. A hoe was balanced against the gate, from when Gertrude had inspected the area. The woman had been overjoyed by the garden, and Marie had once again realized her lack of knowledge when it came to managing a household. Her abilities to manage children had been sorely tested, too, ever since Emma Lou and John Meeker had died. As she picked up the hoe, she wondered again if she'd been wrong in bringing the children west. What if the future turned out to be as complicated and difficult as the past few months had been? Could she handle it? Would everyone have been better off if she'd let the children go with the families in Chicago?

Entering the garden, she began turning the soil with the hoe. No, they wouldn't have been better off. She'd seen kids separated from their siblings, heard them cry themselves to sleep at night. Maybe she was the part that didn't fit in. Mrs. Smith seemed to be the most disturbed by her, and the fact she was living at Stafford's house.

Anger flared in her stomach again, followed by a touch of shame. If Stafford hadn't stopped her, she might have attacked the woman. It had been years since she'd resorted to such acts.

"Have you ever hoed a garden before?"

Marie spun around, and the pitching of her stomach had her planting the sharp edge of the tool in the ground. She was mad at him, too.

"No," she snapped.

"It shows." Stafford pushed open the gate. "You just dug up a row of potatoes."

"That wasn't a row," she explained. "They were little hills."

"That's how you plant potatoes. In mounds."

An overwhelming hollowness filled her. "Well, I guess that proves it, doesn't it?" She released the hoe handle, letting the tool fall to the ground. "I don't belong here."

"In the garden?" he asked, picking up the hoe and carrying it to the fence.

"Yes. No." She walked to the gate. Not belonging wasn't new, she'd felt it most of her life. Living with the Meekers, before Emma Lou and her husband had died, had been the first time she truly felt she belonged somewhere—an integral part of a family—but none of this should ever have been based on what *she* wanted. Turning, her gaze went from Stafford's house, to the trees lining the creek that wound around the backyard and the garden. She couldn't see the barns or Mick's place from here, but really didn't need to. Sighing, she said, "Here in general."

"Well, you can't leave now." Stafford shut the gate and hooked a wire around the pole next to it.

She pulled her eyes away before he turned, not wanting to be caught staring. He was so tall and broad and handsome, and she'd truly wanted him to stand up for her with Mrs. Smith. Another reason she shouldn't be here. "Yes, I can. I can leave whenever I want." It was a lie. She didn't have enough money to get back to Chicago.

"And let Mrs. Smith win?"

Fury bubbled inside her all over again. "As if you'd care. You didn't even try to stop her from spouting lies."

He lifted a brow. Just one, and along with his slanted grin, it made her insides flip.

"I didn't have to," he said. "You were doing a good job of it yourself. Putting Verna in her place. If I'd stepped in, she wouldn't have understood just who she was going up against."

Marie didn't completely understand what he meant, and didn't take the time to try. She already knew why he hadn't stopped the other woman. "You never wanted us here."

"Maybe not in the beginning." He lifted a hand and softly ran a knuckle over her left cheekbone. The touch was as soft as a feather and had her holding her breath. "But I do now."

Her eyes smarted. "You do?"

"Yes, I do. And I was very proud of you. The way you stood up to her. The way you stood up for the children. She now knows you aren't afraid of her, and that you won't back down. That she may have just met her match."

Warmth was pooling in her stomach, spreading through her veins. Not sure what was happening, she shook her head. "Y-you were proud of me?"

"Very."

His whisper locked the air in her lungs. A transformation was taking place. Not just inside her, but between them. She'd sensed it before, both times he'd kissed her, but hadn't explored it or tried to understand why. This time she would. Had to. Stafford had to like her in order to be proud of her. Didn't he? "Why? Why would you be proud of me?"

Stafford had never fought the things he was fighting right now, but a piece of that battle included pulling her against him, kissing her. The confusion on her face mirrored his own. "How could I not be proud of you?" he asked, voicing his own bewilderment. "From the moment I met you, you've been full of determination. Thinking of no one but the children. You've taken on things unimaginable to others. Bringing the kids out here, a place completely foreign to you." As he spoke, something inside him, as foreign as the ranch was to her, was opening. He shook his head at the disbelief he couldn't quite grasp. "Living in the cabin, learning how to cook. Hiring Mrs. Baker. You haven't let anything stop you."

"I haven't had a choice."

"That's where you're wrong, Marie. You could have walked away. The day the Meekers died, you could have walked away."

"No," she said softly. "I couldn't. The children needed me. They didn't have anyone else."

At that moment it dawned on him, something he'd never expected to happen. He'd fallen in love with her. Stafford took a step back, needing a moment to process that. His first instinct was to deny it. She'd irritated him, more than once, yet even then, she'd been endearing, and he'd kept coming back for more. In the past, when someone annoyed him, he'd simply stayed clear of them. That hadn't been possible this time. Even that first day, he'd been ready to go back for more. Had been thrilled by the idea of goading her by taking a bath, getting a shave, having his hair cut.

"That's not completely true."

Her whisper had him pulling his gaze off the fencepost he'd used as a focal point while examining his internal revelations. The tear on her cheek had more things coming to the surface inside him. He reached up and gently wiped it away. "What's not true?"

"The children didn't need me." She sniffed and wiped at her nose with the back of her hand. "Not as much as I needed them. I'd never had a family before, and I wasn't ready to give it up." She shook her head. "That was completely selfish."

Stafford framed her face, combing his fingers into her hair as he lifted her face to look at him. The tears pooled in the bottom of her luminescent eyes, her puckered brows, her sad frown, all made her more endearing. He had to pinch his lips together to keep from voicing a question he'd never planned on asking any woman ever again. When she blinked, and a tear dropped off her long lashes, he bowed his head and pressed his lips to hers.

Her tiny gasp, barely noticeable, was rewarding, and he tilted her head to move his mouth over hers, using his tongue to encourage her lips to part. Even as her sweetness filled him, as her tongue gently met with his, Stafford kept telling himself he couldn't ask her to marry him. The idea, though, continued to grow, as did the strength of his kiss. She completed him in a way he'd never known possible. Not just with passion, but with inspiration, showing him a future he'd never imagined before.

She grasped the shirt at his waist, and Stafford tugged her closer, pulling her graceful curves against him. This, the connection, the bonding, was exactly what he needed. He was no different from her. From the time he'd left home, he'd been searching for one thing, fearing one thing. As much as he'd denied it, he, too, was afraid of being alone.

That's why he'd partnered up with Mick.

Mick.

Stafford backed out of the kiss, slowly, because he really didn't want to. Ultimately, knowing he had to, he pulled away and took a step back. "I—uh—I think we need to go to town."

"Town?" she asked with bewilderment.

"Yes, town. Ralph Peterson, he's the banker, but he's also the closest thing we have to a lawyer in these parts." His mind was miles ahead, or days, leastwise. Mick might not be home until next spring, and living with Marie all those months, feeling the way he did right now, would be impossible.

"What do we need a lawyer for?"

Stafford slid his hand to the middle of her back to guide her toward the house. "Because," he said, once they started walking. "We need to find out exactly what rights we both have concerning the children. Mick may not be back until spring, and we can't have Verna Smith breathing down our necks that entire time."

A plan was forming, yet he needed time for it to settle. Or maybe he needed time to justify it. Mick hadn't ordered her, so it wasn't as though he was taking her away from his friend. The children were Mick's, but if he was

responsible for them until Mick's return, that meant he
had to do whatever was in his power to keep them safe,
which meant preventing Verna Smith from convincing
the authorities to pass them out like a litter of puppies.
If that meant marrying Marie so she and the children remained right here until Mick returned, so be it. And if
that wasn't his only reason, then that was his business.

"Stafford, I—"

"Go get your paperwork," he said. His rationalizing
wasn't working as well as he wanted it to. A hard lump
had formed in his stomach, but still, he said, "I'll go get
the wagon."

Marie was balancing somewhere between a dream
and reality, thanks to Stafford's kiss. Her thoughts were
still lingering in a wonderfully misty place, making anything he said incomprehensible. Going to town, where
they could very possibly encounter Mrs. Smith, made
absolutely no sense.

Stafford patted her back before he turned and jogged
around the house. Jogged. Why would he be in such
a hurry to go to town? She'd just told him things that
should have left her completely vulnerable, yet she didn't
feel that way. His kiss had made her feel wanted in a way
she'd never imagined. His other kisses hadn't done that.
Maybe because then—when he'd kissed her before—
she hadn't understood other things. Such as the fact she
liked Stafford. Really, really, liked him. In a way that
made her heart beat faster, and recalling he'd said he did
want her here—all of them, her and the children—still
had her head in the clouds. He hadn't said he liked her,
but he was proud of her.

She drew in a deep breath and climbed the back porch
steps. It was silly—wrong even—the way she wanted

Stafford to care about her, to like her. Her focus should be on the children. Yet what she'd told him was the truth. She'd been using the children since the beginning. Her true fear had been being returned again. This time it would have been to Miss Wentworth's instead of the orphanage, but a return, nonetheless. Now, however, she couldn't return to Miss Wentworth's school. Not after kissing Stafford.

Sounds drew her down the hall, and she took a moment to find a smile to plant on her face before she turned the corner to step into the kitchen. Charlotte and Beatrice rushed forward, wrapping their arms around her waist.

"You sure told that Mrs. Smith," Terrance said, stepping up behind the girls.

Marie grimaced. "That was not something you should have been listening to."

"I made the rest of the kids go up to the window room," he said, as if that justified his actions.

Since she had her own mistakes to live with, Marie chose not to chastise him. "There's nothing to worry about." She lifted her gaze to include Gertrude. "Stafford and I are going to town." A thrill shot through her, which she tried to ignore.

Gertrude nodded. "Don't fret about anything here, we'll be fine." Her gaze roamed over Marie from head to toe. "Children, clean up the table. I'll be back in a moment." Curling a finger, she added, "Come with me."

Marie planted a kiss on several foreheads before she followed the other woman up the stairway. Gertrude hadn't been shy about voicing her opinion, and wouldn't be now. Listening was Marie's only choice, so she braced herself for what was to come.

Once in the other woman's bedroom, Gertrude lifted

a lid off a rounded trunk she'd brought with her from town. After setting several things on the floor, she said, "Here it is." With a flip of her wrist, she unfolded a dress.

It was a soft shade of orange—peach, really—with white that formed a tiny plaid pattern. A row of pearl buttons went from the waist to the lace collar. "That's very pretty," Marie said.

Gertrude turned the gown around. "There's barely a wrinkle. Seersucker is like that. Doesn't wrinkle, and wears well, along with being cool. I made this when George and I were first married and I was a bit thinner." The woman laughed. "That was years ago, and I kept this dress all these years just to treasure the memories."

"It is a treasure," Marie agreed.

"And ready to be worn again." Gertrude held the dress in front of Marie. "I'm sure it will fit you."

"Me?"

"Yes, you." Checking the length by leaning over, Gertrude continued, "You can't be going to town, meeting the banker, dressed in a uniform." Rising her head, she asked, "That's who you're meeting, isn't it?"

Marie nodded.

"Thought so. Ralph Peterson and his wife are good people. You'll like them, and they'll help you." Without pausing, she laid the dress on the bed. "Take off that uniform, and be sure to wear your new hat."

That was how Marie ended up wearing the lovely gown and the new hat Stafford had bought for her. Sitting next to him on the wagon's bouncing bench reminded her of the trip from Huron and all that had happened since. Life-changing things, and despite how challenging they may have been, she still didn't want to go back to Chicago. Not just because she didn't want to start over again, but because she wanted to stay here.

Stafford seemed as lost in his thoughts as she was, and Marie didn't mind the silence. He did, however, reach over and fold his fingers around hers. Her heart flipped in her chest, but there wasn't a single part of her that wanted to pull her hand away. They stayed that way until Merryville appeared on the horizon. During the trip she came to a conclusion. She was more than a nursemaid here. Something she'd never imagined, and she wanted that. Wanted to be more.

He gave her hand a squeeze before letting it loose. "There's nothing to worry about," he said. "Ralph Peterson's a good man. His wife's nice, too. You'll like her."

"Gertrude said as much," Marie answered, but had to admit, "I'm still not sure what we hope to accomplish by speaking with Mr. Peterson." The banker in Chicago had been no help at all. Then again, she hadn't had Stafford at her side. That filled her with a sense of safety she'd never known.

His answer, "A solution we can all live with," did create more questions, though.

Stafford was full of questions himself, and more than a little frustrated he couldn't come up with satisfying answers. The ride to town had given him plenty of time to contemplate his actions, and ultimately, he found himself thinking of his brother. Taking Marie away from Mick was relatively close to how Sterling had taken Francine away from him, and deep down, Stafford doubted that was something he could live with.

They arrived at the bank just as Ralph was exiting the

building, and he didn't seem surprised to see them. With a nod, Ralph said, "I'd appreciate a ride home."

Stafford scooted closer to the edge, giving Marie more space as Ralph climbed onto the seat beside her.

"Hello. Miss Hall, I believe it is?" Ralph extended a hand once he'd sat.

"Hello, Mr. Peterson," she greeted. "It's nice to meet you."

"Please call me Ralph." Leaning forward, to look around Marie, he explained, "Hilda Kramer was over to see Becca this afternoon. Right after returning from your place, I believe."

Stafford nodded, already assuming that word of what had taken place at the house would spread like typhoid fever.

"I told Becca to expect company for supper," the banker continued. "She'll be especially glad that includes you, Miss Hall."

"Thank you, but we wouldn't want to intrude," Marie answered.

"It's no intrusion," he said. "Stafford's like family."

Stafford frowned at that, yet inside he smiled. He hadn't considered just how deeply he'd already planted himself in his life here, but considering everything else he'd unearthed in himself, he could admit to liking it.

Becca was not only welcoming, she insisted everyone eat before discussing business, and watching how Marie so readily offered assistance, and provided it, had pride once again glowing inside Stafford. The two women seemed to form an immediate friendship, the way they giggled, and that, too, delighted Stafford. Marie had been alone too long. It was time for her to know what it felt like to really belong. Not just with a family but a community.

The meal was tasty, though he hardly noticed what it was. Sitting next to Marie stole his attention. Watching her interact with the Petersons and include the Peterson children in the conversation might have some believing her nursemaid skills were top-notch, but he was thinking how perfect a wife and mother she would be.

He and Ralph stayed at the dining room table, talking about the sawmill, the bank and other topics that didn't relate to his visit while the women cleared the table. Once the kitchen chores had been seen to, both Marie and Becca returned.

"Shall we go into the parlor?" Ralph suggested. "We'll be more comfortable there."

Stafford rested a hand on Marie's back as they followed their hosts into the other room. Becca suggested he and Marie sit on the sofa, while she and Ralph took seats in the nearby chairs.

"I hope you don't mind if I join you," Becca said. "I suggested it, because sometimes a woman needs another woman's support."

Marie looked toward him, and Stafford could see that she wanted the other woman to stay, but she also wanted his approval.

"No, we don't mind," he answered.

"I often seek Becca's advice," Ralph said, unfolding the papers Stafford had given him before supper. He shuffled the sheets, briefly glancing at each one. "I'm not a lawyer, I want to emphasize that, but I've read many legal documents, and these seem completely genuine. Before I explain my understanding of them, tell me what's happening."

This time it was Stafford who waited for Marie to

nod. He'd let her explain things if she wanted to. Her grin was a bit unsure as she gave her permission to go ahead.

He made the story brief, starting with the deaths of the children's parents and ending with Mrs. Smith's departure, promising to have the law investigate who had rights to the children.

Ralph remained silent, and in those heavy moments, Stafford leaned back and stretched an arm along the top of the sofa back trying to hide how his nerves were ticking. Marie's were, too, judging by the way she was fiddling with the buttons near the collar of her dress. He patted her far shoulder while turning his gaze back to the banker.

"From what I've read," Ralph said, "Mrs. Smith is right as far as Miss Hall is concerned. This paper states she has permission to oversee the children during their travels west. Once she reached Mick's—and your— property, all rights were relinquished."

"But Mr. Wagner isn't there," Marie said.

"I know, but these other papers, Stafford's papers, give Stafford permission to manage all of Mick's affairs in his absence. In this instance, that would include the children." Ralph turned toward him. "Since those kids arrived, they've been Stafford's responsibility."

It's what he'd expected. The news didn't bother him at all; however, Marie was a different story. She was blinking and nibbling on her bottom lip, and refusing to glance his way.

Ralph, noticing her reaction no doubt, offered, "Of course you could hire Miss Hall to continue being the children's nursemaid."

Stafford nodded, but hiring her was not something

he wanted to do. It was too shallow. "What if I adopted the children?"

Marie's gasp couldn't be missed. His arm was still stretched along the sofa behind her and he squeezed her shoulder again as she turned to look up at him with bewilderment in her eyes.

"You can't," Ralph said. "No more than you could buy out Mick's half of the ranch without his permission. If he was deceased, that would be one thing, but he's not, he's just out of town."

Stafford was disappointed, even though he'd expected as much. "I just thought that would put an end to Mrs. Smith," he said, trying to hide his regret. He wanted to marry Marie, was no longer kidding himself that he didn't. Mick didn't know her and wasn't in love with her, so it wasn't really as if Stafford was stealing her from his best friend.

"There really isn't anything Mrs. Smith can do," Ralph said. "The Meeker children are your responsibility until Mick arrives. With Miss Hall hired as their nursemaid and Mrs. Baker hired as your cook or housekeeper, there isn't anything illegal happening."

"Or unethical," Becca said. "I'll see the community understands that."

Stafford nodded and voiced his thanks. Becca would see word was spread and people would listen to her, but that wouldn't solve his dilemma.

Chapter Thirteen

The stars seemed almost close enough to touch. Their shining brilliance, along with the full moon, gave plenty of light for the horses to find their way home, the same two that had pulled the wagon from Huron.

Marie emptied her lungs. The ride home was as quiet as the ride to Merryville had been, but she wasn't as content with it as she'd been earlier. Ralph and Becca Peterson were friendly and kind people. She did wonder about Mr. Peterson's long sideburns. Black and bushy, they came way down to his chin. She much preferred Stafford's clean-shaven face, which was such a silly thing to be thinking about right now. Truth was, she was trying to hold her silence and forcing her mind to think of anything but the suggestion Stafford had made—that of adopting the children.

He hadn't agreed to hire her to continue on as their nursemaid, either, and she couldn't help but wonder if he was considering adoption so her services would no longer be needed. That wasn't really probable. He didn't need to adopt the children to send her back to Chicago.

She sighed again, shifted her weight on the hard seat

and once more tried counting stars. The sheer number of them made that impossible.

"What are you trying so hard not to say?"

Wondering if she'd heard a hint of humor in his tone, Marie turned slowly, hoping to sneak a peek before coming eye to eye. There was more than enough light to see his slanted grin, and when he reached over and took her hand in one of his, her heart jumped.

"Well?" he asked.

"I was just wondering why you wanted to adopt the children."

"Like I said, to put a stop to Mrs. Smith."

Even though she didn't completely believe him, she nodded. "Becca says Mrs. Smith sticks her nose in everyone's business. She said Mrs. Smith will soon find something else to worry about. That's what usually happens."

"I hope so," he answered.

"You sound like you don't believe it."

He shrugged. "Do you?"

"I don't know," she answered.

A thoughtful silence settled between the two of them. Nothing more than the steady clop of the horses trudging onward echoed through the night until Stafford said, "Look, a shooting star."

She glanced up, but saw little more than a fading streak of light. When he pulled on the reins, she asked, "Why are we stopping?"

"So you can make a wish."

She shook her head. "I didn't really see it."

His smile rose slowly as he laid the reins over his thigh and twisted slightly so they were angled toward each other. "I did, and I'm giving you my wish."

He wasn't giving her anything tangible, so why did she feel as if he was? "I don't think it works that way."

"Why not?"

"I don't know, it just—"

"Close your eyes and make a wish, Marie."

His breath brushed her lips as he said her name. An inexplicable and blissful sensation rushed over her. She closed her eyes and wished he'd kiss her.

"Did you make a wish?"

She nodded, just barely, trying to hold her lips perfectly still. His breath was mingling with hers, making the bliss filling her more intense and creating a pool of warmth deep in her belly.

"Have you ever had a wish come true?"

His lips had brushed hers as he spoke, leaving her unable to answer. Her mind however, was wishing beyond eternity her wish would come true. With the dozen other things she should be thinking about, should be wishing for, it seemed trite, but it was the one thing she wanted above all else at that moment.

The next second, when his mouth covered hers, his hands slid around her waist, and she'd never known such completion. That's what being in his arms was like. As if she miraculously grew into the person she'd been born to be. When his hold pulled her closer she went willingly. The kiss was so tender and precious her hands went to the sides of his face. Smooth skin filled her palms and she held on, not wanting him to ever move.

Other than to keep kissing her. That was her wish, that Stafford would never stop kissing her.

He shifted slightly, pulling her closer yet and moving his mouth across hers, licking her lips with the tip of his tongue. It wasn't a gasp, but more of a pleasure-filled sigh that made her lips part, and when his tongue entered her mouth she grasped his face more firmly. An inner desire took over, had her swirling her tongue with his until she grew dizzy and remarkably clear-headed at the same time. Her focus had crystallized. Stafford. He filled every single thought and sensation.

They kissed until her lungs could no longer hold air. He pulled his lips from hers and kissed the side of her face, her eyelids and brows, while she struggled for a full breath. The air refueled her, and as if he sensed the exact moment it happened, his lips returned to hers.

This happened several times, each kiss more perfect than the last. She'd never felt so alive. Every part of her throbbed and tingled. Stafford's hands showed her just how sensitive some areas were. Her back, her shoulders, her sides, and as shocking as it was, her breasts. He was fondling one right now, and it was the most amazing thing. Half of her said she shouldn't let him do that, the other half was disappointed he wasn't caressing the other one the same way. His whispers were addictive, too. Even while kissing her he kept saying how beautiful she was, how soft and that she smelled wonderful. No one had ever said such things to her, and they must be going to her head for she'd certainly never felt so dizzy.

He shifted again, easing her back against the seat, and she couldn't think beyond how wonderful he made her feel. His kisses roamed down her neck, his breath hot and his lips moist. Eyes closed, fully enthralled by the sensations, she leaned her head back. His mouth went lower, licking the skin exposed by the neckline of Gertrude's seersucker dress.

Her breasts were throbbing now, and her back arched, straining her upward toward him. Stafford's kisses went lower and the heat of his mouth penetrated the material of her dress and underclothes. It was wicked, but so fascinating she prayed he wouldn't stop.

To her shock, he mouthed her nipples, which had grown hard, and the sensation had a sharp effect on her lower body. Her most private region was burning with a remarkable heat that was as pleasurable as it was torturous.

"Stafford," she whispered, unsure what she should do.

He mumbled and brushed each nipple with his lips again before his kisses trailed up her neck and settled over her mouth again. When that kiss ended, she was as weak as an infant, yet full of unexpected cravings that had her catching glimpses of paradise. At least that's what she assumed the flashes were.

Images of Stafford kissing and caressing her, and laughing and loving, kept flashing behind her closed lids. Each one was like a miniature promise and she wished there were a million falling stars, so she could cast wishes and have every one of them come true.

"We need to start rolling," Stafford said, his voice husky.

Her head was resting against his chest, where she could hear his heart thudding. That was as remarkable as kissing him. She'd never been this close to someone, almost as if they were a pair, like shoes, that belonged together. That, too, was a silly thought. She seemed to be full of them—silly thoughts—and unable to comprehend what he'd meant, she asked, "Rolling?"

"Yes," he said, kissing the top of her head. "It's late. Mrs. Baker and the children will be wondering where we are."

Almost like a clock chiming the hour something clanged

inside her head. How had she forgotten the children? How had she—

"Marie." Stafford had leaned back, was now forcing her to look up at him by holding her chin with one hand.

"What?"

"I won't let anyone take you or the kids away." He leaned forward and kissed her softly, which shattered her thoughts all over again.

She was still trying to gather the pieces when the wagon started to move. He must have taken the reins, but one arm was still around her, holding her close to his side. Unable to make sense of all the things still going on inside her, all the silly notions and images still flashing, she laid her head on his shoulder. She'd be able to think again when everything slowed down.

That did finally happen. In an almost vicious way the world returned. The one where she had six children to take care of and those children belonged to Mick, not Stafford.

The air in her lungs turned stale, and Marie sat up to let it out and take a new breath, which didn't ease the emptiness rising inside her. Nothing made sense. How could she be so full one minute and so empty the next? It was as though someone was playing a cruel trick on her.

"We have some decisions to make," Stafford said.

She nodded, but a short time later, when his words sank in, she asked, "Decisions about what?"

Stafford bit his tongue. He was jumping the gun. One kiss, well, several, hot and rather life-changing kisses, didn't guarantee she felt the same way he did. He wasn't so sure he felt *that* way. His mind was miles ahead. Or weeks ahead. Thinking of the life he now wanted. Marriage. A wife. A family.

Marie.

He eased his arm over her head and took the reins in both hands. Then he flipped the leather over the horses' backs, making the animals put a bit more speed in their steps.

"The children," he said. "Mrs. Smith."

"Oh, yes," she said. "Mrs. Smith."

Regret sprinkled over him like a mist of spring rain. Inside, where he was still hot and craving her the way he'd never craved anything, he'd wanted her to understand he was speaking about them. Him and her. Not the children. And not some old nosey-nosed merchant.

A transformation had happened inside him. Or, now that his mind was open, lending clarity to his thoughts and emotions, maybe it wasn't so much of a transformation as a revelation of just how deeply he'd been lying to himself. He did want all he'd had as a child. Not just the house.

Stafford twisted his lips, trying to hold back a grin. The image of her lily-white backside still shot into his mind on a regular basis, and it never failed to affect him.

It might be easier, everything that was happening, if she wasn't living in his house. Then he could separate himself, take the time to figure out if he really was in love with her or simply pondering a future that was different from what he'd set up for himself. As it was, seeing her every day, watching her take care of the children and now his home, he couldn't imagine a future that didn't include her.

A coil of heat let loose inside him, and he took the reins in one hand again, placing the other around her shoulders to pull her back against his side. That's where she belonged. Nothing had felt this right in a very long time.

The trepidation in her eyes had him wanting to slay dragons for her. There were no dragons in this part of the country, or anywhere else in the world, just nosy old women. "Don't worry about Mrs. Smith," he said, kissing the top of her head. "She's just an old busybody."

Unease still filled her gaze. "Gertrude says Mrs. Smith may have had something to do with the deaths of her first two husbands."

"I've heard the rumors," he said, rubbing his hand up and down her upper arm. Marie's beauty had enticed him since the beginning. The blue dresses she normally wore gave a hint of the curves beneath, but the peach one she had on today molded to her form perfectly. Pride had filled him as he'd watched her interact with Ralph's wife, Becca. He was smart enough to know it wasn't just the dress, and vain enough to know he wanted to claim what was beneath that dress for himself.

"You don't believe it?"

"The rumors?" he asked, getting his mind back on the right track.

"Yes. That Mrs. Smith killed her husbands."

Stafford took time to ponder what he did believe. He'd never jumped to conclusions about people in the past, had just let things that didn't concern him roll off his back. It wasn't quite so easy this time. Mrs. Smith's actions might truly be endangering things he held dear. Yet, when it came to protecting those people he considered his own, he needed to think with a clear head so he didn't put them in more danger.

"Well," he finally said, grasping for the correct response. "I can't say that whether I believe them or not has much bearing."

"What do you mean?"

"I'm not the law. I'm not a judge and jury. But—" He gave her a gentle squeeze to emphasize his answer. "I won't let her hurt you or the children. I guarantee that."

Her smile was tender and the way she bowed her head bashful. He kissed the top of her head again. The action offered little release, considering the desire he had to ravish that delectable body, lily-white backside and all.

"Why?"

"Why?" he repeated her question, astounded she didn't know. "Because you're mi—" His mind, clear enough to understand most things caught him in time. "My responsibility."

"Because you're Mick Wagner's partner." It wasn't a question, just a statement that held weight with the way she said it.

That was the one thing he hadn't quite worked through. Mick hadn't ordered her as a bride, had no real claim on her, but a small portion of Stafford still held on to an uneasy feeling he was stealing her out from beneath his partner. Having been on the end of such an event once made his behavior hard to justify.

"Yeah," he answered, struggling to take a breath.

They traveled the remaining miles in silence. The ranch was dark and quiet upon their arrival, everyone already settled in for the night. Stafford lifted her from the wagon and bid her a soft good-night, fighting the urge to kiss her one last time.

Her responding good-night was just as soft, just as lonesome sounding. Stafford waited until she entered the house before leading the horses toward the barn. He had decisions to make, all right. Figuring out if he could live with them was the hardest part. Either way, life was going to be hellish. Having her as his wife was what he wanted, but doing that to Mick…the air lodged in his lungs. There were things a man couldn't live with, and betraying his best friend was one of them.

Marie watched Stafford through the window of the front door. Something had happened on the way home. Not just the incredible kisses and caresses that left a deep longing inside her. Actually, that longing had grown bittersweet and stronger. Stafford's later silence had chilled her as poignantly as his embrace had warmed her.

She had some serious thinking to do, and afraid of encountering anyone, especially Gertrude who'd want to know what had happened in town, Marie tiptoed away from the door and, as stealthily as possible, made her way up the stairs and into her room.

There, she plopped onto the bed. She'd used the ruse she was Mick Wagner's mail-order bride, but only because of the children. She'd never wanted marriage. Yes, she had wanted to be part of a family, but an outside part was all she'd hoped for. A nursemaid. That's what she was. Although she'd once thought differently, she now knew she wasn't the best nursemaid on Earth. Her behavior of late proved that. Her mind had grown so fickle that the children were rarely her first thought.

The environment in which they now lived had altered her priorities. Academics and manners—the two subjects Miss Wentworth's training had focused on—had been overtaken by more basic needs. She still took care of the children's studies and behavior, but ensuring they had food and shelter, and that they were safe, had overridden other needs ever since leaving Chicago. None of her training had prepared her for that, and life in general hadn't prepared her for Stafford.

She'd come to think of him constantly, as well as her wants. Things she hadn't known she did want—would ever want—were wholly wrapped up with him. Becoming his bride, sharing a life with him—a life she'd caught a glimpse of tonight at the Petersons—was consuming her right now. That and being a proper family. Not just an addition to one.

Marie bent over to unfasten and remove her shoes and the borrowed dress. Besides being lovely, and as comfortable as Gertrude had claimed it to be, the dress also had a magical quality. It had made her feel pretty and self-assured. Although maybe that hadn't come from the dress, but from the way Stafford had looked at her when she was wearing it. Several times since leaving the ranch today, when his gaze settled on her, wonderful things had happened inside her. It was as if he admired her, and that allowed her to respect herself in a way she never had before. Had her wanting things for herself, too.

Wanting him.

Stepping out of the dress, she hung it on a hook in the wardrobe and inwardly laughed at herself. Respect. No self-respecting woman—nursemaid or not—would have let a man do the things she'd let Stafford do. Marie closed her eyes as her hands went to her breasts. He must think she was nothing short of a trollop. How would she ever face him tomorrow? How would she face herself? Miss Wentworth's training had dedicated an entire quarter to appropriate behavior—nursemaid conduct—and actions that should never be entertained. Though she couldn't recall what she'd done tonight being mentioned, it surely had been part of what Miss Wentworth referred to.

Moonlight filled the room so brightly that she hadn't lit a lamp, and as she stared out the window, toward the million stars she'd cast wishes upon a short time ago, she chastised herself for failing so miserably. When it came right down to it, she'd failed everyone—Miss Wentworth, Emma Lou, the children, Gertrude Baker— the way she'd hired her under false pretenses—herself, Mick Wagner and Stafford. There wasn't a single person she hadn't failed. And she had the horrible feeling it wasn't over. Mrs. Smith might still win. Especially if she learned about the kissing she and Stafford had done on the way home.

Marie pulled on her nightgown and got into bed but sleep was slow in coming, and when sunlight eventually filtered through the window Marie wondered if she had slept. Exhausted, inside and out, she climbed from the bed, dragged on one of her blue uniforms and left her room to wake the children.

Stafford wasn't in the kitchen, which didn't provide the relief it should, and he didn't join them for breakfast. Cooking was becoming second nature and she no longer relied on Gertrude's watchful eye. That didn't mean the woman wasn't as vigilant as ever.

"What happened yesterday?" Gertrude asked, as they stood side by side washing and drying dishes. "Both you and Stafford are as gray as winter skies this morning."

Marie wanted to assure Gertrude that nothing had happened, but the lie formed a lump in her throat. She shrugged and wrung out a cloth to wipe the table.

"It's a hard thing," Gertrude said, "what life does to us. One minute we're walking along just fine, and then in little more than an instant, we're tossed into a whirl-wind so fierce we fear we'll never get out."

Marie paused in midswipe, letting her hand and the

rag rest in the center of the table as she turned to the other woman.

Gertrude's expression was a combination of thoughtfulness and confusion. With a shrug, she lifted a stack of dry plates and carried them to the buffet cupboard. "That's what happened when George died. It took the very definition of who I was away from me." She shut the glass door and walked back to the sink. "Mrs. George Baker. How I loved being her." With her eyes closed and a smile on her lips, she said, "It was all I ever wanted."

Marie wasn't exactly sure what caused goose bumps to stand out on her arms, empathy for Gertrude or the flashing images of herself and Stafford that were still plaguing her.

Opening her eyes, Gertrude sighed audibly. "We didn't have a lot of money, but we had a good life together."

"You still miss him very much, don't you?" Marie asked, wondering if she'd ever stop missing Stafford in the same situation. He was merely outside and she missed him.

"Not a day goes by where I don't miss him," Gertrude said. "But the pain isn't as sharp. It's still there, a dull ache, but I can live with it. Remember him now with joy instead of sorrow." She crossed the room then, laid both hands on the other end of the table. "Sometimes life pitches us into whirlwinds of good things, too. Like when you hired me."

The sincerity in the other woman's face was so real Marie had to coax up a smile, if for no reason other than to show appreciation. "I'm glad you like it here."

"I surely do." Gertrude reached across the long table and took the rag from beneath Marie's hand. "I'd gone to work for Chris Striker in order not to starve to death, but here…here I feel whole again."

Marie wanted to close her eyes, achieve the same kind of harmony Gertrude showed, but the knot in her stomach, or maybe it was in her heart, wouldn't let her.

"Enough of this," Gertrude said, tossing the rag on the counter. "Come, I want you to try on your new dress so I can make adjustments before finishing it."

"Finishing it?" Marie shook her head at being tossed from one subject to the next. "When did you start it?"

"Yesterday." Hooking her arm around Marie's elbow, Gertrude continued as they walked toward the arched doorway. "I stayed up half the night sewing so you can wear it to church tomorrow."

Chapter Fourteen

By sheer will, Stafford found ways to stay clear of the house. Odd jobs kept his hands occupied, but not his mind. That was harder to control. So were his eyes. If they weren't on the house, hoping to catch a glimpse of Marie, they were looking across the creek.

The lumber hadn't arrived yet, but there were things he could do to be ready once the order was delivered. Building Mick's house, though—a new place for Marie to live—sat badly with him. As did most everything else he thought of, in one way or another.

Pushing the air from his lungs, he dragged his gaze away from Mick's place and refused to let it wander as he planted the post-hole digger into the ground. The new enclosure was needed. He'd planned on building it this summer. Half—if not all—of the town of Merryville would survive on beef from the Dakota Cattle Company this winter and they'd need this pen to hold the animals they'd deliver on a regular basis. It was a deal Mick had made with Wayne Orson while Stafford had been south. Chris Striker's hotel was serving cuts of beef from their herd right now. The hands had delivered half a dozen head to Orson's butcher shop while Stafford had gone to Huron to fetch Marie and the children.

He'd overlooked that aspect of things. How would Striker feel about serving up Dakota Cattle Company beef while his former cook now resided at and worked for the ranch? Not that it mattered. Ultimately it was Orson selling the beef to Striker. The butcher was creating quite a thriving business for himself, and Striker wasn't his only customer.

"Company coming in."

Stafford caught the direction Red was looking and let his gaze go to the single rider stirring up dust on the long driveway.

"Time to call it a day, anyway," Shorty said. "I've got supper on the table."

Noting the sun was sinking in the western sky, Stafford nodded. The day was coming to an end, and though he'd had plenty of hours to contemplate things, he hadn't made any headway.

There was no reason he couldn't tell Shorty to save a plate for him—that he'd join them for a meal in the bunkhouse after seeing who was approaching on the brown-and-white paint—other than the fact he didn't want to. He used to do that more often than not, but he'd become accustomed to eating with Marie and the kids, and he liked it.

"If it's someone looking for work or just passing through," Shorty said, squinting toward the rider, "I can scrounge up another plate."

Stafford acknowledged the man's offer with a nod as he pulled off his gloves and left Mike and Red to carry the tools to the shed. He rounded the barn as the rider slowed his horse to a walk. It was a good-looking animal, well cared for, and Stafford understood why once he noted the star pinned to the man's leather vest.

"Stafford Burleson?"

"Yes."

"I'm Marshal Abel Crane."

Verna Smith hadn't wasted any time. Merryville didn't have a sheriff, or any other type of lawman. Crane, the territory marshal, patrolled the area that included most everything west of Huron. The man must have been close by to have arrived so quickly.

"I know we haven't met," Crane said, swinging out of his saddle. "But I met your partner, Mick, while making my rounds last winter."

"Mick said as much," Stafford said, holding out a hand. "It's nice to meet you." He hoped he wasn't wrong in that respect.

Tall and broad shouldered, with a grip that said he was as strong as he looked, Crane let out a chuckle as they shook hands. "Yes, I'm here because of Verna Smith."

The marshal's voice was low and scratchy, the kind that probably stopped outlaws in their tracks, yet Stafford didn't miss the humor he spoke with or the grin in the man's eyes. He took that as a good sign. "How's Jenkins?" Stafford asked, referring to the past territorial marshal who'd taken a bullet while apprehending several members of a notorious gang of outlaws the previous summer.

"Good," Crane said. "He's all healed up and settled himself down in Yankton as the town's sheriff."

"I hadn't heard that." Stafford gestured for the man to bring his horse to the barn.

"Then you probably haven't heard he got himself married, either," Crane said, walking alongside him.

"Married?"

"Yep, the woman that patched him up. Guess he figured since she'd saved his life, he might as well stick with her."

Stafford joined the other man in a short laugh, even though his spine was tingling.

They entered the barn and Stafford opened a stall gate. Doug Jenkins had spent nights at the ranch several times when traveling through, and Crane would receive the same hospitality no matter who'd sent him.

Most men prefer to unsaddle their own horses, so Stafford stood back and let Crane see to his animal.

"Verna Smith caught me as I rode into town last night," Crane said while unbuckling his cinch. "And Chris Striker filled my ear while I was eating breakfast this morning."

"I assumed as much," Stafford admitted.

"So you've got yourself a half-dozen kids and a nursemaid from Chicago, and Gertrude Baker is now your cook," the man said as he flopped his saddle over the side of the stall.

"That about sums it up," Stafford said, gathering a bucket of grain for the horse.

"There's no law against irritating people," Crane said, leading the animal into the stall. "And, though some folks like to claim there is, there's no law about men and women who aren't married living in the same house."

Stafford's spine was tingling again. His expression must have given away more, too, because Crane held up a hand.

"Don't be jumping to conclusions," the marshal said. "I'm on your side. You haven't done anything illegal, and I already told Verna Smith and Striker that." He took the offered grain bucket and held it out to the paint. "I just wanted to ride out here, let you know my thoughts."

Stafford attempted to keep his assumptions from becoming apparent this time. He must have succeeded because Crane didn't bat an eye.

"I don't know what Jenkins was thinking, though."

Now, wondering when the conversation had flipped to the past marshal, Stafford frowned.

"Give me rough-riding, gun-slinging outlaws over a town full of persnickety people any day," Crane continued. "They're the dangerous ones."

Still wondering what he'd missed, Stafford gave a single nod when the marshal looked over, as if to see if he was still following the conversation. He was. Sort of.

"Town folks are like that," Crane said. "Get along about as well as a den full of rattlers and water moccasins." Shaking his head, the man added, "They'll eat each other, you know? Snakes that is."

Yep, the mention of snakes had a lily-white backside flashing before Stafford's eyes, and not even a quick shake of his head dispelled it.

"They will," Crane said. "I've seen it." Dropping the feed bucket near the barrel of grain, the marshal nodded toward the door.

Stafford waved a hand as he pushed off the opposite stall to follow the other man.

"Anyway," Crane said, once they left the barn. "I listened to what they had to say, Verna Smith and Striker." With a perplexed grin, he added, "When I told Striker no laws have been broken, he claimed Gertrude Baker stole from him."

Crane waved a hand at that, as if it held no conse-

quence, and the action did quell the bout of ire that had
sprung forth inside Stafford. She hadn't been here long,
but he'd bet his last cow Gertrude had never stolen anything in her lifetime.

"I also visited Ralph Peterson at the bank, mainly
because I'd told both Striker and Smith I'd investigate
their complaints. From what Peterson said, especially
concerning the paperwork you have in your possession,
I'd say everything is about as right as rain. What do you
think?"

Stafford didn't know what he thought, that was part
of his problem. At least, believing what he thought was.
Furthermore, his mind was still flashing images. Lily-
white ones. "I'd say my thoughts are right next to yours,"
he said.

"Good. I'm glad that's settled."

Nothing had been settled, yet Stafford once again nodded.

Crane pointed his chin toward the bridge. "Heard
about the fire, too, but in all honesty, Mick's gonna need
a bigger house."

Stafford might have responded if he hadn't picked up
the sound of the front door opening. His mouth went dry
at the sight of Marie standing there. He hadn't left the
ranch all day, yet he'd missed her as if he'd been on the
other side of the world.

"Since I've met Gertrude Baker before, I'm assuming
that is Miss Hall."

Unable to tear his gaze from her, Stafford once again
gave a brief nod. This time he didn't care what the other
man read in his expression. Lawman or not, it was best
every male for miles around understood Stafford had
staked a claim. Marie was his.

* * *

Air locked itself in Marie's lungs, and even as the men approached, it wouldn't let loose. Stafford was a tall man, but the one with a badge pinned to his chest was taller yet. He had a booming voice, too, and the only thing that kept her from jumping out of her shoes upon their introduction was the way Stafford settled a hand in the small of her back.

He kept it there as he explained the marshal would be joining them for supper and spending the night. She attempted to be affable, but Stafford's penetrating gaze made it difficult. Her heart took to beating so fiercely she was afraid it might leap right out of her chest. The children were just as skittish, squirming in their seats as if their pants were on fire. Only Gertrude seemed at ease. She and the marshal carried on conversations as if the rest of them were barely there.

After the meal, however, the marshal sent a pointed stare her way. "Miss Hall," he said in that rough voice. "I do need to speak with you."

"Go into the parlor," Gertrude said, as brightly as ever. "The children will help me clean the kitchen, and afterward we can all have a piece of cobbler."

Not a single one of them made a peep, yet every child at the table turned toward Stafford. Marie couldn't blame them. She was waiting for his approval, too.

His smile was reassuring, to the children anyway. They took his permission to leave their seats, taking their plates with them. He rose and walked around the table, pulling her chair out upon arriving at her side.

"There's nothing to worry about," he said reassuringly.

She still had to swallow hard as he guided her, with his hand on her back again, out of the dining room and down the hall to the parlor. Marshal Crane followed and the solid thud of his footsteps on the wooden floor had her nerves running amok.

Stafford sat down next to her on the sofa, and Marie found she was more thankful for his nearness than she'd been for anything before in her life. But as her gaze met his, all she could think about was how they'd kissed last night. The shame—that which she'd acquired last night while convincing herself she was a trollop—was nowhere to be found. Instead, warmth spread across her stomach and lower, in the exact spot it had last night. Marriage flashed across her mind again. Marrying Stafford, not Mick Wagner.

"Miss Hall."

Marshal Crane's booming voice shattered her thoughts, and though Stafford took her hand and gave it a gentle squeeze, she accepted that marrying him wasn't an option. She had no rights to the children, no reason for being here, and the marshal could send her back to Chicago faster than a hummingbird flies.

"I just wanted to talk with you," the marshal said. "I know Mrs. Smith can be a bit frightening. I'm sure the rumors about the deaths of her husbands, both of them, have something to do with her attitude. Those events were thoroughly investigated, and Verna Smith was found completely innocent in both cases." The man glanced toward Stafford. "Privately, because it's really no one else's business, the evidence suggests both men may have taken their own lives. Verna, of course, knows that, and that, too, most likely has a bearing on her disposition. Knowing your husband would rather be dead than married to you probably isn't easy to live with."

Having never considered such a tragic thought, Marie whispered, "How dreadful. The poor woman."

"Yes," Marshal Crane responded. "It is dreadful. But it doesn't give her the right to unjustly accuse others of wrongdoing when no crimes have been committed. Neither she, nor anyone in the community of Merryville, has the authority to remove the Meeker children from Stafford's home, so rest assured the children are safe and will remain right where they are."

In view of the fact her thoughts had been more focused on herself than the children, a large lump of guilt formed in Marie's stomach. "Thank you, Marshal Crane," she said. "I've told the children as much, but it will be nice to reassure them you said the same thing."

"Go right ahead and tell them the territory marshal says they don't have anything to worry about."

His kindhearted smile suddenly made the large man seem much more approachable. "Thank you," she replied.

"Now," he said. "I'm sure Stafford has already told you this, but let me reiterate it. Mrs. Smith is, well, she's a bit crotchety. Her goal seems to be to find something people can gossip about in order to make her past not matter as much. I believe that's how most people are. They like to have others talk about them when it comes to good deeds, but don't want to be the center of attention when it comes to bad ones. I've seen it in all the towns I patrol. I'm sure before Mick arrives home she'll find something else to focus on. Something else to file a complaint about."

Marie tried to nod, but couldn't quite manage it. Mick Wagner's return was something she was not looking forward to.

"It's too bad," the marshal said. "If Verna would just

realize it's not doing herself or her past any good to stir up trouble she'd be much better off. Some folks just don't understand that, though."

This time Marie was able to nod. She had firsthand knowledge of causing trouble.

"So, rest assured," Marshal Crane said. "You and the children aren't going anywhere."

Stafford's hold on her hand tightened, and she couldn't help but sigh. He and the marshal started talking about other things then. The weather, the price of cattle and other such concerns she let float in and out of her ears. An easy comfort had settled in the room, and it increased when Stafford leaned back. His fingers had laced between hers in a more relaxed way, too, and that had other thoughts springing into her mind.

What Gertrude had said earlier was making more sense. How life throws people into whirlwinds, good ones at times. It was happening to her. She'd defined herself as a nursemaid, but that had changed. Now she just had to figure out what to do about it.

"I wonder where Mrs. Baker is with that cobbler," the marshal said. "If it's anything like the meal she just cooked, I may need two helpings."

Marie's gaze went to the doorway, where the woman stood, tray in hand.

"I'm right here," Gertrude said. "But, I didn't make the meal, Marie did. She made the cobbler, too."

Marie doubted her cheeks had ever burned so hotly, not with the way Stafford was smiling down at her.

Gertrude set the tray on the table. "But trust me, Marshal, you're going to want two servings."

Squirming under such praise, Marie scooted to the edge of the sofa. "I best go see to the children."

"There's no need for that," Gertrude declared. "Weston was listening at the doorway. He's already explained that the territory marshal said there's nothing to worry about."

Everyone chuckled as Gertrude handed Stafford a plate, which meant he had to let go of Marie's hand. She formed a fist then, just to contain the warmth left behind.

"The children are eating their cobbler in the kitchen," Gertrude said. "And then they will see to Polly's needs." Handing Marie a plate, she added, "Terrance put himself in charge, as usual."

That was something else that had changed. Terrance. He'd matured lately. Instead of teasing his siblings and causing never-ending disturbances, as he had on the train and even while back in Chicago, he was now growing into a responsible young man. Actually, some of his behavior put her in mind of Stafford. Samuel was following in his brother's footsteps, as always, but this time it was encouraging. It seemed Stafford was a positive influence on all of them.

The cobbler—which had turned out remarkably well—and coffee—which she now also knew how to make—were consumed as the four of them conversed on a variety of subjects. Marie hadn't participated in many social gatherings and found it stimulating. It was very pleasant, and well, it fit her. She liked it.

Not until the clock on the mantel, the one she enjoyed winding each day, struck the hour did Marie realize how late it was. "Excuse me," she said, once again moving to the edge of the sofa to stand. "I need to see the children to bed."

"I need to stretch my legs," Marshal Crane said. "But first I have to say, I haven't enjoyed an evening so much in a very long time."

Marie started to make a reply, but noted how the marshal was looking at Gertrude, who was blushing brightly.

Stafford had stood, as well, and was also noticing the other two. "I'll help you with the children," he said, rather hushed, as his hand slid down her arm to catch her hand.

As they left the room, she heard Marshal Crane ask Gertrude if she'd like to step out onto the porch, just to stretch her legs.

"It's a good thing you are such a fast learner," Stafford whispered. "It looks like we may lose our cook faster than anticipated."

Marie frowned, but as his meaning settled she bit her lips to contain a giggle. All sorts of things happened then. Several inside her. They'd entered the kitchen, and as she started toward the stairway, he stopped her with a tug on her hand, spinning her round and bringing her entire body up against his. At almost the same instant, his mouth covered hers.

Not a single part of her protested. The opposite happened. She wound her arms around his waist and participated in the kiss she'd been dreaming of all day.

Stafford was the one to draw back, all too soon to her way of thinking, but his hug was as wonderful as his kiss had been. Nothing had ever felt so right. So real.

"I've wanted to do that all day," he whispered.

She couldn't very well admit she'd wanted the same thing. Not aloud, anyway. Inside was a different story. There she let bliss completely fill her heart.

"Come on," he said. "Let's get the kids in their beds."

He kept one arm around her while the other carried the lamp. They climbed the steps all the way to the window room, where the children were busy making cards stand on top of one another.

"Where did you learn to do that?" she asked, entering the room and already missing Stafford's arm.

Terrance, whose structure resembled a castle, glanced toward Stafford.

"Guilty," Stafford said. "I taught them."

"While you were leaning to cook," Samuel said. "It's fun. You should try it."

"Cooking or stacking cards?" she asked, pretending to be serious. It had been a long time since she'd been able to partake in a bout of teasing with the children. The seriousness of their situation hadn't allowed time for that. Actually, it hadn't been in her heart, not the way it was now.

"Stacking cards," Terrance said. "You've turned into a right fine cook."

"Oh, I have, have I?" The ability not to smile evaded her. "Should I make you scrambled eggs for breakfast tomorrow?"

"Uh, no," Terrance answered.

The sparkle had returned to his eyes, the one he used to have back in Chicago. She took a moment to examine each child, see the healthy glow they now had. While her gaze was on Charlie, it fell to his shirt collar. Usually twisted and wet from him sucking on it throughout the day, it was lying as flat as it had that morning. A moment before happiness totally overtook her, Marie asked, "None of you want scrambled eggs for breakfast?"

One by one, doing their best to hide grins, each of the children shook their heads. It was nothing really, yet the moment was so poignant Marie's eyes smarted. Then, as if they all comprehended what was happening at the same time, the air filled with laughter. There were hugs, too, disguised as tickling sessions, before they all set to straightening up the room.

When Stafford finally held a wiggling twin under each arm as if they were bags of flour, Marie told Charlotte to retrieve the lamp from the table while Terrance picked up the one Stafford had carried up the stairs.

"Follow me, Terrance my boy," Stafford said teasingly. "You and Sam can help me get these two scalawags into bed while Marie helps the girls."

Still caught up in the silliness of it all, Marie mockingly whispered to Charlotte and Beatrice, "He doesn't know what he's in for."

Both girls giggled and nodded in agreement.

"I think I can handle it," Stafford replied.

"Yeah, we can handle it," Terrance piped in as conceited as Stafford had sounded.

"They're going to be shouting for help in no time," Charlotte said, with a smug expression.

"Let's hurry," Marie whispered, "so we're ready when they call for help."

"We won't be calling for help," Samuel insisted.

"Yeah," Terrance said. "I bet us boys are in bed while you girls are still brushing your hair."

Marie caught Stafford's gaze.

What have we gotten ourselves into?

She laughed, realizing she'd just read his mind.

He lifted a brow. "So the race is on?"

She bit her lip, tried hard not to answer.

Beatrice, on the other hand, was up for the challenge. "Yes," the girl said. "The race is on."

What a race it was. Marie could barely keep up with the clothes flying around. She ran from room to room, seeing to one of Charlotte's tasks, only to sprint out the door at Beatrice's yell for assistance.

Stafford was doing the same, and they sidestepped each other in the hallway, laughing as loudly as the children. She was too slow one time, darted left instead of right, and they collided. Stafford took her by the shoulders and held her until she had her feet beneath her again.

"It's a good thing the marshal and Gertrude are outside," he said. "Otherwise they'd be wondering if the roof was going to cave in."

"Not in this house," she answered. "It's too well built."

Time froze for a moment as they stood gazing into each other's eyes, but the trance was soon broken by the shouts echoing out of the bedrooms.

Laughing, Stafford let her go, and this time her feet were rather wobbly as she hurried into Beatrice's room. Or was it Charlotte's? Either way, she buttoned up the back of the nightgown, before saying, "Say your prayers then jump into to bed," and rushing down the hall to repeat the process.

Two trips later, she blew out the light beside Beatrice's bed. "I know we won," the girl said.

"I'll go see," Marie whispered. "It's awfully quiet out there."

"Yeah, it is," Beatrice whispered in return. "I still hope we won."

"I'll tell you in the morning," Marie answered as she pulled the door shut.

Stafford was directly across the hall, closing Samuel's door. She glanced left and right, noting all the doors were closed.

"A tie?" The lamp in his hand was shining up into his face, making his grin more charming than ever.

Still lost in the game, Marie tilted her head. "I don't know? What do the rooms look like? Are there clothes strewn about?"

Tiny flashes of light, like miniature stars, danced in his eyes as he took a step forward. "The condition of their rooms wasn't part of the race."

A click sounded down the hall. Then another, and another, followed by two more, one behind him and one behind her. Marie didn't look in any direction. Neither did Stafford. However, he said rather loud, "It's been declared a tie."

Groans sounded and Marie bit her lip.

"Hop into bed," he continued. "The first ones asleep win. I'll be checking in five minutes."

Giggles faded as the doors snapped shut, and Marie covered her mouth, muffling her own.

"You do this every night?" Stafford said incredulously.

"Yes," she answered. "Although it's usually at a slower pace and takes much longer."

He took her elbow and turned her to walk beside him down the hall. "One of Charlie's socks flew out the window."

She let out a chuckle.

"I'm glad it wasn't him."

Even while laughing, she said, "You wouldn't have let that happen."

"No," he said. "I wouldn't have. And I'm glad you know it."

The bedtime commotion was over, but her insides were still aflutter. "Of course I know that," she said. He turned, and in order to stay beside him, she did, too, following him up the staircase to the top floor. "Why are we going up here?"

"To return the lamp you're carrying."

"Oh." Her grip was so tight—just to make sure she didn't drop it—it would seem impossible she'd forgotten about the lamp, but she had. Stafford made it hard to remember anything. Even how to breathe. Each breath she took snagged in the back of her throat before tumbling its way into her lungs.

Once in the window room she walked to the far side, to set the lamp on the table beside the chair she sat in to read to the children each day. Stafford had given permission to furnish the room with whatever was needed. Gertrude had helped her carry the chair up the stairs—it had been in the back parlor, as had the table. The only other thing they'd carried up was a large rug, giving the children something to sit on while playing with the toys they'd stacked in the room.

Stafford had paused by the door and she turned around. "The children love playing up here."

He shut the door, set down the lamp and slowly walked toward her, which caused her heart to skip several needed beats. Every movement he made was full of determination, and his stroll across the room was no different. His legs, long and lean, carried him smoothly, and his shoulders, broad and square, moved in time with each foot. He'd left his hat on the table near the front door before supper, and though he was handsome while wearing it, she liked how his hair fell across his forehead.

"I'm glad they like it."

"What child wouldn't?" she asked, waving a hand as she took a step forward.

"Don't move," he said, still approaching.

"Why?" There was nothing in her way, no chance she might trip, or— The lamp. She hadn't blown it out.

He arrived as she started to turn and grasped both of her shoulders. "Don't move," he repeated.

"Why?" she asked again, though no longer caring what his reason might be.

"Because, earlier, when we were up here, you were standing right here, with the windows behind you and I wondered if I'd ever seen anything like it."

"Like what?"

"The stars reflecting against the glass, and you, standing among them, took my breath away."

His whisper, let alone the words, took her breath away. She didn't need air anyway. Did she? No. Not with the way his breath entered her mouth as his lips settled on hers. Her hands found his hard, powerful upper arms, and she held on, knowing this kiss would once again take her to that place where promises and wishes came true.

Stafford wasn't exactly sure when he'd made up his mind. It could have been at several points during the evening. He was going to marry her. Make her his wife for all time.

"You have no idea how badly I want you," he announced, somewhat surprised he'd allowed the words to escape and that he'd stopped kissing her long enough to say them.

The next time he pulled his lips from hers, he admitted, "I've got this fire in my belly that doesn't go away unless I'm kissing you."

"Me, too," she gasped with such tender sentiment his thoughts spun.

They kissed again, longer this time, more feverishly, and Stafford couldn't deny the need to feel her. As relentless as his lips and tongue, his hands moved up and down her back, and lower, to caress the firm behind he dreamed about seeing again. He explored her waist too, before shifting slightly so one hand could cup her breast. The perfect weight filling his hand aroused him in ways he'd have never imagined possible. He'd kissed those breasts last night, through the material of her dress, and wanted to do so again, but without any barriers.

Chapter Fifteen

Moments before he lowered her to the rug, Stafford regained a fleeting ounce of common sense. He couldn't take her here, not the way he wanted to. When they came together in the ultimate act of love, it would be in a soft bed, where they both could rest afterward, and repeat their actions over and over again until they were too exhausted to keep their eyes open. Then they'd sleep, and when a new day dawned, they'd start the loving process all over again.

He wasn't exactly sure where he found the ability to stop, but did, and he wrapped both arms around Marie to hold her against his chest. The fires of passion burned so hotly in his loins the room was probably as smoke filled as Mick's cabin had been right before bursting into flames.

The decision he'd made didn't come with all the answers he needed, but the way he loved Marie, with an intensity that couldn't exist otherwise, he believed those answers would appear.

Stafford had set the lamp he'd carried up the stairs near the door, and once his and Marie's breathing returned to normal, somewhat, he took her hand. After blowing out the lamp on the table, he led her to the door and picked up the other lamp.

They descended the steps in silence, nothing more than the faint clip of her heels and the louder clop of his boots stepping on and off each stair. The idea of repeating tonight appealed to him profoundly, and he'd admit to anyone who questioned him that he'd changed. The things he now wanted couldn't be bought by striking it rich or even by working from sunup to sundown. Perhaps he'd simply come full circle, as his father had once told him he would, right before he left home, when he'd hated the world and all that lived in it.

It was hard to believe he'd held such wrath, and someday soon he'd tell Sterling he did understand. That some things, especially love, did just happen.

As they stepped onto the landing of the second floor, he let go of Marie's hand to press a finger against his lips and nod toward the closed doors lining the hall. Her smile was so precious, like a sunrise, full of promise and enchantment.

They peeked into the rooms, one by one, taking quiet moments to check on each sleeping child. In the room the twins shared she shook her head at him with a teasing grin and picked two pairs of britches, two shirts and three socks off the floor and laid them on a chair near the wardrobe as they exited.

Down the hall, Terrance was the only one awake. "Are the girls sleeping?" he asked.

"Yes," Stafford answered.

"Aw, shucks," he grumbled, while grinning from ear to ear. "That sure was fun."

"Yes, it was," Marie agreed, tucking the covers beneath his chin. "And if you go to sleep right now, we'll still declare it a tie in the morning."

"All right." He closed his eyes. "Good night."

Marie kissed his forehead while wishing him sweet dreams, and Stafford ruffled the boy's hair when she stepped aside. He would never claim a favorite, for each of the children were special in their own way, but Terrance was the first one he'd formed a bond with, and because of that, Stafford felt a strong kinship with the boy.

"Night, Stafford," Terrance said.

"Night," he replied as he pulled the door closed. Once in the hallway, the desire to kiss Marie flared inside him. Stopping once was something he'd been able to manage. Twice might not happen. He led her to her door. "I'll see you in the morning."

"But Marshal Crane and—"

He put a finger against her moving lips, absorbing the warmth of her mouth. "If Gertrude hasn't shown him to the guest room downstairs, I will." He held up the lamp. "I'll put this back and make sure the rest are extinguished."

She nodded, and he couldn't help but read the want in her eyes. He compromised by kissing her forehead.

"Good night."

"Good night," she said. "Thank you for—"

Pressing a finger to her lips again, he shook his head. He wasn't made of stone, and standing here, whispering with her, was wearing down his defenses. "Go to bed."

Marie opened her door and he thought about following her in, just to provide light for her, strike a match to the lamp beside her bed. It wouldn't be smart. Leaving would be hard.

She giggled then, and whispered, "Good night, Stafford," before closing the door.

He took a deep breath and thought about banging his head against the door just to jostle his mind, but instead he grinned and let the joy inside him break free. It had been a good night, and tomorrow would be a good day.

The day started out that way. Good. Everyone, including Marshal Crane, ate a hearty breakfast before leaving for church. Stafford hadn't gone to church in years. Not because he didn't believe, but because he hadn't made the time to do so. Today, though, as Marie sat next to him in a dress made out of the fabric he'd purchased in town—he truly had never seen a more beautiful woman—he was looking forward to the event. Thanking the Lord for all the blessings bestowed upon him lately was more than fitting.

Marshal Crane rode alongside the wagon on the right, where he and Gertrude talked nonstop. The children were as full of spice and vinegar as ever, but there was no arguing or whining, and no one complained of their small bladders. The remembrance made him grin, and when he glanced toward Marie, she was smiling, too, and blushing, which was very becoming.

The service was likely thought provoking. Stafford sat through it, but didn't hear much of what the preacher said. He was too busy intercepting stares, mainly from men—married and not. Marie seemed to have captured everyone's attention. Thanks to Mrs. Smith, no doubt, who, with nose in the air, marched out of the building as soon as services ended.

Most folks were pleasant, including a tall young woman who introduced herself as the schoolmarm—

she had a name, he just couldn't recall it—and asked if the children would be attending school when classes resumed in September.

Marie said she hoped it would be possible, but would need to discuss alternative options for the children with their guardian since the distance was too far to walk.

Stafford saw no problem. By then, the older ones would know how to ride well enough, and the twins were too young for school, yet he held his silence. That was one of the answers that hadn't come to him yet. Unlike Marie, the kids were legally Mick's.

Marshal Crane bid his farewells in the churchyard, promising—mainly Gertrude—that he'd be in these parts again soon. The Peterson family also said their goodbyes, with Becca insisting that next Sunday everyone was invited to their home for dinner after church.

The ride home was just as pleasurable as the one to town had been, and as Stafford put away the wagon, with help from Terrance and Samuel, he wondered exactly how he should go about asking Marie to marry him. It had to be soon. He'd never been a patient man.

"Could we go fishing after lunch, Stafford?" Samuel asked stepping out of the tack room where he and Terrance must have noticed the fishing poles.

"I don't see why not," Stafford answered. "We'll need some worms, though."

"We can dig some right now," Terrance answered.

"There's a shovel and pail in the tool shed," Stafford answered, liking the idea of stretching out on the grass near the stream. With Marie at his side, they could talk while the kids fished and played. Maybe he'd ask her then. Noting the white shirt he'd donned for church that morning, he stopped the boys before they reached the barn door. "Go change your clothes first."

"Yes, sir!" they chorused.

He chuckled while crossing the yard. This was a good life and was only going to get better. He certainly was one lucky man. A happy tune entered his head and he started whistling it as he bounded up the porch steps.

"Fishing?" Marie asked, standing near the front door the boys had dashed through.

"Sounds good to me," he said. "How about you?"

"I've never gone fishing."

"Never gone fishing?" he asked, as if appalled.

She laughed. "No." Holding out a glass she said, "Here. I just carried some apple cider up from the cellar. It's nice and cool after that long ride from church."

He took the glass and was about to take a drink when he noticed a frown forming above her brows. Slowly, since an eerie sensation was inching its way up his spine, he turned in the direction of her gaze.

"That can't be Marshal Crane returning, can it?"

The cider almost slipped from his hand. Stafford tightened his hold, and then wishing it was whiskey, he downed the entire glass. "No," he said, fighting the regret filling his system. "That's not Marshal Crane."

Only one man he knew of rode a solid black horse. Had for years. As long as Stafford had known him. The rider, coming closer, would soon slow to a trot, then a walk to keep the dust down.

Stafford handed Marie the glass. "Thanks."

"Who is it? Do you know him?"

It wasn't as though he could put off the inevitable. "That," he said gravely, "is Mick Wagner."

There had been times in Marie's life that she'd wanted

to run and hide, but never so much as now. It was impossible, though; her feet had frozen to the porch boards. The rest of her started to tremble and shake. A thud told her the glass had slipped from her fingers. It didn't break, just rolled until it stopped between two rungs of the white-painted railing that edged the porch. Marie gripped the column supporting the porch roof.

The rider had slowed his horse to a walk. It was a big animal, as black as the coal so many homes in Chicago burned for heat. The man was big, too, or appeared to be. Probably the same size as Stafford. That was the only similarity. Where Stafford was clean-shaven, this man had a full beard and mustache, the same sand color as the hair hanging well past his shoulders.

"You look almost surprised to see me," Mick said, as he kicked one leg behind him to swing out of his saddle.

Marie held on tighter to the column.

"I'm always surprised to see you," Stafford answered.

A tiny sigh escaped her lips. Of course he'd been talking to Stafford, not her. Actually, Mick Wagner may not have seen her yet, with the size of the column. She eased closer, hiding herself for a bit longer. It wasn't that she was afraid to meet him. She just didn't know if she was ready. If she'd ever be ready.

"I couldn't make heads or tails out of those messages you kept sending me, Staff," Mick said. "Then my ma returned home. I was stuck in Austin waiting on her. Knew I couldn't go on to Mexico until I said hi to her. Well, you ain't gonna believe this, but…"

Marie's skin grew chilled. Had Stafford sent messages about her?

Mick was still talking and she tried to clear her mind to listen.

"Ma had gone up to Chicago. Some lawyer had sent a wire asking about my whereabouts. Ma had wired back, told him I was out this way, and asked why. He wired again saying my cousin Emma Lou—we grew up together, she was my Pa's sister's daughter—and her husband were killed in a fire and they had six kids. Now orphans. Ma went up there to claim them, but they were gone. Seems some nursemaid left with the kids. Said she was bringing them out here to me. Have you seen them? Ma wants me to bring them down to Texas. Said she'll raise them."

Marie's heart stopped in her chest.

"Yeah," Stafford answered. "I've seen them. They're here."

"Where?" Mick asked.

Marie peeked around the column in time to see the man spin around, glancing toward his property.

"Hey," he said. "Where's my house?"

If only the column was big enough for her climb into. It was big enough, but it would also need a door. It wasn't as if she could just magically seep through the wood. It would be nice, though. To just disappear.

A hand grasped one of her elbows and tugged. Having no choice, for Stafford was much stronger, Marie stepped out from behind the column.

"Mick, meet Miss Marie Hall. Your cousin's nursemaid." Stafford glanced toward her then. It would help if his smile didn't look so cynical. "Marie, meet Mick Wagner."

The man's eyes grew as round as egg yolks. "You're—" He turned toward Stafford. "That's the nursemaid?"

Where the children were concerned, she'd never been cowardly and couldn't start now. What was done was done, and what had to be, had to be. The coolness vibrating off Stafford increased her determination. He was acting remarkably close to how he had when they first met. Rather standoffish and boorish.

"Yes, Mr. Wagner, I'm the children's nursemaid." She held out one hand. "It's a pleasure to meet you."

Mick was staring at her again, all wide-eyed and openmouthed. He clamped his lips shut and shook her hand with one of his gloved ones. "I…uh…well, I was expecting someone…older." He shot a glance toward Stafford. "You know, all gray haired and frumpy."

The only movement Stafford made was the tiniest hitch in his chin. That irritated Marie even more, but when she tried to tug her arm from his grasp, his grip tightened.

"I'll go find the children," she said, hoping that would make Stafford let loose. "So you can make their acquaintance."

Mick stopped his head mid-nod. "First, what happened to my house?"

Marie almost gagged on the lump that shot into her throat.

"That worn-out stove of yours," Stafford said. "We're lucky Marie and the children weren't hurt when it blew up."

"I should have guessed," Mick said, eyeing his property. "It was bound to happen sooner or later."

"I've staked out a new foundation," Stafford said. "And ordered lumber. It should arrive within a couple weeks."

"It ain't gonna be as big as yours, is it?"

Marie did note the humor in Mick's eyes, but it did little to calm her jittery nerves.

"You'll need a house this big," Stafford said. "You now have six kids."

Mick frowned and shook his head. "Didn't you hear me, Staff? I'm taking those kids to Texas."

"Texas?" Marie wasn't sure if she said the word or simply thought it.

She must have said it aloud because Mick answered, "Yeah, to my ma. She'll take them all. The lawyer in Chicago said the nursemaid wouldn't let them be put in the orphanage." He paused long enough to narrow his eyes, which were the same blue as Emma Lou's. "That would have been you, huh?"

"Yes, that would have been me," she answered. "Your cousin would not have wanted the children separated."

"That's what Ma said," he replied. "She arrived in Chicago a week or so after you'd left." He laughed then, as if the entire situation was rather comical. "I gotta tell ya, the telegraph lines were on fire. She wired her husband in Texas to say she was coming out here after the children and he wired back saying no, that she had to come home because I'd just wired them saying I was in Texas."

Marie didn't find anything funny right now, and was working out exactly how to say that when Mick's laughter stopped rather abruptly.

He was frowning again, and looking at Stafford. "Why were you wiring me about a bride?"

Marie wanted to hide all over again. Especially when Mick seemed to put everything together. His gaze returned to her and his expression wasn't joyous or irate, it was more as though he wanted to run and hide as much as she did.

"I think you should meet the children," Stafford said. "We can discuss the other details later."

Mick continued looking at her while he reached out and grabbed Stafford's free arm. "Will you excuse us, Miss—uh—"

"Hall," she supplied.

"Yeah, Miss Hall. Would you excuse us?"

Glad to do so, in part because Stafford would have to let her loose, she nodded. "Of course. The children will be in the front parlor when you're ready to meet them." She turned then, and kept her chin up even as the rest of her quaked. Why, oh, why had she pretended to be Mick Wagner's mail-order bride? That's right. It had been her only choice.

Stafford waited until the door closed behind Marie, cursing himself up one side and down the other for sending those stupid telegrams. He wasn't overly impressed with the whole Texas idea, either.

"You know I was always joking about the whole getting-a-wife idea, don't you, Staff? Neither one of us really wants that."

Stafford sighed. At one time he had known they were joking. The joke was on him, though, because now he did want it. He chose to put off that conversation for a short time. "You can't send the kids to Texas, Mick."

"I sure as hell can't keep them," Mick answered, speaking more freely now that Marie wasn't around. "I don't know a thing about having kids. Well, I know how they come to be, but I don't know about raising them. I don't want to know, either. My ma will take care of them. Be happy to. What's wrong with Texas anyhow?"

"There's nothing wrong with Texas," Stafford said. "But those kids already lost their parents, had to move away from one home. They've just gotten settled here. They shouldn't be uprooted again."

Mick took off his hat and slapped it against his thigh, sending out a cloud of dust that had no doubt been gathered in several states. "You don't expect me to keep them, do you?"

Stafford wasn't exactly sure what he wanted Mick to do, other than not send the kids away. "Marie has a life insurance policy from your cousin, naming you as the benefactor. The money is for the children."

"Marie? Oh, Miss Hall." Mick wiggled one brow. "I truly expected some old gray-haired nag." Frowning, he continued, "Why'd you say she was my bride?"

"She didn't have enough money for the tickets for all of them to travel out here, so she claimed to be your mail-order bride, telling the railroad you'd pay for their passages once they arrived."

Mick was scratching his head, so Stafford continued his tale, "Walt Darter rode out and told me her and the kids were in Huron. I picked them up, paid their fares, and brought them home."

"But if you knew she wasn't, why'd you wire me?"

"I didn't know she wasn't. Not in the beginning." It was too complicated to explain easily, and he couldn't very well tell his partner he'd fallen in love with her, so Stafford switched subjects and tried using a bit of subtlety. "Your ma's getting up in years, Mick. She's already raised her family. Weston and Charlie, the youngest of your cousin's children, are only four. They'd be a lot for your Ma to take on."

Mick squirmed, shuffling his feet and shaking his head. "But, Staff, me? Married? With six kids?"

"That's not what I'm telling you do to, Mick," Stafford quickly corrected him.

"What else can I do? I can't raise them alone." Mick

was now rubbing his mustache. "At least the nursemaid's a looker."

Jolted into a reaction, Stafford held up one hand. "Mick—"

The door behind them opened. "Mr. Wagner, are you ready to meet the children?" Marie's gaze landed on Stafford then. "I'm sorry to interrupt, but lunch is getting cold."

It was Mick who replied, or at least spoke. "You know how to cook, Miss Hall?"

"Yes, Mr. Wagner, I do."

Now. Stafford bit his lip.

"Really? I didn't think they taught nursemaids how to cook," Mick said as he shouldered his way toward the door.

Where would you have ever gained that insight? Stafford wanted to ask as he followed. Mick had never had a nursemaid, and he was a terrible cook, but meals meant a lot to him. He ate each one as if it might be his last.

"Well, let's see the little tykes," Mick said.

Stafford grinned. Small bladders had come to mind.

Twenty minutes later all Stafford's humor had given way to a red haze of ire. The kids were so well behaved he wanted to puke, and the way Mick was flirting with Marie—yes, flirting—with dazzling grins and oozing charm, Stafford wanted to punch something. For the first time ever, that something might just be his partner's nose.

Marie was lapping it up as though she were Polly going after a bowl of leftover gravy. She was rhapsodizing about how well the children behaved, completed chores, recited poems and ciphered numbers. Which was all true, of course, but what about fighting in the back of the wagon and small bladders? Or hiding pregnant dogs?

Mick should know about all those things, too, if he was considering taking them on.

The only other person frowning was Gertrude, but that was probably because she was missing Marshal Crane. The two of them had hit it off. They'd met before, the marshal had explained this morning while helping harness the horses. He'd investigated her husband's death and stopped to check on her whenever he came this way.

"Stafford?"

Stafford looked across the table, at Mick. He didn't say a word, just waited to hear what his partner wanted.

"Have you drawn up a house plan for me?"

"Not completely. I have the general idea in my head. Why?"

"Because I think Marie should help you design it," Mick said. "She knows what the kids will need, what she'll need."

He wasn't exactly sure if it was fire or ice that entered his veins. The table grew exceedingly quiet and the only one not looking at their plate was Mick. His gaze was expectant.

"I'll draw something up." Stafford laid his napkin down and pushed away from the table.

"Are we still going fishing, Stafford?"

He stopped near the dining room door. Terrance had never sounded quite so forlorn. It almost gutted Stafford to say, "Sorry, Terrance. Maybe another day."

Leaving the house he cursed himself all over again. There was no reason he couldn't go fishing, other than that he needed to distance himself from everyone, everything, until he could get his thinking back in order. He loved Marie, still wanted her, but that wasn't it. He'd forgotten one thing. Marie was committed to those kids. He loved that about her, but where they went she went. Whether that might be across the creek or Texas.

Chapter Sixteen

So this is what it felt like. Love. Marie couldn't say the exact moment it had happened, but she knew it was real. It wasn't something she'd thought about—falling in love—but now that it had happened, she couldn't imagine life without it.

She glanced up to meet the gaze reflected back at her in the mirror. The image in the silvered glass looked the same as the one she'd seen for years, but inside she was different. She was no longer just a nursemaid and wasn't going to live the rest of her life as one.

Reaching such a revelation hadn't come easily. A broken heart is rather painful, especially to someone who didn't know such a thing could happen. That, too, she'd rectify, but first things first. Today, instead of wondering what the day might bring, she was going to make something happen.

Upon leaving her room, she saw to the morning tasks, helping the children dress and comb their hair, and then prepared breakfast. Mick joined them for the meal, since he was living in Stafford's house, too, and would until his was built.

Looking across the table, Marie drew a deep breath, willing her nerves to remain in check.

Mick was nice and funny, and the children liked him, but they liked him for the wrong reasons. In her mind, anyway. Though he was close to the same age as Stafford, Mick was annoyingly immature. Right now, he was teaching the children how to make spoons stick to the ends of their noses by blowing on them.

She cast a warning gaze around the table, which caused the children to set their spoons down and resume eating the meal. If Stafford had been here, they'd all be talking. The subjects would be varied, and there'd be laughter, but not the uncouth kind instigated by Mick. In the week that had passed, the boys, particularly Terrance and Samuel, had become almost as unruly as they'd been on the train ride west.

A moment rarely passed when she didn't miss Stafford, and during his absence she'd come to realize the little things he'd done that she'd taken for granted. How he'd helped Weston or Charlie cut their food, or refilled their glasses with milk, and those were just mealtime things.

In order to stay calm, Marie had to chase all thoughts of Stafford from her mind. He'd cast her aside easily enough. No, she wasn't going to think like that. Gertrude was right. Men were like children. They had to be told things.

She had a few things to tell him, all right, and he'd listen. He wouldn't have a choice. Neither would Mick. This had all gone on long enough.

"Mick." She waited for him to pull the spoon from his nose. "I'd like to speak with you after breakfast."

"Sure," he said, waggling an eyebrow toward Terrance.

She chose not to chastise the boy for his smirk. Mick's silliness wasn't harmful, just tiresome—to her, not the children.

It was close to an hour later when Marie finally settled in the front parlor. Gertrude had taken the children outside as requested. The other woman was far more than a cook, she'd become the best friend Marie had ever had, and had taught her about several other things.

Mick strolled in, the spurs always attached to his boots jingling as he walked. "So," he said slowly. "Have you set a date?"

Marie honestly didn't know if he was teasing when it came to her marrying him or not. "No," she answered as he sat in the chair on the other side of the small table. "That's one of the things we need to discuss."

If only there was a way to chase aside the nervous energy inside her. Her trembling hands made her stomach queasy and that made concentrating difficult. She was about to be rather bold, assuming things, but she had to believe she was right. Starting with an explanation might help. "I've explained that the Meekers hired me over a year ago, and how I've been with the children every day since."

He held up a hand. "I've already decided I'm not taking them to Texas. Stafford was right. It would be too much for my mother."

Marie couldn't stop the way her mind shot off. "Stafford? When have you spoken to him?"

"Just that first day I was home, before he went to town. Red saw him yesterday, though, said he's almost done designing the plans for those precut houses for Otis."

She nodded, having heard all about how Stafford was

staying out at the lumber company on the other side of Merryville, helping the man who owned the mill design houses that people just had to hammer together. Everyone at church had talked about it on Sunday. As had Ralph Peterson when she, Gertrude and the children had joined him and his family for dinner that day. That had been two days ago, and she'd once again seen flashes of the future she wanted.

Stafford hadn't been kissing her that time, but he'd been in the images, and that night, when they arrived home, Gertrude had helped her to understand all the things happening inside her and to figure out a way her wishes could come true.

Wrestling her thoughts back to the children, Marie said, "I'm glad you're no longer considering sending them to Texas."

Mick twirled his hat around and around by the brim. "Marie," he said somberly. "I…uh…well, I rightly don't know how to tell you, other than to flat-out say I'm not cut out for marriage."

That was the understatement of the year. She did her best to refrain from letting him know how deeply she agreed by offering a small nod.

"But I can't raise those kids on my own." His blue eyes reminded her a lot of Terrance's when he'd been attempting to decipher the ins and outs of his parents' deaths. "I don't want them adopted out, either," Mick said. "So the only thing I can think of is for you to continue on as their nursemaid. I'll pay you anything you ask."

His offer was sincere, and at one time that was exactly what she'd wanted, yet she had to shake her head.

He slumped in his chair.

"I do have another idea," she said.

"What's that?"

She took a deep breath before answering, "You could let me adopt them."

Stafford stared at the can of beans he'd planned on opening for supper. There were also half a jar of pickles and two biscuits left over from the lunch that Ralph had delivered that day. The three of them, him, Ralph and Otis, had eaten right here in the lumberyard office he was staying in, talking about the number of orders already coming in.

It had been what he needed, a diversion, a place to stay away from his house for a while. Let Marie get to know Mick, see if she was still willing to become his partner's bride.

His stomach revolted at the thought, and he turned from the shelf where the can of beans sat. The sun was just about to disappear, ending yet another long day, and he walked to the open doorway.

The big water wheel was still but the paddles continued to drip, having grown motionless only a short time ago when all the workers left. Otis and his family lived a short distance away, in a nice two-story home, and the shouts of children not yet being called in for the night filtered down the hill.

Stafford couldn't help but smile, thinking of the kids back at his ranch. Grasping the doorframe overhead with both hands, he stood there, just listening. This wasn't where he'd planned on going when he rode away from the ranch nine days ago. It's just where he'd ended up. The excuse of checking on his lumber order made one thing lead to another and here he was, drawing up plans that specified exactly how many boards, and their exact size, were needed for each home. Everyone liked the idea, and with the orders they already had, real homes would soon replace a good number of tents in Merryville. That was a good thing, considering winter wasn't too far off.

Dropping his arms, he turned, glancing toward the extra set of clothes sitting on a small table in the corner. Otis's wife had washed them for him. Once he'd agreed to stay here to draw up the plans, he'd sent word to the ranch, asking Shorty to see that a few things were delivered to him.

The small office was like an oven, and left him smelling about as ripe as an old man who only came to town once a year. Stafford gathered the clothes and headed for the river. He'd stretched out this stay as long as he could. Tomorrow he'd go home. Back to the ranch. Marie should have made her mind up by now.

At the riverbank, he stripped to his skivvies and then dove into the flowing water. When he surfaced, filling his lungs, he flipped onto his back and relaxed, letting the current carry him downstream.

It felt good to let something else be in control for a moment. Every part of him had been strung tight the past few days. Not from work. From worry. He wasn't exactly sure what he'd do if Marie and Mick chose to marry.

When that had happened before, with Sterling and Francine, he'd been angry, but not hurt. He understood the difference now. He also understood this wasn't Marie's doing. She wasn't breaking an engagement with him. He'd never asked her to marry him, and he worked hard to remember that.

He flipped over and started swimming upstream, working against the current with every stroke. The exertion felt good, and once he'd reached the spot where his clothes lay on the bank, he flipped onto his back again, catching his breath as he once more started floating in the opposite direction.

His heart was thudding from the swim, and he closed his eyes to let everything relax again. That didn't happen. Instead something snapped in his mind. What on earth was he doing? He'd rather swim upstream than float downstream any day.

He dropped his feet to sink below the water, and when he came up, he started swimming again. He'd walked away from something he'd wanted once and wasn't about to do it again. Mick might be his best friend, and an all-around good guy, but he wasn't responsible enough to take on six kids.

A rather sarcastic laugh sputtered out of Stafford's lips. Sterling had said practically the same thing about him at one time. Said he wasn't responsible enough for marriage.

He hadn't been then, but he was now. Furthermore, Marie needed to know just what her choices were. He loved her in a way he'd never loved Francine. Couldn't have. He hadn't known something this powerful existed.

Stafford shed his wet underclothes and pulled on his britches, socks and boots. He flipped his dry shirt over one shoulder and bundled his dirty clothes along with his wet ones. He'd shove them all in his saddlebags in a few minutes. He was heading home. Tonight rather than tomorrow.

Walking between the big water wheel and the office, he paused, seeing a horse and rider coming up the road. He'd heard of mirages, but had never experienced one. Several blinks later it was still there. It was the murky time of evening, where day hadn't yet given in to night, yet he made out the image. Clearly. The horse was Ginger and Marie was the rider.

She didn't even know how to ride a horse.

He barely paused long enough to throw his soggy bundle toward the platform the office sat upon while marching forward. The need to pull her out of the saddle, make sure she was all right and then kiss the daylights out of her had his hands balling at his sides.

She was wearing that peach-colored dress again and the hat he'd given her. Breathtaking, that's what she was. More so even than he remembered.

Keeping his breathing even was harder now than when he'd been swimming. He did it though, even managed to voice a question.

"When did you learn to ride?" he asked as she brought the horse to a stop.

Her grin was adorable. "I don't know that I have," she answered. "I've just held on, hoping I wouldn't fall off." Tilting her head to one side, she added, "Terrance gave me instructions before I left the ranch. He said they were the exact ones you gave him on how to ride." She glanced toward the ground. "However, I didn't ask how to get down."

Stafford reached up, took her waist and held his breath as a bolt of heat almost split him in two. "What are you doing here? Is something wrong at the ranch?"

She placed both hands on his shoulders. "Everyone is fine. The children asked me to tell you hello. They miss you."

He lifted her out of the saddle and not pulling her close was difficult. His shirt must have fallen from his shoulder because his skin burned from the touch of her palms and fingertips.

Her feet touched the ground, but he didn't let go of her waist. Couldn't just yet. Not with the way she looked at him.

"I've missed them, too," he said, unable to come up with anything else. His throat felt as though it was coated with sand.

She bit the corner of her bottom lip, blinked once and then said, "I've missed you."

The physical ache in his chest, the one that had kept him awake every night since he'd left the ranch disappeared, leaving nothing in its wake except profound joy. He bent his head, ready, so very ready, to take her lips.

A hand, well, the tips of four fingers, intercepted his action.

"No, Stafford," she whispered. "If you start kissing me, I won't be able to say what I have to tell you."

Half afraid he'd imagined she'd said she missed him, he took a step back and dropped his hands from her waist. Something he could only compare to fear clutched his guts and clung there. "Tell me what?"

Regret instantly formed. His bark had startled both Marie and Ginger. He reached around her and took Ginger's reins to lead the animal toward the paddock holding Stamper.

"So this is where you've been staying?" Marie asked, walking beside him.

Not in the mood for small talk, he nodded.

"Are you almost finished?"

Not bothering to unsaddle the animal, he simply knotted the reins so Ginger wouldn't stumble on them, looped them over her neck and opened the gate. Once he'd latched it closed, he turned to Marie. It was close to being dark now, but he could see her as plainly as if the sun was shining. "What do you want to tell me?"

Marie had never been so lightheaded. It could have been from the long ride—the sun had been fierce—or it could be from seeing Stafford. He must have been swimming. His hair was still wet. A water droplet fell from a strand every now and again, and his glistening skin took her breath away.

That could be why her head was spinning. No air. Then again, it could be because she'd stopped his kiss. That had taken all the strength she'd ever possessed for she had wanted it so badly. His lips against hers. His tongue inside her mouth. His hands touching her in the most wonderful and scandalous places.

"Marie?"

Stafford wasn't an overly patient man. She knew that about him. She liked it, too. There really wasn't anything she didn't like about him.

He had that look in his eye right now, the one that said he didn't have all day to wait for her to say what she had to say. It made her want to smile, and she bit her lips together, trying not to.

The way he cocked his head said his tolerance was slipping. It was just as well. She could think until she was blue and not have a clever way of saying it, so she simply took a breath and asked, "Will you marry me, Stafford?"

He took a step backward, a slight stumble actually, and her instinct was to reach out and grab his arm.

Snapping shut the jaw that had gone slack, he said, "What?"

It wasn't the exact reaction she'd hoped for, so she started the explanation she'd rehearsed while traveling upon the horse's back mile after mile. "I asked Mick if I could adopt the children, and they don't want to leave your ranch, your house. If you were to marry me, we could stay right where we are. Mick would be next door. He is their only living relative and—"

"You want me to marry you so the kids don't have to leave my house?"

"I just can't uproot them again and—"

He grabbed both of her arms. "The children? This is only about the children?"

The annoyance in his voice forced her to snap her mouth shut. He cared so much about the children, was so wonderful with them, she'd thought that would be the part he'd understand, accept. It didn't feel that way though, and she couldn't help but wonder if she and Gertrude had been wrong.

Glancing up, refusing to let the burning in her throat make speaking impossible, she said, "No, it's not only about the children. It's about me. I tried, Stafford, I truly did, to obey all the rules, to not...to not want certain things, but I want—" The burning was growing stronger, as was the sting in her eyes. She swallowed and pressed on. "I want you. I want to be your wife."

His features had softened, or maybe it was the shadows of night, the mist in her eyes.

"Why?" he asked quietly.

She didn't exactly know for sure, since it had never been in her life, yet it was the only explanation she had. With a shrug, she posed it as a question, "Because I love you?"

He lifted a brow. "Do you or don't you?"

Explaining her past might have been a better way to approach all this. "I was left in the hallway at the orphanage in Chicago as a baby. That's where I got my last

name. Hall. I was adopted twice, but neither one worked
out. So I lived at the orphanage until I was old enough to
go to Miss Wentworth's school, and—"

Frowning, he held up one hand. "What do you mean,
didn't work out? People can't return an adopted child."

"Yes, they can," she told him. "People get rid of things
that aren't needed." Refusing to let that take hold, she
continued, "A rule at Miss Wentworth's school included
servitude of seven years to those who couldn't pay their
tuition upon acceptance. I only had a little over a year
left when I was assigned to the Meekers. It was to be
short term, just until they could find someone else. When
Emma Lou wanted to hire me permanently, Miss Wentworth said the only way that could happen was for them
to pay off my debt."

He smoothed back the hair on one side of her head.
"That's all interesting, but I believe my question was
whether you love me or not."

"I'm getting to that part." She wanted him to understand why it had taken her so long to figure out what was
happening. How she'd fallen in love with him. "When
the Meekers died, I still owed them, and if I didn't find
a way to keep the children all together, I'd have to return
to Miss Wentworth's. Start all over."

His other hand was on the other side of her face, holding it still. "That's why you brought them out here?"

"No. Yes." This wasn't going as she'd planned. How
could it, with him touching her and looking upon her so
tenderly? "I thought the life insurance policy and Mick,
was the answer. I didn't want to see the children separated. They'd already lost so much." She had to close her
eyes, break connection with his penetrating gaze in order
to think straight. Lifting her lids, she said, "But there was

more to it. I love them. I didn't realize that until you left. Mainly because I didn't know what love was."

"And you do now?"

She nodded.

"You love the children?"

"Yes, and I love you."

She couldn't say he grinned, for his lips didn't curl upward, but his eyes sparked. "What about Mick?" he asked.

Moving, even her head, was impossible with his hold, the way his fingertips were combing her hair. "He's nice enough, and the children like him, but…" Mick did have many redeeming characteristics and she didn't want to sell him short. "I can't marry him."

Stafford cocked his head to one side. "I make a good second choice, huh?"

That sent Marie right off the cliff. "Oh, for goodness' sake." He'd frustrated her before, but not to this extent. "I just told you I love you."

Laughter rang out. "You are so adorable when flustered."

Before she had a chance to respond Stafford's lips met hers, and everything else ceased to exist. She clung to him, working her fingers into his warm, firm flesh, while his tongue danced with hers.

He ended the kiss by tilting her head back slightly. "I love you, too," he said. "And I was going to ask you to marry me."

The moon was out, the sky dark, yet it was as if sunshine was being poured over her, filling her very soul. Gertrude had insisted Stafford loved her, yet Marie had to ask, "You do?"

After kissing the tip of her nose, he said, "Yes, I do. I was going to ask you to marry me before Mick arrived home, and as soon as I arrived home tonight. I even contemplated asking you while lifting you out of the saddle a few minutes ago."

Too full of elation to think straight, she asked, "Why didn't you?"

"Hell if I know," he said, moments before kissing her again.

Chapter Seventeen

"You still can," Marie whispered. "Ask me. If you want to."

Stafford wanted a lot of things. Such as her wearing fewer clothes than she was, a comfortable bed, big enough for the two of them, and to never stop kissing her. He brushed his lips over both of her cheeks before taking a step back. "Marie Hall, will you marry me?"

Her giggle was just one of the sounds he'd missed so much the past week. "Yes."

"When?"

"Whenever you want." The smile dropped from her lips as she whispered, "I'm serious about adopting the children, Stafford. We all come together."

"I wouldn't have it any other way," he answered.

She took another deep breath. As she let it out, she whispered, "Mick told me about your brother's wife."

Stafford had told himself he was over all that, and the fact nothing erupted inside him proved it. "I never loved her," he said. "Not like I love you."

"I promise to do anything, everything I can to make you happy. I'll learn—"

He stopped her by whispering, "I've no doubt you will. Your determination is just one of the things I love about you." Knowing himself as well as he did, Stafford kissed her one last time and then took her hand. "Come on."

"Where are we going?" she asked.

"Home," he answered.

"But it's dark, and it's a long ride."

"I know. But we can't stay here."

It took Stafford a matter of five minutes to gather his shirt, grab his other belongings and saddle Stamper. While helping Marie onto Ginger, he commended himself on his fortitude. He would not kiss her again tonight. Would not.

He failed. It was a long ride home. His stamina was sorely tested several times the following week, as well. She'd become the center of his universe, and it delighted him to no end to realize he'd become the center of hers, too. They couldn't be in the same room without touching, and the glimmer in her eyes drove him to the very edge of endurance at times. He held strong, though, and slept in the bunkhouse until the following Sunday.

That afternoon he discovered that his house, as big as it was, wasn't big enough. Not for the wedding. There weren't enough chairs, either, so people sat in the backs of their wagons lining the creek bed on both sides, with the children right up front, as he and Marie stood on the bridge. It had been Gertrude's idea. She said that way everyone could see them. The woman had also put her needle to work again, sewing him a new white shirt and Marie a shimmering gold gown that made her shine as brightly as the sun overhead when they exchanged their vows.

Shortly after the ceremony ended, Stafford's patience evaporated. The food—enough to feed the entire town,

most of whom had shown up, including Verna Smith—
was set up in Mick's bunkhouse. His partner was playing host and doing a great job of it. He even had Verna
blushing and giggling like a schoolgirl.

"Come on," Stafford whispered in his bride's ear.

"Where are we going?" she asked.

"Home."

"We are home," she insisted, even while walking beside him. She did glance over her shoulder, at the people
entering the building for a plate of food or cup of punch.
"Aren't you hungry?"

"Not for food."

"Won't we be missed?"

He scooped her into his arms while walking across the
bridge. "No. Mick and Gertrude have everything under
control, and what they don't catch, Marshal Crane will."

"But it's our wedding. Surely we should…" She
pinched her lips together having caught his gaze. Then,
smiling, she finished, "Go home now."

Stafford carried her all the way to his—no, their—
bedroom. Once inside, he kicked the door shut and, with
her still in his arms, fell onto the bed. He groaned, or
maybe it was more of a growl. "I didn't think this moment would ever come."

Laughing, Marie rolled off him and scooted into the
center of the bed, resting her head on a pillow with her
hair cascading around her face. He'd asked her to leave it
down today. Crawling up to lean over her, he ran his fingers through the long, lush strands. "You are so beautiful."

"You're only saying that because you love me," she
said.

"You sound awfully sure of yourself," he teased.

"I graduated at the top of my class," she replied tartly.

He laughed. "Yes, you did, and I do love you, but even before I knew I loved you, I thought you were beautiful."

Her cheeks turned a soft shade of pink as she cupped his face with both hands. "I keep pinching myself to make sure I'm not dreaming."

"We aren't dreaming." It did amaze him, how much he loved her, but it completely astonished him how much she loved him. He'd questioned it, a few times anyway, but that was only because of his past, which he'd let go. Completely. This was now his life. Marie and all six of the children they were adopting.

"I'm going to show you," he whispered, "for hours, that this is no dream."

"Just hours?" she asked coyly.

"All right, years."

Years were what Marie wanted, and she pulled Stafford's face down, captured his mouth with the kind of kiss she'd wanted to initiate for days. She may not have ever been loved before, but that no longer mattered. Stafford's love made up for it.

The kiss had the fire inside her flaring hotter than ever. Or maybe it was the fact this kiss would lead to the ultimate union. The one Gertrude had told her about, assured her it was nothing to fear. As if she could ever fear Stafford.

Love him. Want him. Support him. Cherish him. But never fear him.

When his lips left hers, started kissing her nose and eyelids and forehead, her fingers found the string tie at his neck. After removing it, she started on the buttons of his shirt. Ever since seeing his bare chest, weeks ago while traveling out here, she'd dreamed about it, wanted to explore it at leisure, feel every curve, every inch of skin.

She parted his shirt and leaned forward to kiss the hollow of his throat and nuzzle his neck.

His hands had already roamed along her sides and were working their way up her torso. "Where are the buttons on this dress?" his whispered. The question tickled her ear.

"They run up the back."

He growled. She laughed.

Grasping both shoulders, he pressed her deeper into the pillows. "Fine, I'll start somewhere else."

He sat up, and when she reached for him, wanting him back, he grabbed both of her wrists with one hand. Placing them on her stomach, he said, "Keep your hands right there."

"Why?"

"Because you won't need them for a while."

"What? Why not?"

His grin was the most charming she'd ever seen, and the way he lifted a brow and then winked had a surge of fire bursting inside her, much like the one that had blown apart the stove in the cabin.

Starting with her shoes, he removed the clothes covering her legs, article by article, inch by inch. He told her what he was doing the entire time, and explained how he was going to kiss her. Her ankles, her shins, her knees. Each one made her sink deeper into the mattress and several times she had to close her eyes, she was so overcome with pleasure. Her skirt was flared out across the bed, with his hands beneath it, slowly tugging her pantaloons down. The sensation was unfathomable, and had her giggling.

"Ticklish, are you?" he asked.

She shook her head. "Just excited." A flash of embarrassment heated her cheeks. "I always giggle when excited."

"Then I'll have to excite you more often," he said. Leaning forward he kissed the tip of one of her breasts, right through the material.

"Stop that," she said teasingly, while truly hoping he'd do it again.

"Not on your life, darling."

She giggled again. "All right."

He pushed her skirt up, exposing her now-bare thighs. His hands rested on her knees, and then with firm, warm pressure, he moved them upward, toward her hips, his thumbs pressing into her inner thighs. Short of reaching her very center, his hands reversed, went back to her knees, slow, steady and firm. He repeated the action several times and created a mass of turbulence in the spot that, up until now, had been seen by no one but her. Now it wanted to be set free, exposed fully to him, and she experienced no embarrassment about it. In truth, she could barely contain her want, and she lifted her hips, trying to encourage his hands not to stop. Not to return to her knees.

"Hmm," he groaned huskily. "I almost can't believe I'm about to see it again."

Trying to think beyond the misty, wonderful fog his touch created, she asked, "What? See what again?"

He leaned down, kissed the underside of her chin and then her neck. "Your lily-white backside. The little glimpse I caught on the trail wasn't nearly enough."

Not an ounce of the humiliation she'd felt that day returned. "Ah, yes," she said, sighing at how wonderful life had become. "The day you became my hero."

"Your hero?" His hands were on her knees again, and he wrapped his fingers beneath them, lifting until her heels dug into the mattress so she could hold her legs up herself. "All this time I thought I was the wrong cowboy."

She couldn't help but laugh, and then assure him, "You could never be the wrong cowboy, Stafford."

Starting at her knees, he kissed the entire length of her thigh, and when the warmth of his breath caressed her juncture, Marie lost all ability to think. She could feel though, the tender caress of his mouth, the undemanding brush of his tongue. Each foray, no matter how soft and gentle, had her responding. Her body needed no mental command to react. Her hips rose, her legs parted further, begging him to continue.

He caught her bottom with both hands and lifted her, kissing her there as he did her mouth, with his tongue twisting and curling, exploring every inch.

A fiery straining grew at her point of entry, and an urgent need had her legs trembling. Powerless, Marie was unable to protest, not that she wanted to. Not to Stafford, not at what he was doing, but she wasn't able to encourage him, either. The sensation was so overpowering she couldn't speak, tell him how glorious he made her feel.

Marie flung an arm across her face, bit into her forearm to muffle the cry of absolute perfection building beneath his mouth. But there was more. Much, much more. Desire—she had no idea what else it might be— red hot and maddening in an utterly pleasing way, filled her very being until she was so full there was nowhere for it to go.

She closed her eyes, only to wrench them open as the turmoil, the marvelous chaos inside her, let loose. A current of unimaginable satisfaction flowed throughout her body, making her heart hammer so hard she felt it clear to her toes.

"Oh, my," she mumbled, running a hand over the sweat beading on her forehead.

Stafford lowered her trembling legs to the bed and, hands on both sides of her, leaned over and kissed her. As if she wasn't already senseless enough.

He chuckled, his breath filling her mouth. "Did you like that?"

She managed to open one eye. "What do you think?"

"Want more?"

The exhaustion that had left her limp disappeared. The promise in his eyes replaced it with excitement, and she giggled.

"Excited?"

"Yes," she admitted.

"Good." He pulled her into sitting position. "Then let's get rid of this dress."

Completely forgetting the satisfaction that had just consumed her, she pushed the shirt off his shoulders. "You have a few clothes we need to get rid of, too."

In its own right, undressing Stafford filled her with a new kind of excitement, and when all was said and done, when they were once again on the bed, the throbbing in her breasts, which he'd kissed thoroughly without any material separating the heat of his mouth from her nipples, told her that the mind-stealing sensation he'd created before was on the way again.

More powerfully than before, because she knew what to expect, her body took over again. Reacting to each touch Stafford provided, her blood rushed from point to point. She explored him, too, and relished the way he assured her that he liked her touching him, tasting him.

He was a large man, in all areas, and though she anticipated the final act, the coming together, she did harbor a touch of alarm. How *that* would fit *there,* it seemed impossible.

"Don't fear," he whispered, as if she'd expressed her uncertainties aloud. "I promise it will be all right."

His gaze was so sincere, and so loving, she had to believe him. "I know."

"I love you," he whispered.

"I know that, too."

"Then hold that thought," he said, guiding the tip of himself toward her.

His movements were slow, and Marie felt herself welcoming him, as if she'd waited her entire life just for him. She had, and remembering that had her pleasure increasing as Stafford entered her. Instinct made her hips arch upward again, as they had earlier, but Stafford wouldn't allow that. With steady pressure he held her still while he moved into her.

A quick, shocking slice of pain had her stiffening, and he kissed her then, deeply, wholly. Marie wasn't sure if she'd relaxed, or if her body had expanded more during their kiss, but the sensation of his hips meeting hers, of him totally inside her, increased her pleasure tenfold.

Stafford starting moving then, and kissing her, and the combination was as wondrous as it was commanding. That straining sensation was back, the one that said desire would soon overcome her, and this time, she accepted it fully, let it take her away.

When she was beyond holding on anymore, the riot that let loose and fanned throughout her body was full of love. Stafford was holding her just as tightly, and his body was quaking, too, telling her they'd just shared the most intimate, profound act possible. True love fully united.

"Are you all right?" he asked, after they'd both stopped gasping. He rolled off her but hugged her against his side.

"All right?" she asked, propping her chin on his shoulder to gaze into his handsome face. The one she'd wake up to every morning and fall asleep beside every night. "Of course I'm all right. I'm married to you. Life couldn't be more all right in any possible way."

They'd been married at three in the afternoon, so sunlight still shone through the windows, bathing them in its evening glow, and she wondered if others thought their disappearance scandalous. Too happy, too content to care, she twirled a fingertip in a few of the fascinating hairs covering Stafford's chest. "Except," she finally said, slowly.

He laid a hand over hers. "Except what?"

"Well, how would you feel about seven children?"

One brow arched, and she grinned. He always looked so charming when he did that.

"Six aren't enough?"

She shrugged. "For you?"

He flipped around so she was flat on her back with him leaning over her again. "No. I was thinking eight."

"Eight?" She waited a moment, just until a tiny frown formed between his brows, and then she laughed. "I could live with that. After all, I am an excellent nursemaid."

When all was said and done, Marie and Stafford raised nine children and had twenty-seven grandchildren, fifty six great-grandchildren and...

* * * * *

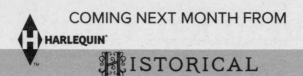
Available November 18, 2014

OUTLAW HUNTER
by Carol Arens
(Western)

US marshal Reeve Prentis has made tracking down criminals his life's work. He's always led a solitary existence, but meeting Melody Dawson suddenly has Reeve longing for change!

STRANGERS AT THE ALTAR
by Marguerite Kaye
(Victorian)

Ainsley McBrayne's rugged Highlander husband, Innes Drummond, sets her pulse racing. She has until Hogmanay to show Innes that their fake marriage could be for real...

CAPTURED COUNTESS
by Ann Lethbridge
(Regency)

Gabriel D'Arcy knows that Nicoletta, the Countess Vilandry, has been sent on a dangerous mission to seduce him. The only question is...to what end?

INNOCENT'S CHAMPION
by Meriel Fuller
(Medieval)

Matilda of Lilleshall is certainly no simpering maiden. But when trouble strikes, can Gilan, Comte de Cormeilles, throw off his past and fight to become the champion Matilda needs?

HHCNM1114

REQUEST YOUR FREE BOOKS!

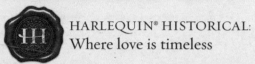

HARLEQUIN® HISTORICAL:
Where love is timeless

2 FREE NOVELS PLUS 2 **FREE GIFTS!**

YES! Please send me 2 FREE Harlequin® Historical novels and my 2 FREE gifts (gifts are worth about $10). After receiving them, if I don't wish to receive any more books, I can return the shipping statement marked "cancel." If I don't cancel, I will receive 6 brand-new novels every month and be billed just $5.44 per book in the U.S. or $5.74 per book in Canada. That's a savings of at least 16% off the cover price! It's quite a bargain! Shipping and handling is just 50¢ per book in the U.S. and 75¢ per book in Canada.* I understand that accepting the 2 free books and gifts places me under no obligation to buy anything. I can always return a shipment and cancel at any time. Even if I never buy another book, the two free books and gifts are mine to keep forever.

246/349 HDN F4ZY

Name _____ (PLEASE PRINT)

Address _____ Apt. #

City _____ State/Prov. _____ Zip/Postal Code

Signature (if under 18, a parent or guardian must sign)

Mail to the **Harlequin® Reader Service:**
IN U.S.A.: P.O. Box 1867, Buffalo, NY 14240-1867
IN CANADA: P.O. Box 609, Fort Erie, Ontario L2A 5X3

Want to try two free books from another line?
Call 1-800-873-8635 or visit www.ReaderService.com.

* Terms and prices subject to change without notice. Prices do not include applicable taxes. Sales tax applicable in N.Y. Canadian residents will be charged applicable taxes. Offer not valid in Quebec. This offer is limited to one order per household. Not valid for current subscribers to Harlequin Historical books. All orders subject to credit approval. Credit or debit balances in a customer's account(s) may be offset by any other outstanding balance owed by or to the customer. Please allow 4 to 6 weeks for delivery. Offer available while quantities last.

Your Privacy—The Harlequin® Reader Service is committed to protecting your privacy. Our Privacy Policy is available online at www.ReaderService.com or upon request from the Harlequin Reader Service.

We make a portion of our mailing list available to reputable third parties that offer products we believe may interest you. If you prefer that we not exchange your name with third parties, or if you wish to clarify or modify your communication preferences, please visit us at www.ReaderService.com/consumerschoice or write to us at Harlequin Reader Service Preference Service, P.O. Box 9062, Buffalo, NY 14269. Include your complete name and address.

When a chance meeting ends in Ainsley McBrayne accepting a marriage proposal of convenience, she isn't sure what's most shocking—the fact she says yes, or that she's already wishing it was her wedding night!

Read on for a sneak preview of what happens next in Marguerite Kaye's
STRANGERS AT THE ALTAR…

"Welcome to Strone Bridge."

Ainsley smiled weakly, clutching tight to Innes, her legs trembling on the wooden planking. "I'm sorry, I think my legs have turned to jelly."

"You don't mean your heart? I'm not sure what you've let yourself in for here, but I am pretty certain things are in a bad way. I'll understand if you want to go back to Edinburgh."

"Your people are expecting you to arrive with a wife. A fine impression it would make if she turned tail before she'd even stepped off the pier—or more accurately, judging by the state of it, stepped through it. Besides, we made a bargain, and I plan to stick to my part of it." Ainsley tilted her head up at him, her eyes narrowed, though she was smiling. "Are you having cold feet?"

"Not about you." He hadn't meant it to sound the way it did, like the words of a lover, but it was too late to retract. He pulled her roughly against him, and he kissed her, forgetting all about his resolution to do no such thing. Her lips were freezing. She tasted of salt. The thump of luggage being tossed with no regard for its contents from the boat to the pier made them spring apart.

Ainsley flushed. "It is a shame we don't have more of an audience, for I feel sure that was quite convincing."

Innes laughed. "I won't pretend that had anything to do with acting the part of your husband. The truth is, you have a very kissable mouth, and I've been thinking about kissing you again since the first time all those weeks ago. And before you say it, it's got nothing to do with my needing an emotional safety valve either and everything to do with the fact that I thoroughly enjoyed it, though I know perfectly well it's not part of our bargain."

"Save that it can do no harm to put on a show now and then," Ainsley said with a teasing smile.

"Does that mean you'll only kiss me in public? I know there are men who like that sort of thing, but I confess I prefer to do my lovemaking in private."

"Innes! I am sure we can persuade the people of Strone Bridge we are husband and wife without resorting to—to engaging in public marital relations."

Don't miss
STRANGERS AT THE ALTAR!

Available December 2014, wherever
Harlequin® Historical books and ebooks are sold.

HARLEQUIN®

HISTORICAL

Where love is timeless

COMING IN DECEMBER 2014

Outlaw Hunter
by Carol Arens

An outlaw's wife…

With her home burned down, her outlaw husband believed
dead and five children entrusted to her care, Melody Dawson
must leave the ashes of her past behind to start afresh…

And an outlaw hunter…

Atoning for a youthful mistake, US marshal Reeve Prentis has
made tracking down criminals his life's work. His dangerous
job has always demanded a solitary existence, yet escorting
Melody across the Wild West has Reeve longing for change,
and a family of his own!

Available wherever books and ebooks are sold.

www.Harlequin.com

HH29811

HISTORICAL

Where love is timeless

COMING IN DECEMBER 2014

Captured Countess
by Ann Lethbridge

Never trust a spy!

Nicoletta, the Countess Vilandry, is on a dangerous mission—to lure fellow spy Gabriel D'Arcy into bed and into revealing his true loyalties. With such sensual games at play and such strong sensations awakened, suddenly Nicky's dangerously close to exposing her real identity.

Gabe knows that the countess has been sent to seduce him. The only question is to what end? He's never met such a captivating woman—and he's determined to enjoy every seductive second she spends as his very *willing* captive!

Available wherever books and ebooks are sold.